W0208115

ullstein

Berlin-Weißensee, 1948: Elisabeth »Lissi« Vogel kann es kaum erwarten, als Assistenzärztin an der Kinderklinik Weißensee endlich in die Fußstapfen ihrer Tante Marlene zu treten. Doch der Klinikdirektor schätzt die begabte, junge Frau wegen ihres verformten Beines, das von einer überstandenen Kinderlähmung herrührt, gering. Außerdem legt er ihr immer neue Steine in den Weg. Aber Lissi lässt sich so schnell nicht einschüchtern, genauso wie ihre Tante Marlene. Die musste in einer Nacht-und-Nebel-Aktion nach Westberlin fliehen und dort bei null anfangen. Als sich in Berlin Fälle von Kinderlähmung häufen, wird die frisch verliebte Lissi plötzlich mit ihrer größten Angst konfrontiert und verliert den Mut, für ihre kleinen Patienten und für den Mann ihres Herzens zu kämpfen.

ANTONIA BLUM lebte längere Zeit in Berlin, ohne den Weißen See dort je gesehen zu haben. Erst Jahre später, nachdem sie die Hauptstadt längst verlassen hatte, entdeckte sie durch einen Zufall die Ruine der einstigen Kinderklinik in Weißensee und kommt seitdem von dem Ort und seiner bewegten Geschichte nicht mehr los. Heute fährt Antonia nicht nur zum Spazierengehen immer wieder an den Weißen See, der dem Berliner Stadtteil seinen Namen gab. Sie ist überzeugt, dass dort ein Tor in die Vergangenheit existiert.

Von Antonia Blum sind in unserem Hause bereits erschienen:
Kinderklinik Weißensee – Zeit der Wunder
Kinderklinik Weißensee – Jahre der Hoffnung
Kinderklinik Weißensee – Tage des Lichts

ANTONIA BLUM

KINDERKLINIK Weißensee

Geteilte Träume

Roman

Ullstein

Besuchen Sie uns im Internet:
www.ullstein.de

Wir verpflichten uns zu Nachhaltigkeit
- Papiere aus nachhaltiger Waldwirtschaft und anderen kontrollierten Quellen
- ullstein.de/nachhaltigkeit

MIX
Papier | Fördert gute Waldnutzung
FSC® C021394
www.fsc.org

Originalausgabe im Ullstein Taschenbuch
1. Auflage Februar 2024
© Ullstein Buchverlage GmbH, Berlin 2024
Wir behalten uns die Nutzung unserer Inhalte für Text und Data Mining im Sinne von § 44b UrhG ausdrücklich vor.
Umschlaggestaltung: bürosüd° GmbH, München
Titelabbildung: © www.buerosued.de (Landschaft); Berliner Denkmalschutzbehörde, Straßenansicht von der Gierstraße, um 1911 (Klinik) © Elena Gonzalez / Arcangel (Junge)
Satz: Pinkuin Satz und Datentechnik, Berlin
Gesetzt aus der Dolly
Druck und Bindearbeiten: ScandBook, Litauen
ISBN 978-3-548-06796-4

1

1. Mai 1948

Die Kronen der Mandelbäume beschatteten die Tafel, die Marlene von Weilert im Garten der Villa aufgebaut hatte. Eine Girlande aus geflochtenen Gänseblümchen, die ersten dieses Frühlings, wand sich um die Kuchenplatten und silbernen Kerzenständer.

Marlene hob ihr Kelchglas und prostete den Geburtstagsgästen zu. »Auf unseren Maximilian und darauf, dass er uns noch viele Jahre erhalten bleibt.« Sie trat vor ihren Ehemann, lächelte ihn liebevoll an und stieß ihr Glas vorsichtig gegen seines.

Er trug Anzug und Fliege, wie eh und je. Seit fast dreißig Jahren waren sie verheiratet, und sie freute sich auf jeden weiteren Tag mit ihm. Sie nahm einen Schluck vom Sekt, der hervorragend schmeckte. Es war Jahre her, dass sie so fürstlich getrunken hatten. Die Freifrau von Porz aus der Nachbarsvilla hatte am Vormittag mit herzlichen Glückwünschen zwei Flaschen herübergebracht. Die alte Dame zählte wie die von Weilerts zu den wenigen Adligen, die nach der Machtübernahme der Kommunisten nicht in den Westen geflohen waren.

»Ich wünsche mir heute keine Geschenke, sondern eine

friedliche Zukunft mit dir«, antwortete Maximilian in zärtlichem Ton und streichelte Marlene die Wange.

Aus dem stürmischen Paar, das sie einst gewesen waren – romantisch, spontan und leidenschaftlich –, war eine besonnene Familie geworden, die Liebe, Verlust und Aufopferung nur noch enger zusammengeschweißt hatte.

Sie küsste seine Daumenkuppe, dann sagte sie: »Frieden, den wünschen wir uns alle«, und wandte sich den anderen Familienmitgliedern zu, die daraufhin nickten.

Das Ende des Krieges lag bereits drei Jahre zurück, aber die politische Situation hatte sich noch immer nicht beruhigt. Deutschland war von den Siegermächten in vier Besatzungszonen und Berlin in vier Sektoren eingeteilt worden. Weißensee lag im sowjetischen Sektor. Auch wenn die Vereinigten Staaten von Amerika, Frankreich, England und die Sowjetunion die oberste Regierungsgewalt gemeinsam ausübten, waren Diskussionen über die Zukunft des Landes an der Tagesordnung. Die Versorgungslage war prekär. Vor allem fehlte es an Lebensmitteln, Medizinprodukten, Drogeriewaren und Kraftstoff. Trotz allem war Marlene voll Hoffnung, dass es endlich bergauf gehen würde, wenn die Trümmer beseitigt waren. Sie alle mussten nach vorne schauen.

»Vielen Dank, dass ihr gekommen seid«, ergriff Maximilian das Wort. Ein leichter Frühlingswind wehte durch sein graues Haar und ließ es an der Stirn auffliegen. Das Grau stand ihm ausgezeichnet, fand Marlene.

»Es ist mir immer wieder eine Freude, euch hier willkommen zu heißen.« Maximilian wies zur Villa hinter sich, die trutzig wie eine Burg dastand. Der Krieg hatte ihr nichts anhaben können. »Vierundsechzig ist noch kein biblisches

Alter, weswegen ich wenigstens auf meinen Achtzigsten hoffe«, fuhr er fort. »Ein paar Geburtstage müsst ihr also noch mit mir feiern.« Schmunzelnd machte er mit Marlene an seiner Seite die Runde um die Tafel. Seine Gelenke waren schon etwas steif, aber das ließ er sich heute noch weniger als sonst anmerken. Erst prostete er seiner Schwägerin Emma zu, die sich – um die Herrschaft der Nationalsozialisten zu überleben – von ihrem Mann Kurt hatte trennen müssen. Dann hob er sein Glas in Richtung seines Neffen Theodor, der extra aus London angereist war, und stieß kurz darauf mit seinem jüngsten Sohn Franz an.

Marlene zwang sich, in diesem Moment nicht an Franz' älteren Bruder zu denken. Albert wäre jetzt neunundzwanzig gewesen. Sie schob sich ihre Brille die Nase hinauf. Ihr neues Gestell war am Rand dicker, an den Außenseiten nach oben geschwungen und so grün wie die feuchten Wiesen bei Lübars. Es erinnerte an die Form von Katzenaugen und verlieh ihr einen frischen und modernen Ausdruck. Genau das Richtige für den Beginn einer neuen Zeit.

Als Maximilian vor Lissi, seine Nichte, trat, fiel die ihm um den Hals. Marlene verstand, was er ihr zuflüsterte: »Du wirst das morgen großartig machen!«

Lissi nahm ihren Onkel noch fester in die Arme und wollte ihn gar nicht mehr loslassen. Dann überreichte sie ihm ein Geschenk: ein Schild aus Emaille. Es war für seine Arztpraxis im Erdgeschoss der Villa und zeigte veränderte Öffnungszeiten, weil Maximilian schon länger kürzertreten wollte.

Marlene lächelte über diesen Wink mit dem Zaunpfahl, den guten Vorsatz endlich in die Tat umzusetzen. Sie selbst war noch nicht bereit, beruflich kürzerzutreten. Zu sehr hing sie an der Arbeit mit den kleinen Patienten in der Kinderklinik. Außerdem fühlte sie sich mit ihren fast sechsundfünfzig Jahren noch außerordentlich fit und der oft hektischen und verantwortungsvollen Arbeit als Oberärztin gewachsen.

Maximilian umarmte seine einzige Tochter Katharina nun ebenso fest wie eben noch Lissi. Die knapp Sechzehnjährige machte sich nicht so schnell frei wie aus den Umarmungen ihrer Mutter. Das übersah Marlene nicht. Außer ihrer Ähnlichkeit – die wilden Locken, die unauffälligen Gesichtszüge und der schmale, hochgewachsene Körper mit den zu langen Beinen – hatten sie nicht viel gemein, was sie sehr bedauerte. Katharina war oft lustlos und wenig interessiert, nicht mal an der Schule. Es lag wohl an diesem besonderen Alter, in dem Mädchen zu Frauen wurden.

Zurück am Kopfende der Tafel, forderte Maximilian die Gäste auf zuzugreifen. Zwei Kuchen hatte Marlene von den Zutaten backen können, die ihre Lebensmittelkarten für diesen Monat hergaben. Ein Rationierungssystem aus fünf verschiedenen Karten sollte den Bedarf der Bevölkerung irgendwie decken. Dass die Karten der Kategorie »fünf«, die für Kinder bestimmt waren, auch »Friedhofskarten« genannt wurden, sprach Bände.

»Mmmmh, ist der Apfelkuchen gut«, schwärmte Emma mit halb vollem Mund.

Marlene lächelte ihre Schwester an. Sie war so froh, dass Emma noch lebte und endlich zurück in Weißensee war.

»Der Pflaumenkuchen ist auch echt dufte!«, pflichtete Lissi zwischen zwei Schlucken aus der Kaffeetasse bei. Katharina verdrehte daraufhin die Augen und schob sich missmutig einen Bissen in den Mund.

Marlenes Blick glitt von ihrer Tochter weg und in die Kronen der Mandelbäume über ihnen. Sie zeichneten sich scharf vor dem blauen Himmel mit den Federwölkchen ab und bogen sich unter der Last Hunderter rosa Blüten. Jeder Baum stand für die Ankunft eines Kindes in ihrem Leben: erst Albert und Franz – die Jungen hatten sie adoptiert –, dann Katharina.

Genießerisch sog sie den Duft der wohlriechenden Blüten ein. Zu oft hatte während des Krieges der Gestank von rauchendem Feuer, verbranntem Fleisch und Fäulnis über Berlin gelegen. Nach vorne schauen!, erinnerte sie sich in Gedanken.

Nachdem der Kuchen aufgegessen war, spielte Marlene mit Lissi Federball, und Theodor tanzte mit Emma. Im weiteren Verlauf des Nachmittags entspann sich ein Federballturnier. Zur Überraschung aller gewann Theodor mit einigem Abstand, sogar zu Marlene. Er sprach längst fließend Englisch und trug Tweedsakkos. Franz hatte trotz mehrfacher Aufforderung nicht mitmachen wollen und saß eher teilnahmslos am Rand des ausgelassenen Geschehens. Auch als die Dämmerung einsetzte und die Feiernden erschöpft auf den Rasen sanken, weigerte Franz sich, auf seiner alten Gitarre ein paar Lieder zum Besten zu geben. Maximilian spendierte Pfefferminzlikör, den es nur an Feiertagen gab und dann tröpfchenweise. Bei dem Gedanken, dass sich die Dinge in ihrem Leben zum Guten entwickelt hatten, flutete eine warme Welle Marlenes Körper. Sie saßen beisammen und genossen die abendliche Ruhe in Weißensee.

Als es gegen einundzwanzig Uhr richtig kalt wurde, verabschiedeten sich die Gäste. Nur Lissi blieb noch, um Marlene vom Befinden der Tiere auf dem *Hof Sonnenschein* zu berichten. Der Hof lag am Rand von Weißensee und hatte es sich zur Aufgabe gemacht, alten, kranken und misshandelten Tieren ein Zuhause zu geben. Lissi half dort mit und wollte heute Abend noch einmal vorbeischauen.

Nachdem sie kurz berichtet hatte, dass Esel Beppo gerade nicht fressen wollte, hakte sie sich bei Marlene ein und schmiegte sich an sie. »Ich freue mich, dass wir uns ab morgen täglich sehen.«

Marlene küsste ihre Nichte auf die Stirn. »Ich bin sehr stolz auf dich, die Jahrgangsbeste der Universität in Bern.« Ihr Blick sprang hoch zum Fenster von Katharinas Zimmer, wo Licht brannte. Die Erziehung von Franz und Albert war einfacher gewesen als die ihrer Tochter.

Lissi strahlte übers ganze Gesicht. »Morgen ist der wichtigste Tag in meinem Leben!«

»Dein erster Tag als Assistenzärztin an der Kinderklinik.« Marlene lächelte. »Falls du Hilfe brauchst, ich bin immer für dich da.«

»Danke, Tante Lene. Du bist die Beste.« Lissi nickte. »Jetzt muss ich aber los.«

Marlene brachte ihre Nichte zum Tor des Anwesens. Nach einer innigen Umarmung radelte Lissi los.

Das Quietschen der Fahrradkette war längst verklungen, als Marlene immer noch da stand. Sie schaute in Richtung Kinderklinik, die in etwa einem Kilometer Entfernung lag. Dort hatte ihr Leben nach dem Waisenhaus mit der Ausbildung zur Kinderkrankenschwester einst begonnen. Vor sieben Jahren war sie schließlich zur Oberärztin befördert worden, sodass ihr nun die Betreuung der neuen Assistenzärztin oblag. Die weitere Erforschung des Penicillins hatte sie aus Zeitgründen anderen überlassen.

»Kommst du mit rein, Liebling?«, rief Maximilian. Er hatte die Tafel abgeräumt und die Federballschläger verstaut. »Es donnert schon und wird sicher gleich regnen.« Er deutete zum Himmel und ging voran ins Haus.

Marlenes Blick verharrte noch einen Moment in der Ferne. Dann zog sie sich ihren leichten Mantel enger um die Schultern und lief ins Haus.

Sie fand Maximilian in Gedanken versunken vor dem Fenster im großen Salon vor. Sie hatten noch keine neuen Vorhänge für den prunkvollsten Raum der Villa kaufen können. Die alten waren für Kleidung verwendet worden.

Maximilian hatte den Blick in jene Ecke des Gartens gerichtet, wo der Pavillon stand. Dort hatte seine Mutter, Gräfin Dorothea von Weilert, häufig gesessen, Zeitung gelesen, bei einer Tasse Tee den Tag genossen und ihre Enkel beim Spielen beobachtet. Mit über achtzig war sie im letzten Jahr verstorben und neben ihrem Mann bestattet worden.

Marlene umfasste Maximilian von hinten und schmiegte sich an ihn, während es draußen zu regnen begann.

Nachdem sie eine Weile geschwiegen hatten, wandte er sich zu ihr um. »Die Villa ist das Einzige, das mir von meinen Eltern geblieben ist.« Nach dem Tod seiner Mutter hatte er keines der schweren barocken Möbel weggeräumt, geschweige denn verheizt – eine Maßnahme, zu der andere während des Krieges gezwungen gewesen waren. Maximilian hatte lieber gefroren.

»Die Villa war unser Schutz vor der Unbill der Welt draußen«, dachte Marlene laut, während Regentropfen wie kleine Geschosse gegen die Scheibe schlugen. Hier waren ihre Kinder aufgewachsen. »In ein paar Jahren ziehen wir ins zweite Obergeschoss hoch und überlassen Franz unsere

Wohnung und die Praxis im Erdgeschoss.« Sie hoffte, dass er durch sein Medizinstudium an der Humboldt-Universität zurück ins Leben finden würde. Er wohnte nahe der Charité, dem Lehrkrankenhaus der Universität, in Berlin-Mitte, in einem Studentenzimmer am Schiffbauerdamm.

»Eine schöne Vorstellung«, sagte Maximilian und lächelte mit väterlich liebevollem Gesichtsausdruck.

Marlene konnte nicht anders, als ihn zu küssen. Sanft trafen ihre Lippen auf seine. Sie wollte gerade fordernder werden, als sie innehielt. Hatte es an der Tür geklingelt? Sie war sich nicht sicher. Maximilian schien nichts gehört zu haben, denn er zog sie zu sich heran und gab sich dem innigen Moment hin. Seine Hände fuhren Wirbel für Wirbel ihren Rücken hinab, sodass Marlene ein lustvoller Seufzer entglitt. Fast fühlte sie sich wieder wie die junge Schwesternschülerin, die sich einst im Hörsaal der Kinderklinik in Doktor Maximilian von Weilert verliebt hatte.

Erst als das Klingeln stürmischer wurde, öffnete Marlene die Augen. Maximilian ließ zögerlich von ihr ab. Seine Lippen glänzten noch feucht vom Kuss. Er streichelte über ihren Hals, dann sagte er: »Ich sehe kurz nach«, und lief hinab in die Eingangshalle. Nächtliche Besuche kamen häufiger vor. In der Regel waren es Mütter mit ihren Kindern, verletzt oder todkrank.

Marlene war noch benommen von den Zärtlichkeiten. Mit einem verliebten Lächeln ging sie in die Praxis und machte vorsorglich Licht. Mit einem Ohr horchte sie zur Tür. Sie erkannte die Stimme des Dienstmädchens der Freifrau von Porz von nebenan.

Als sie Maximilian ihren Namen rufen hörte, eilte sie zu ihm an die Haustür. »Lene, uns bleibt nicht viel Zeit!«

Maximilians Hände zitterten, wie auch die der nächtlichen Besucherin. Dem Dienstmädchen liefen Regentropfen über die Stirn, und seine Haube war durchnässt.

»Was ist passiert?«, wollte Marlene wissen. So aufgebracht hatte sie Maximilian lange nicht gesehen. Er war ein ruhiger Mann und blieb bei den schwierigsten Patienten gelassen.

Das Dienstmädchen erklärte Marlene: »Die Freifrau von Porz schickt mich. Ich soll Ihnen ausrichten, dass Sie und Ihr Gatte sofort fliehen müssen!«

Sie mussten mitten in der Nacht fort? Ihr Zuhause, ihre Festung, verlassen? Marlene fragte sich, ob das Mädchen betrunken war.

»Die sowjetischen Besatzer haben gerade das Haus der Witwe von Zillenberg gestürmt und sie verhaftet!«, presste das Mädchen atemlos hervor. »Wir und Sie sind die Nächsten!« Panisch schaute sie zur Straße.

»Aber man kann uns doch nicht einfach verhaften!«, widersprach Marlene und musste unweigerlich an jenen Volksentscheid aus dem vergangenen Jahr denken, mit dem Betriebe und anderes Privateigentum von Kriegs- und Naziverbrechern entschädigungslos verstaatlicht, die Besitzer verhaftet und teilweise in sowjetische Arbeitslager verschleppt worden waren. Besserungslager für *sozial gefährliche Elemente.*

Maximilians Gesichtsausdruck war voller Trauer, als er seinen Blick noch einmal durch die Empfangshalle und die davon abgehenden Räumlichkeiten schweifen ließ. Marlene mutmaßte, dass er bereits Abschied nahm.

»Sie sprechen von Entnazifizierungsmaßnahmen«, berichtete das Dienstmädchen aufgeregt, »und davon, dass sie endlich hart durchgreifen! Die Freifrau und meine Wenigkeit haben es durchs offene Fenster gehört.«

Marlene schaute wie vom Blitz getroffen auf. »Wir sind doch keine Nazis!« Sie hatte Hitler und seine Partei verabscheut. Sie und Maximilian hatten Benjamin Levy, dem ehemaligen jüdischen Klinikdirektor, und seiner Ehefrau Marie-Luise zur Flucht nach New York verholfen.

»Die Freifrau glaubt, dass die verbliebenen Familien, die einen Adelstitel oder größeren Besitz haben«, das Dienstmädchen wurde immer panischer, »nun unter dem Generalverdacht stehen, mit den Nazis zusammengearbeitet und sie durch Geldmittel unterstützt zu haben.«

»Was für ein Unsinn!«, fluchte Marlene. Heiße Wut stieg in ihr auf. War nicht auf der Potsdamer Konferenz von den Siegermächten beschlossen worden, das deutsche Volk weder zu vernichten noch zu versklaven? Stattdessen sollte ihm die Möglichkeit gegeben werden, ein Leben von Neuem auf demokratischer und friedlicher Grundlage aufzubauen.

»Ich muss rüber!«, sagte das Dienstmädchen und nahm beim nächsten Atemzug schon die ersten Stufen die Eingangstreppe hinab. »Die Freifrau und ich müssen uns in Sicherheit bringen«, rief sie im Laufen und war kurz darauf verschwunden.

Während Maximilian sich beeilte, das Licht in der Villa auszuschalten, lähmte der Schreck noch Marlenes Körper. Aus der Zeitung wusste sie, dass die Entnazifizierung in der sowjetischen Besatzungszone sehr ernst genommen wurde, sollte doch eine neue, sozialistische Gesellschaftsordnung aufgebaut werden. Aber es konnte doch nicht rechtens sein, alle Adligen bei Nacht und Nebel zu verhaften!

»Lene, pack deine Sachen! Sofort!«, rief Maximilian aus dem Obergeschoss. »Uns bleibt nur die Flucht aus dem russischen Sektor!«

Das Herz schlug ihr bis zum Hals, als sie, so schnell es in dem dunklen Haus möglich war, die Treppe hinauflief. Sie würden verschwinden wie Schwerverbrecher? Ihre Heimat verlassen? Von der Straße drang das Geräusch von Motoren ins Haus. Bei dem Lärm musste es ein halbes Dutzend Automobile sein.

Orientierungslos taumelte Marlene durch den Flur des Obergeschosses, bis sie die Tür zum Schlafzimmer fand. Dort machte sie sich daran, ihre Sachen zusammenzuraffen: einen warmen Pullover, Unterwäsche und eine kleine Taschenlampe für den nächtlichen Weg raus aus dem sowjetischen Sektor. Immerhin war sie noch so klar bei Verstand, dass sie wusste, wo sie ihre Papiere aufbewahrten: in der Kommode im großen Salon. Sie stopfte die Dokumente gerade in ihre Tasche, als es erneut klingelte.

»Öffnen Sie sofort die Tür, hier ist die Kriminalpolizei!«, forderte ein Mann mit rauer, befehlsgewohnter Stimme.

Vor Angst zitternd schlich Marlene ans Fenster und schaute nach unten. Vor dem Tor standen fünf Männer mit Holzknüppeln, aber ohne Uniform. »Wenn Sie nicht umgehend öffnen, rammen wir das Tor und die Haustür ein!«

Maximilian zog Marlene vom Fenster weg. Seine Finger waren kalt und zitterten noch immer. Wortlos nahm er ihre Tasche und schob Marlene hinaus in den Flur, wo Katharina blass und sprachlos wartete. Wie früher, als sie noch ein kleines Mädchen gewesen war, das es zu beschützen galt, streckte sie die Hand nach ihrem Vater aus.

»Wir nehmen den Weg durch den Garten!«, sagte er leise. Er trug seinen teuren beigen Wollmantel aus besseren Zeiten.

Auf dem Weg hinaus klaubte Marlene in der Küche noch etwas Brot und Käse zusammen. Dabei erinnerte sie sich an Berichte über sowjetische Lager, wohin verurteilte Nationalsozialisten nach dem Krieg gebracht worden waren. Bei der Vorstellung, dass sie nach monatelangem Transport womöglich am nördlichen Polarkreis ackern müssten, Tausende Kilometer fern der Heimat, fern von Weißensee, drohte ihr schwindelig zu werden.

Im Garten lief Katharina hektisch atmend voran, rutschte aber nach wenigen Schritten auf dem regennassen Rasen aus.

Maximilian erstickte den Schrei seiner Tochter mit der Hand. »Komm, weiter!«, mahnte er und zog sie hoch. Dann wandte er sich Marlene zu. »Liebling, lauf schneller!«

Die Gläser ihrer Brille waren voller Schlieren, Regentropfen liefen daran hinab. Marlene sah kaum noch etwas und zuckte zusammen, als sie vom Tor ein lautes Krachen hörte. Ihr Herz pochte so wild wie kurz vor einem Infarkt, aber sie lief schneller. Sie hetzten durch das Beet mit den Edelrosen auf jenen Punkt in der Hecke zu, wo der Bewuchs löchrig war und ein Durchkommen bis an den Zaun heran am aussichtsreichsten. Der Regen wurde stärker.

Maximilian drückte sich durch die Hecke und mit dem Rücken gegen den Stahlzaun. Seine ineinander verhakten Hände bot er zuerst Katharina als Steighilfe an.

»Sei vorsichtig!«, rief Marlene ihrer Tochter zu. Am oberen Ende des Zauns war nichts, um sich festzuhalten, und der Regen machte es nicht leichter. Der Stahl war wie eine glatte, rutschige Wand, die nur mit Schwung zu erklimmen war.

Sie hörte, wie Katharina mit einem Keuchen auf der anderen Seite landete, dann verschränkte Marlene ihre Hände ineinander und hielt sie Maximilian hin. Er war mager geworden über die Jahre, sie würde ihn problemlos hochbekommen.

Maximilian schüttelte vehement den Kopf. Das graue nasse Haar klebte ihm an Stirn und Schläfen. »Du gehst als Nächstes!«, befahl er in ganz neuem, schroffem Ton.

Marlene hob abwehrend die Hände. Sie wollte nicht, dass es Maximilian war, der allein zurückblieb. Ohne Hilfe war der Zaun nicht zu überwinden.

»Jetzt kommt endlich!«, rief Katharina von der anderen Seite.

Marlene schaute zur Villa und sah Lichtkegel von Taschenlampen aufblitzen. Die Polizei war inzwischen ins Haus gelangt.

»Lene, bitte!«, drängte Maximilian und hielt ihr seine verhakten Hände auffordernd entgegen.

In der Villa wurde die Hintertür zum Garten aufgerissen. »Sie müssen hier irgendwo sein! Durchsucht den Außenbereich!«, befahl jemand. Im Erdgeschoss wurde Licht gemacht, was den Rasen und die Beete hinterm Haus ebenfalls erhellte.

»Ich werde hier schon irgendwie rauskommen«, versicherte Maximilian. »Lauft ihr zu Doktor Klauber nach Charlottenburg, Kantstraße drei. Er wird euch aufnehmen. Wir treffen uns dort.«

Marlene nickte schweren Herzens.

»Ich liebe dich für immer und ewig«, sagte er und ergriff ihre Hände wie einst vorm Altar. »Es war mir eine Ehre, das frechste, charmanteste und klügste Mädchen aus ganz Berlin geheiratet zu haben.«

»Ich liebe dich auch, Maximilian von Weilert. Für immer und –«

Maximilian küsste Marlene auf den Mund, bevor sie ausreden konnte, dann gab er ihr mit seinen Händen Schwung nach oben, sodass sie es über den Zaun schaffte.

Sie kam hart auf dem matschigen Boden auf der anderen Seite des Zaunes auf. Ihre Knie schmerzten plötzlich. Mit verzerrtem Gesicht stand sie auf und schaute die vom Mond beschienene Seitenstraße hinab. Benommen griff sie nach Katharinas Hand und ging voran. Um nicht aufzufallen, durften sie nicht laufen. Es zerriss ihr das Herz, sich ohne Maximilian auf den Weg nach Charlottenburg zu machen.

***

2

2. Mai 1948

Die Morgensonne ging hinter dem Stall auf und brachte das Stroh auf dem Boden durch die Fenster zum Leuchten. Lissi hatte es gestern Abend nach der Feier noch frisch für den kranken Esel ausgestreut. Sie war hellwach, obwohl sie seit vierundzwanzig Stunden nicht geschlafen hatte. Erst die Geburtstagsfeier ihres Onkels, dann der späte Besuch auf *Hof Sonnenschein* und die Wache an Beppos Lager. Ein paarmal wäre sie fast eingeschlafen, hatte sich aber doch immer wieder wach halten können. Sie hatte den Hausesel im Kampf um sein Leben nicht eine Minute allein lassen wollen. Gegen drei Uhr in der Früh hatte es noch so ausgesehen, als wären seine Stunden gezählt. Mit halb offenen Augen hatte Lissi ihm Mut zugesprochen, ihm sein Heu schmackhaft gemacht und seine Decke gerichtet. Dass Beppo eben seinen ersten Halm gefressen hatte, ließ sie jedoch alle Anstrengung vergessen.

Beppo lag noch geschwächt auf seiner Decke, Lissi kniete daneben. »Und jetzt noch einen Happen.« Sie streckte dem zottigen Tier eine weitere Portion Heu hin.

Zurückhaltend tastete er mit der Schnauze danach.

Lissi rief den Tierarzt herbei, der in den frühen Morgenstunden geholfen hatte, die Ferkel einer Sau zu entbinden, die eigentlich viel zu geschunden auf den Hof gekommen war, um noch einmal zu gebären.

»Er frisst wieder«, berichtete sie aufgeregt. »Endlich zeigt das krampflösende Mittel Wirkung!« Vor zwei Tagen war bei Beppo eine Magenkolik diagnostiziert worden. Das Tier hatte kaum noch gefressen, sich festgelegen und war abgemagert, obwohl Fressen sonst seine Lieblingsbeschäftigung war.

Lissi half dem Arzt, den Esel wieder auf die Beine zu stellen. »Du wirst wieder ganz gesund!«, versicherte sie dem Tier, als es sicher stand, und kraulte ihm die Ohren, was Beppo besonders mochte. Wie als Antwort wackelte er damit.

Lissi kümmerte sich um den Esel, seitdem sie für ihr Medizinalpraktikum an der Charité aus der Schweiz zurückgekommen war. Beppo hatte einst Kunststücke für eine fahrende Truppe aufgeführt, aber als er die Hufe nicht mehr hochbekam, hatten seine Besitzer ihn vor *Hof Sonnenschein* angebunden. Um den Hals trug er einen Zettel, auf dem sie Beppos Geschichte geschrieben hatten und um seine Aufnahme baten. Er war der am wenigsten störrische Esel, den sie kannte.

Lissi stand auf, putzte sich das Stroh von der Kleidung und schaute auf die Uhr. Es war bereits halb sieben. »Ich muss los, Großer«, sagte sie zu Beppo. »Heute Abend schaue ich wieder nach dir.« Sie umarmte ihn noch einmal, verabschiedete sich beim Tierarzt und verließ den Stall.

Sie musste sich beeilen! Erst schnell nach Hause, um sich für den ersten Tag als Assistenzärztin umzuziehen, dann zur Klinik. Sie rannte durch Weißensee, obwohl sich das für eine junge Frau ihres Alters längst nicht mehr gehörte. Sie war siebenundzwanzig. Die klare Luft, die der nächtliche Regenguss hinterlassen hatte, umströmte sie angenehm kühlend. Es hatte begonnen zu regnen, kurz nachdem sie die Villa verlassen hatte, und bis in die frühen Morgenstunden nicht aufgehört.

Als Lissi in ihrer Wohnung in der Wilhelmstraße ankam, schlief ihr Bruder Theodor noch. Während seines Besuchs wohnte er bei ihr, obwohl es in der Einzimmerwohnung eng war. Die zurückliegenden sieben Tage hatten sie sich viel zu erzählen gehabt, denn Lissi wollte alles über sein Leben in London wissen. Leise wusch Lissi sich mit Wasser aus der Schüssel, kämmte ihre Haare in aller Eile, band sie zusammen und schlüpfte in frische Kleidung. Sie schulterte ihre Tasche, prüfte, ob sie auch wirklich ihr Stethoskop dabeihatte, und schmiegte sich kurz an den schnarchenden Theodor. »Schlaf dich richtig aus, Brüderchen.«

Mit federndem Gang verließ sie die Wohnung und lief die Wilhelmstraße hinab. Ihr kastanienbrauner Pferdeschwanz wippte am Hinterkopf im Rhythmus ihrer Schritte. »Eine gute Ärztin weiß, dass Kinder keine kleinen Erwachsenen sind, sondern eigene Krankheiten und Befindlichkeiten haben«, sprach sie vor sich hin. Ob sie jemals eine so gute Kinderärztin wie ihre Tante werden würde? Zweifelnd glitt ihr Blick an ihrem Bein hinab. Im Medizinstudium hatte sie härter als alle anderen gearbeitet, um zu beweisen, dass eine wie sie es schaffen konnte. Sie griff in ihre Tasche, schob sich aus der kleinen Blechschachtel ein Malzbonbon in den Mund und lief weiter. Es bestärkte sie, dass ihre Familie hinter ihr stand. Bis auf Katharina, ihre Cousine, hatten ihr gestern alle einen erfolgreichen Start an der Kinderklinik gewünscht.

An einem Kiosk auf der Berliner Allee streckte eine alte

Frau ihren Kopf durch die Verkaufsluke. Über ihr hing noch ein Schild mit dem Wort *Luftschutzkeller* und darunter ein Pfeil, der auf das nächstgelegene Haus wies. »Allet Jute, meen Kind!«

Lissi winkte der Kioskbesitzerin zu, bei der sie an weniger stressigen Tagen eine Zeitung kaufte, während sie weiter vor sich hin sprach: »Eine gute Ärztin versorgt nicht nur die Kinder, sondern auch deren Eltern. Genauso wie ihr Nachwuchs bedürfen sie beruhigender, aufklärerischer und anweisender Gespräche.« Sie bog in die Kniprodeallee ein und konnte in der Ferne schon das Gelände der Kinderklinik erahnen.

Aufgeregt hielt Lissi auf das Tor zum Klinikgelände zu. Es war ihr erster Tag an jener Klinik, in der ihre Tante Marlene Oberärztin war und seit Jahrzehnten kranke Kinder wieder gesund machte. Sie war sehr gespannt auf die Kollegen und konnte es kaum erwarten, bald ihren neuen Behandlungsansatz für neurologisch erkrankte Kinder anwenden zu dürfen. Vor ihrem inneren Auge konnte Lissi schon das leuchtende Gesicht eines Mädchens sehen, dem Bauernhoftiere wie Esel und Ziege bei der Heilung halfen. Sie kannte kein Krankenhaus, das diesen neuen Ansatz wagte. Die Kinderklinik würde das erste sein.

Plötzlich prallte sie gegen etwas, und ein stechender Schmerz fuhr durch Lissis Körper. »Autsch!« Noch ganz außer Atem rieb sie sich die Schulter. Ihr Brustkorb hob und senkte sich rasch, so sehr war sie in Eile gewesen.

»Können Sie nicht die Augen aufmachen?« Ein junger Mann stand vor ihr und fuhr sich brüskiert über die Brust. Er musste just in dem Augenblick aus dem Tor getreten sein, als sie hineinwollte.

»Und was ist mit *Ihren* Augen?«, fragte Lissi zurück, die Hand auf der schmerzenden Schulter. Das Stirnhaar klebte ihr verschwitzt über den Augenbrauen.

»Sie haben eine ziemlich spitze Zunge«, antwortete der Mann und betrachtete sie flüchtig. Er wirkte aufgelöst.

Lissi mochte es gar nicht, wenn man mit ihr wie mit einem kleinen Mädchen sprach, auch wenn sie dem Äußeren nach oft noch für eine Abiturientin gehalten wurde. Dabei war sie eine bestallte Ärztin, die nach Beendigung ihres Studiums zügig die Promotion zum *Doctor medicinae*, kurz Dr. med., geschafft hatte.

»Wie wäre es mit einer Entschuldigung?«, fragte er.

»Sie sollten sich bei mir entschuldigen und nicht andersherum«, entgegnete sie.

»Wenn Sie das so sehen, ist Ihre Kinderstube nicht die beste gewesen«, bemerkte er.

»*Sie* haben *mich* doch umgerannt!«, gab Lissi empört zurück. Noch mehr ärgerte sie sich jedoch darüber, dass dieser dunkelhaarige Mann – vermutlich Franzose oder Italiener – ihre Eltern beleidigte. »Meine Kinderstube, in der ich übrigens dazu ermutigt wurde, meine Meinung zu vertreten, war hervorragend!«, erklärte sie, auch wenn ihre Eltern ihr ans Herz gelegt hatten, stets diplomatisch zu sein und sich nicht provozieren zu lassen.

Einen sprachlosen Moment lang fixierte der Mann sie genauer, und Lissi wurde sich plötzlich ihres Äußeren bewusst: das kastanienbraune Haar zum Pferdeschwanz gebunden, das Stirnhaar, das vom Zusammenstoß sicher ungeordnet war, und die ungeliebten Sommersprossen, die auch auf ihren geröteten Wangen deutlich sichtbar sein mussten. Sein Blick wanderte zu ihrer Arzttasche. »Das hier ist übrigens der Eingang zu einem Krankenhaus«, sagte er dann, »nicht das Tor zur Anstalt für schwer erziehbare Kinder. Die ist drei Straßen weiter. Soll ich Sie hinbringen?«

Lissi funkelte ihn wütend an. Wenn er weiter so dreist daherredete, vergaß sie ihre gute Kinderstube wirklich noch! Am liebsten hätte sie ihm eine spitzzüngige Erwiderung an den Kopf geworfen, aber ihr fiel so schnell keine ein. »Ich muss zur Arbeit!«, bekam sie lediglich heraus. Sie strich sich den Pony aus der Stirn und ging so gelassen wie möglich auf das Hauptgebäude der Klinik zu. Vermutlich war er der Vater eines kranken Kindes, das hoffentlich nicht auf ihrer Station lag. Er hatte ihr den Start vermasselt, denn ihre Stimmung war nicht mehr ungetrübt.

Lissi atmete tief durch, dann lenkte sie ihren Blick auf die turmartigen Anbauten des Hauptgebäudes und die großen Doppelfenster. Der Bau beeindruckte sie, er strahlte trotz der Blessuren am Mauerwerk und der vielen kaputten Fensterscheiben eine einzigartige Ruhe und Sicherheit aus.

Emma stand am Haupteingang und winkte Lissi zu sich. Sie trug die Dienstkleidung der Oberschwester, das dunkelblaue knöchellange Kleid, obwohl sie diesen Posten seit ihrer Rückkehr nicht wieder innehatte. Stoff war noch immer knapp.

»Wo bleibst du denn?«, fragte Emma mütterlich besorgt, als Lissi sich näherte. Sie streckte ihrer Tochter den reinweißen Arztkittel hin. Als Lissi vor ihr angekommen war, zupfte sie ihr Heu aus dem Pferdeschwanz.

»Ich wurde aufgehalten«, erklärte Lissi knapp. Sie verbot es sich, noch einmal zum Eingangstor zurückzuschauen. Ihr Ärger über die unangenehme Begegnung war noch nicht verraucht.

Hastig zog sie sich den Arztkittel an, nahm das Stethoskop aus ihrer Tasche und hängte es sich um den Hals. »Lass uns reingehen, Mama! Gleich beginnt die Ansprache der Klinikleitung.«

Emma lächelte sichtlich angetan vom Anblick ihrer Tochter, dann schaute sie zur Einfahrt. »Lenes Fahrrad steht noch nicht am Zaun.«

Lissi wandte sich um. »Vielleicht hatte sie auf dem Weg hierher eine Reifenpanne? Oder es gab einen Notfall in der Praxis? Sie kommt sicher jeden Moment.«

Gemeinsam gingen sie in das Hauptgebäude und zum Speiseraum der Schwestern. Er befand sich wie auch die Aufnahme, die Ärztebüros, die Küche und die Laboratorien im Erdgeschoss.

Emma stoppte vor dem Speiseraum. »Bevor es gleich trubelig wird, wollte ich dir noch sagen, dass Papa und ich unheimlich stolz auf dich sind. Wir haben nie an dir gezweifelt.«

»Ich weiß, Mama«, sagte Lissi gerührt. Ihre Augen wurden feucht. »Und nach allem, was war, bin ich überglücklich, dich auf meinem weiteren Weg so nah bei mir zu haben.« Sie nahm ihre magere Mutter fest in den Arm, ungeachtet der Ärzte und Schwestern, die an ihnen vorbei in den Speiseraum gingen. Emma war erst zu Jahresbeginn an die Kinderklinik zurückgekehrt. Acht Jahre war sie fort gewesen.

Als sie den Raum betraten, hatte der neue Klinikdirektor Professor Nowikow bereits vor den Versammelten Aufstellung genommen. Es war auch sein erster Arbeitstag. Die Belegschaft hatte sich in einem Halbkreis um den kleinen Mann mit dem kahlen Kopf und dem breiten Schnauzer versammelt. Der Speiseraum zählte zu den größeren Räumen im Gebäude und wurde für wichtige Zusammenkünfte genutzt. Ein Gewirr aus hohen und tiefen Stimmen, aus freundlichen, energischen, aber auch verschlafenen erfüllte den Raum. Lissi spürte, dass sie von einigen Schwestern neugierig beäugt wurde.

Sie wurde nervös. Bei ihrem Medizinalpraktikum an der Charité war sie am ersten Tag mit einem Strauß Nelken begrüßt und mit netten Worten in die Belegschaft aufgenommen worden.

Als Igor Nowikow zu sprechen anhob, öffnete sich die Tür zum Speiseraum noch einmal. Hoffnungsvoll spähte Lissi hinüber, aber es war nicht Marlene. Sie spürte Unmut in sich aufsteigen, als sie den dunkelhaarigen Mann vom Kliniktor sah. Nun mit einem weißen Kittel bekleidet, gesellte er sich zur Ärzteschaft.

Lissi war geschockt. Er war nicht etwa der Vater eines Patienten, sondern Arzt hier an der Klinik? Ach, du lieber Gott! Ausgerechnet er würde ihr Kollege sein? Nervös tastete sie nach dem Stethoskop um ihren Hals und umfasste den Schalltrichter. Vor fast zwanzig Jahren war es ein Weihnachtsgeschenk von Marlene gewesen. Jahrelang hatte Lissi damit das Abhorchen an ihrer Puppe geübt, bis sie es als Studentin der Medizin erstmals an echten Patienten zum Einsatz bringen konnte.

»Genossinnen und Genossen, *Towarischtschi*, ich freue mich, heute endlich die Stelle des Ärztlichen Direktors anzutreten«, begann der Professor. Er sprach mit russischem Akzent, das weiche »ch« sprach er hart aus. »Gemeinsam mit Ihnen als Kollektiv möchte ich für das Wohl und die Gesundheit der Patienten sorgen, auch wenn uns der Krieg mit seinen Folgen bis heute auf eine harte Probe stellt.«

Lissi wusste von ihrer Mutter, dass einige Klinikmauern durch Bombenluftdruck in Mitleidenschaft gezogen worden waren. Und die kaputten Fensterscheiben waren selbst im Speiseraum nicht zu übersehen. Am Oberlicht eines Fensters musste eine Pappe als Glasersatz herhalten. Im schlechtesten Zustand war das hintere der beiden Isolierhäuser. Es war unbenutzbar. Außerdem gab es seit Kriegsende so gut wie kein Desinfektionsmittel mehr. Die Versorgung mit Medikamenten und Hilfsmitteln war durch die Konzentration auf kriegswichtige Industrien in den vorangegangenen Jahren ins Stocken geraten und hatte noch nicht wieder aufgeholt werden können. Ein Großteil der Fabriken, die Arzneimittel herstellten, war entweder durch die alliierten Luftangriffe zerstört oder, wie so viele Industriebetriebe von den sowjetischen Besatzern, demontiert worden. Nach wie vor war es ein äußerst schwieriges Unterfangen, die medizinische Versorgung der kranken Berliner Kinder sicherzustellen. Vom Ärztemangel im sowjetischen Sektor gar nicht zu sprechen.

»Wir Genossen an der Klinik in Weißensee stehen vor einer großen Herausforderung«, fuhr Professor Nowikow fort, »weil die Kinder der Hauptstadt in ihrer Entwicklung besonders zurückgeblieben sind.«

Lissi nickte, als der Professor diesen Umstand auf die mangelhafte Versorgung mit Nahrung, Kleidung, Schuhen und Heizmaterial, auf die desolate Wohnsituation sowie katastrophale hygienische Standards zurückführte. Während ihres Medizinalpraktikums hatte sie viele Säuglinge mit Avitaminosen behandelt. Wegen Fett- und Vitamin-D-Armut in Verbindung mit notdürftigen Behausungen war mindestens die Hälfte ihrer kleinen Patienten rachitisch gewesen. Außerdem waren Schwächeanfälle, Ohnmachten und Läuseplagen an der Tagesordnung.

Vorsichtig glitt ihr Blick über die neuen Kollegen, angefangen bei den Ärzten, wanderte dann zur Oberschwester, den Stationsschwestern und Schwestern, dem Hauspersonal und dem Pförtner. Für die kommenden Jahre würde Lissi dazugehören und als Assistenzärztin ihre Ausbildung zur Fachärztin für Kinder- und Jugendmedizin absolvieren. Sie konnte es kaum erwarten, selbst zu operieren, zu anästhesieren und den gesamten Prozess – begonnen bei der Aufnahme der kleinen Patienten über die medizinische Betreuung, die Verschreibung von Medikamenten und die Therapierung bis hin zur Erstellung von Entlassungsbriefen – eigenverantwortlich durchzuführen. Sie war die Einzige, die hier zur Fachärztin ausgebildet wurde, schließlich war die Kinderklinik auch nur ein kleines Haus.

»Ich bin überzeugt, dass wir als Kollektiv alle Probleme meistern werden! Vor allem, weil die tatkräftige Genossin Vogel die Pflegeleitung übernommen und auch die Instandsetzung der Klinik geplant hat.« Professor Nowikow holte aus der Tasche seines Arztkittels einen Seidenbeutel heraus und griff hinein. »Sehen Sie dieses Abzeichen als neue Dienstbrosche an«, sagte er und hielt eines stolz hoch. »Jeder soll das Abzeichen tragen. Es steht für die Unterstützung der Schwächsten und dafür, dass wir in einem System leben, in dem alle die gleichen Rechte haben.« Er gab den Seidenbeutel herum, aus dem sich nun jeder ein Abzeichen nahm.

Lissi betrachtete das Stück genauer, bevor sie es sich ans Revers heftete. Auf der Form einer wehenden Fahne prangten die Köpfe von Engels, Marx und Lenin, und um die

Herren herum stand *Sozialistische Einheitspartei Deutschlands* geschrieben. Anders als ihre Eltern war sie zwar nicht in der Partei, die vor zwei Jahren aus der *Kommunistischen Partei Deutschlands* und der *Sozialdemokratischen Partei Deutschlands* hervorgegangen war, aber es störte sie nicht, das Abzeichen zu tragen.

Nachdem sich alle Versammelten ein Abzeichen angesteckt hatten und der Professor, an dessen Revers bereits zwei Ehrennadeln hefteten, zufrieden genickt hatte, blieb sein Blick an Emma hängen. »Wollen Sie Ihre Pläne erklären, Genossin Vogel?«

Emma trat vor und begann, die geplante Instandsetzung der Klinik zu erläutern. Die kaputten Fenster mussten ersetzt, Dachrinnen gereinigt und erneuert werden, Wände gestrichen, Putzarbeiten erledigt, die Haupteingangstreppe statisch überprüft werden und, und, und ... Lissi war von der leidenschaftlichen Rede ihrer Mutter ergriffen. Zuletzt kam Emma auf die fehlenden Patientenbetten zu sprechen, die beschafft werden mussten. Die alten Betten waren im Krieg für Berlins Lazarette abgezogen worden. Ziel war es, alle sechzig Krankenhausplätze, sobald es ging, wieder ordnungsgemäß auszustatten. Aktuell konnten sie lediglich dreißig kranke Kinder behandeln.

Lissi bewunderte die Energie und Tatkraft, mit der ihre Mutter die neue Zeit für die Kinderklinik schilderte. Wo sie den Glauben an das Gute noch hernahm bei allem, was sie in den vergangenen Jahren durchgemacht hatte?

Schlussendlich sprach Emma noch von den Beeten am Kopfende des Klinikparks, die sie schon im März, als der Boden nicht mehr gefroren gewesen war, angelegt hatte. Damit beabsichtigte sie, der Lebensmittelknappheit wenigstens für die kranken Kinder entgegenzuwirken. Sie bat alle Schwestern, sich an der Pflege der Beete zu beteiligen. Für ihre Ausführungen erhielt sie einen langen Applaus.

Aufgeregt knetete Lissi ihre Hände. Ob sie nun endlich vorgestellt wurde?

Auf ein Zeichen des Professors wurden jedoch erst einmal zwei Apparaturen hereingefahren. Als Igor Nowikow die Schutzhüllen davon abzog, bekam so manche Schwester große Augen.

»Diese elektrischen Säuglingswärmer schenkt die zentrale Gesundheitsverwaltung des sowjetischen Sektors der Kinderklinik Weißensee!«, erklärte er und erläuterte knapp deren Funktion.

Lissi kannte elektrische Säuglingswärmer aus der Schweiz. Sie unterstützten Frühgeborene bei der Regulation der Körpertemperatur. Herzstück war eine Säuglingsschale, um die herum Heizelemente angebracht waren. Die beiden Apparaturen waren ein Glücksfall für die Kinderklinik, wusste Lissi von ihrer Mutter doch, dass das alte System zum Wärmen von Neugeborenen, das mit heißer Luft arbeitete, die im Keller produziert und über Leitungen auf Station geblasen wurde, wartungsanfällig geworden war.

Da die Neugeborenenstation organisatorisch der Allgemeinen zugeordnet war, würde diese Neuerung Marlene besonders freuen.

Professor Nowikow ging dazu über, Fragen aus dem Kollegium zu beantworten.

Lissi war ein wenig enttäuscht, vergessen worden zu sein.

Der Ärztliche Direktor forderte alle dazu auf, sich mit neuer Zuversicht an die Arbeit zu machen. Bevor er die Belegschaft endgültig entließ, fragte er noch: »Weiß jemand, wo Genossin von Weilert abgeblieben ist?« Das Stakkato seiner Worte klang wie bei einer militärischen Übung.

Alle schüttelten den Kopf. Lissi hatte sich von Emmas Rede und den modernen Säuglingswärmern so mitreißen lassen, dass Marlenes Fehlen in den Hintergrund getreten war.

»Hat sie sich krankgemeldet?«, wollte der Ärztliche Direktor vom Verwalter wissen. Herr Steininger war der Einzige im Raum, der Anzug und Krawatte trug. Seine braunen Lederschuhe mit Budapester Muster wirkten perfekt poliert. Lissi fand, dass er freundlich aussah und gepflegt. Er war von beachtlicher Größe. Ganz anders als dieser, dieser ... unverschämte Doktor, der seine schlechte Laune an anderen ausließ. Der war wie sie selbst nur mittelgroß.

Herr Steininger schüttelte den Kopf. »Nein, keine Krankmeldung, Professor Nowikow. Ich mache mir auch langsam Sorgen. Es ist nicht ihre Art, zu spät zu kommen, ohne Bescheid zu geben.«

»Oberärztin von Weilert ist für elf Uhr für eine Operation eingetragen«, wusste Frau Doktor Feigenspann.

»Franka Feigenspann ist die Stationsärztin der HNO«, flüsterte Emma ihrer Tochter zu.

Lissi musste die ungewöhnliche Stationsärztin länger betrachten. Für eine Frau ihres Alters war Franka Feigenspann schon früh ergraut, aber es stand ihr ausgezeichnet. Im kühlen Deckenlicht schimmerte ihr Haar silberfarben. Sie trug es zu einem feinen Knoten am Hinterkopf zusammengebunden. Allein, weil ihre Haarfarbe im Gegensatz zu ihrem frischen Äußeren, der straffen, makellosen Haut und den hohen Wangenknochen stand, strahlte sie etwas Besonderes aus. Das Profil ihres Gesichts war so perfekt wie das von Modellen in Illustrierten. Sie lächelte mit vollen, geschwungenen Lippen. Lissi schätzte sie auf höchstens vierzig.

Sie hoffte, sie würden sich gut verstehen.

Trotzdem fand sie, dass Frau Doktor Feigenspann nicht so elegant wie ihre Tante wirkte. Ihr wurde mulmig zumute. Konnte Marlene mit dem Fahrrad in einen Unfall verwickelt worden sein? Oder mit dem Auto? Sie war nie eine gute, eher eine waghalsige Fahrerin gewesen.

Allmählich löste sich die Versammlung auf. Emma besprach sich mit der Oberschwester. In ihren dunkelblauen Gewändern glichen sie sich wie Zwillinge.

Lissi stand allein da und überlegte, mit wem sie ein erstes Gespräch beginnen konnte. Ihr Blick glitt über die Anwesenden. Die Entscheidung nahm ihr die Klinikköchin ab, gut erkennbar an der Schürze um den Leib und dem Geschirrtuch über der Schulter. Und auch sonst war die junge Frau mit ihren strubbelig kurzen karottenroten Haaren kaum zu übersehen.

»Der neue Doktor sieht nich schlecht aus, wa?«, raunte sie Lissi zu. »Der is erst vor zwee Wochen an die Kinderklinik jekommen.«

»Wen meinen Sie?«, fragte Lissi irritiert.

»Na, Doktor Olivera«, gab die Köchin zurück und wies mit dem Kinn, das, wie der Rest ihres Gesichtes, von Sommersprossen übersät war, zu dem Südländer hinüber. »Den haben Se doch gerade anjekiekt!« Sogar auf ihrer Nasenspitze und ihren Lippen leuchteten Sommersprossen.

Peinlich berührt schaute Lissi sich um, ob einer der Umstehenden diese Bemerkung gehört hatte. Zum Glück schien das nicht der Fall zu sein. Bis auf die Küchenhilfe, die bereits den Tisch für die Klappstullen zum Mittagessen vorbereitete, waren die Anwesenden noch in Gespräche vertieft. Unter ihnen auch der unhöfliche Doktor. Es wäre Lissi besonders peinlich gewesen, hätte ausgerechnet er die Bemerkung gehört. Unvermittelt fasste sie sich an die Schulter. Doktor Olivera hieß er also.

»Ick bin übrijens Doris«, stellte sich die Köchin vor und strahlte Lissi breit an.

Angetan von dem ansteckenden Lächeln und der unkomplizierten Art, streckte Lissi die Hand zur Begrüßung aus. »Angenehm, Lissi Vogel. Ich bin die neue Assistenzärztin, die Nichte von Frau Doktor von Weilert und die Tochter von …« Lissi brach ab. Sie wollte nicht wegen ihrer familiären Beziehungen geschätzt werden, sondern für die Arbeit, die sie zu leisten gedachte.

»Det sollte übrijens keen Vorwurf sein«, sagte Doris und schüttelte Lissis Hand mehrfach, während ihr Blick noch mal zu Doktor Olivera wanderte. Auch die ein oder andere Schwester schaute zu ihm hin. »Ick wünsche Ihnen ’nen juten Start hier bei uns, Fräulein Doktor Vogel. Es wird Ihnen bestimmt jefallen!«

Lissi lächelte Doris an. Es war herzerwärmend, willkommen geheißen zu werden.

»Und wenn Se mal wat wissen wollen, wat mit diättherapeutischem Essen für die Kinder zu tun hat, oder sich verlofen hier im Haus, können Se mich ruhich fragen. Sie sehen ja, wo Se mich die meiste Zeit finden. Zur Küche jeht’s immer den Gerüchen nach.« Wieder grinste sie ansteckend. »Jetze is aber jenuch jeredet und jekiekt! Meene Töppe rufen! Sonst haben die Kleenen heute Mittach nüscht uff’m Teller.«

Lissi nickte. Die offenherzige Doris war eine Wohltat

im Vergleich zu ihrem schlechten Start mit Doktor Olivera. »Danke für die nette Begrüßung«, sagte sie noch und verließ nach der Köchin den Speiseraum der Schwestern.

Im Korridor herrschte reges Treiben. Professor Nowikow marschierte gerade in sein Büro. Zwei Schwestern liefen mit Verbandszeug an Lissi vorbei auf die Aufnahme zu. Der Pförtner reichte einem Elternpaar Formulare.

In vorfreudiger Stimmung versunken, dachte sie, wie schön es wäre, wenn sie bald mit ihrer Tiertherapie starten dürfte, und schickte Beppo in Gedanken Genesungsgrüße. Mit seiner zutraulichen Art war er gut dafür geeignet, Kindern das Vertrauen in ihren Körper zurückzugeben. Lissis Gedanken sprangen zu Marlene. Tante Lene, hoffentlich geht es dir gut! Vermutlich war ihre Mutter bereits dabei, die Krankenhäuser in der Umgebung abzutelefonieren.

»Doktor Vogel?«

Lissi wandte sich um und schaute Herrn Steininger direkt in die Augen.

»Entschuldigen Sie die Störung«, sagte er in ruhigem, zurückgenommenem Ton, »aber Sie haben Ihren Vertrag leider nicht vollständig unterschrieben.« Er hielt Lissi Umschlag und Stift hin. »Am Ende hängt noch ein Zusatzblatt, das Sie übersehen haben. Ihre Unterschrift darauf ist wichtig.«

Der Verwalter hatte kaum ausgesprochen, da erklang der Schrei eines Kindes vom Pförtnertresen her. Die Stimme klang so verzweifelt, als würde das Kind jeden Moment unter Schmerzen zusammenbrechen. Kein Arzt war weit und breit zu sehen.

»Hat das Unterschreiben kurz Zeit?«, fragte sie den Verwalter mit bittendem Blick.

»Natürlich«, entgegnete Herr Steininger mit einem verständnisvollen Lächeln.

»Spätestens morgen liegt der Vertrag auf Ihrem Tisch«, versprach Lissi und lief mit einem »Danke!« auf den Lippen los.

»Herzlich willkommen an der Kinderklinik Weißensee«, rief Herr Steininger ihr nach.

In der Aufnahme lag ein Mädchen auf dem Boden und klammerte sich wimmernd an einen Geigenkoffer. Die Frau, die hilflos danebenstand, war vermutlich die Mutter. Sie trug eng anliegende schwarze Kleidung, die im Kontrast zu ihren auffallend hellblonden Locken stand, und kam Lissi bekannt vor.

»Rita, Mausilein«, sagte die Frau und streichelte dem Mädchen über den Rücken. »Wer krank ist, gehört in ein Krankenhaus. Die Ärzte beeilen sich bestimmt mit deiner Behandlung, versprochen.«

Die Mutter hatte lange schlanke Finger und erinnerte Lissi in der Eleganz ihrer Bewegungen an eine Balletttänzerin. Aber sich beeilen? Das hatte sie nicht vor. Sie wollte gründlich arbeiten. Wer in Eile war, machte Fehler.

Rita klammerte sich noch fester an den Instrumentenkoffer und schluchzte: »Ich verpasse meinen Geigenunterricht. Du sagst doch auch, dass jede Minute bei Herrn Melsinger wichtig ist!«

Lissi schaute zum Pförtnertresen. Drei weitere Familien standen zum Anmelden in der Schlange. Sie überlegte, was Marlene wohl getan hätte, um die Kleine zu einer Untersuchung zu bewegen. Zum Glück schien das Mädchen keine starken körperlichen Schmerzen zu haben. Der Grund ihres Weinens war wohl der verpasste Musikunterricht. Weil noch immer kein anderer Arzt zu sehen war, ließ Lissi sich vom Pförtner den Anmeldebogen reichen. Vor ihr auf dem Boden lag demnach die fünfjährige Rita Stehfest. Bei dem ungewöhnlichen Nachnamen und einem zweiten Blick auf die Mutter wusste sie nun auch, wen sie vor sich hatte: Greta Stehfest, die vor mehreren Jahren als aufstrebende Geigerin bei den Berliner Philharmonikern für Furore gesorgt hatte, dann aber urplötzlich aus dem Rampenlicht verschwunden war.

Lissi sprach Frau Stehfest direkt an: »Ich bin Fräulein Doktor Vogel und Assistenzärztin hier an der Kinderklinik. Können Sie mir sagen, was Ihrer Tochter fehlt?«

Während sie auf eine Antwort wartete, sah sie, wie Doktor Olivera an den Tresen trat und vom Pförtner eine Kladde mit einem Aufnahmebogen gereicht bekam, den er zu lesen begann. Lissi versuchte, sich nicht von ihm beirren zu lassen, auch wenn er immer wieder zu ihr hinüberschaute, während er las. Rita und deren Mutter brauchten jetzt ihre volle Aufmerksamkeit.

»Die Augen meiner Tochter sind ganz rot«, berichtete Frau Stehfest, während ihre Tochter auf dem Boden weiter protestierte. »Sie fühlt sich schwach, und ihre Stirn ist heiß. Aber sie weigert sich, in den Untersuchungsraum zu gehen.«

Lissi hockte sich hin. »Hallo, Rita, ich bin Fräulein Doktor Vogel. Ich kann dir helfen, wenn du dich zu mir drehst und ich dich anschauen darf.«

Das Mädchen reagierte nicht auf Lissis Ansprache.

Lissi befürchtete, dass Doktor Olivera jeden Moment eingreifen würde, um ihr zu beweisen, dass sie unfähig war. Am Tor hatte er sie immerhin als verzogenes Gör hingestellt.

Sie holte tief Luft und konzentrierte sich ganz auf Rita. Eine gute Ärztin gewann das Vertrauen von Kindern, indem sie den Mut besaß, über die eigenen Gefühle zu sprechen, und wenn sie von Grund auf ehrlich zu ihnen war, das hatte sie von Marlene gelernt.

»Rita, weißt du was?«, fragte sie nicht im Ton der Ärztin, sondern der Freundin. »Ich ärgere mich auch manchmal, wenn ich etwas tun muss, was ich nicht will.« Aus dem Augenwinkel sah sie, wie Doktor Olivera seine Kladde sinken ließ und ihr Tun nun unverhohlen beobachtete. Unter seinen wachsamen Augen fiel es ihr nicht leicht, konzentriert zu bleiben. Dennoch sprach sie weiter: »Zum Beispiel mag ich es nicht, mit meinen Lebensmittelkarten in einer langen Schlange vor dem Laden stehen zu müssen. Stattdessen würde ich viel lieber bei meinem Freund Beppo sein, ihn füttern und pflegen.«

»Beppo?« Mit verweintem Gesicht wandte sich Rita Lissi zu. Ihre Gesichtshaut glänzte fiebrig.

»Beppo ist der netteste Esel von ganz Berlin«, erzählte Lissi und bedeutete einer Schwester, eine Decke zu bringen. Dann wandte sie sich an die Umstehenden und bat sie, den Korridor vor dem Pförtnertresen zu verlassen. »Bitte haben Sie dafür Verständnis. Für eine Untersuchung bedarf es mehr Privatsphäre.« Ihr Blick sprang auch zu Doktor Olivera, der anders als die Wartenden ihrer Bitte jedoch nicht folgte. Sie durfte sich nicht von ihm ablenken lassen!

Lissi legte dem Mädchen die Decke um die Schultern und strich ihm über die Stirn, während sie weiter von Beppo erzählte und wie lustig er mit den Ohren wackeln konnte. Rita saß inzwischen, aber klammerte sich weiter an ihren Geigenkoffer. Vorsichtig zog Lissi ihre Augenlider herab und erkannte eine Entzündung. Die Bindehaut war gerötet.

»Machst du für mich mal den Mund auf und sagst ›Ahh‹?«, fragte sie vor dem Mädchen kniend und leuchtete ihm mit ihrer Diagnostiklampe in den Rachen.

Rita öffnete den Mund erst weit, als Lissi ihr erzählte, wie der magenkranke Beppo an diesem Morgen endlich wieder gefressen hatte. Nun konnte Lissi den Rachen und die Wangenschleimhaut genauer betrachten. Auf Letzterer waren weiße Punkte zu sehen.

Durch den Patienteneingang kam ein weiteres Elternpaar, das auf die Anmeldung zusteuerte. Zu Lissis Überraschung trat Doktor Olivera ihnen entgegen und forderte die beiden auf, vor der Tür zu warten.

Eigentlich war er der Letzte, von dem sie Unterstützung erwartet hatte.

Rita behielt ihren Geigenkoffer auch dann noch fest in den Händen, als Lissi sie mit dem Stethoskop abhorchte. Zum Glück gab es keine Auffälligkeiten. »Das hast du prima gemacht!« Sie sah Doktor Olivera im Hintergrund nicken. Eine seltsame Leichtigkeit erfasste sie.

Zu gerne hätte Lissi dem Mädchen ein Bonbon gegeben, wie es ihr als Kind nach jedem Arztbesuch überreicht worden war. Aber in Ritas Zustand war Zucker nicht förderlich. Auch Lissi hatten die Bonbons nicht gutgetan, vor allem, weil ihr das Naschen zur Angewohnheit geworden war und sie seitdem nicht mehr davon loskam.

»Was hat meine Kleine?«, fragte Ritas Mutter besorgt. »Wird sie bis zum nächsten Konzert wieder gesund sein?«

Professor Nowikow und Frau Doktor Feigenspann traten in den Eingangsbereich.

»Doktor Olivera, Sie werden dringend auf der Chirurgie benötigt«, sagte der Ärztliche Direktor.

Doktor Olivera eilte sofort zur Wendeltreppe, die hinauf zu den Stationen führte. Lissi schaute ihm nachdenklich hinterher.

»Was ist hier los, Genossin Vogel?« Der Professor griff nach dem Anmeldebogen auf dem Fußboden.

»Das ist Rita Stehfest«, erklärte Lissi und ging in Gedanken schon mögliche Differenzialdiagnosen durch, die halfen, Krankheiten auszuschließen. »Sie hat unspezifische grippeähnliche Symptome, eine Bindehautentzündung beidseitig und Koplik-Flecken im Bereich der Wangenschleimhaut.« Lissi erhob sich, und zu ihrer Überraschung stand Rita ebenfalls auf, den Geigenkoffer fest in der Hand.

Das Mädchen beäugte den Professor und Doktor Feigenspann ängstlich aus glasigen Augen. Womöglich dachte es das Gleiche wie Lissi: dass die schöne Frau Doktor und der kleine, stramme Professor ein sehr ungleiches Gespann bildeten.

»Verdacht auf Masern im Vorstadium«, sagte Lissi und war ein klein wenig stolz auf ihre erste Diagnose als Assistenzärztin.

Ritas Beine zitterten, als drohte sie im nächsten Moment zusammenzusacken. Der Koffer musste für eine zarte Gestalt wie sie schwer sein, auch wenn es sich nur um eine Kindergeige handelte, die darin verwahrt wurde. »Rita sollte isoliert und Frau Stehfest auf eine mögliche Ansteckung hin untersucht werden«, empfahl Lissi noch.

»Und die Untersuchung haben Sie hier auf dem Boden vor dem Pförtnertresen durchgeführt? *Ja nje panimaju!*«, sagte der Professor ungehalten. »*Ich verstehe das nicht.* Unser Krankenhaus besitzt einen Untersuchungsraum und Liegen. Und überhaupt, Sie sind nur Assistenzärztin, warum haben Sie keinen Kollegen gerufen?«

»Weil ich Rita sofort helfen wollte. Ich dachte zuerst, dass sie schlimme Schmerzen hat«, trug Lissi zu ihrer Verteidigung vor.

Igor Nowikow wandte sich an die Kollegin: »Genossin Feigenspann, bitte schauen Sie sich das Kind gründlich im Untersuchungszimmer an.«

Frau Doktor Feigenspann nickte und trat zu Rita. Anders als die Ärzte trug sie ihr Parteiabzeichen nicht am Revers ihres Arztkittels, sondern am Kragen ihrer Bluse.

Lissi war sich sofort sicher, dass der Professor sie nicht mochte, so streng und kühl, wie er sich ihr gegenüber verhielt. Dass sie weiblich war, daran konnte es nicht liegen, denn mit Frau Doktor Feigenspann kam er anscheinend gut zurecht.

Die HNO-Spezialistin hielt Rita auffordernd ihre Hand entgegen, über die sie eben einen Gummihandschuh gezogen hatte, aber das Mädchen bewegte sich nicht von der Stelle. »Ich gehe nur mit, wenn Fräulein Doktor Vogel mir noch mehr von Beppo erzählt.«

Die Mutter zuckte mit Blick auf ihre fordernde Tochter hilflos, aber elegant mit den Schultern.

»Das finde ich eine gute Idee«, sagte Frau Doktor Feigenspann mit sanfter, angenehmer Stimme. Lissi hätte diese Stimme als Kind Vertrauen fassen lassen.

»Erst untersuche ich dich, und später auf Station schaut Fräulein Doktor Vogel nach dir und erzählt von Peppo. Einverstanden, Rita?«, sprach Franka Feigenspann weiter.

»Der Esel heißt Beppo, nicht Peppo«, korrigierte Rita altklug, woraufhin Lissi ein Schmunzeln verbergen musste.

»Rita«, wagte sie einen erneuten Versuch. Sie ging in die Hocke, um mit der kleinen Patientin auf Augenhöhe zu sein, hielt aber wegen einer möglichen Ansteckung etwas Abstand. »Wusstest du, dass auf Station eine Matrjoschka zum Spielen auf dich wartet?« Lissi wusste von Emma von dem Spielzeug, das nach Kriegsende den abgegriffenen Stationsbären ersetzt hatte.

»Was ist eine Matoschka?«, wollte Rita wissen.

»Eine Matrjoschka ist eine kleine, bunt bemalte Puppe aus Holz«, erklärte Doktor Feigenspann und ging vor Rita nun ebenfalls in die Hocke. »Und weißt du, was das Besondere an ihr ist? In ihrem Bauch ist eine weitere, kleinere Matrjoschka und in deren Bauch noch eine. Aber bevor du dir das ansehen kannst, steht erst die Untersuchung an.«

»Je schneller wir wissen, was du hast, desto eher kannst du wieder zum Geigenunterricht«, sagte Frau Stehfest zu ihrer Tochter, deren Aufmerksamkeit weiter ganz bei Lissi war.

»Haben die Matrjoschkas alle Namen?«, fragte Rita.

»Noch nicht«, entgegnete Lissi mit einem Lächeln.

»Dann muss ich das wohl übernehmen«, entschied Rita.

Doktor Feigenspann erhob sich und wies eine Schwester an, eine Trage herbeizubringen. Professor Nowikow richtete sein Parteiabzeichen am Revers, strich über die eisernen Ehrungen an seiner Brust und ging dann kopfschüttelnd in sein Büro zurück.

Lissi schaute dem Professor nach. Die einfühlsame Ansprache der kleinen Patienten überließ er anscheinend seinen Mitarbeitern.

»Mein teures Mausilein«, hauchte Frau Stehfest, während ihre Tochter auf die Trage gelegt wurde. »Passen Sie besonders auf ihre Hände auf, wenn Sie sie bewegen.«

»Kommen Sie mich wirklich besuchen, Fräulein Doktor Vogel?«, fragte Rita ängstlich.

»Versprochen!«, erwiderte Lissi prompt.

Nachdem die kleine Patientin weggetragen worden war, kam Lissi aus der Hocke hoch und zeigte Frau Stehfest noch den Weg zum Labor für die Blutuntersuchung. Sie bat sie, bis zur Auswertung Abstand zu anderen zu halten.

Als die einstige Geigerin elegant den Korridor hinabstöckelte, schaute sich Lissi verloren um. Vielleicht würde es doch nicht so einfach werden, sich vor den neuen Kollegen zu beweisen? Ohne Marlene, ihre Betreuerin, fühlte sie sich einsam. Wäre ihre Tante jetzt anwesend, hätte die sie sicher mit allen Räumen hier vertraut gemacht. Lissi kannte nur jene Zimmer, in die Emma und Marlene sie früher als Besucherin mitgenommen hatten.

Lissi ging ins erste Obergeschoss, wo sich die Stationszimmer befanden. Der Korridor empfing sie mit dem Geruch von Desinfektionsmittel. Lissi fielen die Papierherzen an der langen Korridorwand auf, die den Krieg überstanden hatten. Eines bunter als das andere. Die kannte jeder Weißenseer aus der Zeitung.

Emma kam angelaufen. »Hast du kurz Zeit?«

Lissi war froh, ihre Mutter zu sehen. Vielleicht konnte sie ihr den Operationssaal zeigen.

Emma nahm sie beiseite und senkte ihre Stimme.

»Marlene und Katharina mussten in den britischen Sektor fliehen, gestern Abend nach der Feier.«

»Warum das denn?«, entfuhr es Lissi. Zwei Schwestern, die einen Schrank mit Bettwäsche befüllten, schauten fragend zu ihnen herüber. Sie spürte ihr Herz plötzlich aufgeregt rasen.

»Die Kriminalpolizei wollte sie verhaften!«, erklärte Emma. »Angeblich haben Maximilian und Marlene mit den Nazis kollaboriert.«

»Was für ein Unfug!«, gab Lissi zurück. Das war nicht nur Unfug, sondern eine der schlimmsten Lügen, die sie je gehört hatte. Sie war zwar viele Jahre in der Schweiz gewesen, aber doch stets in engem Kontakt mit Tante und Onkel.

»Ich verstehe das auch nicht«, gestand Emma fassungslos und berichtete im Folgenden von den Geschehnissen der vergangenen Nacht. Ihre Stimme zitterte, während sie sprach.

»Was können wir tun, Mama?«, presste Lissi flüsternd hervor.

»Wir sollten Herrn Rothammel kontaktieren und mit ihm über das weitere Vorgehen beratschlagen«, schlug Emma vor, die Augen feucht, das Gesicht blass und von Angstschweiß überzogen. »Das kann nur ein Versehen sein.«

Lissi kannte den Familienanwalt nur flüchtig. Er hatte bereits für die von Weilerts gearbeitet, als sie im Zuge der Bodenreform vor drei Jahren einen Großteil ihrer Ländereien hatten hergeben müssen. Maximilian und Marlene hatten zu denjenigen in der sowjetischen Besatzungszone gezählt, die mehr als einhundert Hektar Boden besaßen und diesen somit entschädigungslos hergeben mussten.

Lissi war nervös, ihr Herz hämmerte. Wenn Marlene wirklich auf der Flucht vor der Justiz war, bedeutete es, dass sie nicht wieder in den sowjetischen Sektor zurückkonnte. Dann würde sie verhaftet werden. Ihr wurde angst und bange bei dem Gedanken, ihre Tante wie eine Verbrecherin in einem Gefängnis sitzen zu sehen. Sie nahm ihre bestürzte Mutter in den Arm. »Es wird sich bestimmt alles aufklären«, versprach sie, auch um sich selbst zu beruhigen.

»Du hast recht.« Emma löste sich aus der Umarmung, wischte sich erst die Tränen fort und fuhr dann mit der Hand über das Parteiabzeichen an ihrem Kleiderkragen. »Alles wird sich schnell aufklären.«

Sie nickten einander bestätigend zu.

»Jetzt muss ich die Klinikleitung über Marlenes Abwesenheit informieren«, sagte Emma wieder gefasster. »Lene hat mich ebenfalls gebeten, Franz in seiner Studentenwohnung am Schiffbauerdamm Bescheid zu geben. Er soll sich keine Sorgen machen, sie werden sich bald wiedersehen, sagt sie.«

Ein heikles Thema für Franz, dachte Lissi, nachdem er seinen Bruder Albert nach dessen Weggang nie mehr wiedergesehen hatte und bis heute darunter litt.

»Wo genau ist Tante Lene jetzt?«, fragte Lissi. Sie wollte zu ihr, um ihr und Katharina Mut zuzusprechen. Auch wenn ihre Cousine ihr schon seit Jahren die kalte Schulter zeigte und jedes Freundschaftsangebot, jede nette Geste, ablehnte, war dies eine außergewöhnliche Situation, in der niemand alleingelassen werden sollte.

»Die neue vorübergehende Adresse wollte Marlene aus Sicherheitsgründen für sich behalten«, gestand Emma geknickt.

»Aus Sicherheitsgründen ... ach so ...« Also stand es doch schlimmer, dachte Lissi.

»Sie will nicht, dass die Polizei uns dazu zwingen kann, sie zu verraten«, erklärte Emma und wiederholte leise: »Alles wird sich schnell aufklären. Sie werden Lene bestimmt nicht ins Gefängnis stecken.«

Lissi sah, wie Emmas trauriger Blick zur Wand mit den bunten Papierherzen sprang. »Als vor fast zwanzig Jahren die Schließung der Klinik drohte«, sagte Emma, »hat Lene maßgeblich bei der Rettung mitgewirkt, und nun soll sie fliehen müssen und ihre geliebte Wirkungsstätte erst einmal nicht mehr betreten dürfen? Ich verstehe die Welt nicht mehr.«

Lissi drückte ihrer Mutter bestärkend die Hand. Wie sie als Assistenzärztin den Alltag ohne Marlenes Ratschläge überleben sollte, wusste sie auch nicht.

»Was ist mit Onkel Maximilian?«, fragte Lissi noch.

Emma schaute sie ängstlich an. »Lene hat ihn mit keinem Wort erwähnt.«

***

3

15. Mai 1948

Emma schaute missmutig in den Spiegel. Heute wollte ihr die Stirnrolle einfach nicht gelingen. Sie trug ihr dunkelblondes seidenglattes Haar nach wie vor lang, aber steckte sich die vorderen Partien, seitdem sie wieder in Deutschland war, zu einer schwungvollen Rolle hoch. Ihr neuer Lebensabschnitt ging mit neuem Mut einher, ohne Ungewissheit, ohne Ohnmacht und Dunkelheit, und das wollte sie auch äußerlich zeigen. Sie war zwar schon vierundfünfzig Jahre, fühlte sich aber noch wie in ihren Vierzigern. Seit Tagen jedoch konnte sie an kaum etwas anderes als an ihre geflüchtete Schwester denken, daran, was man ihr mit der Vertreibung – genau das war es doch gewesen – angetan hatte. Die Kriminalpolizei hatte Emma inzwischen zu Marlenes Aufenthaltsort befragt, aber sie hatte nichts dazu sagen können. Welche Beweise lagen den Behörden vor, die die Nacht-und-Nebel-Aktion hätten rechtfertigen können?

Kurt betrat das Schlafzimmer. »Kommst du essen, Schatz? Der Tisch ist gedeckt.« Er deutete in Richtung Wohnzimmer. »Ein paar Brotscheiben, etwas Butter und selbst gemachte Konfitüre warten darauf, vertilgt zu werden.«

»Ich habe keinen Hunger«, erwiderte Emma, die Hände an der Haarrolle.

Kurt trat zu ihr und streichelte ihr sanft die Wange. »Wie willst du den Tag durchstehen und eine gute Pflegeleiterin sein, wenn du vom Stängel fällst?«

Emma ließ die Finger von der Frisur und nahm seine Hand. Sie war dankbar für seine Versuche, sie aufzubauen, und froh darüber, dass er endlich wieder gesund war. Vier Wochen lang hatte ihn eine heftige Grippe ans Bett gefesselt. Erst vor wenigen Tagen war er wieder genesen. Er hatte vierzig Grad Fieber gehabt und sie Angst um sein Leben. Als sie um ihn gebangt hatte, hatte sie oft an die schlimmen Jahre gedacht. Als überzeugte Sozialdemokraten hatten Kurt und sie im immer brauneren Deutschland Jahre von Repression, Verleumdung und Einschüchterung erlitten. Das Deutschland damals war menschenfeindlich gewesen, verbrecherisch und … Noch heute fand Emma kaum Worte für diese Zeit. Und wie sehr hatte sie Kurt vermisst, als sie zu Kriegsbeginn getrennte Wege gegangen waren. Ohne ihn hatte sie kaum noch gegessen und sich mutterseelenallein in der Welt gefühlt. Zurückgekommen waren sie gemeinsam. Deutschland war inzwischen wieder sicher. Sie liebten ihre Heimat und wollten sich hier für eine bessere Gesellschaft engagieren. Ihre kleine Wohnung ums Eck der Berliner Allee war eng und der Straßenlärm dröhnend, aber es reichte aus. Sie lebten nur zu zweit. Die Kinder waren aus dem Haus.

»Als Lene mich in der Klinik angerufen hat, behauptete sie zwar, dass es ihr und Katharina gut ginge, aber ich kenne meine Schwester. Sie wollte mich nur beruhigen«, sagte Emma. Sie hatte Kurt bestimmt schon ein Dutzend Mal von dem Telefonat erzählt.

Kurt setzte sich auf das Bett. »Der Familienanwalt empfiehlt uns, erst einmal abzuwarten. Und das finde ich eine gute Idee. Wir wissen ja nicht einmal, welche Beweise gegen Lene und Max vorliegen.«

»Ich will aber nicht abwarten!«, entgegnete Emma heftiger als beabsichtigt und ließ sich neben ihm nieder. »Und nicht zu wissen, wo genau Lene sich aufhält, das macht mich wahnsinnig!« Verzweifelt boxte sie in die Bettdecke.

»Ich weiß, Schatz«, pflichtete Kurt ihr bei. »Mich auch. Aber lass uns dem neuen System vertrauen. Deswegen sind wir doch zurückgekommen. Hast du das vergessen?«

Emma schüttelte den Kopf, als die Glocke der Pfarrkirche an der Berliner Allee zur halben Stunde läutete. Die tiefen, dumpfen Töne waren sogar bei geschlossenem Fenster zu hören. Dumpf und tief wie Bombeneinschläge.

»Halb sieben. Ich muss zum Dienst.« Emma kam vom Bett hoch, während Kurt noch sitzen blieb. Sie glättete die Falten ihres dunkelblauen knöchellangen Oberschwesternkleides mit der weißen Schürze darüber und strich über das Parteiabzeichen, das am Kragen prangte. Die Wahl ihrer Dienstkleidung war nicht nur auf die Textilknappheit zurückzuführen. Sie wollte zeigen, dass sie nicht nur am Schreibtisch saß, sondern auch noch an den Krankenbetten aktiv war. Nur unter dieser Bedingung hatte sie die neue Stelle als Pflegeleiterin angenommen. Die letzte Oberin, Ruth Eibisch, war nach Kriegsende von der sowjetischen Militärverwaltung ihres Amtes enthoben und die Rot-Kreuz-Schwesternschaft aufgelöst worden. Seitdem übernahm Emma als Pflegeleiterin die Aufgaben der früheren Oberin.

Sie legte ihre Stirnrolle noch einmal neu, und dieses Mal gelang es ihr besser. Als sie an der Wohnungstür war, kam Kurt ihr hinterher, während er eine belegte Scheibe Brot in Zeitungspapier einwickelte. »Nimm sie mit, dir knurrt bestimmt bald der Magen.«

Sie gab ihm einen Abschiedskuss, so innig und lange, als wäre es ihr letzter. Es war ein großes Geschenk, ihn bei sich zu haben.

*

In ihrem Dienstzimmer im Dachgeschoss empfing sie ihr Schreibtisch mit drei Stapeln Arbeit. Begleitet vom Gezwitscher der Spatzen, machte Emma sich ans Sortieren der Unterlagen. Zwei Briefe von der Kommune Weißensee waren darunter und einer von der Stadtmilchküche, von der sie Milch bezogen: sowohl Säuglingsnahrung als auch Heilnahrung, darunter keimfreie Milch, Buttermilch sowie Produkte mit Zusätzen wie Grieß und Reisschleim.

Emma musste immer wieder an Marlene und diese schreckliche Nacht-und-Nebel-Aktion denken. Ob sie und Katharina genügend zu essen hatten? Und wie ging es wohl Maximilian? Ob Franz sich nun, noch einsamer, in seiner Studentenwohnung wohlfühlte? Er war schon vor der Flucht seiner Eltern einsam genug gewesen. Der Junge brauchte eigentlich etwas, das ihn aufmunterte. Keine Medizinbücher, sondern etwas Erheiterndes, ein Hobby zum Beispiel oder ein nettes Mädchen. Ob er auch von der Polizei befragt worden war?

Die Fürsorgestelle hatte einen Brief geschickt, und in den Stapeln auf Emmas Schreibtisch ruhte noch die seitenlange Kommunikation mit diversen Amtsträgern, um Handwerker zu bekommen.

Gegen neun knurrte ihr der Magen. Sie aß Kurts Brot, stand auf und knetete ihren Nacken. Um die unerledigten Papiere würde sie sich später kümmern. Noch kauend, ging sie zur Visite, die sie wenigstens für eine Stunde von ihren Sorgen um Marlene ablenken würde.

Als sie den Stationskorridor betrat, kam die Ärzteschaft gerade die Wendeltreppe hinauf. Angeführt wurde die Gruppe vom Ärztlichen Direktor in strengem Schritt. Hinter ihm liefen die Fachärzte und dahinter Lissi neben Frau Doktor Feigenspann.

Weil sie vereinbart hatten, in der Klinik nicht Mutter und Tochter, sondern Kolleginnen zu sein, verzichtete Emma zur Begrüßung auf eine Umarmung und nickte Lissi genauso freundlich, aber distanziert zu, wie sie es bei den anderen Ärzten tat. Doktor Olivera, der an der Klinik als Kinderchirurg arbeitete, war angeregt mit Schwester Ingrid im Gespräch, als Emma sich schließlich zur Gruppe gesellte. Die junge Frau versank geradezu in seinen dunklen Augen, wie Emma schmunzelnd bemerkte.

Professor Nowikow ließ seinen Blick prüfend über die Visitegruppe gleiten. Seine Augen fixierten die Parteiabzeichen an den Ärztekitteln und Kragen der Schwesternkleider. Er nickte zufrieden, erst dann legte er seine Hand auf die Klinke des ersten Stationszimmers. Seit jeher begann die Visite in der Kinderklinik Weißensee im Turmzimmer auf der HNO.

Am Bett des kleinen Rüdiger Leidukat ließ sich Professor Nowikow berichten, wie es dem Jungen seit der letzten Visite ergangen war. Rüdiger war vor einer Woche mit wiederkehrendem Nasenbluten eingeliefert worden, dessen Ursache ein Geschwür an der Scheidewand war. Emma verfolgte zufrieden, wie wissbegierig ihre Tochter an den Lippen des Professors hing und wie genau sie Frau Doktor Feigenspann beobachtete, während die mit einem Spekulum das Nasenloch spreizte, mit einer Stablampe in die Nasenöffnung leuchtete und kommentierte: »Ich hoffe, dass wir das Geschwür am Septum nicht operativ entfernen müssen.« Die HNO-Spezialistin schaute zu Stationsschwester Gisela. »Stetes Betupfen wird es hoffentlich verschwinden lassen und erspart dem Jungen eine Narkose.«

Die Schwester vermerkte die Anweisung in der Krankenakte. Auch Doktor Olivera hörte aufmerksam zu – anders als bei der Rede des Ärztlichen Direktors. Da hatte er am Morgen nach seinem ersten Nachtdienst ein Patientenkind in einer Notoperation durch einen Herzstillstand verloren. Emma erinnerte sich an den Verzweiflungsschrei, mit dem er seinen Operationskittel in die Ecke geworfen hatte und aus der Klinik gestürmt war. Kurz darauf hatte Emma gesehen, wie er mit Lissi am Tor zusammengestoßen war, und hatte schon geglaubt, er würde nicht zurückkommen. Wenige Stunden danach hatte sie von Marlenes Flucht erfahren. Schwesterherz, bitte pass auf dich auf!, flehte sie stumm.

Professor Nowikow riss Emma aus ihren Gedanken. »Regelmäßiges Betupfen mit Trichloressigsäure«, wies er an.

»Herr Professor, es tut mir leid, aber wir haben keine Trichloressigsäure mehr«, meldete sich Lissi zu Wort.

Emma konnte ein stolzes Lächeln nicht verbergen. Ihre Tochter war so vorausschauend gewesen, die Bestände *vor* der Visite zu prüfen. In Zeiten von Medikamentenmangel war das sehr wichtig. Dann mussten Therapien nach der Visite nicht geändert werden.

»Dann weichen wir auf Argentum nitricum aus«, schlug Doktor Feigenspann vor. »Ist davon noch etwas in Bestand?«

»Zwei Fläschchen Silbernitratlösung sind noch da«, wusste Lissi.

Doktor Olivera nahm ihre Tochter für eine Weile fest in den Blick, das sah Emma deutlich. Lissi konzentrierte sich auf das Tun von Frau Doktor Feigenspann und schien es nicht zu merken.

»*Choroschow!* Gut! Einverstanden!«, sagte Nowikow.

»Schwester Emma!«, empfing sie das kleine Mädchen im nächsten Bett mit leuchtenden Augen.

Emma ließ sich von den Patienten und Eltern mit »Schwester« anreden. Nur für ihre Vorgesetzten war sie Frau Vogel.

»Wann lesen wir mal wieder ein Buch zusammen?« Helga trug wegen einer Operation am Gehörgang noch einen Kopfverband, der ihr linkes Ohr bedeckte.

Emma versicherte, spätestens morgen vorbeizuschauen. Bereits vor zwei Tagen hatte sie dem Mädchen versprochen, Lesen mit ihm zu üben. Kaum einen Satz bekam es flüssig über die Lippen, stockte bei jedem zweiten Wort. Ein Schicksal, das Helga aufgrund von Schulversäumnissen mit vielen Berliner Kindern teilte. Emma wusste von Müttern, die ihre Kleinen bis Mittag im Bett ließen, um das Frühstück einzusparen.

Nach einer Stunde hatten sie alle Patienten im Haupthaus besucht und die elektrischen Säuglingswärmer im Einsatz bewundert. Nun standen noch die Kinder mit Infektionskrankheiten im vorderen Isolierhaus an.

Alle in der Visitegruppe reinigten sich die Hände, legten sich Mundschutze sowie Schutzhandschuhe an und ließen sich von Stationsschwester Grete die langärmeligen, flüssigkeitsdichten Schutzkittel zubinden, nachdem sie das Zimmer der masernkranken Rita betreten hatten. Doktor Olivera ging nun direkt hinter Lissi.

Obwohl Rita geschwächt war, hatte sie ihre Geige angesetzt und versuchte, sie im Krankenbett sitzend zu stimmen. Ihr Gesicht war aufgedunsen und von hellroten Flecken übersät, die ineinander übergingen. Ihre Haut glänzte vom Fieber. Auf dem Tisch neben ihrem Bett stand eine Reihe Matrjoschkas der Größe nach sortiert.

Professor Nowikow befahl, das kranke Mädchen sofort hinzulegen. »Ich habe Durst«, keuchte Rita. »Kann Fräulein Doktor Vogel mir was zu trinken geben?«

Stationsschwester Grete reichte eine Schnabeltasse hinüber. Behutsam schob Lissi eine Hand unter das Kissen, um den Kopf des Mädchens zum Trinken anzuheben.

Emma fand ihre Tochter sehr einfühlsam, merkte aber auch, wie aufgeregt Lissi war, vor den Augen der versammelten Ärzteschaft zu agieren – auch wenn es sich nur um eine pflegerische Tätigkeit handelte. Frau Doktor Feigenspanns aufmerksamer Blick glitt zwischen ihr und Ramon Olivera hin und her.

Professor Nowikow wandte sich an Doktor Fiedler, der der Isolierstation vorstand. »Aller Voraussicht nach werden sich die Exantheme in den nächsten Tagen bräunlich-violett verfärben und schließlich verblassen.«

Doktor Fiedler nickte. »Ein Zeichen, dass das Hauptstadium der Masern vorübergeht. Wenn das Mädchen Glück hat, bleibt es von Fieberkrämpfen verschont.«

Rita hatte eben zwei Schluck Tee getrunken, nun heftete sich ihr matter Blick wieder auf ihre Geige, die man neben sie gelegt hatte, um Protest zu vermeiden. Emma hoffte, dass es der kleinen Patientin schnell besser gehen würde, obwohl es bei Masern keine Therapie gab. Ihnen blieb nur, die Beschwerden zu lindern.

Lissi erhob sich von Ritas Krankenbett und schlug Doktor Fiedler und Professor Nowikow vor: »Wenn Sie damit einverstanden sind, werde ich Rita in den kommenden Tagen besonders im Auge behalten.«

Der Professor gab keine Antwort, sondern schaute an Lissi vorbei zur Patientin.

Eine halbe Sekunde lang schien sie irritiert, dann sah Emma, wie ihre Tochter kaum merklich mit den Schultern zuckte und ihr Blick entschlossen wurde.

Frau Doktor Feigenspann schien der Vorschlag zu gefallen. »Eine gute Idee. Sollte es aufgrund ihres geschwächten Immunsystems zu Komplikationen durch bakterielle Krankheitserreger kommen, können wir rechtzeitig reagieren.«

Erst gestern hatte man Franka Feigenspann zur neuen Oberärztin ernannt. Sie war von nun an Lissis Betreuerin, als Vertretung für Marlene. Emma fand diese Entscheidung voreilig. Zwar hatte sie Frau Doktor Feigenspann als kompetente und zielstrebige Ärztin erlebt, die bei vielen Kollegen ein hohes Ansehen genoss und in den Pausen wegen ihrer positiven, unterhaltsamen Art eine beliebte Gesprächspartnerin war. Aber es war ja nicht so, dass Marlene nie mehr zurückkommen würde. Die Beweise, die die Polizei gegen sie und Maximilian besaß, würden sich mit Sicherheit als falsch erweisen. Es konnte nicht mehr lange dauern, bis Marlene sicher nach Weißensee zurückkehren würde.

Das Kollegium hatte überwiegend geschockt auf Marlenes Flucht reagiert, und viele Schwestern und Doktor Fiedler hatten Emma gebeten, Marlene ihr Bedauern über den Vorfall auszudrücken. Sie hatten jahrelang mit Marlene zusammengearbeitet, sie erlebt, als die Nationalsozialisten regiert hatten. Sie wussten, dass sie und Maximilian keine Unterstützer gewesen waren, im Gegenteil.

Emma verstand nicht, dass ihre Schwester von Professor Nowikow so sang- und klanglos ersetzt worden war. Wenn sie es richtig mitbekommen hatte, wurde sogar schon ein neuer Stationsarzt für die Allgemeine und die Neugeborenenstation gesucht. Was wusste der Professor, dass er derart vorschnell handelte?

»Gegen Mittelohrentzündung, Bronchitis, Lungenentzündung oder Durchfallerkrankungen könnten wir dann medikamentös vorgehen«, sagte er und begann, die Lymphknoten der Patientin abzutasten. Er sprach zur Visiterunde, als hätte Lissi eben nichts gesagt: »Ich ordne strenge Bettruhe an. Auch soll die Patientin viel trinken, um den Flüssigkeitsverlust vom Schwitzen auszugleichen.« Er ging zur Tür.

»Kommen Sie heute noch mal wieder, Fräulein Doktor Vogel?«, wollte Rita wissen, während der Ärztetross das Isolierzimmer verließ.

»Na klar!«, versprach Lissi, ohne zu zögern.

Emma war zufrieden, als die Augen des geschwächten Mädchens mit einem Lächeln zufielen. Die weitere Visite verlief zügig, und die vier der zehn Zimmer, die im Isolierhaus belegt waren, waren bald geschafft.

Als die Gruppe sich auflöste, lief Emma ihrer Tochter auf dem Korridor nach und holte sie bei der Tür ein.

»Ich muss zurück auf Station«, sagte Lissi, bevor Emma zu Wort kam.

»Ist dir aufgefallen«, begann Emma dennoch, »dass Doktor Olivera dich immerzu anschaut?« Als die Frage raus war, schämte sich Emma für ihre Einmischung. Aber wenn es um die eigene Tochter ging, wurde sie hin und wieder von ihrer Neugier überrollt. Viele von Lissis Altersgenossen waren längst in festen Händen.

»Wie kommst du denn darauf?«, fragte Lissi irritiert.

Für Emmas Geschmack hatte Lissi die Augenbrauen ein bisschen zu weit hochgezogen. Sie war noch nie eine gute Schauspielerin gewesen.

»In der Visite eben ist mir aufgefallen, dass er dich sehr aufmerksam anschaut«, erklärte Emma.

Lissi hob abwehrend die Hände. »Das tut er, weil ich die Neue bin!«

Emma lächelte in sich hinein. Getroffene Hunde bellen. Wie als Beweis für ihre Vermutung hatten sich Lissis Wangen gerötet.

»Mama, jetzt lass doch den Unsinn, und dieses Lächeln kenne ich auch. Du bist auf dem Holzweg!« Lissi zog sich den Zopf am Hinterkopf straff. »Wir sind hier an einer Klinik und nicht in der Redaktion einer Boulevardzeitung.«

»Ist ja schon gut. Ich frag nicht weiter«, versicherte Emma.

»Dann bis später«, sagte Lissi und ging zum Haupthaus.

Emma schaute ihrer Tochter nach, wie sie am Ende des Weges die Stufen hinauf zur Eingangstür nahm. Emma überlegte, ob Doktor Olivera eine gute Wahl für Lissi sein könnte. In der kurzen Zeit, in der er an der Klinik war, hatte sie ihn als kompetenten Arzt mit einem großen Herzen für Kinder kennengelernt. Andererseits gab es Gerüchte, dass er lockere, unverbindliche Bekanntschaften bevorzugte. Zum Glück gab Emma auf Gerüchte nicht viel. Die lieferten häufig ein verzerrtes Bild einer Person und führten zu Missverständnissen. Und dies wiederum säte Streit und Zwietracht. Sie machte sich lieber selbst ein Bild.

***

4

22. Mai 1948

Doktor Fiedler überreichte Frau Stehfest die Entlassungspapiere ihrer Tochter, während Lissi der kleinen Rita über den Kopf strich. »Du warst eine mutige Patientin!«, lobte sie. »Ab heute darfst du wieder mit deinen Freunden spielen, du bist nicht mehr ansteckend. Du hast die Masern besiegt.« Dass Ritas Ausschlag abgeklungen und das Fieber verschwunden war, war der Beweis dafür.

»Jetzt kannst du wieder zum Geigenunterricht«, sagte Ritas älterer Bruder leise, aber fröhlich. Er stand im Türrahmen und zögerte, das Krankenzimmer zu betreten.

Lissi schätzte den Jungen auf zehn Jahre. Er war Rita wie aus dem Gesicht geschnitten. Ein hübsches rundes Gesicht, mit symmetrischen Zügen und blonden lustigen Locken. Unverkennbar ein Stehfest.

Lissi winkte den Jungen in das Isolierzimmer. »Das ist sehr nett von dir, dass du mitgekommen bist, um deine Schwester nach Hause zu holen.«

Der Junge zögerte immer noch.

»Trau dich rein, Rolf!«, forderte Rita ihn auf und klang dabei, als wäre sie dem Jungen um Jahre voraus.

Nur vorsichtig betrat der daraufhin das Krankenzimmer. Er trug ein weißes Hemd, dazu eine knielange dunkle Hose mit Trägern und eine dunkelblaue Kappe mit Steg und Schirm. »Haben *Sie* Rita gesund gemacht?«, fragte er.

»Das war vor allem Rita selbst. Deine Schwester hat sich stark durch ihre Krankheit gekämpft«, sagte Lissi. »Mit nur ein klein bisschen Hilfe von Doktor Fiedler und mir.«

»Und mithilfe von Beppo! Fräulein Doktor Vogel hat mir ein lustiges Bild von ihm gemalt«, erklärte Rita stolz und verstaute jene schnelle Skizze, die am Morgen noch an der Wand über ihrer Namenstafel gehangen hatte, in der Tasche ihres Kleides. Dann packte sie ihre Geige aus und begann, Lissi zum Abschied ein Ständchen zu spielen. Sie setzte das Instrument so gekonnt zwischen Kinn und Schulter an und hielt den Bogen so sicher, als hätte sie in ihrem jungen Leben nie etwas anderes getan. Sie spielte Mozarts *Kleine Nachtmusik*, langsamer und in einer Kinderversion. Es klang zauberhaft.

Ritas Mutter verfolgte das Spiel ihrer Tochter mit verträumtem Blick. Sie trug ein enges schwarzes Kleid und hatte ihre blonden Haare am Oberkopf aufgesteckt. Jede Locke saß fest an ihrem Platz. Die gleiche Frisur hatte sie früher auf den Plakaten der Berliner Philharmoniker getragen. Als das Stück endete, lächelte sie stolz.

Lissi, Rolf und der Stationsarzt klatschten begeistert Beifall.

»Damit Ihre Tochter wieder ganz zu Kräften kommt, empfehle ich Ihnen, Rita bei einer *Verschickung* anzumelden«, sagte Doktor Fiedler.

Die Verschickung war ein durch den Staat organisierter Urlaub in der Ferne, der Berliner Kindern schöne Erlebnisse in einer Umgebung ohne Trümmer verschaffen sollte. Zuletzt hatte Lissi von einem Erholungsheim in Zingst an der Ostsee gehört. Sie selbst mied Urlaube mit Sonnenbaden am Strand, weil die viele Sonne ihre Sommersprossen dunkler und auffälliger werden ließ.

Entgeistert ließ Rita ihre Geige sinken. »Fort aus Berlin? Wieder keinen Geigenunterricht? Bitte nicht, Mami!«

»Alternativ können Sie es auch hier in Berlin bei der örtlichen Erholungsfürsorge probieren«, schlug Lissi vor. »Rita hat gute Chancen.«

Als erholungsbedürftig galten Kinder, die körperlich nicht dem normalen Gesundheitsbild entsprachen, aber auch nicht als krank anzusehen waren. Die untergewichtige Rita zählte dazu. Vier oder fünf Kilogramm mehr täten ihr gut. »Sie können Rita über einen Anmeldeschein und gegen Abgabe von Lebensmittelmarken einen Platz sichern«, erklärte Lissi.

Mit geweiteten Augen schaute Rita zu ihrer Mutter auf. »Dann darf ich in Berlin bleiben?«

»Und ich kann Rita bald wieder vorlesen«, wagte Rolf einzuwerfen.

Lissi gefiel das Miteinander der Geschwister. In Gedanken sandte sie einen Gruß an Theodor, der längst wieder in London war. Am liebsten wäre er nach Berlin zurückgekommen, als er von Marlenes Flucht gehört hatte. Er wollte der Sache mit journalistischer Recherche auf den Grund gehen, aber Emma hatte ihn gebeten, sich nicht einzumischen und der Polizeiarbeit zu vertrauen. Nun war es so, dass Lissi ihren Bruder in London brieflich auf dem Laufenden hielt. Und Marlene? Es gab noch immer keine Neuigkeiten von ihr. Und was mit Maximilian war, wusste Lissi schon gar nicht. Das beunruhigte sie sehr.

Theodor war ebenfalls ein Büchernarr. Stundenlang hatte er ihr als Kind vorgelesen. Mit ihrem Bruder hatte Lissi vor dem Krieg viel Zeit verbracht: in der elterlichen Wohnung, in der Kate draußen in Lübars oder bei einer der vielzähligen Unternehmungen in Weißensee. Es war ihr schwergefallen, Theodor überhaupt zur *Times* nach London gehen zu lassen. Aber er lebte seinen Traum. Schon auf dem Gymnasium hatte er ein Journalist werden wollen, der mit seinen Texten die Welt verbesserte. Wie sein Vater.

»Sie müssen die Anmeldung nicht heute vornehmen, schlafen Sie noch eine Nacht drüber«, empfahl Lissi. »Je eher Rita jedoch in den Genuss einer Maßnahme kommt, desto schneller wird sie wieder ganz gesund sein.«

Frau Stehfest nickte unschlüssig, verabschiedete sich höflich und ging eleganten Schrittes aus dem Zimmer. Doktor Fiedler folgte ihr.

Rita packte ihre Geige ein und drückte Lissi zum Abschied. Rolf schob seine Kappe die Stirn hinauf, dann trat er vor Lissi. Er kramte in seiner Hosentasche und holte etwas daraus hervor, das sie nicht gleich erkannte.

»Im Krieg war alles knapp, vor allem Süßigkeiten. Da habe ich das Bonbon aufgehoben. Für einen besonderen Moment.« Er hielt es Lissi auf der flachen Hand hin. Es war in silbernes Papier mit bunten Punkten eingewickelt, das geglänzt haben musste, als Rolf es bekommen hatte. Mittlerweile war es matt und abgegriffen.

»Woher weißt du, dass ich Bonbons so sehr mag?«, fragte Lissi. Am liebsten hätte sie den Jungen mit den blonden Locken in den Arm genommen. »Danke, Rolf! Ich werde es mir schmecken lassen.«

Der Junge lächelte vorsichtig. Erst jetzt fiel Lissi auf,

dass sein Gesicht unter der Kappe von einem Schweißfilm überzogen war. Sie legte ihm die Hand an die heiße Stirn. »Rolf, wie fühlst du dich?«

Rita kam näher und betrachtete ihren Bruder so aufmerksam wie bei der Visite vor zwei Tagen ihre Notenblätter.

»Ein bisschen tut es im Hals weh. Im Kopf auch«, gestand er.

»Wie lange schon?«, fragte Lissi.

Rolf zuckte mit den Schultern.

»Frau Stehfest?« Lissi lief in den Korridor. »Ich würde Ihren Sohn gerne untersuchen. Er fiebert.«

»Er schwitzt nur ein bisschen«, wiegelte Rolfs Mutter ab.

»Ich bin müde«, sagte der Junge und taumelte Lissi aus dem Krankenzimmer entgegen.

Lissi fing ihn im letzten Moment auf, bevor er stürzte. Sie rief Doktor Fiedler und trug Rolf unter Anstrengung auf Ritas Bett. Frau Stehfest folgte ihr.

»Bevor sein Fieber weiter steigt und Ihr Sohn sich quält, würde ich gerne herausfinden, was ursächlich dafür ist«, erklärte Lissi.

Mit Blick auf den erschöpften Jungen riet auch Doktor Fiedler der Mutter, Rolf zur Beobachtung über Nacht in der Klinik zu lassen. Frau Stehfest stimmte zu.

Zu ihrer Überraschung übertrug der Stationsarzt der Isolierstation Lissi die Untersuchung des Jungen. Sie jubelte innerlich über das Vertrauen, das Egbert Fiedler in sie setzte. Eine Untersuchung allein, das hatte ihr nicht einmal Frau Doktor Feigenspann ermöglicht. Unter der HNO-Ärztin war sie bisher vor allem mit Blutentnahmen, der Anordnung von Laboruntersuchungen und den Nachgesprächen der Visite beschäftigt gewesen. Es war angenehm, mit Frau Doktor Feigenspann zusammenzuarbeiten. Sie sprach sehr klar und blieb stets geduldig. Außerdem war sie fachlich breiter aufgestellt als die meisten anderen Kollegen. Zwar war sie die Spezialistin für Hals-Nasen-Ohren-Krankheiten im Haus, hatte jedoch ebenfalls eine Facharztausbildung in Kinderchirurgie absolviert, war erfahren in der Kindernotfallmedizin und eine gefragte Rednerin auf Kongressen der praktischen Pädiatrie. Lissi schämte sich, wenn sie sich bei solchen Gedanken ertappte. Wie konnte sie Frau Doktor Feigenspann bewundern, während sie doch eigentlich mit ihrer Tante Lene zusammenarbeiten sollte? Deren Situation war unerträglich, und Frau Doktor Feigenspann würde sie niemals ersetzen können, ermahnte Lissi sich immer wieder.

Lissi schaute zu Rolf. Wenn sie sich jetzt geschickt anstellte, durfte sie hoffentlich bald selbstständig operieren. Oder besser noch, Professor Nowikow ließ sie ihre Therapie mit Tieren anwenden. Vor zwei Wochen hatte sie ihm eine Abschrift ihrer Doktorarbeit gegeben, in der sie sich ausführlich mit dem Thema beschäftigt hatte. Darin würde er die Relevanz schwarz auf weiß sehen.

Lissi fühlte sich ein paar Zentimeter größer, als sie zu Schwester Grete ging, damit Rolf ein frisch gereinigtes Isolierzimmer bekam.

Kurz darauf half eine andere Schwester Lissi, den schlaffen, fiebernden Rolf auf einer Trage in Zimmer drei zu bringen. Dort hielt Rita ihrem älteren Bruder die Matrjoschka hin. »In ihrem Bauch ist noch eine und dann wieder eine. Sie alle sind für dich da und beschützen dich vor der

Krankheit«, erklärte die Fünfjährige und begann, die Namen aufzuzählen, die sie den Figuren gegeben hatte. Annabella, Mona …

Rolf nahm die Holzpuppe an sich und bestaunte sie. »Bringst du mir morgen mein Buch vorbei?«

»Du meinst das dicke schwarze?« Rita drückte ihren Bruder zum Abschied.

Die Mutter der beiden war draußen im Korridor und erledigte die Formalitäten für Rolfs Aufnahme. »Mausilein, kommst du?«, rief sie. »Nicht, dass du dich gleich wieder ansteckst.«

Rita lief zu ihrer Mutter.

Leise schloss Lissi die Tür hinter sich und ging den Korridor hinab. Fieber, Kopf- und Halsschmerzen standen für Hunderte von harmlosen Krankheiten. Mit diesen Symptomen konnten jedoch auch Scharlach, Diphtherie, Schwindsucht und weitere ansteckende Infektionskrankheiten einhergehen. Aber sie wollte den Teufel nicht an die Wand malen, nur wegen eines seltsamen Bauchgefühls, das sie beschlich. Vermutlich hatte Rolf nur eine harmlose Erkältung und konnte in wenigen Tagen entlassen werden. Die Untersuchung seines Stuhls würde Klarheit schaffen. Das Labor brauchte drei bis vier Tage dafür. Zuversichtlich verließ sie das Isolierhaus.

Im Ärztebüro vertiefte sie sich in die Patientenakten. Die erste Neuaufnahme war ein zweijähriger Junge, der unter Ekzemen auf der Haut litt. Dreimal täglich sollten die Stellen die nächsten zwei Wochen mit einer Salbe eingerieben werden. Auch bei den weiteren Fällen, in die Lissi sich einlas, war eine Therapie mit Medikamenten angeordnet worden, deren ausreichende Verfügbarkeit ihr fraglich erschien. Sie notierte die benötigten Mittel und machte sich ins Medikamentenlager auf.

Auf der Wendeltreppe kam ihr Professor Nowikow entgegen. Er war schon an ihr vorbei, als er sich noch einmal umwandte: »Genossin Vogel?«

Lissi stoppte und richtete schnell das Parteiabzeichen am Revers ihres Arztkittels. Sie hatte ihn schon eine Schwester der Augenstation wegen eines schief sitzenden Abzeichens tadeln sehen.

»Gestern, als Sie zum Notfall gerufen wurden«, sagte Nowikow, »hat es lange gedauert, bis Sie vor Ort waren.«

Lissi erinnerte sich an den Vorfall. Der kleine Hans Lemke hatte plötzlich keine Luft mehr bekommen. Sie war an sein Krankenbett geeilt, aber Frau Doktor Feigenspann war schneller gewesen und hatte sich um die Atemnot des Jungen gekümmert.

»Ich möchte nicht, dass das noch einmal vorkommt!«, sagte er streng. »Sie wurden zuerst gerufen!«

Lissi war sich keiner Schuld bewusst, weil sie sofort losgelaufen war. Frau Doktor Feigenspann hatte vermutlich den kürzeren Weg zu Hans' Zimmer gehabt. Außerdem war es dem Jungen schnell wieder besser gegangen.

Wie der Professor in diesem Moment ihr Bein anschaute, das gefiel Lissi nicht. Seit sie an der Klinik war, hatte sie es vermeiden können, an ihr verformtes Bein überhaupt zu denken. Es war gekrümmt, das Überbleibsel einer überstandenen Kinderlähmung und gut unter dem langen Rock unter ihrem Arztkittel verborgen. Trotz der Stoffknappheit trug sie lange Röcke – genäht aus zwei die Knie bedeckenden Röcken –, damit ihre Beine nur niemand sah.

»Und nun machen Sie sich zurück an die Arbeit!«

Nach diesen Worten ging Professor Nowikow die Treppe hinab.

Lissi stand da und schaute ihm nach. Dank regelmäßiger Übungen, die ihre Muskeln im linken Bein und ihre Kondition stärkten, hatte sie im Studium mit der Schnelligkeit der anderen Studenten stets mithalten können. Es war ihr wichtig, dass die Patienten auf sie zählen konnten. Ihre Muskelübungen, die ihr einst als Mädchen auferlegt worden waren, machte sie bis heute. Sollte sie das Pensum zur Sicherheit erhöhen? Unwillig schüttelte sie den Kopf: Sie hatte nicht vor, hier und jetzt länger an ihr Bein zu denken. Das hatte sie als Mädchen und junge Frau zur Genüge getan. Sie benötigte jedoch einen Augenblick, bis ihr wieder einfiel, wohin sie eigentlich unterwegs war.

Das Medikamentenlager befand sich am Ende der Krankensaaletage und maß fünf mal fünf Meter. Lissi schaltete das Licht in dem fensterlosen Raum an. Er war vollgestellt mit Regalen wie in einer Bibliothek. Die Medikamente waren alphabetisch sortiert.

Lissi steuerte auf das Regal mit den Hinweisschildern *L*, *M* und *N* zu. Glasflaschen mit braunen Stopfen, Phiolen, Standgefäße mit Salben, Pillendosen und Blechdosen mit Kräutern aus dem Klinikgarten bildeten ein buntes Bild an Heilmitteln, auch wenn große Lücken zwischen den Behältnissen klafften.

Sie griff in ihrer Kitteltasche nach dem Zettel, an dem noch ihr Stift klemmte. »M wie Melidosan«, las sie ab, als sie den Finger an den Namenschildern der Medikamente entlangwandern ließ.

Die Tür ging auf, und Lissi fuhr erschrocken herum.

»Sie, hier?«, fragte Doktor Olivera.

»*Sie*, hier?«, gab Lissi nach einem kurzen Zögern zurück.

»Einer meiner Patienten benötigt ein Medikament«, erklärte Doktor Olivera und straffte sich.

Lissi versank in den Anblick seiner muskulösen Brust, die sich durch den geöffneten Kittel unter seinem Hemd abzeichnete. Zettel und Stift glitten ihr aus der Hand. Das klappernde Geräusch auf dem Boden holte sie zurück in den Medikamentenraum. Sie starrte den Stift einen Moment lang an. Wie konnte sie nur so ungeschickt sein und in Doktor Oliveras Gegenwart Sachen fallen lassen? Er hatte sie vorab schon häufiger in Augenschein genommen, das war ihr nicht entgangen.

Um nach dem Stift zu greifen, machte sie einen Schritt auf ihn zu. Und wie konnte sie ihm nur so auffällig auf die Brust starren? Normalerweise war sie kontrolliert und beherrscht, was sie als gute Ärztin auch sein musste. Ihre Gedanken wurden unterbrochen, als sie mit ihrem gegen seinen Kopf stieß. Er hatte sich im selben Moment hinabgebeugt, um nach Zettel und Stift zu greifen.

»Autsch!«, murmelten sie gleichzeitig und rieben sich die Stirn.

Lissi meinte, in Doktor Oliveras Augen Überraschung auszumachen, gefolgt von einem amüsierten Funkeln.

Sie biss sich auf die Unterlippe, und doch huschte ein unbeholfenes Lächeln über ihr Gesicht. Ihre Hand rieb noch immer die Stirn. Nicht, weil sie noch schmerzte, sondern aus Verlegenheit. Sie konnte spüren, wie ihre Wangen warm wurden, und sie versuchte, ihre Gedanken zu ordnen. Immerhin befand sie sich im Dienst.

»Ich prüfe die Verfügbarkeiten von Medikamenten für

die Neueinlieferungen«, sagte sie bemüht sachlich. Etwas Besseres fiel ihr nicht ein.

Doktor Olivera ging nicht weiter darauf ein. Stattdessen nahm er Stift und Zettel auf und hielt ihr beides hin.

Schnell griff sie zu, damit die Situation endlich geschafft war, berührte dabei aber unabsichtlich seine Finger. Als könnte sie sich verbrennen, zog sie ihre Hand zurück.

Verunsichert trat sie einen Schritt zurück. »Entschuldigung«, sagte sie, als hätte sie mit der Berührung ein Verbot übertreten. Mit hochrotem Kopf wandte sie sich wieder dem Regal zu.

Aus dem Augenwinkel bekam sie mit, wie Doktor Olivera nun seinerseits einen Zettel aus seiner Kitteltasche zog und auf die Rückseite ihres Regals zusteuerte. Er begann seine Suche am anderen Ende.

Lissi fuhr sich mit der Hand durch ihr Ponyhaar und räusperte sich, bevor sie sich wieder an die Arbeit machte. Ein kurzer Blick zu Doktor Olivera zeigte ihr, dass er noch immer lächelte.

Es herrschte eine angespannte Stille im Raum, als sich beide aufeinander zubewegten. Lissi schaute zu ihm hinüber und versuchte, dabei nicht ertappt zu werden. Dann rief sie sich zur Ordnung und konzentrierte sich wieder auf ihre Aufgabe.

Doktor Olivera stand ihr auf der anderen Regalseite fast gegenüber, als Lissi das Melidosan entdeckte. Es wurde in hellen Standgefäßen aus Porzellan gelagert. Die vergilbten Etiketten nannten neben dem Namen das Abfülldatum, die Menge und die Apotheke, von der es die Kinderklinik bezogen hatte. Mit der Spitze ihres Zeigefingers tippte Lissi auf die Deckel der Gefäße und zählte dabei leise vor sich hin, »eins, zwei, drei …«, um die Menge auf ihrem Zettel vermerken zu können.

Doktor Olivera hielt mit der Suche seines Medikamentes inne und schaute über drei Phiolen hinweg durch das Regal zu ihr, die Lider halb gesenkt.

Lissi vermied es, ihn erneut länger anzublicken. Schließlich war sie hier, um zu arbeiten. Sie versuchte, den Klang seiner Stimme und das Bild seiner Augen aus ihrem Kopf zu verbannen. Sie waren dunkelbraun, beinahe schwarz. Mit dem honiggelben Ring um die Iris wirkten sie sanftmütig. Besser, sie kam später wieder, wenn er nicht mehr hier war.

Sie hielt auf die Tür zu, griff nach der Klinke und stoppte abrupt: Die Tür ließ sich nicht öffnen.

Hinter sich vernahm sie ein geräuschvolles Lächeln und schaute ihn nun doch wieder an. Er war nach wie vor amüsiert.

»Sie klemmt«, stellte er unumwunden fest.

»Sieht so aus«, gab sie zurück und ruckelte vehementer an der Klinke, aber es war nichts zu machen. Vielleicht war das Schloss verzogen. Dann musste ein Handwerker kommen. Das konnte Stunden dauern!

Lissi pochte gegen die Tür und rief: »Hallo? Hört mich jemand?«

»Lassen Sie mich mal«, sagte Doktor Olivera und trat neben sie.

Nun stand er nur noch eine halbe Armlänge von ihr entfernt. Er roch nach frischem Wasser mit einem Spritzer Moschus.

Auch ihm gelang es nicht, sie aus dem Medikamentenlager zu befreien, deswegen hämmerten sie bald gemeinsam gegen die Tür und riefen um Hilfe. Aber niemand kam.

Erschöpft und frustriert lehnte Lissi sich irgendwann mit dem Rücken gegen die Tür. Er lehnte sich mit etwas Abstand an die Wand daneben. Beide waren sie außer Atem.

Verlegen drehte Lissi ihm den Rücken zu und schaute auf die Uhr. Bald müsste Schichtwechsel sein, und die Nachtschwestern übernahmen die Verantwortung auf der Krankensaaletage. Dann würde bestimmt jemand auf sie aufmerksam werden.

Obwohl sie mit dem Rücken zu Doktor Olivera stand und zur Ablenkung mit den Augen die Maserung des Fußbodens abfuhr, spürte sie seine Anwesenheit. Sie konnte sein leises Atmen hören, das gleichmäßige Auf und Ab, das die einzige Unterbrechung in der Stille des Raumes war. Sie versuchte, die kleinen Unebenheiten und Kratzer auf dem Holzboden zu zählen.

Als sie bei dreizehn Kratzern angekommen war, hörte sie seine Kleidung rascheln und meinte zu spüren, wie sich die Luft bewegte, weil er sich bewegte. Es war, als ob die Atome um sie herum vibrierten, einem Summen gleich, das in ihren Ohren nachhallte. Eine Melodie, die nur sie hören konnte. Doch sie weigerte sich weiterhin, ihn anzusehen. Kratzer vierzehn, Kratzer fünfzehn, zählte sie in Gedanken.

Ihr Herz setzte einen Schlag lang aus, als sie seine warme Hand auf ihrer Wange spürte. Er war um sie herumgetreten und drückte nun seine Lippen auf ihre, warm, weich und zärtlich. Obwohl sie es nicht hätte zulassen sollen, konnte sie nicht anders, als zu genießen. Es war, als sei sie in einen übermächtigen Strudel geraten, aus dem es kein Entrinnen gab. Sie schloss die Augen und ließ sich in eine andere Welt tragen. Es war eine Welt, die aus nichts weiter als dem Klang ihres Herzschlags und der Wärme seiner Lippen bestand. Sie konnte das sanfte Schleifen seiner Daumen auf ihrer Wange spüren, ein Streicheln, das sie beruhigte und gleichzeitig ihre Sinne entflammte.

Erst ein lautes Knacken löste den Bann. Die Tür sprang auf, und Frau Doktor Feigenspann erschien. Einige ihrer silbergrauen Strähnen hatten sich aus ihrem Haarknoten gelöst und hingen ihr ins Gesicht. In der Hand hielt sie ein Brecheisen.

Doktor Olivera hatte von Lissi abgelassen und war einen Schritt beiseitegetreten. Es wäre ihr sehr unangenehm gewesen, hätte man sie während der Arbeit beim Küssen erwischt.

»Melidosan«, sagte Lissi, noch wirr im Kopf vom Kuss. Sie war durcheinander und aufgeregt zugleich. Sie versuchte, das Lachen zu unterdrücken, das in ihrer Kehle aufstieg.

Frau Doktor Feigenspanns Blick glitt von Lissi zu Doktor Olivera, dann sagte sie: »Ich habe Ihre Hilfeschreie gehört, musste aber erst einmal ein Brecheisen besorgen.«

»Die Tür klemmte«, erklärte Doktor Olivera. »Ich werde den Hausmeister bitten, das Schloss zu überprüfen.« Er verließ das Medikamentenlager, ohne Lissi noch einmal anzuschauen.

Frau Doktor Feigenspann schaute ihm hinterher, bis er um die Ecke gebogen war.

So gelassen wie möglich trat Lissi mit einem »Danke« an ihrer Mentorin vorbei. Ihre Lippen brannten noch vom Kuss. Sie brauchte frische Luft!

Draußen legte sie den Kopf in den Nacken und schaute in den blassblauen Abendhimmel. Doktor Olivera hatte in ihr eine unsichtbare Saite zum Klingen gebracht. Sie musste die neuen Gefühle sortieren, bevor sie wusste, wie sie sich weiter verhalten sollte. Eines jedoch stand fest: Nichts würde mehr so sein wie bisher.

***

5

24. Juni 1948

Seit der Flucht aus Weißensee war keine Nacht vergangen, in der Marlene nicht von Albträumen aus dem Schlaf gerissen worden war. Wieder und wieder durchlebte sie die bangen Stunden, bis Katharina und sie in Sicherheit gewesen waren. Die Erdgeschosswohnung in Doktor Klaubers Mietshaus war dunkel. Ein durchgesessenes Sofa diente ihnen als Bett, und Katharinas Schlafplatz bestand aus einer Matratze auf dem Boden. Aber zum Überleben reichten die zwei Zimmer mit der ausgeblichenen Tapete. Zudem waren sie schnell warm zu bekommen.

In der britischen Besatzungszone zu leben war anders. Durch den Marshallplan der Amerikaner erhielt das nicht sowjetische Deutschland Geld, Rohstoffe, Waren und Lebensmittel, und so war in Charlottenburg kaum noch Mangel sichtbar, ganz anders als in Weißensee. Die Nachbarn und Menschen, die sie bisher getroffen hatte, schwärmten von dem neuen Leben ohne Hunger und von der Aussicht darauf, dass die Spuren des Krieges bald beseitigt sein würden.

Für Marlene war alles dennoch ein böser, nicht enden wollender Albtraum. Fern von zu Hause, fern von Emma und auf der Flucht vor der Kriminalpolizei fühlte sie sich hundeelend. Die kürzlichen Währungsreformen im Osten und im Westen würden sicher nicht zur Wiedervereinigung Deutschlands beitragen – ein Vorsatz, der bei Aufteilung des Landes in Besatzungszonen noch bestanden hatte.

»Liebling, wir müssen durchhalten!«, sagte Maximilian und ging zum Garderobenständer im Flur.

Marlene nickte gedankenversunken. Noch einen Tag nach der Flucht hatte sie bezweifelt, dass Maximilian der Polizei ebenfalls entkommen war. Am zweiten Tag stand er morgens vor ihrer Tür. Unter den Gartenpavillon zwischen die Streifenfundamente war er gekrochen, ein Notversteck aus Kriegszeiten. Mehrere Stunden hatte er dort ausgeharrt, bis die Kriminalpolizei die Villa wieder verlassen hatte. Erst hatte er noch abgewartet und sich bei Freunden Essen besorgt, dann war er auf einem Umweg über den Wedding nach Charlottenburg gekommen.

Die Beweise für ihre Unschuld wollten sie heute Nacht besorgen. Vor ihnen lag ein Fußmarsch von rund drei Stunden über Tiergarten, Mitte und Prenzlauer Berg bis nach Weißensee.

Marlene betrachtete die Gegenstände vor sich auf dem Küchentisch wie Operationsbesteck, dessen Vollständigkeit zu überprüfen war: zwei Taschenlampen sowie eine Feldflasche mit Wasser, Proviant. Die Lampen waren nicht leicht zu bekommen gewesen, aber über Doktor Klauber hatte sie einen Hinweis erhalten, wo es preiswerte gab. Wer etwas zu tauschen hatte, konnte an der Gedächtniskirche oder am Bahnhof Zoo Gebrauchsgegenstände erstehen, alte Modelle, die nicht wieder in den Geschäften lagen. Man durfte sich nur nicht von der Polizei erwischen lassen.

Marlene packte die Sachen in den Feldrucksack. Maximilian zog Doktor Klaubers in die Jahre gekommenen Mantel mit dem hohen Kragen an. Sein eigener heller Wollmantel, den er bei der Flucht getragen hatte, war völlig verdreckt. Damit würde er nur auffallen.

»Sei vorsichtig, Papa«, sagte Katharina vom Sofa aus. Sie hatte fast den ganzen Tag dort verbracht und vor sich hin gestarrt. Sie sprach nicht darüber, aber Marlene vermutete, dass ihre Tochter ihre Freundinnen und das gewohnte Umfeld mehr vermisste, als sie zugab. Wenn man sie danach fragte, antwortete sie einsilbig, dass es ihr gut ginge und sie sich nicht auch noch Sorgen um sie machen sollten. In Charlottenburg ging Katharina noch nicht zur Schule und schien kein Interesse daran zu haben, sich diese Seite Berlins genauer anzuschauen, anstatt den Tag auf dem Sofa zu verbringen. »Wenn ich es richtig verstanden habe, geltet ihr im sowjetischen Sektor als vogelfrei. Wenn euch nur ein einziger Polizist anspricht, war's das, und sie sperren euch weg!«

»Es ist fast dunkel draußen, da wird uns niemand erkennen«, versicherte Maximilian seiner Tochter. Entschlossen stellte er seinen Mantelkragen auf.

Marlene war weniger davon überzeugt, dass sie unentdeckt bleiben würden. In Weißensee waren sie bekannt wie bunte Hunde. Wenn sie heute Nacht von jemandem gesehen wurden, der bei den Besatzern oder der Partei Punkte sammeln wollte, und sie die Papiere zum Beweis ihrer Unschuld bis dahin nicht gefunden hatten, waren sie verloren. Marlene war nach einem dieser Malzbonbons von Lissi, die die Nerven beruhigten.

Sie schnürte den Rucksack zu, zog eine Jacke an und setzte ihren Hut auf, tief bis an die Brille heran.

Katharina ließ sich nur widerwillig von Marlene zum Abschied umarmen. »Wir kommen bestimmt wieder. Und wenn nicht: Setze dich bitte über einen Münzfernsprecher mit Emma und Kurt in Verbindung.« Die beiden waren nicht eingeweiht, das wäre zu gefährlich gewesen, aber sie würden wissen, was zu tun war.

»Gut.« Das Mädchen nickte schwach und wandte sich ab.

Im Hof streckte Maximilian den Arm nach Marlene aus und streichelte zärtlich ihre Hand. Sie bekam eine Gänsehaut, so ausgehungert war sie nach seinen Berührungen. Die letzte echte Zärtlichkeit war noch in Weißensee gewesen, seitdem hatte er verbissen einen Plan ersonnen, um ihre Unschuld zu beweisen. Und an dieser bestand auch für Marlene kein Zweifel. Nach Kriegsende hatten sie sich trotz mehrfacher Aufforderung geweigert, der *Sozialistischen Einheitspartei Deutschlands*, der SED, beizutreten. Ein anderer Vorwurf konnte ihnen aber nicht gemacht werden.

Kurz dachte sie an die Kinderklinik, wie jeden Tag seit ihrer Flucht. Ob man ihre Stelle für sie freihielt? Wie es Lissi als neuer Assistenzärztin dort erging? Sie vermisste ihren Arbeitsplatz und die kranken Kinder, die Kollegen. Und natürlich wollte sie Lissi zur Seite stehen.

Hand in Hand verließen Maximilian und Marlene den Hinterhof des Mietshauses. Maximilians nunmehr fester Griff schenkte Marlene Zuversicht. Er war so unendlich stark und gab ihr Halt, obwohl er während der zurückliegenden sieben Wochen deutlich an Gewicht verloren hatte.

Vorbei an Wohnhäusern ohne Dach und mit Fenstern, die bei den Bombenangriffen durch den Luftdruck nach innen gedrückt worden waren, führte Maximilian sie mit einem optimistischen Lächeln im Gesicht durch Berlin. Auch als sie in Tiergarten am zerstörten Reichstagsgebäude vorbeikamen, das für die siegreichen sowjetischen Soldaten das beliebteste Fotomotiv war, hielten sie sich fest an den Händen.

Auf dem weiteren Weg musste Marlene an Franz denken. Bei seinem Medizinstudium, das ihm – vermutlich wegen ihrer Parteilosigkeit – erst nach vielen Eingaben und Fürsprachen zugesagt worden war, war er auf sich allein gestellt. Eigentlich brauchte er Zuspruch und immer noch mütterliche Nähe. Seit Albert nicht mehr da war, hatte sie ihn nicht wieder lächeln sehen. Gerade wagte sie nicht mehr, als ihm Briefe nach Mitte zu schreiben, an die Adresse eines Freundes, an die sie sich erinnerte. Und er schrieb ihr zurück. Daher wusste sie, dass er am Folgetag ihrer Flucht befragt worden war, aber nichts zu sagen wusste und sich seitdem manchmal beobachtet fühlte. Und zwischen den Zeilen las sie heraus, dass er einsam war. Sobald es ungefährlicher war, würden sie sich wiedersehen. Nachdem sie ihre Unschuld bewiesen hatten, sowieso!

Ehrfürchtig verlangsamte Maximilian seinen Schritt, als sich endlich die Villa vor dem schwarzen Nachthimmel abzeichnete. Über dem Stahlzaun waren die zwei Obergeschosse und das Walmdach zu erkennen. Vom Mond beschienen, glänzten die Dachziegel. Marlene streichelte mit dem Daumen über Maximilians Handrücken. Als Zeichen der Bereitschaft, den riskanten Schritt zu wagen, nickten sie sich zu.

Sie schaute sich auf der Straße um, aber niemand war zu sehen. Einzig in der Ferne, kaum größer als ihr Daumen, überquerte jemand mit einem Hund die Straße.

Mit einem verräterischen Quietschen schob Maximilian das vom Rammbock zerstörte Tor auf. Das Haus lag in völliger Dunkelheit. Nicht einmal das Licht an der Eingangstür brannte. Alles wirkte leblos.

»Wir gehen vor wie besprochen«, sagte Maximilian und setzte den Rucksack ab. »Ich stehe Schmiere, du schleichst dich ins Haus.«

Marlene hatte der Aufgabenverteilung nur schweren Herzens zugestimmt, denn sollte die Polizei auftauchen, würde es Maximilian zuerst an den Kragen gehen. Noch einmal darum zu bangen, dass er verhaftet und fortgebracht werden könnte, das überlebte sie nicht. Einzig das Argument, dass eine Frau nachts allein auf der Straße mehr Aufsehen erregte als ein Mann, hatte sie überzeugt.

Maximilian gab Marlene eine der Taschenlampen. »Halte sie auf den Boden gerichtet, damit das Licht von außen nicht zu sehen ist.«

Marlene nickte. »Sollte sich jemand dem Haus nähern, gib mir ein Lichtzeichen. Einmal blinken – es droht Gefahr, zweimal blinken – es ist alles in Ordnung.« Wie zum Abschied schmiegte sie sich an ihn, sodass sie das Pochen seines Herzens spüren konnte. Es schlug unvermindert heftig, zu schnell aus ärztlicher Sicht.

»Ich liebe dich noch jeden Tag mehr«, flüsterte sie und schloss die Augen. Hoffentlich ging alles gut.

Als Antwort küsste Maximilian sie.

Die Berührung seiner Lippen flutete ihren Körper bis in die letzte Zelle. Nach all den Ehejahren gelang es ihm immer noch, sie mit einer einzigen Berührung ihre Sorgen vergessen zu lassen. Sie umfasste seinen Kopf und zog ihn noch näher zu sich heran.

Maximilian beendete den Kuss und schob sie in Richtung der Eingangstür. Ihr Ziel waren der Sekretär im großen Salon und das Dachgeschoss.

Der Teppich vom Tor zur Villa war entfernt worden, und ihr Schlüssel passte nicht mehr ins Schloss. Marlene lief um das Haus herum in den Garten. Es tat ihr im Herzen weh, dass sie das Kellerfenster eintreten musste, um hineinzugelangen. Angespannt lauschte sie, ob es nach dem Klirren des Glases in der Nachbarschaft ruhig blieb.

Als sie schon erleichtert ausatmen wollte, vernahm sie auf einmal sich nähernde Männerstimmen. Vor Angst hielt sie die Luft an. Sie mussten auch mit Beamten in Zivil rechnen, die sie verfolgten. Jeder Passant konnte ein Kriminalbeamter sein. Sie betete, dass Maximilian vorn am Tor unentdeckt blieb. Ihr Blick sprang zum Pavillon im hinteren Garten, zwischen dessen Fundament aus gegossenen Betonstreifen sich Maximilian bei der Flucht verkrochen hatte. Auch heute wäre das ein gutes Versteck, sollte jemand Fremdes das Grundstück betreten.

Marlene lugte um das Haus herum vor zum Tor. Max, bist du noch da?, wollte sie rufen, aber die fremden Stimmen wurden lauter.

Leise zog sie sich durch das hohe Gras in den Garten zurück. Sie zählte die Sekunden, die ihr wie Stunden vorkamen. Jeder ihrer Atemzüge erschien ihr so laut wie eine Sturmböe.

Sie konnte nicht sagen, wie viel Zeit vergangen war, bis sich die Stimmen wieder entfernten und Maximilian ihr durch zweimaliges Blinken mit der Taschenlampe zu verstehen gab, dass es ihm gut ging.

Als sie durch das kaputte Fenster in den Keller der Villa

stieg, schnitt ihr eine scharfe, lange Glasscherbe, die noch im Fensterrahmen steckte, in die Wade, aber sie hatte keine Zeit, sich darum zu kümmern. Wer wusste, wann die nächsten Männer das Grundstück passierten. Und womöglich waren es dieses Mal keine Kneipengänger, die nur ein Trinklied anstimmten, sondern Polizisten.

Nach den ersten Schritten durch den Keller blutete die Wunde so stark, dass Marlene sich notdürftig ihr Taschentuch um die Wade knotete.

Der karierte Stoff war blutdurchtränkt, als sie im ersten Obergeschoss ankam. Der Briefverkehr mit Benjamin Levy befand sich im großen Salon. Bevor sie dorthin ging, lief sie im Flur zum Fenster und schaute nach Maximilian am Tor. Der blickte die Straße auf und ab. Anscheinend blieb alles unauffällig.

Marlene drückte die Türklinke zum großen Salon herunter und wollte direkt auf den kleinen Sekretär mit der Korrespondenz zusteuern, hielt aber nach den ersten Schritten inne. Es war zwar dunkel in dem Raum, aber dass hier sämtliche Möbel fehlten, war nicht zu übersehen. Die Schwingstühle, die Tafel und der Sekretär waren nicht mehr da. Die sowjetischen Besatzer hatten die Salonmöbel mitgenommen.

Marlene wurde heiß und kalt zugleich. »Was, wenn …?« Sie lief in ihr Arbeitszimmer. Auch dieser Raum war leer. Die Taschenlampe glitt ihr aus der Hand. An der Stelle, wo früher ihr Schreibtisch gewesen war, stand ein großer Behälter mit den kyrillischen Buchstaben *м у с о р* , was übersetzt »Müll« bedeutete. Ein paar Wörter Russisch hatte sie in den letzten drei Jahren gelernt.

Marlene blieb das Herz stehen, als sie ihre Medizinbücher und ihre Forschungsliteratur im Müll sah. Sie lagen achtlos, geknickt und dreckig aufeinander. Zwischen den Büchern befanden sich unzählige Ausgaben des *Ärzteblatts*, Korrespondenz mit Kollegen der Pädiatrie und Ordner mit medizinischem Fachwissen, die sie zu Beginn ihres Studiums angelegt hatte. Diese Ordner waren ihr heiliger Schatz, den sie an Franz hatte weiterreichen wollen.

Es dauerte einen Moment, bis sie wieder klar denken konnte. »Wir wurden enteignet!« Ihr Mund wurde trocken von diesen drei Wörtern. Man hatte sie nicht nur wie Schwerverbrecher aus Weißensee vertrieben, sondern ihnen auch das Haus und all ihren Besitz genommen. Blut schoss ihr in den Kopf und rauschte ihr tosend durch die Ohren.

Marlene rannte hoch zum Dachboden, wo sie seit dem Krieg in einem Versteck die wichtigsten Dokumente verstaut hatten. Zu ihrer Erleichterung sah es hier oben noch wie früher aus: Nur ein Dutzend verstaubter Kisten standen herum. Spielzeug und Anziehsachen hatten sie in den letzten Kriegsjahren an Bedürftige verschenkt. Zuletzt war Marlene nach Weihnachten hier oben gewesen, um die Kiste mit dem Baumschmuck zu verstauen. Womöglich war es nur eine Frage der Zeit, bis die Kriminalpolizei diese Sachen ebenfalls auf den Müll warf.

Durch herabhängende Spinnenweben lief sie in die hinterste Ecke und löste zwei Bodendielen. Darunter, so hoffte sie, lagen noch immer die Bankunterlagen. Die würden beweisen, dass sie den Nationalsozialisten nie Geld gegeben hatten.

Marlene ging auf die Knie und griff in das Versteck. Bald bekam sie die Mappe zu fassen. Sie öffnete sie, leuchtete mit der Taschenlampe hinein und prüfte die Unterlagen auf Vollständigkeit. Zu ihrer Zufriedenheit waren die Kontobewegungen aus den vergangenen fünfzehn Jahren enthalten. Die Mappe war ihre Rettung! Endlich ein Lichtblick.

Enteignet, enteignet!, hallte es noch in ihr nach, während sie, die Mappe an die Brust gepresst, ins erste Obergeschoss hinabstieg. Sie konnte nicht anders, als kurz in Alberts Zimmer zu schauen. Albert, ich vermisse dich so sehr! Maximilian und sie waren sich immer einig gewesen, das Zimmer mit seinen Sachen eingerichtet zu lassen. Heute war Alberts Raum leer.

Länger stand sie regungslos da. Die Vorstellung, den paillettenbesetzten Zauberumhang, seinen Rechenschieber und all die anderen lieb gewonnenen Sachen in einer Mülltonne zu sehen, trieb ihr Tränen in die Augen. Sie musste weg hier!

Sie lief zurück in den Keller und kletterte durch das eingetretene Fenster in den Garten. Auf dem Weg zum Tor hielt sie inne. Ihr entfuhr ein spitzer Schrei. Was war mit den drei Mandelbäumen geschehen, die sie für ihre Kinder gepflanzt hatte?

Marlene lief an jene Stelle auf dem Rasen, die einst ihr Lieblingsplatz gewesen war. Sie schaute auf drei Baumstümpfe in der Grasnarbe. Ihr fiel ein Schild auf, das danebenlag, bereit, aufgestellt zu werden. Die Besatzer hatten die Bäume gefällt, um das Schild an diese zentrale Stelle im Garten zu setzen? *Parteizentrale der* SED stand darauf geschrieben. Außerdem zeigte es das parteitypische Symbol: den Händedruck. Die SED wollte sich in ihr Zuhause einquartieren? Jene Partei, die es für richtig hielt, eine Familie nachts aus ihrem Heim zu vertreiben und grundlos zu enteignen?

Sie ohne Beweise als Naziunterstützer zu bezeichnen, nur weil sie adelig waren? Das durfte nicht wahr sein!

Fassungslos ging Marlene zum Tor, nahm sich aber vor, Maximilian von der Parteizentrale erst später zu erzählen. Erst einmal sollte er sich über die vollständigen Bankunterlagen freuen, erst einmal mussten sie sicher nach Charlottenburg zurückgelangen.

Marlene blieb vor dem Tor stehen. Eine tiefe Angst kroch in ihren Körper, ihr wurde eiskalt, denn Maximilian war nicht auf seinem Beobachtungsposten. Sie konnte nur das Zirpen der Grillen und das Rauschen der Blätter im Wind hören. Die Gedanken wirbelten in ihrem Kopf umher. War er entdeckt und bereits abgeführt worden? Warum hatte er kein Zeichen gegeben? Vermutlich war sie auf dem Dachboden über den Bankunterlagen so konzentriert gewesen, dass sie sein Licht nicht bemerkt hatte.

Marlene sackte auf die Knie, legte die Mappe neben sich und barg ihren Kopf in den Händen. Nach der Flucht hatte sie gedacht, dass das Leben sie genug gestraft hatte, aber heute Nacht belehrte es sie eines Besseren. Beim nächsten Atemzug schaute sie wieder auf. Da waren Stimmen auf der Straße vor der Villa. Kam die Kriminalpolizei zurück? Machten sowjetische Soldaten einen nächtlichen Kontrollgang?

Marlene wagte kaum zu atmen. Weil die Stimmen immer ruhiger wurden und nicht befehlsgewohnt klangen, wagte sie schließlich einen vorsichtigen Blick durch das kaputte Tor auf die Straße.

Sie stieß erneut einen spitzen Schrei aus, als sie Maximilian im Schein einer Straßenlaterne vor dem Findling beim Haus der von Porz hocken sah. Und es schien ihm gut zu gehen. Anders der Mann vor ihm. Der saß auf dem kniehohen Stein und hatte die Arme leicht gebeugt auf die Oberschenkel gestützt. Die Kutscherhaltung unterstützte bestimmte Muskeln beim Ein- und Ausatmen. Der Mann musste Probleme mit der Luft gehabt haben. Für Marlene sah es so aus, als würde Maximilian ihn mit beruhigenden Worten zum entspannten Atmen anleiten. Vermutlich hatte er gesehen, dass der Mann in Not war, und geholfen, während sie im Dachboden die Bankunterlagen durchgegangen war. Besser, sie gab sich dem Fremden gegenüber nicht zu erkennen. Marlene näherte sich langsam und leise, bis sie in Hörweite der beiden war. Dem Mann schien es besser zu gehen, er erhob sich gerade von dem Stein. Zum Dank schüttelte er Maximilian mehrfach die Hand und versprach, die Begegnung für sich zu behalten. Maximilian bat ihn, bald seine Lunge untersuchen zu lassen. Der Fremde nickte und ging davon.

Dann schaute Maximilian die Straße noch einmal in beide Richtungen hinunter und kam dann zu Marlene zurück.

Sie fiel ihm um den Hals und war unendlich froh, ihn wieder in den Armen zu halten.

»Entschuldige, dass ich meinen Posten verlassen habe, ohne dir Bescheid zu geben«, sagte er, als sie sich voneinander lösten. »Aber der Mann drohte zu ersticken … ich durfte keine Zeit verlieren.«

Marlene nickte verständnisvoll. Sie hätte genauso gehandelt.

»Hast du die Papiere?«, wollte Maximilian nun wissen.

»Die Bankunterlagen ja, aber die Korrespondenz mit Ben nicht.« Marlene überlegte, wie sie ihm später beibringen sollte, dass man ihnen die Villa weggenommen hatte und sie als Parteizentrale nutzen wollte. Sie konnte es selbst kaum glauben und akzeptieren noch weniger. Sie würde klagen! Sie würde nicht zulassen, dass man ihnen ihr Zuhause raubte. Es war himmelschreiend ungerecht. Sie ballte die Hände zu Fäusten.

»Mit den Bankunterlagen haben wir eine gute Chance vor Gericht«, sagte Maximilian und nahm ihre Fäuste in seine Hände. »Die Briefe aus New York wären nur das i-Tüpfelchen gewesen.«

Marlene durfte es nicht länger für sich behalten. »Die Villa ist leer geräumt. Wir wurden enteignet, Max.« Sie sagte es sehr leise, wollte es selbst nicht hören.

Maximilian schaute auf. Von jetzt auf gleich war er kalkweiß und sein Gesichtsausdruck nicht mehr zuversichtlich, sondern bestürzt.

»Wir müssen etwas dagegen unternehmen!«, sagte Marlene überzeugt und drückte ihre Fäuste fester zusammen.

»Lass uns erst einmal zurück nach Charlottenburg gehen«, sagte Maximilian und zog sie fort von diesem schrecklichen Ort, der ihnen so vertraut und lieb gewesen war. »Ich ertrage es hier nicht länger.«

*

Der Morgen brach bereits an, als sie in der Erdgeschosswohnung in Charlottenburg zurück waren. Marlene beobachtete, wie erschöpft Maximilian sich neben die schlafende Katharina auf die Matratze setzte. Er strich ihr das lockige Haar aus dem Gesicht und gab ihr einen Kuss auf die Stirn, bevor er die Mappe mit den Bankunterlagen vor sich aufschlug. Im Schein der Taschenlampe sprangen seine Augen über die handschriftlichen Zahlen und Daten in den Kontoauszügen. Marlene machte sich daran, die Wunde an ihrer Wade zu versorgen. Zum Glück musste sie nicht genäht werden.

Um sich von den Gedanken an die enteignete Villa abzulenken, stellte sie das Radio im Flur leise an. Das war ihr von einer Familie im Haus gegenüber als Dank für ärztliche Untersuchungen geschenkt worden. Sie zog die Tür zur Stube zu, damit Maximilian ungestört die Unterlagen durchsehen konnte.

Das beschwingte Lied *Maria aus Bahia* erklang. In besseren Zeiten hätte sie mit Maximilian fröhlich zur Musik getanzt. Einst hatten sie auf den Tango geschworen, dann auf den Charleston und Anfang der Vierzigerjahre hatte sie der American Swing gepackt. Ein Paartanz, der sich trotz des Verbots der Nationalsozialisten wegen seiner fröhlichen Melodien bei den Berlinern großer Beliebtheit erfreut hatte. Gegen sieben Uhr wurde das Morgenprogramm im Radio wegen einer Eilmeldung unterbrochen. Eigentlich hatte Marlene von Überraschungen erst einmal genug.

»Die Sowjetunion verhängt mit sofortiger Wirkung eine Blockade gegen die Berliner Sektoren der westlichen Alliierten«, berichtete der Sprecher in drängendem Ton, »die Blockade wird erst aufgehoben, wenn die amerikanischen, britischen und französischen Alliierten die Währungsreform zurücknehmen.«

Marlene stand nun kerzengerade vor dem Radio. Der Sprecher wiederholte die Nachricht mehrmals. Dann führte er aus: »Mit dem heutigen Tag werden alle Zugangswege nach Westberlin gesperrt. Die Ausfallstraßen der Stadt werden mit Schlagbäumen versehen, an denen jeder von sowjetischen Soldaten kontrolliert wird! Personenverkehr ist nach wie vor möglich, nicht aber Güterverkehr. Bei jeder grenzüberschreitenden Person, auch bei Kindern, erfolgen Taschenkontrollen.«

Marlene schüttelte den Kopf. Das durfte nicht auch noch sein! Wenn die Zufahrtswege für Güterverkehr gesperrt wurden, waren Lebensmittelzufuhren der westlichen Besatzungsmächte für ihre Sektoren unmöglich!

Empört rief der Radiosprecher ins Mikrofon: »Zeitgleich wird die sowjetische Besatzungszone, zu der auch das Umland von Berlin zählt, ebenfalls nichts mehr nach Westberlin liefern dürfen. Nicht eine einzige Kohle, keine Kartoffel, nichts!«

Stalin will die Westberliner aushungern, als Rache für die Währungsreform der Alliierten!, durchfuhr es Marlene. Von heute an waren alle Westberliner vom Rest der Welt abgeschnitten und umgeben von den sowjetischen Besatzern. Sie würden verhungern! Und was fast genauso wichtig war: Wie nur sollten sie bei einer Bewachung der Zufahrtsstraßen die Bankunterlagen an ihren Familienanwalt in Weißensee übergeben?

Aufgeregt ging sie vor dem Radio auf und ab, wischte sich Tropfen von Angstschweiß von der Stirn. Wenn doch nur Emma jetzt bei ihr wäre. Wie sollten sie mit diesen Aussichten nicht die Hoffnung verlieren? Sie wollte gerade nachschauen gehen, wie viel zu essen für die nächsten Tage noch da war, als die Tür zur Stube aufgerissen wurde und Katharina hereingerannt kam. »Komm schnell! Papa fasst sich an die Brust und kann nicht mehr sprechen!«

Marlene wurde panisch, obwohl sie solche Situationen als Ärztin schon zur Genüge erlebt hatte. Ein Zittern erfasste ihren gesamten Körper. An ihrer Tochter vorbei stürzte sie in die Stube. Maximilian war auf die Matratze gesackt. Die Bankmappe lag daneben und musste ihm aus den kraftlosen Händen geglitten sein. Kalter Schweiß stand ihm auf der Stirn, und er hatte die Augen geschlossen, war leichenblass.

»Max, kannst du mich hören? Ich bin's, Lene«, fragte sie. Patienten mit geschlossenen Augen sprach man immer sofort an, um zu sehen, ob sie bei Bewusstsein waren.

Er antwortete nicht.

Marlene lagerte ihn mit leicht erhöhtem Oberkörper auf dem Rücken und lockerte sein Oberhemd. Sie wies Katharina an, das Fenster zu öffnen, um frische Luft in die Stube zu lassen. Das Mädchen tat es wie hypnotisiert.

Damit Maximilian von unten nicht auskühlte, schob sie eine Decke unter seinen Körper. »Liebling, hörst du mich?«

Maximilians Augen blieben geschlossen. Er war nicht ansprechbar. Sie überstreckte seinen Nacken und legte ihr Ohr an seinen Mund. Nur mehr ein leises Röcheln war zu hören. Sie spürte Todesangst in sich aufsteigen.

»Lauf zu den Nachbarn im zweiten Stock!«, rief sie Katharina zu, »die haben ein Telefon. Sie sollen den Krankenwagen rufen! Schnell!« In der gesamten britischen Zone waren Krankenwagen unter der Fernsprechnummer 300 zu erreichen und im Gerätehaus der örtlichen freiwilligen Feuerwehr stationiert. Das gab sie Katharina noch mit auf den Weg, damit es nicht zu Verzögerungen kam.

Marlene begann mit der Herzdruckmassage. Um Folgeschäden zu verhindern, zählte jede Sekunde. Sie kniete sich neben Maximilian auf den Boden und setzte einen Handballen auf die Mitte seines Brustkorbs. Die zweite Hand platzierte sie auf der anderen und drückte mit ausgestreckten Armen sein Brustbein in Richtung Wirbelsäule. Ihr eigenes

Herz hämmerte so heftig, dass ihr beinahe schwindelig wurde. Aber sie musste sich ganz auf den wichtigsten Menschen in ihrem Leben konzentrieren. Sie war Ärztin mit jahrzehntelanger Erfahrung auch in der Notfallmedizin. Sie hatte Hunderten Kindern das Leben gerettet. Alles würde gut ausgehen. Aber wo nur blieb der Krankenwagen? Ein Leben ohne Maximilian wäre unvorstellbar! Allein der Gedanke, fortan ohne ihn zu sein, ließ ihr Herz zusammenschrumpfen.

Marlene unterbrach die Herzdruckmassage für eine Atemspende. Sie hielt mit ihrer linken Hand das Kinn von Maximilian. Die rechte Hand legte sie auf seine Stirn und drückte mit Zeigefinger und Daumen die Nase zu. Dann umschloss sie seinen offenen Mund mit ihren Lippen und blies zweimal Atemluft hinein.

Maximilian aber regte sich noch immer nicht.

Katharina war zurück in der Wohnung und verfolgte nun mit ängstlichem Blick das Geschehen. Sie war leichenblass und murmelte »Papa, nein!« vor sich hin.

Marlene wechselte wieder zur Herzdruckmassage. Mit lautem Keuchen vollführte sie eine Druckbewegung nach der anderen. Von der Anstrengung brannten ihre Arme wie Feuer, aber für Maximilian hätte sie die Herzmassage sogar kniend auf glühenden Kohlen durchgeführt. Weil seine Atmung immer noch nicht wieder einsetzte, schickte sie Katharina zum Medizinschrank im Bad, um kreislaufunterstützende Medikamente zu holen.

Kurz darauf hielt ihre Tochter ihr unter Tränen ein Fläschchen hin. »Du musst ihn retten!«, flehte sie.

Marlene wusste, dass ein derart langer Herzstillstand mit irreparablen Schäden im Gehirn einherging: Lähmungen am ganzen Körper, Bettlägerigkeit, Sprachverlust und vieles mehr. Aber Maximilian und sie waren stark, sie kämen selbst damit zurecht. Bisher hatte nichts und niemand sie in die Knie zwingen können. Sie hatten alles überstanden: die Anfeindungen als ungleiches Paar, die zwei großen Kriege, den jahrelang unerfüllten Kinderwunsch, Alberts Verlust ...

Marlenes Atmung ging schnell und flach. Sie hatte keine Zeit, tief Luft zu holen. Auch als der Notarzt die Stube betrat, setzte sie die Herzdruckmassage konzentriert fort. Aber bald zog der Mann sie von Maximilian weg. Sie hatte nicht mehr die Kraft, sich an ihrem Liebsten festzuhalten. Stattdessen wurde sie auf einen Stuhl gesetzt und bekam eine Decke um die Schultern gelegt.

»Was ist mit ihm? Wird er wieder gesund?«, fragte Katharina schluchzend.

Der Notarzt wandte sich mit seiner Antwort an Marlene. »Frau Doktor von Weilert, es tut mir leid. Ihr Mann ist tot.«

»Nein!«, schrie Katharina auf, guckte sich wie orientierungslos im Zimmer um und rannte dann weinend aus der Wohnung.

In einem ersten Impuls wollte Marlene ihrer Tochter nachlaufen und sie tröstend in den Arm nehmen, aber sie konnte Maximilian jetzt nicht allein lassen. Wegen ihres Tränenschleiers sah sie ihn nur verschwommen daliegen. Sie taumelte, als sie den ersten Schritt auf ihn zu tat. Wackelig schaffte sie es schließlich zu seinem leblosen Körper und sank neben ihn auf den Boden.

Er lag friedlich da, den Mund etwas geöffnet. Die Schatten der Vorhänge zeichneten sich auf dem Boden neben ihm ab. Im Zimmer, das noch vor wenigen Stunden von Leben und Hoffnung erfüllt gewesen war, war es gespenstisch still. Die Vorstellung, sein Lachen, seine klugen Worte und liebevollen Umarmungen nie mehr zu hören und zu spüren, war unerträglich. Sie fühlte sich verlassen und allein, als wäre ein Teil von ihr selbst mit ihm gestorben.

Wie betäubt legte sie ihren Kopf in Maximilians Schoß und drückte ihn fest an sich. »Küss mich bald, wenn wir uns wiedersehen«, flüsterte sie. Ohne ihn war das Leben nicht mehr lebenswert.

***

6

27. Juni 1948

Seitdem Lissi durch ihre Mutter vom plötzlichen Tod ihres Onkels erfahren hatte, war sie untröstlich. Es war unvorstellbar, dass sie nie wieder mit Maximilian sprechen, Federball spielen oder einfach beisammen sein und scherzen konnte. Die Familie war wie gelähmt, seitdem Emma den schrecklichen Anruf von Marlene erhalten hatte. Marlene hatte Hilfe bei der Vorbereitung der Beerdigung in vier Tagen strikt abgelehnt, was Lissi nicht verstand. Ihr Onkel sollte in Anwesenheit der engsten Familie auf einem Friedhof nahe der neuen Wohnung beigesetzt werden, nur so viel hatte Marlene gesagt. Dann hatte ihr, laut Emma, die Stimme versagt. Es war so schrecklich, dass Marlene und Maximilian kurz vor seinem Tod die Familienvilla genommen worden war. Das Haus hatte die ganze Familie regelmäßig zusammengebracht. Maximilian war in dem Wissen gestorben, sein geliebtes Zuhause verloren zu haben.

Am liebsten hätte Lissi ihr Gespräch mit dem Ärztlichen Direktor ein paar Wochen nach hinten verschoben, aber ihre Mutter hatte ihr das Versprechen abgetrotzt, es endlich hinter sich zu bringen. Deswegen stand sie an diesem sommerlichen Vormittag in Professor Nowikows Büro, bekam jedoch erst einmal kein Wort heraus.

»Genossin Vogel, Sie wollten mich sprechen, nun reden Sie bitte!«, sagte er und deutete auf den Stuhl vor seinem Schreibtisch. Er saß noch hinter jenem von Marlene oft beschriebenen Tisch aus Glas, an dem Doktor Levy bis zu seiner Flucht aus Deutschland gearbeitet hatte. Für den kleinen Professor schien das Möbelstück viel zu groß. Lissi hatte die Levys damals an einigen geselligen Abenden in der Villa kennengelernt.

»Ja, ich wollte Sie sprechen«, sagte sie, aber bewegte sich keinen Zentimeter auf ihn zu.

Nowikow goss sich schwarzen Tee auf eine Untertasse. »Worum geht es denn?«

»Herr Professor«, begann Lissi, »beim Einstellungsgespräch wurde mir zugesichert, dass ich meinen neuen Behandlungsansatz in der Klinik anwenden darf.«

»Nicht von mir«, gab er zurück und schlürfte den Tee aus der Untertasse.

Für Lissi sah dies seltsam aus, obwohl sie schon gehört hatte, dass es in seiner Heimat so üblich war.

»Die Zusage habe ich noch von Ihrem Vorgänger erhalten«, erklärte sie. Dieser Umstand änderte für sie jedoch nichts an der Zusage selbst. Soweit sie wusste, war Professor Dombrowski, dem sie damals gegenübergesessen hatte, ersetzt worden, weil er sich geweigert hatte, in die SED einzutreten.

»Ich habe andere Ansichten als mein Vorgänger«, erklärte Nowikow. »Sie sprechen doch von Experimenten mit Tieren und Kindern, richtig?«

Noch klang er wenig begeistert, aber das wollte Lissi

ändern. So lange hatte sie davon geträumt, endlich die Tiertherapie anwenden zu dürfen. »Es geht nicht um Experimente, sondern um einen seriösen Behandlungsansatz für neurologisch erkrankte Kinder. Tiere können aber auch bei einer Seh- oder Sprachbehinderung und bei emotionalen Störungen helfen.« Sie wollte kranke Kinder heilen, das vor allem zählte.

Professor Nowikow schaute von seiner Untertasse auf.

»Während meines Studiums habe ich mich, durch Frau Doktor Marlene von Weilert ermutigt, bereits mit dem Thema auseinandergesetzt und bei der Anwendung der Therapie miterlebt, wie sich sogar bei Kindern, die nach Unfällen schwer behindert waren, Spastiken lösten. Die siebenjährige Agnes konnte sich anfangs nur schwer bewegen und ist nach einem halben Jahr Therapie mit strahlendem Gesicht durch einen Hindernisparcours gelaufen. Ein anderes sehr hektisches und ängstliches Mädchen konnte sich mit einem Huhn auf dem Arm endlich beruhigen. Ich bin unsere Akten durchgegangen, und mir sind mindestens fünf Patienten hier an der Klinik aufgefallen, die nur wenig auf die normale Therapie reagieren und für die Tiere eine bessere Hilfe sein könnten.«

Professor Nowikow lehnte sich zurück. »Ein Huhn, sagen Sie?«

Lissi nickte und setzte sich nun doch auf den Stuhl vor den gläsernen Schreibtisch. »Tiere lachen nicht über die Schwäche eines Kindes. Sie nehmen es so an, wie es ist. Außerdem sind sie geduldiger als die meisten Therapeuten oder Eltern. Wenn ich umgehend mit der Therapie beginnen darf, können Sie sich bald selbst davon überzeugen.«

Der Professor lehnte sich mit verschränkten Armen in

seinem viel zu großen Ledersessel zurück. »Sie wollen Ärzte und Schwestern also durch Tiere ersetzen?«

»Nein, natürlich nicht ersetzen, aber ergänzen«, entgegnete Lissi energischer.

»Hühner und Esel haben als Nutztiere ihre Berechtigung«, fuhr der Professor fort. »Zum Ziehen einer Egge auf dem Acker oder zum Eierlegen. Bei der Therapie von Menschen haben sie nichts zu suchen. Ihre Idee ist eine neumodische Verirrung, nicht mehr.«

Eine neumodische Verirrung? Lissi verstand nicht, warum er es nicht wenigstens probieren wollte. Mit ihrem Ansatz könnten mehr Kinder erfolgreich therapiert werden. Das musste ihm doch wichtig sein.

»In der sowjetischen Besatzungszone gibt es keine Sonderwege. Alle marschieren in die gleiche Richtung, mit den gleichen Stiefeln. Das gilt auch für Krankenhäuser«, sagte er.

Lissi schüttelte unmerklich den Kopf. Das gemeinsame Ziel blieb doch aber bestehen: gesundete Kinder! Sie hatte ihm genug Argumente geliefert. Seine Ablehnung konnte sie sich nur damit erklären, dass er mit ihr persönlich ein Problem hatte. Wollte er etwa keine Ärztin mit einem verformten Bein im Kollektiv, weil er meinte, sie sei nicht schnell genug bei einem Notfall? Setzte er darauf, sie durch sein ablehnendes Verhalten früher oder später loszuwerden?

»Bevor Sie sich Gedanken über Hühner machen«, sprach Nowikow weiter, während er nach einem Stapel Akten griff, »sollten Sie verstehen, dass es hier nicht um die Selbstverwirklichung eines Einzelnen geht. Nur als Kollektiv können wir den herausfordernden Alltag meistern!«

Lissis Enttäuschung war groß. Sie spürte, wie ihre

Augen feucht wurden, und presste ihre Zunge fest gegen den Gaumen. Das half manchmal, Tränen zurückzuhalten. Wenn Marlene an ihrer Seite gewesen wäre, hätte sie sicher gewusst, wie sie den Ärztlichen Direktor überzeugen konnte. »Aber Professor Dombrowski versicherte mir damals, dass ich …«, setzte sie noch einmal an.

»Bitte respektieren Sie meine Entscheidung!«, unterbrach Nowikow sie. »Oder haben Sie etwa Probleme, Anweisungen von Vorgesetzten zu befolgen?«

»Nein!«, entgegnete Lissi entsetzt. Wie konnte er das von ihr denken? Sie trat doch nur für ihre Sache und die kranken Kinder an der Klinik ein, für die fünf kleinen Patienten, denen die Tiertherapie helfen könnte.

»Sie sind genauso störrisch, wie ich es über Ihre Tante gehört habe!« Noch während er das sagte, schlug Nowikow eine Akte auf, bereit, sich darin zu vertiefen.

Die Wendung, die das Gespräch nahm, gefiel Lissi nicht. Sie konnte es nicht zulassen, dass ihre trauernde Tante verunglimpft wurde. »Doktor Marlene von Weilert hat sich nie etwas zuschulden kommen lassen!«

»Sie hat die Nationalsozialisten unterstützt, sonst hätte man sie wohl nicht verhaften wollen«, sagte Nowikow.

»Wie kommen Sie darauf?«, fragte Lissi ungehalten. »Sie kennen sie doch gar nicht!«

»Es ist längst bekannt, dass jeder, der nach dem Krieg noch größeren Besitz hatte, mit den Braunen gemeinsame Sache gemacht hat. Ohne die Unterstützung von Industriellen, von Bankiers und Besitzenden hätte Hitler niemals seinen Krieg führen können.«

Lissi sprang vom Stuhl auf. Der Professor konnte doch nicht alle wohlhabenden Menschen über einen Kamm scheren! Das war, als würde sie behaupten, dass alle Ärztlichen Direktoren abweisend und engstirnig seien. In ihr brodelte es, und der Vulkan drohte jeden Moment auszubrechen.

»Nun lassen Sie uns endlich zu den Patienten zurückkehren!«, forderte Nowikow und beugte sich demonstrativ über eine Fieberkurve in seiner Akte.

Es war unfair, so abgefertigt zu werden. Aber klüger war es bestimmt, den inneren Vulkan vom Ausbruch abzuhalten, sonst war sie bald ihre Stelle los.

Niedergeschlagen ging Lissi zur Tür. Ihre Arme und Beine fühlten sich schlapp an.

Da sagte Nowikow noch: »Rolf Stehfest ist Ihr Patient, korrekt?«

Lissi wandte sich um und nickte kaum sichtbar. Bei dem Jungen hatte sie die Aufnahmeuntersuchung selbstständig durchgeführt und die Laborergebnisse ausgewertet, was inzwischen zu ihren Aufgaben als Assistenzärztin gehörte. Weder sie noch der Stationsarzt hatten eine Infektionskrankheit nachweisen können, nach wie vor war sein Zustand unklar.

»Er wurde vor einer Stunde ins Haupthaus auf die Allgemeine verlegt«, erklärte Nowikow. »Bitte nehmen Sie die Verlegung zur Kenntnis.«

Lissi war verwundert. »Weg von der Isolierstation, obwohl sein Zustand unklar ist?« Es wäre sicherer, ihn noch zu isolieren, bis sie wussten, woran er litt.

»Es besteht kein Verdacht auf eine ansteckende Krankheit, also gehört dieses Kind nicht ins Isolierhaus.«

»Mein Bauchgefühl ...«, setzte Lissi an.

»Ihr Bauchgefühl? Wegen Ihres Bauchgefühls lasse ich nicht einen Masernpatienten warten, der dringend ein Zimmer im Isolierhaus benötigt!« Nowikow wandte sich wieder der Fieberkurve zu.

Die Worte des Professors fühlten sich für Lissi wie eine Ohrfeige an.

»Ach ja, bevor ich es vergesse«, sagte der Professor noch, »mir ist zu Ohren gekommen, dass Sie Doktor Olivera meiden. Ich dulde in meiner Klinik nicht, dass persönliche Antipathien dem ordnungsgemäßen Betrieb im Wege stehen. Reißen Sie sich gefälligst zusammen!«

Lissi wäre vor Scham am liebsten im Boden versunken. Der Ärztliche Direktor hatte recht. Wer hatte ihm das bloß zugetragen? Sie war Doktor Olivera in den letzten Wochen aus dem Weg gegangen. In der Visite, bei Fallbesprechungen und auf den Korridoren, wo sich Begegnungen nicht vermeiden ließen, hatte sie Abstand gehalten und den Blickkontakt gemieden. Der Kuss vor vier Wochen hatte sie so durcheinandergebracht, dass sie in den Tagen danach in Gedanken gegen einen Stuhl gelaufen war und das Lachen der Kollegen ertragen musste. Als er ihr später auf dem Stationskorridor entgegenkam, hatte sie vor Schreck ihr Malzbonbon verschluckt und schrecklich husten müssen. An einem anderen Tag war ihr in seiner Anwesenheit vor einem Patienten eine Akte aus der Hand geglitten. In seiner Nähe war sie nicht mehr sie selbst und suchte wie eine Erstklässlerin nach Worten. Was dann herauskam, war sinnentleert und einer zukünftigen Fachärztin unwürdig. Dem hatte sie ein Ende setzen wollen, indem sie auf Distanz zu ihm ging. Dann wurde sie im Kollegium wenigstens nicht zu einer Lachnummer. Obendrein hatte sie Angst gehabt, dass Doktor Oliveras Gegenwart ihr professionelles Urteilsvermögen als Ärztin beeinträchtigen könnte. In dieser Klinik war sie

Fräulein Doktor Lissi Vogel. Hier hatten ihre Patienten Vorrang, der Meinung war sie nach wie vor.

»Wenn sich an Ihrem Verhalten nichts ändert, werde ich Konsequenzen ziehen müssen«, sagte Nowikow und erhob sich hinter seinem Schreibtisch.

Meinte er etwa, dass er sie entlassen wollte?

»Ich will es versuchen«, sagte sie. Die Worte waren ihr nur zögerlich über die Lippen gekommen, weil sie noch nicht wusste, wie sie Doktor Olivera gegenübertreten sollte, ohne die Fassung zu verlieren. Allein bei der Erinnerung an den Kuss schlug ihr Herz schneller. Sie musste ihm auf jeden Fall sagen, dass er sie nicht erneut küssen durfte und sie auch sonst keinen engeren Kontakt wünschte. Eventuell passte sie ihn nach Dienstschluss am Kliniktor ab. Bis dahin hatte sie noch Zeit, sich die richtigen Worte zurechtzulegen.

Professor Nowikow nickte und schob sie aus seinem Büro.

Eine Weile stand Lissi wie angewurzelt im Korridor vor der Tür. Das Gespräch war ganz anders verlaufen, als sie es sich gewünscht hatte.

Sie ging zum Ärztebüro, um sich ein beruhigendes Malzbonbon zu holen. Auf dem Weg dorthin sprangen ihre Gedanken wieder zum Medikamentenlager. Es war ihr erster echter Kuss gewesen. Hin und wieder, wenn es das Studium zugelassen hatte, hatte sie sich früher mal mit jungen Männern verabredet. Aber bevor es zu Zärtlichkeiten gekommen war, hatte sie stets einen Rückzieher gemacht. Ihren Körper wollte sie niemandem nackt zeigen.

In der Medizin hingegen spielte dieser Makel keine Rolle. Solange ihre Diagnosen korrekt waren, schaute niemand sie schief oder mitleidig an.

Ihren allerersten Kuss hatte sie sich immer romantisch vorgestellt. Beschienen von der untergehenden Sonne, im Wald unter einer großen Eiche oder auf einer Bank am Weißen See mit Blick aufs dunkelgrüne Wasser – vielleicht mit einer Seerosenblüte im Haar. Nicht aber in einem Lagerraum mit Kunstlicht. Dort wollte sie sich von nun an nur noch bei geöffneter Tür aufhalten. Das Beste wäre es, gar nicht mehr an Doktor Olivera zu denken. Er hatte schon viel zu viel Raum in ihrem Kopf eingenommen. Viel wichtiger war es, sich Gedanken um die kleine Trauerfeier zu machen, die Doktor Fiedler für morgen nach Feierabend am Rand des Klinikparks organisiert hatte. Er war einer der wenigen Kollegen, der mit Maximilian noch in der Kinderklinik zusammengearbeitet hatte. Lissi vermutete, dass er auch Doktoren aus der Forschung, die Maximilian gekannt hatten, hinzugebeten hatte.

Lissi hatte bereits einen Blumenstrauß in Auftrag gegeben, den sie in die Mitte der Runde stellen wollte. Sie vermisste Maximilian schrecklich.

Als Lissi die Tür zum Ärztebüro öffnete, erfüllte amüsiertes Gelächter den Raum. Sie sah einige Kollegen um Frau Doktor Feigenspann versammelt, ähnlich wie am ersten Tag um den Professor, als er seine Antrittsrede gehalten und stolz die elektrischen Säuglingswärmer vorgestellt hatte.

»Das ist Ihnen wirklich passiert?«, fragte die Oberschwester.

»So wahr ich Franka heiße!«, versicherte Frau Doktor Feigenspann mit einem Lächeln auf ihren schwungvoll geformten Lippen. Das Grüppchen lachte erneut heiter auf.

»Das ist einfach köstlich!«, bestätigte der ergraute Doktor Zappel, der eher ein steifer Mann war. »Und alles war nass?« Amüsiert schüttelte er den Kopf. Er hatte die Stelle des Stationsarztes der Allgemeinen übernommen. Es war seine erste Arbeitswoche an der Kinderklinik.

Lissi grüßte nett, aber niemand beachtete sie. Sie fand es ein Unding, dass man Marlenes Stelle so schnell neu vergeben hatte!

Auf dem Weg zum Schrank hörte sie, wie Frau Doktor Feigenspann als nächstes eine Urlaubsanekdote von der Ostsee zum Besten gab. Im Angesicht ihrer traurigen Familienereignisse war Lissi nicht danach. Sie steckte sich gleich zwei Malzbonbons in den Mund und verließ mit einem »Bis später« den Raum wieder.

Auf Höhe der Küche stieg ihr der Geruch von gekochtem Gemüse in die Nase.

»Guten Tag, Schwester«, vernahm sie entfernt die Stimme von Doktor Olivera.

Lissi erstarrte zwei Atemzüge lang, dann schaute sie vorsichtig über ihre Schulter zurück zu ihm. Er war am Fuß der Wendeltreppe auf Schwester Ingrid getroffen, die ihm eine Akte hinhielt und scheinbar seinen Rat suchte. Die junge Schwester von der Chirurgie konnte kaum von ihm wegschauen.

Wenn Lissi es sich recht überlegte, musste sie den Verstand verloren haben, den Kuss überhaupt zugelassen zu haben. Vermutlich hatte der Sauerstoffmangel im Raum bei ihr zu geistiger Umnachtung geführt. Es war nur eine Frage der Zeit, bis Doktor Olivera auf das Angebot der Schwester einging, das ihre Augen sandten. Und wer wusste, welche Schwester noch dazukam. Schwester Ingrid hätte sicher Interesse. Oder die hübsche Fiona? Die Schwestern der Augenstation lächelten in seiner Gegenwart auch selig.

Männer machten doch nur Probleme, davon war Lissi überzeugt. Ein gutes Beispiel war Schwester Karin, deren Mann sie nach zwanzig Jahren Ehe wegen einer anderen verlassen hatte. Und außerdem: Eine Frau mit einem Bein, das verformt war – in die verliebte man sich nicht. Spätestens, wenn sie ihre Schuhe mit den Einlegesohlen mal nicht trug, hinkte sie.

Nervös schob Lissi ihr Bonbon mit der Zunge im Mund umher. Ein offenes Nicken in Doktor Oliveras Richtung wäre ein guter Anfang, ihm wie versprochen nicht mehr aus dem Weg zu gehen. Damit konnte sie Zeit schinden, um ihre Gedanken zu sortieren und ein paar freundliche, aber bestimmte Worte zu finden. Kein weiterer Kuss, kein enger Kontakt. Sich ausschließlich kollegial zeigen.

Als sich Doktor Olivera von Schwester Ingrid verabschiedete, flüchtete Lissi in den nächsten Raum, die Küche. Sie brauchte vielleicht doch noch etwas mehr Zeit, um wieder als die selbstsichere Ärztin aufzutreten. Sie war froh, das erste unverfängliche Gespräch nach dem Kuss auf morgen vertagen zu können.

In der Küche roch es nach Gemüsebrühe, typische Diätkost für schwache Kinder. Aber vor allem türmten sich Rohkostberge auf dem Schneidetisch: geraspelte Karotten, Rettich, Wirsing und grüne Gurken. Doris' Salate waren nicht nur bei den kranken Kindern beliebt, sondern auch beim Personal.

Lissi hatte unlängst den Kohlrabi-Apfel-Salat für köstlich befunden, der mit Honig und Essig angemacht und mit einem Tupfer Sahne, zur Fettaufnahme, verfeinert war. In der Charité, während ihres Medizinalpraktikums, war weniger Aufwand für die Ernährung der Patienten betrieben worden. Kranke Kinder fanden das Gleiche auf dem Teller wie kranke Erwachsene, obwohl sie einen höheren Kohlenhydratbedarf hatten.

Lissi ging am Herd vorbei zu den Schneidetischen, wo sich das Gemüse neben der Glasreibe stapelte. Doris stand dort mit einer Küchenhilfe über ein Stück Papier gebeugt. »Dit is die neue Kuponmark«, erklärte die Köchin. Eine andere Helferin war damit beschäftigt, Gemüsesaft zu pressen.

»Die sieht aber genauso aus wie die Reichsmark«, bemerkte der Gehilfe enttäuscht.

»Is ooch 'ne Reichsmark. Die haben eenfach nur 'nen Kupon druffjeklebt!« Doris zeigte auf die Banknote in ihrer Hand. »Ick hab jehört, dass sie so schnell keene anderen Scheine ranjekriegt haben.«

Lissi trat näher und betrachtete den Geldschein genauer. Über der Zahl am linken unteren Rand der Banknote prangte ein kleiner Aufkleber mit dem Vermerk der Jahreszahl 1948 und darüber dem Geldwert, einer Zehn. Ihr Blick blieb jedoch an dem Brustbild von Albrecht Daniel Thaer hängen, dem Begründer der Agrarwissenschaft. Sanfte Augen, eine hohe Stirn. Das Konterfei von Doktor Olivera schob sich darüber. Entkam sie ihm denn nie?! Mit einer Handbewegung wischte sie das Bild vor ihrem inneren Auge fort.

»Besser, du füllst deinen Umtauschantrag züjig aus«, riet Doris der Küchenhilfe. »Dann haste dit Papier ooch bald in de Hände.« Sie steckte den Schein zurück in ihre Schürzentasche.

Die Währungsreform hatte Lissi bislang wenig beschäftigt, die Blockade dafür umso mehr, weil sie ihre geliebte Tante zusätzlich hart traf. So etwas Gutes, wie Doris es zubereitete, durfte Marlene schon länger nicht gesehen haben. Seitdem sich die Alliierten zur Einrichtung einer Luftbrücke entschieden hatten, landeten auf dem Rollfeld in Tempelhof und Gatow täglich Versorgungsflugzeuge mit Nahrung für die Westberliner. Um Frachtraum zu sparen und möglichst viele Kalorien pro Flug transportieren zu können, wurden die Lebensmittel in gewichtssparender Form geliefert: Trockenkartoffeln, Milchpulver, Trockengemüse, Fleisch ohne Knochen als Konserve in Dosen. Marlene hatte Emma am Telefon davon berichtet. Sie wollte keinen Besuch empfangen.

»Wat is 'n dir für 'ne Laus über die Leber jelofen?«, fragte Doris bei Lissis Anblick und scheuchte den Gehilfen an die Töpfe.

Seitdem Lissi ihre Assistenzarztstelle angetreten hatte, war Doris die einzige Person, die immer ein offenes Ohr für sie hatte und angenehm unkompliziert war. Ihre Mutter hingegen wirkte oft gestresst.

Kurz berichtete Lissi von dem katastrophalen Gespräch mit dem Ärztlichen Direktor und von der Trauer ihrer Familie. Vor Doris redete sie mittlerweile offen – nur Doktor Olivera erwähnte sie nie. Nach manchem Feierabend waren sie und Doris ein Stück Heimweg zusammen gegangen oder hatten auf dem Korridor einen Plausch gehalten. Bald hatten sie sich geduzt, und einmal war die Köchin sogar schon mit auf *Hof Sonnenschein* gewesen. Doris wusste, wie sehr Lissi an der Therapie mit Tieren gelegen war und wie sehr sie an ihrer Tante hing.

Sie sprach Lissi ihr Beileid aus und empfahl, die Trauer nicht zu unterdrücken, sie bewusst zu durchleben. Aber Lissi hatte gar keine Zeit, sich der Trauer ganz hinzugeben. Sie musste kranke Kinder heilen. Außerdem war es ihr wichtig,

Privates und Berufliches zu trennen. Zu viele traurige Gedanken lenkten sie vom konzentrierten Arbeiten ab. Am Ende kamen sie wieder auf ihren Ärger mit dem Ärztlichen Direktor zu sprechen.

»Wie wäre es zum Trost mit 'ner Möhre, um dat Jespräch mit dem Chef zu verdauen?« Doris hielt Lissi mit ihrer von Sommersprossen übersäten Hand ein krumm gewachsenes Exemplar des Gemüses unter die Nase.

Lissi griff zu und biss missmutig hinein. Das Gespräch mit Professor Nowikow hatte einen unangenehmen Druck in ihrer Magengegend hinterlassen, als würde der Vulkan in ihr weiter pumpen. Am liebsten hätte sie den Druck einfach abgelassen, aber sie fand das Ventil nicht.

»Weeßt du, wat mir hilft, wenn ick frustriert bin, weil es auf Arbeit nich so läuft, wie ick det mir vorstelle?«, fragte Doris und begann, Karotten zu raspeln, dass die Fetzen flogen.

»*Zwei* Möhren?« Lissi musste über ihren kleinen Witz lächeln.

»Lenk dich mit 'nem netten jungen Kerl ab«, sagte Doris leichthin, als spräche sie über die Zubereitung einer Speise.

Lissi schaute entsetzt, obwohl sie schon wusste, dass die Köchin sich gerne mit unterschiedlichen Männern traf. Sie war ein echter Hingucker mit ihren strubbeligen karottenroten Haaren und ihrer weiblichen wohlgeformten Figur. Lissi selbst fand sich nicht weiblich genug – mit zu kleinen Brüsten und zu wenig Taille. Anders als Doris mochte sie ihre Sommersprossen nicht.

»Vor zwee Tagen, als ick mich so jeärgert hatte, weil mir der Kohlrabi zerkocht war, war's mit Manfred, eener meener Nachbarn, jewesen«, berichtete Doris, und ihr Blick glitt etwas wollüstig zum beschlagenen Fenster. »Nach 'nem Abend mit ihm hatte ick die Birne wieder frei.« Sie zeigte auf ihren Kopf mit dem strubbeligen Haar.

»Einen Mann kann ich gerade nicht gebrauchen. Nicht zum Trost und auch sonst nicht!«, sagte Lissi überzeugt.

»Vielleicht jehste erst mal 'ne Runde draußen spazieren.« Doris wies mit der Glasraspel in den Klinikpark. »Und denkst über meene Empfehlung nach.«

Lissi schüttelte den Kopf. »Das brauch ich nicht. Ich muss auch zurück an die Arbeit. Aber danke für dein offenes Ohr.«

»Vöjelchen, verjiss dat Jespräch mit Nowikow erst mal, und lass et nich deinen janzen Tach ruinieren!« Doris griff nach einer Schüssel mit Trockenobststücken und begann, diese auf Tellern zu lustigen Gesichtern zu legen. Solche Überraschungen liebten die Stationskinder. »Der Tach heute hat noch viele Stunden, die du zu deenen besten machen kannst!«

Lissi nickte, denn die Köchin hatte recht. Sie durfte sich von dem Zwischenfall mit dem Ärztlichen Direktor nicht unterkriegen lassen. Der kleine Rolf brauchte sie jetzt, und es wäre gut, wenn sie dem Jungen mit einem Lächeln entgegentreten könnte.

Während sie zu Rolf auf die Allgemeine ging, überlegte sie, womit sie dem Jungen die Zeit im Bett erleichtern konnte. Vielleicht ein lustiger Abzählreim? *Eene, meene, miste, es rappelt in der Kiste. Ene, mene, meck, und du bist weg.* Oder wie wäre es mit ... *Drei Polizisten pissten in die Kisten, der eine pisst vorbei, und du bist frei!* Sie musste sogar kurz lächeln.

»Was ist denn so lustig?«, erklang Doktor Oliveras Stimme vor ihr.

Lissi hielt inne und blickte vorsichtig auf. War er denn überall? »Die Polizisten«, sagte sie, die Wangen heiß und froh darüber, mit der Antwort ihre Gedanken auf etwas anderes gelenkt zu haben, weit weg von dem Gefühl, das sie jedes Mal überkam, wenn sie ihn sah. Sein Kittel war geöffnet, sein Blick freundlich. Ihr Herz pochte so stark, sie hätte schwören können, dass es im ganzen Korridor zu hören war.

Doktor Olivera schaute sich um. »Polizisten?«

Lissi lachte nervös und winkte ab. »Nun, ich ...«, setzte sie an, bekam die weiteren Worte aber nicht heraus. Dabei erschienen die Buchstaben groß und pulsierend vor ihrem inneren Auge. Kein weiterer Kuss! Kein enger Kontakt! Einfach nur Kollegen!

Doktor Olivera hob eine Augenbraue. »Ja?«

»Wir müssen reden!«, brachte Lissi schließlich heraus. Ihre Stimme klang deutlich mutiger, als sie sich fühlte.

»Das klingt ernst«, merkte er an. »Hat Ursula Schröder etwa schon wieder Süßigkeiten versteckt, die ich ihr wegnehmen muss?« Er schmunzelte.

Lissi schüttelte den Kopf, sie spürte, wie ihre Wangen noch heißer wurden. »Nein, es geht nicht um Ursula.« Heute Morgen erst hatte sie bei der Kleinen unter die Bettdecke geschaut und keine Süßigkeiten gefunden. Die Patientin litt an Diabetes Typ eins.

»Ich wollte Ihnen sagen, dass wir ... also ... ich ... ich mich mehr auf die Arbeit konzentrieren muss. Wenn Sie mich dabei unterstützen würden, wäre das sehr hilfreich.« Es war nicht der Kern dessen, was sie ihm sagen wollte, aber ein Anfang.

»Heißt das, Sie möchten ein neues Forschungsthema angehen?«, fragte er interessiert. »In der Chirurgie? Dabei kann ich Ihnen in der Tat helfen.«

Lissi schüttelte den Kopf. »Kein Forschungsthema aus der Chirurgie.« Sie versuchte, das Pochen in ihrem Brustkorb zu ignorieren, obwohl es einem Trommelfeuer glich.

»Dann in der HNO?«, fragte er nach. »Frau Doktor Feigenspann wäre sicher mehr als erfreut.«

»Nein«, sagte Lissi und schüttelte vehementer den Kopf. Es war an der Zeit, endlich darauf zu sprechen zu kommen, dass ein weiterer Kuss für sie ausgeschlossen war. »Im Medikamentenlager ... das ...«, begann sie.

»... das Ablagesystem kann optimiert werden«, nahm er den Faden auf. »Da haben Sie recht! Ich wusste gar nicht, dass die Lagerung von Medikamenten für eine Ärztin, die ihre Promotion bestanden hat, ein interessantes Forschungsthema ist.« Er schien sich wieder einmal köstlich zu amüsieren.

Lissi wollte ihm am liebsten den Mund zuhalten, damit er sie endlich erklären ließ, aber dafür hätte sie ihn wieder berühren müssen.

Es war beinahe so, als hätte der Kuss sie wie durch ein unsichtbares Seil miteinander verbunden, und sie fand den Knoten darin nicht, um das Seil zu lösen.

»Ich muss auf Station«, sagte sie. Sie brauchte mehr Zeit, um sich in Ruhe die richtigen Worte zurechtzulegen.

Er ließ sie gehen.

Auf dem Weg zur Krankensaaletage stolperte sie beinahe über ihre eigenen Füße, weil sie das Gefühl hatte, dass Doktor Olivera ihr lange nachschaute.

*

Als Lissi auf der Allgemeinen eintraf, war Doktor Zappel dabei, die Krankenakte von Rolf durchzuschauen. Karl-Heinz Zappel war Mitte fünfzig, komplett ergraut und hatte zuvor als niedergelassener Arzt gearbeitet. Lissi hatte ihn als freundlichen, unkomplizierten Kollegen kennengelernt, der den Patienten mit der Ruhe des Alters begegnete. Weil das private Wirtschaften als niedergelassener Arzt einer Praxis in der sowjetischen Besatzungszone nicht gern gesehen war und deswegen erschwert wurde, hatte er sich durchgerungen, zurück an eine Klinik zu gehen. Trotz allem blieb er für Lissi Marlenes viel zu schneller Nachfolger als Stationsarzt.

Als Lissi an Rolfs Bett trat, bestückte eine Schwester das leere Säuglingsbett daneben mit Salbentopf, Sauger, Fiebermesser und Puderdose. Zwei andere Patienten hatten die Augen geschlossen und dösten vor sich hin. Acht Kinder fanden im Stationszimmer der Allgemeinen Platz.

Lissi grüßte Doktor Zappel freundlich und überlegte, ihre Bedenken wegen Rolfs Verlegung zu äußern, aber entschied sich dagegen. Sie wollte keinen Unfrieden stiften und nicht erneut von ihrem Bauchgefühl anfangen.

Rolf lag im Bett auf dem Bauch und war über sein Buch gebeugt, aus dem er Lissi im Isolierhaus schon vorgelesen hatte. Er war tief versunken in *20 000 Meilen unter dem Meer*. Lissi war überrascht, dass der Junge in seinem Alter schon solch einen dicken Schinken las. Das Buch war abgegriffen, die Buchstaben winzig, dicht gesetzt und die Stoffbindung nicht mehr stabil. Es schien viel zu schwer und zu groß für Kinderhände.

»Wie fühlst du dich?«, fragte sie leise, damit sie die anderen Patienten nicht weckte. Außerdem liebten Kinder es, wenn man ihnen etwas zuflüsterte, das nur sie verstanden.

Mit glasigen Augen schaute Rolf von seinem Buch auf. »Mir geht es gut«, sagte er, aber klang eher, als wolle er nur schnell weiterlesen.

»Wie wäre es mit einer kleinen Pause und etwas zu trinken?«, fragte Lissi. Sie nickte der Schwester im Raum zu, die kurz darauf mit einer Tasse Tee neben ihr stand.

Lissi half Rolf beim Aufsetzen. Als der Junge nach dem Becher griff, verzog er schmerzhaft das Gesicht.

»Wo tut es weh?«, wollte sie wissen.

Anstatt zu antworten, trank Rolf die Tasse durstig leer. Wie zum Schwur legte er die Hand auf sein dickes Buch. »Professor Aronnax hat niemals Schmerzen. So mutig, wie er ist, möchte ich auch sein.« Die letzten Worte kamen nur kleinlaut heraus, als zweifele er an seinen Fähigkeiten.

Lissi kannte die Geschichte von Professor Aronnax, weil ihr Theodor oft aus *20 000 Meilen unter dem Meer* vorgelesen hatte, als sie noch ein Kind gewesen war. In dem Roman von Jules Verne wollte der französische Biologe Pierre Aronnax die Geheimnisse unter der Meeresoberfläche ergründen und ließ sich dafür auf eine Weltreise durch die Unterwasserwelt mit dem geheimnisvollen Kapitän Nemo ein.

»Die Lieblingsstelle meines Bruders war früher der Kampf gegen den Riesenkraken. Hast du das schon gelesen?«, fragte Lissi.

Der Junge schüttelte den Kopf. »Werden Nemo und Aronnax mit ihren Männern den Kampf gewinnen?«, wollte er atemlos wissen.

»Das musst du schon selbst lesen«, sagte Lissi mit einem Lächeln. »Aber ich bin mir sicher, wenn dem Forscher doch mal etwas wehtat, hat er das seinem Arzt anvertraut, damit der ihm helfen konnte.«

Rolf überlegte eine Weile, dann gab er preis: »Im Rücken tut es ein bisschen weh.«

Doktor Zappel trat neben Lissi und rieb sich nachdenklich das Kinn. »Rückenschmerzen?«

»Vorhin hat seine Hand gekrampft, als er nach dem Buch greifen wollte«, mischte sich der ältere Junge zwei Betten weiter ein.

Rolf zog sich schamhaft die Decke über den Kopf.

Lissis Puls schnellte in die Höhe. »Heinrich, was sagst du da? Rolfs Hand hat gekrampft?«

Heinrich nickte arglos.

»Muskelspasmen in der Hand, dazu noch Rückenschmerzen«, sprach Lissi vor sich hin. Ihr Mund wurde trocken, und sie meinte, ihr Herzschlag würde für einen Moment aussetzen. Wenn in den nächsten Tagen noch Nackensteifigkeit dazukam, wäre die Diagnose wohl unumstößlich: Poliomyelitis. Seltsamerweise hatte die Stuhluntersuchung vor mehreren Wochen keinen entsprechenden Hinweis geliefert.

Die Infektionskrankheit Poliomyelitis, auch als Kinderlähmung bekannt, hatte ihren Namen, der übersetzt »Graues Mark« bedeutete, von dem Organ, das von den Polioviren befallen wurde: das graue Rückenmark. Der Befall konnte zu Lähmungen führen, meist in den Beinen. Aber auch die Arm-, Bauch-, Brust- und Augenmuskeln konnten betroffen sein. Im schlimmsten Fall führte die Erkrankung zur Lähmung der Atemmuskulatur und bedeutete dann nicht selten den Tod. Die Lähmungen bildeten sich nach überstandener Krankheit teilweise zurück, wobei häufig leichte bis schwere Schädigungen zurückblieben. Typisch waren Fehlstellungen der Gelenke, verformte Arme und Beine oder Knochenschwund.

Lissi erinnerte sich, wie sie damals als Kind auf der Untersuchungsliege in Maximilians Praxis gelegen hatte. Emma hatte ihre Hand gehalten. Bei Maximilians Worten »Es ist Polio« hatte ihre Mutter hinter dem Mundschutz zu weinen begonnen.

Doktor Zappel musste Lissi stützen, weil ihr kurz schwindelig geworden war. »Fräulein Doktor Vogel, geht es Ihnen gut?«

Lissi straffte sich wieder. Sie versuchte sich an einem Lächeln, als sei nichts gewesen. Der kleine Schwindelanfall war nicht der Rede wert. Sie hatte sich im Griff. Nein, sie würde heute und auch sonst nie wieder aus Angst vor Polio einknicken. Jetzt hieß es, zügig zu handeln und vor allem Ruhe zu bewahren! Bei Verdacht auf Polio mussten Maßnahmen getroffen werden, um den Verlauf der Krankheit zu mildern und die Ansteckung anderer zu verhindern. Als Erstes galt es, Rolf zu isolieren. Polio war ansteckend, wurde mit dem Stuhl ausgeschieden und vermutlich von Mensch zu Mensch durch Hände, Gegenstände oder Wasser übertragen.

»Ich frage eben im Labor nach, damit wir wirklich sicher sein können«, sagte Lissi.

»Ich beginne mit der Isolation«, sagte Doktor Zappel ruhig. Er klang, als hätte er nach dreißig Jahren als Mediziner vor nichts mehr Angst.

Lissi lief ins Erdgeschoss und erkundigte sich im Labor, worauf die Stuhlprobe von Rolf untersucht worden war.

Der Laborant zählte mehrere Infektionskrankheiten auf. Polio war nicht darunter.

»Warum nicht auf Polio?«, wollte Lissi aufgeregt wissen.

»Darauf testen wir schon länger nicht mehr. Anordnung von oben«, erklärte der junge Mann. »Seit zwanzig Jahren gab es keinen Fall mehr in Berlin.«

Lissi schluckte schwer. Dann musste sie damals eine der letzten Erkrankten gewesen sein. Mit vierzehn Jahren hatte sie die letzte Stunde orthopädischer Gymnastik absolviert, das letzte Bonbon von einem Arzt überreicht bekommen und gehofft, das Thema »Kinderlähmung« ein für alle Mal hinter sich zu lassen.

Lissi lief zurück in die Krankensaaletage. Doktor Zappel und die Stationsschwester kamen ihr im Korridor mit Rolf auf einer Trage entgegen. »Beim nächsten Stuhlgang wird seine Probe auf Polio getestet«, legte der Stationsarzt fest, nachdem Lissi kurz berichtet hatte, was sie im Labor erfahren hatte. »Für den Test besorge ich das Einverständnis vom Chef.«

»Vorsichtshalber sollten wir alle Patienten auf der Allgemeinen testen«, schlug Lissi vor. Das Virus wurde frühestens drei Tage und spätestens vier Wochen nach der Infektion mit dem Stuhl ausgeschieden und war erst dann nachweisbar. Die Quarantänezeit belief sich demnach auf vier Wochen.

Lissi wollte sofort mithelfen, zusätzliche Betten herzurichten. Das vordere Isolierhaus war allerdings voll und das zweite baulich noch nicht wieder instand gesetzt. Bei der Vorstellung, dass sich die Jungen und Mädchen im Alter von zwei bis dreizehn Jahren, die auf der Allgemeinen lagen, mit Polio infiziert haben könnten, bekam sie eine Gänsehaut. Wäre das Virus doch nur ein Mensch gewesen, den sie an den Schultern packen und kräftig durchschütteln und dann für immer fortschicken könnte – oder, besser noch, vom Verschwinden überzeugen, indem sie für eine Kindheit ohne ständige Arztbesuche, Medikamenteneinnahme und orthopädische Gymnastik an Streckbrettern argumentierte.

Lissi bereute nun bitter, beim Gespräch mit Professor Nowikow nicht vehementer gegen Rolfs Verlegung auf die Allgemeine protestiert zu haben. Aber mit Reue durfte sie jetzt keine Zeit verschwenden, und noch einmal: Ruhe bewahren. Es war ja nicht so, dass sie es mit einer Polioepidemie zu tun hatten.

Sie musste die Eltern der Kinder informieren, die mit Rolf das Stationszimmer auf der Allgemeinen geteilt hatten. Gleiches galt für das Personal, das mit Rolf Kontakt hatte, und für mögliche Besucher.

Als Rolf an Lissi vorbeigetragen wurde, wurde sie ganz steif und schaute unwillkürlich an ihrem linken Bein hinab. Auch wenn es sie nicht daran gehindert hatte, ihren Traum als Ärztin zu verwirklichen, waren die Stimmen in ihrem Kopf nie ganz verklungen. Heiner und Sybille waren am lautesten gewesen – ein Geschwisterpaar, das sie zu Schulzeiten regelmäßig gehänselt hatte. Ihr Volkskundelehrer war keinen Deut besser gewesen, denn er hatte ihren Gang zur Tafel missbilligend verfolgt, als gehöre jemand wie sie nicht in eine normale Schule. Ein ehemaliger Nachbar hatte gemeint, Menschen wie sie verschmutzten die deutsche Rasse. Auch im Studium hatte es Situationen gegeben, in denen sie wegen Hänseleien beinahe aufgegeben und sich tagelang verkrochen hatte. Da hatten nicht einmal Berge von Malzbonbons geholfen.

*

Die zusätzlichen Krankenlager wurden im Dachgeschoss des Haupthauses eingerichtet, wo früher die Schwesternschülerinnen gewohnt hatten. Jeder Patient lag in einem separaten Zimmer. Nach wie vor fehlte es an Betten, weswegen die Kinder erst einmal auf Decken ruhen mussten. Rolf war am Ende des Ganges untergebracht, gleich neben dem Büro von Lissis Mutter. Sie war es auch gewesen, die die Idee gehabt hatte, das Dachgeschoss als vorübergehende zweite Isolierstation zu nutzen. Die Wände waren zwar rissig und die Fenster teilweise ohne Scheiben, aber eine bessere Ausweichmöglichkeit gab es nicht. Das hintere Isolierhaus war in einem deutlich schlechteren Zustand.

Eine Schwester kam mit einem vollen Tablett aus Rolfs Zimmer. Ein Käsebrot, ein paar Gurkenscheiben und eine Tasse Gemüsesuppe mit einem lustigen Gesicht aus Sonnenblumenkernen hatte er unangetastet gelassen. »Er versteckt sich noch immer unter seiner Decke«, erklärte sie auf Lissis fragenden Blick hin.

Lissi klopfte an die Tür.

Der Junge reagierte nicht.

»Ich komme jetzt zu dir«, kündigte sie an, um Rolf nicht zu erschrecken. Im Zimmer legte sie sich Schutzkleidung und Mundschutz an, obwohl einmal Infizierte wie sie wahrscheinlich für immer immun waren. Aber Polio war unberechenbar.

Bei jedem Schritt raschelte ihr Schutzkittel. Sie hoffte, dass sich die Sache doch als Fehlalarm herausstellte. Sie erwartete jede Minute Rolfs Ergebnis aus dem Labor. *Hohe Dringlichkeit* hatte sie im Namen von Doktor Zappel auf den Laborauftrag geschrieben, den sie mit einem Gummiband am Probenbehälter befestigt hatte. Vor Nervosität hatte sie bereits zweimal ihr Stethoskop geputzt.

Lissi strich dort über die Bettdecke, wo sich Rolfs Schemen abzeichnete. Das schnelle Auf und Ab seines Oberkörpers verriet ihr, dass er schluchzte.

»Schmerzen müssen dir nicht unangenehm sein«, sagte sie tröstend. »Fast alle Kinder in der Klinik haben Schmerzen, deswegen sind sie ja hier. Bestimmt wird es dir bald besser gehen.«

Rolf schob seinen Kopf unter der Decke vor. Das blonde lockige Haar klebte ihm verschwitzt an Stirn und Schläfen. »Manchmal tut's auch hier hinten weh.« Er deutete auf seinen Nacken.

Lissi hielt die Luft an. Da war sie, die gefürchtete Nackensteifigkeit!

»Aber sagen Sie es nicht meiner Mutter«, bat Rolf.

»Fräulein Doktor Vogel, darf ich Sie stören?« Der Laborant reckte seinen Kopf ins Zimmer. »Ich habe das Ergebnis der Stuhlprobe.«

Lissi merkte, wie sich ihr ganzer Körper anspannte. »Wie, wie ... lautet ... Rolfs ... Ergebnis?«

Der Laborant zögerte kurz, dann sagte er: »Positiv.« Betreten starrte er den Zettel in seiner Hand an.

Lissi nickte beklommen. Ihre Gedanken sprangen zu den nächsten Tagen und Wochen, in denen sie darum bangen müssten, dass es sich lediglich um eine nichtparalytische Poliomyelitis handelte und dem Jungen schwerere Lähmungen erspart blieben. Typisch für die nichtparalytische Variante waren Fieber, Nackensteifigkeit, Rückenschmerzen und Muskelspasmen, aber keine lebensbedrohlichen Lähmungen.

»Doktor Zappel habe ich bereits informiert. Doktor Fiedler weiß auch Bescheid«, sagte der Laborant und wagte es kaum, Rolf von der Tür aus anzuschauen. Als wüsste er genau, was auf den Jungen zukam.

»Und die Stuhlproben der anderen Kinder?«, fragte Lissi bang. Obwohl sie vor Angst fast zu zittern begann, bemühte sie sich um ein zuversichtliches Lächeln.

»Kein weiteres positives Ergebnis bisher, aber erst in vier Wochen können wir sicher sein«, antwortete der Laborant.

Erleichtert atmete Lissi aus. Wenigstens eine gute Nachricht. Eine Epidemie wäre, wäre ... nicht einmal in Gedanken aussprechbar. »Bitte informieren Sie das Gesundheitsamt über den positiven Fall.«

»Sehr wohl«, sagte der Laborant und zog die Tür zu.

Lissi wollte gerade zurück an Rolfs Bett, da kamen Doktor Zappel und Doktor Fiedler mit dem Klinikchef angelaufen. Stationsschwester Grete traf kurz darauf ein.

»Er hat wirklich Poliomyelitis, die *Krankheit der verkrüppelten Kinder?*«, fragte der Professor, woraufhin Doktor Zappel nickte.

»Ein interessantes Lernobjekt. So oft sieht man Poliokinder nicht.«

Lissi hasste diesen im Volksmund schon in ihrer Kindheit verbreiteten Namen: *Krankheit der verkrüppelten Kinder*. Es klang respektlos und machte den Betroffenen alles andere als Mut.

»Bei Rolf machen Sie dreimal täglich heiße, feuchte Packungen in Bauchlage«, wies der Professor an. »Das verbessert den Blutkreislauf und verhindert Missbildungen.«

Schwester Grete notierte alles. Lissi überlegte, an welche Poliomedikamente am leichtesten heranzukommen war.

»Ich schlage die intramuskuläre Verabreichung von fünfzehntausend Einheiten Penicillin vor«, sagte Doktor Fiedler.

»Dann müssen Sie Ihr Glück beim Antibiotika-Komitee versuchen«, entgegnete der Professor.

Seitdem sie an der Kinderklinik arbeitete, wusste Lissi, dass an eine eigenständige industrielle Produktion von Arzneimitteln im Land nicht zu denken war, da die deutschen Industrieanlagen zerstört waren. Die Amerikaner waren mit Importen behilflich und verteilten unter anderem auch Penicillin durch das Antibiotika-Komitee in allen Berliner Sektoren. Aber der Bedarf konnte nicht gedeckt werden. Seit der Blockade Berlins fielen die Zuteilungen im sowjetischen Sektor sehr gering aus.

Lissi dachte nur, dass die Beschaffung über ein Komitee viel zu lange dauern würde. Und ob sie hier in Weißensee überhaupt eine Zuteilung bekämen, stand in den Sternen. »Homoseran könnte ebenfalls helfen«, schlug sie vor. Das war leichter zu bekommen.

»Wir sollten beides versuchen«, sagte Doktor Fiedler.

Alle nickten.

Lissi wollte den Jungen unbedingt gesund machen. Sie würde nicht zulassen, dass die unsägliche Krankheit das Leben auch nur eines einzelnen weiteren Kindes zerstörte.

***

Es war schon dunkel draußen, als Lissi die Tür des provisorischen Isolierzimmers hinter sich zuzog. Zum Glück hatte sich der Zustand keines der Kinder hier oben verschlechtert.

Nach vierzehn Stunden angespannter Arbeit fühlte sie sich völlig ausgelaugt. Ihre Arme hingen kraftlos herab. Ihre Füße konnte sie nicht mehr vernünftig heben, ihr Kopf schien leer. Ihr Pferdeschwanz baumelte schlaff auf dem Rücken. Wie ein ausgewrungener Waschlappen kam sie sich vor.

»Einen hoffentlich entspannten Feierabend, Fräulein Doktor Vogel«, rief ihr Schwester Fiona hinterher, die die Nachtschicht im Dachgeschoss übernommen hatte. Es war nicht leicht gewesen, so kurzfristig jemanden für einen zusätzlichen Dienst auf der neuen provisorischen Station zu bekommen.

»Danke, Ihnen auch eine ruhige Nacht«, gab Lissi in gedämpftem Ton zurück.

Schlurfenden Schrittes ging sie zum Dienstzimmer ihrer Mutter. Wegen der Bettennot hatte Emma an diesem Abend noch einen Beschwerdebrief an die Gesundheitsverwaltung schreiben wollen, weswegen Lissi sie noch in der Klinik wähnte.

Sie klopfte. »Mama? ... ähm ... Frau Vogel, bist du da?« Sie wollte mit ihrer Mutter noch einen belebenden Kräutertee trinken. Ohne ein Aufputschmittel würde sie es wahrscheinlich nicht mehr bis nach Hause in ihr Bett schaffen.

Auch nach einer Weile bekam sie keine Antwort. War ihre Mutter beim Arbeiten am Schreibtisch eingeschlafen? Vorsichtig drückte Lissi die Klinke hinunter, aber der Raum war verschlossen. Dann musste sie es ohne Tee nach Hause schaffen.

Lissi wandte sich zum Gehen, als ihr auffiel, dass am anderen Ende des Korridors die Tür des früheren Oberinzimmers offen stand. Soweit sie wusste, hatte erst jahrelang Hanny Polsfuß und nach ihr Marie-Luise Fischer den Posten innegehabt, und von der dritten Oberin sprach kaum jemand mehr. Lissi kannte Geschichten über die beiden ersten Oberinnen, die sie manchmal nachdenklich stimmten, aber auch zum Lachen gewesen waren. Ob noch ein Hauch Vergangenheit im Dienstzimmer hing?

Sie lugte durch den Türspalt in den unbeleuchteten Raum. »Hallo?« Weil es still blieb, ging sie hinein.

Das Oberinzimmer empfing sie mit einem modrigen Geruch. Das Mondlicht schimmerte durch die Fenster matt auf den hellgrünen Wänden, die von vor Staub ergrauten Vorhängen gerahmt wurden. Ein etwas hellerer rechteckiger Abdruck an der Wand zeigte Lissi, dass dort mal ein großes Bild gehangen haben musste. Davor stand ein Stuhl. Im hinteren Raum befand sich ein Bett, dort hing auch ein verloren wirkendes Kreuz an der Wand. Mehr sah sie in der Dunkelheit nicht, aber sie ging dennoch hinein. Über Marie-Luise Fischer wusste sie, dass diese einst eine Rot-Kreuz-Schwester, später dann Oberin gewesen war, sich in Benjamin Levy verliebt und ihn geheiratet hatte.

Lissi ließ ihre Hand über den staubigen Vorhang am Fenster gleiten. Als sie ihn aufzog, um mehr Mondlicht in den Raum zu lassen, entdeckte sie ein bodentiefes Fenster dahinter. Nein! Es war eine Tür, die zu einem schmalen Balkon führte. Der war ein Meter mal ein Meter groß, Dreck und Laub vom letzten Jahr lagen in den Ecken.

Lissi holte sich den Stuhl aus dem vorderen Raum und nahm ihn mit hinaus. Von dort bot sich ein herrlicher Blick auf die abendlichen Schemen des südlichen Weißensees. Alles in der Ferne wirkte winzig. Wenn ihre Probleme doch auch nur so klein wären! Wenn ihr Onkel doch nur noch leben würde!

Lissi ließ sich auf den Stuhl sinken und atmete mehrmals ein und aus. Die Abendluft war noch warm vom Tag und roch nach Sommernacht: nach trockenem Gras und schweren, süßen Früchten.

Vielleicht könnte sie hier oben übernachten? Dann müsste sie nicht in ihre leere Wohnung zurück und wäre gleich zur Stelle, sollte es Rolf oder den anderen Verdachtsfällen schlechter gehen. Langsam entspannte sich ihr Körper. Sie schlug sogar ihre Beine übereinander.

»Guten Abend, Fräulein Doktor Vogel«, drang eine dunkle, wohlklingende Stimme aus dem vorderen Zimmer an ihre Ohren.

Lissi schaute erschrocken zur Balkontür. »Herr Steininger?« Sie hatte sich allein hier oben gewähnt.

Der Verwalter trug einen seiner blauen Anzüge und eine helle Krawatte, sehr schick. Sein blondes Haar war hübsch zur Seite gescheitelt.

»Die Tür zum Zimmer der Oberin … na ja … sie stand offen …« Lissi suchte nach einer Entschuldigung, warum sie hier saß.

»Ist schön hier oben, nicht?«, fragte Herr Steininger, ohne den Balkon zu betreten.

Lissi nickte angetan. Eine seichte Brise ließ ihr Ponyhaar auffliegen. Es kitzelte auf der Stirn.

»Nach einem so verrückten Tag kann man hier oben

den Kopf freibekommen.« Herr Steininger deutete mit einem charmanten Lächeln auf das Möbel, auf dem sie saß. »Und wie ich sehe, haben Sie meinen Stuhl gefunden.«

»Das ist Ihrer?« Lissi erhob sich, um ihm Platz zu machen. »Sie hatten auch so einen verrückten Tag?« Sie dachte, dass er mit seiner eleganten, gepflegten Erscheinung gar nicht auf diesen verlassenen dreckigen Balkon passte.

Herr Steininger drückte Lissi sanft auf den Stuhl zurück und suchte gleich darauf wieder höflichen Abstand. »Fast alle fünf Minuten hat heute jemand an meine Tür geklopft. Dabei hatte ich einen großen Stapel mit Papieren auf meinem Tisch liegen. Ich bin nicht dazu gekommen, etwas wegzuarbeiten.«

Lissi wusste, wie es war, wenn man eine Sache anfangen oder zu Ende bringen wollte, aber immer etwas dazwischenkam. Bei ihr lag es oft daran, dass sie zu viele Dinge gleichzeitig beschäftigten. Das Poliovirus, die Tiertherapie, ihre Tante Marlene und der tote Onkel, der sonderbare erste Kuss ... Lissi war überzeugt, dass Herr Steininger sie nie in solche Schwierigkeiten wie Doktor Olivera gebracht hätte. Der Verwalter war distanziert, auf eine angenehme Weise.

»Wenn bestimmte Papiere nicht fristgerecht bei der Kommune sind«, fuhr Herr Steininger fort, »werden wir mit einem Bußgeld belegt, und das will ich unbedingt vermeiden. Jetzt, wo hier oben zusätzliche Zimmer für die Poliopatienten eingerichtet wurden, kommen schon genug unerwartete Kosten auf uns zu.«

»Sie haben davon gehört?«, fragte Lissi. Sie hatte die letzten Stunden im Dachgeschoss wie in einer Blase gearbeitet, ohne Gedanken an die Kollegen. Aber natürlich sprach sich das Auftreten einer vergessenen Infektionskrankheit wie ein Lauffeuer herum.

Herr Steininger nickte und schaute sie länger an. Ob er ihre Sommersprossen zählte? Sie selbst war auf die Zahl zweiunddreißig gekommen, viel zu viele. Sie ließen sie jünger aussehen, weshalb manche Menschen sie nicht für eine kompetente Ärztin hielten.

»Wollen Sie sich vielleicht doch setzen?« Lissi wollte aufstehen, aber er hob abwehrend die Hände und entgegnete: »Bleiben Sie, wo Sie sind. Ist ein wunderschönes Bild mit Ihnen vor dem Nachthimmel.«

Lissi erhob sich irritiert. »Mit mir?«

Herr Steininger blieb trotzdem stehen, ganz Kavalier.

Eine Weile schwiegen sie gemeinsam, den Blick in die Ferne gerichtet.

»Er ist nur halb zu sehen und ist doch rund und schön«, sagte er irgendwann und trat vorsichtig einen Schritt näher.

»Matthias Claudius. *Das Abendlied*«, wusste Lissi. Ihre Mutter sang es gerne den kleinen Patienten vor, wenn die nicht einschlafen konnten. *Der Mond ist aufgegangen …*

Bert Steininger deutete auf den Himmelskörper.

Lissis Blick folgte der Richtung seiner Finger. Sie waren lang, schmal und gepflegt. Um den Mond besser sehen zu können, trat sie näher an die Brüstung, die lediglich aus einem Querbalken bestand.

»Vorsicht!« Herr Steininger ergriff ihren Arm. »Das Holz ist nur provisorisch befestigt.« Sein Blick verriet Besorgnis. Er ließ sie gleich wieder los.

»Jetzt haben Sie mir aber einen Schrecken eingejagt«, sagte Lissi und wollte sich verlegen ihre Haare hinters Ohr streichen, dabei trug sie wie jeden Tag einen Zopf.

»Sie mir aber auch!« Herr Steininger lockerte den Knoten seiner Krawatte. »Ich wollte den Querbalken schon längst mal richtig befestigen, bin aber vor lauter Arbeit bisher nicht dazu gekommen.«

Lissi lächelte. »Da ist es wieder, unser Problem!« Ertappt hielt sie inne. Hatte sie gerade von *unser* gesprochen?

»Es war schön, Sie zu treffen«, sagte Bert Steininger, »aber nun muss ich zurück an die Arbeit.«

»Ich wünsche Ihnen noch einen schönen Abend, Herr Steininger«, sagte Lissi und lächelte. Wer hätte gedacht, dass dieser schreckliche Tag noch ein so angenehmes Ende nehmen würde.

***

7

1. Juli 1948

Obwohl Maximilian sich zu Lebzeiten für eine Beisetzung im Familiengrab auf dem Friedhof in Weißensee ausgesprochen hatte, ließ Marlene ihn in Charlottenburg beerdigen. Ganz sicher hätte er es – nach allem, was ihm die sowjetischen Besatzer angetan hatten – auch nicht mehr gewollt, unter deren Erde zu ruhen. Außerdem wäre sie in ihrer alten Heimat vermutlich verhaftet und die Gäste wegen Beihilfe belangt worden. Nichts hatte sich in ihrem Fall weiterentwickelt. Marlene war unfähig gewesen, die Mappe mit den Bankunterlagen zu berühren, geschweige denn, an die Polizei weiterzugeben. Zu eng war alles mit Maximilians Tod verknüpft. Es kümmerte sie nicht mehr, jetzt, wo er für immer fort war. Nichts besaß mehr Bedeutung, nicht einmal ihr eigenes Leben.

Die Beisetzung fand wie ankündigt im kleinen Kreis statt. Emma und Kurt sowie Lissi, Franz, Theodor und Katharina hatten sich mit Marlene vor das Erdloch gestellt. Obwohl sich Benjamin Levy vorgenommen hatte, deutschen Boden nie wieder zu betreten, hatte er für seinen guten Freund Maximilian eine Ausnahme gemacht. Er stand etwas abseits der engsten Familie und kämpfte mit den Tränen. Seine Frau Marie-Luise fuhr ihm zur Beruhigung mit der Hand über den Rücken.

Marlene hatte einen schmuckvollen Stein ausgesucht, aber schaute ihn nicht an. Sie war auch nicht in der Lage, der Rede des Bestatters zu folgen, die von einem viel geliebten Menschen und einem besonderen Kinderarzt handelte. Sie sah nur verschwommen, wie der Sarg hinabgelassen wurde. So sehr wünschte sie sich, die Zeit zurückdrehen zu können, um Maximilian retten zu können. Sie war doch Ärztin! Sieben Tage war es her, dass sie ihn verloren hatte. Es fühlte sich an wie sieben Jahre. Sie hatte kaum geschlafen und viel zu wenig gegessen. Jetzt waren Katharina und sie in der Wohnung lediglich noch zu zweit. Weil sich ihre Tochter seit dem Tod ihres Vaters noch mehr von ihr zurückzog, fühlte sich Marlene, als würde sie allein in einer dunklen Höhle wohnen. Sie hatte mehrfach versucht, Katharina in den Arm zu nehmen, mit ihr über den unaussprechlichen Schmerz doch irgendwie zu reden, aber ihre Tochter ließ es nicht zu und entgegnete ihr: »Lass mich in Ruhe!«, oder: »Ich will nicht mit dir über meine Gefühle sprechen.«

Seit den frühen Morgenstunden regnete es. Emma hielt den Schirm für sie, weil sie kaum noch Kraft hatte. Lissi hatte sich auf der anderen Seite bei Marlene eingehakt. Ihre Nichte half ihr auch, die rote dornenlose Rose in das Erdloch auf den Sarg zu werfen. Marlene war dankbar dafür, festgehalten zu werden, sonst wäre sie dem Sarg hinterhergesprungen. Ihr Blick glitt zu ihrer Tochter, die wenigstens Halt am Arm ihres Bruders fand.

Als das Grab zugeschaufelt wurde, nahm Emma Marlene in den Arm. »Ich bin immer für dich da. Du kannst jederzeit zu mir kommen.«

Marlene schaute mit roten verweinten Augen auf und löste sich aus der Umarmung. Das hatte ihre Schwester ihr schon mehrfach telefonisch angeboten.

Zum ersten Mal sagte Marlene entschlossener, damit Emma es endlich verstand: »Das werde ich nicht tun. Ich werde den sowjetischen Sektor nie mehr betreten, denn er steht unter dem Befehl von Stalin. Und Stalin hat nicht nur die Blockade von Westberlin befohlen, sondern auch Enteignungen wie unsere. Er und seine Schergen sind verantwortlich für Maximilians Tod. Die Flucht und alles danach haben sein Herz geschwächt!« Maximilian war nicht nur der Vater ihrer Kinder gewesen, sondern auch ihr Seelenverwandter. Die sowjetischen Besatzer waren schuld an seinem Tod! Und das würde sie ihnen nie vergeben.

»Gib die Bankunterlagen an die Polizei!«, verlangte Emma. »Dann wird sich alles aufklären. Womöglich entschuldigen sich die Besatzer sogar bei dir.«

Marlene schaute Emma nur kurz an und trat dann unter dem Regenschirm hervor. Sie wollte mit der ganzen Sache nichts mehr zu tun haben, keinen einzigen Berührungspunkt! Schluss, aus, vorbei.

»Bringt ihr das hier ohne mich zu Ende«, sagte sie und sandte ihren Kindern einen gebrochenen Blick, mit dem sie ihnen sagen wollte: *Ich liebe euch, aber jetzt möchte ich weg von allen und allem.*

Franz nickte. Katharina aber starrte weiter nur, kreidebleich und aus rot geweinten Augen, das Grabloch an.

Als Emma einen Schritt auf Marlene zumachte, hob sie abwehrend die Hände: »Nein, halte mich jetzt nicht auf.«

In strömendem Regen ging sie zum Ausgang des Friedhofs. Sie wusste nicht, wo sie jetzt sein wollte. Ohne Maximilian war die Wohnung in Charlottenburg leer. Daran konnte auch Katharina nichts ändern. Marlenes Herz fühlte sich an wie in einen Schraubstock gespannt.

Vor dem Friedhofstor wurde ihr schummrig, und um sie herum begann sich alles zu drehen. Sie fand gerade noch Halt an dem mit Efeu bewachsenen Torpfosten, bevor ihre Beine einknickten. Als hätte Maximilians Tod alles Leben aus ihrem Körper gesaugt. Es dauerte nicht lange, bis ihr schwarz vor Augen wurde.

***

8

10. August 1948

»Das ist zum Haareraufen!«, schimpfte Emma und tat es auch, sodass ihre mühsam gelegte Haarrolle über der Stirn auseinanderfiel. Wie sollten sie die Kinderklinik wieder instand setzen, wenn kein Material für die Reparaturen aufzutreiben war? Die Handwerker standen bereit, aber ohne Glas, Mörtel, Kies und Holz konnten sie nicht mit der Arbeit beginnen.

Inzwischen hatte Emma fast alle Betriebe im sowjetischen Sektor wegen Baumaterial kontaktiert, aber nicht einen einzigen Hohlbalken gab es für die Kinderklinik. Alle verwiesen sie nur auf die Militärverwaltung, die die Materialzuteilung regelte. Und diese vertröstete Emma jede Woche aufs Neue. Sie war mit ihren Bemühungen kaum weitergekommen. Keine einzige Fensterscheibe war repariert. In der Not hatte sie nur die provisorischen Pappen austauschen lassen können. Wenn der Herbst kam, würde das Laub der Bäume im Klinikpark die maroden Dachrinnen verstopfen, sodass das Regenwasser an der Fassade hinablief. Was das für das ohnehin poröse Mauerwerk bedeutete, daran wollte sie gar nicht erst denken. Die Eingangstreppe war nach wie vor marode und musste eigentlich gesperrt werden, und dann war da noch das hintere Isolierhaus, das noch nicht wieder bewohnbar war, aber doch so dringend gebraucht wurde. Es war wirklich zum Haareraufen! Als ob sie nicht schon Sorgen genug wegen ihrer Schwester hatte.

Mit einem traurigen Blick betrachtete Emma die Fotografie, die sie jüngst auf ihrem Schreibtisch aufgestellt hatte. Sie zeigte Maximilian und Marlene aneinandergeschmiegt und lachend. Das war vor drei Jahren an seinem einundsechzigsten Geburtstag gewesen.

Müde lächelte Emma über das jahrelange Glück des Paares, dabei wollte sie lieber weinen. Marlene hatte sich von der Welt zurückgezogen und nach ihrem Zusammenbruch zu verstehen gegeben, dass sie erst einmal keinen Besuch wünschte, nicht einmal von ihrer Schwester. Dabei hatten sie sich nach Emmas Rückkehr nach Deutschland geschworen, sich nie wieder zu trennen. In einem kurzen Telefonat vor wenigen Tagen hatte Marlene wiederholt, dass die Politik der sowjetischen Besatzungsmacht das Allerletzte sei und sie sich um Emmas Wohlbefinden sorge, im *Sektor der Verbrecher*. Wer unter dem Deckmantel der Entnazifizierung Adlige enteignete, würde auch mit anderen nicht besser umspringen, die ein Dorn im Auge waren.

Emma war überzeugt, dass sich der Fall der von Weilerts, wenn auch langsamer als gedacht, noch klärte. Wenn Marlene wenigstens die Kontoauszüge als Beweismaterial vorlegen würde, dann ginge es schneller! Sollte sie sich einbringen in den Justizirrtum und für ihre Schwester zur Polizei gehen? Dagegen sprach, dass sie sich schon vor Jahren versprochen hatten, sich nicht ungebeten in das Leben der jeweils anderen einzumischen.

Kinderlachen drang in Emmas Dienstzimmer. Sie stand

auf und schaute aus dem Dachfenster. Auf dem Platz der Freiluftkrippe fand die Ballstunde der rachitischen Kinder statt. Ein klitzekleines Lächeln schlich sich auf ihr Gesicht. Das Lachen stammte von Werner Schulze, der den roten Ball fest an die Brust gepresst hielt. Der Junge strahlte über das ganze Gesicht, während er mit den anderen Kindern in einem Kreis saß. In dessen Mitte stand Schwester Ingrid und warf einem nach dem anderen vorsichtig den Ball zu. Früher, vor dem Krieg und bevor die Besatzer kamen, hatten sie besondere Stühle für die rachitischen Patienten gehabt. Vor Jahren hatte Emma sich für deren Anschaffung persönlich eingesetzt. Heute saßen die Kleinen auf dem Boden.

Ein weiteres Kinderlachen drang von den Beeten hinauf zu Emma. Doris, unschwer an ihrem leuchtend roten Haar zu erkennen, hockte dort mit dem nierenkranken Friedrich, der bisher keine Karotten essen wollte. Gerade aber hatte der Junge so viel Spaß dabei, das Gemüse aus dem Boden zu ziehen, dass er es das nächste Mal auf seinem Teller womöglich nicht verschmähen würde. Doris' Trick, um die Kinder von der therapeutischen Diätkost zu überzeugen, funktionierte fast immer. Friedrich wollte gar nicht aufhören, an den Karotten zu riechen und das Grünzeug abzurupfen.

Emma schloss das Dachfenster wieder. Bei aller Aufbruchstimmung, die sie anfangs verspürt hatte, musste sie sich eingestehen, dass sie sich die Instandsetzung der Kinderklinik leichter vorgestellt hatte. Aber sie durfte nicht aufgeben! Das war nie ihre Art gewesen. Selbst dann nicht, als es für sie in Weißensee immer schwerer geworden war. 1935 war sie aus der Kinderklinik entlassen worden, weil sie sozialdemokratisches Gedankengut verbreitet hatte. Dennoch hatte sie sich nicht kleinkriegen lassen und hatte als private Kinderkrankenschwester Geld hinzuverdient, bis bald niemand in Weißensee und den umliegenden Stadtvierteln mehr gewagt hatte, sie, die politische Reaktionärin, zu beschäftigen.

Emma dachte nicht gerne daran zurück. Zum Glück war dieser Abschnitt ihres Lebens vorbei und wurde mit jedem Monat in der Erinnerung unschärfer. Eine neue, hoffnungsvolle Zeit war angebrochen. Die Dinge in der sowjetischen Besatzungszone entwickelten sich zwar nur langsam, aber die Aussicht auf eine Gesellschaft, in der das kollektive Miteinander und nicht Hetze und Unterwerfung im Mittelpunkt standen, war es wert, geduldig zu sein. Es wäre zu schön, wenn Marlene wieder nach Weißensee zurückkommen würde. Bei der Vorstellung, sie würden gemeinsam daran arbeiten, die Kinderklinik in die Zukunft zu führen, lächelte Emma.

Sie horchte auf. War das Musik auf dem Korridor? Sie streichelte noch einmal über die Fotografie auf ihrem Schreibtisch, dann ging sie nachsehen.

Mitten auf dem Korridor im Dachgeschoss stand Rita Stehfest in einem schwarzen Kleid mit aufgesteckten blonden Locken und spielte Geige. Sie wirkte wie eine Miniaturversion ihrer einst berühmten Mutter, die mit etwas Abstand dastand, ganz in das Spiel ihrer Tochter versunken war und vor sich hin murmelte, was den Lippenbewegungen nach aussah wie: »Mein Mausilein.« Zu Ritas Füßen saß ein Dutzend Patientenkinder. Schwester Fiona kam gerade die Treppe hoch und blieb mit halb offenem Mund vor Rita stehen. Sie wagte nicht einzugreifen, so einnehmend war das Spiel des Mädchens.

Emma kannte das fröhliche Stück nicht. Aufmunterung konnten alle hier gut gebrauchen. Inzwischen war nachgewiesen, dass sich Heinrich, der auf der Allgemeinen neben Rolf gelegen hatte, mit dem Poliovirus infiziert hatte. Heinrichs Schwester war ebenfalls positiv. Sie hatten nunmehr drei Kinder mit Poliomyelitis zu versorgen.

Seit Emma vor mehr als sechs Wochen von Rolfs Diagnose erfahren hatte, hatte sie die quälenden Gedanken an Lissis Polioerkrankung und daran, wie ihre Tochter beinahe für immer den Lebensmut verloren hatte, wenigstens ein paarmal verdrängen können. Mit jedem weiteren Fall wurden sie nun präsenter. Vor Lissi hatte sie damals versucht, die starke Mutter, der Fels in der Brandung zu sein. In Wirklichkeit hatte sie sich vom Tag der Poliodiagnose an schlimme Vorwürfe gemacht. Sie hätte ihr Kind vor der Krankheit beschützen müssen, wenn sie auch bis heute nicht wusste, wie. Die Kinderlähmung hatte ihr Familienleben verändert. Mit einem so kranken Kind war Alltag kaum noch möglich gewesen. Am Behandlungsverlauf und den Untersuchungsterminen hatte sich plötzlich ihr gesamtes Leben ausgerichtet. Und nebenbei hatte sie weiter arbeiten müssen, damit sie über die Runden kamen. Kurt hatte damals, 1934, kein Geld mehr verdienen dürfen. Obendrein hatte sie die Angst gelähmt, nicht alles Menschenmögliche zu tun, um ihr Kind bei der Genesung zu unterstützen. Vor jeder neuen ärztlichen Untersuchung hatte sie schlaflose Nächte gehabt. Die Ungewissheit, was aus Lissi werden würde, war kaum auszuhalten gewesen. Wenn sie daran zurückdachte, drohte sie panisch zu werden. Kurt war es ähnlich wie ihr ergangen. Nicht einmal er war nach der Diagnose besonnen geblieben. Die Beeinträchtigung, die Lissi von der Krankheit geblieben war, hatte ihnen gezeigt, dass am Ende nicht immer alles gut wurde. Als Lissi 1935, im Alter von vierzehn Jahren, als gesund galt und Emma mit ihrer Tochter den Alltag wieder ganz neu lernen musste, waren die Nationalsozialisten so mächtig geworden, dass keine Ruhe in ihr Leben hatte kommen können.

Die Musik holte Emma aus ihren schrecklichen Erinnerungen in die Gegenwart zurück. Sie benötigte einen Moment, um zu begreifen, dass sie sich im Dachgeschoss der Kinderklinik vor der musizierenden Rita befand.

Emma prüfte, ob alle Türen zu den provisorischen Isolierzimmern wegen der Ansteckungsgefahr geschlossen waren. Währenddessen begannen einige Kinder, im Takt der Musik zu klatschen. Rita spielte – angefeuert von ihren Zuhörern – immer leidenschaftlicher. Doktor Fiedler kam hinzu und lauschte nun ebenfalls bewundernd.

Die Musik verbannte Emmas letzte Erinnerungen an die schwere Zeit und ließ den bitteren Geschmack auf ihrer Zunge verschwinden. Kurt wollte sie erst einmal nichts von den Poliofällen erzählen. Es genügte, dass sie gegen die alte Angst kämpfen musste.

Emma schaute zu Frau Stehfest. In den Klatschblättern hatte es damals geheißen, die Geigerin habe ihre Karriere bei den Berliner Philharmonikern aus gesundheitlichen Gründen beendet. Es musste schlimm sein, wenn der Lebenstraum, für den man alles gegeben hatte, plötzlich unerreichbar war. Ihr eigener Lebenstraum handelte von einer sozialen, gerechten Gesellschaft. Emma merkte es erst nicht, aber bald tippte sie den Takt von Ritas fröhlichem Stück mit. Am Ende verbeugte Rita sich bühnenreif.

Als der Applaus verklungen war, kam die kleine Geigerin zu Emma gelaufen. »Schwester Emma, ich wollte

Rolf eine Freude machen. Ich passe aber noch nicht in den Schutzkittel, deswegen darf ich nicht zu ihm rein, sagt Schwester Grete.« Das fünfjährige Mädchen holte die dunkelblaue Kappe seines Bruders aus dem Geigenkoffer und setzte sie sich auf den blonden frisierten Lockenkopf. Sie war ihm deutlich zu groß.

»Rolf hat dich bestimmt gehört und sich gefreut«, entgegnete Emma. Anerkennend nickte sie Frau Stehfest zu, die zu ihrer Tochter trat.

Emma gab den anwesenden Schwestern zu verstehen, die Kinder von den anderen Stationen wieder runter in ihre Zimmer zu bringen, aber die Kinder weigerten sich zu gehen. Sie verlangten ein weiteres Geigenstück von Rita.

»Darf ich?«, fragte das Mädchen mit großen Augen. Ihre Mutter nahm ihr die Kappe vom Kopf und zupfte ihr die zerdrückten Locken zurecht.

Emma nickte und konnte sich ein amüsiertes Lächeln nicht verkneifen, als Rita wie eine große Musikerin vor die Kinder trat, diese ermutigte, im Rhythmus zu klatschen, und ihre Geige mit großer Geste an den Hals setzte.

Emma versank nun doch ganz im Spiel der kleinen Stehfest. Dieses Mal hatte Rita ein besonders getragenes Stück ausgewählt. Die Kinder, Schwestern und auch Doktor Fiedler machten große Augen, wie geschickt die Finger des Mädchens über die Saiten des Instruments wanderten. Als spielte sie schon ewig.

Am Ende gab es tosenden Applaus für Rita, was ihre Mutter zu Tränen rührte. Die Kinder blieben nun nicht mehr auf Distanz. Begeistert umringten sie Rita und wollten mehr über ihr Instrument wissen. So fröhlich hatte Emma die kleinen Patienten lange nicht gesehen. Der Anblick tat ihr unendlich gut. Und ihr kam eine Idee: Was wäre, wenn sie den kranken Kindern regelmäßig die Möglichkeit gäben, Musik zu hören oder gar selbst ein Instrument in den Händen zu halten? Gerade befühlte der kleine Dieter Neidhart den glänzenden Korpus der Geige. Er schien seine Schmerzen und das Heimweh vergessen zu haben, so fasziniert wirkte er.

Emma überlegte, eine kleine Musikgruppe zu gründen, in der die Kinder schnell zu erlernende Instrumente spielen könnten. Allerdings brauchte es dafür jemanden Fachkundigen, der sie anleitete. Sie selbst spielte kein Instrument und konnte auch keine Noten lesen. Aber ihr würde schon jemand einfallen. Die Idee beflügelte sie so sehr, dass sie sofort zum Ärztlichen Direktor lief, aber nicht, ohne vorher den korrekten Sitz ihres Parteiabzeichens geprüft zu haben.

Nach einer Viertelstunde verließ sie das Büro von Professor Nowikow wieder. Mit dem Argument, dass eine Musikgruppe den Gemeinsinn der Kinder stärken und dabei niemand aus dem Kollektiv ausscheren würde, hatte sie ihn überzeugen können.

Als sie am Abend die Kinderklinik verließ, war sie so guter Laune wie schon länger nicht mehr. Wer würde als Leiter der Musikgruppe infrage kommen? Die Person brauchte auf jeden Fall ein besonderes Gespür für empfindliche Kinderseelen.

Emma war so sehr in ihren Plan mit der Musikgruppe versunken, dass sie kaum merkte, wie sie nach Hause ging. Erst auf halbem Weg schaute sie auf. War das dort Doktor Olivera, am Blumenkiosk auf der anderen Straßenseite? Emma blieb stehen. Er war konzentriert darauf, mit der Verkäuferin gemeinsam die langstieligen Rosen einzeln auszuwählen. Er bekam einen wunderschönen Strauß, gebunden aus tiefroten Rosen. Versunken schaute er ihn länger an, bevor er bezahlte. Lissi hatte neulich kurz den Kuss im Medikamentenlager erwähnt. Emma hatte sie daraufhin ermutigen wollen, sich den Doktor genauer anzuschauen. Immerhin war sie im besten heiratsfähigen Alter. Aber ihre Tochter hatte darauf bestanden, lieber auf Abstand zu gehen. Nur als neulich Professor Nowikow in der Nähe gewesen war, hatte Lissi die Distanz verringert.

Ob der Rosenstrauß, den Doktor Olivera erstand, dafür bestimmt war, Lissis Distanz aufzuweichen? Emma lächelte angetan. Sie hätte das eine nette Geste gefunden, bei aller Forschheit, die er im Medikamentenlager an den Tag gelegt hatte.

*

Franz saß mit leerem Blick an Emmas sonntäglicher Mittagstafel. Sein Gesicht wirkte grau und fahl, seine braunen Haare ungekämmt. Er löffelte die Grüne-Bohnen-Suppe, ohne aufzuschauen. Nur mit seinem Lieblingsessen hatte Emma ihren Neffen aus dem dunklen Studentenzimmer am Schiffbauerdamm nach Weißensee locken können. Dennoch schien es mehr ein Höflichkeitsbesuch als eine Herzensangelegenheit für ihn zu sein. Er sprach kaum und erkundigte sich auch nicht nach Emmas Familie. Er war noch verschlossener geworden seit dem Tod seines Vaters.

Lissi sagte ebenfalls nicht viel, aber aus einem anderen Grund: Übermüdung. Sie machte Überstunden, weil Doktor Fiedler allein nicht hinterherkam, die infektiösen Kinder seiner Station ärztlich zu betreuen. Seit dem ersten Poliofall war Lissi mehr auf der provisorischen Isolierstation als auf der Allgemeinen bei Doktor Zappel. Das war Emma aufgefallen, auch ohne dass sie sich lange darüber unterhielten. Wegen Übermüdung fielen Lissi schon fast die Augen zu. Hoffentlich sprach sie die Polionöte in der Klinik nicht vor Kurt an.

»Ich finde, du machst die beste Bohnensuppe in ganz Weißensee«, sagte Kurt, um gute Laune bemüht. Die kleine Narbe über seiner Oberlippe zog sich beim Lächeln in die Breite, was Emma liebte.

Lissi pflichtete ihrem Vater zwischen zwei Löffeln Suppe bei.

Sie waren gerade bei der zweiten Portion, als Franz seine Suppe aufgegessen hatte und sich schon zur Verabschiedung erhob.

Emma gelang es, ihn mit Himbeerpudding davon zu überzeugen, wenigstens noch zum Nachtisch zu bleiben. Lissi hatte vor Müdigkeit Probleme, aufrecht am Tisch zu sitzen.

»Ich könnte deine Hilfe gebrauchen, Franz«, sagte Emma, während sie ihren Pudding löffelte.

Mit mattem Blick schaute Franz von seinem Nachtisch auf. »Beim Abwasch?«

»Nein.« Emma lächelte ihren Neffen fürsorglich an. »In der Klinik.«

»Mein Medizinstudium hat gerade erst begonnen«, sagte er. »Ich kann vermutlich noch keine Hilfe sein.« Er stand vom Tisch auf.

Emma drückte ihn sanft auf seinen Stuhl zurück und erklärte ihm, dass es in der Klinik Tradition war, die Kinder einmal wöchentlich auf besondere Art und Weise von ihren Schmerzen abzulenken. Angefangen hatten Marlene und sie einst mit einer Erzählstunde, später waren daraus die Zauberstunden von Willy Pinke geworden, die Albert dann übernommen hatte. Bis der Krieg kam und er eingezogen wurde. Der Krieg hatte ihnen Albert genommen.

Kurz leuchteten Franz' Augen auf, als der Name seines Bruders fiel.

»Jetzt ist es an der Zeit, die Tradition fortzuführen«, sagte Emma schließlich. Sie hatte hin und her überlegt und war zu der Überzeugung gelangt, dass Franz – obwohl er der Sohn Geflüchteter war – eine Chance bei Professor Nowikow hatte, die Aufgabe übertragen zu bekommen. Der Ärztliche Direktor legte sehr viel Wert auf die politische Einstellung. Diesbezüglich hatte Franz sich nichts zuschulden kommen lassen.

»Ich soll zaubern?«, fragte Franz. In zärtlichem Ton fügte er nach einer kurzen Pause an: »Aber das war doch Alberts Sache.«

»Ich suche keinen Zauberer«, erklärte Emma, »sondern jemanden, der mit den Kindern in der Klinik musiziert.« Franz hatte als Kind Klavier gelernt und spielte Gitarre. Er war sehr musikalisch, anders als Emma und ihre Familie.

Lissi zeigte sich begeistert von der Idee und war plötzlich wieder wach. Sie schlug ein paar Instrumente vor, die sich für das Musizieren mit Kindern eignen würden. Rasseln, Klanghölzer, Triola, für Langzeitpatienten vielleicht sogar Blockflöte. Am Ende der Aufzählung gähnte sie wieder.

»Ich habe viel im Studium zu tun, und außerdem –« Franz brach ab.

Emma wollte nicht so schnell aufgeben. »Ich habe damals eine Zauberstunde von deinem Bruder miterlebt.«

»Es war großartig, wie er die kranken Kinder begeistern konnte«, sagte Lissi vorsichtig. »Mich eingeschlossen!«

Franz wirkte mit einem Mal abwesend, als tauchte er in Gedanken in die Vergangenheit ein.

»Das wäre doch eine nette Ablenkung vom trockenen Studium«, sagte Kurt und bot Franz eine Zigarette an, die der jedoch ablehnte.

»Ein Medizinstudium ist nicht trocken, Papa!«, widersprach Lissi und stieß Franz wie eine Verbündete mit der Schulter an.

Kurt hob gespielt die Hände. »Ich nehme die Aussage ja schon wieder zurück.« Er lachte.

Emma legte ihrem Neffen fürsorglich die Hand auf die Schulter. »Überleg es dir. Die Kinder an der Klinik würden sich sehr darüber freuen, und …« Emma zögerte, den nächsten Satz zu sagen. Sie flüsterte ihn nur: »Ich glaube, Albert hätte es gefallen, dich bei den Kindern zu sehen.«

Eine Weile herrschte betretene Stille im Raum. Franz' Augen wurden feucht, und er schaute weg. Wohl war es ihm unangenehm, seine Gefühle zu zeigen. Nach einer Weile stand er auf und trug wortlos das benutzte Geschirr in die Küche.

Emma schaute ihm fragend nach. Sicher wäre ihm die Verarbeitung von Alberts Tod leichter gefallen, hätte es ein Begräbnis gegeben. Sie wollte nun ebenfalls aufstehen und abräumen, aber Kurt bedeutete ihr, ihren Neffen machen zu lassen.

Nachdem Franz auch die Dessertschalen in die Küche gebracht hatte, griff er nach seiner Jacke über der Stuhllehne. »Ich denke drüber nach.« Er verabschiedete sich höflich, aber ohne sie zu umarmen, und ging.

»Früher war er so anhänglich«, sagte Lissi betroffen und schaute Franz unten auf der Straße vom Fenster aus nach.

»Jeder trauert auf seine Weise«, sagte Emma. »Und Maximilians Tod macht die Sache für ihn nicht leichter.«

»Schön, dass er wenigstens über das Musizieren mit den Kindern nachdenkt«, sagte Kurt. »Wir sollten die Sache positiv sehen.«

Emma wollte über etwas Angenehmeres reden. Nicht über das, was der Krieg den Menschen angetan hatte, nicht über die Probleme bei der Instandsetzung der Klinik und nicht über die zwei Poliofälle, die dem Gesundheitsamt angeblich aus dem St.-Hedwig-Krankenhaus gemeldet worden waren. »Mir ist aufgefallen«, sagte sie deswegen an Lissi gewandt, »dass dir jetzt auch unser Verwalter hinterhersieht.«

Lissi errötete.

»Jetzt auch?«, wunderte sich Kurt. »Diesen Verwalter möchte ich kennenlernen, bevor es ernst wird!«

Emma wusste, dass ihm die Vorstellung nicht behagte, dass sich seine einzige Tochter für einen Mann interessierte oder andersherum.

»Herr Steininger ist nett und ein sehr anständiger Mensch, aber ich habe keine Zeit für die Liebe.« Lissi ging vom Fenster zum Sofa.

Emma meinte zu hören, dass Kurt ein Stein vom Herzen fiel. Obwohl sie Herrn Steininger mochte, wusste sie doch, dass es mit der Liebe nicht immer einfach war. Vor allem für jemanden, der in der anstrengenden Facharztausbildung war und keine Ablenkung gebrauchen konnte. Andererseits stand Emma noch Marlenes früheres Dilemma vor Augen. Über der aufopferungsvollen Arbeit als Ärztin wäre ihre Schwester beinahe zu alt zum Kinderkriegen gewesen.

»Und, wo in deiner kleinen Wohnung hast du den wunderschönen Rosenstrauß hingestellt?«, fragte sie Lissi mit einem verschmitzten Lächeln.

»Welchen Rosenstrauß?«, fragte Lissi zurück.

»Na, den von …« Emma sprach den Satz nicht fertig.

Lissi schaute sie mit großen Augen an.

Emma wollte ihre Tochter nicht enttäuschen, deswegen sagte sie sogleich: »Verzeih, ich habe da was in meiner Erinnerung durcheinandergebracht.« Sie flüchtete in die Küche und rief über die Schulter zurück: »Möchte außer mir noch jemand Kaffee?«

»Gerne einen großen für mich!«, antwortete Kurt.

In der Küche stellte Emma den Suppentopf neben die Spülschüssel und setzte den Wasserkessel auf. Dann war der rote Rosenstrauß, den Doktor Olivera vor wenigen Tagen nach Dienstschluss gekauft hatte, nicht für Lissi gewesen! Schade. War er doch nicht ernsthaft an ihr interessiert? Gar verliebt in eine andere?

Als Emma das heiße Wasser in die Tassen mit Kaffeepulver goss, sprangen ihre Gedanken zu Bert Steininger, er schien ebenfalls ein Auge auf Lissi geworfen zu haben. Sie hatte ihn als freundlich, fleißig und auf eine sympathische Art zurückhaltend kennengelernt. Ramon Olivera war ihr nicht weniger sympathisch, wenn auch ein völlig anderer Mensch. Wer der Richtige war, musste Lissi selbst herausfinden. Besser, sie mischte sich nicht in das Liebesleben ihrer Tochter ein.

Emma arrangierte die mit bunten Blumen und Goldrand verzierten Sammeltassen, die ihnen Elwira Pinke hinterlassen hatte, auf dem Tablett. Als sie damit in die Stube kam, war Kurt dabei, die schlafende Lissi auf dem Sofa zuzudecken.

Emma und Kurt entschieden, den Kaffee in der Küche zu trinken, um ihre Tochter bei der kleinen Mittagsruhe nicht zu stören. Kurt nahm seine Schreibmaschine aus der Stube mit.

»Du willst an einem Sonntag arbeiten?«, fragte Emma und stellte die dampfenden Kaffeetassen auf dem kleinen Küchentisch ab.

»Der neue Artikel muss morgen früh fertig sein«, erklärte Kurt. »Mir fehlen aber noch fünfzig Zeilen.«

»Worüber schreibst du dieses Mal?«, wollte Emma wissen. Sie hatte alle seine Artikel spätestens bei Erscheinen gelesen. In den letzten Wochen war sie aber kaum noch hinterhergekommen, weil sie an der Kinderklinik Überstunden machte.

»Ich schreibe über unsere neue Währung und wie sie die Bevölkerung Berlins spaltet.«

Emma schaute von ihrer dampfenden Sammeltasse auf. »Sie spaltet die Bevölkerung?« Das hatte sie bisher nicht mitbekommen.

»Unsere Mark«, Kurt griff in seine Brieftasche und holte einen Schein mit dem Aufdruck *Deutsche Mark der deutschen Notenbank* hervor, die die vorläufige Kuponmark abgelöst hatte, »ist auf dem freien Markt nur ein Viertel der Mark aus den westlichen Sektoren wert. Das bedeutet, dass Beschäftigte, die im Osten arbeiten, aber im Westen wohnen, benachteiligt sind. Sie werden in der Mark der sowjetischen Besatzungszone bezahlt, müssen ihre Nahrung aber im teuren Westen kaufen. Hier bei uns gelten ihre Lebensmittelkarten nicht. Da ist es für manchen schwer, über die Runden zu kommen.«

»Hätte das nicht verhindert werden können?«, fragte Emma zurück, als ein wohliges Seufzen aus der Stube zu hören war. Das Nickerchen tat ihrer Tochter anscheinend gut.

»Es wäre für Berlins Bevölkerung besser gewesen, wenn es gar nicht zu zwei Währungen gekommen wäre. Auch darüber schreibe ich in meinem Artikel«, sprach Kurt weiter.

»Aber Stalin, also ... ich meine, die sowjetische Militäradministration hat versucht, eine zweite Währung zu verhindern«, sagte Emma, horchte aber gleich wieder auf, weil ein erneuter Seufzer aus der Stube zu hören war. Er klang beinahe lustvoll und wurde von den Worten »Bleib noch« begleitet. Lissi sprach im Traum?

Kurt war ganz auf seine Erörterung konzentriert und schien seine Tochter nicht zu hören. Er hatte es schon immer geliebt, über Politik zu diskutieren. »Das ist nicht ganz korrekt, mein Schatz. Stalin wollte zwar nur eine Währung für ganz Berlin, hat dafür aber lediglich seine eigene, die Kuponmark, in Betracht gezogen.«

Erneut hauchte Lissi in der Stube sehnsüchtig ein Wort.

Nun war Emma endgültig abgelenkt. Hatte sie das richtig verstanden? Es war leise gewesen und hatte verwaschen geklungen. Vielleicht hatte es »Pardon« geheißen, oder auch »Waggon«? Lenkte sie sich unbewusst mit verrückten Träumen über Reisen nach Frankreich von der schweren Arbeit auf der Isolierstation ab?

»Stalin wollte nur seine eigene Währung für ganz Berlin«, nahm Kurt den Gesprächsfaden wieder auf, nachdem er etwas in sein Notizheft geschrieben hatte. »Den Kompromiss der westlichen Alliierten, für Berlin eine gänzlich neue, neutrale Währung, die Bärenmark, einzuführen, hat er ausgeschlagen.«

Emma nickte, dabei war sie in Gedanken bei Lissi. »Ramon«, hauchte die erneut in sehnsüchtigem Ton. Jetzt war es klar und deutlich zu verstehen gewesen. Lissi sprach tatsächlich im Traum! Und zwar von Doktor Olivera, der den Rosenstrauß leider nicht für sie gekauft hatte. Einen Moment überlegte Emma, für wen der Rosenstrauß wohl bestimmt gewesen war. Wenn sie den Gerüchten über den Kinderchirurgen Glauben schenkte, sicher für eine junge Frau.

Emma schloss die Tür zur Stube, nicht dass Kurt noch etwas hörte und mehr über den Mann namens Ramon wissen wollte.

Zurück in der Küche, schmiegte sich Emma an ihren Mann und gab ihm einen Kuss. Sie war so froh, dass sie den Richtigen längst gefunden hatte. Mit dem Klappern der Schreibmaschinentasten im Ohr, schloss sie die Augen. Am liebsten wollte sie Kurt nie wieder loslassen. Er war ihre Medizin.

***

9

1. September 1948

Es war bereits Nachmittag, als Marlene im Nachthemd in die Küche schlurfte. Ihre kurzen Locken klebten ihr filzig am Kopf. Ihr Körper fühlte sich vom vielen Liegen der letzten Wochen wie ein altes, rostiges Gestell an, das quietschte, wenn man es bewegte. Ihr Nacken knackte, wenn sie den Kopf nach rechts drehte. Ihre grüne Brille war irgendwo verschwunden, weswegen sie nur verschwommen sah.

Sie befüllte den Teekessel mit Wasser, setzte ihn auf die Kochstelle auf dem Ofen und holte den Porzellanfilter aus dem Schrank. Im kleinen Regal an der Wand stand der Getreidekaffee. Emma hatte ihn ihr mit der Post geschickt.

Der Behälter rutschte ihr aus der Hand, und der Kaffee verteilte sich über den Tisch. Marlene ließ sich kraftlos auf den Küchenstuhl sinken. Neben ihr lag ein Stapel mit ungeöffneten Nahrungsmittelpaketen, die sie Katharina überlassen wollte. Sie weinte, und es war ihr egal, dass ihre Tochter, die bald Schulschluss hatte, sie heute erneut so sehen würde. Das Mädchen besuchte mittlerweile ein Gymnasium in Charlottenburg, wenn auch wenig begeistert. Wenigstens konnte sie dort neue Freundinnen finden, die sie von ihrer Trauer ablenkten und auf andere Gedanken brachten.

Die Türklingel ließ Marlene zusammenfahren. Jedes Mal, wenn der schrille Ton erklang, hoffte sie insgeheim, dass Maximilian zurück wäre. Sie schleppte sich durch die Erdgeschosswohnung und öffnete.

»Guten Tag, Frau Doktor von Weilert!« Leider war es die Gattin von Doktor Klauber, die seit Maximilians Tod immer wieder nach ihr sah.

Marlenes Antwort auf die immer gleiche Frage war in Stein gemeißelt. Sie handelte davon, dass das Leben ohne Maximilian beschissen war, dass sie nachts nicht schlafen konnte und dass es morgens keinen Sinn machte aufzustehen, davon, dass sie bald keine Luft mehr bekam.

Nach einem besorgten Blick auf Marlenes dürren Körper hielt Frau Klauber ihr ein Einkaufsnetz mit Kartoffeln hin.

Marlene schmeckte nichts und roch kaum noch, obwohl sich der Duft von Sommerblumen, die Doktor Klauber gestern persönlich vorbeigebracht hatte, in der Erdgeschosswohnung ausbreitete. Immer wieder sah sie Bilder von Maximilians Sarg. Und jedes Mal verengte sich ihr Herz, jedes Mal spannten sich die Backen eines Schraubstocks enger darum.

»Jetzt greifen Sie schon zu, Frau Doktor«, forderte Frau Klauber sie auf. »Die habe ich von einer Hamsterfahrt ins Umland mitgebracht. Es gibt einen Feldweg in die sowjetische Zone, auf dem es keine Taschenkontrollen gibt.«

Marlene versuchte sich an einem Lächeln, auch wenn ihr sicher nicht nach Essen war. Und Katharina konnte nach den vielen Trockenkartoffeln der Alliierten keine Kartoffeln mehr sehen.

Weil Marlene nicht zugriff, legte Frau Klauber das Netz auf die Türschwelle. Dabei sprach sie eine herzliche Einladung aus, sie zum nächsten Treffen ihrer Chorfreundinnen zu begleiten. Musik bringe wieder Licht ins Leben.

Als Marlene nicht reagierte, hielt Frau Klauber ihr eine Schachtel Zigaretten hin.

»Ich rauche nicht«, entgegnete Marlene müde.

»Dann nehmen Sie die Zigaretten, um sich etwas zu tauschen, das Sie aufmuntert.« Frau Klauber drückte Marlene die Schachtel an die Brust. »Bitte, tun Sie mir den Gefallen!«

Marlene nahm die Zigaretten nur aus Höflichkeit, verabschiedete sich knapp und quetschte beim Schließen der Tür die Kartoffeln ein. Sie griff nach dem Netz und ließ es in der Küche auf den Boden fallen. Wider jede Gewohnheit zündete sie sich eine Zigarette an. Sie hatte noch nie geraucht, aber hustete nicht, als sie daran zog. Sie rauchte drei Zigaretten, dann wurde ihr schlecht davon, und sie erbrach sich über der Kloschüssel.

Ihr fehlte die Kraft, um von den Knien wieder hochzukommen. Na gut, dann blieb sie auf dem Boden sitzen.

Vermutlich würde sie in dieser Haltung Katharina nicht einmal auffallen. Ihre Tochter ging ihr inzwischen aus dem Weg, wann immer sie konnte. Seit ein paar Tagen kam sie nur kurz nach der Schule nach Hause und verschwand dann gleich wieder. Marlene vermied die Konfrontation. Dafür fehlte ihr die Kraft. Sowieso redeten sie kaum noch miteinander. Aber solange Katharina zur Schule ging, war das Schiff nicht am Untergehen. Ihre Tochter sollte bald wieder ins Leben zurückfinden. Marlene würde viel dafür tun, wenn Katharina es nur zulassen würde – was sie nicht tat –, angefangen bei tröstenden Gesprächen oder einfach nur schweigsamer Zeit nebeneinander auf dem Sofa.

Marlene fühlte sich schrecklich einsam. Wenn wenigstens Emma jetzt bei ihr gewesen wäre. Neben Maximilian war ihre Schwester die Einzige, die sie in der Vergangenheit in den schlimmsten Situationen hatte trösten können. Leider hatte sie Emma gesagt, dass sie erst einmal in Ruhe gelassen werden wollte. Jetzt wünschte sie sich, dass wenigstens Emma sie in die Arme nehmen würde. Eine Umarmung würde jedoch bedeuten, dass sie den sowjetischen Sektor betreten müsste. Emma herzubitten, wagte sie nach aller Abgrenzung nicht. Das konnte sie nicht auch noch von ihrer Schwester verlangen, die ohnehin schon genug Überstunden in der Klinik machte, deren freie Zeit so knapp war.

Marlene schüttelte sich bei der Vorstellung, nach Weißensee zurückzukehren, aber im nächsten Moment meinte sie schon, die warmen Hände ihrer Schwester auf dem Rücken zu spüren. Emma konnte so einfühlsam und gleichzeitig bestärkend reden, dass man meinte, die auswegloseste Situation sei noch zu retten. Diese Vorstellung glitzerte wie ein Lichtstrahl in einer finsteren Höhle. Aber ihre Schwester zu besuchen wäre risikoreich. Sie könnte im sowjetischen Sektor verhaftet werden.

Marlene zog sich an der Kloschüssel hoch, stemmte sich auf das kleine Waschbecken neben der Toilette und schaute in den Spiegel. Ihre Augenringe waren groß wie Pflaumen, ihre Haut grau und faltig wie die einer Achtzigjährigen. Sie wollte sich mit den Fingern durch die Haare fahren, kam aber kaum durch.

Unschlüssig senkte sie ihren Blick wieder auf die braunen Fliesen im Bad. Vielleicht war es doch besser, Emma in Ruhe zu lassen und sie mit ihrer Grabesstimmung nicht ebenfalls herunterzuziehen.

***

10

3. Oktober 1948

Es war ein kühler Herbstmorgen. Lissis Hände zitterten noch, obwohl sie die Sektorengrenze längst hinter sich gelassen hatte. Zur Beruhigung lutschte sie ein Malzbonbon nach dem anderen. Zurück nach Weißensee waren es noch wenige Stationen mit der Straßenbahn. Den Bezirk Mitte hatte sie bereits passiert, gerade fuhr sie durch Prenzlauer Berg. Sie war außer Atem, weil sie von der Sektorengrenze bis zur Haltestelle gerannt war. Sie hatte Angst gehabt, die sowjetischen Soldaten würden ihr nachkommen und sie doch noch verhaften.

Mit einer Tasche Kohlen, die sie mühsam bis zur Grenze geschleppt hatte, war sie erst nur kritisch beäugt, dann jedoch festgehalten und verhört worden. Zuletzt hatte sich in Weißensee herumgesprochen, dass die sowjetischen Soldaten mit den Kontrollen an den Grenzen nachlässiger geworden waren. Deswegen hatte Lissi es gewagt. Sie hatte ihrer Tante helfen wollen, die Wohnung in diesen immer kälter werdenden Tagen warm zu bekommen, aber daraus wurde jetzt nichts. Die Soldaten hatten ihr die Kohlen abgenommen und sie nach Weißensee zurückgeschickt. Das nächste Mal musste sie mit Gefängnis rechnen.

Nachdem Lissi in Weißensee aus der Straßenbahn ausgestiegen war, ging sie direkt zur Klinik. Wegen der Befragung durch die Grenzposten war sie spät dran. Inzwischen war es neun Uhr. Wie erklärte sie ihr Zuspätkommen nur, wo sie doch bisher jeden Morgen Punkt acht Uhr bei den Poliokindern gewesen war und diese auf neue Symptome untersucht hatte? Inzwischen waren fünf der zehn Zimmer im Dachgeschoss mit Poliofällen belegt. Vorgestern war ein Junge mit kompletter Lähmung des rechten Armes und des linken Schultergürtels eingeliefert worden. Albert war sein Name, wie der ihres Cousins, der aus dem Krieg nicht mehr heimgekehrt war und als verschollen galt.

Ganz sicher hatte der Ärztliche Direktor für Schmuggelei wenig Verständnis. Aber jemand wie Igor Nowikow hatte leicht reden. Er saß nicht in Westberlin ohne Kohlen für den Winter fest, mit nur ein paar Branda-Platten als Ersatz. Aber lügen wollte sie auch nicht.

Lissi dachte an Rolf, dessen Zustand sich zum Glück etwas verbessert hatte. Akute schlaffe Lähmungen – typisch für die paralytische Poliomyelitis – waren bei ihm ausgeblieben. Allerdings tat es ihr leid, dass Frau Stehfest nur selten nach ihrem Sohn sah. Er war schon länger nicht mehr ansteckend.

Es war Viertel nach neun, als Lissi die neuerdings wegen Baufälligkeit hälftig abgesperrte Treppe zum Haupteingang der Kinderklinik nahm. Sollte sie einfach an die Arbeit gehen, ohne sich zu entschuldigen? Das wäre ihr unehrlich vorgekommen. Also ging sie zum Büro des Ärztlichen Direktors. Seine Tür war nur angelehnt.

Lissi überlegte angestrengt, wie sie sich entschuldigen könnte. Nicht, dass er ihr wieder vorwarf, sie sei zu langsam gewesen. Als sie näher trat, hörte sie Professor Nowikow sprechen, und ihr Name fiel.

»Genossin Vogel ist gar nicht zu spät?«, fragte Nowikow. »Sie ist außer Haus gegangen? Für Sie?«

Irritiert starrte Lissi die Tür an, von der die Farbe abblätterte.

»Sehr richtig. Sie besorgt Medikamente, die einzig in Köpenick vorrätig sind«, erklärte Doktor Olivera im Brustton der Überzeugung.

Sie musste sich verhört haben. Lissi hätte schwören können, dass Doktor Olivera sie eher tiefer reinreiten würde, anstatt sie in Schutz zu nehmen. Als sie ihm vor vier Wochen endlich klar gesagt hatte, dass sie keinen weiteren Kuss und keinen privaten Kontakt wünschte, schien sie ihn vor den Kopf gestoßen zu haben. Seine fast schwarzen Augen mit dem honiggelben Ring um die Iris hatten einen stummen Moment in ihrem Gesicht nach einer Begründung gesucht, aber keine erhalten. Daraufhin war er kommentarlos gegangen. Seitdem suchte er ihre Nähe nicht mehr, was es Lissi leichter machte, in seiner Gegenwart eine konzentrierte Ärztin zu sein. Und jetzt setzte er sich bei Nowikow für sie ein? Warum tat er das, trotz der Mauer, die sie zwischen ihnen errichtet hatte?

»Genossin Vogel ist seit zwei Stunden weg! Hat sie den Weg zu Fuß zurückgelegt? *Ja nje panimaju!*« Nowikow klang genervt. »Ich verstehe das nicht!«

In diesem Moment kam Schwester Fiona mit Besuchern an Lissi vorbei, die sie kannte. Es waren die Eltern von Heinrich, der die Symptome der nichtparalytischen Poliomyelitis zeigte. Er lag im Dachgeschoss in Zimmer drei.

Lissi fühlte sich beim Lauschen ertappt und tat so, als

würde sie etwas in ihrer Tasche suchen. Sobald der Korridor wieder leer war, horchte sie weiter. Bestimmt sah sie lächerlich aus, aber sie wollte unbedingt wissen, was Doktor Olivera noch über sie sagte.

»Ich hatte ihr nahegelegt, die Straßenbahn zu nehmen«, erklärte er. »Aber die Frau hat ihren eigenen Kopf, wie Sie wissen.« Die letzten Worte klangen, als würde er dabei schmunzeln.

Lissi kniff die Lippen zusammen und sandte ihm einen bösen Blick durch die Tür. Der hielt jedoch nicht lange an und wich einem Lächeln, das sie nicht aufhalten konnte.

»Ich hoffe, der Weg nach Köpenick hat sich wenigstens gelohnt«, sagte der Professor. Es folgte ein Schlürfen. Lissi tippte auf schwarzen Tee aus einer Untertasse.

»Genossin Vogel muss so schnell wie möglich über die Sondermaßnahmen der Gesundheitsverwaltung informiert werden«, ordnete der Professor an. »Meine Ansprache an die Belegschaft hat sie ja nun verpasst.«

Oh nein! Sie hatte eine Versammlung verpasst? Und von welchen Sondermaßnahmen sprach er? Lissi griff in die Blechschachtel in ihrer Handtasche und schob sich rasch ein Bonbon in den Mund.

Bevor sie sich's versah, näherten sich Schritte aus dem Büro der Tür. Verzweifelt schaute sie sich im Korridor um. Würde man sie als Lauscherin enttarnen, wäre ihr das vor allem vor Doktor Olivera unangenehm. Aber flüchten wollte sie auch nicht schon wieder. Dieses kindliche Verhalten hatte sie inzwischen abgelegt. Als Schwester Ingrid mit einem Medikamententablett an ihr vorbeiging, griff sie sich mit einem entschuldigenden Lächeln eine der Pillendosen darauf.

Keine Sekunde später trat Professor Nowikow aus seinem Büro. »Genossin Vogel, da sind Sie endlich! Haben Sie die Medikamente bekommen? Und bitte informieren Sie sich bei den Kollegen über die neuen Maßnahmen.«

Lissi hob ihre Hand mit der Pillendose und nickte. Aber anstatt ihre Aufmerksamkeit auf den Ärztlichen Direktor zu richten, starrte sie Doktor Olivera an. Sie spürte, wie ihre Wangen heiß wurden. »Neue Maßnahmen«, sagte sie abgelenkt. »Ja. Selbstverständlich.« Sie klang wie benommen.

Doktor Olivera ließ sich nicht anmerken, dass er eben für sie in die Bresche gesprungen war. Nach einem sachlichen »Guten Morgen, Fräulein Doktor Vogel« ging er an ihr vorbei.

Irritiert schaute Lissi ihm nach, und wie athletisch er auf der Wendeltreppe zwei Stufen mit einem Mal nahm. Noch nie hatte ein Mann seinen Ruf für sie aufs Spiel gesetzt. Schon gar nicht, nachdem sie eine Mauer errichtet hatte.

Das Feuer, das sie verzweifelt zu löschen versucht hatte, züngelte in ihrem Herzen. Lissi kämpfte mit dem Wunsch, zu ihm zu gehen, sich ihm zu offenbaren, aber auch mit der Angst, wieder zur Lachnummer zu werden, weil sie etwas fallen ließ oder sich verschluckte.

»Fräulein Doktor Vogel?«

Lissi starrte auch dann noch zur Wendeltreppe, als Doktor Olivera längst nicht mehr zu sehen war.

»Fräulein Doktor Vogel, bitte kommen Sie mit!«, drängte Stationsschwester Grete, die plötzlich wie hingezaubert vor ihr stand. »Es geht um Rolf Stehfest. Seine Atemmuskulatur scheint stark geschwächt, sodass er Probleme mit dem Luftholen hat!«

Lissi kam schlagartig zu sich. Der Junge hatte also doch paralytische Poliomyelitis? Das war die gefährlichste Form der Viruserkrankung mit den geringsten Überlebenschancen. »Wird Rolf schon beatmet?«

»Doktor Fiedler hat die Sauerstoffbombe persönlich ins Dachgeschoss getragen, ja«, sagte Grete. »Aber der Junge fragt nach Ihnen.«

Lissi bat die Stationsschwester, sie bei Doktor Zappel für die Visite zu entschuldigen, die um halb zehn begann. Dann eilte sie hinauf auf die provisorische Isolierstation.

Im Handumdrehen hatte sie Schutzkleidung an und war bei Rolf. Sie kannte die Sauerstoffbombe nur aus alten Lehrbüchern, im praktischen Einsatz hatte sie sie noch nicht erlebt. Die Beatmung wurde am liegenden Patienten vorgenommen. Rolf hatte eine Maske auf Mund und Nase und bekam über den angeschlossenen Druckbehälter Sauerstoff in die Lunge geblasen.

Lissi gab sich alle Mühe, nicht zu zeigen, wie sehr die Maßnahme sie einschüchterte und wie viel Angst sie um Rolf hatte. Als sie näher trat, hörte sie in ihrer Erinnerung die Stimmen von Heiner und Sybille. *Hinkebein!* Die Hänseleien in ihrem Kopf verstummten auch dann nicht, als sie Rolf zärtlich über sein blondes lockiges Haar strich. »Ich bin da. Hab keine Angst.« Seine Haut war blass, aber die bei Atemnot typische bläuliche Färbung ging bereits zurück.

»Es tut weh in der Brust«, sagte Rolf mit fast tonloser Stimme hinter der Maske. Ich habe Todesangst, schrie sein Blick.

»Der Sauerstoff unterstützt deine Atmung. Es wird dir bestimmt bald besser gehen.« Mit diesen Worten wollte Lissi auch sich selbst Mut zusprechen. Dann kam ihr eine Idee, wie sie Rolf von seiner Angst ablenken könnte.

Kurz verschwand sie aus dem Raum, war aber keine fünf Minuten später mit dem Buch des Jungen zurück. »Ich bleibe noch eine Weile bei dir und lese dir vor. Bis zu welcher Seite bist du gekommen?« Sie zeigte ihm sein dickes abgegriffenes Buch mit dem schwarzen Einband.

Weil das Reden so anstrengend war, zeigte Rolf die Zahl einhundertzwölf mit den Fingern an.

Lissi blätterte zur Seite einhundertdreizehn, auf der das siebzehnte Kapitel losging. Sie begann: »Als die *Nautilus* am dreißigsten Januar zum Luftholen wieder an die Oberfläche kam ...«

Lissi las an diesem Vormittag bis zum Anfang des neunzehnten Kapitels, wo Ned Land, der Harpunier, Professor Aronnax zur Flucht aus Nemos Unterwasserwelt drängt. Rolfs Atmung normalisierte sich währenddessen wieder. Der Einsatz der Sauerstoffbombe war erfolgreich verlaufen. Erschöpft schlief er ein.

Lissi streichelte ihm noch einmal den Kopf, dann stand sie auf und wandte sich zum Gehen. Es war inzwischen kurz vor elf.

Der Ärztliche Direktor stand in der Tür und musste schon eine Weile zugeschaut haben. Igor Nowikows Blick lag auf dem Jungen, Sorgenfalten furchten seine Stirn, und er wirkte betroffen. »Ich übernehme jetzt, Sie können zur Fallbesprechung mit Doktor Zappel gehen.« Er legte seine Hand auf Rolfs Arm.

Lissi nickte und verließ das Zimmer. Wenigstens hatte er ihr Bein nicht wieder gemustert. Sie hatte den Ärztlichen Direktor gerade zum ersten Mal besorgt erlebt.

Stationsschwester Grete reichte ihr im Korridor ein Faltblatt, das mit *Sondermaßnahmen* überschrieben war, und

Lissi begann noch im Gehen zu lesen. Schon nach wenigen Schritten stoppte sie aber wieder. Die Sondermaßnahmen galten dem Poliovirus und waren für alle Krankenhäuser im sowjetischen Sektor mit sofortiger Wirkung Pflicht. Der zentralen Gesundheitsverwaltung waren aus anderen Bezirken Ostberlins zwar wenige, aber doch neue Fälle gemeldet worden, so stand es geschrieben. Die verordneten Maßnahmen beinhalteten Quarantäne- und Verhaltensregeln für potenziell Infizierte und deren Umfeld. Außerdem wurde darauf hingewiesen, dass diese Maßnahmen »vorbeugend« zu verstehen seien und die Bevölkerung auf keinen Fall beunruhigt werden dürfe. Deswegen wurde von der Schließung von Gemeinschaftseinrichtungen für Kinder und Jugendliche abgesehen. Lissi bekam eine Gänsehaut. Poliomyelitis streckte ihre gierigen Finger nach Berlins Kindern aus?

In der Fallbesprechung mit Doktor Zappel war sie unkonzentriert und entschuldigte sich dafür. Dabei gehörte die aktive Vorstellung eigener Fälle inzwischen zu ihren Aufgaben als Assistenzärztin. Immer wieder sprangen ihre Gedanken zum Gesicht des Poliodrachens, das sie sich als Kind so detailliert ausgemalt hatte. Damals hatte sie sich die Krankheit als Feuer speienden Drachen vorgestellt – mit schwarzen Augen, einem riesigen Maul mit scharfen Zähnen und blutrotem Atem –, viel zu stark, um von einem Mädchen wie ihr bezwungen zu werden. Damals war sie über sich hinausgewachsen und hatte sich schließlich sogar stärker als der Poliodrache gefühlt. Und heute? Wie stark war sie? Doppelt so stark, für Rolf und die anderen Infizierten? Die Chancen standen gut dafür, dass Rolf wieder genas. In uralten Akten, die sie während des Studiums gelesen hatte, hieß es, dass bei einer Epidemie im neunzehnten Jahrhundert jedes zehnte Kind, das an der paralytischen Poliomyelitis litt, verstorben war. Zum Glück war Rolfs Atemmuskulatur nicht gelähmt, sondern nur geschwächt. Er atmete wieder.

Mit Antritt der Assistenzarztstelle hatte Lissi sich geschworen, Heiner, Sybille und all den anderen zu zeigen, dass sie kein bemitleidenswertes Hinkebein, sondern eine hervorragende Ärztin war. Davon würde die Kinderlähmung sie bestimmt nicht abbringen!

Lissi betrat gerade die Krankensaaletage, als sie Doktor Olivera vor der Chirurgie stehen sah. Sie war nervös und unschlüssig, wie sie ihm gegenübertreten sollte. Dankbar? Oder, als sei nichts gewesen, genauso wie er vorhin? Mutig tat sie ein paar Schritte in seine Richtung.

»Guten Tag, Fräulein Doktor Vogel.« Herr Steininger trat vor sie. Er trug wieder einen schicken blauen Anzug und reichte Lissi die Hand zur Begrüßung. Seine Finger fühlten sich warm und weich an.

»Hallo, Herr Steininger, schön, Sie zu sehen«, sagte sie, weil ihr – so abgelenkt, wie sie war – nichts Besseres einfiel. Sie stellte sich dem Verwalter so gegenüber, dass sie aus Doktor Oliveras Sicht fast hinter ihm verschwand. Warum nur wollte sie sich vor ihm am liebsten in Luft auflösen?

»In letzter Zeit habe ich Sie viel umherrennen sehen«, sagte Herr Steininger. »Wie wäre es mit einer entspannten Tasse Kaffee oben auf dem Balkon in Ihrer Mittagspause?«

»Oh«, sagte Lissi, damit beschäftigt, Doktor Olivera aus dem Augenwinkel zu beobachten. Er unterhielt sich mit Doktor Sibelius von der Augenstation.

»Bedeutet ›Oh‹ ein Ja?«, fragte Herr Steininger in hoffnungsvollem Ton.

»Was meinen Sie?« Lissi dachte, dass Doktor Olivera heute wieder den etwas zu engen Arztkittel trug.

Herr Steininger schaute sich um und sprach erst weiter, als Schwester Gisela an ihnen vorübergegangen war. »Ich habe die Brüstung befestigt. Nun kann nichts mehr passieren, oben auf *unserem* Balkon.« Er zeigte in Richtung des Zimmers, in dem früher die Oberin gearbeitet hatte.

Unserem Balkon? »Ich …«, druckste Lissi, »ich muss die Mittagspause durcharbeiten. Rolf braucht mich besonders.« Es tat ihr leid, ihn enttäuschen zu müssen. Aber die hohe Arbeitsbelastung war nur ein Grund, warum sie absagte.

»Wussten Sie, dass der Mond ganze dreihundertfünfundachtzigtausend Kilometer von der Erde entfernt ist?«, fragte Herr Steininger.

Lissi schüttelte abgelenkt den Kopf. Im Folgenden versuchte sie, sich auf seine Erklärung zu konzentrieren, warum diese Entfernung nur ein Mittelwert war, konnte aber nicht anders, als immer wieder zu Ramon Olivera zu schauen. Gerade fuhr er sich durch sein dunkles, dichtes Haar. Bald hörte sie die Stimme des Verwalters nur noch wie aus der Ferne, und eigentlich hatte sie auch keine Muße, jetzt über den Mond zu philosophieren. Aber Lissi war zu höflich, Herrn Steininger zu unterbrechen, weil er sich solche Mühe mit ihr gab. Als er darauf zu sprechen kam, dass die Distanz zum Mond früher auf See zur Ortsbestimmung benutzt worden war, sah Doktor Olivera gerade auf, sodass sich ihre Blicke trafen.

Lissi meinte, ihr Herzschlag setze aus. Einen ganzen Atemzug lang schaute sie nicht weg. Ihr wurde heiß und kalt. Sie fühlte Sehnsucht aufsteigen, wie prickelnde Blasen in einem Glas Geburtstagssekt.

»Sie müssen wissen«, fuhr Herr Steininger fort, »dass die Genauigkeit der Messung auf See wegen des schwankenden Schiffes und der schwierigen Beobachtungsverhältnisse ungenauer ausfällt als an Land.«

Lissi lächelte steif in die Richtung von Ramon Olivera. Bestimmt sah sie verkünstelt aus im Bemühen darum, nicht zu devot zu wirken, nicht zu bedürftig. Aber wenigstens dachte sie einmal zehn Minuten lang nicht an Poliomyelitis.

»Ich kann Ihnen das gerne zu einem anderen Zeitpunkt genauer erklären. Bitte lassen Sie mich wissen, welcher Abend Ihnen für eine Zusammenkunft gelegen kommt«, bat der Verwalter.

Lissi war mit ihrer Konzentration ganz bei Doktor Olivera. Der verabschiedete sich in diesem Moment von Doktor Sibelius, übernahm eine Akte und ging – oh Gott! – in ihre Richtung.

»Genosse Steininger, ich muss Sie dringend sprechen!« Das war die Stimme des Ärztlichen Direktors.

»Die Pflicht ruft«, sagte der Verwalter, verbeugte sich vor ihr und hielt dann auf Professor Nowikow zu.

Lissi fühlte sich nackt, so allein auf dem Flur mit Ramon Olivera. Sie wusste nicht, wohin mit ihren Händen. Sie trat vor einen Wäschewagen, der herrenlos auf dem Korridor stand, und begann, Windeln zu falten. Da war Doktor Olivera nur noch wenige Schritte von ihr entfernt.

»Fräulein Doktor Vogel?«, fragte er mit jenem Abstand, um den sie ihn gebeten hatte.

Lissi hoffte, dass sie jetzt nicht errötete. Ihre Wangen fühlten sich schon warm an. »Ja, was gibt es?«

»Ich wollte nur wissen, ob bei Ihnen alles in Ordnung

ist«, sagte er, drei Armlängen entfernt. Sein Gesichtsausdruck war der eines freundlichen, aber distanzierten Kollegen. »Mir scheint, dass Ihnen die Poliofälle sehr ans Herz gehen.«

Woher wusste er das? Lissi legte die Stoffwindel ab und wandte sich um. »Das stimmt. Aber mir geht es gut.« Ihr war nur schrecklich heiß.

»Dann ist es ja gut«, sagte er. Er roch wieder nach einer Mischung aus frischem Wasser mit einem Spritzer Moschus.

»Ja, gut«, war alles, was sie echote. Dabei schuldete sie ihm eine Erklärung für ihr Zuspätkommen am Morgen. Immerhin hatte er für sie gelogen. Einen Vorteil hatte ihre Einsilbigkeit dennoch: Er würde sie nicht für ein gefühlsduseliges Frauenzimmer halten.

Nun sagte sie doch: »Heute früh wollte ich meiner Tante und meiner Cousine Kohlen nach Charlottenburg bringen, damit sie im Winter nicht frieren müssen. Sie sind schon elend genug dran. Aber ich habe es nicht durch die Kontrollen an der Sektorengrenze geschafft.«

Doktor Olivera schien eine Weile zu überlegen, bevor er sagte: »Sollten Sie das noch einmal versuchen, geben Sie mir bitte vorher Bescheid, damit ich mir etwas Überzeugenderes einfallen lassen kann.«

Er wäre bereit, sie erneut vor Nowikow in Schutz zu nehmen? Lissis Knie wurden weich. Genauso wie bei dem Gedanken, endlich auf dem Schiefen Turm von Pisa zu stehen. Zu gerne würde sie von dort oben einmal auf die italienische Stadt hinabschauen.

»Warum haben Sie mich heute früh in Schutz genommen?« Es brannte ihr unter den Nägeln, den Grund zu erfahren.

Wieder fuhr Doktor Olivera sich mit seinen gebräunten, schönen Fingern durchs Haar. »Weil ich dachte …« Er kam nicht dazu, den Satz zu beenden.

»Fräulein Doktor Vogel?« Frau Doktor Feigenspann kam hinzu. Sie wirkte freundlich, aber lächelte nicht mit ihren geschwungenen roten Lippen, wie sie es normalerweise tat, wenn sie Lissi begegnete. »Ich brauche Sie umgehend auf Station. Wir haben eine Otitis media acuta. Schon vor einiger Zeit hatte ich Ihnen doch versprochen, Sie bei einer solchen Diagnose in die Therapiebesprechung miteinzubeziehen.«

»Eine akute Mittelohrentzündung, ich komme«, antwortete Lissi, obwohl sie zu gerne eine Antwort auf ihre Frage erhalten hätte.

Sie schaute Doktor Olivera nicht noch einmal an.

Mit glühenden Wangen folgte sie ihrer Mentorin, die sich im Gehen noch einmal zu Doktor Olivera umwandte.

So interessant die Therapiebesprechung auch war, Lissi bekam wenig davon mit. Selbst während der Operation, bei der sie am Nachmittag Doktor Zappel assistierte, sprangen ihre Gedanken immer wieder zu der Frage, warum Doktor Olivera sie erneut vor dem Ärztlichen Direktor in Schutz nehmen würde. Aber ständig an ihn zu denken, das führte doch nirgendwohin! Therapiebesprechungen und Operationen waren viel wichtiger!

Kurz vor Dienstschluss schaute Lissi noch einmal bei Rolf vorbei. Sein Fieber war unverändert hoch. Erst wenn es sank, war dies ein Zeichen dafür, dass die Akutphase der Krankheit auslief. Als sie damals an Polio erkrankt war, hatte es noch geheißen, dass einzig Kinder, bei denen im akuten Stadium das Fieber nicht mehr anstieg, eine gute Prognose hätten. Diese These war inzwischen umstritten. Rolf schlief, während Lissi bei ihm war.

Später half sie noch der Nachtschwester bei der Versorgung der Poliokinder. Sie wollte nicht nach Hause, sondern da sein, wenn die kleinen Patienten sie brauchten.

Lange nach Mitternacht nickte sie während einer Pause im Büro der Ärzte am Schreibtisch weg.

Lissi wurde erst wieder wach, als durch das angekippte Fenster im Ärztebüro der Gesang einer Drossel zu hören war. Der Morgen dämmerte allmählich. Sie musste nach Rolf schauen! So lange hatte sie gar nicht vorgehabt zu pausieren. Ihr tat alles weh, als sie sich bewegte. Sie musste schief sitzend eingeschlafen sein. Erst einmal richtete sie ihren Zopf und lockerte ihre steifen Glieder etwas. Als sie ihr Stethoskop, das ihr beim Schlafen vom Hals gerutscht sein musste, vom Boden aufhob, wurde die Tür geöffnet. Noch in der Hocke schaute Lissi an Doktor Olivera hinauf, von den Schuhspitzen bis zu seinen fast schwarzen Augen mit dem honiggelben Rand um die Iris. Er hatte Bereitschaftsdienst gehabt?

»Sie sehen ziemlich müde aus, Fräulein Doktor Vogel«, sagte er, ging nach einem kurzen Blick zu ihr zu seinem Schreibtisch und zog sich seinen Arztkittel aus.

Lissi war so konzentriert darauf, ihn unauffällig zu beobachten, dass sie nicht bemerkte, dass sie noch immer auf dem Boden neben dem Schreibtisch hockte. Mit den Worten »Rolf braucht mich!« kam sie hoch.

»Ich weiß«, sagte Doktor Olivera. »Es stand gestern Vormittag kritisch um den kleinen Stehfest.«

Lissi war nicht bereit, den Jungen aufzugeben.

»Bitte machen Sie mit ihm genau so weiter«, sagte er,

ohne sich ihr zu nähern. »Ihre seelische Arbeit könnte das Zünglein an der Waage sein, damit der Junge seine Krankheit besiegt.«

Lissi errötete. Das meinte er wirklich? Er war der Erste, der ihre Arbeit lobte. Sie lächelte verlegen und musste sich zwingen, nicht auf seine Lippen zu schauen. Sie waren hell, glatt und prall. Sie fuhr sich durch ihren zerzausten Pferdeschwanz und wünschte, sie hätte sich gekämmt, als sie nach Mitternacht ins Büro gekommen war. Wie wohl seine dunkle Haut roch?

»Ich habe Sie heute Morgen in Schutz genommen«, sagte er, »weil Sie eine besondere Kollegin sind und ich nicht möchte, dass Nowikow Sie mit seiner rauen Art vergrault.«

Besondere Kollegin? Unvermittelt machte sie einige Schritte auf ihn zu. Seine Worte rechnete sie ihm hoch an, nachdem sie ihn um Abstand gebeten und damit vermutlich verletzt hatte. Ein anderer Mann hätte sie nicht mehr beachtet.

Lissi versuchte, Doktor Olivera nicht direkt anzusehen, damit ihm ihre Verunsicherung nicht auffiel. Aber bald konnte sie nicht anders, als zu ihm aufzuschauen. Zwei weitere Schritte auf ihn zu folgten, sodass zwischen sie gerade einmal noch der Band des medizinischen Almanachs gepasst hätte, der auf ihrem Schreibtisch lag. Sein naher Anblick raubte ihr den Verstand, und sie wollte nun unbedingt wissen, wie es sich anfühlte, ihm durch das kräftige Haar zu fahren. Ihr Herz drängte sie dazu, ihn an sich heranzuziehen, und sie gab dem Drängen nach.

Ramon legte seine Hände zärtlich an ihren Hals. Sie konnte jeden einzelnen seiner Finger spüren, ihre Haut glühte. Sie fuhr ihm durchs Haar und näherte sich seinem

Gesicht. Als ihre Lippen seine berührten, schloss sie die Augen. Wie auch beim Kuss im Medikamentenlager war ihr, als sei sie in einen Strudel geraten, der ihr den Boden unter den Füßen wegriss. Sie schwebte, umgeben von bunten Blüten und funkelnden Sternen. Ein Feuerwerk aus Erregung, Ungeduld und drohender Ohnmacht.

Trotzdem zog Lissi als Erstes ihren Kopf zurück. »Entschuldigung, ich habe einfach die Kontrolle verloren.« Sie war beschwipst von ihren Gefühlen.

Doktor Olivera öffnete die Augen so langsam, als würde er aus einer Narkose erwachen. Seine Hände waren noch an ihrem Hals, seine Lippen glänzten. »Das war wunderschön«, sagte er mit belegter Stimme. »Ich bin übrigens Ramon.«

Lissi lächelte erst vorsichtig, dann breiter. Noch nie zuvor hatte sie ihr Herz über ihre Vernunft siegen lassen. Es fühlte sich zum Jubeln schön an. »Ich bin übrigens Elisabeth, aber alle nennen mich nur Lissi.«

***

11

6. Oktober 1948

Mit jedem Tag fühlte Marlene sich noch einsamer und elendiger. Bei ihrer Größe von einem Meter achtzig wog sie lediglich noch neunundvierzig Kilo. Wenigstens hatte sie heute ihr Nachthemd gegen ein unauffälliges graues Kleid und einen alten Hut eingetauscht. Es war ein Versuch, sich an den eigenen Haaren aus dem Trauersumpf zu ziehen. Maximilian war seit dreieinhalb Monaten tot.

Sie war mit einer alten Brille in ihrer ungefähren Stärke unterwegs, die sie auf dem Schwarzmarkt getauscht hatte. Das Modell stammte aus Vorkriegszeiten, als die Gestelle für Männer und Frauen noch identisch gewesen waren. Ihre grüne moderne Brille war nach der Beerdigung nie wieder aufgetaucht.

Es war ihr gelungen, die Sektorengrenze zu überqueren, obwohl sie beinahe umgekehrt wäre. Sie hatte jenen geheimen Weg genommen, über den Margitta Klauber regelmäßig Kartoffeln und anderes Gemüse schleuste, damit die ärmsten Patienten ihres Mannes nicht verhungerten. Auf diesem gewissen Feldweg an der Grenze zwischen Reinickendorf und Pankow fanden keine Kontrollen statt. Die Blockade hielt unverändert an.

Marlene fiel der lange Weg schwer, aber öffentliche Verkehrsmittel waren zu riskant, vor allem auf den letzten Stationen vor und in Weißensee. Es war gut möglich, dass sie erkannt und verraten wurde. Sie kaute ein Stück Trockenobst aus dem letzten Nahrungspaket, das vor drei Tagen im Bauch einer *Skymaster*, eines viermotorigen Transportflugzeugs mit großem Laderaum, auf dem Flughafen Tempelhof gelandet war. Regelmäßig war von abgestürzten Versorgungsflugzeugen zu lesen, und es war nur eine Frage der Zeit, bis sich durch den Vitamin-C-Mangel in den westlichen Sektoren Fälle von Skorbut und damit Blutungen und Zahnausfall häufen würden.

Zur Sicherheit trug sie die restlichen Zigaretten aus dem Päckchen von Frau Klauber bei sich. Die »Ami«, wie die amerikanische Zigarette auch genannt wurde, war heiß begehrt und hatte die Funktion einer Währung übernommen. Und sie half bei Bestechungen.

Auf dem Weg von Pankow nach Weißensee brach die Abenddämmerung herein. Marlenes Beine brannten von dem anstrengenden Fußmarsch. Eine warme, feste Umarmung ihrer Schwester würde sie die Schmerzen hoffentlich bald vergessen lassen. Aber bis zur Berliner Allee brauchte sie noch eine halbe Stunde. So lange musste sie durchhalten. Sie zog sich den alten Hut bis an den Brillenrand ins Gesicht, um auf den letzten Metern nicht erkannt zu werden.

In der Lehderstraße verlangsamte sie ihren Schritt. Bis zu seinem Tod hatte Willy Pinke, der einstige Pförtner der Kinderklinik, hier gewohnt. Nur zwei Wochen nach ihm war seine Frau Elwira verstorben, ebenfalls an Herzversagen. So viel hatte sich im letzten Jahrzehnt verändert. Wenigstens hatten die Pinkes den Krieg nicht miterleben müssen.

Marlene überlegte, kurz zur Kinderklinik zu gehen. Wie Lissi sich wohl machte? Sie hatten nur wenige Worte auf der Beerdigung gewechselt. Von Doktor Klauber wusste sie von den Poliofällen, die sich in Berlin häuften. Sie hoffte, die Sondermaßnahmen genügten, eine Epidemie zu verhindern. Doktor Klauber war der Überzeugung, dass Polio auf ein noch vom Krieg geschwächtes, unvorbereitetes Berliner Gesundheitssystem treffen würde und eine Katastrophe bevorstände. In Ost wie in West.

Ihre Füße trugen sie zur Kniprodeallee, von wo aus die Kinderklinik zu sehen war. Sie selbst würde kommende Woche eine Halbtagsstelle am Städtischen Kinderkrankenhaus in Charlottenburg antreten. Ihre finanziellen Mittel waren fast aufgebraucht, das Konto bei der Bank in Weißensee durch die Besatzer eingefroren. Katharina hatte kaum etwas zum Anziehen, und Franz war im Studium ebenfalls auf ihre finanzielle Unterstützung angewiesen.

Ein gutes Stück vor der Kinderklinik blieb Marlene stehen. Von Emma wusste sie, dass der neue Direktor Igor Nowikow Sowjet war und Stalin verehrte.

Ihr Blick sprang zum Tor und zum Hauptgebäude ihrer früheren Wirkungsstätte, und sie lächelte schmal. In Gedanken sah sie an ihrer statt Lissi mit ihrem mädchenhaft wippenden Pferdeschwanz über die Korridore der Klinik gehen. So, wie ihre Nichte es auf der Beerdigung angedeutet hatte, kam sie gut mit ihrer Ersatzmentorin zurecht. Vor sieben Jahren, als die Stelle der Oberärztin neu ausgeschrieben worden war und sie beide, Franka Feigenspann und sie, Marlene, in die engere Wahl für den Posten gekommen waren, hatte sie eine weniger angenehme Seite der HNO-Ärztin kennengelernt.

»Entschuldigung«, drang die Stimme eines Mannes an ihre Ohren. Er fasste Marlene von hinten auf die Schulter. Seine Finger waren schwer wie Blei.

Marlenes Herz begann zu rasen, aber mit möglichst gleichmütiger Miene wandte sie sich um. Höflich schob sie die fremde Hand von ihrer knochigen Schulter.

»Wen beobachten Sie denn da?«, fragte der Mann. Er trug einen langen, dunklen Mantel mit einer funkelnden Knopfreihe von der Brust bis zu den Leisten. An seinem Gürtel steckten ein Holzknüppel, eine Taschenlampe und Handschellen. Die Armbinde mit der Aufschrift POLIZEI wies ihn eindeutig aus.

»Niemanden«, antwortete Marlene. Er durfte sie nicht mit der Kinderklinik in Verbindung bringen. So viele geflohene Oberärzte gab es im sowjetischen Sektor nicht, dass ihr Fall nicht weithin bekannt gewesen wäre. »Ich habe lediglich den Anblick der Kastanienbäume dort drüben genossen. Die Blätter sind so wunderschön herbstlich verfärbt.« Sie richtete die alte Drahtbrille vom Flohmarkt, die unangenehm auf ihrer Nase drückte, und zeigte zur anderen Straßenseite.

»Sie betrachten also Kastanien im Dunkeln?«, fragte der Polizist. Seine Lippen waren aufgesprungen und rau.

»Ich stehe schon eine Weile hier«, log sie. »Das Abendrot ist gerade erst vorüber. Es wirkt nach, wissen Sie.«

Ohne den Blick von ihr zu nehmen, griff der Polizist nach der Taschenlampe an seinem Gürtel und leuchtete ihr grell ins Gesicht. »Kenne ich Sie?« Er zog ihr den alten Hut respektlos vom Kopf, als wäre sie bereits seine Gefangene.

»Ich denke nicht«, sagte sie geblendet und nahm ihre Brille ab. Sie hatte Mühe, ruhig zu bleiben, so abwertend, wie er sich ihr gegenüber verhielt, und so viel, wie auf dem Spiel stand. Würde sie jetzt festgenommen werden, wäre Katharina auf sich gestellt. Wie sollte ihre Tochter ohne sie zurechtkommen, allein in Westberlin? Anders als bei Franz verspürte sie bei Katharina noch den unbedingten Willen, sie durch das Alltagsleben zu begleiten. Ihr Mädchen war doch erst sechzehn und hatte noch dazu unlängst den Vater, ihre allererste, viel geliebte Bezugsperson, verloren.

Der Mann holte mehrere Papierseiten aus der Innentasche seines Mantels. Es schien sich um eine Fahndungsliste zu handeln. Mit seiner Taschenlampe beleuchtete er die Fotografien, die darauf abgebildet waren, und schaute immer wieder zu ihr.

Marlene setzte sich ihren Hut wieder auf und überlegte, ob sie weglaufen sollte. Möglichst unauffällig schaute sie sich nach einem vorteilhaften Fluchtweg um. Aber in ihrem schwachen Zustand hätte der drahtige Polizist sie bald eingeholt. Und ohne Maximilian wollte sie keine Flucht mehr wagen.

Die Augen des Polizisten wanderten über die Seiten der Fahndungsliste. Er sprach die Namen von Gesuchten vor sich hin und blieb schließlich bei *Marlene von Weilert* hängen. Er schaute auf und wieder zurück zum Foto. Dann wieder zu ihr.

Marlene schlug das Herz bis zum Hals. Sie konnte schon die Handschellen zuschnappen hören. Aufgeregt griff sie in die Tasche ihres Mantels, wo sie die Zigaretten verwahrte. Bevor sie ihn mit den »Amis« bestechen konnte, schüttelte der Polizist jedoch den Kopf.

»Ist ein Irrtum. Die Frau, die ich suche, ist nicht so ein Gerippe wie Sie. Machen Sie, dass Sie nach Hause kommen, und essen Sie wenigstens ein paar Kartoffeln.« Der Mann steckte die Fahndungsliste zurück in seinen Mantel und stiefelte in Richtung Hohenschönhauser Straße davon.

Marlene atmete erleichtert aus. Zum ersten Mal seit Maximilians Tod hatte sie Glück gehabt. Sie ging schnell, jedoch nicht wie eine Flüchtende, zum Mietshaus, in dem Emma und Kurt wohnten.

Noch aufgeregt von der Begegnung mit dem Polizisten drückte sie gleich mehrmals den Klingelknopf neben dem Namen *Vogel*, aber niemand öffnete. Seltsam. Emma müsste längst zu Hause sein. Es war fast acht Uhr.

Marlene schaute sich nervös um, doch ihre Schwester war nicht zu sehen. Sie klingelte erneut, diesmal stürmischer. Vielleicht war Emma nach einem anstrengenden Dienst auf der Couch eingeschlafen? Und Kurt mit ihr?

Plötzlich bog Emma um die Ecke. »Lene, bist du es wirklich?« Sie trug unter ihrem knielangen Mantel das dunkelblaue knöchellange Kleid und die weiße Schürze.

»Da bist du ja!« Marlene lächelte hoffnungsvoll. »Ich habe dich schrecklich vermisst.« Zu gerne hätte sie ihre Schwester gleich hier und jetzt umarmt, aber oben in der Wohnung war es sicherer.

»Schön, dich zu sehen.« Emma strich Marlene liebevoll über die Wange und betrachtete sie so aufmerksam wie eine Ärztin ihre Patientin. Dann lächelte sie ebenfalls. »Aber komm erst einmal rein, Lene.« Sie schloss die Tür auf und ging voran.

Während sie die Treppen zur Wohnung hinaufstiegen, erklärte Emma ihre späte Heimkunft. Sie hatte noch geholfen, mehreren Patienten mit Parasitenbefall die Haare mit Sabadillessig zu waschen und Läusekappen aufzusetzen.

Außerdem hatte eine neue Schwester ihre Hilfe beim Umgang mit den elektrischen Säuglingswärmern auf der Neugeborenenstation benötigt. Sie erwähnte auch, dass Kurt heute länger arbeiten wollte und noch in der Redaktion war.

In der Wohnung angekommen, konnte Marlene den Blick nicht von ihrer Schwester nehmen. Endlich waren sie wieder zusammen. Wenigstens für ein paar Stunden. Emma sah erschöpft aus.

Sie umarmten sich innig.

»Ich mach uns Tee«, sagte Emma und ging voran in die Küche. »Hast du Hunger?«

»Nein danke.« Marlene folgte ihr und nahm am Küchentisch Platz. Sie bereute es, seit der Beerdigung jeden Besuch ihrer Schwester ausgeschlagen zu haben. Ihre Gegenwart tat unendlich gut.

Marlene ließ sich berichten, was sich in den letzten Wochen in der Kinderklinik zugetragen hatte, wie es Lissi ging, und erfuhr von Franz' Einsatz als Leiter der Musikgruppe. Ein Jahr lang würde er kranken Kindern beibringen, Instrumente zu spielen. Davon hatte er ihr gar nicht geschrieben.

Emma sprach voller Enthusiasmus, und ihre Laune schlug erst um, als sie auf die problembehaftete Instandsetzung der Klinik zu sprechen kam. Mehrmals waren die Handwerker nun schon da gewesen, um ihre Arbeit aufzunehmen, aber ein Großteil des benötigten Materials fehlte immer noch. Privatspenden waren kaum mehr als ein Tropfen auf den heißen Stein. Wenigstens lagen alle Poliokinder in richtigen Betten und nicht mehr auf Decken auf dem Boden.

Marlene erzählte nun ihrerseits, wie es ihr ergangen

war, und wollte über Katharina und ihr neues Gymnasium berichten, als ihr bewusst wurde, wie wenig Katharina trotz mehrmaligen Nachfragens bereit gewesen war, ihr zu erzählen. Das war ihr nun unangenehm.

»Das ist eine schwierige Phase für sie und für dich«, sagte Emma. »Verlier deine Tochter dennoch nie aus den Augen, wie ich Theodor damals, als er sich für die Hitlerjugend begeistert hat. In dem Alter tun die Kinder sehr erwachsen, sind es aber noch lange nicht.«

»Wenn ich doch nur wieder einen Zugang zu ihr finden würde«, seufzte Marlene.

»Sag ihr, wie wichtig sie dir ist und dass du gerne wieder mehr an ihrem Leben teilhaben möchtest.«

Marlene wurde nachdenklich. Sie war überzeugt, dass ihre Tochter diese Worte gar nicht hören wollte. »Wenn Katharina nur etwas offener wäre, so wie Lissi.« Sie seufzte erneut. Wie sehr sie die vertrauten Gespräche mit Emma vermisst hatte.

»Lissi war auch nicht immer einfach«, entgegnete Emma.

»Bitte umarme sie fest von mir«, bat Marlene und lächelte mild, als das Bild ihrer Nichte als fleißige Ärztin in ihrer Vorstellung auftauchte. In Lissis Medizinalpraktikum hatte sie ihr abends nach Dienstschluss mit Rat und Tat zur Seite gestanden. Manchmal telefonisch und an anderen Tagen auch im großen Salon in der Villa, gebeugt über Lissis Mitschriften.

Bis weit nach Mitternacht schwelgten Marlene und Emma in alten Zeiten. Am liebsten wäre Marlene noch länger dageblieben, aber sie brauchte die Dunkelheit, um unerkannt nach Charlottenburg zurückzugelangen. Eine Sache hatte sie allerdings noch nicht angesprochen, dabei lag sie ihr drückend auf dem Herzen.

»Ich mache mir Sorgen um dich«, begann sie vorsichtig.

Emma setzte ihre Teetasse ab. »Um mich?«

Marlene nickte. »Und um Kurt.«

»Uns geht es gut«, sagte Emma.

Marlene ergriff ihre Hand. »Kommt beide mit nach Charlottenburg!« Nach dem Ende der Blockade würde es den Vogels dort besser gehen als hier unter der Herrschaft der Sowjets. Unter den westlichen Alliierten gab es keine Enteignungen und ein Rechtssystem, das seinem Namen Ehre machen konnte. Niemand wurde grundlos angeklagt oder vertrieben. Sie hatte im Radio gehört, dass sich abzeichnete, dass die Sowjets aus ihrem Sektor eine Ein-Parteien-Zone machen und Säuberungen in den anderen, neben der SED existierenden Parteien durchführen würden. Ihr Blick blieb an dem Abzeichen an Emmas Kleiderkragen hängen, das vor einer wehenden roten Fahne drei Köpfe und den Parteinamen zeigte.

»Was sollen wir in Charlottenburg?«, fragte Emma. »Unser Zuhause ist hier in Weißensee. Meine Arbeit an der Kinderklinik –«

»In Charlottenburg seid ihr sicher vor den sowjetischen Besatzern!«, entgegnete Marlene heftiger.

Emma stand vom Küchentisch auf und trat vor den Brotkasten. »Unter den sowjetischen Besatzern ist Gesundheit Staatsaufgabe und nicht wie im Westen jedem Einzelnen überlassen«, erklärte sie, mit dem Messer am Brot. »Zudem geht es hier mehr um das soziale Miteinander, nicht um den Profit.«

Marlene schnaubte verächtlich. Von wegen soziales Miteinander! Menschen unrechtmäßig zu enteignen und deren Namen durch den Schmutz zu ziehen zeugte nicht gerade von sozialem Miteinander!

»Es sorgt für mehr Gerechtigkeit«, erklärte Emma, »wenn ein großes Stück Land an viele Kleinbauern verteilt wird – so wie es die sowjetischen Besatzer angeordnet haben.«

Marlene ließ ungläubig ihre dampfende Tasse sinken und stellte sie ungeschickt auf dem Tisch ab. Heißer Tee spritzte ihr auf die Hände und brannte, aber sie bemerkte es kaum, weil sie sich so empörte. »Du findest es richtig, dass wir enteignet wurden?«

Emma legte Brotscheiben auf einen Teller, dazu Butter und Käse, und stellte alles vor Marlene ab. Dann setzte sie sich wieder zu ihrer Schwester und sprach weiter: »Mir gefällt die Idee nicht, dass viel Besitz wenigen gehört. Besser für eine gerechte Gesellschaft ist es doch, wenn der Besitz auf viele aufgeteilt wird. Und: Von der Umverteilung haben wesentlich mehr Menschen profitiert als –«

Marlene ließ ihre Schwester nicht ausreden. »Wie kannst du sagen, dass dieses ungerechte System gut für die Gesellschaft ist?« Sie wollte nicht glauben, dass Emma jene Politik befürwortete, die für Maximilians Tod verantwortlich war.

»Natürlich sollte alles rechtlich korrekt zugehen. Warum hältst du auch mit den Bankunterlagen wichtige Beweise zurück? Das würde die Aufklärung beschleunigen.« Emma griff nach Marlenes Hand, aber die entzog sich der Berührung.

»Zweifelst du nicht ein wenig an einem System, das seinerseits keine Beweise vorlegen kann und mich sogar nach mehr als einem Jahr noch auf der Fahndungsliste hat?«, fragte Marlene entgeistert.

»Das System steht erst am Anfang, und viele Dinge müssen sich noch finden«, verteidigte Emma sich, »so schnell geht das nicht!«

Niemals würde Marlene diese Ansicht akzeptieren. Wodurch war Emma so blind geworden? Was war aus ihrer Schwester geworden, die sich stets für Benachteiligte, für unfair Behandelte eingesetzt hatte? Marlene fühlte sich plötzlich unwohl. Da war er wieder, der Schraubstock, der sich enger um ihr Herz spannte.

Sie stand vom Küchentisch auf. »Ich gehe jetzt besser.« Ihr liefen Tränen die Wangen hinab, als sie ohne ein weiteres Wort aus der Wohnung ging.

Emma kam ihr im Flur des Mietshauses nach. »Lene, bitte bleib doch!«

Marlene schüttelte den Kopf. Emma war anscheinend nicht zu retten. Die Sowjets hatten ihr das Gehirn gewaschen und sie zu einer blinden, willigen Unterstützerin gemacht. Wie sie dieses System nun doppelt verachtete! Erst nahm es ihr ihren Ehemann und nun auch noch ihre geliebte Schwester.

***

12

26. November 1948

Emma saß an ihrem Schreibtisch und schaute zum Dachfenster hinüber. Nun regnete es schon seit sieben Tagen! So etwas hatte es, solange sie in Weißensee lebte, noch nicht gegeben. Es hieß, dass die Regenschirme in Berlin langsam knapp wurden. Vor drei Tagen hatte sie mit Stationsschwester Grete angefangen, die maroden Dachrinnen samt Fallrohren mit dicken Ästen zu stützen, die beim Herbstschnitt der Bäume im Klinikpark angefallen waren. Seitdem machte sie zweimal täglich ihre Runde um die Gebäude, um die in den Boden gerammten Astgabeln zu kontrollieren. Der Regen musste unbedingt vom Mauerwerk weggelenkt werden. Wenigstens heute hätten die Wettermacher ein Einsehen haben können. Kurt und sie wollten am Abend fein essen gehen.

Den Regenschirm fest im Griff, brach Emma zu ihrem Kontrollgang auf. Außerdem wollte sie bei den Beeten nachschauen, ob das Wintergemüse nicht fortgeschwemmt wurde. Wenigstens das Gießen konnte sie sich sparen.

Emma ging zuerst um das Haupthaus herum, wo alle Aststützen intakt waren. Beim vorderen Isolierhaus besserte sie gleich zwei Stützen an der Dachrinne aus. Die Astgabeln verschwammen ihr vor den Augen. Im strömenden Regen war es, als würde man eine Brille mit blindem Glas tragen.

Emma schaute zum leer stehenden Kuhstall hinüber, der sie immer noch an ihre Anfangsjahre in Weißensee erinnerte. So vieles hatte sich seitdem verändert. Veränderungen waren nicht immer schlecht. Nein, keineswegs. Was jedoch Marlene betraf ... Emma hatte inbrünstig gehofft, dass ihre Schwester sich nach dem Streit melden und um ein klärendes, versöhnendes Gespräch bitten würde. Doch das war nicht passiert. Ihr Überraschungsbesuch lag inzwischen mehr als zwei Wochen zurück. Ja, Marlene litt schrecklich unter dem Verlust ihres geliebten Ehemanns, aber sie war so verbissen geworden und ihr Ton so harsch, dass es schwer auszuhalten war. Obendrein versuchte sie mit missionarischem Eifer, anderen ihre politischen Überzeugungen überzustülpen. Emma hatte es wieder und wieder durchdacht: Dieses Mal würde sie nicht diejenige sein, die den ersten Schritt zu einer Versöhnung tat. Marlene wollte ihr den Traum von einer besseren Gesellschaft nehmen, dabei wusste ihre Schwester doch, wie groß ihre Hoffnung auf eine bessere Zukunft war, nach allem, was Kurt und sie durchgemacht hatten. Gewiss war in der sowjetischen Besatzungszone nicht alles perfekt, das war Emma klar, aber was war schon perfekt? Kurt sah Marlenes Vertreibung ebenfalls kritisch. Und auch Emma konnte gerade nicht mehr sagen, ob sie der Polizei im sowjetischen Sektor noch trauen wollte.

»Genossin Vogel!«, vernahm Emma die Stimme des Ärztlichen Direktors.

Sie wandte sich um. Professor Nowikow hielt in der einen Hand einen Regenschirm und in der anderen einen

Aktenstapel. »Ich bin in dringender Angelegenheit auf dem Weg zu Genosse Fiedler, aber wo ich Sie allein antreffe ...«

»Wie kann ich Ihnen helfen?« Emma zog eine frische Mullbinde aus der Tasche ihres Oberschwesternkleides, legte ihren Schirm beiseite und befestigte die Astgabel an einem Fallrohr beim Vordereingang des Isolierhauses doppelt damit. Wenigstens Mullbinden hatten sie im Überfluss, was man von Seilen nicht behaupten konnte.

Der Professor beobachtete ihr Tun etwas überrascht, ja beeindruckt, als hätte er ihr solch erfinderisches Geschick gar nicht zugetraut. »Es geht um den Artikel Ihres Mannes in der Zeitung«, sagte er.

»Ein interessantes Thema, das er besprochen hat.« Emma konnte sich ein stolzes Lächeln nicht verkneifen, während sie einen Seemannsknoten mit der Mullbinde um die Astgabel machte. Den hatte der Gärtner ihr beim Aufstellen der Stützen gezeigt.

»*Interessant* würde ich den Artikel nicht nennen«, sagte der Professor. Er schüttelte sich, vermutlich fror er.

Emma schaute auf. »Kurts Kommentar darüber, dass die neue Währung die Bevölkerung Berlins spaltet, ist nicht nur interessant, sondern auch schlüssig und überzeugend.« Sie zog den Knoten mit aller Kraft fest.

»Der Artikel stiftet Unruhe«, sagte Nowikow in jenem Ton, in dem er auch unwiderrufliche Diagnosen verkündete. »Und Unruhe können wir nach sechs Jahren Krieg nicht gebrauchen. Er sollte etwas schreiben, das für Eintracht sorgt.«

»Der Artikel stiftet keine Unruhe, sondern klärt auf«, entgegnete Emma, ließ von dem Knoten ab und prüfte den Sitz der nächsten Astgabel zwei Schritte weiter. Regen rann ihr übers Gesicht, und ihr Haar war nass, aber das war ihr egal.

Es verging ein stummer Moment, in dem der Professor sie sehr genau und mit sich weitenden Augen beobachtete, bevor er weitersprach: »Zu viel Kritik kann schädlich sein, Genossin Vogel.« Für diese Worte war er näher an sie herangekommen.

War die konstruktive Auseinandersetzung mit wichtigen Themen nicht der Kernpunkt von gutem Journalismus? Alle Vor- und Nachteile gegenüberstellen und beleuchten? »Kritik ist nicht immer bequem«, erwiderte sie, ließ von der Astgabel ab und schaute Nowikow eindringlich an.

Der Blick des Professors verfinsterte sich. »Genossin Vogel. Wir müssen dieses Gespräch vertagen«, sagte er, als Doktor Fiedler in der Tür des Isolierhauses erschien. »Denken Sie bis dahin über meine Worte nach.« Er schüttelte den Regen von seinem Schirm und betrat das Isolierhaus.

Emma streckte sich wieder zur Astgabel und rückte sie zurecht, damit sie wirklich Stabilität gab. Dann griff sie ihren Schirm und ging zu den Beeten am Kopfende des Klinikparks. Was für ein seltsames Gespräch das eben gewesen war!

Wenigstens mit dem Gemüse lief alles wie geplant. Den Kohl würden sie in den nächsten Wochen ernten können. Die Blätter von Rotkohl, Spitzkohl und Grünkohl sahen hübsch aus mit dem perlenden Regen daran. Der Grünkohl war bei den Stationskindern wenig beliebt, aber wenn Doris ihn zur Suppe einkochte und für leer gegessene Suppenteller ein Bonbon versprach, kam der Kohl gut weg.

Als Emma den Blick hob, fiel ihr auf, dass sie vergessen hatte, die Dachrinnen des Schuppens zu überprüfen.

Das Häuschen mit den Gerätschaften des Gärtners war zwar klein und aus Holz, aber sie wollte jede böse Überraschung vermeiden. Nicht, dass der schwere Regen es zum Einsturz brachte.

Sie stapfte durch den Matsch zum Schuppen, in Gedanken noch immer beim Gespräch mit Professor Nowikow. Sie begriff nicht, wie er glauben konnte, dass es für ein Land besser wäre, wenn seine Bürger über Missstände schwiegen.

Wenige Schritte vor dem Schuppen hielt sie inne, weil sie ein seltsames Geräusch hörte. Es klang wie ein Stöhnen. Hatte jemand Schmerzen? Emma wollte gerade die Tür öffnen und fragen, wer da Hilfe benötigte, als das Stöhnen lauter wurde. Einen Zentimeter vor der Türklinke stoppte sie. Da drinnen litt niemand, im Gegenteil! Zwei Menschen nutzten die Einsamkeit im Regen für ein Schäferstündchen. Am Fenster drinnen stand ein Laubrechen, an dem ein weißer Kittel hing. Mehr sah sie nicht, weil die Scheiben beschlagen waren und sie auch nicht näher herantreten wollte.

Sie ließ ihren Schirm sinken und horchte genauer hin, obwohl sich das nicht ziemte. Gehörte die Stimme des Mannes etwa Doktor Olivera? Es klang ganz danach. Dazu passte der weiße Kittel auf dem Laubrechen.

Sofort erschien Lissis Gesicht in ihrer Erinnerung und wie sie erst vor wenigen Tagen mit leuchtenden Augen von dem Kuss mit dem Doktor im Ärztebüro erzählt hatte. Der Chirurg küsste ihre Tochter und vergnügte sich kurz darauf mit einer anderen? Die Frauenstimme gehörte sicher nicht Lissi, so viel konnte Emma sagen. War er mit jener Frau hier, für die er auch die Rosen gekauft hatte? Emma war geschockt!

Dann stimmten die Gerüchte über den Kinderchirurgen doch, und ihre Tochter hatte sich in einen Casanova verliebt. Das erinnerte sie an ihre erste und unglückliche Liebe. Emma schaute zum Kuhstall zurück. Tomasz, Theodors Vater, war hier im Stall als Melker angestellt gewesen. Tomasz' unkomplizierter Humor, seine positive Art und ihre netten Treffen im *Milchhäuschen* hatten sie für ihn eingenommen. Am Ende hatte sie ihn jedoch mit einer anderen Frau im Bett erwischt. Sie hatte ihr gebrochenes Herz und das Misstrauen allen Männern gegenüber längst überwunden, aber sie durfte Lissi nicht ins offene Messer laufen lassen. Besser, sie warnte ihre Tochter vor Doktor Olivera, der mit diesem Zwischenfall hier seine Sympathie bei ihr verspielt hatte.

»Tante Emma?« Franz kam klitschnass auf sie zugelaufen. Auf dem Rücken trug er eine Gitarre in einer Hülle.

Die Kindermusikgruppe hätte sie beinahe vergessen! Jeden Freitag übte die Gruppe, und beim letzten Mal hatte sie den Kindern für die nächste Probe ein eigenes Zimmer versprochen. Die ersten beiden Übungsstunden hatten wegen Platzmangel in der Krankensaaletage auf dem Korridor vor der Wand mit den bunten Herzen stattgefunden. Dabei hatte der Professor Franz stets kritisch beäugt. Vielleicht lag es daran, dass er der Sohn jener geflüchteten Frau war, der vorgeworfen wurde, die Nationalsozialisten unterstützt zu haben.

Emma trat ihrem Neffen entgegen, nur weg vom Geräteschuppen. »Schön, dass du da bist, Franz.« Sie nahm ihn mit in ihr Dienstzimmer und besorgte ihm ein Handtuch. Am liebsten hätte sie ihm das Haar trocken gerubbelt, wie sie es früher häufig getan hatte, wenn sie mit Lissi und Marlenes Kindern in der Badeanstalt am Weißen See gewesen war. Wie schön es wäre, wenn er wieder fröhlicher sein könnte! Franz beachtete das Handtuch nicht.

»Ich habe noch ein paar gebrauchte Klanghölzer, einen Schellenring und sogar eine Kalimba auftreiben können.« Emma griff nach dem Koffer unter ihrem Schreibtisch. »Die Kinder werden sich freuen.«

Franz nickte knapp. Wie immer wirkte er in sich zurückgezogen.

»Ich habe das ehemalige Oberinzimmer vorbereitet. Komm!«

Als sie vor dem Raum am Ende des Korridors ankamen, war der hell erleuchtet. Fast ein Dutzend Kinder im Alter zwischen vier und zwölf Jahren saß gespannt auf den Stühlen und schaute sie mit großen Augen an. Zwei Schwestern halfen den Kleinsten beim Sitzen und wärmten sie mit Decken. Der siebenjährige Johannes war sogar in seinem Bett heraufgebracht worden.

Obwohl Emma noch einen Stapel Arbeit auf ihrem Schreibtisch liegen hatte, entschied sie sich spontan, bei der Probe zu bleiben. Sie wollte sehen, wie stolz die vierjährige Marlies mit dem Gipsarm die Klanghölzer schlug. Bei der Visite hatte das Mädchen begeistert davon erzählt. Bei den letzten Proben hatte Franz mit sieben und einmal mit neun Kindern musiziert, heute waren es noch mehr.

Emma half, Klanghölzer, den Schellenring, das Xylofon und das Glockenspiel, das besonders beliebt bei den Kindern war, auszuteilen. Franz wusste noch, mit welchem Patienten er zuletzt an welchem Instrument geübt hatte. Er war geduldig im Umgang mit den Kleinen, obwohl die Musik krumm und schief klang.

Der übergewichtige Udo, Metzgersohn, bei dem Doris' Rezepte für die Entfettungsdiät wenig Anklang fanden, saß vor der Trommel und schlug begeistert darauf ein, obwohl Franz die Probe noch nicht eröffnet hatte. Die Trommel war perfekt für Kinder, die sich feinmotorisch schwertaten. Udos Leidenschaft waren schon immer Bauchspeck, Schweinebraten und Rippchen aus der Metzgerei seines Vaters gewesen. Als jüngst Diabetes bei ihm festgestellt worden war, kam er in die Kinderklinik.

Franz begann die Übungsstunde mit Fingerlockerungsübungen und dem Ausschütteln des Mundes, was die Kinder liebten. Sie summten und brummten ungeniert. Peter fiel dabei sein Bonbon aus dem Mund.

»Hat jeder sein Instrument?«, fragte Franz nach den Lockerungsübungen.

Die Kinder nickten, auch Annemarie, obwohl ihre Hände noch leer waren. Das Mädchen war sechs Jahre, hatte aber noch nie gesprochen, seit sie mit einem aufgeblähten Bauch und Appetitlosigkeit eingeliefert worden war. Sie war das erste Mal bei der Probe.

Annemarie presste sich ängstlich in ihren Stuhl, als Franz sich vor sie kniete und ihr die Kalimba hinhielt. Die Kalimba bestand aus einem buchgroßen Brett mit einem Hohlkörper, auf dem Metalllamellen befestigt waren.

Franz zeigte Annemarie, wie man das Instrument mit beiden Händen hielt und die Metalllamellen mit dem Daumen zupfte, die dadurch in Schwingung versetzt wurden. Seine kleine Beispielmelodie von *Ein Männlein steht im Walde* erzeugte einhelliges Staunen. Die Kalimba klang zauberhaft, wie die Schritte einer Fee.

»Ich will sie spielen!«, rief Günther, der an schlimmer Neurodermitis litt, mit feuchten Verkrustungen am ganzen

Körper und im Gesicht, weswegen er auch die Wangen verbunden hatte. Im Tausch für das Zupfinstrument hielt er Annemarie seinen Schellenring hin, aber Franz schüttelte den Kopf. »Du spielst den Schellenring so einzigartig, das möchten wir nicht missen.«

»Wirklich?«, fragte Günther mit leuchtenden Augen. Viele Stunden am Tag kämpfte er gegen das Jucken seiner Haut. Während der letzten Probe hatte er sich nicht ein einziges Mal gekratzt, weil es ihm wichtiger gewesen war, den Schellenring zu schlagen.

Behutsam nahm Franz Annemaries Hände und legte sie um das Instrument. »Kannst du das Holz und das Metall fühlen?«, fragte er das Mädchen leise.

Annemarie betastete die Kalimba kaum merklich.

»Wenn du ›ja‹ sagen willst, zupfe an der ganz rechten Lamelle, die den höchsten Ton erzeugt. Für ›nein‹ zupfst du die ganz linke Lamelle«, sagte Franz dem Mädchen und zeigte darauf.

Annemarie schaute ihn mit großen Augen an, als spräche er in einer fremden Sprache zu ihr. Aber wenigstens lief sie nicht aus dem Raum. Das freute Emma. Das schüchterne Mädchen verkroch sich bei der Visite stets tief unter seiner Bettdecke. Es war schon ein Erfolg, dass Annemarie sich mit Schwester Ingrid überhaupt ins Dachgeschoss getraut hatte.

Franz trat nun wieder vor alle Kinder, die schon ungeduldig wurden, und begann langsam, *Der Kuckuck und der Esel* mit seiner Gitarre zu spielen und vorzusingen. Eva stimmte auf ihrer Blockflöte mit ein. Die meisten Kinder kannten das Lied und sangen bald mit. Allmählich versuchten sie, den Gesang mit ihren Instrumenten zu begleiten. Udo trommelte unabhängig davon sein eigenes Lied. Und

Johannes, der in seinem Bett halb saß, halb lag, durfte das Glockenspiel bedienen.

Am Ende hatten sie drei Lieder gesungen und musiziert. Marlies mit dem Gipsarm traute sich sogar, vor der versammelten Runde ein Solo auf ihren Klanghölzern zu spielen.

Emma war tief berührt davon, wie das Mädchen »Tripp, trapp« sang und dabei ihre Hölzer wie Pferdegetrappel klingen ließ. Erst als Marlies fertig war, fiel Emma auf, dass der Professor in der Tür stand. Sie konnte nicht sagen, wie lange er schon zugeschaut hatte. Sein strenger Blick lag lange auf Franz, und er sah nicht glücklich aus, die Arme abwehrend vor der Brust verschränkt.

Bevor die Musikprobe zu Ende ging, durfte jedes Kind so laut und kräftig zwei Instrumententöne oder Schläge spielen, wie es wollte. Franz nannte dies den *Schlusstusch*. Wie schon bei den ersten beiden Proben ließ dieser die rissigen Wände der Klinik erbeben. Die meisten Kinder lachten laut dabei. Wann sonst durfte man mal so richtig Krawall machen, ohne Regeln und Grenzen? Der Ärztliche Direktor war zu diesem Zeitpunkt schon wieder verschwunden.

Beim Tusch, das übersah Emma nicht, hielt sich lediglich Annemarie zurück. Sie hatte keinen einzigen Ton gespielt, und dies, obwohl die Kalimba wunderschön klang, egal, wie gut man sie beherrschte.

»Annemarie«, fragte Emma, während die ersten Kinder ihr Instrument in den Koffer zurücklegten, »möchtest du bei der nächsten Probe lieber die Klanghölzer probieren?« Sie wollte, wie sie es so oft als Ermunterung tat, dem Mädchen liebevoll über den Kopf streichen, aber es schien dies nicht zu mögen. Es zuckte bereits zurück, als Emma die Hand hob.

Franz war hinzugetreten. »Ich glaube nicht, dass Annemarie die Kalimba abgeben möchte, stimmt's?«

Das Mädchen schaute erst Emma und dann Franz ängstlich an. Dann presste es sich die Kalimba an die Brust und lief zu Schwester Ingrid, die schon in der Tür wartete, um sie zurück auf Station zu bringen. Eigentlich durften die Kinder die Instrumente nicht mit in die Krankenzimmer nehmen, damit es dort ruhig blieb, aber Emma wagte es nicht, Annemarie die Kalimba wegzunehmen.

Obwohl die Probe beendet war, trommelte Udo munter weiter.

Franz schaute auf seine Uhr. »Ich muss jetzt los.«

»Ist schon gut«, sagte Emma, »ich kann noch etwas bei Udo bleiben.« Schade, dass ihr Neffe es jetzt eilig hatte. Bei der Feinfühligkeit, mit der er die Kinder behandelte, hätte sie ihm gerne noch länger zugeschaut.

Franz packte seine Gitarre ein, schulterte sie und verließ den Raum. Emma vermutete, dass er sich wieder zum Anhalter Bahnhof aufmachte. Aus Marlenes früheren Briefen, als sie selbst noch mit Kurt in der Schweiz gelebt hatte, wusste sie, dass seit Kriegsende jeden letzten Freitag im Monat gegen fünfzehn Uhr die Züge mit Heimkehrern im Anhalter Bahnhof ankamen. Bei den ersten Zügen hatten Marlene und Maximilian noch gemeinsam mit Franz am Gleis gestanden und gehofft, dass ein junger Mann mit der Nummer sechstausendeinhundertzweiundachtzig auf seiner Erkennungsmarke unter den Einreisenden war. Als sie jedoch der Brief eines Kameraden erreicht hatte, der davon berichtete, dass er Albert tödlich verletzt auf dem Schlachtfeld habe zurücklassen müssen, hatten Marlene und Maximilian die Hoffnung auf ihren Sohn begraben.

Gedankenversunken schaute Emma auf. Sie war verwundert, dass alle Kinder der Musikgruppe – bis auf Annemarie – in der Ecke beim Instrumentenkoffer standen und an die Decke starrten. Johannes in seinem Bett zeigte auch dorthin. Emma trat näher.

»Es tropft!«, rief Marlies.

Emma musste zweimal hinschauen. Die Decke war im Eck dunkler als im Rest des Zimmers, und es tropfte tatsächlich.

Udo trat mit den Trommelstöcken neben sie. »Kann es sein, dass der Dachboden nass ist?«

»Nein!«, entgegnete Emma und hastete aufgelöst zur Klapptreppe. Sie musste wissen, warum es von der Decke des Oberinzimmers tropfte.

Es war düster im Dachboden, die wenigen Luken winzig. Gleich an mehreren Stellen sah sie Wasser herunterlaufen. Es waren Ziegel verrutscht und fehlten. »Nicht auch noch das!« Warum hatte sie das von außen nicht bemerkt, bevor der Regen eingesetzt hatte?

Sie musste sich kurz setzen. Ein Dach war eine große Sache, die zu all den offenen Reparaturen noch hinzukam. Was gäbe sie jetzt für einen Griff in Lissis Blechschachtel mit den Malzbonbons!

Von unten trommelte Udo wieder, dieses Mal aber langsamer. Für Emma klang es wie der Herzschlag eines sterbenden Krankenhauses.

Rasch kletterte sie die Klapptreppe wieder runter und begann, alle Zimmerdecken im Dachgeschoss auf Feuchtigkeit zu überprüfen. Inzwischen waren sämtliche ehemaligen Elevinnenzimmer voll belegt mit Poliokindern. Einzig das zehnte Isolierzimmer, in dem Rolf lag, ließ Emma aus, weil die Ärzte gerade bei ihm waren. Der Junge hatte zuletzt gewirkt, als wäre er auf dem Weg der Besserung. Nun schien er erneut an akuter Atemnot zu leiden. Lissi und Doktor Olivera schoben gemeinsam die Sauerstoffbombe herbei.

So schnell war er zurück bei ihr?, dachte Emma. Aber mit Doktor Olivera wollte sie jetzt keine Zeit verschwenden. Das Dach war undicht!

Die Decken der Isolierzimmer schienen trocken, aber in ihrem Zimmer und in einem Abstellraum gab es ebenfalls Feuchtigkeitsprobleme.

Kurz darauf stand Emma beim Ärztlichen Direktor im Büro. »Um Schlimmeres zu verhindern, brauchen wir ein neues Dach! Bitte setzen Sie ein Dringlichkeitsschreiben an die Gesundheitsverwaltung auf.« Seit dem Sommer hatte sie Dutzende von Schreiben mit der Bitte um Unterstützung bei der Instandhaltung verfasst. Keines hatte viel gebracht. Es war an der Zeit, die Instandsetzung zur Chefsache zu erklären.

»Das kann ich tun«, sagte der Professor. »Besser noch: Ich gehe persönlich zur Gesundheitsverwaltung und bitte um schnelle Hilfe.«

Das klang schon besser. Emma lächelte vorsichtig. Trotz dieser Aussicht war ihr die Lust auf ein romantisches Essen am Abend vergangen. Sie wandte sich zum Gehen.

»Genossin Vogel, haben Sie über unser Gespräch von vorhin noch einmal nachgedacht?«, fragte der Professor.

Emma hielt inne und drehte sich um. Sie musste kurz überlegen, was er meinte. Dann fiel ihr das Gespräch im strömenden Regen am Isolierhaus ein. Sie hatte darüber nachgedacht, noch bei den Gemüsebeeten, wenige Minuten, nachdem der Professor im Isolierhaus verschwunden war.

»Das habe ich«, bestätigte sie also erst einmal. »Aber nach wie vor bin ich der Meinung, dass Kritik im neuen System erlaubt sein muss. Die Bürger sollen mitdenken, sollen hinterfragen dürfen«, sagte sie.

»Hier in der sowjetischen Zone ist man offen für Kritik«, erklärte Nowikow, »aber mit dem richtigen Maß, Genossin! Ihrem Mann sind beim Schreiben wohl ... wie sagt man auf Deutsch?« Er überlegte kurz: »*... die Pferde durchgegangen!*«

Emma schüttelte brüskiert den Kopf. Die Pferde durchgegangen? So nannte er sachliche Kritik, die mit zahlreichen Argumenten untermauert war?

»Verstehen Sie und Ihr Mann nicht, dass wir noch am Anfang stehen mit der neuen Ordnung?«, sprach er aufgeregter. »Was Ihr Mann mit seinem Artikel macht, ist ... ist, den neuen Anfang zu erschweren, Steine in den Weg legen.«

»Wir wollen nichts erschweren«, entgegnete Emma.

»Dann sollte Ihr Mann darüber nachdenken, was er schreibt!« Nowikow erhob sich, trat um den Schreibtisch herum und kam zu Emma. »Mit dem Artikel schaden Sie sich selbst am meisten. Es wird zu Ihrem Problem werden, nicht zu dem des Systems.«

Emma verstand nicht. Drohte er ihr?

Bevor sie gehen konnte, richtete Professor Nowikow das Parteiabzeichen an ihrem Kragen. »Zu einer Pflegeleitung passt solche Nachlässigkeit nicht«, sagte er.

Emma erwiderte nichts und verließ das Büro.

*

»Du siehst wunderschön aus«, befand Kurt und zog Emma an der Hand aus der U-Bahn-Station. Es war bereits dunkel. Einige wenige Straßenlaternen erhellten den Bürgersteig und ließen Emmas grünes Kleid schimmern, das unter ihrem Mantel hervorschaute. »Meine Frau wird mit jedem Jahr noch attraktiver.«

Emma zupfte ihre Stirnrolle zurecht. Nach dem Gespräch mit Professor Nowikow hatte sie ewig gebraucht, den neuen Einsatzplan ihrer Pflegekräfte zu erstellen. Deswegen war sie später als geplant zu Hause gewesen, um sich für den Abend zurechtzumachen.

Sie nahm sich fest vor, ihre Sorgen aus der Klinik nicht mit ins Restaurant zu nehmen, sie wollte Kurt das Essen nicht verderben. Schließlich feierten sie ihre Liebe und dass sie einander noch hatten. Eine Weile lang hatte Emma das nicht für möglich gehalten. Viele Sozialdemokraten hatten unter den Nationalsozialisten ihr Leben verloren. 1938 hatten Kurt und sie sich der Widerstandsgruppe *Onkel Emil* angeschlossen. Kurt hatte zu dieser Zeit schon lange nur noch für Untergrundzeitungen und Flugblätter geschrieben. Als die Schweiz sich 1939 als politisch unabhängig erklärte und sich bereit zeigte, Militärflüchtlinge, nicht jedoch Privatflüchtlinge, aufzunehmen, reifte ihr Plan fürs Überleben. Sie konnten Deutschland jedoch nur auf getrennten Wegen verlassen.

»Heute Abend kannst du mal richtig entspannen«, sagte Kurt, während sie die Französische Straße in Mitte hinabgingen. Er hatte eigentlich ein Taxi nehmen wollen, aber wegen Benzinmangel hätten sie zu lange darauf warten müssen. »Wir haben einen Tisch in einem *freien Restaurant* bekommen. Das allein ist schon Grund zur Freude!«

Das *Lukullus* war eines der wenigen Restaurants in der sowjetischen Besatzungszone, das sich als *frei* bezeichnen durfte. Es hatte erst kürzlich eröffnet. In einem *freien Restaurant* war es nach so vielen Jahren endlich wieder möglich, ohne die Abgabe von Lebensmittelmarken zu bestellen. Sie hatten sechs Wochen vorab reservieren müssen.

Emma lächelte etwas schief. Nach dem Streit mit Marlene war das Essen im *Lukullus* ihr Lichtblick gewesen – bis zum Desaster mit dem Klinikdach. Einmal ganz abgesehen von dem Gespräch mit Professor Nowikow, das sie immer noch nicht verstand. Die Pferde seien mit Kurt durchgegangen! Einen größeren Unsinn hatte sie selten gehört. Aber Schluss jetzt damit! Kurt und sie hatten sich schon länger nicht mehr in Ruhe Zeit füreinander genommen. Während sie arbeitete, schrieb er eifrig an neuen Artikeln, weil sein jüngster über die Währungsreform für Diskussionen gesorgt hatte.

»Ich habe gehört, dass es im *Lukullus* nicht nur Fischgerichte, sondern auch Wild und Geflügel gibt«, sagte Kurt vorfreudig.

Emma lief nun doch das Wasser im Mund zusammen. Ein Aal in Öl mit Bratkartoffeln, das wäre mal was. Oder sollte sie doch lieber das *Große Gedeck* für zehn Mark nehmen? Eine Brühe mit Einlage, Fischfilet mit Kartoffelsalat, Braten mit gemischtem Gemüse und eine Süßspeise?

Vor dem Haus mit der Nummer siebenundvierzig reihten sie sich in die Schlange ein. Immer, wenn die Tür des Restaurants geöffnet wurde, stiegen Emma Bratendüfte in die Nase. »Riechst du das?«

Kurt drückte zärtlich Emmas Hand. »Das riecht nach dem besten Abend des Jahres.«

Sie warteten eine halbe Stunde, bis sie am Stehpult des Einweisers an der Eingangstür an der Reihe waren. Das ältere Paar vor ihnen hatte einen Tisch unter dem Kronleuchter zugewiesen bekommen. Emma hörte Stimmen aus dem Gastraum, angeregtes Gemurmel und das Klappern von Besteck auf Tellern. Es war rappelvoll. Kurz befiel sie ein schlechtes Gewissen, hier zu essen, während ihre Schwester in Charlottenburg vermutlich weiter an Gewicht verlor.

»Guten Abend im *Lukullus*«, empfing sie der Einweiser. Er trug einen schwarzen Anzug, ein weißes Hemd und eine rote Fliege. »Auf welchen Namen haben Sie reserviert?«

»Wir sind die Vogels und feiern heute unser Zusammensein«, erklärte Kurt nicht ohne Stolz, während Emma mit den Händen den Sitz ihrer Frisur prüfte. In aller Eile hatte sie vergessen, ihr Haar zu fixieren.

Der Mann am Stehpult studierte das vollgeschriebene Reservierungsbuch. »Auf den Namen Vogel ist kein Tisch eingetragen«, sagte er nach einer Weile.

»Wie kann das sein?«, fragte Emma. »Ich stand neben dem Telefon, als mein Mann reserviert hat. Es war im Fernsprechhäuschen neben der Kinderklinik.«

Der Einweiser zuckte mit den Schultern. »Es tut mir leid, Frau Vogel.«

»Was ist denn da vorne los? Das dauert ja ewig!«, erboste sich jemand hinter ihnen.

»Würden Sie bitte noch einmal nachschauen?«, bat Kurt freundlich. »Vogel mit V, nicht mit F.«

Ohne erneut nachzusehen, wiederholte der Mann: »Auf den Namen Vogel mit V ist keine Reservierung vorhanden.« Er sagte es sehr deutlich und nicht mehr so höflich wie beim ersten Mal.

Wollte denn heute gar nichts gelingen? »Aber …«, setzte Emma an, als Kurt ihr zuflüsterte: »Ärgere dich nicht. Wir versuchen es an einem anderen Tag noch einmal, Schatz.« Er nahm sie beiseite, um dem Paar hinter ihnen Platz zu machen.

»Aber wir wollten doch heute …«, empörte sich Emma. Sie war verwirrt und ließ sich nur widerwillig von Kurt wegführen. Wenigstens regnete es nicht mehr.

»Und was machen wir stattdessen?«, fragte sie wenig begeistert. Ihre Lebensmittelmarken hatten sie nicht eingesteckt, weswegen ein anderes Restaurant nicht infrage kam.

»Ich wüsste da etwas.« Kurt flüsterte Emma Worte ins Ohr, die ihr die Röte ins Gesicht trieben.

»Also gut, du hast mich überzeugt, Kurt Vogel.« Sie küsste ihn auf die kleine Narbe unter der Nase.

»Wie so oft«, sagte er, den Schelm im Gesicht.

Emma nahm seine Hand und ging, an ihn geschmiegt, zurück zur U-Bahn-Station.

Als Kurt sie in dieser Nacht zärtlich liebte, musste Emma immer wieder an das kaputte Dach in der Klinik denken. Und dann war da auch noch die unglückliche Sache mit Lissi und Doktor Olivera. Wenigstens hatte Kurt Emma nicht nach der Ausbreitung von Poliomyelitis gefragt – so konnte zumindest er gut schlafen. Während Stunde um Stunde verging und die Nacht fortschritt, kam Emma zu dem Schluss, dass es erst einmal das Wichtigste war, dass Lissi optimistisch blieb und sich von den steigenden Infiziertenzahlen nicht einschüchtern ließ.

***

13

30. November 1948

Zum ersten Mal nutzte Lissi ihren freien Sonntag nur für ihr Privatleben. Am Vormittag hatte sie bis zehn geschlafen, hatte eine Stunde auf *Hof Sonnenschein* geholfen und war am Mittag bei ihren Eltern zum Essen gewesen. Am Nachmittag hatte sie sich für ihre Verabredung zurechtgemacht. Nach langem Hin und Her hatte sie sich für eine blau-weiß getupfte Bluse und einen ihrer langen, hellen Röcke entschieden. Ihr Mantel stammte noch aus Schweizer Zeiten.

Nun stand sie auf der Terrasse des *Milchhäuschens*, lehnte sich auf die Brüstung und schaute auf den Weißen See. Ruhig und dunkelgrün lag er vor ihr. Auf dem Rundweg um den See hatte sich altes Laub gesammelt. Die meisten Bäume waren inzwischen kahl. Es war kalt geworden in den letzten Tagen. Lissi bereute es, nur die Handschuhe mitgenommen zu haben, die ihr Elwira Pinke einst aus dicker gelber Wolle gehäkelt hatte. Ihre Hände waren warm, aber am Kopf zog es gewaltig. Der kalte Wind peitschte ihren Zopf immer wieder auf.

Lissi schaute auf die Uhr. Es war kurz vor fünf. Jeden Moment müsste er da sein. Wenn sie jetzt ihre Hand auf ihre Brust legte, würde die vom heftigen Schlag ihres Herzens getrieben auf und ab springen. Sie schaute zu dem von Pappeln gesäumten Weg, der aus Richtung der Stadt auf das *Milchhäuschen* und den Rundweg zuführte. Wo blieb er denn nur? Plötzlich hatte sie das Gefühl, ihre Bluse könnte zu auffällig sein. Und wie würde es ausgehen, wenn sie in seiner Gegenwart so nervös wurde, dass sie keine Tasse mehr halten konnte? In ihrer Vorstellung sah sie sich bereits bekleckert und bedröppelt im Café sitzen.

Ihre Gedanken kamen auf Rolf, der schon länger keine Tasse mehr halten konnte, so schwach, wie er war. Inzwischen war er mehrmals täglich auf die Sauerstoffbombe angewiesen. Er sprach nur noch einzelne verwaschene Wörter, sein Gesichtsausdruck blieb starr. Seine Mutter war über diesen Zustand informiert, aber sie kam lediglich dann, wenn es der strenge Zeitplan für die Musikausbildung ihrer Tochter zuließ, was Lissi sehr bedauerte. Elterliche Liebe war eine besonders wirksame Medizin. Sollte Lissi nicht doch besser bei Rolf sein und ihm zur Beruhigung vorlesen?

»Hallo, Lissi!«

Sie wandte sich um.

Bert Steininger stand auf der Terrasse des *Milchhäuschens*. Vor zwei Wochen hatten sie sich auf »Lissi« und »Bert« geeinigt. Es hatte damit begonnen, dass sie seiner Kaffeeeinladung auf den Balkon des Oberinzimmers endlich gefolgt war, nach einer kräftezehrenden Nachtschicht bei den Poliokindern. Bert war ein einfühlsamer und kluger Gesprächspartner. Wie immer trug er auch heute einen guten blauen Anzug und eine Krawatte. Darüber einen schwarzen fusselfreien Mantel. Seine Schuhe glänzten.

»Was für ein Zufall, schön, dich zu sehen«, sagte Bert

freudestrahlend. »Ich starte gerade zu meinem Spaziergang um den Weißen See.«

»Hallo, Bert.« Lissi hatte Mühe, zwei Minuten mal nicht nach Ramon Ausschau zu halten. Sie unterhielt sich gerne mit dem Verwalter, aber gerade kam er etwas ungelegen.

»Du stehst hier allein in der Kälte? Darf ich dich auf ein heißes Getränk einladen?« Er deutete mit seinen Händen in Wildlederhandschuhen in den beheizten Gästeraum des *Milchhäuschens* hinter ihnen.

Lissi hielt wieder nach Ramon Ausschau und sagte nebenbei: »Ein anderes Mal, ja? Heute bin ich schon verabredet.«

Bert räusperte sich verlegen, gefolgt von einem »Oh, das wusste ich nicht«.

Lissi nickte. Dann herrschte für einen Moment Stille. In einiger Entfernung schrie eine Krähe.

»Ich wünsche dir noch einen schönen, aber vor allem warmen Abend«, ergriff Bert das Wort wieder und verbeugte sich elegant, bevor er die Terrasse verließ.

»Auf Wiedersehen, gerne nächste Woche mal in der Mittagspause«, rief Lissi ihm hinterher, während sie sich wieder dem See zuwandte und erneut auf ihre Uhr schaute. Inzwischen war es zehn nach fünf.

Sie hörte Schritte hinter sich und wandte sich um. Aber es war nur die Bedienung, die nach Kundschaft schaute.

»Ich warte auf jemanden«, erklärte Lissi. Außer ihr war bei der Kälte niemand auf der Terrasse. Im Lokal hingegen saßen mehrere Gäste und amüsierten sich bei Berlins bestem Quark, bei Buttermilch aus dem Glas und herzhaften Speisen. Was, wenn Ramon es sich doch anders überlegt hatte?

Vor Aufregung vergaß Lissi, dass sie heute nicht im Dienst war, und tastete nach ihrem Stethoskop um den Hals. Aber da war nichts. Und in der Tasche ihres Mantels fand sie nur ein zusammengeknülltes benutztes Taschentuch. Ihr wurde flau im Magen, als wäre der Kartoffelauflauf ihrer Mutter heute Mittag mit saurer Milch gemacht worden. Außerdem wurden ihre Beine langsam kalt, und sie bereute es, sich anstelle des Rocks nicht für die wollene Hose entschieden zu haben. Wegen des Mangels an Strümpfen waren wärmende wollene Herrenhosen für viele Frauen nach Kriegsende fast zur alltäglichen Kleidung geworden.

Ein Lächeln von Ramon auf dem Klinikkorridor oder ein verheißungsvoller Blick im Büro der Ärzte hatten ihr Herz in den vergangenen Wochen wild durch die Brust flattern lassen. Ihre Bitte um Distanz hatte sie jüngst revidiert, was er wiederum mit einem Schmunzeln quittiert hatte. Vorgestern hatte er sie dann gefragt, ob sie sich nach Dienstschluss treffen wollten. Sie hatte viel zu schnell, viel zu verräterisch und viel zu verliebt zugesagt. Mit einem heimlichen Kuss in der Wäschekammer hatten sie ihre erste Verabredung besiegelt.

Sie gab nichts auf die Gerüchte, die über ihn kursierten. Sie vertraute ihm, weil er ihr versichert hatte, dass an dem Gerede nichts dran sei. Und ihre Mutter, die ihr seit Jüngstem nur noch den Verwalter schmackhaft machen wollte und ihr durch die Blume von Ramon abriet? Vermutlich lag es daran, dass Mütter oft überängstlich waren, wenn es um die Liebe ihrer Töchter zu Männern ging, die die Blicke vieler Frauen auf sich zogen. Sie wusste von Emmas schlechten Erfahrungen mit Theodors Vater, der untreu gewesen war. Mit Ramon würde es anders werden.

Lissi wollte gerade im Café nach ihm schauen, als jemand ihren Rücken berührte. Sie spürte instinktiv, dass er es war.

»Guten Abend«, erklang seine Stimme.

Sie wandte sich um, und ihr Herz machte einen Sprung. Er trug eine legere braune Jacke und einen gelbgrün karierten Schal um den Hals. Ziemlich unangepasst sah er aus, auf eine anziehende Weise. Sie ermahnte sich, nicht wieder das gleiche breite Lächeln wie neulich aufzusetzen, und ließ endlich das alte Taschentuch in ihrer Manteltasche los.

»Es tut mir leid für die Verspätung, Elisabeth. Es gab noch einen Notfall«, sagte er.

Es gefiel ihr, dass er sie nicht mit ihrem Spitznamen ansprach, sondern mit ihrem richtigen Vornamen. So fühlte sie sich nicht mehr wie das kleine unerfahrene Mädchen.

»Es ist schön hier draußen«, sagte er und schaute aufs Wasser, die Arme auf der Brüstung.

Lissi folgte seinem Blick. Der Weiße See wirkte friedlich und strahlte in der Abenddämmerung Ruhe aus.

Die Bedienung steckte ihren Kopf zur Terrassentür heraus. »Kann ich den Herrschaften etwas bringen? Was Warmes zu trinken, vielleicht?«

»Ich nehme eine heiße Schokolade, wenn welche vorrätig ist«, sagte sie zu Ramon, der das Gleiche auch für sich bestellte.

Es dauerte nicht lange, bis die Bedienung mit zwei Bechern in den Händen und zwei Decken unter dem Arm zurückkehrte. »Ich stelle Ihnen die Getränke hier hin.« Sie deutete auf den einzigen Tisch auf der Terrasse und breitete die Decken auf den Stühlen aus.

»Wollen wir uns setzen?«, schlug Lissi vor und versuchte, sich möglichst elegant niederzulassen, weil er ihr mit Blicken folgte. Er nahm neben ihr Platz und probierte gleich von der heißen Schokolade. »Darf ich dir eine Frage stellen?«

Lissi trank ebenfalls, dann nickte sie. Wunderbar schokoladig schmeckte es. Schon länger war sie nicht mehr in den Genuss dieser Köstlichkeit gekommen. Kakao war oft nur auf dem Schwarzmarkt zu haben. Obwohl ihr schnell warm wurde, legte sie sich die Decke auf die Oberschenkel, damit ihre Hände etwas zu tun hatten. Sie wollte sich nicht zu verzweifelt an der heißen Schokolade festhalten.

Ramon leckte sich Kakao von den Lippen, dann sagte er: »Neulich habe ich den Ärztlichen Direktor und Frau Doktor Feigenspann über deinen neuen Behandlungsansatz sprechen hören. Ist es richtig, dass es dabei um den Einsatz von Tieren geht?«

»Das stimmt«, entgegnete Lissi. Er war der erste Arzt der Klinik, der sich für ihren Therapieansatz interessierte.

»Wie findest du denn die Tiere dafür?«, wollte er wissen.

»Auf dem *Hof Sonnenschein* zum Beispiel«, erklärte Lissi, »einem Hof, der sich Tieren annimmt, die woanders keine Chance mehr bekommen.« Durch einen kleinen Betrag von ihrem Gehalt unterstützte sie den Hof. Sie war einst zufällig am Hof vorbeigekommen und hatte eine herrenlose abgemagerte Ziege entkräftet davor liegen sehen. Lissi hatte sie hineingetragen und um Wasser und Futter gebeten und so die anderen Tiere und die Mitarbeiter kennengelernt. Als die Ziege wieder aufgepäppelt war, hatte sie sie Paulinchen getauft. »Aber ich konnte den Ärztlichen Direktor noch nicht von den Tieren überzeugen. Noch nicht«, erzählte Lissi weiter und lächelte. Gerade fühlte es sich nämlich an, als könnte sie alles schaffen und jeden überzeugen. Die Einführung der Tiertherapie konnte nur eine Frage der Zeit sein. Und die Poliozahlen würden auch bald wieder sinken. Kurz sprangen ihre Gedanken zu Rolf.

»Du denkst an den Sohn der Geigerin, nicht wahr?«, fragte Ramon, als könne er ihre Gedanken lesen.

Das gefiel ihr. Sie nickte und ließ ihren Blick über den See gleiten. »Gibt es Patienten, die monatelang mit der Unterstützung der Sauerstoffbombe atmen können? Wie lange wird das bei Rolf noch gut gehen?«

»Der Junge müsste eigentlich in die Eiserne Lunge, dann stünden seine Überlebenschancen besser«, sagte Ramon mit nachdenklichem Blick.

»Soweit ich weiß, besitzt keine Klinik in Berlin diese teure Beatmungsmaschine«, antwortete Lissi.

»Erzähle mir noch mehr von deinem Tiertherapieansatz«, bat er.

Erst zögerlich, weil sie Rolf in Gedanken nur schwer loslassen konnte, bald aber eifriger berichtete Lissi von Esel Beppo und Ziege Paulinchen und den Kindern, die sie im Rahmen ihrer Promotion behandelt hatte. Sie geriet ins Schwärmen darüber, wie viel Wärme, Sicherheit und Vertrauen Tiere ausstrahlten. Sie forderten Aufmerksamkeit und Konzentration, die Kinder beim Malen oder Puzzeln im Krankenbett nicht immer aufbringen konnten. Selbst die hibbelige und unruhige Dagmar war eine volle Stunde fokussiert im Umgang mit einer Ziege gewesen. Lissi erzählte auch von ihrem jüngsten Besuch auf dem Hühnerhof Uhlig am Rande von Pankow. Die Besitzer waren bereit, ihre munter herumlaufenden Hühner für einen therapeutischen Einsatz zur Verfügung zu stellen.

»Ein interessanter Ansatz«, sagte Ramon. »Darf ich deine Promotionsschrift lesen?«

»Gerne.« Lissi überlegte gleich, wo sie die Exemplare der dreihundert Seiten umfassenden Veröffentlichung nach ihrem Umzug verstaut hatte. Wenn sie sie nicht so schnell fand, würde sie ihre Mutter um das Zweitexemplar bitten, das sie ihr mit einer Schleife am Tag der Verteidigung als Dank für die jahrelange Unterstützung übergeben hatte. »Darf ich dir eine Frage stellen?«

Er trank seine heiße Schokolade aus, dann sagte er: »Na klar.«

»Wo sind eigentlich deine Eltern?«, fragte Lissi und lächelte verliebt.

»Meine Eltern leben in Prenzlauer Berg. Mein Vater kommt aber aus Portugal«, sagte er.

»Sprichst du Portugiesisch?« Lissi wusste, dass diese Sprache zur romanischen Sprachfamilie gehörte und für jemanden, der Deutsch als Muttersprache sprach, nicht allzu schwer zu erlernen war.

»Ja«, sagte er und schaute ihr tief in die Augen. »*Você é linda.*«

»Was heißt das übersetzt?«, wollte Lissi wissen. Es klang weich und leidenschaftlich zugleich.

»Finde es heraus!«, sagte er, und nun war er es, der verliebt lächelte.

Lissi wollte es herausfinden, so verträumt, wie er bei den portugiesischen Worten geschaut hatte! »Erzähl mir mehr von deinen Eltern«, bat sie.

»Mein Vater, Carlos Olivera, war während des Ersten

Weltkrieges Soldat beim portugiesischen Expeditionskorps, das für den Kampf an der Westfront in Flandern Einheiten bereitstellte. Er geriet jedoch in deutsche Gefangenschaft.«

Lissi schluckte schwer. Maximilian hatte ihr einiges über den ersten großen Krieg erzählt. »Das war sicher traumatisch.« Betroffen senkte sie den Blick auf ihren Becher.

»Es war eine schwere Zeit für ihn. Aber in Deutschland lernte er Mutter kennen«, fuhr Ramon fort.

Lissi lächelte und schaute wieder auf. Ohne diese Begegnung würde es Ramon nicht geben. Mit jedem weiteren seiner Sätze über Portugal und die Hochzeit seiner Eltern entspannte sie sich mehr. Sie bedauerte, dass sie ihre Handschuhe anhatte, sonst hätte Ramon sie vielleicht gewärmt.

Als die Bedienung auf seine Bitte hin Nachschub an heißer Schokolade brachte, nutzte Lissi die Gelegenheit, sich von den Dingern zu befreien. Ramon legte seinerseits seinen Schal ab. Am liebsten hätte sie daran gerochen.

Die Bedienung näherte sich wieder. »Würden Sie gern zahlen? Wir schließen bald.«

»Jetzt schon?«, rutschte es Lissi raus.

»Es ist gleich acht«, erklärte die Frau, zitternd nur in Bluse und Schürze.

Schon acht? Lissi hatte in Ramons Gegenwart ihr Zeitgefühl verloren. Dabei hatte sie zur Sicherheit nach der Verabredung noch einmal in ihr Lehrbuch über Chirurgie schauen wollen. Morgen stand ihre erste eigenständige Operation an, die ein wichtiger Schritt auf dem Weg zur Fachärztin war. Eigentlich hatte sie um sieben Uhr wieder zu Hause sein wollen.

Ramon beglich die Rechnung und gab ein großzügiges Trinkgeld.

»Danke für die Einladung«, sagte sie und grübelte wieder über den portugiesischen Satz.

Ramon legte seine Hand auf ihre. »Gern geschehen.«

Bei seiner Berührung zuckte Lissi zusammen. Ganz weich fühlte sich seine Haut an. Seine Fingerkuppen berührten zärtlich ihren Handrücken. Das Rosa unter seinen Nägeln bildete einen schönen Kontrast zur gebräunten Haut seiner Finger. Ihn zu fühlen war einzigartig. Dass sie Ramon anfangs für einen unangenehmen Menschen gehalten hatte, war ihr heute unbegreiflich. Obendrein hatte sie sich so sehr darauf versteift, als Assistenzärztin keine private Beziehung eingehen zu wollen, dass sie gar nicht ernsthaft darüber nachgedacht hatte, wie es sein könnte, sich in der Nähe eines Mannes so unglaublich wohlzufühlen.

Ramon nahm seine Hand nicht von ihrer. Keiner von beiden sagte etwas. Sie schauten sich nur an. Auch als die Bedienung ihre leeren Becher holte, rührten sie sich nicht.

Lissi war wie elektrisiert. Es kribbelte bis in ihre Zehenspitzen. Wäre sie eine Glühlampe gewesen, hätte sie jetzt geleuchtet.

»*Li tize dello!*«, flüsterte sie mit einem verwegenen Lächeln.

»Das ist kein Portugiesisch«, merkte er treffend an. »Was heißt es?«

»Finde es heraus!«, empfahl Lissi keck.

»Das werde ich tun.« Er nahm ihre Hand und zog sie von der Terrasse des *Milchhäuschens*. Er fragte nicht, ob er sie nach Hause bringen durfte. Er tat es einfach.

Vor ihrer Haustür wünschte er ihr noch alles Gute für die bevorstehende Operation am nächsten Morgen.

Nach einem leidenschaftlichen Kuss verabschiedete er

sich von ihr. Seine Lippen hauchten ein letztes »Auf Wiedersehen« auf ihre Haut, bevor er sich von ihr löste und in die Dunkelheit der Nacht verschwand. Ihre Hände waren noch warm von seiner Berührung, seine Stimme hallte noch in ihren Ohren nach. Sie stand da, allein, mit dem Duft seines Parfüms in der Luft.

Die Stadt um sie herum ging langsam schlafen, doch in ihrem Inneren tobte ein Sturm, und sie war hellwach. Sie schloss die Augen und lehnte sich gegen die Hauswand. In ihrer Vorstellung spürte sie noch immer seine Lippen auf ihren, seine Hände auf ihrer Haut. Sie hörte sein Lachen und sah ihn lächeln. Mit der Verabredung im *Milchhäuschen* war ihr Leben in zwei Teile zerfallen: die Zeit vor ihm und die Zeit mit ihm. Sie vermisste ihn schon jetzt.

*

»Hast du einen Beruhigungstee für mich?« Lissi stürmte in die Küche der Kinderklinik und blieb vor den Standgefäßen mit den getrockneten Kräutern stehen. »Ich bin so aufgeregt wegen der dislozierten Unterarmschaftfraktur.« Sie hatte schon Licht bei Doris brennen sehen.

»Jetz entspann dick ma, Vöjelchen!«, sagte die Köchin und sortierte weiter müde Besteck in eine Schublade ein. »Und wat is überhaupt 'ne dislozierte Unterarmschaft… -faktur oder -fraktur, oder wie det Ding heeßt?« Die Köchin hatte Probleme, jene Worte, die Lissi seit dem Aufwachen heute Morgen immer wieder vor sich hin sprach, überhaupt ohne Stocken auszusprechen. »Solche komplizierten Sachen schon so früh am Morjen?«

Seit fünf Uhr geisterte Lissi durch die Klinikkorridore.

Jetzt war es kurz vor sechs. »Dabei handelt es sich um einen Knochenbruch am Unterarm«, erklärte sie. »Weil sich laut Röntgenbild die Bruchenden verschoben haben und obendrein eine Achsabweichung größer zwanzig Prozent aufweisen, ist eine operative Therapie unausweichlich.« Zwar hatte sie die Stunden nach dem Treffen mit Ramon für die abschließende Vorbereitung ihrer Operation genutzt, dabei jedoch so oft an ihn gedacht, dass sie jetzt unsicher war.

Doris reichte Lissi eine Tasse mit dampfendem Melissentee. »Det klingt janz schön kompliziert. Hätten die dir für deine erste eijene Operation nich 'ne einfachere Uffjabe jeben können?«

»Es ist kompliziert, weil ich keine Medizinalpraktikantin mehr bin, sondern eine angehende Fachärztin!« Lissis Hand zitterte, als sie die Tasse von Doris entgegennahm. Sie war froh, endlich selbstständig operieren zu dürfen. Zuallererst einen chirurgischen Eingriff durchzuführen war zwar etwas ungewöhnlich, aber besser, als noch länger auf die erste Operation zu warten. Eigentlich war sie für die Kinder auf der Allgemeinen verantwortlich, doch sie wollte jede Herausforderung annehmen. Sie sprang kurzfristig als Ersatz für Ramon ein. Und normalerweise verlief die chirurgische Behandlung einer Unterarmfraktur ohne Komplikationen. Dennoch war sie aufgeregt wie eine blutige Anfängerin, weil sie sich nicht einhundertfünfzig Prozent vorbereitet fühlte – so, wie sie es eigentlich von sich kannte.

»Du wirst det schon machen!« Doris riss Lissi mit ihrer plötzlich lauten Stimme aus den Gedanken. »Ick bin mir sicher, dat die Frau Doktor von Weilert det Gleiche jesacht hätte!« Mit ihrem breiten Mund strahlte sie über das ganze noch müde Gesicht.

Lissi zögerte und dachte, dass sie Marlene nie zweifelnd erlebt hatte. Sie wünschte, ihre Tante hätte sich nicht mit Emma zerstritten, würde wieder in Weißensee leben und ihr jetzt beistehen. Vielleicht könnten Katharina und sie sich dann auch wie Cousinen und nicht mehr wie Fremde verhalten. Wenn sich ihre Mütter wieder versöhnten, würden sie den Schwung gleich mitnutzen. Lissi wagte sich kaum vorzustellen, was Katharina seit der Flucht alles durchgemacht haben musste.

»Wie war det übrijens jestern mit dem schönen Doktor?«, fragte Doris, während sie in eine Stiege mit Rosenkohl griff und begann, die Köpfe von den Stängeln zu schneiden.

Lissi lächelte verträumt und vergaß für einen Moment die anstehende Operation. »Es war nett«, sagte sie in zärtlichem Ton. Ihr Blick fixierte einen Punkt in der Luft, wo ihr Ramons Bild mit der unkonventionellen Jacke und dem gelbgrün karierten Schal erschien. Sie konnte seine Hand noch auf ihrer spüren. Bei der Erinnerung an den gestrigen Abend begann ihr Herz im Brustraum, aufgeregt wie ein junger Vogel herumzuflattern. Sie hatte Doris gleich nach dem Kuss in der Wäschekammer von der geplanten Verabredung im *Milchhäuschen* erzählt.

Doris schaute mit zweifelndem Blick und einem vielsagenden Grinsen vom Rosenkohl auf. »Mehr als ›nett‹ war es nicht?«

»Wir haben zusammengesessen und erzählt. Es war wunderschön«, schwärmte Lissi nach einem wohltuenden Schluck vom Melissentee. »Ich wünschte, wir würden uns heute Abend wieder treffen.« Aber das war unmöglich. Er war für die nächsten drei Tage auf einem Fachkongress – der Grund, warum sie kurzfristig für die chirurgische Operation eingeteilt worden war, obwohl der Operationsplan noch seinen Namen enthielt.

Doris hielt beim Schälen inne. »Zusammenjesessen und jeratscht mit dem schönen Doktor? Und det war's schon?« Sie wackelte aufreizend mit den Hüften.

»Das ist doch sehr viel!«, entgegnete Lissi. Seine Hand auf ihrer zu spüren und so nah bei ihm zu sein, dass sein Atem über ihre Wange strich. Sie hatten sich vertraut unterhalten. Zum Glück war er nicht mit zu ihr raufgekommen. So blieb ihr noch etwas Zeit, sich an den Gedanken zu gewöhnen, dass er ihr verformtes Bein und ihren sportlichen, wenig weiblichen Körper nackt sehen würde. Außerdem hatte sie sich auf die Operation vorbereiten wollen.

Doris schaute Lissi nachdenklich an. Ungewohnt zögerlich sagte sie: »Wenn ihr so lange wartet, du weeßt schon, womit, nich, dat it mit dem schönen Doktor noch was Ernstes wird! Lass dich bloß nich in was Festes rinnziehen. Dat jibt nur Ärger. Det Leben is leichter ohne Verpflichtungen!«

»Bis jetzt fühlt es sich nicht wie Ärger an, im Gegenteil«, sagte Lissi und trank ihren Tee aus. Bei ihrer nächsten Verabredung würde sie Ramon in ihren Traum einweihen, einmal nach Pisa zum Schiefen Turm zu reisen. Sie hatte bisher noch niemandem davon erzählt. Der Turm war nicht perfekt, aber gerade das machte ihn so besonders, gerade deshalb faszinierte er Besucher aus aller Welt.

»Sollte es bei eurem nächsten Treffen dennoch *dazu* kommen, kiek mal in dit HO-Jeschäft in der Frankfurter Allee nach der passenden Ausstattung«, empfahl Doris.

Lissi verstand nicht. »Ist das ein Aussteuergeschäft?« Von der Eröffnung des ersten HO-Geschäfts hatte sie in der Zeitung gelesen, und davon, dass sich bereits morgens eine lange Schlange davor gebildet hatte. Die Abkürzung *HO* stand für Handelsorganisation, die Volkseigentum war.

»Ick rede von hübscher Unterwäsche, Vöjelchen! Wenn ick es mir leisten könnte, würde ick wat Schwarzes mit Spitze nehmen.« Doris fuhr sich mit den Händen über ihre ausladenden Hüften und schloss kurz die Augen. »Det passt am besten zu meenen roten Haaren und der hellen Haut. Is 'n prima Jejensatz und bestimmt nich zu übersehen. Zu deinen rotbraunen Haaren würd ick dir wat Jrünes als Hingucker empfehlen.«

Während die Köchin berichtete, dass man im neuen HO-Geschäft ohne Marken oder Bezugsscheine einkaufen konnte, wanderten Lissis Gedanken wieder zu Ramon und wie er über eine Akte gebeugt dasaß und nachdenklich auf einem Bleistift herumkaute. Das machte er gerne, wenn er nach der Lösung eines medizinischen Problems suchte. Es war ihr in den letzten Tagen im Ärztebüro aufgefallen, während sie ihn heimlich beobachtet hatte.

»Grüne Spitzenunterwäsche?«, fragte Lissi, und das Bild von Ramon mit dem Bleistift verschwand vor ihrem inneren Auge. In ihrem Schrank lagen bisher nur Baumwollschlüpfer und praktische Büstenhalter, weder hübsch noch anziehend und schon gar nicht in gewagtem Grün. Mit schöner Unterwäsche wäre sie tatsächlich besser vorbereitet, wenn sich ihr Traum von letzter Nacht bewahrheitete. Es war ein erotischer Traum gewesen, den sie schon einmal gehabt hatte. Ramon und sie hatten am Weißen See auf einer Bank in den Sonnenuntergang geschaut. Als der letzte Spaziergänger verschwunden war, hatte er begonnen, ihre Bluse aufzuknöpfen. Schade, dass sie ihn erst am Montag wiedersehen würde. Wenigstens blieb ihr bis dahin Zeit, in der

Bibliothek in einem portugiesischen Wörterbuch nachzuschauen, was »*Você é linda*« bedeutete. Es würde vermutlich etwas dauern, bis sie vom Klang der Wörter auf die richtige Schreibweise schließen konnte und die Übersetzung fand.

Lissi verabschiedete sich von Doris und entschied sich, bei Rolf und den anderen Poliokindern noch einmal nach dem Rechten zu sehen. Noch hatten die Nachtschwestern Dienst und konnten jede Unterstützung gebrauchen.

Lissi wollte sich im Büro der Ärzte eben ihr Stethoskop umhängen, als Doktor Zappel den Raum betrat und in seinem üblichen Ton sagte: »Der Chef will alle Ärzte und die Pflegeleitung sowie die Oberschwester sehen.« Er klang so entspannt wie bei einem Kaffeekränzchen. Lissi fragte sich, ob sie nach vielen Jahren als Fachärztin genauso gelassen auftreten würde.

An der Seite von Doktor Sibelius, der ihr alles Gute für die Operation wünschte, folgte sie Doktor Zappel ins Büro des Ärztlichen Direktors. Trotz der frühen Stunde waren alle Ärzte, die Oberschwester und Emma versammelt.

Der Professor begann ohne Begrüßung, wie bei einem Appell zu sprechen. »Genossinnen und Genossen, *Towarischtschi*, die Sondermaßnahmen zur Eindämmung der Poliomyelitis haben nicht genug Wirkung gezeigt«, sagte er, während das grelle Bürolicht sich auf seinem kahlen Schädel spiegelte. »Am gestrigen Abend wurde sektorenübergreifend durch die Landesgesundheitsämter unter Beratung mit dem neu gegründeten Poliokomitee beschlossen, die Seuchenmaßnahmen auf die Gesamtbevölkerung auszuweiten!«

»Eine Epidemie?«, fragte Lissi bang. Als sie bei Rolf Polio diagnostiziert hatten, hatte sie sich geschworen zu verhindern, dass je wieder ein Kind an dem schrecklichen Virus so leiden sollte wie sie. Jetzt hatten sie es mit Hunderten Infizierten zu tun.

Doktor Zappel rieb sich nachdenklich das Kinn. »Sektorenübergreifend sogar? Dann muss es schlimm sein.«

Der Professor bestätigte es so laut, dass es auch im Nebenraum zu hören sein musste: »Ja, wir haben es mit einer nie dagewesenen Polioepidemie zu tun! Besonders betroffen sind drei- bis fünfjährige Kinder aus besseren Schichten, aber es lässt sich langsam eine Verschiebung hin zu älteren Kindern beobachten. Jungen haben eine größere konstitutionelle Bereitschaft für diese Krankheit. Die Ansteckungsgefahr ist stärker als bisher angenommen, weil auch Personen Überträger sein können, die anscheinend nicht selbst erkrankt sind.«

Lissi rückte neben ihre Mutter und war versucht, nach deren Hand zu greifen, wie früher als kleines Mädchen. Aber Emma schien plötzlich noch blasser, als Lissi sich selbst fühlte. Sie starrte den Professor geschockt an und knetete verzweifelt ihre Hände.

Nowikow verlas die beschlossenen Maßnahmen: »Einstellung der Ferienverschickungen und des Turnunterrichts an Schulen. Schließung aller Schwimmbäder. Zusammenkünfte von Kindern und Jugendlichen mit mehr als fünfzig Teilnehmern sind verboten …«

Lissi spürte, wie die Hand ihrer Mutter ihre kurz berührte. Es wirkte ganz so, als wollte Emma sich an ihr festhalten.

»Wegen der rasant gewachsenen Infiziertenzahlen wurde in Zusammenarbeit mit der Alliierten Kommandantur entschieden, Poliomyelitiszentren zu schaffen: sektorenübergreifende Spezialstationen in Krankenhäusern zur Isolierung und Versorgung von Erkrankten. Unsere Klinik wird eines der drei Zentren in Berlin werden. Wir werden noch mehr Fälle aufzunehmen haben«, erklärte der Professor weiter.

»Aber wo sollen wir die alle unterbringen?«, fragte Stationsschwester Grete.

»Zur Not im Keller!«, verlangte Professor Nowikow.

»Wir bekommen nicht mal das Dach repariert. Wie sollen wir da den Keller zu einer Isolierstation umbauen?«, rief Emma aufgeregt.

Polioepidemie war ein genauso scheußlicher Begriff wie *Krankheit der verkrüppelten Kinder.* Beides jagte Lissi einen eiskalten Schauer den Rücken hinab. Wenn sie sich ihre Mutter anschaute, wusste sie, dass sie nun besonders stark sein musste. Damals, als sie selbst an Polio erkrankt gewesen war, hatte Emma vor Arztbesuchen Beruhigungstabletten genommen und gedacht, ihre Tochter bekäme es nicht mit. Diesen schlimmen Zustand musste Lissi verhindern. Es war nicht auszuschließen, dass die Epidemie Emma an ihre Grenzen brachte.

»Erst mal legen wir die neuen Poliokranken ins Dachgeschoss«, sagte der Professor. »Wir werden uns dazu heute Abend zusammensetzen. Jetzt gehen Sie wieder an Ihre Arbeit.« Mit militanter Geste wies er zur Tür.

Lissi verließ das Büro auf wachsweichen Beinen. Wie sollte sie sich bei dieser Hiobsbotschaft noch auf ihre Arbeit konzentrieren? Am liebsten hätte sie ihre erste Operation verschoben.

»Du schaffst das, Liebes.« Emma nahm ihre Tochter in den Arm. »Du bist doch mein starkes Mädchen.« Sie zitterte so heftig wie damals, wenn sie während Lissis Zeit im Krankenhaus Angstanfälle gehabt hatte.

*

Lissi fror, als sie die Umkleide betrat. Der Raum war durch eine rote Linie auf dem Boden in einen unreinen und einen reinen Bereich unterteilt. Im unreinen Bereich bei der Tür legte sie ihre Stationskleidung ab. Nur in Unterwäsche, für die sie sich nach dem Gespräch mit Doris schämte, trat sie in den reinen Bereich, der durch eine Tür mit dem dahinterliegenden Waschraum verbunden war.

Seit der Verkündung der Polioepidemie waren vier Stunden vergangen, aber für sie fühlte es sich an, als wären es vier Minuten gewesen. Sie konnte noch hören, wie die Stakkatostimme des Professors die Maßnahmen aufzählte. Konzentriere dich auf die Operation!, mahnte sie sich. Verbanne Poliomyelitis für zwei Stunden aus deinen Gedanken. Am meisten Sorgen machte sie sich um ihre Mutter.

Im reinen Bereich der Umkleide lag die Operationskleidung für sie und Frau Doktor Feigenspann in je einem Stapel bereit: eine weiße Hose, ein kurzärmeliges Operationshemd, Schuhe, eine Haube und ein Mundschutz.

Lissi zog die Operationskleidung an und ging weiter in den Waschraum. Sie kratzte sich an der Nase und steckte eine Strähne, die sich aus ihrem Pferdeschwanz gelöst hatte, unter die Haube. All das durfte sie im Operationssaal nicht mehr tun.

Während sie mit der chirurgischen Waschung begann, ging sie den Ablauf der Operation gedanklich noch einmal durch. Zuerst würde sie mittels Hautschnitt die Unterarmfraktur freilegen, dann die Weichteile zwischen den Knochenbruchstücken beseitigen. Im Anschluss konnten beide Bruchenden mit zwei Haken aufeinandergestellt werden. Damit wäre das Wichtigste geschafft. Dann kamen nur noch der schichtweise Wundverschluss, das Anlegen eines Gipsverbandes und die Röntgenkontrolle. Lissi wiederholte zum vielleicht fünfzigsten Mal, dass sie besonders auf die korrekte Verzahnung der Bruchenden achten musste, da es ansonsten durch den Muskelzug zum Abrutschen der Bruchenden kommen konnte. Auch wenn Frau Doktor Feigenspann an ihrer Seite war und im Notfall eingreifen würde, fühlte sie sich für das Patientenkind verantwortlich und wollte nicht den kleinsten Fehler begehen. Die HNO-Stationsärztin hatte schon einige dislozierte Unterarmschaftfrakturen operiert, weswegen sie die beste zweite Wahl war, die Lissi sich vorstellen konnte.

Lissi befeuchtete ihre Hände und Arme bis über die Ellenbogen mit Desinfektionsmittel. Ihr Blick glitt zur Tür, hinter der sich der Operationsaal befand, in dem sie gleich den kleinen Paul Brehme narkotisieren würde. Sie hatte sich für eine Allgemeinbetäubung entschieden, mit der der Junge in einen tiefen, ruhigen Schlaf fiel. Bei einer Lokalanästhesie konnte die Durchführung der Operation wegen der Unruhe und Abwehr des Kindes schwierig werden.

Die Hände auf Brusthöhe und die Ellenbogen fern vom Körper, betrat sie den Operationssaal. Der kleine Paul Brehme lag bereits mit ängstlichem Gesichtsausdruck rücklings auf dem Tisch. Die betroffene Gliedmaße war auf einem Armtisch ausgelagert und mit einem sterilen Tuch abgedeckt. Der Junge schaute sich verunsichert in dem weiß gekachelten Raum um. Zu seinen Füßen standen ein fahrbarer

Verbandkessel, ein Schalenständer und zwei Instrumententische.

Am Operationstisch stand Schwester Beate in kompletter Montur bereit. Sie trat auf Lissi zu und hielt ihr den Operationskittel auf, sodass sie die Hände in die Ärmel schieben konnte. Eine zweite Schwester, Josefa, der Lissi bisher lediglich in den Pausen begegnet war, verschloss den Kittel auf der unsterilen Innenseite am Hals und auf Beckenhöhe. Mit den Handschuhen an den Händen war Lissi endlich steril. Die operative Behandlung eines Knochenbruchs erforderte strengste Asepsis.

»Es ist noch etwas Zeit, bis es losgeht«, erklärte Schwester Josefa.

Lissi nickte und bedankte sich für die Hilfe. Obwohl Frau Doktor Feigenspann noch nicht da war, trat sie an den Tisch, damit sie nicht versehentlich unsterile Apparaturen oder den bereitgestellten Infusionsständer berührte. Wenn der Körper durch einen Schnitt in die Haut geöffnet wurde, konnte diese Vorsicht Leben retten.

»Du bist ein sehr mutiger Junge«, sagte Lissi über Paul gebeugt. »Nach der Operation werden deine Knochen wieder gut zusammenwachsen.«

»Kann ich dann weiter Fußball spielen?«, wollte Paul wissen. Vorab hatte er bereits eine Beruhigungstablette erhalten.

»Selbstverständlich!«, versicherte Lissi ihm.

Mit einer Mischung aus Angst und Stolz sagte der Achtjährige: »Ich stehe im Tor beim SV Weißensee. Drei zu null haben wir letzte Woche gegen Lichtenberg gewonnen.« Sein Gesicht glänzte von der Vaseline, die zum Schutz der Haut vor der Narkosemaske bereits aufgetragen worden war.

»Du hast kein einziges Tor zugelassen?«, fragte Lissi begeistert. »Gut gemacht!«

Der Junge lächelte.

Frau Doktor Feigenspann betrat den Operationssaal und rief den Anwesenden ein frisches »Guten Morgen« zu. Die Schwestern grüßten zurück, und Beate half ihr in den Kittel und streifte ihr die Operationshandschuhe über.

»Alles Gute, Fräulein Doktor Vogel«, sagte sie und trat neben Lissi. Sie wirkte nun hoch konzentriert. »Ich werde nur im Notfall eingreifen.«

Lissi begann mit der Narkose. Paul würde durch eine Inhalationsnarkose mit Äther in den Schlaf finden. Lissi bat die eine Schwester, auf die Augen des Jungen ein Mulltuch zu legen und Mund und Nase mit einer Schimmelbuschmaske zu bedecken.

Sie war erleichtert, dass ein heftiger Abwehrkampf des Jungen ausblieb. Sonst wäre sie dazu gezwungen gewesen, seinen Körper am Tisch zu fixieren. In früheren Operationen, bei denen sie lediglich assistiert hatte, hatte sie verängstigte Kinder erlebt, die strampelten, um sich schlugen, bissen und spuckten.

Auf Lissis Nicken hin tropfte Schwester Josefa Äther auf die Maske. Besprochen waren dreißig Tropfen pro Minute.

Bald wurde Pauls Atmung oberflächlicher. Die Narkose begann zu wirken. Schwester Beate überwachte die wichtigsten Vitalfunktionen des Jungen: die Atmung, die Pulsfrequenz und den Blutdruck. Die dritte nunmehr anwesende Schwester, das war Barbara, las aus einer Akte den Namen des Patienten vor, benannte den bevorstehenden Eingriff und die Operateure. Lissi bekam eine Gänsehaut, weil sie als leitende Operateurin genannt wurde. Als Nächstes wurde die korrekte Lagerung des Patienten, in Pauls Fall auf dem Rücken, besprochen sowie mögliche kritische Schritte. Schwester Barbara endete mit der veranschlagten Operationszeit und dem zu erwartenden Blutverlust. Alle Anwesenden nickten als Zeichen dafür, dass die Informationen korrekt waren. Dann begann Lissis erste Operation, die sie eigenständig vorbereitet hatte und durchführen würde. Später oblag ihr auch die Überwachung der Heilung.

Bevor Lissi den ersten Hautschnitt setzte, prüfte sie noch einmal, ob Paul sich wirklich in tiefer Narkose befand. Er lag in völliger körperlicher Ruhe, seine Gliedmaßen waren erschlafft. Er reagierte nicht auf den leichten Nadelstich, den sie ihm versetzte, und als sie ihm das linke Augenlid hochzog, waren seine Pupillen verengt.

Frau Doktor Feigenspann beobachtete Lissis Tun mit aufmerksamem Blick. Sie stand ihr am Operationstisch gegenüber und war mit Haken in den Händen bereit, die Assistenzaufgaben zu übernehmen. Die Haken wurden nach dem Hautschnitt an die Wundränder gesetzt und ermöglichten eine gute Sicht auf das Operationsfeld.

Lissi bekam ein Skalpell angereicht. Zuerst galt es, den verletzten Knochen freizulegen und die Bruchenden von untauglichem Knochengewebe zu befreien. »Mit dem ersten Schnitt durchtrenne ich das Subkutangewebe«, erklärte sie ihr Vorgehen. Behutsam und konzentriert zog sie die Klinge durch die Haut.

Frau Doktor Feigenspann setzte die Haken an die Wundränder.

»Spitze betonen«, bat Lissi. Es war noch ungewohnt,

nicht diejenige zu sein, die die Anweisungen des leitenden Operateurs entgegennahm, sondern selbst anzuweisen.

Doktor Feigenspann nickte und erhöhte den Druck auf die Hakenspitzen, ohne jedoch kräftiger zu ziehen. So konnte Lissi besser auf die tiefer gelegenen Strukturen schauen.

Operationsschwester Beate, die die Vitalfunktionen überwachte, meldete sich plötzlich: »Blutdruck fällt!«

Lissi verstand nicht, warum. Im Operationsfeld verlief alles nach Plan, und der Blutverlust war nicht übermäßig. Fragend schaute sie ihre Mentorin an.

»Er bekommt schwer Luft«, sagte die und deutete mit der Nasenspitze in Richtung von Pauls Kopf.

Paul hatte Probleme beim Einatmen. Das war an den Einziehungen am Hals und an der Brust zu erkennen.

»Seine Haut wird blass«, meldete Schwester Beate.

Lissi trat an den Kopf des Jungen. Ein Grund für Atemprobleme unter Narkose konnte sein, dass die Zunge nach hinten gesunken war, sich auf den Kehlkopfeingang legte und so die Luftzufuhr erschwerte. Ein Blick in den Rachen bestätigte dies nicht. Lissi bemerkte jedoch eine starke Schwellung der Rachen- und vermutlich auch Kehlkopfschleimhaut. Jetzt wurde sie nervös. Eine allergische Reaktion auf das Narkosemittel? »Wir könnten es mit einer akuten Anaphylaxie zu tun haben!«

»Blutdruck sinkt weiter!«, sagte Beate drängender. »Er stirbt uns weg!«

Lissi erstarrte.

»Wir müssen eine Notfall-Koniotomie machen!«, rief Frau Doktor Feigenspann. Auf ihre Stirn traten Schweißperlen.

Lissi nickte benommen, bewegte sich aber nicht. Beim

Schnitt in die Luftröhre bestand die Gefahr, dass die Stimmbänder oder die Hinterwand der Luftröhre verletzt wurden und Blutungen auftraten. Und das waren nur ein paar der möglichen Komplikationen. Dennoch war es der letzte Ausweg, um einen Erstickungstod zu verhindern. Warum reagierte Paul überhaupt allergisch? In der anästhesiologischen Anamnese, die der Krankenakte beilag, hatte nichts von einer Allergie auf ein Narkosemittel gestanden. Als leitende Operateurin war das Studium der Akte ihre Aufgabe gewesen. Das Team um sie herum verließ sich darauf, dass sie gründlich vorbereitet war.

»Soll ich das übernehmen?«, fragte Frau Doktor Feigenspann, weil Lissi immer noch zögerte. Blut klebte an ihren Handschuhen.

Lissi war verunsichert. Das wäre eigentlich ihre Aufgabe gewesen. Aber wenn sie die Allergie bei der Anamnese übersehen hatte, was war ihr sonst noch entgangen, was das Leben des Jungen gefährdete?

»Ich mache es selbst«, sagte sie dennoch und straffte sich. »Bitte verschließen Sie derweil die Wunde am Unterarm«, bat sie Frau Doktor Feigenspann. »Die Fraktur muss später gerichtet werden.« Sie klang nicht mehr so sicher wie noch bei ihren ersten Anweisungen.

Frau Doktor Feigenspann nickte und machte sich ans Werk, die Wunde zu verschließen.

Schwester Beate desinfizierte den Hals des Jungen und überstreckte seinen Kopf. Lissi setzte mit unruhiger Hand das Skalpell auf der Haut unterhalb des Kehlkopfes an und schnitt. Während Frau Doktor Feigenspann die Wunde nähte, übernahm Schwester Beate die Haken. Mit diesen spreizte sie die Haut unterhalb des Kehlkopfes des Jungen, sodass

Lissi die freiliegende Luftröhre sehen konnte. Sie musste mehrmals blinzeln, weil ihr Schweiß von der Stirn in den Augen brannte. »Ich durchtrenne das Ligamentum conicum drei Zentimeter vertikal«, erklärte sie mit zitternder Stimme und führte das spitze Skalpell vorsichtig über die Membran zwischen Ringknorpel und Schildknorpel. »Nun durchtrenne ich die eigentliche Membran unterhalb der Prominentia laryngea horizontal.«

Im gleichen Augenblick tat Paul einen Atemzug unter zischendem Einströmen der Luft.

Lissi bekam eine Kanüle gereicht, die sie in die entstandene Öffnung der Luftröhre schob und mithilfe eines Bandes um den Hals fixierte.

»Bitte tamponieren Sie die Wunde am Hals mit antiseptischer Gaze aus«, bat sie Schwester Beate.

Lissi stand wie versteinert da, den Blick auf die pulsmessende Schwester Josefa gerichtet. Mit zwei Fingern auf der Innenseite von Pauls Handgelenk und dem Blick auf der Uhr an der Wand zählte Josefa dreißig Sekunden lang die Pulsschläge laut mit.

»Puls steigt«, verkündete Lissi anstelle der Schwester.

Pauls Atmung wurde endlich wieder gleichmäßiger.

Auch Frau Doktor Feigenspann atmete hörbar erleichtert aus. Es dauerte noch, bis sich die Vitalwerte des Jungen wieder den Ausgangswerten näherten.

»Die Operation wird an dieser Stelle abgebrochen«, gab Lissi mit belegter Stimme zu Protokoll. Bevor die Fraktur gerichtet werden konnte, musste ein Narkosemittel bestimmt werden, das der Junge vertrug. Aber Lissi wusste nicht, ob sie das übernehmen würde. Schließlich hatte sie gerade versagt. Sie hatte sich nicht ausreichend auf die

Operation vorbereitet, war vorab wohl zu oft in Gedanken bei Ramon gewesen, anstatt die Anamnesedokumente gründlich durchzuschauen. Wegen ihr wäre Paul beinahe erstickt.

Mit Tränen in den Augen lief sie aus dem Operationssaal.

Doktor Feigenspann sagte noch: »Fehler können jedem guten Arzt passieren.«

Lissi hörte kaum hin. Sie fühlte sich fehl am Platz und schämte sich. Jemand, der das Leben eines Patienten gefährdete, anstatt es zu retten, hatte nichts in einem Krankenhaus verloren. Erst recht nicht am Operationstisch eines unschuldigen Jungen, der sein ganzes Leben noch vor sich hatte. Sie hätte sich am liebsten in den Keller geflüchtet, aber es stand noch das Gespräch mit den Eltern aus. Als leitende Operateurin war das ihre Aufgabe.

Sie ging zu den Brehmes, die im Korridor vor dem Operationssaal gewartet hatten. »Es tut mir leid, aber es gab Komplikationen«, erklärte sie. Am liebsten wollte sie vor Scham im Erdboden versinken. Auf das Überbringen schlechter Nachrichten war sie weder im Studium noch im Medizinalpraktikum ausreichend vorbereitet worden.

»Was ist passiert?«, fragte Herr Brehme. »Sie hatten uns doch gesagt, dass es eine Operation ohne große Risiken ist.«

»Es gab Komplikationen bei der Narkose, Paul hat sie nicht vertragen«, erklärte Lissi.

»Walter, unser Junge!«, rief Frau Brehme besorgt.

Lissi konnte nur betreten zu Boden sehen.

»Wie geht es Paul jetzt?«, fragte Frau Brehme mit ängstlichem Blick.

»Wir mussten einen Luftröhrenschnitt machen«, sagte Lissi. »Jetzt geht es Paul wieder gut.«

»Wir möchten den leitenden Arzt der Operation sprechen!«, verlangte Herr Brehme. »Unser armer Junge ...«

»*Ich* war die leitende Ärztin«, gestand Lissi und wagte es kaum, den Eltern noch ins Gesicht zu schauen. »Ich bin Doktor Vogel und Assistenzärztin hier an der Kinderklinik.«

»Aber ich dachte, Doktor Olivera würde unseren Jungen operieren.«

»Doktor Olivera war kurzfristig verhindert. Fräulein Doktor Vogel und ich sind für unseren Kinderchirurgen eingesprungen!« Frau Doktor Feigenspann trat hinzu. »Wir entschuldigen uns für den Fehler, der uns unterlaufen ist. Paul geht es wieder gut, und wir werden ihn, sobald wir das passende Narkosemittel bekommen, erneut operieren.«

Lissi war gerührt, dass Frau Doktor Feigenspann von *uns* sprach und damit den Fehler auch auf ihre Kappe nahm. Trotzdem war sie überzeugt davon, dass allein sie schuld daran war, dass der kleine Paul fast gestorben wäre.

»Wenn das Fräulein schon eine richtige Ärztin und nicht nur Assistenzärztin wäre, hätte es bestimmt keine Komplikationen gegeben!«, widersprach Herr Brehme harsch. »Ich verbitte mir, dass unser Junge erneut von jemand anderem als von einem Stationsarzt operiert wird!«

»Fräulein Doktor Vogel, Sie kümmern sich um die noch offene Dokumentation der Operation«, wies Frau Doktor Feigenspann Lissi an, vermutlich, damit sie aus der Schusslinie kam.

Lissi verabschiedete sich knapp, ging erst und lief dann über den Stationskorridor. Ihr Fehler war unverzeihbar. Sollte sie ihre Ausbildung abbrechen? Ihr wurde schummrig bei der Vorstellung, nicht mehr als Ärztin arbeiten zu dürfen. Ja: dürfen. Es war ein Privileg. Die Patienten und Eltern vertrauten ihr ein fremdes Leben an. Durch die unzulängliche Vorbereitung der Operation hatte sie das Privileg mit Füßen getreten. Der Tag hatte schon schrecklich mit der Polioepidemie begonnen, und nun nahm er einen grauenvollen Verlauf. Es war doch noch nicht der richtige Zeitpunkt, um der Welt zu zeigen, dass sie kein bemitleidenswertes Hinkebein, sondern eine hervorragende Ärztin war.

***

14

15. Januar 1949

Es war vier Uhr nachts und dunkel draußen. Lissi lag auf der Liege im Bereitschaftszimmer und starrte die Decke an. Doktor Zappel, der als zweiter Arzt ebenfalls Dienst hatte, hatte ihr den Raum zur alleinigen Nutzung überlassen. Er zog es vor, während seiner Bereitschaft im Klinikpark spazieren zu gehen und Pfeife zu rauchen. Er sagte, er würde in seinem Alter so schlecht ruhen, dass er die Zeit lieber mit angenehmeren Dingen verbrachte. Lissi schlief seit ihrem Narkosefehler vor fünf Wochen ebenfalls schlecht. Wenigstens musste sie Ramon heute nicht mehr unter die Augen treten.

Sie wälzte sich hin und her, nur, um doch wieder Bilder aus der missglückten Operation vor ihrem inneren Auge zu sehen. Sosehr sie sich auch anstrengte, an etwas anderes zu denken, es gelang ihr nicht. Seltsamerweise hatte der Ärztliche Direktor sie bisher nicht auf die Geschehnisse vor fünf Wochen angesprochen. Vielleicht, weil der kleine Fußballer beim zweiten Operationsversuch passend narkotisiert worden war und seine Heilung problemlos verlief? In wenigen Wochen würde er wieder Sport treiben können.

Der Duft der Zimtplätzchen aus der Schale auf dem

kleinen Tisch erinnerte Lissi an die Weihnachtstage, die sie zusammen mit Emmas Geburtstag vor drei Wochen begangen hatten. An den Festtagen und auch danach war der Blick ihrer Mutter noch nachdenklicher geworden, und sie hatte Kurt damit angesteckt.

Es klopfte an der Tür des Bereitschaftszimmers, gefolgt von einem »Ich bin's«. War das Ramons Stimme? Er war noch da? Seit der Operation fühlte sie sich unwert und klein vor ihm. Sicher dachte er, dass sie als Ärztin ungeeignet war. Nie wieder würde er zustimmen, sie an seiner statt an den Operationstisch zu lassen.

»Seit Wochen weichst du mir aus«, sagte Ramon von der anderen Seite der Tür. Sie hatte abgeschlossen. »Lass uns endlich reden!« Er ruckelte an der Klinke.

»Ich habe Bereitschaftsdienst, lass uns später sprechen«, wiegelte sie ab. Wann sie ihm wieder in die Augen schauen konnte, wagte sie gerade noch nicht zu sagen.

»Wieder vertröstest du mich?«, fragte er zurück. »Irgendwann müssen wir reden!«

Zögerlich schloss Lissi auf und öffnete die Tür.

Ramon trug eine lässige dunkelrote Jacke, ein bisschen zu dünn für das kalte Winterwetter. Anscheinend hatte er Überstunden gemacht und war auf dem Weg in den Feierabend.

»Lissi, so kann es nicht weitergehen!«, waren seine ersten Worte.

Sie sehnte sich nach Zeit mit ihm, wollte seine Stimme nah an ihrem Ohr hören, seine Wärme an ihrer Brust und im Bauch spüren, mit den Fingern durch sein dichtes Haar fahren.

»Morgen Abend? Bei mir?«, schlug sie vor. Die Klinik

war nicht der richtige Ort für eine private Aussprache. Zu Hause war sie in ihrem geschützten Raum.

Ramon nickte, dann ging er davon.

Lissi wollte die Tür gerade wieder schließen, da kam Stationsschwester Grete angelaufen. »Rolf muss in die Eiserne Lunge! Die Sauerstoffbombe genügt nicht mehr! Fräulein Doktor Vogel, ich brauche Ihre Hilfe!«

»Ich komme!«, sagte Lissi und folgte Grete in den Raum neben dem Operationssaal. Dieser war zum Beatmungsraum erklärt worden, als die Eiserne Lunge dort vor drei Wochen hingebracht worden war. Die Amerikaner hatten die Maschine der Kinderklinik, dem einzigen Poliozentrum im sowjetischen Sektor, für den sektorenübergreifenden Kampf gegen die Epidemie überlassen. Die Apparatur war extra aus Chicago eingeflogen worden. Durch die weiter steigenden Fallzahlen waren die Isolierzimmer inzwischen sogar mehrfach belegt.

Die massive Maschine schüchterte Lissi ein, aber das durfte sie sich auf keinen Fall anmerken lassen. Die Eiserne Lunge war zwei Meter lang, sechshundert Kilo schwer und bestand vor allem aus einem riesigen Hohlzylinder, in den Grete und Lissi Rolf gemeinsam legten. Sein von Polio gezeichneter Körper war abgemagert, er hatte Muskelmasse abgebaut und zitterte vor Angst.

Grete verriegelte die Maschine, in der abwechselnd Über- und Unterdruck erzeugt wurde, was zur Ausdehnung und zum Zusammenpressen des Brustkorbes führte. Dadurch sog der Patient die Luft erst ein und stieß sie danach wieder aus. Die Maschine würde Rolf zum Atmen zwingen, weil es seine gelähmten Atemmuskeln nicht mehr taten.

Lissi fand, dass es beklemmend aussah, wie der kleine

Körper hermetisch abgeschlossen in dem Hohlzylinder lag. Einzig Rolfs Kopf guckte an der Stirnseite heraus. Eine enge Manschette um seinen Hals verhinderte, dass Luft aus der Maschine entwich. Hier würde er bleiben müssen, bis seine Atemmuskulatur wieder gekräftigt war. Das konnte Tage, Wochen oder Monate dauern. Ohne die Maschine würde er sterben.

Rolf schaute Lissi mit bangem Blick an, als die Eiserne Lunge eingeschaltet wurde. Sie ging zu ihm und strich ihm über die verschwitzte Stirn. »Du brauchst dich nicht zu fürchten. Ich bin bei dir«, sagte sie und atmete ein paarmal im Rhythmus der Maschine mit.

Sie erinnerte sich an Rolfs dickes Buch *20 000 Meilen unter dem Meer*, in dem er so eifrig gelesen hatte, als dies noch möglich gewesen war. Danach hatte sie ihm daraus vorgelesen. »Stell dir vor, du hast gerade das Unterseeboot von Kapitän Nemo betreten, die *Nautilus*.« Ein bisschen sah die Eiserne Lunge tatsächlich wie das berühmte Unterseeboot aus, das die Form einer überdimensionalen Zigarre aufwies. »Du wirst gleich durch ein Land der Wunder reisen«, sagte Lissi mit den Worten von Kapitän Nemo, »und du wirst die letzten Geheimnisse unseres Planeten erfahren.«

Rolf blinzelte, während Lissi weiter ausführte, woran sie sich aus Theodors unzähligen Vorlesestunden noch erinnerte: »Die Tiefsee wird all deine Bedürfnisse befriedigen!« So oder so ähnlich hatte es Kapitän Nemo zu Professor Aronnax gesagt. »Die Tiefsee ernährt uns, kleidet uns, gibt uns Elektrizität, kurzum: Sie befriedigt all unsere Bedürfnisse fern der Menschheit.«

»Ja«, krächzte Rolf. Ein paarmal setzte er an für: »Kapi- … Kapit- … Kapitän Nemo isst Delfinleber.« Er ließ zwei Atemzüge verstreichen, bevor er genug Kraft und Luft für den Rest des Satzes gesammelt hatte: »… Delfinleber und eingemachte Seegurken, und er trägt Kleidung, die aus Muschelfasern gewebt ist.«

Lissi tupfte ihm die Schweißperlen mit einem warmen Waschlappen von der Stirn.

Im Folgenden erzählte sie ihm von der ersten Unterwasserjagd, auf die Kapitän Nemo Professor Aronnax mitnahm. Die Zeit verging schnell, bis es hell wurde und die Schwestern kamen, den Jungen zu wenden. Während der künstlichen Beatmung mussten Patienten zur Vermeidung von Lungenkomplikationen spätestens alle zwei Stunden vom Rücken auf die Seite oder den Bauch gedreht werden.

Als das Wenden geschafft war und Lissi das Zimmer verlassen wollte, um noch einmal nach dem gestern eingelieferten Günther Jablonski zu schauen, der wie Rolf an paralytischer Polio litt, führte Doktor Fiedler Rolfs Mutter und Rita in den Raum, blieb selbst aber nicht dabei.

»Rolf! Guten Morgen«, rief Rita und wollte schon auf ihren Bruder zustürzen, zögerte aber. Mit geweiteten Augen betrachtete sie erst einmal die Eiserne Lunge und schaute fragend von der Maschine zu ihrer Mutter und dann zu Lissi.

»Die Eiserne Lunge hilft deinem Bruder zu atmen«, erklärte Lissi. »Du kannst ruhig an sie herantreten.« Sie nickte Rita zu, aber als die weiter zögerte, hielt Lissi ihr die Hand entgegen, und zusammen schritten sie bis zur Höhe, wo Rolfs Kopf aus der Maschine herausschaute. Frau Stehfest blieb bei der Tür stehen.

Vorsichtig küsste Rita ihren Bruder auf die Wangen, zog ihre Hand aus Lissis und legte ihre Arme um den Kopf des Bruders. »Stell dir vor, ich habe die Zulassung fürs Konservatorium erhalten«, erzählte sie. Sie trug einen dunkelgrauen Wollmantel, in gleicher Farbe eine Baskenmütze dazu und wirkte wie eine kleine Erwachsene.

Frau Stehfest war in das gleiche Mantelmodell und die gleiche, nur größere Kopfbedeckung gekleidet. Elegant schauten ihre blonden Locken, eine runder als die andere, auf der rechten Seite unter der Mütze hervor.

»Vorsichtig, Rita!«, mahnte Lissi. »Zerdrück deinen Bruder nicht. Er ist schwach.«

»Bin ... ich nicht«, widersprach Rolf krächzend und lächelte seine Schwester müde an. Dann sagte er leise: »Du wirst die beste Geigerin von Berlin werden.« Nach diesen Worten wanderte sein Blick sehnsüchtig zu seiner Mutter, die jedoch nur Augen für ihre Tochter hatte.

»Soll ich dir das nächste Mal wieder ein Ständchen spielen?«, fragte Rita und ließ Rolf los, um mit den Armen das Spiel auf der Geige anzudeuten. »Ich übe gerade Vivaldis *Frühling* aus den *Vier Jahreszeiten*.«

»Den ersten Satz, das Allegro, beherrscht sie schon perfekt«, verkündete Frau Stehfest, trat zu ihrer Tochter und legte ihr stolz die Hand auf die Schulter. »Mein teures Mausilein.«

Rolfs Blick blieb an der Hand seiner Mutter hängen. Seine trockenen Lippen formten: *Mein teures Mausilein*, aber kein Laut entkam ihnen.

Lissi gab Frau Stehfest mit einem vorsichtigen Kopfschütteln zu verstehen, dass es für ein Ständchen noch etwas früh war. Zu viel Aufregung schadete Rolf in diesem Zustand. Zudem war Musik nicht das, was er wollte, davon war sie überzeugt.

»Wir müssen sowieso los«, sagte Frau Stehfest und

führte Rita zur Tür, als die sich noch mal losriss und zu Lissi sprang.

Das Mädchen griff in die Tasche seines Mantels, holte ein zusammengefaltetes Stück Papier heraus und hielt es Lissi hin. »Können Sie das so anbringen, dass Rolf es sehen kann?«

»Nun komm, Rita, dein Geigenunterricht beginnt in einer halben Stunde!«, mahnte Frau Stehfest und schob auf ihrer Stirn eine blonde Locke an die richtige Stelle zurück.

Lissi entfaltete das Papier. Es war das Bild eines bunten Fischschwarmes, wie es ihn in Nemos Unterwasserwelt gab. »Gern«, sagte sie und machte sich gleich daran, das Bild an der Wand bei der Eisernen Lunge zu befestigen. Aber Rolf hatte keinen Blick dafür, sondern schaute nur zu seiner Mutter.

Lissi lief eine Träne über die Wange. Wie konnte eine Mutter ihre Kinder so ungleich behandeln?

*

Lissi war auf dem Weg in den Klinikkeller, um die Akten der jüngst entlassenen Patienten zu archivieren. Das wollte sie noch erledigen, bevor sie heimging. Mit einem dicken Stapel an der Brust stieg sie die Treppen in den Keller hinab, wo sich das Archiv befand.

Die Luft hier unten war feucht, kühl und roch modrig. Am Ende des Gangs betrat sie den Raum, der mit Schränken vollgestellt war. Gewissenhaft begann sie, Akte für Akte nach alphabetischer Ordnung einzusortieren. Sie überprüfte jeden Handgriff zweimal. Wenigstens das Einsortieren wollte sie fehlerfrei hinbekommen.

Als sie die Akte von Paul Brehme in der Hand hielt, hinterließen ihre plötzlich schwitzenden Finger Abdrücke auf dem Karton der Aktenmappe, die sie seit der Operation nicht mehr in den Händen gehalten hatte. Es fühlte sich beklemmend an, aber sie konnte nicht anders, als die Mappe aufzuschlagen und durchzublättern.

Prompt landete sie bei jenem Formular, das unter dem Stichwort »Allergien« den Hinweis auf eine Äther-Unverträglichkeit enthielt. Nicht klein und übersehbar, sondern mit großen geschwungenen Buchstaben hatte der ursprünglich zuständige Arzt, nämlich Ramon, die Informationen aus dem Vorgespräch mit den Eltern festgehalten. Sie musste Tomaten auf den Augen gehabt haben, die Worte in dunkler Tinte zu übersehen. Eigentlich sah sie ausgezeichnet. Lissi schaute auf. Oder hatten die Worte gar nicht dagestanden? Sie konnte sich nicht mehr erinnern.

Sie schüttelte den Kopf und sortierte die Akte wieder in den Schrank mit dem Buchstaben *B* ein. Wie konnte sie nur versuchen, jemand anderem die Schuld in die Schuhe zu schieben?! Sie allein hatte die Verantwortung für ihr Versagen zu tragen!

*

Mit »So kann es nicht weitergehen« eröffnete Ramon das Gespräch an Lissis Stubentisch mit den zwei karierten Sesseln, die ihr auf einmal ziemlich altmodisch erschienen.

Bis Lissi verstand, dass er gar nicht wollte, dass sie als Assistenzärztin aufgab, vergingen ein paar Minuten, in denen sie alle Vorwürfe vortrug, die sie sich machte.

»Gib mir eine Chance, dir zu helfen, das Geschehene

zu verarbeiten«, forderte Ramon sie auf. »Frau Doktor Feigenspann, Franka, hat mir von deiner Operation erzählt. Du warst kurz erschrocken, hast dich aber korrekt verhalten. Ich habe die Narbe deines Luftröhrenschnittes gesehen. Sie sieht absolut fachmännisch aus. Kein Arzt ist unfehlbar, und weil eine Assistenzärztin noch unerfahren ist, bekommt sie eine erfahrene Operateurin an die Seite gestellt«, sagte Ramon. »Einen Punkt in der Krankenakte übersehen zu haben sollte kein Grund dafür sein, an deiner Berufung zu zweifeln. Dennoch sollte dir dieser Fehler nicht erneut passieren. Nimm dir immer ausreichend Zeit, die Informationen in der Akte genau zu studieren und für die Operation zu verinnerlichen.«

Lissi konnte nicht verhindern, dass ihr Tränen in die Augen stiegen. »Wegen mir wäre beinahe ein Patient gestorben«, sagte sie. Wie sollte sie da nicht zweifeln? Gleichzeitig dachte sie, dass ihrer Tante Marlene solch ein Fehler ganz sicher nicht passiert wäre.

Ramon legte seine Hand auf ihre, die ganz verschwitzt war, so wie gestern auch, als sie die Akte von Paul noch einmal angesehen hatte.

Lissi genoss Ramons warme Finger auf ihrer Haut. Diese zarte Berührung fühlte sich wie eine feste Umarmung an. Es gab ihr den Mut, offen zu reden. »Ich schäme mich für meinen Fehler. Vor allem vor dir«, gab sie mit gesenktem Blick zu, während eine Träne ihre Wange hinablief. »Du hast mir deinen Patienten anvertraut, mich stellvertretend für dich in den Operationssaal gelassen.«

Er beugte sich zu ihr über den Tisch. »Elisabeth Vogel, ich bin der Letzte, der dich verurteilt. Du gibst als Ärztin alles, und das Wohl der Kinder liegt dir sehr am Herzen.«

Lissi nickte. Sie wollte nichts sehnlicher, als den kleinen Patienten helfen und sie geheilt entlassen.

»Seit Paul Brehmes Operation bist du bei den Visiten und Fallbesprechungen zurückhaltend. Von der engagierten Ärztin, die den Kindern Hoffnung schenkt, ist gerade nicht mehr viel übrig.«

Ramon hatte recht. Bei jedem Schritt, den sie tat, ging sie neuerdings alle möglichen Fehlerquellen durch. Sie zögerte wie eine blutige Anfängerin. Im Gegensatz dazu stand, wie sie an ihrem allerersten Tag an der Klinik der kleinen Rita sofort geholfen hatte.

»Die Kinder auf meiner Station haben mich schon gefragt, ob du krank bist«, sagte Ramon, seine Hand weiter auf ihrer.

»Wirklich?« Lissi hatte gehofft, ihren Kummer vor den kleinen Patienten verbergen zu können.

»Anstatt weiter zu zweifeln, solltest du deine Energie darauf verwenden, einen Fehler, wie er dir passiert ist, zukünftig zu vermeiden.« Ramon griff in seine Tasche und hielt ihr ein dickes Buch mit dem Titel *Fachwissen Anästhesie* hin.

Als Lissi es vorsichtig nahm, streichelte er ihre Finger mit seinen. »Konzentrier dich auf das Bessermachen. Und lass die Kleinen wieder spüren, welch gute Ärztin mit dem großen Herzen du bist!«

Ein erstes Lächeln huschte über Lissis Gesicht. Seine Worte spendeten mehr Trost, als es die ihrer Mutter vermocht hatten. Mehrfach hatte Emma versucht, sie aufzumuntern und zu motivieren, aber es war ihr nicht gelungen. Vielleicht, weil Emma selbst zu tief in der Not der Poliokinder versunken war.

Mit Ramon war alles anders. Mit jeder Berührung, mit jedem Wort fühlte sie sich weniger unwert. Lissi schaute von seinen braun gebrannten Händen auf. Er fand sie schön, wie sie inzwischen wusste. »*Você é linda*« bedeutete: Du bist schön.

Ramon lächelte sie verliebt an, sodass sie gar nicht anders konnte, als das Lächeln zu erwidern. Es tat fast weh in den Mundwinkeln, so ungeübt war sie inzwischen darin.

Ramon hatte ihr Leben verändert. Ihm gelang es sogar, dass sie neue Hoffnung verspürte, doch noch eine gute Ärztin zu werden.

Er zog sie vom Stuhl hoch und zu sich heran. Behutsam nahm er ihr Gesicht in seine Hände und fuhr mit seinen Lippen sanft über ihre Stirn, glitt zu ihren Wangen hinab, nahm ihre Tränen auf und küsste sie auf den Mund.

»Hör nicht auf«, hauchte sie. Es war heilsam, von großen, starken Händen aufgefangen zu werden. Ihre Finger fuhren auf seinem Pullover über die Wölbungen seiner Brustmuskeln. Lissi meinte, ihre Herzen würden im Einklang schlagen, als er sich ihr entgegenneigte, sodass sich ihre Becken berührten. Er atmete schneller.

Im nächsten Moment zog er seine Hände zurück, die eben noch ihren Nacken gestreichelt hatten. »Bist du dir sicher damit?«

Sie wollte, dass er nicht aufhörte, sie zu berühren, und führte ihn zum Bett, in dem sie sich während der letzten Wochen oft verkrochen hatte.

Zärtlich küsste er jede ihrer Fingerspitzen. Obwohl einzig das Mondlicht das Zimmer erhellte, hätte Lissi schwören können, Ramon habe Tausende Kerzen angezündet, die das

Bett in sanftes Licht tauchten. Von ihm gehalten, sank sie aufs Bett.

Ein Flattern machte sich in ihrer Magengegend breit, als sie seinen warmen Atem auf ihrem Hals spürte. Erst noch verunsichert, gab sie bald ihre Scham auf und ließ sich fallen. Ihr Körper erbebte vor Sehnsucht, als er ihre Bluse öffnete und über ihre Brüste strich. Vor Erregung stöhnte er auf. Seine Hände wanderten tiefer und öffneten ihre Hose. Er berührte die Innenseiten ihrer Oberschenkel, und Wellen der Lust fuhren durch ihren Körper. Als er in sie eindrang, schrie sie kurz auf, verwirrt vom Schmerz und überwältigt von der Intensität ihres Verlangens, das daraufhin folgte. Sie liebten sich, bis sie erschöpft und verschwitzt nebeneinandersackten. Aneinandergeschmiegt schliefen sie ein.

Am Morgen lagen sie noch lange Haut an Haut beieinander und erzählten. Ramon gestand ihr, wie sehr er seine Großeltern in Portugal vermisste, erzählte von seiner hundertjährigen Großmutter, die Papageien züchtete, und der Enttäuschung seines Vaters, dass sein Sohn den Familienbetrieb – eine Dachdeckerwerkstatt – nicht übernommen hatte, nachdem der Vater körperlich nicht mehr in der Lage war, auf Dächer zu steigen. Im Gegenzug vertraute Lissi ihm die bewegendsten Momente ihrer Kindheit an, darunter auch die frühere Angst vor Poliomyelitis. Er war der erste Mann in ihrem Leben, vor dem sie sich schön fand.

Bevor sie Kaffee kochte, holte sie das Buch *Fachwissen Anästhesie* ins Bett. Abwechselnd lasen sie daraus vor. Zum Glück war Samstag, und sie konnten den ganzen Tag hier verbringen.

***

15

26. März 1949

Erschöpft ließ Emma ihren Blick vom Kliniktor über das Dach des Hauptgebäudes gleiten, das diesen Winter von schweren Schneemassen verschont geblieben war. Es hatte kaum geschneit, und inzwischen war es Frühling geworden. In vier Wochen stand Ostern an.

Sie gürtete ihren Mantel. Ihr Oberschwesternkleid darunter war beschmutzt von Erbrochenem. Die Nachtschicht, in der sie ausgeholfen hatte, war kräftezehrend gewesen. Kurt holte sie heute von der Arbeit ab. Besser, er trug sie nach Hause. Komplette Dienste als Krankenschwester war sie nicht mehr gewohnt, schon gar nicht bei an Polio erkrankten Kindern. Es war kaum auszuhalten gewesen. Sie hatte eine Beruhigungstablette genommen, nur eine einzige.

Kurt kam auf sie zu. »Ich habe frische Brötchen bekommen!« Er holte einen Stoffbeutel hinter seinem Rücken hervor, aus dem es verführerisch duftete. Vermutlich hatte er dafür eine Stunde angestanden.

Kurt wollte Emma durchs Kliniktor führen, aber sie sträubte sich noch und schaute zurück zum Hauptgebäude. »Wie sollen wir die Herausforderung als Poliozentrum meistern, wenn das Dach undicht ist? Es ist sicher nur eine

Frage der Zeit, bis alle Zimmer dort oben feucht sind.« Sie deutete auf das oberste Geschoss. »Wie hat sich die zentrale Gesundheitsverwaltung das vorgestellt? Nicht einmal der Ärztliche Direktor hat erwirken können, dass Handwerker kommen und den Schaden reparieren. Die Zustände im neuen System sind ... sagen wir: stark optimierbar.« Statt sich auf die Instandsetzung zu konzentrieren, hatte Professor Nowikow die Stelle eines stellvertretenden Ärztlichen Direktors ausgeschrieben, auf die sich bisher Doktor Fiedler und Frau Doktor Feigenspann beworben hatten. Seit Tagen sprach er davon. Emma wünschte sich, er würde über Dachrinnen, rissige Mauern und Treppen genauso viel reden. Ihr war auch nicht entgangen, dass er sie seit ihrem Gespräch über die *durchgegangenen Pferde* besonders im Auge zu behalten schien. »Er sollte ...«

Kurt küsste ihr weitere Worte von den Lippen. Aber es dauerte nicht lange, bis Emmas Blick wieder auf dem Dach landete.

»Wann trifft eigentlich Doktor Olivera hier ein? Müsste er nicht längst ...« Kurt sprach nicht weiter, als er Emmas kritischen Blick bemerkte.

»Ich dachte, du wolltest mich von der Nachtschicht abholen«, sagte sie. »Aber in Wahrheit bist du hier, um Doktor Olivera zu begutachten.« Jetzt musste sie doch lächeln beim Anblick des Schneeglöckchens in seinem obersten Knopfloch.

Seit der Zeit in der Schweiz hatten sie die kleinen Dinge des Lebens lieben gelernt, den einen schönen Augenblick im Hier und Jetzt auszukosten. Emma war Lissi einst direkt in die Schweiz gefolgt, während Kurt einen anderen Weg nehmen musste. Ein Ehepaar hätte man nicht gemeinsam aus

Nazideutschland herausgelassen. Zu groß wäre die Gefahr gewesen, dass sie nie wiederkämen, die wertvollen Kriegsarbeitskräfte, die Wehrdienstfähigen. Man hatte Emma damals nur nach Bern gelassen, nachdem sie beteuert hatte, ihre Tochter beim schweren Studium unterstützen zu wollen. Kurt brauchte weniger schauspielerisches Talent, sein Weg raus aus Deutschland war jedoch wesentlich beschwerlicher gewesen.

»Ich möchte Doktor Olivera endlich kennenlernen«, rechtfertigte Kurt sich, »so oft, wie Lissi von ihm erzählt.«

Mit Sorge hatte Emma verfolgt, dass ihre Tochter inzwischen von kaum etwas anderem als Doktor Olivera sprach und sogar angefangen hatte, Portugiesisch zu lernen. »Bitte lass uns über etwas anderes reden«, bat sie, hakte sich bei Kurt ein und führte ihn durchs Kliniktor nach draußen. »Weißt du was?«

Kurt schüttelte den Kopf.

»Vermutlich ist der Schaden am Dach schneller behoben, wenn ich es selbst anpacke! Die Dachdecker sind erst in Wochen verfügbar«, sagte sie und war auf einmal wieder hellwach. »Eigentlich fehlen doch nur die Ziegel, um mit der Reparatur zu beginnen.«

»Ich möchte nicht, dass du dort hochsteigst.« Kurt zeigte zurück zum Dach. »Das ist lebensgefährlich!«

»Ich kann mich mit Seilen sichern«, sagte Emma leichthin, als ging es um so etwas Belangloses wie das Ziel des nächsten Sonntagsspaziergangs. »Kurt, versteh doch! Wenn wir das Dach nicht bald regensicher bekommen, müssen wir die provisorische Isolierstation auflösen. Die Kinder, die mit Polio zu kämpfen haben, wo sollen die dann hin? Die anderen Zentren sind längst voll!«

»Polio.« Kurt schluckte schwer, sodass sein Kehlkopf deutlich hervortrat, und schaute Emma mit besorgtem Blick an. Er wusste schon länger davon, aber nicht von Emma. Es hatte in allen Zeitungen gestanden, und die öffentlichen Vorsorgemaßnahmen taten ihr Übriges. »Die kranken Kinder müssen bestmöglich versorgt werden«, sagte er nach kurzem Überlegen. »Da hast du recht. Aber auf keinen Fall lasse ich dich da allein rauf. Wenn, stehe ich dort oben neben dir!«

Emma nickte sofort und ergänzte noch: »Außerdem trifft sich die kleine Musikgruppe regelmäßig im Dachgeschoss. Es wäre schade, wenn sie wieder auf einem Korridor spielen müssten.« Die Proben mit den Kindern liefen gut, aber wie es Franz damit ging, konnte sie nicht sagen. Am Ende einer jeden Stunde konnte er es kaum erwarten, sich zum Bahnhof aufzumachen, die Nummer sechstausendeinhundertzweiundachtzig vor sich hin murmelnd. Er war der Einzige, der Albert nicht für tot hielt.

Hand in Hand überquerten Emma und Kurt die Straße vor der Kinderklinik. »Wenn ich nur wüsste, wie ich an Dachziegel komme, um die löchrigen Stellen auszubessern.« In ihrer Vorstellung sah sie sich mit Kurt schon auf dem Dach arbeiten.

»Warte mal!«, sagte Kurt und blieb erneut stehen. Weit waren sie noch nicht gekommen. »Ich habe eine Idee.« Er ließ ihre Hand los.

Emma schaute ihn mit großen Augen an. »Jetzt sag schon!«

»Du erinnerst dich doch an Bauer Munck in Lübars«, sagte er.

Emma nickte. Seine Frau hatte Emmas Mutter Elisabeth sonntags immer zum Kirchgang abgeholt. Die Muncks waren gute Nachbarn gewesen. Lübars lag in der französischen Besatzungszone und war der Ort ihrer frühesten Kindheit – bis ihre Mutter gestorben war und sie über Umwege ins Waisenhaus nach Berlin gekommen waren. Erst als junge Frauen waren Marlene und sie nach Lübars zurückgekehrt und hatten das Häuschen für Wochenendausflüge genutzt. Beim Gedanken an Marlene zog sich Emmas Herz zusammen, aber sie wischte das Thema schnell wieder weg.

»Das Stückchen Land, das wir Bauer Munck zusätzlich zur Kate abgekauft haben«, erklärte Kurt, »das mit den Obstbäumen darauf, das direkt an unseren Acker grenzte, das könnte die Lösung sein.« Doktor Olivera ging hinter ihm vorbei und steuerte auf das Kliniktor zu. Emma war froh, dass Kurt abgelenkt war. Der Kinderchirurg war nicht der Richtige für Lissi!

»Das Stück Land mit den Obstbäumen? Wie soll uns das mit den Dachziegeln weiterhelfen?«

»Erinnerst du dich noch an die alte Scheune, die sich am Rand des Grundstücks befand?«, fragte Kurt.

Meinte er das bretterbehauene baufällige Etwas, das schon vor Jahren eingestürzt war?

»Wenn ich mich recht erinnere, ist diese Scheune mit Ziegeln gedeckt«, erklärte Kurt.

Emma konnte in ihrer Erinnerung keine auf dem Dach sehen. »Bist du dir sicher?«

»Die Muncks waren fleißige Bauern«, dachte Kurt laut. »Auf jeden Fall konnten sie sich Ziegel leisten. Wie wäre es, wenn wir nachschauen? Dieses oder nächstes Wochenende?«

»Gleich heute?«, fragte Emma und fiel Kurt um den

Hals, als er nickte. Die Aussicht, endlich das Dach reparieren zu können, verlieh ihr ganz neue Kräfte, obwohl die Nachtschicht sie sehr geschwächt hatte. Sie könnte sich auf der Fahrt raus nach Lübars etwas ausruhen.

»Frau Vogel?« Eine Schwester von der Augenstation kam ans Tor gelaufen. »Telefon für Sie!«

»Neue Epidemiezahlen?«, fragte Emma. Das wäre ein Grund, die Fahrt nach Lübars um eine halbe Stunde nach hinten zu schieben, obwohl ihr jedes Mal fast schwindelig wurde, wenn neue Zahlen verkündet wurden. Sie hatte schon genug Epidemien miterlebt, um sich eine Vorstellung von der Unberechenbarkeit von Viren zu machen. Seit einer Woche hatte das sektorenübergreifende Poliokomitee der Bevölkerung angeraten, ihre Kinder zu Hause zu behalten. Die meisten Schulen hatten den Unterricht komplett ausgesetzt.

»Die Polizei ist am Apparat und will Sie sprechen!«, rief die Schwester auf die Straße.

Emma und Kurt schauten sich unsicher an. Sie hatten sehr unterschiedliche Erfahrungen mit der Polizei gemacht. Kurts Erfahrung war psychisch quälend gewesen, als er versucht hatte, Emma in die Schweiz zu folgen. Seine Einberufung hatte das Fass des Aushaltbaren in Deutschland zum Überlaufen gebracht. Natürlich war er nicht bereit gewesen, für Hitler in den Krieg zu ziehen. Auf Kriegsdienstverweigerung stand jedoch der Tod. Und so sahen sie seine einzige kleine Überlebenschance darin, den Wehrdienst scheinbar anzutreten, dann aber zu fliehen. Dass die Schweiz Militärflüchtlinge, Männer in vollständiger Uniform, die an der Grenze erschienen, aufnahm, war Teil ihres Plans. Es war gefährlich gewesen, denn Hitler hatte die Flucht ins neutrale Ausland ebenso unter Todesstrafe gestellt. Die Uniform war der Grund, warum Kurt den Wehrdienst erst einmal hatte antreten müssen. Der Plan war jedoch aufgrund der Polizei und der Nachrichtenoffiziere zu einem Martyrium geworden.

»Ich komme«, rief Emma der Schwester am Tor zu.

»Und ich komme mit!«, entschied Kurt. In der Schweiz hatten sie sich geschworen, nie wieder getrennte Wege zu gehen, schon gar nicht, wenn die Polizei involviert war.

Sie gingen gemeinsam ins Hauptgebäude zum Stationstelefon, das in einer Nische neben der Wand mit den Herzen stand.

Emma griff nach dem Hörer. »Emma Vogel, Kinderklinik Weißensee?«

»Hier spricht Wachtmeister Müller von der Polizeistation Charlottenburg-Süd«, kam es mit tiefer Stimme vom anderen Ende der Leitung.

Emma legte ihre Hand auf die Sprechmuschel und flüsterte Kurt zu: »Ein Wachtmeister aus Charlottenburg.«

Kurt griff nach Emmas Hand.

Sie presste sich eng in die Nische mit dem Telefon. »Was gibt es?«, fragte sie mit gesenkter Stimme.

»Wir haben hier ein Fräulein Katharina von Weilert sitzen«, erklärte der Wachtmeister. »Das Mädchen hat Sie als Kontakt angegeben.«

»Mich?«, sagte Emma verwundert. »Was ist denn passiert?«

Kurt reckte sein Ohr zum Hörer.

»Wir haben die junge Dame beim Diebstahl erwischt«, erklärte der Wachtmeister. »In einem Bekleidungsgeschäft.«

Emma schaute Kurt an und zuckte verwundert mit den Schultern. Damit hatte sie nicht gerechnet. »Und jetzt?«

»Weil sie noch nicht volljährig ist, sehen wir von einer Anzeige ab«, sagte der Wachtmeister.

Emma und Kurt atmeten gleichzeitig erleichtert aus. Ein Kind in Haft war das Letzte, was Marlene brauchte.

»Bitte kommen Sie, und holen Sie die junge Dame ab«, verlangte der Wachtmeister.

Kurt nickte sofort. »Ja, natürlich!«

Emma ließ sich die genaue Adresse der Polizeistation diktieren, dann legte sie auf. Lübars musste nun doch länger als dreißig Minuten warten.

*

Die Polizeistation Charlottenburg-Süd war in einem Haus aus Kaisers Zeiten untergebracht. Die hohen Räume mit Stuck an der Decke waren ungeheizt, um nicht zu sagen: eiskalt.

Emma und Kurt wurden von einem jungen Mann in Uniform vor ein Zimmer am Ende des Ganges geführt. Dort standen sie und warteten auf Wachtmeister Müller. Kurt zog sich das schlaffe Schneeglöckchen aus dem Knopfloch und steckte es in seine Hosentasche.

Zwanzig Minuten später ging der Wachtmeister ihnen voran in einen fensterlosen Raum, der Emma wie eine Gefängniszelle vorkam. Bestärkend drückte sie Kurts Hand, weil ihm der Schweiß auf der Stirn ausgebrochen war. Nach seiner Flucht in die Schweiz war er im Gefängnis interniert und lange verhört worden. Die Schweizer hatten um jeden Preis ausschließen wollen, sich Nazispitzel ins Land zu holen. Es hatte Monate gedauert. Bei ihm waren sie besonders gründlich gewesen, weil seine Antworten zu gut waren. Er war monatelang befragt worden: auch im Dunkeln, mitten in der Nacht. Emma war täglich vor dem Gefängnis erschienen, um für ihren Ehemann vorzusprechen, aber war immer wieder fortgeschickt worden. Die ersten Semester hatte sich Lissi wegen der Sorgen um ihre Familie nur schwer auf ihr Medizinstudium konzentrieren können. Bedrückend lange war unklar gewesen, ob Kurt nicht ins faschistische Deutschland abgeschoben werden würde. Das wäre sein Todesurteil gewesen.

Katharina saß an einem Tisch und blickte missmutig auf die Hände in ihrem Schoß. Sie war ein Abbild Marlenes zu jener Zeit, in der sie als Mädchen im Weddinger Waisenhaus gelebt hatten. Hochgewachsen und schlank. Die wilden dunkelblonden Locken trug sie offen wie Marlene als junge Frau. Auch in ihrer ungestümen Art kam sie eher nach ihrer Mutter.

Als das Mädchen sie erblickte, stand es auf. »Tante Emma, Onkel Kurt«, sagte sie fast höflich.

Emma ging um den Tisch herum und nahm Katharina in den Arm. »Wie kommt es denn zu dem Verdacht, dass du gestohlen hast?«, fragte sie dann ihre Nichte. Wenn auch manchmal zickig, war Katharina ein gutes Kind. Dass sie Bekleidung stahl, hielt Emma für unwahrscheinlich.

»Ich *habe* geklaut«, gestand sie unumwunden. In Katharinas Stimme lagen weder Reue noch Bedauern.

Emma hustete vor Schreck. Ihre Nichte, eine Diebin, die sich nicht einmal dafür schämte?

»Das Warum sollten wir nicht hier besprechen«, befand Kurt und wandte sich an den Wachtmeister. »Was müssen wir tun, damit wir Katharina mitnehmen können?« Langsam wurde es ihm hier drinnen richtig unbehaglich.

Emma sah es an seinem unsteten Blick. Bereits zweimal hatte er sich mit einem Taschentuch Schweiß aus dem Gesicht gewischt.

»Sie müssen das hier unterschreiben!« Wachtmeister Müller hielt ihnen ein Formular hin. »Beim nächsten Mal ist ein Strafgeld fällig, und gegen die Eltern von Fräulein von Weilert wird Anzeige erstattet.«

»Ich habe keine Eltern mehr«, sagte Katharina dem Wachtmeister ins Gesicht, »sind beide tot.«

»Katharina!«, entfuhr es Kurt entsetzt.

Scheinbar unberührt warf sich Katharina ihr lockiges Haar auf den Rücken und verschränkte ihre Arme vor der Brust.

Emma griff nach dem Papier, aber der Wachtmeister zog es noch einmal zurück. »Bitte sorgen Sie dafür, dass diese junge Dame nicht wieder kriminell wird. Wir haben sie auch beim Rauchen erwischt.«

Emma nickte betreten, auch wenn sie noch nicht wusste, wie sie das anstellen sollte. Katharina lebte im britischen Sektor, sie selbst im sowjetischen. Die Entfernung war zu groß, um das Mädchen im Auge zu behalten. Nachdenklich unterschrieb sie das Formular, dann verließen sie das fensterlose Zimmer und die Polizeistation.

»Wir bringen dich jetzt zurück nach Hause«, sagte Emma draußen und schaute beklommen an dem altehrwürdigen kaiserlichen Gebäude hinauf.

»Ich will nicht zurück zu Mutter«, entgegnete Katharina. Der Wind blies ihr die Locken ins Gesicht. »Du willst sie ja auch nicht mehr sehen, Tante Emma! Aber ich soll zu ihr?«

Perplex sah Emma sie an. So schnell wusste sie keine Erwiderung, die Marlene ins gute Licht rückte und Katharina zur Heimkehr bewegen könnte. Zuletzt hatte ihre Schwester ihr, Emma, den Traum von einer besseren Gesellschaft in der sowjetischen Besatzungszone nehmen wollen. Seitdem hatte sie nichts von sich hören lassen, geschweige denn, sich entschuldigt. Bestimmt hatte sie vor Katharina darüber gesprochen, wie blauäugig sie – Emma – sei, an ein soziales neues Miteinander zu glauben.

»Wie wäre es stattdessen mit einer gemeinsamen Fahrt nach Lübars?«, fragte Kurt.

Katharina zuckte als Zeichen ihres Einverständnisses mit den Schultern. Scheinbar war ihr das weit genug weg von ihrer Mutter. Sie steckte sich ein paar Locken hinters Ohr, sodass Emma ihre Augen sehen konnte. Sie wirkten traurig und kämpferisch zugleich.

Kurt wies zur U-Bahn-Station gegenüber und bedeutete den Frauen, ihm zu folgen.

***

Richtung Reinickendorf stiegen sie zweimal um, dann mussten sie noch einige Kilometer zu Fuß laufen. Emma hatte ihr Frühstücksbrötchen während der Fahrt an Katharina abgetreten. Die hatte es hungrig vertilgt.

In Lübars angekommen, ließ Emma ihren Blick über die Weite schweifen. Nördlich der Kate schmiegte sich das Fließ eng an Lübars und wirkte mit den dahinterliegenden Moorwiesen von jeher wie gemalt. Das hatten nicht einmal zwei Kriege zu ändern vermocht. Sie konnte die feuchten Wiesen riechen, eine Wohltat im Vergleich zu Berlins schlechten Straßengerüchen.

Vor dem zweiten großen Krieg hatte sie in der kleinen Kate mit ihrer Familie viele unbeschwerte Stunden verbracht. Einst war es eine marode Holzhütte mit einem kleinen Ackerstück hintendran gewesen. Kurt und sie hatten die Hütte repariert und ein Zimmer für die Kinder angebaut, später dann die angrenzende Obstwiese dazugekauft.

Katharina betrachtete das winzige Holzhaus, als würde sie es zum ersten Mal sehen: das tief gezogene Strohdach, die Fensterluke, den Anbau.

»Ich gehe drinnen nach dem Rechten schauen«, sagte Kurt und holte den Schlüssel unter dem Stein neben der Eingangstür vor.

Emma konnte es nicht abwarten, nach den Dachziegeln zu sehen. »Ich gehe zur Scheune. Kommst du mit, Katharina?«

Das Mädchen schüttelte den Kopf, also stapfte Emma allein über die feuchte Obstbaumwiese. Es musste kürzlich geregnet haben.

An der Grundstücksgrenze angekommen, blieb Emma stehen. Die Scheune war inzwischen vollständig zusammengefallen. Nur noch Reste von den gemauerten Außenwänden ließen die frühere Größe des Gebäudes erahnen. Die morschen Holzbalken des Dachstuhls lagen verstreut. Kahle Sträucher ragten aus dem Inneren der Scheune.

Es dauerte trotzdem nicht lange, bis Emma die ersten Ziegel fand und Bewuchs und Dreck von ihnen abwischte. Der gebrannte Ton war dick und konnte bestimmt ein zweites Mal eingesetzt werden. Sie wollte jubeln vor Freude und presste sich ein Exemplar an die Brust.

Im Folgenden schob sie Bretter beiseite, kämpfte sich

durch dornige Sträucher und hob verfaulte Balken an. Hier waren bestimmt mehr als einhundert Dachziegel zu retten. Für die Ausbesserungsarbeiten am Klinikdach würde das genügen.

Emma lief über die Wiese zurück zur Kate, sah aber weder Kurt noch Katharina. Sie fand die beiden hinter der Hütte, auf der kleinen Bank mit Blick auf die Fließtalwiesen. Bevor Katharina sie sehen konnte, stoppte Emma am Häuschen.

»Willst du eine?«, fragte Kurt und hielt Katharina eine Zigarette hin. Die griff zu und steckte sich den Glimmstängel zwischen die Lippen.

Emma war versucht, Katharina die Zigarette wegzunehmen, wollte aber die Stimmung zwischen ihr und Kurt nicht zerstören.

Eine Weile saßen die beiden schweigsam auf der Bank, bevor Kurt das Wort ergriff. »Ich glaube, dein Vater kam gerne her.«

Katharina schaute in die Ferne und zog an ihrer Zigarette.

Auf Emma wirkte es, als rauchte ihre Nichte schon länger.

»Dein Vater mochte den Blick von dieser Bank aus. Und er liebte den Apfelkuchen, den deine Mutter aus Lübarser Äpfeln gebacken hat.«

Katharina richtete sich auf der Bank auf. »Meine Mutter, eine gute Bäckerin? Pahh!«

Emma sah Kurt bei der Antwort schmunzeln. »Das war sie nie. Da hast du recht. Aber, weil sie trotzdem für ihn gebacken hat, freute er sich besonders darüber.«

»Sie hat es nie hinbekommen, die Sahne richtig steif

zu schlagen«, erinnerte sich Katharina, zog an der Zigarette und blies Qualm aus.

Nun musste auch Emma schmunzeln, während sie um die Ecke der Kate schaute. Ihre Nichte hatte vollkommen recht.

»Für mich hätte sie so etwas Liebes nie getan«, sagte Katharina, »für mich war nie Zeit.«

»Oh doch«, widersprach Kurt.

»Wann denn?«, fragte Katharina aufgebracht.

»Sie hat dir gezeigt, wie man Fahrrad fährt«, führte er aus. »Sie hat dir das Schwimmen beigebracht und wie man sich in der Badeanstalt am Weißen See von den Jungs nicht die Butter vom Brot nehmen lässt. Keiner von denen hat sich getraut, dich unter Wasser zu drücken.«

»Daran erinnere ich mich nicht mehr«, hörte Emma Katharina sagen.

»Und ab deinem zweiten Lebensjahr bestand Marlene darauf, dir jeden Abend zum Einschlafen vorzulesen«, fuhr Kurt fort. »Mal ein Märchen, mal ein Kapitel aus einem medizinischen Fachaufsatz. Beim Lesen musste alles andere warten.«

Irgendwo schrie eine Krähe.

»Danach hat sie mich aber bald vergessen. Je älter ich wurde, desto mehr.« Katharina senkte den Blick wieder.

Gedankenversunken ging Emma in die Kate. Es war eiskalt hier drin. Sie rieb sich die Hände und legte Holz in die alte Herdstelle, fand sogar noch ein paar Zündhölzer und trockenes Reisig. Sie brauchte mehrere Anläufe, das Feuer in Gang zu bekommen, während ihre Gedanken bei ihrer Nichte waren. Dass Katharina sich von ihrer Mutter vernachlässigt fühlte, hätte sie nicht für möglich gehalten. Es war ihr nie aufgefallen. Gut, in den letzten Jahren hatte Katharina oft teilnahmslos oder gar widerspenstig gewirkt, aber waren das nicht viele Mädchen, die zur jungen Frau wurden? Bei Lissi war diese Phase glimpflicher verlaufen. Ihre Krankheit hatte sie schneller erwachsen werden lassen. Es hatte Momente gegeben, da hatte Emma jedoch bezweifelt, dass Lissi eine gesunde Frau werden würde. Der Streuner vom Weißensee hatte sie gerettet. Damals, nach den Beruhigungstabletten, war Emma kurz davor gewesen, in ihrer tiefen Traurigkeit, diesem Sumpf aus Sorge und Schuldgefühlen, haltlos zu versinken. Nicht einmal Kurt hatte sie noch zu fassen bekommen. Aber um sie ging es heute nicht. Sie waren wegen der Kinderklinik hier und wollten auf Katharina aufpassen.

Das Feuer im Herd sandte erste Wärme in den Raum, als Emma Kissen und Decke auf dem Bett aufschüttelte. Als Theodor klein gewesen war, hatten sie das Kinderschlafzimmer angebaut, die Wände verstärkt und es wohnlicher gemacht. Seit 1933 gab es außerdem ein Erdloch, in das man durch zwei lockere Bodendielen unter dem Bett reinkam. Sie hatten es anderen verfolgten Sozialdemokraten als Versteck angeboten.

»Wir sind zurück.« Kurt betrat die Kate und kam zum Bett.

Emma machte einen Schritt auf Katharina zu, die noch in der Tür stand. »Wie wäre es, wenn du heute Nacht mit uns hierbleibst?« Sie wollte das Mädchen mit ihren Sorgen nicht allein lassen. »Die Kate ist zwar klein, aber im Anbau steht ein zusätzliches Bett.«

Katharina zögerte.

»Wir sagen in deiner Schule Bescheid, dass du krank geworden bist«, schlug Kurt vor und setzte sich an den Tisch vorm Herd, wo es schon angenehm warm war.

Emma stimmte zu. Sie würde Kurt bitten, Marlene vom Dorfkrug aus telefonisch mitzuteilen, dass Katharina mit ihnen in Lübars war, dass es ihr gut ging. »Morgen bringen wir dich aber nach Hause, einverstanden?«

»Nach Hause?« Katharina setzte sich zu Kurt und starrte in das Feuer im Herd, dessen Tür offen stand.

Nach einer Weile warf sie sich ihre Locken auf den Rücken und sagte: »Einverstanden.«

***

16

4. April 1949

Der Frühling hatte Berlin erreicht. Die ersten wärmeren Sonnenstrahlen schoben sich durch Frühnebel auf den Weißen See und bis zur Badeanstalt. Dort saß Lissi mit Ramon auf einer Decke, weil er ein Frühstück arrangiert hatte: frische Brötchen, Butter, süßen Honig und Kaffee. Sie waren die Einzigen hier um diese Zeit.

In seinen fast schwarzen Augen sah Lissi ihre Spiegelung, ihr offenes Haar, ihr gelbes Kleid und den Mantel. Auf dem Weg hierher hatte sie sich Haarsträhnen aus dem Gesicht wischen müssen, so ungewohnt war es für sie, einmal keinen Zopf zu tragen.

Ramon hatte sie lange vor Dienstbeginn wach geklingelt und mit der Ankündigung einer Überraschung zum Weißen See entführt. Vor Aufregung war sie nach dem Zähneputzen nur schnell mit der Bürste durchs offene Haar gefahren und ihm gefolgt.

Sie genossen die Stille des Morgens. Es war auch eine Stille der Vertrautheit und der Zufriedenheit. Dieser Morgen, dieser Moment, dieser Mann ... Alles fühlte sich für Lissi wie ein wunderschöner Traum an. Aber es war keiner, es war die Realität.

Ramon hielt ihr sein Honigbrötchen hin, und Lissi biss ab. Mit dem süßen Geschmack im Mund schaute sie auf die Wellen des Sees, die sich sanft unter dem Nebel bewegten. Es duftete nach nassem Schilf. Ihr war überhaupt nicht kalt.

»*Li tize dello*«, sagte Ramon.

»Was?«, fragte Lissi irritiert. Sie brauchte etwas, bis sie verstand. Bei ihrer ersten Verabredung im *Milchhäuschen* hatte sie ihn mit diesen drei Worten geneckt. Sie hatte mit Fremdsprachenkenntnissen vor ihm glänzen wollen und diese Worte erfunden. Er hatte daraufhin nach der Übersetzung forschen wollen.

»Ich habe herausgefunden, was es heißt«, sagte er, »hat allerdings ein paar Stunden gedauert. Es heißt: Komm nackt zu mir ins Bett«, sagte er gespielt ernst.

Lissi entglitten die Gesichtszüge. Sie sollte ihn noch vor Ende der ersten Verabredung unbekleidet zu sich ins Bett eingeladen haben?

»Ich habe die Übersetzung im Wörterbuch *Lissi Vogels Eigenkreationen* gefunden«, sagte Ramon nun schmunzelnd und gar nicht mehr ernst. Er drückte ihr einen Kuss auf die Wange. »Wie man sich bettet, so liegt man«, sagte er mit einem schelmischen Grinsen.

Lissi prustete los.

Als sie sich gerade beruhigt hatte, hielt er ihr einen Umschlag unter die Nase. »Für dich.«

Lissi griff zu, streichelte dabei seine Finger und öffnete das Kuvert dann. »Zwei Fahrkarten nach Pisa?« Sie waren für August ausgestellt.

Ramon nickte mit leuchtenden Augen, als hätte er ihr diesen Traum unbedingt erfüllen wollen.

Vor Glück fiel sie ihm um den Hals.

Während die Sonne vollständig aufging, lehnte Lissi sich an ihn, die Zugfahrscheine an der Brust. Sie spürte seine Wärme und wie sein Herz an ihrem Rücken schlug. In diesem Moment wusste sie, dass sie nichts lieber tun würde, als jeden Morgen mit ihm zu frühstücken. Jeder Atemzug, jeder Bissen, jedes Lächeln ließ sie fühlen, wie wunderbar das Leben an seiner Seite war.

*

Doris strich eingekochtes Quittenmark auf ein gefettetes Blech. Lissi kaute eine getrocknete Aprikose, die sie vor dem Fleischwolf gerettet hatte. Sie schmeckte fruchtig-süß, genau richtig für ein Frühstück – wenn sie denn Hunger verspürt hätte. Vermutlich bekam sie heute keinen Happen mehr hinunter, ganz anders als gestern beim romantischen Frühstück am See. Letzte Nacht war eines der Poliokinder verstorben. Gerade begleiteten die Eltern den Bestatter zum Leichenwagen. Ihre Leichtigkeit vom Glück mit Ramon war wie weggeblasen.

Doris löffelte das Aprikosenmus auf das Quittenmark und strich alles glatt. »Det muss nun ’nen paar Tage lufttrocknen, bevor ick es in Würfel schneiden und in Zucker wälzen kann«, erklärte die Köchin. »Ick hab der kleenen Muriel versprochen, dat se nach ihrer Operation am Auge für jedes Lebensjahr jenau eenen Würfel davon essen darf.«

»Ich finde, du solltest all deine Rezepte in einem Buch festhalten«, schlug Lissi vor, um auf andere Gedanken zu kommen. »Dann könnten die Eltern unserer Patienten sie zu Hause zubereiten.«

Doris stellte das befüllte Blech zum Trocknen beiseite. »Det hat der Otto och schon jesacht.« Sie strahlte bis hinauf zu den Ohren.

Lissi wollte zurücklächeln, aber es gelang ihr nicht. »Welcher Otto überhaupt?«

»Ach, keen besonderer Otto«, wiegelte Doris ab, ging in die Hocke und begann, unter dem Spültisch herumzukramen. Auch dabei lächelte sie noch breit.

Lissi sah es gut, weil ihre Freundin immer wieder zu ihr hochschaute. »Wenn Otto schon von deinen vielen Rezepten weiß, klingt das nicht wie eine flüchtige Bekanntschaft«, sagte sie. Soweit sie wusste, wäre es das erste Mal seit Langem, dass die Köchin einen Mann für mehr als nur schnellen Beischlaf traf. »Wenn ich mir dein Dauerlächeln so anschaue, könnte es mit Otto was Festes werden.«

Doris kam hochgeschossen. »Quatsch! Uff so wat lass ick mich nich ein. 'ne feste Beziehung bringt nur Ärjer!«

»Der Meinung bin ich nicht!«, entgegnete Lissi und konnte gar nicht anders, als erneut an das Frühstück am Weißen See zu denken. In einer Beziehung konnte man besondere Erlebnisse teilen, was zu einer tieferen Verbindung führte. Außerdem stand ein fester Partner für emotionale Unterstützung, Vertrauen und Intimität.

»Lassen wir dit Thema!«, verlangte Doris. »Erzähl mir lieber, wat es Neues wegen deener Krimijeschichte jibt. Biste weiterjekommen mit den Ermittlungen?«

»Sprichst du von Paul Brehme?« Lissi hatte Doris neulich, als diese sie zum *Hof Sonnenschein* begleitet hatte, von dem kurzen Zweifel im Keller erzählt, die Hinweise zur Unverträglichkeit wirklich übersehen zu haben. Die Köchin hatte mit dem Tierarzt ein Diätrezept für an Magenverrenkungen erkrankte Esel entwickelt, das sie bei Eggi, dem neuen Grautier auf dem Hof, ausprobieren wollten.

»Ja, jenau die Sache meine ick.« Doris schaute wie Sherlock Holmes, wenn der Fährte aufnahm. »Ick habe mir nämlich 'n paar Jedanken dazu jemacht, wer dahinterstecken könnte.«

Kurz nach dem Besuch auf *Hof Sonnenschein* hatte Lissi es schon bereut, ihre Zweifel Doris gestanden zu haben. Sie musste zu ihren Fehlern stehen und nicht versuchen, sie auf andere abzuwälzen. Zudem wollte sie sich im Angesicht der Epidemie nicht mit wilden Spekulationen beschäftigen. Ihre Dienstzeit musste sie für die Poliokinder verwenden. An ihren freien Sonntagen arbeitete sie Ramons Fachbuch über Anästhesie durch. Nicht, dass die Fakten ihr gänzlich neu gewesen wären, aber doppelt hielt besser.

Doris ließ Wasser ins Becken ein und gab Spülmittel dazu. »Ick globe, die Frau Oberärztin hat sich in deenen Chirurjen verkiekt!« Wegen des Wasserrauschens war sie schwer zu verstehen.

»Was?«, fragte Lissi. Sie musste sich verhört haben.

»Frau Doktor Feijenspann schaut den scheenen Doktor janz scheen auffällig an, wenn se sich unbeobachtet fühlt. Ick hab's schon mehrmals jesehen.«

»Das kann alles bedeuten«, entgegnete Lissi. Franka Feigenspann war ihr eine kompetente Mentorin, die nach Marlenes Flucht sofort eingesprungen war. So war Lissi nicht lange ohne Betreuerin gewesen. Außerdem war sie nett, niemals zickig und stets verständnisvoll – auch gegenüber den Kindern. Zuletzt hatte sie sich nach der verpatzten Narkose bei den Eltern Brehme schützend vor sie gestellt. Lissi wollte sich nicht ausmalen, wie das Gespräch mit Herrn und Frau Brehme für sie geendet hätte, hätte Frau Doktor Feigenspann sie nicht aus der Schusslinie genommen und die Eltern beruhigt. Und die sollte ihr den Mann wegnehmen wollen? Das passte nicht zusammen. Dann müsste sie ruppiger sein, unhöflicher, neidischer. Außerdem versuchten Ramon und Lissi, ihre Liebe zueinander auf der Arbeit nicht zu zeigen. Küsse und Berührungen tauschten sie nur heimlich aus. Wie sollte ihre Mentorin also davon erfahren haben, dass sie sich liebten?

»Dit kann nich alles bedeuten!« Doris schüttelte den Kopf so heftig, dass ihre kurzen Haare aufflogen und noch strubbeliger als sonst lagen. »'nen verliebten Blick kann ick jut von allen anderen Blicken unterscheiden.«

Lissi reichte Doris Teile des zerlegten Fleischwolfes zum Abwaschen. Was außerdem noch gegen Doris' Behauptung sprach: »Frau Doktor Feigenspann will stellvertretende Ärztliche Direktorin werden. Sie ist ganz auf ihr fachliches Fortkommen konzentriert. Für Liebe hat sie keine Zeit.«

»Da bin ick mir eben nich so sicher, Vöjelchen.« Doris begann, die Lochscheibe des Fleischwolfes mit der Spülbürste zu reinigen. »Du bist dat beste Beispiel! Wolltest anfangs och keenen Mann wejen der vielen Arbeit, und jetzt isses schlimm um dich jeschehen!«

Lissi reichte ihr das Messer des Fleischwolfes zur Reinigung. »Lass uns über was anderes reden.« Sie wollte auch deswegen nicht länger über Doris' Vermutung nachdenken, weil Frau Doktor Feigenspann als attraktive, erfahrene und erfolgreiche Frau ihr in so vielem überlegen war. Im Kampf um einen Mann würde die HNO-Spezialistin bestimmt vorne liegen. Lissi selbst war weder fertige Fachärztin noch erfolgreich. Und was ihr Äußeres anging, da konnte sie mit Doktor Feigenspann auch nicht mithalten.

Doris nahm das Messer entgegen und betrachtete die vier scharfen Klingen mit hochgezogener Augenbraue. »Aber du hast recht damit, dass die Feije hoch hinauswill. Neulich, als ick meenen Backpflaumensalat hoch uff Station jebracht habe, da hat se mit dem Chef heftig diskutiert! Verstehst de? Die traut sich, vor dem Nowikow groß uffzusprechen! Die is mehr als die nette Ärztin mit 'nem Lächeln für jedermann, glob it mir!«

Lissi schüttelte ungläubig den Kopf.

Doris winkte ab. »Aber ick höre ja schon uff damit.«

Ein solcher Verdacht würde Misstrauen unter den Kollegen säen und ihre Zusammenarbeit beeinträchtigen, davon war Lissi überzeugt. Dabei waren die Ärzte der Klinik in Epidemiezeiten besonders aufeinander angewiesen. Wenn sie den Todesfall vergangene Nacht dazurechnete, lag die Anzahl der in Berlin an Poliomyelitis verstorbenen Kinder inzwischen bei vierunddreißig. »Ich muss zurück an die Arbeit«, sagte Lissi.

Doris legte das gereinigte Masser in die Abtropfschale. »Es tut mir übrijens leid, dat dein Patient jestorben is.« Ihre Stimme war nun leise und klang mitfühlend. Sie musste den Leichenwagen gesehen und dann mit Lissis traurigem Gesicht in Verbindung gebracht haben.

Lissi nickte dankend für die tröstenden Worte und verließ die Küche. Im Korridor versuchte sie sich an einem aufmunternden Lächeln, weil sie gleich zu Hubert und Marion ging, zwei neue Fälle paralytischer Poliomyelitis.

*

Rita stand aufgeregt im Krankenzimmer, als Lissi und Schwester Helene das Bett mit ihrem Bruder hineinschoben. Er benötigte die Hilfe der Eisernen Lunge nicht mehr und durfte fortan auf der Allgemeinen genesen. Mit ihm lagen vier weitere Patienten auf der Station. Der fünfte wurde in diesen Minuten von Doktor Zappel operiert.

Die Liste der Poliokinder, die die Eiserne Lunge benötigten, wurde mit jeder Woche länger und hieß inzwischen »Eiserne Warteliste«. Fast täglich erhielten sie Anrufe aus anderen Krankenhäusern, in denen nach freien Kapazitäten gefragt wurde. Es kam deutlich seltener vor, dass Erwachsene sich mit dem Poliovirus infizierten, aber auch das geschah, und ein Erwachsener hatte kurzzeitig schon in der Eisernen Lunge der Kinderklinik beatmet werden müssen. Lissi versorgte ihn im Isolierhaus mit.

»Rolf, da bist du ja endlich!«, rief Rita und stürzte mit einem Beutel hinter dem Rücken an das Bett ihres Bruders, als Lissi noch nicht einmal die Bremsen festgestellt hatte.

Rolf lag erschöpft auf der Decke und regte sich nicht. Der monatelange Muskelschwund hatte aus ihm ein abgemagertes schlaffes Kind gemacht, das nicht einmal mehr ein Buch halten konnte. Mit dem eingefallenen Gesicht wirkte er wie ein kleiner Greis. Schwester Helene legte den Tropf für die intravenöse Ernährung an, was Rita mit großen Augen verfolgte. Mit der Flüssigkeit wurden vor allem Eiweiß, Glukose und Elektrolyte verabreicht.

»Ich wollte dich zu meinem ersten Konzert ins Konservatorium einladen«, plapperte sie munter drauflos. »Wenn du wüsstest, welche schweren Stücke ich spielen soll!« Sie hatte Mühe, den Beutel hinter ihrem Rücken versteckt zu halten.

Lissi trat neben das Mädchen und sagte mit gedämpfter Stimme: »Dein Bruder ist noch erschöpft von der Zeit in der Eisernen Lunge.«

»Mama«, formten Rolfs Lippen.

»Mama kommt gleich, sie muss unten noch Zettel unterschreiben«, sagte Rita. »Guck mal, ich habe dir ein neues Buch mitgebracht, aus dem Laden von Herrn Meyer.« Sie griff in ihren Beutel und hievte den Inhalt auf das Krankenbett. »Herr Meyer sagt, die Geschichte hat sich derselbe Mann ausgedacht, der auch schon dein Unterwasserbuch geschrieben hat.« Sie zeigte auf den Namen des Autors auf dem Buchdeckel. *Jules Verne* war in goldener Schrift in den Leinendeckel gepresst. Der Titel darunter lautete: *Die Reise zum Mittelpunkt der Erde.*

Rolf reagierte nicht auf das Buch, das abgegriffen und fleckig war.

»Wir tun es beiseite, bis er Lust darauf hat«, schlug Lissi vor. Sie legte es auf den Metallschrank neben der Zimmertür, in dem frische Bettwäsche aufbewahrt wurde.

Rita nickte zwar, aber die Enttäuschung war ihr anzusehen. »Herr Meyer hat gesagt, dass du in dem Buch erfährst, wie es im Inneren der Erde aussieht.«

Die Tür ging auf, und Frau Stehfest wurde von Doktor Zappel in das Krankenzimmer geführt. Die vornehme Frau, wieder ganz in Schwarz mit einer langen Feder in der blonden Lockenfrisur, nickte Lissi zur Begrüßung zu. Beschützend zog sie ihre Tochter an den Schultern zu sich heran. »Komm her, Mausilein.« Sie blieb zwei Meter vom Bett entfernt stehen.

»Mami, wir müssen Rolf trösten«, verlangte Rita eindringlich. »Guck mal, wie traurig er ist.«

»Junge, dir geht es bestimmt bald wieder besser«, sagte Frau Stehfest mit einem bühnenreifen Lächeln.

Rolf öffnete die Augen und streckte den Arm nach seiner Mutter aus.

Lissi nickte Frau Stehfest ermunternd zu. »Sie dürfen näher treten, Ihr Sohn ist schon lange nicht mehr ansteckend.« Am liebsten hätte sie die Frau eigenhändig an das Bett geschoben.

Frau Stehfest bewegte sich nicht von der Stelle. »Wir müssen leider gleich wieder los.«

Obwohl es Lissi als Ärztin nicht zustand, sich in die Erziehungsmethoden von Patienteneltern einzumischen, konnte sie nicht anders. »Frau Stehfest, Ihr Sohn braucht –«

»Ritas Geigenunterricht beginnt in einer halben Stunde!«, sagte die Frau stattdessen zu ihrem Sohn. »Dafür hast du doch sicher Verständnis, Rolf.«

Rolf schloss die zitternden Augenlider. Lissi brach es das Herz. Sie ging um das Bett herum und streichelte dem Jungen an seiner Mutter statt den Kopf. Seine blonden Locken waren platt gedrückt vom Liegen.

Frau Stehfest winkte Rita zu sich. »Komm, Mausilein.« An Lissi gewandt, bat sie noch: »Bitte beginnen Sie mit der Therapie für den Muskelaufbau. Eben habe ich schriftlich mein Einverständnis dafür gegeben.«

Lissi nickte, mit den Augen beim kranken Rolf. »Je frühzeitiger wir mit einer Behandlung der Lähmungen starten, desto größer sind die Erfolgsaussichten.« Womöglich blieben Rolf dadurch Folgeschäden erspart. Bei ihr hatte die Wachstumsstörung nicht verhindert werden können. Nur mit Einlagen in den Schuhen und jahrelangen Muskelübungen war es ihr gelungen, normal zu gehen und zu laufen. Bei ihr war vieles anders gewesen. Vor allem war man damals noch überzeugt, dass die beste Therapie die Schienung und Ruhigstellung der betroffenen Glieder sei. Heutzutage war diese Ansicht überholt, und Bewegung und Wärme galten als Schlüssel zum Erfolg.

Rita küsste ihren Bruder zum Abschied auf die Wange. »Ich komme bald wieder«, versprach sie ihm und verließ dann an der Hand ihrer Mutter das Krankenzimmer. Mit ihnen ging auch Schwester Helene.

Lissi setzte sich an Rolfs Bett. Seine Augen waren geschlossen, aber sie wusste, dass er nicht schlief, weil er mit den Fingern seiner rechten Hand unruhig aufs Bett tippte. »Gleich nächste Woche beginnen wir damit, dich mehr zu bewegen, einverstanden? Ich kenne die besten Muskelübungen dafür.« Ein paar Tage Ruhe brauchte Rolf aber noch. Sie wollte, dass sich seine Atmung weiter stabilisierte, bevor sie ihn mit Rehabilitationsmaßnahmen belastete.

Rolf reagierte nicht.

»Damit du deine Beine bald wieder wie gewohnt nutzen kannst, mache ich dir ein angenehmes warmes Wasserbad. Darin werden dir die Übungen leichter fallen«, sprach Lissi weiter.

Rolf öffnete die Augen, schaute sie eine Weile an, dann schüttelte er den Kopf.

»Wenn du fleißig übst, hast du große Chancen, dass alles wieder wie vorher wird.«

»Ich will keine Übungen. Ich will nach Hause. Zu meiner Mama«, sagte Rolf.

»Die Übungen sind wichtig, damit du wieder gesund wirst!«, erklärte Lissi drängender.

Rolf wandte seinen Kopf ab.

Sie musste sich anstrengen, einen Seufzer zu unterdrücken. »Ruh dich erst einmal noch aus«, sagte sie in verständnisvollem Ton, anstatt weiter auf ihn einzudringen. »In einer Stunde komme ich wieder, um Schwester Helene zu helfen, dich zu wenden.«

»Doktor Vogel?« Rolf wandte sich wieder Lissi zu. »Ich glaube, Mama hat mich nicht mehr lieb.«

So wie sich Frau Stehfest ihrem Sohn gegenüber verhielt, lag Rolfs Schluss nahe. Lissi drückte ihm bestärkend die gesunde Hand. »Ich bin überzeugt, dass deine Mama dich lieb hat. Sie hat nur gerade keine Zeit, es dir zu zeigen.« Am liebsten hätte Lissi der ehemaligen Geigerin gesagt, was sie mit ihrem Verhalten anrichtete. Ihr musste etwas einfallen, um Rolf zu helfen. Der Junge brauchte die Liebe seiner Mutter, nicht nur zum Gesundwerden! Ob Emma eine Idee hatte?

Lissi lächelte Rolf noch einmal bestärkend zu, dann schaute sie bei den anderen Stationskindern nach dem Rechten.

Sie drückte einen Teddybären zurück in Kinderarme, schüttelte ein Kissen auf und half Dietmar beim Trinken. Als sie beim Hinausgehen noch einmal zu Rolf hinsah, schimmerten Tränen auf seinen blassen Wangen.

Auf dem Korridor kam ihr Frau Doktor Feigenspann entgegen. Lissis Puls schoss hoch. Die Oberärztin informierte sie darüber, dass sie heute mit ihr eine neue Technik zur Entfernung eines Halstumors an einer Übungspuppe durchgehen wollte.

Lissi nickte. »Gerne.« Mehr bekam sie nicht über die Lippen. Vielleicht wäre es besser gewesen, jemand anderes hätte die Akten der entlassenen Patienten archiviert. Dann wäre sie beim Anblick des Anästhesieformulars von Paul Brehme gar nicht erst stutzig geworden.

»Auf ein Wort, Fräulein Doktor Vogel«, sagte Franka Feigenspann noch und nahm Lissi beiseite. »Mir ist aufgefallen, dass Sie und Doktor Olivera mehr als nur Zuneigung verbindet.«

Sie auch?, wollte Lissi am liebsten fragen, damit das geklärt war und sie Doris das Hirngespinst ein für alle Mal ausreden konnte.

Fürsorglich legte Frau Doktor Feigenspann ihre Hand auf Lissis Schulter. »Wenn ich Ihnen aus Erfahrung einen gut gemeinten Rat geben darf: Konzentrieren Sie sich an der Klinik auf Ihre Arbeit, und suchen Sie sich einen Ehemann woanders. Liebe unter Kollegen macht nur Probleme. Ich habe schon mehrmals mitangesehen, wie es die Kollegenschaft verunsichert hat und zu bösem Blut führte. Es gab Unterstellungen über ungerechte Bevorzugungen, gerade wenn einer des Paares höhergestellt war als der andere.«

»Ich verstehe«, entgegnete Lissi, aber in Wirklichkeit war sie verwirrt. Gut, sie konnte nachvollziehen, was ihre Mentorin ihr riet, aber tat Frau Doktor Feigenspann dies wirklich aus Sorge oder weil sie selbst an Ramon interessiert war?

»Denken Sie darüber nach. Ich sage Ihnen das nur, weil ich Ihre Mentorin bin«, erklärte die HNO-Spezialistin, dann übernahm sie Krankenakten von Schwester Fiona und ging ins Stationszimmer der HNO.

Den Rest ihres Dienstes und darüber hinaus war Lissi in der Aufnahme und half, den Andrang von besorgten Eltern zu bewältigen. Die Familien reisten nicht nur aus Berlin, sondern auch aus dem entfernteren Umland an. Die Anzahl der auf Polio zu untersuchenden Kinder wuchs täglich. Das Labor war überlastet damit, die Stuhlproben der Neuzugänge während der Inkubationszeit zu testen.

In den Folgestunden dachte Lissi immer wieder an ihre Mentorin und das Gespräch über Beziehungen am Arbeitsplatz. War Frau Doktor Feigenspann wirklich die, die sie vorgab zu sein? Eine besorgte Mentorin? Oder hatte Doris womöglich doch recht?

Lissi arbeitete bis in den späten Abend hinein, obwohl sie keinen Bereitschaftsdienst hatte. Immer wieder erschienen Eltern, deren Kinder plötzlich meinten, eine ihrer Gliedmaßen würde versteifen. Die Zeitungen schrieben beängstigende Artikel über die Epidemie, sodass Lissi sogar schon Kinder untersucht hatte, die sich Lähmungen eingebildet hatten.

Gegen zweiundzwanzig Uhr wurde es endlich ruhiger in der Aufnahme. Bei dem ganzen Stress hatte sie Ramon gar nicht gesehen. Er war inzwischen sicherlich im Feierabend. Sie vermisste ihn, seine Stimme, seine Art zu reden und wie er lachte.

Lissi ging ins Dachgeschoss und steuerte auf Emmas Dienstzimmer zu. Dort fand sie ihre Mutter eingeschlafen am Schreibtisch vor, den Kopf auf den Armen, in ihren Händen eine Tablettenpackung. Lissi las den Namen des Medikaments. Ihre Mutter nahm wieder Beruhigungstabletten?

Das Licht brannte noch und beschien einen aufgeschlagenen *Tagesspiegel*, dessen untere Hälfte Emma bedeckte. Woher ihre Mutter den hatte? Eigentlich gab es im sowjetischen Sektor keine Zeitungen mehr aus den anderen Sektoren.

Lissi bog den Lampenkopf zur Seite, damit ihre Mutter

nicht länger geblendet wurde. Auf der oberen Zeitungshälfte las sie: *Amerikanische Stiftung von ehemaligem US-Präsident Roosevelt regt sektorenübergreifenden Poliomyelitis-Gipfel in Berlin an.* Lissi hatte schon von dem prominenten Fall gehört. Bei Franklin Delano Roosevelt war paralytische Poliomyelitis erst im Alter von neununddreißig Jahren diagnostiziert worden. Er war hüftabwärts gelähmt gewesen und noch im Präsidentenamt an der Krankheit verstorben. Lissi befürwortete einen Gipfel, weil sie glaubte, die Gesundheitsversorgung könnte wegen Überlastung zusammenbrechen. Es wäre hilfreich, die Verteilung von Medikamenten und Versorgungsleistungen auf Basis schnell zusammengetragener Fallzahlen zentral zu koordinieren. Zumindest für den Großraum Berlin. Sie hinkten einer optimalen Versorgung viele Schritte hinterher.

Lissi seufzte, woraufhin Emma ihre Position änderte und den Blick auf die untere Hälfte der Zeitung freigab. *Ein Fehlschlag Stalins?* lautete der Titel des Artikels dort.

Es war rührend, wie Emma trotz der vielen Arbeit in der Kinderklinik darum bemüht war, Kurts Artikel sofort nach Erscheinen zu lesen. Er schrieb für den *Tagesspiegel*, nachdem die Redaktionen im sowjetischen Sektor seit einiger Zeit seine Texte blockierten. Die Ausgabe lautete auf den heutigen Tag. Lissi kannte diesen Text ihres Vaters. Er handelte von der Blockade Westberlins, die ihr Ziel verfehlt hatte, die Alliierten zur Rücknahme der Währungsreform zu zwingen und obendrein zum Rückzug aus Berlin zu bewegen. Zudem hatte Stalin – Kurts Worten zufolge – gehofft, einen Keil zwischen die Westmächte zu treiben. Durch die Luftbrücke jedoch arbeiteten Briten, Franzosen und Amerikaner enger denn je zusammen, um die Bevölkerung mit allem Notwendigen zu versorgen. Kein Wunder, dass ihr Vater diese Kritik am System nur in einer westdeutschen Tageszeitung hatte unterbringen können.

Sie schaltete die Schreibtischlampe aus und ging zur Tür, um ihre Mutter weiterschlafen zu lassen. Aber wegen der Tabletten würde sie mit ihr reden müssen. Seitdem Emma die Dachziegel in Lübars entdeckt hatte, war sie noch erschöpfter als sonst. Jetzt mussten die Fundstücke lediglich noch nach Weißensee geschafft werden. Hoffentlich überforderte die Reparatur des Daches ihre Mutter nicht.

Bevor Lissi das Dienstzimmer verlassen konnte, kam Emma zu sich. Sie bemerkte als Erstes die Zeitung unter sich und dann, dass sie nicht allein war. Hastig schob sie andere Papiere über den *Tagesspiegel*, dann schaute sie ins Dunkel bei der Tür, wo Lissi stand.

»Ich bin's«, sagte sie schnell.

Emma schaltete die Schreibtischlampe an. Sie faltete den *Tagesspiegel* sorgfältig zusammen, bevor sie ihn in ihrer Tasche verschwinden ließ. Westdeutsche Zeitungen fanden nicht mehr oft ihren Weg in den sowjetischen Sektor.

»Papas neuer Artikel findet bestimmt viele Leser«, sagte Lissi.

Emma nickte. »Außer Theo schreibt niemand so auf den Punkt. Wollen wir zusammen nach Hause gehen?«

Lissi schüttelte den Kopf. »Ich möchte mich bis Mitternacht noch für Neuaufnahmen bereithalten. Aber sag mal, brauchst du wirklich Tabletten?«

Emma unterbrach ihr Gähnen jäh. »Von welchen Tabletten sprichst du?«

»Mama, wenn dir alles zu viel wird, dann nimm dir ein

paar Tage frei. Als Ärztin sage ich dir, dass die regelmäßige Einnahme von Beruhigungstabletten gefährlich und keine Lösung ist.«

Emma schob Lissi aus dem Dienstzimmer. »Ich nehme sie nicht regelmäßig. Und jetzt lass mich bitte nach Hause gehen. Ich bin hundemüde.«

»Versprich mir, dass du zu mir kommst, damit ich dir helfen kann, wenn du dich überfordert fühlst«, verlangte Lissi mit gesenkter Stimme.

Ihre Mutter zögerte erst, bevor sie sagte: »Ich verspreche es.«

»Gut, Mama.« Lissi küsste ihre Mutter auf die Stirn und ging zum Oberinzimmer. Ein Blick vom Balkon auf Weißensee würde ihr jetzt guttun und für die nächsten Stunden neue Kraft geben.

Bert war ebenfalls da. Er saß auf seinem Stuhl, in den Anblick des Nachthimmels versunken. Lissi hockte sich daneben.

»Na, auch kein Heimweh?«, fragte er. Seitdem es nicht mehr eisig draußen war, begegneten sie sich hier oben wieder öfter.

»Was soll ich zu Hause?«, fragte Lissi zurück. Wenn nicht in der Klinik, wollte sie dort sein, wo Ramon war.

Bert lächelte. »Die gleiche Frage habe ich mir auch gestellt.«

Wortlos genossen sie den eindrucksvollen Blick auf das südliche Weißensee mit seinen Wohnhäusern und Straßen, die von Laternen und Bäumen gesäumt waren. In einigen Wohnungen brannte noch Licht, Schemen von Menschen waren hinter den Fenstern zu erahnen. Der Geruch vom Qualm der umliegenden Schornsteine hing in der Luft.

»Wo genau ist dein Zuhause eigentlich?«, fragte sie irgendwann.

»Am Steinberg.« Er deutete mit seinen langen, schmalen Fingern in jene Richtung. »Aber ich würde es nicht mein Zuhause nennen.«

Lissi schaute ihn an. Sein blondes Haar war sogar noch um diese späte Stunde akkurat gescheitelt. »Warum nicht?«

Bert zögerte, dann lockerte er den Knoten seiner Krawatte und gestand: »Seit dem Tod meiner Frau vor fünf Jahren ist es nur noch ein Ort zum Schlafen.«

Er war verheiratet gewesen? Dass seine Frau gestorben war, tat ihr unendlich leid.

»Seit ihrem Tod habe ich oft das Gefühl, allein auf Erden zu sein«, sprach Bert weiter.

Am liebsten wollte Lissi ihn in die Arme nehmen und trösten.

»Und dann schaue ich zum Mond rauf und wünsche mich dorthin. Ganz weit weg von meinem Schmerz hier unten«, sagte er.

Wie poetisch er sprach. Lissi legte tröstend ihre Hand auf seine. Nicht auszumalen, wäre Ramon plötzlich nicht mehr da. Sie könnte nicht, wie Bert, immer Haltung bewahren. Sogar jetzt saß er in seinem blauen Anzug aufrecht wie ein Tänzer auf seinem Stuhl, bereit für die erste Schrittfolge, obwohl er den Worten nach gebückt klang.

»Es war ein Unfall. Sie war gerade erst zwanzig«, sagte er mit belegter Stimme.

»Wie ich den Tod hasse!«, entfuhr es Lissi. In Gedanken sah sie das Bild des Leichenwagens vom Morgen vor sich und dachte auch an Maximilian, dem sie noch viele glückliche Jahre mit Marlene gewünscht hätte.

»Zum Glück habe ich die Arbeit. Sie lenkt mich die meiste Zeit vom Schmerz ab«, erklärte Bert.

Lissi bot ihm ein Malzbonbon aus der Tasche ihres Arztkittels an. »Die beruhigen.«

Er packte es aus und schob es sich in den Mund. »Jetzt noch einen Kaffee, dann bin ich bereit weiterzuarbeiten.«

»Ich mach uns einen«, schlug Lissi vor.

Als sie mit zwei dampfenden Bechern Kaffee zurück war, stand Bert an der Brüstung und fixierte den Mond. Sie stellte den Kaffee darauf ab und begann, mit offenen Augen von Ramon zu träumen. Vereint würden sie diese schreckliche Epidemie bald in den Griff bekommen.

***

17

16. Juni 1949

Emma hätte sich nicht träumen lassen, jemals auf einem Traktor durch Berlin zu fahren. Sie saß vorn auf dem Notsitz neben Friederich Munck, seines Zeichens Viehbauer in fünfter Generation. Normalerweise brachte er, dessen Land in Lübars an das der Vogels grenzte, seine Heuernte mit dem Traktor ein. Heute zog das Gefährt einen Anhänger mit Dachziegeln. Es war ein angenehmer Frühsommersonntag, und die Fahrt war bisher problemlos verlaufen.

Mit bangem Blick wandte Emma sich immer wieder zum Anhänger um. Es kam einer Zitterpartie gleich, gestapelte Irdenware über die kaputten Berliner Straßen zu transportieren. Seit sie in Lübars losgetuckert waren, hatte sie nicht an die Epidemie gedacht, die Berlin fest im Griff hielt. Jetzt, wo sie sich der Klinik näherten, kamen die beängstigenden Gedanken wieder zurück. Erst gestern waren die Seuchenmaßnahmen weiter verschärft worden. Man sah kaum noch Kinder auf den Straßen. Die meisten Schulen hatten den Unterricht ausgesetzt. Wenigstens war die Blockade Berlins beendet, und die Versorgungslage für die westlichen Sektoren nicht mehr prekär.

Sie hatte mit Katharina vereinbart, dass sie sich regelmäßig bei ihr melden sollte, aber bisher war dies nicht geschehen. Ob Katharinas Zögern mit der neuen politischen Situation zusammenhing? Immerhin war Ende Mai mit der Verkündung des Grundgesetzes der neue Staat, die Bundesrepublik Deutschland, gegründet worden. In ihr waren die amerikanische, britische und die französische Besatzungszone aufgegangen. In der sowjetischen Besatzungszone hatte vor knapp drei Wochen der Dritte Deutsche Volkskongress getagt und die SED mit der Ausarbeitung einer eigenen Verfassung beauftragt, die sowohl sozialdemokratische als auch kommunistische Elemente enthalten sollte. Die Trennung zwischen Ost und West war besiegelt, ein wiedervereintes Deutschland würde es nicht geben. Dieser Umstand hatte sie und Kurt einige Nächte Schlaf gekostet. Gerade jedoch verspürte sie wieder neue Zuversicht. Mit jedem Kilometer, den sie sich der Kinderklinik näherten, kamen sie der längst überfälligen Dachsanierung näher.

Kurz vor der Klinik rumpelte es noch einmal, sodass Emma der Schreck in alle Glieder fuhr. Es hatte einige Wochenenden gedauert, alle benötigten Dachziegel aus der eingefallenen Scheune zu bergen und zu reinigen. Dreck und Unkraut von Jahrzehnten hatten daran gehaftet. Endlich fuhr der Traktor auf der Zielgeraden ein.

Kurt, Lissi und Doris warteten schon am Kliniktor, um beim Abladen zu helfen. An den Fenstern der Krankenzimmer reihte sich Kindergesicht an Kindergesicht. Mit großen Augen beobachteten die kleinen Patienten die Ankunft des Gefährts. Vermutlich hatten die wenigsten von ihnen, die meisten waren Großstadtkinder, solch einen alten, lauten Traktor schon mal gesehen. Bauer Munck fuhr bis vor den

Kuhstall. Professor Nowikow hatte die Erlaubnis erteilt, die Ziegel dort bis zum Verbau zu lagern.

Emma sprang vom Sitz. »Wir haben fast zweihundert Stück!«, rief sie ihren Helfern zu. Sie trug noch die festen Arbeitshandschuhe, mit denen sie die Ziegel in Lübars aufgeladen hatten.

Bauer Munck öffnete die Klappe des Anhängers.

»Die passen jut!«, meinte Doris. »Haben die gleeche Farbe wie unser Dach!«

Emma nahm die ersten zwei Ziegel. »Es liegen noch weitere Handschuhe auf dem Anhänger«, rief sie ihren Helfern zu.

Zu fünft machten sie sich ans Entladen. Doris nahm gleich vier Dachziegel mit einem Mal, Kurt ebenso. Emma fiel auf, dass Lissi beim Tragen alle paar Minuten zum Kliniktor schaute.

»Konntest du die Gurte besorgen, die Kurt und mich auf dem Dach sichern?«, fragte sie Doris beim wiederholten Gang in den alten Kuhstall.

Vor zwei Wochen hatte die Köchin ihre Hilfe angeboten. Doris kannte Hinz und Kunz, und das über die Grenzen Berlins hinaus. Sie hatte angekündigt, über Umwege Sicherungsgurte zu besorgen.

Die Köchin nickte. »Sind Jurte von alten Fallschirmen ausm Kriech.«

»Wir können also zeitnah mit der Ausbesserung beginnen!«, verkündete Emma, als die anderen zurück am Anhänger waren. Zuletzt hatte sie sich von ihrer besorgten Tochter und den Kollegen fast noch davon abbringen lassen, selbst aufs Dach zu steigen. Es sei zu gefährlich! Aber das Dach durfte nicht länger in dem kaputten Zustand bleiben.

Ohne die Reparaturen war es bald unverantwortlich, im Dachgeschoss kranke Kinder unterzubringen. Emma hatte versprechen müssen, sich und Kurt doppelt mit Gurten zu sichern. Erst danach waren die Mahner verstummt. Es gab sonst niemanden, nicht der Hausmeister oder jemand aus dem Labor, der über seine üblichen Aufgaben an der Klinik hinaus bereit war, sich für die Instandsetzung aufs Dach zu begeben. Emma war absolut schwindelfrei.

Im nächsten Moment zog Lissi ihre Handschuhe aus, richtete sich den Pferdeschwanz und strich sich das Ponyhaar glatt. Dann lief sie zum Tor, wo Doktor Olivera eben erschienen war.

Emma verfolgte den Begrüßungskuss mit Unbehagen.

»Wie wär es mit 'ner kleenen Essenspause?«, fragte Doris. »Ick hab 'n paar Stullen vorbereitet und 'nen jesunden Rohkostsalat aus Möhren, Mayonnaise und Zitronensaft.«

Emma nickte, ohne ihre Tochter aus den Augen zu lassen. Wann immer sie Doktor Olivera sah, hörte sie die Geräusche aus dem Schuppen in ihrer Erinnerung. Was konnte sie noch tun, um Lissi vor einer Enttäuschung zu bewahren? Mehr als warnen konnte sie ihre Tochter nicht, oder? Gerade war sie froh, mit dem Kinderchirurgen nur wenige Berührungspunkte zu haben. Kurt hatte sie nichts von diesem unangenehmen Zwischenfall am Schuppen gesagt. Es genügte, wenn sich einer von ihnen wegen eines Casanovas Sorgen machte um Lissi. Seitdem Emma genauer darauf achtete, war nicht mehr von der Hand zu weisen, dass Doktor Olivera mit einer Frau schwerlich zufrieden sein konnte. Erst die roten Rosen für eine andere Frau, dann die Sache im Schuppen, und zuletzt war Emma aufgefallen, dass Lissis

Angebeteter seine Pausen fast ausschließlich in weiblicher Gesellschaft verbrachte.

»Ick jehe mal det Essen holen«, sagte Doris.

Kaum war sie verschwunden, kamen Lissi und Doktor Olivera Hand in Hand auf Emma zu. Anscheinend übernahm er den nächsten Bereitschaftsdienst. Sonntags arbeiteten die Ärzte normalerweise nicht.

»Ich habe gerade von Lissi erfahren, dass Sie das Dach decken wollen«, sagte er. »Ich würde Ihnen gerne dabei helfen.«

Emma versteifte sich. Er war Arzt. Die Ärzte an der Klinik hatte sie nicht um Mithilfe bei der Dachreparatur gebeten. Wie kam er plötzlich auf die Idee, aufs Dach steigen zu wollen? Er sollte kranke Kinder operieren!

»Sie sind also Doktor Olivera«, sagte Kurt und schüttelte dem jungen Mann begeistert die Hand. »Danke für Ihr Angebot zu helfen. Ich bin Lissis Vater.«

»Schön, Sie kennenzulernen«, antwortete Doktor Olivera und lächelte Kurt an.

»Wir sind schon genug«, beeilte sich Emma zu sagen, während Kurt gleichzeitig meinte: »Wir können jede Hand gebrauchen!«

»Mein Vater ist Dachdecker. Als Jugendlicher war ich oft mit ihm auf der Baustelle«, erklärte Doktor Olivera.

»Dann sind Sie das Beste, was uns heute passiert ist!«, befand Kurt.

Emma dachte, dass Olivera besser hätte Dachdecker werden sollen. Dann wären Lissi und er sich nämlich nicht begegnet.

»Ich weiß, wie man Steil- und Flachdächer mit Gauben deckt.« Doktor Olivera beschattete seine Augen mit der Hand und schaute am Hauptgebäude hinauf zum First. »Vermutlich müssen auch einige Latten ausgetauscht werden. Zur Sicherheit würde ich mir die Sparren genauer anschauen, bevor wir loslegen.« Er ging zum Anhänger und nahm einen der verbliebenen Ziegel. »Gute Qualität«, sagte er nach kurzer Prüfung. »Aber haben Sie auch First- und Ortgangsziegel?«

»Die brauchen wir nicht«, entgegnete Emma und fügte in Gedanken noch an: und Ihre Hilfe auch nicht. »In einer Skizze habe ich die undichten Stellen eingezeichnet. Es sind weder Ziegel oben am First noch am Rand des Daches betroffen.«

»Sehr gut, wenn dem so ist. Mein Vater sagt nämlich, dass Firstziegel in diesen knappen Zeiten mit Gold aufgewogen werden. Darf ich nun helfen?«

Doris kam mit einem großen Tablett voll Essen an.

Emma war zu höflich, um Doktor Olivera schroff abzuweisen.

Doris verteilte Stullen und Schalen mit Rohkost. Das gab Emma etwas Zeit, ihre Absage in Gedanken nett vorzuformulieren.

Kurt hielt Doktor Olivera ein paar Bauhandschuhe hin, dann wandte er sich Emma zu. »Schatz, wir sind alle keine Dachdecker. Du hast es dir zwar von einem Fachmann erklären lassen, aber selbst decken …«

»Du hast vollkommen recht, Papa!«, befand auch Lissi mit verliebtem Blick zu ihrem Doktor. »Mit Ramon habt ihr nicht nur einen Profi an Bord, sondern seid auch noch schneller fertig. Außerdem müssen wir nicht um eure Gesundheit als unerfahrene Dachdecker bangen.«

Während die anderen hungrig aßen, bekam Emma

keinen Bissen herunter. Die Aussicht, gemeinsam mit Doktor Olivera aufs Dach zu steigen, verdarb ihr den Appetit. Er würde ihrer Tochter wehtun, ihr das Herz brechen. Sie wusste selbst am besten, wie sich das anfühlte.

»Ich könnte das Gerüst von meinem Vater borgen«, bot Doktor Olivera nun auch noch an, »und er würde uns bestimmt auch beraten. Seit einem Sturz steigt er zwar nicht mehr selbst hinauf, wäre aber bestimmt glücklich, uns mit Ratschlägen zu unterstützen. Die gibt er noch sehr gerne.« Er lächelte so charmant, wie die Schwestern seiner Station es liebten.

Emma schaute weg. Allerdings wäre ein Gerüst tatsächlich nützlich. Hätten sie ein Gerüst, müssten sie sich nicht, wie bisher geplant, durch die Dachfenster aufs Dach zwängen.

Kurt nahm Emma beiseite. »Schatz, warum zögerst du noch?«, fragte er. »Lissis Traummann ist Gold wert! So lange schon willst du das Klinikdach ausbessern, so lange schon fehlen dir Handwerker, und wir beide auf dem Dach – das war doch nur eine Notlösung. Nun bietet sich dir jemand mit handwerklicher Erfahrung an, und du überlegst lange?«

Sie war nur eine Mutter, die ihre Tochter beschützen wollte. Aber Kurt hatte recht. Sie durfte nicht wählerisch sein. »Einverstanden!«, sagte sie und trat zurück zur Gruppe.

Im nächsten Moment raste ein Taxi auf das Klinikgelände. Doktor Olivera und Lissi liefen sofort zu dem Auto, das mit den Vorderrädern auf der Rabatte vor der Freiluftkrippe zum Stehen kam.

Eine Frau stieg aus und rief: »Tamara ist bewusstlos. Hilfe!« Sie schien desorientiert, lief erst in die eine, dann in die andere Richtung. Der Taxifahrer blieb ruhig hinterm Steuer sitzen, als wartete er schon auf seine nächste Fahrt. In Zeiten von Benzinknappheit – vor allem Diesel war schwer zu bekommen – gab es kaum noch Taxen auf den Straßen. Die Preise waren entsprechend hoch.

Emma lief zu der Frau und hielt sie erst einmal fest, damit sie in ihrer Aufregung nicht stürzte. Als Emma kurz zum Traktor zurückblickte, machten sich Kurt und Bauer Munck daran, die restlichen Ziegel auszuladen und in den Kuhstall zu bringen.

Emma erfuhr, dass sie es mit Minna Berger zu tun hatte. Der Säugling im Auto, ihre Tochter Tamara, war ein halbes Jahr alt.

Lissi und Doktor Olivera schauten sich das in einen alten Rock eingeschlagene Kind auf dem Rücksitz genauer an.

Auf Emmas Frage nach den Symptomen ihrer Tochter berichtete Frau Berger, dass Tamara sich seit Tagen kaum bewegt hatte und auch ihr Köpfchen nicht mehr drehte. Emma gab die Information an die Ärzte weiter. »Das klingt nach Nackensteifigkeit. Wahrscheinlich Polio!«, hörte sie ihre Tochter sagen und: »Ich hole Schutzkittel.«

Kurz darauf trug Doktor Olivera die zierliche Tamara in das Aufnahmezimmer für infektiöse Kinder. Emma führte die aufgelöste Mutter mit etwas Abstand zum Pförtnertresen. Zunächst half sie ihr bei den Formalitäten. Seit die Kinderklinik Poliozentrum war, war das Labor auch am Wochenende besetzt. »Wie lautet der Name von Tamaras Vater?« Schreibbereit hielt sie einen Stift in der Hand.

Mit gesenktem Blick bat Frau Berger, den Namen nicht preisgeben zu müssen. »Wenn der Rest meiner Familie seine Identität erfährt, wollen sie die Kleine nicht mehr sehen.«

Emma übersprang die Zeile mit dem Namen des Vaters und gab nur den der Mutter und als Adresse die Tassostraße in Weißensee an. Sollte Tamara sich mit Polio angesteckt haben, war Frau Berger ebenfalls in Gefahr. Emma bat sie deswegen um eine Stuhlprobe.

Die Untersuchung des Säuglings dauerte ungewöhnlich lange, und Frau Berger wurde mit jeder Minute besorgter. Emma blieb während der Wartezeit bei ihr. So erfuhr sie, dass sie Witwe und Tamara ihr drittes Kind war. Und dass sie sich nach Kriegsende »unschicklich« in den Feind verliebt hatte.

Nach einer Stunde kam Lissi aus dem Untersuchungszimmer für infektiöse Kinder. »Wir sind uns ziemlich sicher, dass sich Ihre Tochter nicht mit Poliomyelitis infiziert hat.«

»Tamara wird nicht sterben?« Frau Berger erhob sich. »Sie ist meine einzige Erinnerung an ...« Sie sprach nicht zu Ende.

»Wir haben eben eine Lumbalpunktion vorgenommen«, erklärte Lissi.

Emma übersetzte für die Mutter: »Bei der Punktion wird Flüssigkeit mit einer Hohlnadel aus dem Körper entnommen. In Tamaras Fall aus einem der Lendenwirbel, den lumbalen.«

Lissi übernahm wieder. »Wir haben diese Flüssigkeit im Labor auf Erreger oder Anzeichen von Entzündungen untersuchen lassen und sind fündig geworden.«

»Und?«, fragte Emma ungeduldig.

»Tamara hat eine Hirnhautentzündung. Eine Meningitis«, erklärte Lissi. »Anders als Polio ist Meningitis, wenn sie so früh wie in Tamaras Fall diagnostiziert wird, medikamentös heilbar.«

Frau Berger schaute erleichtert zu Lissi. »Danke für diese Nachricht. Und dafür, dass Sie mein Kind so schnell untersucht haben.«

Emma wollte noch nicht erleichtert aufatmen. »Welches Antibiotikum benötigen wir?«, fragte sie.

»Streptomycin«, wusste Lissi.

Emma ließ sich ihre Bedrückung nicht anmerken. Sie hatten länger keinen Fall von Meningitis in der Kinderklinik gehabt. Unbehandelt konnte die Infektionskrankheit tödlich enden.

»Darf ich zu meinem Kind?«, fragte Frau Berger.

Emma führte die Mutter zu ihrer Tochter, dann nahm sie Lissi beiseite. »Wir haben kein Streptomycin da, und es wird nicht leicht zu bekommen sein!«

»Wir müssen das Antibiotika-Komitee sofort anschreiben«, entgegnete Lissi. Das Komitee war ein administratives Organ, angeführt von den Amerikanern, das für die Abgabe von antibakteriellen Arzneimitteln an Krankenhäuser in allen vier Berliner Sektoren verantwortlich war. Wegen der Gegnerschaft zwischen Westalliierten und der Sowjetunion war es bisher jedoch zu keiner gerechten Verteilung gekommen. Die Versorgungslage im sowjetischen Sektor war deutlich schlechter. Emma wusste von Weißenseer Patienten, die deswegen in Krankenhäusern der westlichen Sektoren um Behandlung baten. Warum musste es ausgerechnet das rare Streptomycin sein, das dem Säugling half?

»Wir können es zwar über das Antibiotika-Komitee versuchen«, sagte Emma, »unsere Chancen sind aber nahe null.«

»Ich rufe gleich dort an und erkläre die Dringlichkeit!«, sagte Lissi. »Die Amerikaner können Tamara doch nicht sterben lassen.« Nach diesen Worten lief sie zum Stationstelefon.

Emma nickte wenig überzeugt.

Mit einem schlechten Gefühl in der Magengegend ging sie nach draußen. Doris und Kurt waren anscheinend schon im Feierabend, der Traktor war nicht mehr da, und die Dachziegel lagen ordentlich gestapelt im Kuhstall.

Am Eingang zum Klinikpark lief ihr Rita Stehfest todtraurig entgegen. »Rolf will krank bleiben!«, schniefte die Kleine.

Emma wusste sofort, was Rita meinte. Fast genauso hatte es Theodor einst formuliert, als er Lissi im Krankenhaus besucht hatte. Die hatte die Therapie zur Reaktivierung der Gliedmaßen ebenfalls verweigert. Emma lief ein eiskalter Schauer den Nacken hinab. Bei Rolf verlief vieles wie damals bei Lissi: ein Kind, das den Lebensmut verliert, eine Familie, der die Ungewissheit über den Krankheitsverlauf den Verstand raubt ... zumindest bei Rita schien das der Fall zu sein.

Emma brachte das Mädchen ins Klinikgebäude zurück. »Wir dürfen die Hoffnung nicht aufgeben«, sagte sie auch zu sich selbst.

Frau Stehfest kam die Wendeltreppe herab. Emma hatte sie, auch ohne hinzusehen, am einzigartigen Klackern ihrer Absatzschuhe erkannt.

»Sie sind doch die oberste Pflegerin hier, nicht wahr?«, fragte Greta Stehfest.

Sie tupfte ihrer Tochter, die Emma noch an der Hand hielt, die Tränen von den Wangen.

»Ich bin die Pflegeleiterin hier«, sagte Emma. »Angenehm, Vogel.«

»Angenehm«, antwortete Frau Stehfest höflich. »Als oberste Pflegerin haben Sie die meiste Erfahrung. Also bitte versuchen Sie, meinen störrischen Sohn von seiner Therapie zu überzeugen.«

»Sonst kann er nie wieder gehen«, schluchzte Rita mit geröteten Augen.

Emma wusste, dass Rolf unverändert Trübsal blies und noch genauso graugesichtig war wie an den Tagen in der Eisernen Lunge, dabei lag die künstliche Beatmung inzwischen mehr als drei Monate zurück. Die Klinik konnte, wenn er die Muskelübungen weiter ausschlug, nichts mehr für ihn tun. Sie hatten ihn nur noch nicht entlassen, weil Frau Stehfest immer wieder beim Klinikdirektor vorsprach.

»Eigentlich behandelt Fräulein Doktor Vogel Ihren Sohn. Ich möchte ihr nicht dazwischengehen«, sagte Emma. Von Lissi wusste sie, dass die Mutter dem Jungen nur wenig Zuneigung zeigte, während seine Schwester mit Fürsorge überhäuft wurde. Lissis Versuche, Frau Stehfest auf die Ungleichbehandlung anzusprechen, waren erfolglos geblieben.

»Wenn Rolf nicht wieder gesund wird, will ich nie wieder Geige spielen!« Rita verschränkte die Arme vor der Brust.

»Sie redet seit Tagen von nichts anderem und boykottiert ihren Unterricht. Bitte, reden Sie mit Rolf!«, wiederholte Frau Stehfest mit Nachdruck.

»Es geht Ihnen nur um den Geigenunterricht Ihrer Tochter?«, entfuhr es Emma entsetzt.

Frau Stehfest straffte sich. »Wie bitte?«

Genauso wenig wie Lissi stand es Emma zu, Ritas Mutter auf ein privates Problem anzusprechen. Aber in Rolfs Fall konnte sie nicht anders. Die Genesung des Jungen stand auf dem Spiel und damit seine Zukunft!

Die Augen der einstigen Musikerin weiteten sich. »Ich glaube, ich habe mich verhört!«

Rolf hatte den Glauben an sich selbst verloren, weil seine Mutter während der Krankheit nicht für ihn da gewesen war. Dieser Glaube war jedoch Voraussetzung für eine erfolgreiche Genesung, ja für den Therapiebeginn überhaupt. »Ihr Sohn braucht nicht mich und meine bestärkenden Worte, sondern Sie!«, sagte Emma.

»Mich?«, fragte Frau Stehfest fassungslos. »Wie soll ich das leisten? Ich habe mit meiner Tochter schon alle Hände voll zu tun.«

»Ich brauche nur eine Hand von dir«, mischte sich Rita ein. »Die andere ist für Rolf frei.«

Emma lächelte über diese Bemerkung. Beim Blick in Frau Stehfests harte Gesichtszüge verlor sich ihr Lächeln wieder.

»Diese Einmischung verbitte ich mir!«, sagte die ehemalige Geigerin. »Ich werde mich beim Ärztlichen Direktor über Sie beschweren!« Sie griff ihre Tochter am Arm, zog sie mit sich fort und verließ erhobenen Hauptes die Klinik.

Nachdenklich schaute Emma den beiden hinterher. Die Sache könnte genauso wie einst bei ihrer Tochter liegen. Lissi hatte den Muskelübungen erst zugestimmt, nachdem sie den Lebensmut zurückgefunden hatte. Zum ersten Mal versank Emma beim Gedanken an Lissis schwerste Zeit nicht in Traurigkeit. Sie lächelte ihre Sorgenfalten weg und wusste plötzlich, was sie für Rolf tun konnte. Gleich morgen früh, wenn Igor Nowikow seinen Dienst antrat, wollte sie ihm erklären, wie der Junge zu retten sein könnte. Auch wenn der

Ärztliche Direktor und sie immer distanzierter miteinander umgingen, musste sie es wagen.

Emma grüßte Schwester Gisela, die an ihr vorbeiging, und dachte, dass sie das Gespräch mit Professor Nowikow auch dafür nutzen würde, Greta Stehfests Beschwerde zu entkräften. Der Ärztliche Direktor konnte doch nicht mitansehen, wie Rolf – von Polio geheilt – seine Zukunft verlor!

Sie ging in die Krankensaaletage hoch. Dort machten sich gerade mehrere Schwestern mit Rollstühlen und Decken ins Dachgeschoss auf. Sie wollten die Kinder vom Probenende mit Franz in Empfang nehmen und auf die Stationen zurückbringen. Wegen seines verlängerten chemischen Praktikums hatte Franz die Musikstunde diese Woche von Freitag auf Sonntag verlegt.

Emma folgte den Schwestern, um ihren Neffen an diesem seltsamen Tag wenigstens kurz zu sehen. Eigentlich hatte sie heute nur die Ziegel aus Lübars abladen und sich danach ausruhen wollen.

Auf dem Weg ins Dachgeschoss kamen ihr Professor Nowikow und Frau Doktor Feigenspann entgegen. Auch die beiden waren an einem Sonntag anwesend? Das war ungewöhnlich. Sie bemerkten Emma kaum, so amüsiert waren sie in ihr Gespräch vertieft. Wie es aussah, hatte Frau Doktor Feigenspann gute Karten bei der Besetzung des Stellvertreterpostens des Ärztlichen Direktors. Ihr Parteiabzeichen saß absolut akkurat am Kragen ihrer hübschen Bluse!

Als Emma im ehemaligen Oberinzimmer eintraf, spielten die inzwischen fünfzehn Kinder gerade ihren Schlusstusch. Beinahe wackelten die Wände davon. Emma sah die sechsjährige Annemarie, die mit den Folgen einer zu lange unbehandelten Zöliakie zu kämpfen hatte, und war tief berührt. Das Mädchen spielte tatsächlich die Kalimba. Vor zwei Monaten war es erneut mit Darmproblemen eingeliefert worden.

Die Kinder wiederholten den Schlusstusch wieder und wieder und lachten. Udo, der inzwischen beachtliche Erfolge bei der Behandlung seiner Fettsucht vorzuweisen hatte, trommelte um sein Leben. Erst als Doktor Zappel erschien und um etwas mehr Ruhe für seine alten Ohren während des Bereitschaftsdienstes bat, beendete Franz die Probe. Alle Kinder außer Annemarie legten die Instrumente in den Koffer zurück.

Franz hockte sich vor das Mädchen. »Hat dir die Probe gefallen?«

Als Antwort drückte Annemarie das Zupfinstrument fest an ihre Brust. Bis heute sprach sie kein Wort oder kommunizierte in irgendeiner Form mit den Ärzten und Schwestern.

Versunken beobachtete Emma die beiden. Franz sprach sehr behutsam und kam dem Kind nicht so nahe wie die Ärzte bei der Visite.

»Ich würde mich sehr freuen, wenn du das nächste Mal wieder mitspielst«, sagte Franz.

»Annemarie kann leider nicht an der nächsten Probe teilnehmen. Am kommenden Freitag hat sie eine therapeutische Diätsitzung.« Emma wusste das deswegen so genau, weil es als Pflegeleiterin ihre Aufgabe war, die Einsatzpläne für die Schwestern, die diese Sitzungen betreuten, zu schreiben.

Da erklang der zauberhaft dunkle Ton der Kalimba. Annemarie zupfte die linke äußere Lamelle mehrfach hintereinander.

Emma erinnerte sich noch an jene Stunde, in der Franz dem Mädchen vorgeschlagen hatte, über die Lamellen zu kommunizieren. *Wenn du ›ja‹ sagen willst, zupfe an der ganz rechten Lamelle. Für ›nein‹ zupfst du die ganz linke Lamelle.*

»Du meinst, du möchtest am kommenden Freitag lieber Musik machen, anstatt zur Diätsitzung zu gehen?«, fragte Franz das Mädchen.

Als Antwort zupfte Annemarie die rechte äußere Lamelle des Instruments, sodass ein hoher Ton erklang, angenehm, nicht schrill.

»Ich habe nichts dagegen«, sagte Franz, als er aufstand und auf Emma zukam.

»Die Diätsitzung ist wichtig, damit du wieder gesund wirst«, wandte Emma ein.

Das Mädchen beachtete sie kaum.

»Wie wäre es, wenn du am Freitag zur Sitzung gehst und ich dir am Sonntag eine neue Melodie auf der Kalimba zeige?«, fragte Franz und nickte Annemarie aufmunternd zu.

Das Mädchen ließ sein Instrument sinken, schien eine Weile zu überlegen und zupfte dann sein musikalisches »ja« gleich mehrmals hintereinander.

»Sie kommuniziert mit dir«, stellte Emma berührt fest, während Annemarie das Instrument zurück in den Koffer legte und zu Schwester Ingrid lief, die im Korridor auf sie gewartet hatte.

Franz schaute dem Mädchen lächelnd nach.

Hatte ihr Neffe gerade wirklich so herzerwärmend gelächelt? Emma starrte ihn an und wünschte sich, sie hätte ihn dabei fotografieren können. Es war schön, ihn endlich wieder einmal froh zu sehen.

Franz packte seine Sachen und verabschiedete sich. Mit einem Lächeln verließ auch Emma das Oberinzimmer. Plötzlich fühlten sich ihre Sorgen etwas leichter an. Es war etwas Besonderes, wenn ein Kind neuen Mut schöpfte.

Zurück im Erdgeschoss, hörte sie plötzlich Kurts Stimme aus der Küche. Er war doch noch da? Ohne anzuklopfen, ging sie zu ihm, denn die Tür stand offen.

Kurt und Doris waren in ein Gespräch über die Zubereitung des schmackhaftesten Kartoffelsalats vertieft. Die beiden redeten noch eine Weile, bis sie Emma überhaupt bemerkten.

»Feierabend?«, fragte Doris.

Emma nickte. »Vielen Dank für deine Hilfe mit den Ziegeln.«

»Inzwischen kann ick mir och keenen anderen Arbeitsplatz als die Kinderklinik vorstellen«, sagte sie. »Wir müssen verhindern, dat dit Dach instürzt. Ick vertraje keene Höhe, aber kümmer mich jern darum, dat alle Arbeiter jut jestärkt sind, wenn dat mit dem Dachdecken losjeht.«

»Sehr gut«, sagte Emma und lächelte die Köchin an.

Kurt nahm Emmas Hand. »Lass uns nun heimgehen.«

Nach einer Verabschiedung von Doris verließen sie die Küche und die Kinderklinik.

*

»Das war ein Tag mit vielen Überraschungen«, sagte Kurt, als sie die Tür zum Mietshaus in der Berliner Allee aufschlossen.

»Ich möchte jetzt nur noch ins Bett fallen … und vielleicht noch was Kleines essen«, sagte Emma. »Ich habe nach eurem Gespräch Lust auf deinen Kartoffelsalat bekommen.«

In der Wohnung angekommen, lächelte Kurt angetan. »Ich denke, wir haben alles dafür da.« Er hielt direkt auf die Küche zu. »Kartoffeln, Gurken, Zwiebeln …«, sprach er vor sich hin.

Als Emma das Wohnzimmer betrat, quiekte sie vor Schreck. Ihr Puls schoss hoch. Er wummerte in ihren Schläfen wie die Glocke der nahen Pfarrkirche.

Zwei fremde Männer saßen auf ihrem Sofa!

Kurt war sofort bei ihr und erblickte die ungebetenen Gäste ebenfalls. »Wer sind Sie?«, fragte er, »was wollen Sie von uns, und wie sind Sie überhaupt hier reingekommen?«

»Wir haben weder Schmuck noch Bargeld«, beeilte sich Emma zu sagen, obwohl die Männer nicht wie Einbrecher aussahen. Im Gegenteil. Sie trugen Krawatten und Anzüge, die nicht aus alten Wehrmachtsdecken geschneidert waren.

»Bitte beruhigen Sie sich«, sagte der Mann mit der dicken, schwarz gerahmten Brille.

»Wir wollen uns nur kurz mit Ihnen unterhalten«, ergänzte der andere und klang dabei wie ein netter Nachbar. Er war untersetzt und hatte ein Doppelkinn.

Emma hatte die Männer nie zuvor gesehen. Beide saßen wie bei einem Kaffeeklatsch entspannt da, nur dass sie sie nicht eingeladen hatte. Ihr war der Hunger auf Kartoffelsalat vergangen.

»Können Sie nicht an unserer Tür klingeln wie alle anderen, die sich mit uns unterhalten wollen?«, fragte Emma aufgeregt. Die Luft im Wohnzimmer war abgestanden, als säßen die Eindringlinge schon länger hier.

»Bitte, setzen Sie sich doch zu uns«, sagte der Mann mit der dicken, schwarz gerahmten Brille.

Die Vogels hielten sich bei den Händen, als sie auf den Stühlen am Esstisch Platz nahmen. Emma begann zu schwitzen.

»Was gibt es zu besprechen?«, fragte Kurt.

Emma sah, wie er nervös mit dem Schuh auf den Boden tippte.

»Sie müssen Ihre journalistische Tätigkeit aufgeben, Herr Vogel«, sagte der Bebrillte weiter freundlich, als rede er über das schöne Juniwetter.

»Was?«, fragten Emma und Kurt im Chor.

Emmas Herz pochte wild in ihrer Brust, in Gedanken wiederholte sie die Worte übers Aufgeben. Sie musste sich verhört haben. »Kurt soll seinen Beruf aufgeben?« Ungläubig schüttelte Emma den Kopf.

»Ihre Artikel sind nicht gut für die Stimmung der Menschen«, erklärte der Untersetzte der beiden.

Seine Artikel sind wichtig, dachte Emma, sie klären auf. Auf Kurts Texte reagierten viele Menschen positiv, sahen Dinge kritischer und hinterfragten politische Handlungsweisen. So ähnlich hatte sie es auch schon Professor Nowikow gesagt. Gerade dachte sie jedoch, dass sie seine Drohung vielleicht hätte ernster nehmen sollen. Er war kein zahnloser Tiger. *Mit dem Artikel schaden Sie sich selbst am meisten. Es wird zu Ihrem Problem werden, nicht zu dem des Systems*, hatte er ihr gesagt.

»Schickt die Partei Sie?«, fragte Kurt mit erstickter Stimme.

Der Mann mit dem Doppelkinn nickte.

Emma spürte, wie ihr der Schweiß nun am ganzen Körper ausbrach. Ihre rechte Hand schob sich zögerlich an jene Stelle ihres Kragens, wo noch vom Dienst ihr Parteiabzeichen saß.

»Ich sehe es als meine Pflicht als Journalist an, das Für und Wider politischer Maßnahmen zu besprechen«, erklärte Kurt. »Eine einseitige Berichterstattung steht nicht für eine offene, bessere Gesellschaft. Jeder sollte seine Meinung sagen dürfen.«

Emma nickte auf die Worte ihres Mannes hin.

Der bebrillte Mann richtete sich auf. »Um ehrlich zu sein, sind Ihre Artikel eine Zumutung!« Er klang nun nicht mehr freundlich.

Emma bekam eine Gänsehaut von der Vorstellung, dass die Männer gar kein Interesse an Meinungsfreiheit hatten. Dass die Partei, deren Abzeichen sie Tag für Tag an ihrem Kragen ausstellte, kein Interesse an frei denkenden Mitgliedern hatte.

»Sollten wir noch ein einziges Wort von Ihnen in irgendeiner Zeitung lesen«, sagte der kleine, dicke Mann mit Blick auf Kurt, »könnte es schlecht um die Anstellung Ihrer Frau stehen.«

»Das ist Erpressung!«, entfuhr es Emma. »Und unfair!« Aber es passte zu der beweislosen Verleumdung und Enteignung von Marlene und Maximilian. Sie schluckte schwer. Das war also doch kein Einzelfall gewesen, wie sie sich lange eingeredet hatte.

Emma ballte ihre Hände zu Fäusten. Wenn sie jetzt noch ihre Arbeitshandschuhe getragen hätte, hätte sie sie den beiden verachtend vor die Füße geworfen. Es war eine himmelschreiende Ungerechtigkeit, einem so fähigen Journalisten wie Kurt das Schreiben zu verbieten. Emma biss die Zähne so fest aufeinander, dass es wehtat. Der Blick der Männer lag nun auf ihr.

»Arbeitet Ihre Tochter nicht auch an der Kinderklinik?«, fragte der Bebrillte mit einem schiefen Lächeln im Gesicht.

Emma sprang auf. »Lassen Sie Lissi da raus! Sie hat mit alldem nichts zu tun!« Die jüngste Operation hatte Lissi leitend und fehlerfrei durchgeführt. Glaubte man Frau Doktor Feigenspann, hatten die zwei anwesenden Schwestern am Ende sogar applaudiert.

Kurt zog Emma sanft zurück auf den Stuhl. »Beruhige dich, Schatz.«

Die Männer erhoben sich. Ihre Hintern hatten Kuhlen auf der Sitzfläche des Sofas hinterlassen.

»Die Zukunft Ihrer Tochter an der Kinderklinik Weißensee liegt ganz in Ihren Händen«, fasste der Mann mit der Brille auf dem Weg in den Flur zusammen.

Kurt drückte Emmas Hand fest, dann sagte er: »Ich denke darüber nach.«

Als die Männer die Tür hinter sich ins Schloss gezogen hatten, blieben Emma und Kurt reglos im Flur zurück. Eine Mischung aus Schock und Stille hüllte sie wie Nebel ein.

Emmas Hände klammerten sich in den Stoff ihres Rocks, ihre Fingerknöchel verfärbten sich weiß. Es war also mitnichten so, dass in der neuen Gesellschaftsordnung jeder ein Mitspracherecht besaß!

***

18

10. Juli 1949

Lissi konnte ihr Glück kaum fassen, als sie Beppo an einer Leine auf das Gelände der Kinderklinik führte. Und nicht nur das! Seit zwei Wochen waren die Zahlen der Polioinfizierten rückläufig, und es war kein Todesfall mehr in Berlin verzeichnet worden.

Bevor sie in den kühlen Morgenstunden von *Hof Sonnenschein* aufgebrochen waren, hatte sie Beppo mit einer weichen Bürste gestriegelt. Sie waren sehr früh losgegangen, weil Esel sich nicht ziehen ließen und man sich ihrem gemächlichen Tempo anpassen musste. Es hätte auch Stunden dauern können, vor allem, wenn duftende Kräuter und Gräser den Weg säumten.

Lissi schaute hinauf zum Dach der Klinik, von dem die Lübarser Tonziegel in bestem Sommerwetter glänzten. Dank Ramon und dem Fachwissen seines Vaters waren die Reparaturen problemlos verlaufen. Sie war sehr erleichtert gewesen, dass ihre Eltern nicht aufs Dach gemusst hatten. Was für ein verrückter Plan das gewesen war!

Professor Nowikow kam aus dem Isolierhaus und schaute zweifelnd in ihre Richtung.

»Danke, dass Sie die Therapie ermöglichen«, rief Lissi

ihm zu. Sie hatte es erst nicht glauben wollen, als ihr Frau Doktor Feigenspann die Zusage überbracht hatte. Die bestand zwar nur für Rolfs Therapie, doch das konnte ein vielversprechender Anfang sein. Heute würde Lissi der Welt endlich beweisen, was in ihr steckte.

Professor Nowikow ging strammen Schrittes zum Haupthaus. Er hatte sie für die Zeit der Therapie von der Visite und dem Stationsdienst freigestellt. Sie wiederum hatte darauf bestanden, die Stunden nachzuarbeiten.

Ramon lief mit wehendem Kittel über den Rasen auf sie zu. »Ich wollte dir noch viel Erfolg wünschen.«

»Danke.« Lissi lächelte breit, Beppos Leine fest in der Hand. »Ein bisschen aufgeregt bin ich schon«, gestand sie und strich dem Esel über die graue Nase.

Sie schauten sich beide auf dem Klinikgelände um. Als niemand zu sehen war, küssten sie sich. »Ich bin stolz auf dich, Elisabeth Vogel«, sagte er, nachdem er sich wieder von ihren Lippen gelöst hatte. »Du bist eine ausgezeichnete Ärztin und kämpfst für das Wohl deiner Patienten. Dafür liebe ich dich!«

Lissi war gerührt.

»Die Klinik hat großes Glück mit dir und ich auch.« Ramon grinste. »Jetzt will ich dich aber nicht länger aufhalten. Zeig allen, was du kannst!«

Lissi atmete tief ein und aus, klopfte Beppo auf die Flanke und führte ihn zu dem Platz, den sie am Vorabend für seine Ankunft hergerichtet hatte. Es war ein Schattenplatz unter einer der Linden auf der großen Wiese im Klinikpark, unweit der Freiluftkrippe. Gestern schon hatte sie einen Pflock eingeschlagen, an dem sie nun Beppos Leine anband. Getrocknetes Gras und ein Eimer mit Wasser standen bereit.

Gut gelaunt wie lange nicht mehr kam Emma angelaufen. »Das also ist der berühmte Beppo.« Sie wollte um das Tier herumgehen, aber Lissi hielt sie davon ab: »Am besten begegnest du ihm von vorne. Esel mögen keine Überraschungen, Mama.«

Emma nahm sich ein Büschel trockenes Gras, trat an Beppos Kopf und hielt es ihm auf der flachen Hand hin. Der Esel nahm es vorsichtig mit den Lippen auf und kaute genüsslich.

Lissi war sich nicht sicher, aber diese gute Laune ihrer Mutter wirkte aufgesetzt. Hatte sie nicht vor Kurzem noch Beruhigungstabletten genommen? Auch ihr Vater hatte Lissi gestern etwas zu fröhlich alles Gute für die Therapie gewünscht. Sie würde das nächste Familienessen dazu nutzen, ihren Eltern auf den Zahn zu fühlen. Irgendetwas stimmte mit ihnen nicht. Irgendetwas war vorgefallen, von dem sie ablenken wollten.

»Ist Rolf bereit?«, fragte Lissi.

»Er wurde gerade von Schwester Helene gewaschen und müsste so weit sein«, erklärte Emma und drückte Lissi überschwänglich. »Alles Gute, mein Schatz. Ich bin sehr stolz auf dich.«

Nach den Worten ihrer Mutter fühlte sie sich noch einmal stärker und dachte, dass sie auch stolz auf Emma war. Zusammen mit Ramon, Kurt, Doris und schließlich sogar Doktor Fiedler hatten sie an einem Sonntag das Dach repariert – unter Emmas organisatorischer Leitung. Sogar der Professor hatte nicht schlecht gestaunt, als er am Folgemorgen das Klinikgelände betreten hatte. Auf seine Frage, was Emma denn als Gegenleistung für die herbeigebrachten Ziegel haben wolle, hatte sie mit »Nichts« geantwortet, und

Lissi hatte den Ärztlichen Direktor das erste Mal erstaunt, ja beeindruckt erlebt. Am Abend nach seinem Dienst hatte er in Emmas und Lissis Begleitung das reparierte Dach Ziegel für Ziegel vom Dachboden aus angeschaut und war zufrieden nickend in den Feierabend gegangen.

Lissi war bei der Reparatur aufgefallen, dass ihre Mutter nach wie vor keinen guten Draht zu Ramon hatte. Sie war sehr darum bemüht gewesen, die Dachziegel nicht ihm anzureichen, sondern Doktor Fiedler. Ramons Einladung zu einem Essen nach getaner Arbeit hatte ihre Mutter ausgeschlagen. Auch das wollte Lissi bei nächster Gelegenheit zur Sprache bringen. Das konnte nicht so weitergehen. Sonst würde Emma eines Tages noch verweigern, auf ihrer Hochzeit zu erscheinen. Nicht, dass es bald so weit wäre, aber irgendwann, in ein oder zwei Jahren …

»Wir machen es wie gestern besprochen, ja?«, fragte Lissi.

Emma nickte, schaute noch einmal lächelnd auf Lissi und den Esel und ging dann zum Haupthaus zurück.

Lissi kniete sich vor Beppo, nahm seinen Kopf zwischen ihre Hände und sagte zu ihm: »Alter Freund, gleich wirst du den traurigsten Jungen aus ganz Weißensee kennenlernen. Ich möchte, dass du so wenig störrisch wie immer bist, obwohl das hier alles neu für dich ist. Rolf weiß nicht, dass die Begegnung mit dir zugleich Therapie sein wird. Bist du bereit?«

Beppo schaute zur Seite zu dem Grashaufen.

Lissi lachte auf. »Na klar, stärke dich noch einmal.« Sie stellte ihm auch den Eimer mit Wasser unter die Nase.

Als sie aufschaute, schob ihre Mutter Rolf im Rollstuhl auf sie zu. Er trug Patientenkleidung, und auf seinem Schoß lag trotz des warmen Wetters eine Wolldecke. Hinter den Fensterscheiben der Krankensaaletage sah sie mehrere Kinder, die große Augen machten.

Emma und Lissi hatten besprochen, die anderen kleinen Patienten heute nicht an den Esel zu lassen. Rolf sollte beim Erstkontakt mit dem Tier ungestört sein. Lissi hatte ihm nicht verraten, dass er heute Beppo kennenlernen durfte. Dann nämlich hätte sich Beppos Besuch schnell unter den Kindern herumgesprochen, und es wäre kaum möglich gewesen, die anderen Patienten von dem Esel fernzuhalten.

Jeden Meter, den sich Emma näherte, wurde Lissi aufgeregter. Rolf saß kraftlos im Rollstuhl, die Augen nur halb geöffnet, sein Kopf hing zur Seite. Die Sonne beschien seine blasse Haut. Seine Beine, dünn wie Strohhalme, zeichneten sich unter der Patientenkleidung ab. Seine Knie stachen spitz unter der Wolldecke hervor.

Emma blieb mit dem Rollstuhl mehrere Meter vor Beppo stehen, dort, wo der Schatten der Linde begann. Kinder an Tiere, vor allem an größere, heranzuführen brauchte Geduld und Behutsamkeit.

»Guten Morgen, Rolf«, sagte Lissi vorsichtig. »Schau mal, wer an die Kinderklinik gekommen ist, um dich kennenzulernen.« Vogelgezwitscher begleitete ihre Worte.

Rolf schaute langsam auf.

»Darf ich dir Beppo vorstellen?«, fragte Lissi.

Rolf sah länger nur Lissi an, als wäre er mit offenen Augen eingeschlafen. Dabei hatte er die Skizze, die sie einst von dem Esel gemacht hatte, oft und lange betrachtet.

»Beppo möchte dein Freund sein«, sagte Lissi und gab Emma ein Zeichen, den Rollstuhl ein Stück näher an den Esel heranzuschieben.

Rolf rührte sich nicht, aber wenigstens hatte er keine Angst. Lissi kannte Situationen, in denen Kinder panisch geschrien hatten. In solch einem Fall musste die Tiertherapie abgebrochen und verschoben werden. Bei Rolf ging es zunächst einmal darum, dem Jungen eine Freude zu bereiten und ihn mit Beppo überhaupt bekannt zu machen. Erst in den darauffolgenden Treffen wollte sie ihn näher an den Esel heranführen, ihn das Tier bürsten und ihn auf dessen Rücken sitzend oder liegend ein neues Gefühl für seinen Körper finden lassen.

Lissis Puls schlug schneller, als sie Professor Nowikow hinter dem Fenster des Laboratoriums stehen und sie beobachten sah.

Emma schob den Rollstuhl langsam auf den Esel zu. Zwei Armlängen war sie nur noch von Beppo entfernt, der vorfreudig mit den Ohren wackelte.

Lissi fand, das Tier machte seine Sache ausgezeichnet. »Siehst du, Beppo freut sich über dich«, sagte sie zu Rolf.

Der Junge betrachtete den Esel aus halb geöffneten Augen. »Seine Haare sehen struppig aus«, sagte er mit seiner rauen, eingerosteten Stimme.

»Willst du ihn mal streicheln?«, bot Lissi an, obwohl sie das für den Erstkontakt nicht vorgesehen hatte.

Rolf schaute traurig an sich herunter.

Emma schob ihn noch einen Schritt näher heran, während Lissi sagte: »Probiere es ruhig, du kannst es.« Beim nächsten Mal würde sie ihn nah an den Esel stellen. Die Lähmungen würden nur zurückgehen, wenn Rolf die Genesung wichtig war. Er musste sich wieder wie früher bewegen wollen.

Mutlos schaute der Junge jedoch zum Klinikgebäude zurück. Wie es aussah, wollte er in sein Bett und sich unter seiner Decke verkriechen.

Emma und Lissi wechselten einen enttäuschten Blick. In diesem Moment ging Beppo auf Rolf zu und stupste ihn mit seinem Maul an der Schulter an. Rolf beobachtete das Tier nun interessierter und ließ es sich sogar gefallen, dass Beppo an der Decke auf seinem Schoß knabberte. Vermutlich war es der Geruch von Eukalyptus und Thymian, der den Esel anzog. Beides sorgte für eine gute Durchblutung und war Bestandteil jener Salbe, mit der Rolf täglich gegen das Wundliegen eingerieben wurde.

»Du bist sehr mutig, einen Esel so nah an dich heranzulassen. Das trauen sich nur die wenigsten Kinder«, sagte Lissi aufrichtig. Einen so schnellen Erstkontakt hatte sie noch nicht erlebt. »Ich weiß nicht, ob Professor Aronnax so mutig gewesen wäre.« Lissi sah, wie die Augen des Jungen kurz aufleuchteten. Sie durfte nicht lockerlassen. »Beppo mag es, wenn er auf der Nase gekrault wird.«

Langsam hob Rolf seinen Arm zum Esel.

Lissi ging währenddessen neben dem Rollstuhl in die Knie, um mit dem kleinen Patienten auf Augenhöhe zu sein. Gerade lächelte sie gerührt von Rolfs Fortschritt, als sie ein heißer Schmerz durchfuhr. Es fühlte sich an, als peitschte ihr elektrischer Strom vom Rücken aus in die Beine. Sie suchte Halt, aber wollte nicht nach dem Rollstuhl greifen, deswegen ließ sie sich ins Gras fallen.

Emma rief nach einer Schwester, dann beugte sie sich aufgeregt über Lissi. »Wo hast du Schmerzen?«

Lissi brachte kein Wort mehr heraus. Ihr unterer Rücken tat schrecklich weh, ihre Beine kribbelten. Sie sah das

Gesicht ihrer Mutter nur noch verschwommen. Die Äste der Linde über ihr begannen, sich zu drehen.

»Halte durch, Schatz! Gleich kommt Hilfe!«, sagte Emma.

Lissi vernahm die Worte ihrer Mutter nur noch wie aus der Ferne. Immerhin bekam sie noch mit, dass sie kurz darauf auf eine Trage gelegt wurde. Sie hörte die Stimmen von Ramon und vom Ärztlichen Direktor. Oder fantasierte sie?

»Es sieht so aus, als wäre ihr Rückenmark betroffen«, sagte Ramon. »Sie muss schnellstens in eine Klinik für Erwachsene!«

Ihr Rückenmark? Lissi tastete nach ihren Oberschenkeln. Das Kribbeln in den Beinen war einem Taubheitsgefühl gewichen. Die Sonne blendete sie, sodass sie die Augen zusammenkneifen musste. Obendrein schwitzte sie schrecklich. Die Aufregung um sie herum wuchs. Immer wieder beugte sich Ramon über sie und vergewisserte sich, dass sie noch nicht weggetreten war.

»Wir nehmen mein Auto, das ist die schnellste Lösung!«, sagte er zu einem der Kollegen, den Lissi nicht mehr erkannte. »Der Rest Benzin im Tank sollte noch reichen. Ich fahre mit ihr nach Friedrichshain, dort arbeiten die besten Rückenmarksspezialisten des sowjetischen Sektors.«

Ramon und Emma hoben die Trage an und brachten Lissi vorbei an Schwester Ingrid, die Rolf im Rollstuhl zurück auf Station schob. Lissi sah es nur verschwommen, aber der Junge saß wieder kraftlos und mit geneigtem Kopf in seinem Gefährt.

Lissi stöhnte auf, als sie vor Ramons Auto abgesetzt wurde. Sie versuchte aufzustehen, aber bekam den Oberkörper keinen Zentimeter hoch.

»Beweg dich bitte nicht«, bat Ramon und schob die Trage vorsichtig in sein Auto, nachdem er die Leiter herausgezerrt hatte, die sie beim Dachdecken zum Ausbessern von Latten an der Innenhaut des Daches verwendet hatten und die noch auf der umgeklappten Rückbank gelegen hatte.

Lissi spürte noch, wie ihre Mutter ihre Hand zum Abschied drückte. Kurz darauf hörte sie nur noch das Surren des Motors. Irgendwann konnte sie nicht anders, als dem Druck ihrer schweren Lider nachzugeben und die Augen zu schließen.

*

Träge öffnete Lissi die Augen. Das grelle Licht, das von der Deckenlampe auf sie fiel, ließ sie die Lider sofort wieder schließen. Vorsichtig und mit der Hand schützend über den Augen öffnete sie sie ein zweites Mal. Sie sah nur Umrisse, konnte trotzdem sagen, dass sie sich in einem Krankenzimmer befand und das Bett neben ihr leer war. Ansonsten sah sie einen Tisch und einen Schrank. Es roch nach Desinfektion.

Das Letzte, woran sie sich erinnerte, war die Fahrt in Ramons Auto. Was war in der Zwischenzeit passiert? Und warum hatte ihr Körper sie anfallartig im Stich gelassen? Der Schmerz im Rücken, der sie im Klinikpark zu Boden gerungen hatte, war kaum noch spürbar. Vermutlich wurde er durch ein starkes Medikament unterdrückt. Das würde zumindest erklären, warum sich die Gedanken in ihrem Kopf so zäh anfühlten.

Mühselig setzte sie sich auf, schob die Bettdecke beiseite und kniff sich in den Oberschenkel. Erst in den einen und, weil sie nichts spürte, auch in den anderen. Das durfte nicht sein!

Verzweifelt versuchte sie, ihre Beine aus dem Bett zu heben, aber sie waren viel zu schwer. Mit Tränen in den Augen schlug sie die Decke darüber und suchte die Notfallglocke, um nach jemandem zu läuten, aber fand sie nicht. Sie musste wissen, was los war. In welchem Krankenhaus war sie überhaupt?

Auf ihre krächzenden kraftlosen Rufe hin betrat eine Schwester das Zimmer und forderte sie auf, etwas zu trinken.

»Ich … möchte wissen … was mit mir passiert ist.« Lissis Zunge fühlte sich wie ein trockener unbeholfener Fremdkörper an.

»Doktor Schindler wird gleich bei Ihnen sein«, versicherte die Schwester.

»Ist Emma Vogel hier?«, fragte Lissi. Wenigstens konnte sie sich noch an den Namen ihrer Mutter erinnern. Das bedeutete, dass sie von ihrem Zusammenbruch keine größeren Schäden im Gehirn davongetragen hatte. Emma könnte ihr womöglich sagen, was zwischen ihren schrecklichen Schmerzen und dem Aufwachen in der unbekannten Klinik passiert war. Und wo war Beppo? Was war mit Rolf? Wenn sie sich richtig erinnerte, hatte der Junge gerade Freundschaft mit dem Esel schließen wollen. Hätte ihr Zusammenbruch nicht so lange warten können, bis sie ihre erste Tiertherapie beendet hatte? Es hatte so aussichtsreich begonnen.

»Es ist Ihnen noch nicht gestattet, Besuch zu empfangen«, erklärte die Schwester. »Erst will Doktor Schindler mit Ihnen sprechen.«

»Bitte helfen Sie mir, mich aufzusetzen«, bat Lissi. Sie wollte sich selbst untersuchen, soweit es möglich war.

»Auch damit müssen Sie sich noch gedulden.« Die Schwester sagte es mit einer Abgeklärtheit, als arbeitete sie schon Jahrzehnte in ihrem Beruf.

Ein Mann im Arztkittel und mit Stethoskop um den Hals betrat das Krankenzimmer. »Guten Morgen, Fräulein Vogel. Ich bin Doktor Schindler, Ihr behandelnder Arzt am Klinikum Friedrichshain.« Er trat an ihr Bett.

Lissi betrachtete den Arzt eindringlich. Er trug ein weißes glänzendes Seidentuch um den Hals, und sein weißer Kittel war vorbildlich gebügelt. Sein Gesicht schaute freundlich. Lissi war verwundert, wie jung der Doktor dem Äußeren nach war. Sie kniff die Augen zusammen, um das Schild an der Brusttasche seines Kittels zu lesen: *Dr. med. Karl Schindler, Assistenzarzt*.

»Wir haben den Vormittag genutzt, um Sie genauer zu untersuchen«, erklärte er. »Danach haben wir Ihnen mit Schlaf- und Schmerzmitteln Ruhe gegönnt.«

Jetzt wusste sie wenigstens, was mit ihr in den zurückliegenden Stunden geschehen war. Wichtiger aber war noch, wie es weitergehen würde. Was war mit ihren Beinen? Lissi versuchte erneut, sich hinzusetzen, aber es gelang ihr nicht.

»Sie sind selbst Ärztin, Fräulein Vogel, nicht wahr?«, fragte Doktor Schindler. »Sogar an einem von Berlins Poliozentren?«

»Ja, an der Kinderklinik Weißensee«, gab Lissi zurück, den Kopf wieder im Kissen. Langsam ging es mit dem Sprechen besser, obwohl ihre Gedanken noch immer so zäh wie Honig waren.

Sie trank etwas, dann sagte sie: »Und dorthin möchte ich bald wieder zurückkehren.«

Doktor Schindler schaute auf die Stelle, wo unter der Decke ihre Beine lagen. »Ich frage deswegen, weil ich ganz offen mit Ihnen reden möchte.«

Lissi mochte es nicht, wenn man ihr auf die Beine schaute, aber sie nickte. Als Ärztin sollte sie mit Diagnosen, die die eigene Gesundheit betrafen, professionell umgehen können. Trotzdem fühlte sie sich gerade so hilflos wie ein Schiffbrüchiger auf hoher See. Ihre Gedanken kreisten um die möglichen Diagnosen, die wie ein drohendes Unwetter in der Luft hingen.

»Ich bin der Poliospezialist hier am Klinikum in Friedrichshain«, sagte Doktor Schindler nicht ohne Stolz. »In meiner Doktorarbeit habe ich mich intensiv mit dem Post-Polio-Syndrom beschäftigt.«

»Post-Polio-Syndrom?«, wiederholte Lissi und ging in Gedanken ihre Lehrbücher durch. Von Post-Polio hatte sie noch nie gehört. Sie konnte nur sagen, dass alles mit Polio im Namen ihr eine Heidenangst einjagte. Unvermittelt klammerte sie sich an die Bettdecke. Der Raum fühlte sich plötzlich klein und eng an.

Doktor Schindler befingerte sein Seidentuch, während er erklärte: »Das Syndrom befällt ausschließlich Menschen, die bereits eine Polioinfektion mit Lähmungserscheinungen durchgestanden haben. Oft passiert dies Jahrzehnte danach, wenn man die Krankheit bereits vergessen hat.«

Dass Doktor Schindler vom Vergessen der Krankheit sprach, zeigte Lissi, dass er selbst nie an Poliomyelitis gelitten hatte. Denn wer das einmal durchgemacht hatte, vergaß es nie wieder.

»Wir wissen noch längst nicht genug über das Syndrom«, schwadronierte er und klang, als stünde er vor einer noblen Zuhörerschaft auf einem zukunftsweisenden Ärztekongress. »Dank meiner Doktorarbeit konnte das Krankheitsbild besser eingegrenzt werden.«

Lissi wollte dem Kollegen für seine wissenschaftliche Arbeit anerkennend zunicken, doch sie konnte nur an Post-Polio denken. Sie holte tief Luft, ihr Brustkorb hob und senkte sich unter dem dünnen Krankenhaushemd.

»Das Syndrom geht mit Paresen in früher betroffenen, aber auch in neuen Muskelgruppen einher«, erklärte Karl Schindler weiter.

Paresen waren schwache Lähmungen, wohingegen man von Plegien sprach, wenn ein Muskel komplett gelähmt war. Lissi schob die Bettdecke wieder beiseite und starrte ihr verformtes Bein an. Mit aller Kraft bekam sie es ein paar Zentimeter angehoben. Eine Welle kalter Angst erfasste sie, und sie wollte weinen. Einzig der Gedanke an Rolf verbot ihr einen Schwächeanfall. Rolf hatte mit Beppo viel Mut bewiesen. Es hätte ein neuer Anfang für den Jungen sein können. Sie musste jetzt genauso stark sein, obwohl sie das Gefühl hatte, ganz nah am Abgrund zu stehen und das Gleichgewicht keine Sekunde länger halten zu können.

»Die Lähmungen und der Muskelschwund werden häufig von starken Schmerzen und tiefen Erschöpfungszuständen begleitet. Das ist der Grund, warum wir Ihnen Medikamente verabreicht haben.«

»Wann können wir mit der Therapie beginnen?«, fragte sie mit belegter Stimme. Ihre nunmehr unruhigen Hände hielt sie unter der Decke versteckt.

»Post-Polio-Paresen sind … sie sind … irreparabel«,

sagte Doktor Schindler mitfühlend und fuhr sich über den gewachsten Scheitel. »Es gibt keine Therapie.«

Irreparabel!, hallte es in Lissis Kopf wider. Sie würde ihre Beine nie wieder richtig bewegen können? Wie sollte sie mit zwei schlaffen Beinen schnell bei Notfällen sein? Ihr Herzschlag dröhnte so laut in ihren Ohren wie eine wilde Symphonie der Angst, die jedes andere Geräusch im Raum übertönte.

Doktor Schindler straffte sich: »Ich bin froh, dass Sie Ärztin sind und mit einer solchen Diagnose professionell umzugehen wissen. Ich lasse dann jetzt Ihre Angehörigen zu Ihnen.«

Lissi nickte wie betäubt, während Doktor Schindler das Zimmer verließ. Ihr Blick lag starr auf den blauen Streifen der Bettdecke, die ihr plötzlich so endlos erschienen wie der Kampf gegen Polio.

Emma und Kurt kamen angelaufen und umarmten sie. »Es tut uns so leid!« Sie konnte die heißen Tränen ihrer Mutter an ihrer Wange spüren, genau wie damals bei ihrer ersten Poliodiagnose.

Kurt nahm ihre zitternde Hand unter der Bettdecke hervor und hielt sie fest.

»Ich werde nie wieder als Ärztin arbeiten können«, sagte Lissi unter Tränen und barg ihr Gesicht an der Schulter ihrer Mutter. Das letzte bisschen Kraft wich aus ihr. Es bedurfte nur eines Windhauchs, um sie vom Abhang in die Tiefe zu stürzen.

Ihre Mutter drückte sie verzweifelt an sich, während sie selbst am ganzen Leib zitterte. »Ich bin immer für dich da, und Papa auch.«

Vermischt mit dem salzigen Geschmack ihrer Tränen

konnte Lissi den sterilen Geruch des Krankenhauses in der Luft schmecken, der bald nur noch eine Erinnerung an ihr früheres Leben sein würde. Warum nur war diese schreckliche Krankheit in ihr Leben zurückgekehrt und nahm ihr alles, was ihr wichtig war?

Ramon erschien in der Tür. Sein Gesichtsausdruck war besorgt, sein Haar zerzaust. »Elisabeth!«

»Papa, schick ihn fort!«, bat sie mit verweintem Gesicht.

Kurt schaute seine Tochter mit fragendem Blick an.

»Bitte!«, drängte Lissi und wandte sich demonstrativ von Ramon ab. Er sollte sie nicht in diesem erbärmlichen Zustand sehen. Heute nicht und auch sonst nicht mehr. Er hatte etwas Besseres verdient als eine Frau mit zwei schlaffen Beinen, die den Rest ihres Lebens an den Rollstuhl gefesselt sein würde.

***

19

17. Juli 1949

Marlene saß versunken am Küchentisch in der Erdgeschosswohnung und las die neueste Drucksache, die ihr Margitta Klauber in den Briefkasten geworfen hatte – zusammen mit einer erneuten Einladung, sie zum nächsten Treffen ihrer Chorfreundinnen zu begleiten. Marlene hielt sich für völlig unmusikalisch, aber vielleicht würde sie das trotzdem tun. Mehr jedoch interessierte sie die Drucksache. Dabei handelte es sich um Bürgerinformationen für die anstehende Wahl zum ersten deutschen Bundestag, gebunden in ein kompaktes Heftchen. Es würde die erste freie Wahl seit 1933 werden. Maximilian wäre begeistert von dem gewesen, was das Heftchen den Bürgern für den neuen Staat, die Bundesrepublik Deutschland, versprach: viele Parteien, Oppositionspolitik, Meinungsfreiheit, Gewaltenteilung und nicht zuletzt eine soziale Marktwirtschaft. Am vierzehnten August sollte es so weit sein. Marlene konnte mit ihrer Stimme für eine gerechtere Zukunft eintreten.

Seit dem Ende der Blockade war das Leben einfacher geworden. Es hieß sogar, dass es ihnen bis zum Jahresende an nichts mehr fehlen würde – dank der Amerikaner, die die Wirtschaft mit dem Marshallplan weiter ankurbelten. Abgesehen vom blockierten Berlin ging es der Bundesrepublik Deutschland deutlich besser als der sowjetischen Besatzungszone. Marlene seufzte. Ach, Max, wenn wir die neue Republik doch nur gemeinsam hätten erleben dürfen.

Es schmerzte immer noch, an ihn zu denken, aber die Arbeit im Charlottenburger Krankenhaus hatte ihr geholfen, sich abzulenken und wenigstens zu ihrer Bestimmung zurückzufinden: dem Heilen kranker Menschen.

Immer öfter übernahm sie zusätzliche Bereitschaftsdienste und arbeitete abends so lange, wie die Patienten sie brauchten. Wenn sie beschäftigt war, musste sie auch weniger an Emma denken. Wie konnte ihre Schwester immer noch am sowjetischen System hängen?

Wenn Marlene an die Besatzer aus dem Osten dachte und wie diese die Menschen belogen, wurde sie wütend. Aber genauso wütend war sie auch auf ihre Schwester, die in diese Menschen Hoffnung setzte. Emma war doch sonst so klug! Von dem belesenen, weitsichtigen Kurt einmal ganz abgesehen. Und dass sie Franz durch die Arbeit an der Kinderklinik tiefer in das System mit reinzogen, in dem das Parteibuch Voraussetzung für eine Studienzulassung war, fand sie auch nicht in Ordnung. Sie konnte nicht ausschließen, dass Emma ihn nur zur Leitung der Musikgruppe überredet hatte, um ihn nicht an die westlichen Überzeugungen seiner Mutter zu verlieren.

Als Franz sie vergangene Woche besucht hatte, hatte er viel von den musizierenden Kindern gesprochen. Was sein Studium anging, hatte er weniger begeistert geklungen. Vielleicht half es, wenn sie ihm zeigte, wozu die Medizin imstande war. Sie könnte ihn mit in ihre neue Klinik nehmen und ihm von ihrer früheren wissenschaftlichen Zusammenarbeit mit Professor Czerny erzählen. Damals, als sie gemeinsam das Penicillin noch sehr umständlich hergestellt hatten und einem kleinen Jungen dadurch das Leben retten konnten, das war eine erfüllende Zeit für sie gewesen. Solche Sternstunden würden auch Franz bevorstehen, wenn er nur durchhielt. Kurz dachte Marlene an ihren früheren Mentor, Professor Adalbert Czerny, der sie viele Jahre begleitet hatte, aber im dritten Kriegsjahr im Alter von achtundsiebzig Jahren verstorben war.

Katharina kam in die Küche. Sie war barfuß und trug lediglich eines der weißen Hemden ihres Vaters, in denen sie seit seinem Tod regelmäßig schlief. Ihre Locken standen ihr ungekämmt in alle Richtungen vom Kopf ab. »Guten Morgen.«

Marlene war ernsthaft irritiert. Hatte ihre Tochter wirklich »Guten Morgen« gesagt? Es war in den vergangenen Wochen schon ein paarmal vorgekommen, aber nach den vielen Jahren der Gleichgültigkeit schien diese neue Höflichkeit Marlene wie ein Wunder.

»Ich dachte, du wolltest vielleicht mal ...«, begann Katharina und rieb am obersten Knopf ihres Hemdes, auf dem die Initialen ihres Vaters eingeprägt waren. Mit der anderen Hand hielt sie eine Glasflasche mit dunkelbrauner Füllung hoch. Das Etikett war knallrot mit weißem geschwungenen Schriftzug. »Die Amerikaner haben gestern Abend in der Stadt für *Teenager*, wie sie uns Jugendliche nennen, Coca-Cola verschenkt.«

»Das ist nett von den Amerikanern«, bestätigte Marlene, aber fand es vor allem nett, dass Katharina ihr davon erzählte.

Das Mädchen hielt ihr die handliche Glasflasche hin. »Ich dachte, du möchtest Coca-Cola mal probieren.«

Angetan von der Geste, nahm Marlene einen Schluck. Die dunkle Limonade schmeckte sehr süß, eigentlich nicht ihr Geschmack. »Wie lieb, dass du sie mit mir teilst«, sagte sie und trank noch einen Schluck, um ihre Dankbarkeit zu unterstreichen. Es war das Berührendste, das ihre Tochter seit Jahren für sie getan hatte.

Katharinas Blick fiel auf die alte Küchenuhr. »Schon eins, du solltest bald los zum Dienst, Mutter.«

Marlene nickte, auch wenn sie gerne noch bei ihrer Tochter geblieben wäre. Sie trank noch einen Schluck und reichte Katharina die Glasflasche zurück. Dann ging sie ins Wohnzimmer, suchte ihre Sachen zusammen und zog sich bequeme Schuhe an.

Fertig für den Bereitschaftsdienst trat sie noch einmal vor Katharina, die noch immer in Maximilians Hemd in der Küche stand.

»Das war ein schöner Start in den Tag.« Katharinas Veränderung hatte begonnen, nachdem sie aus Lübars zurückgekehrt war. Etwas war anders an Katharina, auch wenn es nicht so aussah, als hätte ihre Schwester sie politisch beeinflusst. Wie es zu dem gemeinsamen Ausflug mit Emma und Kurt gekommen war, wusste Marlene bis heute nicht. Aber sie musste bei der Vorstellung lächeln, ihre Tochter zur Verabschiedung womöglich bald mal wieder umarmen zu dürfen.

Marlene verabschiedete sich und ging aus der Wohnungstür. Als sie die von außen zuziehen wollte, gefror ihr das Lächeln im Gesicht. »Emma?«

Eine Weile sahen sie sich sprachlos an. Emma trug eine

gelbe Sommerbluse und einen luftigen Rock, der bis zu den Knien reichte. Ihr Gesicht furchten Sorgenfalten, die neu waren.

»Ich brauche dringend deine Hilfe!«, sagte Emma.

»Ich kann nichts für dich tun!«, entgegnete Marlene. Es tat ihr immer noch weh, dass es zwischen ihnen so weit gekommen war. Fast fühlte es sich an, als hätte sie zwei geliebte Menschen zu Grabe getragen.

Emma tat einen Schritt auf Marlene zu, erstarrte dann aber wieder. »Es ist dringend, und du bist unsere letzte Rettung!«

Marlene schluckte schwer, bevor sie entgegnete: »Ich muss zur Arbeit!« Mit ihrer Arzttasche ging sie an ihrer Schwester vorbei.

»Es geht um das Leben eines Kindes!«, rief ihr Emma hinterher.

Marlene hielt inne und wandte sich um.

»Bei dem Säugling Tamara Berger wurde Meningitis diagnostiziert, und die Kleine benötigt dringend Streptomycin«, sagte Emma in verzweifeltem Ton. Mit den folgenden Worten ging sie Schritt für Schritt auf Marlene zu. »Du weißt doch selbst, dass bei einer Hirnhautentzündung jeder Tag zählt.«

Als Emma bis auf zwei Schritte herangekommen war, bedeutete Marlene ihr mit ausgestrecktem Arm, nicht näher zu kommen. »Und was hat das mit mir zu tun?«

»Seit der Blockade bekommen wir von den Amerikanern keine Antibiotika mehr. Lissi hat bereits beim Komitee nachgefragt, wurde aber abgewiesen«, erklärte Emma. »Ihr in der Charlottenburger Klinik habt doch bestimmt einen Vorrat.«

Marlene schaute ihre Schwester an. Emma sah übermüdet und entkräftet aus. Das lag sicher am System, für das sie sich entschieden hatte.

»Bitte, Marlene!«, fügte Emma an. »Danach belästige ich dich nie wieder, versprochen.«

Marlene zögerte mit einer Antwort. »Schick das nächste Mal bitte Lissi vorbei«, sagte sie dann.

Emmas Augen wurden feucht. »Lissi ist am Post-Polio-Syndrom erkrankt und wird nie wieder normal laufen, geschweige denn als Ärztin arbeiten können.«

Ihre Nichte, die talentierteste Assistenzärztin in Berlin, musste den Beruf aufgeben? »Was ist passiert?«, wollte Marlene wissen. Sie sah Lissis Gesicht vor ihrem inneren Auge und wie sie jedes Mal gestrahlt hatte, wenn sie gemeinsam über medizinische Sachverhalte gesprochen hatten. Die Tätigkeit als Ärztin war mehr als Arbeit für Lissi, es war Erfüllung. Es war ihr Lebenstraum. Marlene kannte niemanden, der härter für seine Ziele gearbeitet hatte als ihre Nichte. Post-Polio? Sie hatte schon mal etwas darüber gelesen, in einer Doktorarbeit, wenn sie sich recht erinnerte.

»Das tut mir leid für Lissi. Was kann ich für sie tun?«, fragte Marlene, aber Emma ging einfach davon.

***

20

21. Juli 1949

Lissi lag in ihrem Krankenbett und schaute gedankenverloren im Raum umher. Die sanfte Brise des Sommertags drang durch das geöffnete Fenster herein und ließ die Gardine aufflattern. Ihr Blick fiel auf ihre leblosen Beine, die wie stumme Zeugen ihres Lebens auf der Decke ruhten. Noch vor dem Mittagessen sollte sie geröntgt werden, als Teil von Doktor Schindlers umfänglichen Folgeuntersuchungen.

»Klopf, Klopf«, kam es vom Flur.

In der Fensterscheibe neben ihrem Bett spiegelte sich Bert Steiningers Kopf, der durch den geöffneten Spalt der Tür schaute. »Darf ich hereinkommen?«

Lissi nickte kraftlos.

Er trat mit einem Strauß roter leuchtender Gladiolen an ihr Bett. »Schön, dich zu sehen.«

Sie gab sich keine Mühe, ihre niedergeschlagene Stimmung vor ihm zu verbergen. Vor ihm hatte sie sogar schon vor Erschöpfung geweint, auf dem kleinen Balkon am Oberinzimmer, nach einer Folge von anstrengenden Arbeitstagen.

»Ich hole erst einmal eine Vase und Wasser für die Blumen.« Bert ging aus dem Zimmer und war kurz darauf schon wieder zurück, steckte die Gladiolen in die Vase und stellte sie auf das Fensterbrett, wo Lissi sie nicht übersehen konnte. Danach setzte er sich zu ihr auf die blau gestreifte Bettdecke.

»Was kann ich für dich tun?«, fragte er und lächelte sie zärtlich an.

»Nichts«, entgegnete Lissi schlaff. In ihrem Auftrag hatte Emma die Kinderklinik über ihre Diagnose bereits informiert.

Bert nahm Lissi in die Arme. »Weine ruhig. Das kann befreiend sein.«

Lissi drückte ihr Gesicht gegen seine starke Schulter. Es war ihr egal, dass sie seinen blauen Anzug mit ihren Tränen befleckte. Die Diagnose hatte alles verändert, und sie wünschte, das neue Leben mit dem Post-Polio-Syndrom wäre nicht ihres. Sie löste sich von Berts Schulter und ließ sich mutlos zurück in ihr Kissen sinken.

Eine Weile schwiegen sie zusammen, wie früher in ihrem alten Leben, wenn sie nach einem langen Tag auf dem kleinen Balkon an der Brüstung gestanden hatten. In ihrem neuen Leben würde sie den Balkon und die Kinderklinik nie mehr betreten. Als ihr Emma kürzlich bei einem ihrer täglichen Besuche mit Kurt berichtet hatte, dass Rolf Stehfest sich nach dem abgebrochenen Versuch mit dem Esel geweigert hatte, die normale Therapie zu machen, und schließlich als gehbehindert entlassen worden war, hatte Lissi ihre Mutter gebeten, nicht mehr von der Kinderklinik zu erzählen. Die Berichte führten ihr schmerzhaft vor Augen, was sie gezwungen war, hinter sich zu lassen. Auch wenn ihre Eltern seitdem nur übers Wetter, die Politik oder Neuigkeiten aus Weißensee sprachen, sah Lissi Bilder von Rolf vor sich: wie sie einst seine Diagnose gestellt hatte, wie sie ihn mit der Sauerstoffbombe und in der Eisernen Lunge versorgt hatte, versucht hatte, ihm Mut zu machen. Die Tiertherapie hätte ihm bestimmt geholfen! Und jetzt lebte er traurig bei einer Mutter, die ihn vernachlässigte, weil das andere Kind ihren Lebenstraum von einer Karriere als Geigerin zu erfüllen schien. Das Leben war bitter, mies und einfach nur fürchterlich!

»Ich soll dich herzlich von Doris grüßen«, sagte Bert. »Sie hat geweint, als sie von deinem Schicksal erfuhr.«

Lissi schaute aus feuchten Augen auf. Die Freundin hatte sie bisher noch nicht besucht. Aber klar! Es war nur allzu verständlich, dass man sich ihren Anblick ersparen wollte. Die meiste Zeit lag sie mit zerzausten, ungekämmten Haaren und verweintem Gesicht im Bett. Sie ertrug ihren Anblick ja selbst nicht.

»Was hältst du davon, wenn wir dich in deinen Rollstuhl setzen und eine Runde an der frischen Luft drehen?«, schlug Bert vor.

»Ich? Ich soll raus?«, fragte Lissi erschrocken. Sie war nicht bereit, der Welt zu zeigen, dass Polio sie endgültig niedergerungen hatte. Wieder weinte sie.

Tröstend nahm Bert ihre Hand und streichelte sie, bis Lissi sich gefangen hatte. Sie wurde müde.

»Darf ich nächste Woche wiederkommen?«, fragte er und richtete die Blumen in der Vase noch einmal so aus, dass Lissi die größten Blüten vom Bett aus sehen konnte.

Sie wischte sich Tränen von den Wangen. »Du bist immer willkommen.« Bert fand stets den richtigen Ton und die passenden Worte. Neben Doris war er der beste Freund, den sie hatte.

Auf Lissis Bitte hin schüttelte er ihre Decke etwas auf. Währenddessen hörte sie die aufgebrachte Stimme der Stationsschwester im Flur: »Sie will Sie nicht sehen! Akzeptieren Sie das, bitte!«

Plötzlich sprang die Tür ihres Krankenzimmers auf, und Ramon trat ein. Er sah mitgenommen aus. Sein Haar ungekämmt, sein Gesicht müde.

Lissi hätte sich am liebsten wie ein Kind unter der Bettdecke verkrochen, aber ein bisschen Würde besaß sie noch. Sie wandte sich demonstrativ von ihm ab. Die Bettdecke zog sie hoch bis über ihre Brust, damit Ramon so wenig wie möglich von ihrem Körper sah.

Die Schwester versuchte vergeblich, ihn zu stoppen. »Doktor Olivera, das geht entschieden zu weit!«

Ramon lief an Lissis Bett und schob Bert zur Seite, obwohl der größer und breiter war. Gerade hatte Bert nach der Notfallglocke greifen wollen.

»Wenn Sie dieses Zimmer nicht umgehend verlassen, hole ich die Doktoren Schindler und Zielasko!«, drohte die Schwester.

»Ich gehe erst, wenn ich mit Elisabeth gesprochen habe!«, erklärte Ramon und ging um das Bett herum ans Kopfende, um Lissi in die Augen zu sehen. Seine Stimme zitterte bei den Worten, nun durchbohrte sein Blick sie schmerzhaft.

»Bitte geh!«, verlangte sie und wandte sich zur anderen Seite, unfähig, seinen Anblick zu ertragen. Sie würde nie mehr die starke Ärztin sein, in die er sich verliebt hatte, die er an seiner Seite haben, mit der er nach Pisa reisen wollte. Beim Blick in den Spiegel erkannte sie sich selbst nicht mehr, sah nur noch zwei reglose Beine.

»Bitte gehen Sie, Doktor Olivera«, bat Bert in ruhigem Ton, ganz der diplomatische, versöhnliche Verwalter. »Es ist nicht gut für Lissis Gesundheitszustand, wenn sie sich aufregt.«

Lissi fühlte ihr Herz rasen, als Ramon verzweifelt nach ihrer Hand griff und sagte: »Ich werde nicht gehen, bis du mir sagst, warum du mich nicht mehr sehen willst!« Kurz pausierte er, dann sagte er: »Ich liebe dich!«

Diese drei Worte stachen ihr wie ein Dolch ins Herz. Sie biss sich auf die Lippe, um nicht zu schluchzen. Wäre sie die alte Lissi gewesen, wäre sie dahingeschmolzen. Es kostete sie alle Anstrengung, ihm nicht in die Augen zu schauen. Ihr ganzer Körper fühlte sich steif wie ein Brett an, als sie sagte: »Versteh es doch endlich: Du liebst eine Lissi, die es nicht mehr gibt!« Nun schaute sie ihn doch an. Der Blick seiner fast schwarzen Augen, normalerweise so strahlend und voller Liebe, war von Sorge und Verzweiflung durchdrungen.

Bert unternahm einen zweiten Versuch, Ramon zur Tür zu schieben, scheiterte aber, obwohl er fester zupackte.

»Herr Steininger, mischen Sie sich bitte nicht ein!« Mit diesen Worten drückte Ramon ihn von sich fort und wandte sich erneut an Lissi. Seine Hand suchte die ihre, aber Lissi zog sie nach einer kurzen Berührung zurück, als hätte er die Absicht, sie in tausend Stücke zu zerbrechen. Eine Sekunde lang hatte sie die Wärme seiner Haut gespürt.

Die Stationsschwester war mit Doktor Schindler und Doktor Zielasko zurück. Sie packten Ramon an den Armen und führten ihn wie einen Verbrecher aus dem Zimmer. »Doktor Olivera, wir erteilen Ihnen hiermit Hausverbot!«

Bei der Tür wandte Ramon sich noch einmal zu Lissi

um. »Sag mir, dass du mich nicht mehr liebst, dann gehe ich.«

Die beiden Ärzte neben ihm hielten daraufhin inne.

Lissis Herz riet ihr, seine Hand zu nehmen und ihn nie wieder loszulassen, aber ihr Verstand wusste, dass sie in ihrem Zustand keine Chance auf eine gemeinsame Zukunft hatten.

»Ich«, begann sie, und ihr Puls hämmerte so heftig in ihren Schläfen, dass es wehtat. Sie wünschte sich so sehr, ihre Zweifel abzuschütteln und sich in Ramons Armen verlieren zu können. Doch die Angst, ihn unglücklich zu machen, die Angst davor, dass er eines Tages erkennen würde, dass er etwas Besseres als ein Leben mit ihr verdiente, hielt sie zurück. Ihm stand mehr zu als eine Zukunft mit einer Ehefrau im Rollstuhl, eine Zukunft, die von Einschränkungen und Schmerz geprägt sein würde. Auf diese Reise durfte sie ihn nicht mitnehmen. Das würde ihn früher oder später unglücklich machen, auch wenn er das jetzt nicht sehen wollte.

Sie setzte erneut an: »Ich liebe dich nicht mehr.« Ihre Stimme zitterte vor Schmerz.

Ramon starrte sie fassungslos an. Verzweifelt presste er seine Lippen aufeinander, sodass sie weiß wurden. Lissi konnte die Bestürzung in seinen Augen sehen.

Der Schmerz, ihn gehen zu lassen, war stärker als jede körperliche Verletzung, die ihr das Post-Polio-Syndrom jemals zufügen konnte. Dennoch sagte sie: »Ich möchte jetzt allein sein.« Langsam, als stünde ihr Leben beinahe still, führte sie ihren Blick von Ramon zurück auf ihre stummen Zeugen, ihre Beine.

*

Lange nachdem Ramon und auch die anderen das Krankenzimmer verlassen hatten, schlug Lissis Herz immer noch unvermindert heftig. Trotzdem hatte sie richtig gehandelt. Er sollte sich eine Frau suchen, die ihn glücklich machen konnte. Eine, die zu einem gut aussehenden, erfolgreichen Kinderchirurgen passte. Bestimmt konnten sich auch andere Frauen für Pisa begeistern. Es war bitter!

Ausgelaugt schloss sie die Augen, als sie zum Röntgen gefahren wurde. Sie bekam die Myelografie, die Röntgenuntersuchung mit Kontrastmitteln, kaum mit. Neben Assistenzarzt Schindler war ein Doktor anwesend, den sie am Klinikum noch nicht gesehen hatte. Es stellte sich heraus, dass ihr betreuender Arzt seinen Doktorvater, einen gewissen Professor Schimpanski, mitgebracht hatte. Der wirkte sehr ernst während der Untersuchung, als gäbe es neue Hiobsbotschaften.

Zurück in ihrem Zimmer, kamen Lissis Eltern zu Besuch. Ihr Vater versuchte, seine Niedergeschlagenheit hinter guter Laune zu verstecken. Ihre Mutter sah mit jedem Tag grauer aus, wie damals, als Lissi schon einmal mit Polio gekämpft hatte. Wobei: Beim Post-Polio-Syndrom gab es nichts zu kämpfen. Man hatte von Anfang an verloren, denn es gab keine Therapie. Man gesundete nie davon.

Als Überraschungsbesuch hatten Emma und Kurt Theodor aus London dabei. Lissi nahm ihren Bruder kaum wahr, als er an ihr Bett trat und ihre Hand streichelte. Er trug eine karierte Schiebermütze und vom gleichen guten Wollstoff ein Jackett. Auf seinem Koffer lag ein Regenschirm.

»Schwesterchen. Endlich!«, sagte Theodor. Sie hatten

sich seit der Beerdigung von Maximilian nicht wieder gesehen. »Ich habe versucht, so schnell es ging, herzukommen.«

Emma schnitt einen Apfel auf und reichte Lissi einen Schnitz davon, aber sie hatte keinen Appetit.

Theodor schien nicht so recht zu wissen, worüber er mit Lissi nach dem schrecklichen Zusammenbruch reden sollte. Vielleicht erzählte er deswegen so ausführlich von der Gründung des Europarates in London, über die er als Journalist viel beachtete Artikel geschrieben hatte.

Lissi gab sich Mühe, nicht desinteressiert zu wirken, obwohl die große Politik sie heute noch weniger scherte. Immer unkontrollierter sprangen ihre Gedanken zu Ramon, wie todtraurig er das Krankenzimmer verlassen hatte. Sie war hart gewesen und hatte ihm ihre Liebe entzogen.

Als Emma und Kurt wieder gingen, bestand Theodor darauf, noch zu bleiben. »Ich bin jetzt hier, bis es dir besser geht«, versprach er.

Lissi hätte jetzt sagen können, dass es ihr nie wieder besser gehen würde, aber das hatte in den letzten Tagen bei ihren Besuchern nur aufmunternde Worte ausgelöst. Und die war sie müde zu hören.

Theodor holte sich einen Stuhl ans Bett, nahm ein Buch aus seinem Koffer und legte seine karierte Schiebermütze ab. »Mutter hat mir verraten, dass du zuletzt öfters von *20 000 Meilen unter dem Meer* gesprochen hast.«

Das war in ihrem alten Leben gewesen, um Rolf Stehfest eine Freude zu machen! In ihrem neuen Leben spielte das Buch keine Rolle mehr.

Theodor lächelte liebevoll. »Weißt du noch, wie ich dir früher stundenlang aus dem Roman vorgelesen habe?« Er setzte ihr zum Spaß seine Mütze auf, und Lissi ließ es zu, so erschöpft, wie sie war. Früher hatte sie gerne die Sachen ihres älteren Bruders benutzt: sein Fahrrad, seine Bücher, seine Strickmützen von Elwira Pinke.

Sie nickte mit geschlossenen Augen und musste erneut an Rolf denken, den ein ähnliches Schicksal wie sie ereilt hatte. Sie beide würden ein Leben lang gehbehindert bleiben.

Kurz darauf hörte sie die Stimme ihres Bruders: »Am zwanzigsten Juli 1866 begegnete die *Governor Higginson* fünf Seemeilen östlich der australischen Küste der schwimmenden Masse.«

Theodor blieb über Nacht an ihrem Krankenbett und las Seite für Seite. Mit der Geschichte von Nemo im Ohr verabschiedete Lissi sich immer mehr von der Außenwelt – genauso wie der Kapitän der *Nautilus*. Nemo hatte mit der Menschheit gebrochen. Für ihn galten deren Regeln nicht mehr.

Am Folgemorgen, noch bevor das Frühstück gebracht wurde, hatten sie den Roman fast durchgelesen. Theodor war bei jener Szene der Weltreise unter Wasser angelangt, in der die *Nautilus* an der gefährlichsten Stelle des Meeres ankam: einem gigantischen Wasserwirbel vor Norwegens Küste.

Doktor Schindler und Professor Schimpanski betraten das Krankenzimmer zur Visite. Karl Schindler trug sein Haar wieder fest zur Seite gescheitelt, um den Hals sein Seidentuch. Anders als sonst wirkte er heute jedoch weniger stolz, eher unsicher.

Er hielt ein Röntgenbild in der Hand und räusperte sich, bevor er sagte: »Wir müssen mit Ihnen reden.« Er bedeutete Theodor, das Zimmer zu verlassen.

»Er ist mein großer Bruder. Er darf alles hören, was Sie mir zu sagen haben!«, erklärte Lissi.

Theodor legte den Roman beiseite und ergriff Lissis Hand. Seine Nervosität war nicht zu übersehen, während er sie beim Lesen noch hinter der souveränen Stimme von Professor Aronnax, dem Erzähler, versteckt hatte.

»Sie sind selbst Ärztin«, begann Doktor Schindler nach einigem Zögern. »Sie wissen, wie schwierig es manchmal ist.«

Lissi schaute hilflos zu Theodor. Es tat gut, dass er jetzt bei ihr war.

Doktor Schindler zählte ihre seit der Einlieferung unveränderten Symptome auf: schreckliche Schmerzen im unteren Rücken, Taubheit in ihren Beinen, Schwindel, immer wieder, aber das alles kannte sie längst.

Lissi schloss die Augen und stellte sich vor, wie sie im Unterseeboot von Kapitän Nemo in den Strudel an Norwegens Küste gerissen wurde. Wie schrieb es Jules Verne doch gleich: *Von draußen drang das Brausen der stürzenden Wasser zu uns, unter unseren Füßen brüllte die* Nautilus *mit der Kraft all ihrer Maschinen auf, um sich gegen den Zugriff des Meeres zu wehren.*

»Fräulein Doktor Vogel, so schauen Sie doch!«, drang die Stimme von Professor Schimpanski wie aus dem Nebenraum zu ihr, obwohl er bei ihr stand.

Theodor drückte auffordernd ihre Hand, sodass sie schließlich die Augen öffnete und das Röntgenbild vor sich sah. Professor Schimpanski hielt es in der Hand. Doktor Schindler stand beim Fenster und schaute sie nicht an, sondern zu Boden.

»Sehen Sie das?«, fragte Schimpanski.

Lissi musste blinzeln, um wieder ganz in die Realität aufzutauchen, wo doch der Meeresstrudel, der Mahlstrom, nach ihr gegriffen hatte. Nur langsam schärfte sich das schwarz-weiß-graue Bild vor ihren Augen. Sie sah ihre Lendenwirbelsäule, Wirbel L1 bis L5, und das Kontrastmittel, das sich stechend hell vom Rest des Bildes abhob. So viel konnte sie noch sagen, obwohl sie die Ärztin in sich vor Tagen abgeschaltet hatte. Kein Denken mehr in Symptomen, Diagnosen, keine stummen Einschätzungen des Allgemeinzustandes von Menschen um sie herum, die matt wirkten.

Professor Schimpanski deutete mehrmals mit dem Zeigefinger auf das Kontrastmittel beim L2 und L3. »Wir sehen einen Prolapsus nuclei pulposi.« Vorwurfsvoll sprang sein Blick zu Doktor Schindler.

»Ich verstehe das nicht«, war alles, was Lissi antworten konnte.

»Wovon reden Sie?«, fragte Theodor. Seine Hand war vor Aufregung feucht geworden. Er war leichenblass, als wäre gerade das Todesurteil seiner Schwester verlesen worden.

»Nun sagen Sie es schon!«, drängte der Professor seinen Zögling am Fenster.

Doktor Schindler räusperte sich verlegen. »Nun ... ja ... es ist so ...«

Lissi drückte Theodors Hand so fest, dass er die Zähne zusammenbeißen musste, um sie nicht loszulassen.

»Es ist so«, übernahm Professor Schimpanski ungeduldig, »dass ... oder nein ... anders ... Haben Sie in den Wochen vor Ihrem Schwächeanfall schwer gehoben?«

»Nicht, dass ich wüsste«, antwortete Lissi. »Doch ... warten Sie! Ich habe vor sechs Wochen geholfen, schwere

Dachziegel aus Ton für das Klinikdach zu entladen. Aber davon hatte ich nur leichte Rückenschmerzen.« Sie hatte sich mehr Ziegel als alle anderen aufgeladen, um schneller fertig zu sein und mehr Zeit für Ramon zu haben.

»Da haben wir es! Es waren die Dachziegel!«, sagte Schimpanski, schritt vor Doktor Schindler und drückte ihm auffordernd Lissis Röntgenbild an die Brust. »Nicht jeder Prolapsus nuclei pulposi muss zwangsweise mit Symptomen einhergehen. Die zeigen sich oft erst, wenn die Bandscheibe auf eine Nervenwurzel, eine Nervenfaser oder auf das Rückenmark drückt. Das muss nicht unmittelbar im Moment der Überbelastung sein«, erklärte er.

»Sie meinen, ich hatte einen Prolapsus nuclei pulposi, einen Bandscheibenvorfall?«, fragte Lissi perplex. Bandscheiben wirkten wie Stoßdämpfer zwischen den Wirbeln. Nur dank ihnen war die Wirbelsäule derart beweglich und in der Lage, unterschiedliche Belastungen gut zu verteilen. Wenn die Hülle einer Bandscheibe altersbedingt oder durch sehr einseitige Belastungen einriss und die gallertartige Füllung austrat und auf Rückenmarksnerven drückte, verursachte das schreckliche Schmerzen, die oft bis in die Gliedmaßen ausstrahlten.

»Meine Schwester hat gar nicht das Post-Polio-Syndrom?«, fragte Theodor, Lissis Hand fest und feucht im Griff.

»Nun sagen Sie es ihr schon!«, verlangte der Professor von Doktor Schindler. »Schließlich bin ich für die Absicherung Ihrer Diagnose extra aus Erfurt angereist und muss heute Abend zurück bei meinen Patienten sein.«

Doktor Schindler trat zu Lissi. »Es tut mir leid, dass ich etwas vorschnell das Post-Polio-Syndrom diagnostiziert habe. Ich habe es versäumt, gleich bei Ihrer Aufnahme eine Myelografie zu machen. Dadurch hätte ich den Bandscheibenvorfall schneller erkannt.«

Es war alles nur ein Irrtum? Lissi traute ihren Ohren nicht, aber ein Blick zu Theodor verriet ihr, dass sie sich nicht verhört hatte. Seine Gesichtsfarbe hatte sich von kalkweiß zu rosarot gewandelt.

»Ich war mir so sicher, dass wir es bei Ihnen mit dem Post-Polio-Syndrom zu tun haben: Ihre Rückenschmerzen, Ihre Lähmungen ... genau so, wie ich es in meiner Doktorarbeit beschrieben habe«, erklärte Doktor Schindler, ohne Lissi in die Augen zu schauen. »Erst, als ich meinem Doktorvater Ihre Krankenakte gezeigt habe, kamen Zweifel auf. Es fehlte die Abnahme von Kraft und Ausdauer – Ihnen geht es ja unverändert seit der Einlieferung. Auch haben Sie keine Kälteintoleranz entwickelt. Aber alle Symptome sind ja selten beieinander, Sie wissen doch selbst ...«

Lissi wusste, wie schwer Diagnosen manchmal zu stellen waren und dass ärztliche Fehler passierten.

Professor Schimpanski kam auf den Punkt: »Sie haben lediglich einen Bandscheibenvorfall, der in ein paar Wochen austherapiert sein wird.«

»Danke«, sagten Lissi und Theodor im Chor.

»Schwesterherz, du wirst wieder gesund!« Theodor fiel ihr um den Hals.

Lissi schüttelte ungläubig den Kopf. Kein Post-Polio-Syndrom!, hallte es in ihr nach wie das Schwappen von Meereswellen an einen Strand.

»Sie werden bald wieder gehen können!«, sagte der Professor. »Und jetzt tun Sie uns bitte den Gefallen und nehmen die Entschuldigung Ihres Kollegen an.«

Lissi nickte mehrmals, aber konnte noch immer keinen klaren Gedanken fassen. Oder doch: Sie dachte an Professor Aronnax im Meeresstrudel und dass es ihr wie ihm erging: Er wurde wieder an Land geworfen, zurück zu den Menschen.

Die Doktoren verabschiedeten sich, und kurz darauf waren die Geschwister unter sich. Lissi weinte vor Erleichterung und ließ Theodor lange Zeit nicht los.

»Soll ich unsere Eltern informieren?«, fragte er im Glückstaumel. »Wir sollten ein Fest feiern!«

»Nein!«, bat Lissi. »Ich weiß noch nicht, ob mir nach Feiern zumute ist.« Schließlich hatte sie vor wenigen Stunden die wichtigste Brücke in ihr altes Leben abgebrochen: die Beziehung zu Ramon.

***

21

28. Juli 1949

Emma saß auf einer Bank im Klinikpark. Wegen Vollbelegung und einiger aufgeschobener Arbeiten gönnte sie sich seit Tagen nur noch eine zehnminütige Mittagspause. Den Kaffee am Nachmittag ließ sie gleich ganz aus. Sie biss in die Klappstulle mit Leberkäse und ließ ihren Blick zum Hauptgebäude gleiten. In ihrer Vorstellung sah sie Lissi schon wieder im Arztkittel zu den kleinen Patienten der Allgemeinen eilen. Ein Bandscheibenvorfall war zwar schmerzhaft, aber kein Drama. Lissi würde wieder gesund werden und an die Kinderklinik zurückzukehren, sobald ihre Antriebslosigkeit vorüber war. Emma schob das trübe Gemüt ihrer Tochter auf den Schock, den die Post-Polio-Diagnose ausgelöst hatte, der aber sicher bald überwunden war. Seit der korrigierten Diagnose nahm Emma keine Beruhigungstabletten mehr.

Als Theodor ihnen die frohe Nachricht vor einer Woche überbracht hatte, waren sie ihm weinend vor Glück um den Hals gefallen. Endlich spielte Poliomyelitis keine Rolle mehr in ihrer Familie! Für sie fühlte es sich an, als hätte sie eine bleierne zweite Hautschicht abgestreift. Sie ging wieder aufrechter. Kurt und sie waren gleich nach Friedrichshain gefahren und vor Erleichterung um Lissis Bett getaumelt, hatten sie gedrückt, geküsst, gesungen. Mit Sicherheit hatte Lissi sie für betrunken gehalten.

Auch heute Abend wollte Emma bei ihrer Tochter vorbeischauen. Lissi hatte das Angebot abgelehnt, nach der Entlassung aus dem Krankenhaus bei Kurt und ihr zu wohnen, bis sie wieder richtig gehen konnte und allein zurechtkam. Dafür würde Theodor in den nächsten Wochen bei ihr sein. Er hatte Emma versprochen, darauf zu achten, dass Lissi täglich ihre Übungen zur Regenerierung der Bandscheiben absolvierte. Lissi war noch weit entfernt von dem Biss, den sie früher besessen hatte. Aber das war verständlich, nach allem, was sie durchgemacht hatte.

Emma kaute bereits an der zweiten Hälfte ihrer Stulle, als Doris zu ihr geschlendert kam. »Darf ick mich zu dir setzen?«

Emma wunderte sich über Doris' ungewöhnliche Zurückhaltung. Die Köchin hielt sich normalerweise nicht lange mit Höflichkeitsfloskeln auf. Eigentlich plapperte sie munter drauflos, wie bei ihrer jüngsten Begegnung bei den Gemüsebeeten. Da hatte Doris von einem gewissen Otto geschwärmt und erzählt, dass sie mit ihm einen Spaziergang um den Weißen See gemacht hätte.

Emma deutete auf den Platz neben sich, aß aber weiter.

Doris setzte sich und schwieg eine Weile. »Meenst du, det Vöjelchen tät sich freuen, wenn ick es zu Hause besuche? Jetzt, wo allet überstanden is?«, fragte sie schließlich.

»Bestimmt«, entgegnete Emma. Lissi würde jeder Besuch guttun, um sie aus dem Stimmungstief herauszuholen. Sie musste wieder unter Menschen. Emma schickte ihrer Tochter in Gedanken eine Umarmung. Bald bist du wieder auf dem Damm, mein großes Mädchen.

»Ick meene ja nur«, Doris begann, am Nagel ihres Zeigefingers zu knabbern, »weil ick se doch im Krankenhaus keen eenzijes Mal besucht hab. Sie hätte Grund jenuch, mir böse zu sein.«

»Finde das doch am besten selbst heraus!« Emma schaute auf ihre Armbanduhr. Fünf Minuten blieben ihr noch, dann wollte sie zurück am Schreibtisch sein.

Doris nickte. »Det is nur so, dat mir schlecht wird, wenn ick Blut sehe. Die Kinderklinik is det eenzije Krankenhaus, wo mir nich schlecht wird, wenn ick es betrete. Liecht wohl an den vielen Kindern hier.« Doris' Blick glitt sehnsuchtsvoll zum Kliniktor.

Erst jetzt fiel Emma auf, dass die Köchin ihr karottenrotes Haar heute nicht strubbelig, sondern hübsch gekämmt und sogar mit Festiger gestärkt trug. Sie sah feiner aus. »Wartest du auf jemanden?«, fragte Emma.

»Otto wollte mich in der Mittagspause besuchen kommen«, gestand Doris. Ihre blauen Augen, die von Sommersprossen umgeben waren, leuchteten bei seinem Namen auf. »Er arbeitet als Elektromeister uff 'ner Baustelle hier janz in der Nähe. Nur bis jetze is er nich jekommen.«

»Sprichst du von dem Otto, mit dem du neulich Morgen um den Weißen See spaziert bist?« Emma lächelte wissend. »Klingt, als könnte das was Festes werden.«

»Wat Festes? Icke? Nä! 'ne Beziehung bringt nur Ärjer!« Doris schüttelte heftig den Kopf, aber ihre neue Frisur hielt dem stand. »Warum sollte ausjerechnet icke … die Doris, die viel lieber verschiedene Sachen am Büfett nascht, als sich *à la carte* uff een eenzijes Essen festzulejen …«

»Vom Büfett naschen?« Emma musste schmunzeln über diesen Vergleich.

»Dit letzte Mal, als it so stark jeregnet hat«, Doris schaute sich im Park um und fuhr erst fort, als Schwester Beate nicht mehr in ihrer Nähe war, »da war 's mit dem Laboranten.« Sie deutete mit dem Kinn hinüber zum Schuppen bei den Gemüsebeeten.

Emma schaute erschrocken auf. Damals, während des mehrtägigen Starkregens, als sie die Dachrinnen des Schuppens überprüft hatte und aus dem Inneren des kleinen Hauses ein Stöhnen gekommen war ... das waren Doris und der Laborant gewesen? Sie hätte schwören können, die Männerstimme und der weiße Kittel über dem Laubrechen gehörten Doktor Olivera! Deshalb hatte sie den Kinderchirurgen für den falschen Mann für Lissi gehalten.

»Du kiekst so anders uff eenmal? Jeht it dir jut?«, fragte die Köchin.

Emma stand auf. »Ja, ja«, wiegelte sie ab. Nur plagte sie jetzt ein furchtbar schlechtes Gewissen. Sie hatte Doktor Olivera unrecht getan. Das tat ihr schrecklich leid. Vermutlich waren auch die Rosen damals nicht für eine Geliebte, sondern fürs Ärztezimmer oder Familienangehörige gewesen. Sie hatte nur das gesehen, was sie sehen wollte, und die schlechte Erfahrung in ihrer Vergangenheit auf Lissis Leben projiziert. Sie nahm sich fest vor, zukünftig vorsichtiger mit voreiligen Schlussfolgerungen zu sein. Schade, dass Doris ihr nicht schon eher von dem Schäferstündchen berichtet hatte. Emma hätte sich einige Unhöflichkeiten sparen können. Sie hatte sich schrecklich verhalten und würde sich dafür bei Doktor Olivera entschuldigen. Aber ihn und Lissi wieder zu versöhnen – was sie sich für die beiden nun gewünscht hätte –, das lag nicht in ihrem Einflussbereich. Lissi hatte selbst entschieden, mit Ramon zu brechen, als ihr die Zukunft zwischen den Fingern zerronnen war. Sie wäre bestimmt sauer, wenn Emma sich in ihr Liebesleben einmischen würde.

Emma beeilte sich nun, in ihr Dienstzimmer zurückzukommen, denn sie war zehn Minuten über der Zeit. Der Verwalter fing sie mit einem Päckchen in der Hand auf der Wendeltreppe ab. Ein Kurier hatte es für sie abgegeben. Herr Steininger ließ viele Grüße an Lissi ausrichten und erklärte, er wolle sie übermorgen erneut besuchen.

Als Emma den Absender – *Doktor Marlene von Weilert* – auf dem Päckchen las, glitt es ihr beinahe aus den Händen. Endlich Streptomycin? Ziellos ging sie über den Korridor der Krankensaaletage. Wollte Marlene sich damit etwa endlich entschuldigen? Nach der Fehldiagnose glaubte Emma wieder an Wunder. Alles war möglich!

Sie starrte das Päckchen wie einen Schatz an und hoffte nicht nur auf das rettende Antibiotikum, sondern auch auf ein paar liebe Worte, die die Kluft zwischen ihnen zu überbrücken vermochten. Ihre Finger fühlten sich plötzlich steif an, und ihr Herz klopfte schneller, als sie die Verschnürung des Päckchens entknotete und das Packpapier aufriss. Sie öffnete das Paket und griff hinein.

Es enthielt ein Fläschchen mit Streptomycin. Sehr gut! Seitdem vor einigen Wochen bei Tamara Berger Meningitis diagnostiziert worden war, hatten sie wegen des fehlenden Medikaments nichts für den Säugling tun können, außer der üblichen Krankenpflege und symptomatisch das Fieber zu senken. Nur wenn eine Hirnhautentzündung früh entdeckt und therapiert wurde, konnten Folgeschäden minimiert werden. Marlene hatte sich also doch entschieden, ihr mit dem Medikament zu helfen.

Auf Emmas Gesicht stahl sich ein kleines Lächeln, das jedoch sofort wieder gefror, denn dem Streptomycin lag keinerlei persönliche Nachricht bei. Ein Stich durchzuckte ihr Herz. Zur Sicherheit schaute sie ein zweites Mal nach. Mit dem Blick in den leeren Karton machten sich Traurigkeit und Verwirrung in ihr breit. War das ein klares Zeichen, dass ihre Schwester nun endgültig keinen Kontakt mehr wollte?

Enttäuscht ließ sie den leeren Karton sinken. Unter diesen Umständen würde sie Marlene auch nicht von Lissis korrigierter Diagnose schreiben! Wenigstens dieses Mal hätte ihre Schwester über ihren Schatten springen und den ersten Schritt zur Versöhnung machen können. Marlene war gefühlskalt und unversöhnlich geworden. Wenn ihre Mutter davon wüsste, sie würde sich im Grab umdrehen. Nach deren Tod hatten sie nur einander gehabt, was sie eng zusammengeschweißt hatte.

Als Emma die Krankensaaletage wieder verlassen wollte, sah sie am Ende des Korridors Frau Doktor Feigenspann stehen. Die Oberärztin war jüngst zur Stellvertreterin des Ärztlichen Direktors ernannt worden. Sie bekleidete damit einen Posten, der einige Jahre nicht besetzt gewesen war. Frau Doktor Feigenspann war in ein anregendes Gespräch mit Doktor Olivera vertieft. Beide lächelten. Emma schaute genauer hin. Vielleicht könnte sie den Kinderchirurgen kurz beiseitenehmen und sich entschuldigen? Aber der wurde im nächsten Moment auf Station gerufen, und Frau Doktor Feigenspann kam auf sie zu.

Die HNO-Spezialistin schaute das Medikamentenfläschchen in Emmas rechter Hand an. »Ist das Streptomycin? Für die Patientin mit Meningitis?«

Emma straffte sich. Wegen der Enttäuschung über Marlene hatte sie noch eingesunken dagestanden. »Ja, das ist es«, entgegnete sie mit belegter Stimme.

Es stand kritisch um Tamara, aber sie wollte die Hoffnung nicht aufgeben. Ausgerechnet bei ihrer eigenen Tochter war ihr das damals schwergefallen. Lange war es mit Lissi nicht bergauf gegangen, bis ein Mischlingsrüde, kniehoch und mit struppigem Fell, in ihr Leben getapst war. Anfangs hatte Emma den Streuner vom Weißen See nicht beachtet. Aber ihrer kranken Tochter hatte er bei einer Spazierfahrt im Rollstuhl ein seltenes Lächeln ins Gesicht gezaubert. Nach dieser ersten Begegnung mit dem Hund hatte Lissi immer öfter einen Spaziergang um den Weißen See machen wollen, um den Streuner zu streicheln und ihm etwas zu fressen zu geben. Der Mischling hatte ihr bald Stöckchen gebracht und war ein Stück des Weges mitgekommen. Eines Tages dann war Lissi aus dem Rollstuhl aufgestanden, um dem Hund ein paar Schritte ins Gebüsch zu folgen, wo ihr Rollstuhl nicht hinkam. Der Streuner vom Weißen See war Lissis Therapie und Rettung gewesen. Und Emma wollte daran glauben, dass sie Tamaras Rettung in den Händen hielt.

Emma drückte Frau Doktor Feigenspann das Antibiotikum in die Hand und zog sich in ihr Dienstzimmer zurück, obwohl heute wieder Freitag war und die Kindermusikgruppe übte. Zum ersten Mal war ihr nicht danach, den kleinen Patienten beim Musizieren mit Franz zuzuschauen.

Sie ließ sich auf ihren Schreibtischstuhl sinken. Seit Lissis Zusammenbruch kam sie kaum zum Luftholen, und alle Gedanken über ihr eigenes Leben waren in den Hintergrund getreten. Jetzt, wo es ihrer Tochter wieder besser ging, fragte sie sich zum ersten Mal seit langer Zeit, was aus ihrem Traum von einer besseren Gesellschaft noch übrig war und ob sie und Kurt es erneut wagen sollten: wegen ihrer Überzeugung, aus der Masse auszuscheren, indem sie aus jener Partei austraten, die ihren Mitgliedern den Mund verbot. Seit Kurt das Schreibverbot erteilt worden war, fühlte er sich nutzlos. Die SED drängte zwar darauf, dass er sich für eine Anstellung in der Pankower Druckerei oder bei einem Verlag als Lektor entschied, aber Kurt zögerte. Ein Schreibverbot war ihm schon früher, als die Nationalsozialisten an die Macht gekommen waren, sehr bald erteilt worden. Auch damals hatte man ihnen anfangs gedroht, dann kamen Verleumdungen hinzu, und den Rest wollte sie am liebsten vergessen. Wie konnte eine politische Führung nur eine einheitliche Meinung erzwingen? In einer freien Gesellschaft musste man sagen dürfen, was man dachte. Sie war jedes Mal aufs Neue erschüttert, wenn sie an die beiden unangenehmen Herren in ihrem Wohnzimmer dachte. Sie hatte sich seitdem nicht wieder auf das Sofa gesetzt. Nachdenklich befühlte sie das Abzeichen am Kragen ihres Kleides. Sie musste mit Kurt darüber reden.

Emma beugte sich über die neuesten Personalpläne, die zu prüfen sie sich für den Nachmittag vorgenommen hatte. Bei allen Sorgen durfte sie ihre Arbeit nicht vergessen. Ihre Augen sprangen über Namen und Daten, aber sie erfassten sie nicht. Ihr erschien das Bild von Katharina vor dem inneren Auge. Während ihres Besuchs bei Marlene hatte sie das Mädchen durch den Türspalt gesehen, nicht mehr ganz so in sich zurückgezogen wie einst.

Professor Nowikow stürmte in Emmas Dienstzimmer.

»Das Poliokomitee hat beschlossen, die Sondermaßnahmen für Krankenhäuser aufzuheben!«

»Ich kümmere mich gleich darum!«, versprach Emma mit neuer Kraft. Sie freute sich, dass nun auch die letzten Einschränkungen aufgehoben wurden. Die meisten sektorenübergreifenden Maßnahmen, die das öffentliche Leben betrafen, waren bereits zurückgenommen worden. An Schulen fand wieder Turnunterricht statt, die Schwimmbäder durften öffnen. Zusammenkünfte mit mehr als fünfzig Kindern waren wieder möglich und, und …

»Die Zahl an Polio erkrankter Kinder geht stark zurück. Wir können somit auch die provisorische Isolierstation auflösen«, sagte Nowikow. »Gemeinsam, *vmestje*, als Kollektiv, haben wir ein Wunder vollbracht!« Er wirkte erleichtert, und etwas, das man glatt mit Freude verwechseln konnte, zierte sein Gesicht. Bisher hatte Emma den Ärztlichen Direktor eher emotionslos erlebt. Seitdem er sie auf Kurts kritischen Journalismus angesprochen hatte, war ihre Arbeitsbeziehung noch distanzierter geworden. Und jetzt sogar ein Lächeln? Die Epidemie musste ihm nähergegangen sein, als Emma vermutet hatte.

»Die übrigen Kinder aus dem Dachgeschoss werden ab nächster Woche im vorderen Isolierhaus behandelt. Dort sind Betten frei geworden«, sagte er. Darüber hinaus erklärte er, welche Absprachen er mit Doktor Fiedler und Stationsschwester Grete für die Räumung besprochen hatte, und bat Emma um die Überwachung des Ganzen.

Als er fertig gesprochen hatte, blieb sein Blick kurz an Emmas Kragen hängen, wo das Parteiabzeichen korrekt saß.

Beinahe wirkte es, als stünden ihre Gedanken über den Parteiaustritt auf dem Abzeichen geschrieben.

»Wann können wir eigentlich wieder auf Ihre Tochter zählen?«, fragte Nowikow nach einem Moment stiller Versunkenheit, die sie so von dem kleinen, glatzköpfigen Mann auch nicht kannte. Er war doch überwiegend mit undurchdringlicher Miene unterwegs.

Emma war verwundert. Als Lissi noch an der Kinderklinik gearbeitet hatte, war Nowikow ihr gegenüber streng und unnachgiebig gewesen. Und jetzt erkundigte er sich, wann sie zurückkommen würde? »Sie muss erst noch ihren Bandscheibenvorfall therapieren«, erklärte sie. Sie hatte ihn schon von der korrigierten Diagnose unterrichtet.

»Wenn sie sich anstrengt, müsste sie in vier Wochen wieder einsatzfähig sein«, sagte Professor Nowikow.

Emma nickte, dachte aber, dass es eher sechs oder acht Wochen dauern würde. Auch als poliokrankes Kind hatte Lissi etwas mehr Zeit gebraucht, wieder Schwung für das Leben zu nehmen. Aber dann war sie mit Pauken und Trompeten zurück gewesen.

»Tante Emma, bist du da?«, rief Franz von der anderen Seite der Tür.

»Komm rein!«, rief Emma zurück.

Professor Nowikow trat zu Franz. »Gut, dass ich Sie antreffe, Genosse von Weilert. Wie viele Patienten haben heute mit Ihnen musiziert?«, verlangte er zu wissen.

Franz schaute verwundert zu Emma. »Neunzehn«, sagte er. Seit ein paar Wochen war Nowikow nicht mehr beim Musizieren dabei gewesen, und er beäugte Franz schon eine Weile nicht mehr kritisch. Es schien, als gehörte der junge Mann für ihn nun zum Kollektiv dazu.

»Das entspricht der Größe eines kleinen Orchesters«, konstatierte Nowikow. »Wie laufen die Übungsstunden?«

Emma verstand nicht, warum der Ärztliche Direktor das plötzlich wissen wollte.

»Sie laufen gut«, bestätigte Franz. »Unser Repertoire wächst zwar nicht, weil die Kinder regelmäßig wechseln, aber es macht allen großen Spaß.« Sein warmes Lächeln ging auf Emma über. Weil er viele Jahre so traurig gewesen war, zählte seine Freude für sie doppelt.

»Könnten Sie sich vorstellen, die Musikstunden über die vereinbarte Zeit von einem Jahr hinaus weiterzumachen? Ich weiß, bis dahin sind es noch zwei Monate, aber ich will rechtzeitig fragen«, sagte Nowikow.

Franz antwortete sofort: »Gerne.«

»Dann verlängern wir kommende Woche Ihren Vertrag, Herr von Weilert«, sagte der Ärztliche Direktor und wandte sich nun wieder Emma zu, die ganz begeistert von der Vorstellung war, die Musikstunden beizubehalten. »Kommende Woche möchte ich auch mit Ihnen besprechen, wie wir die Zimmer hier oben im Dachgeschoss langfristig als Krankenzimmer nutzen können. Jetzt, wo wir uns als Poliozentrum Sporen verdient haben, brauchen wir mehr Betten für die wachsende Patientenzahl … auf allen Stationen.« Nach diesen Worten und einem Nicken zur Verabschiedung verließ der Ärztliche Direktor das Dienstzimmer.

Emma dachte, dass seine Pläne für die Erhöhung der Bettenzahl noch mehr Arbeit bedeuteten. Sie kam jetzt schon kaum hinterher. Obwohl die Poliozahlen weiter sanken, arbeitete die Eiserne Lunge noch Tag und Nacht. Eigentlich bräuchten sie eigens für die Betreuung der Patienten im Beatmungszimmer eine angestellte Krankenschwester. Bisher half Emma mit aus. Und das war nur eine der Aufgaben, die sie zusätzlich übernommen hatte. Aber die schöne Botschaft war, dass Franz' Arbeit sogar vom Ärztlichen Direktor geschätzt wurde, dass Franz bleiben würde. Es tat ihm gut.

Franz trat neben sie. »Kann ich dir irgendwie helfen, Tante?«, Seine Stimme klang so sanft, als spräche er mit seinen kleinen Musikanten.

Emma lächelte matt. So nahbar hatte sie ihn seit Jahren nicht erlebt. »Danke, aber ich befürchte, den Berg an Arbeit muss ich allein bewältigen.« Als Zeichen, dass sie sich jetzt wieder an die Personalplanung setzen wollte, begann sie, in den Papieren herumzublättern.

»Ich weiß von Kathi, wie schlimm du dich mit Mutter zerstritten hast«, sagte Franz.

Emma schaute auf. »Wie geht es deiner Schwester?« Sie wollte nicht über Marlene reden. Die Enttäuschung mit dem Päckchen genügte für den Rest der Woche.

»Als ich zuletzt bei ihnen war, hat sie sich auch nach dir, Kurt und Lissi erkundigt. Sie geht jetzt wieder regelmäßig in die Schule«, berichtete Franz.

Katharina hatte das Gymnasium geschwänzt? Das überraschte Emma nicht sonderlich. Katharina war ein wildes Mädchen, dessen Mutter leider mit sich selbst überfordert war.

»Wie wäre es, wenn ich für dich und Onkel Kurt mal eine Sonntagssuppe koche?«, fragte Franz. »Als Dankeschön für eure Mühen mit mir.« Er lächelte etwas verlegen und erinnerte Emma damit an seine jüngere Version: den kleinen Franz, der im Alter von einem Jahr in Marlenes Familie gekommen war. Franz war zu jung gewesen, um den Tod seiner leiblichen Mutter zu betrauern. Er war immer fröhlich gewesen, hatte alle mit seinem Lächeln und seiner munteren

Art für sich eingenommen. Sein älterer Bruder Albert war nach dem Tod seiner leiblichen Mutter anders gewesen, öfter melancholisch, und hatte regelmäßig ihr Grab besucht.

Emma stand vom Schreibtisch auf und schloss ihren Neffen in die Arme. »Ein gemeinsames Essen wäre schön.« Sie genoss die Umarmung und brauchte eine Weile, Franz wieder freizugeben. Dass sie Marlene so innig umarmt hatte, fühlte sich unendlich lange her an. Sollte sie doch den ersten Schritt wagen? Alles, was zuletzt vorgefallen war, vergessen? Sie war sich nicht sicher, ob sie dazu in der Lage war.

»Dann übernächsten Sonntag?«, fragte Franz.

Emma nickte.

»Ich muss los«, sagte er und wandte sich zum Gehen. »Hab noch zu lernen für makroskopische Anatomie.«

»Bis übernächsten Sonntag zum Essen.« Emma schaute dem Jungen mit einem Lächeln nach.

Als Franz das Dienstzimmer verlassen hatte, fiel Emmas Blick auf die Uhr über der Tür. Es war bereits halb vier und der letzte Freitag im Monat. Früher war Franz um diese Uhrzeit längst zum Anhalter Bahnhof geeilt, wo gegen fünfzehn Uhr die Züge mit den entlassenen Kriegsgefangenen ankamen. Heute verpasste er sie?

***

22

14. August 1949

Trübselig schaute Lissi aus dem Fenster ihrer Wohnung. Das letzte Sommergewitter hatte hässliche Spuren auf der Scheibe hinterlassen, aber nach Putzen war ihr nicht zumute. Seit sie aus dem Krankenhaus zurück war, hatte sie für kaum etwas einen Finger krumm gemacht. Sie plagte ein schlechtes Gewissen, dass Theodor so viel für sie tat. Wenn es nach ihr gegangen wäre, hätte er auch das schmutzige Geschirr in der Küche stehen lassen können. Ihr Blick fiel auf ein kleines Mädchen unten auf der Straße, das an der Hand seiner Mutter lief und mit ihrem schnellen Schritt kaum mithalten konnte. Humpelte das Kind? Auf der gegenüberliegenden Straßenseite zog ein gebückter faltiger Mann einen Wagen mit Brennholz für den Winter hinter sich her. Eigentlich war er viel zu alt, um noch hart zu arbeiten. Ob er zu seinen Kindern und Enkeln ging oder sich so einsam fühlte wie sie? Am Tag der Entlassung aus dem Krankenhaus, am Folgetag der neuen Diagnose, hatte man sie für sechs Wochen krankgeschrieben. Sie sollte in Ruhe gesund werden. Drei der sechs Wochen waren bereits vergangen, aber Lissi fühlte sich noch lange nicht wieder einsatzbereit. Von ihrem Verdienst als Assistenzärztin hatte sie seit einem Jahr Geld beiseitegelegt. Drei oder vier Monate würde sie davon sparsam leben können. Sie brauchte nicht mehr viel.

Ein vorbeifahrender Bus mit der Werbeaufschrift für ein Waschmittel aus Westberlin versperrte ihr die Sicht auf jene Kreuzung, die sie vor wenigen Wochen noch täglich auf dem Weg in die Kinderklinik überquert hatte. Bei dieser Erinnerung brannten ihre Augen sofort wieder. Jetzt nur nicht an ihre verlorene Liebe denken, sonst heulte sie gleich wieder wie ein Schlosshund los!

Doktor Schindler hatte sie mit dem Hinweis entlassen, dass für sie als ehemaliges Poliokind weiterhin die Gefahr bestünde, dass das Post-Polio-Syndrom doch noch auftrat. Von einem Moment auf den nächsten wäre sie dann doch bewegungsunfähig. Wenn sie nicht an Ramon dachte, grübelte sie über die Gefahr des Post-Polio-Syndroms für ihre Zukunft, für ihre Patienten nach. Was wäre, wenn sie mitten in einer lebenswichtigen Operation so zusammenbrechen würde wie neulich im Klinikpark? Sie wollte nicht denselben Fehler zweimal begehen: das Vertrauen, das Eltern und Kinder ihr entgegenbrachten, missbrauchen. Schon einmal war wegen ihr ein Mensch, nämlich der kleine Fußballer Paul Brehme, beinahe gestorben. Vermutlich zögerte sie deswegen ihre Genesung heraus.

Lissi trat vom Fenster zurück und machte ein paar wackelige Schritte in den Raum hinein. Sie fühlte sich unsicher beim Gehen und stützte sich auf einen der karierten Sessel, die um den Tisch herumstanden. Ihre Tasse, halb voll mit Kornkaffee, war längst kalt. Der große Strauß lilafarbener Rittersporn, den Bert am Montag vorbeigebracht hatte, sah noch frisch aus.

Es schmerzte Lissi noch zu gehen. Nur weil Theodor

ihre Übungen überwachte, war sie überhaupt wieder auf den Beinen. Noch in der Klinik hatte Doktor Schindler ihr die korrekte Ausführung der Stufenlagerung gezeigt, die ihre Schmerzen – besonders im Rücken – lindern konnte, indem die zwischen den Wirbeln eingeklemmte Nervenwurzel entlastet wurde. Sie machte die Übung halbherzig, aber wenigstens machte sie sie. Sie musste sich eine Operation der betroffenen Bandscheibe ersparen, weil sie nicht wieder zurück ins Krankenhaus wollte. Außerdem durfte sie ihre Familie nicht enttäuschen. Theodor fragte täglich, wie es ihr ging und wie sie vorankam, ganz zu schweigen von ihrer Mutter, die überfürsorglich war. Ihr Bruder war in diesen Stunden mit ihrem Vater unterwegs, aber wohin, das wusste sie nicht. So genau hatte sie nicht hingehört. Vermutlich waren sie bei dem Verlag, in dem Kurt demnächst anfangen würde. Die Partei hatte mehrfach gedrängt, ihn aus der Arbeitslosigkeit zu holen. Zuletzt hatten sie aber lediglich eine Stelle als Zweitkorrektor für ihn übrig gehabt.

Wie ein Stein ließ Lissi sich auf den Sessel plumpsen. Ohne Medikamente hätte sie dabei vor Schmerz aufgestöhnt. Zwei Wochen reichten die Tabletten noch, die Doktor Schindler ihr verschrieben hatte. Seinen Worten zufolge musste es danach auch ohne gehen.

Lissi griff in die Schale mit den Malzbonbons, die auf dem Tisch beim Sessel stand, wickelte die Süßigkeit aus und steckte sie sich in den Mund. Ihren Kopf legte sie an die Rückenlehne, ihre Hände auf die breiten gepolsterten Armlehnen, auf denen sie früher nach Feierabend auch mal ihre Füße entspannt hatte. Erschöpft, als käme sie nach einer Doppelschicht aus der Klinik, schloss sie die Augen. Sie hatte sogar Mühe, das Malzbonbon mit der Zunge im Mund umherzustoßen. Ihre Zukunft als Ärztin stand auf dem Spiel, wenn sie sich nicht zusammenriss und ihre Angst vor dem plötzlichen Ausbruch des Post-Polio-Syndroms überwand.

In ihrer Erinnerung erschienen ihr Bilder vom ersten Tag im Hörsaal der Universität Bern und vom alten Herrn Atzinger. Er war der erste Patient aus Fleisch und Blut gewesen, den sie mit dem Stethoskop abgehört hatte. Als Nächstes sah sie sich bei der Übernahme der Würde zum *Doctor medicinae*. Es war eine andächtige Feierstunde in einem alten Schloss gewesen, in der ihr die Urkunde vom Rektor der Universität persönlich überreicht worden war. Schon lange davor hatte sie von einer Ausbildung zur Fachärztin für Kinder- und Jugendmedizin geträumt. Bereits als kleines Mädchen hatte sie eine genauso gute Ärztin wie ihre Tante Marlene werden wollen. Tränen tropften von ihrem Kinn auf das alte Nachthemd, das schon Löcher unter den Achseln aufwies. Es war aus dünner Baumwolle, mit Blümchen, und reichte hinab bis zu den Waden. Sie hatte es Mitte der Dreißigerjahre bekommen, als das Geld ihrer Eltern wegen Verleumdungen und politischer Verfolgung äußerst knapp gewesen war.

Die schrille Türklingel ließ Lissi zusammenfahren, aber sie entschied sich, einfach sitzen zu bleiben und weiter in den schmerzvoll schönen Erinnerungen zu schwelgen. Im nächsten Moment meinte sie bereits, die alten, ehrwürdigen Mauern der Charité zu riechen, wie damals, als sie ihr Medizinalpraktikum angetreten hatte.

Es klingelte stürmischer. War es ihre Mutter mit einem Topf Suppe und dem erneuten Versuch, sie aufzumuntern, mit ihr ins Gespräch zu kommen, sie anzutreiben? Von der letzten Essenslieferung hatte Lissi nur einen halben Teller hinunterbekommen. Nicht, dass es nicht schmeckte, aber ihr Appetit war noch nicht zurückgekehrt. Und sie wollte nicht ständig motiviert werden.

Obwohl Lissi die liebevollen Besuche ihrer Eltern zu schätzen wusste – Kurt hatte inzwischen ein Dutzend Bücher, die sie unbedingt lesen sollte, vor ihrem Bett abgeladen –, wollte sie am liebsten allein sein. Es war an der Zeit, dass ihr Bruder nach London zurückkehrte. Lissi nahm sich vor, heute Abend mit ihm darüber zu reden.

Es klingelte wieder und so anhaltend, dass ihr die Ohren summten. Mit zusammengebissenen Zähnen kam sie hoch und ging auf wackeligen Beinen in den Flur.

Während sie die Wohnungstür öffnete, begann sie schon mit »Mama, das ist lieb gemeint, aber –«. Dann stotterte sie: »W-w-was machst du denn hier?«

Ihr Besuch war einer der letzten Menschen auf der Welt, die sie erwartet hätte. Es war Jahre her, dass sie miteinander gesprochen hatten. Von ihrer Cousine war seit Langem etwas Feindseliges ausgegangen, dem Lissi mit freundlichen Gesten nicht hatte beikommen können. Der Grund für Katharinas Verstimmung war Lissi von jeher ein Rätsel.

»Guten Tag«, sagte Katharina. Unsicher sprang ihr Blick um Lissi herum. »Ich habe vergangene Woche mit deiner Mutter telefoniert. Von ihr weiß ich von deiner neuen Diagnose. Aber deswegen bin ich nicht hier.«

»Hallo«, erwiderte Lissi und betrachtete ihre Cousine genauer. Sie hatten sich seit der Beerdigung von Maximilian nicht wieder gesehen. Katharina sah gut aus. Ihre dunkelblonden langen Locken rahmten ihr hübsches Gesicht mit den Augen, die Lissi sofort an Maximilian erinnerten, so durchdringend grasgrün, wie sie schauten. Sie trug eine helle Bluse, die ungewöhnlich weit, fast schon männlich geschnitten war, und einen dunkelblauen unauffälligen Rock, dazu als Gegensatz eine schicke blaue Handtasche mit Aufschrift. So etwas gab es bei der HO nicht. Die weiten Sachen konnten ihrer schlanken Erscheinung nichts anhaben. Erst auf den zweiten Blick fiel Lissi auf, dass der Rock auf der Höhe, wo Katharinas Hände hingen, auf beiden Seiten frisch geknittert war. Als hätte sie den Stoff verzweifelt geknetet, bevor sie den Klingelknopf neben dem Namensschild *Dr. Elisabeth Vogel* gedrückt hatte.

Zwei, drei Atemzüge lang wusste keine von beiden, was sie sagen sollte. Ihre Fähigkeit, miteinander umzugehen, schien eingerostet zu sein wie ein altes unbenutztes Fahrrad.

Katharinas Blick glitt an Lissi vorbei in die Wohnung. »Du räumst auch nicht gerne auf, was?« Auf dem Flurboden lagen Sachen verstreut, die Lissi nach dem Mittagessen hatte aussortieren wollen. Hübsche Sachen, mit denen sie damals Ramon hatte imponieren wollen.

Der Satz war kein Eisbrecher, aber ein Anfang.

»Gerade habe ich wenig Muße dazu«, gestand Lissi. Mehr musste Katharina über ihren derzeitigen Zustand nicht wissen. »Was verschlägt dich in die Wilhelmstraße?«

»Es geht um meine Mutter«, sagte Katharina. Sie schob sich eine ihrer dunkelblonden Locken von der Schläfe, vermutlich, damit ihre Hände etwas zu tun hatten.

»Was ist mit ihr?«, fragte Lissi. Soweit sie wusste, hatte ihre Tante inzwischen halbwegs zurück ins Leben gefunden. Sie ging wieder arbeiten, kümmerte sich um kranke Kinder und hatte sogar Streptomycin für eine Patientin der Kinderklinik besorgt. Emma hatte es kurz erwähnt. Lissi selbst hatte sich länger nicht bei Marlene gemeldet, obwohl der nächste öffentliche Fernsprecher nicht weit entfernt war. Ihre Tante hatte große Hoffnung in sie als Ärztin gesetzt. Ein Brief von ihr, der vor zwei Wochen angekommen war, lag ungeöffnet im Schrank. Sie wollte nicht lesen, wie enttäuscht ihre Tante von ihr war, dass sie nicht wieder schnurstracks in den ersehnten Beruf zurückkehrte. Franz hatte ihr sicherlich alles berichtet.

»Du hast bestimmt mitbekommen, dass unsere Mütter inzwischen auf Kriegsfuß stehen«, sagte Katharina.

Lissi nickte. »Das ist nicht das erste Mal, dass die beiden sich streiten. Es wird sich bestimmt wieder einrenken«, sagte sie überzeugt. Bisher hatten die Schwestern immer wieder zueinandergefunden. Es war, als würde sie ein Band zusammenhalten, das sich nur hin und wieder dehnte und Abstand zwischen sie brachte, aber nie riss. Es war ein besonderes Band, wie es nur zwischen Geschwistern existieren konnte, nicht zwischen Geliebten.

Lissi wandte sich ab und versuchte, Tränen zurückzuhalten. Vor ihrer Cousine wollte sie nicht weinen. Sie fragte sich, ob Ramon bereits in Pisa angekommen war. Sie hatte ihm die Fahrscheine, die auf den gestrigen Tag ausgestellt waren, über ihre Mutter zurückgegeben.

»Mit diesem Streit ist es anders!«, entgegnete Katharina vehement, schaute sich nach diesen Worten aber unsicher im Hausflur um. »Darf ich reinkommen?«

Als Zeichen ihres Einverständnisses ging Lissi wankend voran.

Im Zimmer angekommen, bot sie ihrer Cousine einen der karierten Sessel an.

Katharina stellte ihre Handtasche auf dem Boden ab und setzte sich, die Beine lässig überkreuzt. Sie trug an den Füßen, was Lissi nur aus Journalen kannte: weiße Turnschuhe von den Amerikanern, obwohl sie, soweit Lissi wusste, keinen Sport trieb.

Lissi bemerkte, wie genau Katharina sich im Zimmer umschaute. Ihr Blick glitt über die kahlen beigen Wände, den kleinen Schrank, das ungemachte Bett und das Sofa.

»Ist gemütlich hier«, meinte sie nach einer Weile.

Lissi war unsicher, wie viel Katharina über ihr Leben wusste. »Ist nur ein Zimmer. Hier wohne ich, seitdem ich aus der Schweiz zurück bin.« Neben Katharinas modischer Kleidung kam sie sich in ihrem löchrigen Nachthemd noch einmal schäbiger vor. Aber zum Schrank mit ihren Strickjacken schaffte sie es ohne Schmerzen nicht, und ihre Cousine um Hilfe zu fragen, das wäre ihr peinlich.

»Was ist nun an dem Streit unserer Mütter dieses Mal so anders?«, fragte sie und setzte sich mit zusammengebissenen Zähnen auf das kleine Sofa neben dem Sessel.

Katharina kannte viele Details, weil Marlene aus Verzweiflung alles der Gattin von Doktor Klauber berichtet und Katharina es gehört hatte. Sie war überzeugt, dass ihre Mutter unter dem Streit mehr litt, als sie zugab. Nachts sei Marlene mehrfach schweißgebadet aufgewacht, nachdem sie nach Emma gerufen habe. »Es gibt nur wenige Tage, an denen meine Mutter morgens ausgeschlafen wirkt. So kann das nicht weitergehen. Sonst endet sie wie Papa!«

Dass es so schlimm war, hatte Lissi nicht gewusst. Emma hatte den Streit, als sie nachgefragt hatte, heruntergespielt.

»Ich verstehe nicht, wie es so zwischen den beiden eskalieren konnte, dass sie nichts mehr voneinander wissen wollen! Sie sind doch zwei liebevolle, harmoniebedürftige Menschen, die alles für den Zusammenhalt ihrer Familie tun würden«, sagte Katharina aufgebracht.

Lissi verstand es auch nicht, aber sagte nichts dazu.

»Ich brauche deine Hilfe, um die beiden wieder zu versöhnen!«, erklärte Katharina schließlich.

»Meine Hilfe?« Lissi bezweifelte, dass sie in der Lage war, anderen zu helfen. Sie kam nicht einmal mit sich selbst zurecht. Sie war ein emotionales Wrack, der glückliche Teil ihres Lebens lag bereits hinter ihr. Katharina wäre besser ohne sie dran. So viel stand fest. Und sie blieb dabei. Die Enttäuschung im Gesicht ihrer Tante, wenn diese sie so sah, würde Lissi nicht ertragen.

»Ich weiß nicht, wie ich es allein anstellen soll!« Katharina klang verzweifelt, wie Lissi es von ihr nicht kannte.

Betreten fügte ihre Cousine noch an: »Du kennst meine Mutter besser als ich, deswegen ist deine Hilfe unverzichtbar!« Kurz verfinsterte sich Katharinas Blick, aber schon im nächsten Moment fing sie sich wieder.

Vor der Flucht nach Westberlin hatte Lissi ihre Tante gut gekannt. Sie waren beinahe wie Mutter und Tochter gewesen. Marlene war zudem ihre Mentorin, Motivatorin, enge Vertraute und Vorbild. Aber nach der Flucht aus Weißensee war ihre Beziehung abgekühlt.

Und Katharina schien doch in den vergangenen Jahren alles, was ihre Mutter betraf, egal gewesen zu sein? Umso mehr war Lissi nun verwundert, sie derart besorgt zu sehen. Dennoch zögerte sie mit einer Zusage, weil sie nicht wusste, wo sie den Schwung hernehmen sollte, sich dieser Sache zu widmen.

Katharina nahm ihre Handtasche und kramte ein Päckchen Zigaretten der Marke *Marlboro* daraus hervor. Sie zündete sich eine mit einem Feuerzeug an und zog daran. »Du bist stark, Lissi. Dafür habe ich dich immer bewundert.«

Lissi klappte die Kinnlade hinab. Ihre Cousine hielt sie für stark und bewunderte sie, obwohl sie kraftlos und in alter Nachtwäsche vor ihr saß?

Katharinas ernstes Gesicht verriet, dass sie meinte, was sie gesagt hatte. »Die große Herausforderung ist, etwas zu finden, womit wir ihre verschlossenen Herzen wieder öffnen können. Ich habe noch keine Idee und hatte gehofft, du weißt etwas.«

»Ich denke drüber nach«, entgegnete Lissi schließlich. Ihrer Cousine, die heute so nahbar mit ihr gesprochen hatte, durfte sie kein hartes Nein vor die Füße werfen.

»Dann komme ich nächste Woche wieder vorbei, und du sagst mir, ob du mich dabei unterstützt, unsere Mütter zu versöhnen. Vielleicht haben wir gemeinsam eine Idee. Einverstanden?« Katharina stand auf, den Glimmstängel locker zwischen den Fingern.

Es war ein kluger Schachzug, dass sie wieder herkommen wollte. Lissi hätte lieber telefonisch abgesagt. Es war leichter, jemandem bei einer negativen Nachricht nicht in die Augen sehen zu müssen. Das hatte sie im Krankenhaus gelernt, als sie Ramon für immer von sich gewiesen hatte.

Es war Viertel nach sechs, als Katharina die Wohnung mit einem »Bis bald« verließ. Es musste sie Überwindung gekostet haben, in die Wilhelmstraße zu kommen. Dafür bewunderte Lissi *sie*.

Nachdem die Haustür im Erdgeschoss ins Schloss

gefallen war, zog Lissi sich in ihre Wohnung zurück. Sie brauchte eine Schmerztablette.

Als sie für ein Glas Wasser in die Küche ging, klingelte es erneut. Was hatte Katharina vergessen?

Lissi schaute ins Zimmer. Die Handtasche ihrer Cousine lag nicht mehr auf dem Boden, die konnte es also nicht sein. Etwas anderes hatte sie nicht bei sich getragen.

Sie ging zur Wohnungstür und öffnete.

Doris fiel ihr um den Hals. »Dat tut mir so leid, Vöjelchen!«

Lissi verstand nicht. »Was tut dir leid?«

»Dat ick dich erst jetze besuchen komme«, sagte Doris und übergab Lissi unter Freudentränen eine Dose. »Aber jetze bin ick endlich da.«

Eigentlich war Lissi der Besuch zu viel, aber irgendwie war es schön, die Köchin wiederzusehen. »Kann ich dir etwas anbieten?«

Doris schüttelte vehement den Kopf. »Du setzt dich jetze mal schön uff deinen schnieken Popo und machst jar nischt für mich!«, sagte die Köchin in einem Ton, der keinen Widerspruch duldete. Sie führte Lissi an den Tisch mit den Sesseln zurück. »So weit kommt it noch, dat ick mich von meener kranken Freundin bedienen lasse wie Jott in Frankreich. Ick mach uns Kaffee«, entschied Doris, griff die halb volle Tasse vom Tisch und verschwand in der Küche.

Lissi stellte die Dose vor sich auf dem Tisch ab und lehnte sich im Sessel zurück. Die Begegnung mit Katharina war anstrengend gewesen.

»Ick soll dir viele Grüße von Stationsschwester Grete, von Schwester Ingrid und Doktor Zappel ausrichten«, rief Doris aus der Küche und kam kurz darauf mit einem Tablett ins Zimmer. »Der Kaffee wird dich wach machen«, sagte sie. »Du kiekst noch, als haste die letzte Nacht durchjemacht.«

»Ich bin nur müde«, erklärte Lissi, »und es dauert noch eine Weile, bis ich wieder mit deinem Eifer mithalten kann.«

»Wie jeht it dir jenau?«, fragte Doris und machte es sich mit ihrer Tasse auf der Fensterbank bequem. »Ick weeß von Herrn Steininger, dass du doch keene schlimme Krankheit hast, sondern nur wat mit der Bandscheibe.«

»Es tut noch weh«, sagte Lissi, trank Kaffee und schaute Doris nun genauer an: Ihre Freundin trug ihr Haar gelegt und ein Kleid, das ihre weibliche Figur betonte. Lissi hatte die frühere Unordnung auf Doris' Kopf besser gefallen. Ob sie auf dem Weg zu einer Verabredung mit ihrem Otto war?

»Haste schon in det Döschen jekiekt?«, unterbrach Doris ihre Gedanken und trank ihren Kaffee dann in einem Zug aus.

Lissi hatte das Geschenk achtlos auf den Tisch gestellt. Nun öffnete sie es und lächelte etwas bemüht beim Anblick des Inhalts. »Danke für die Malzbonbons. Wie ich dich kenne, sind die selbst gemacht.«

Doris nickte. »Mit weniger Karamellsirup als die aus der HO, damit se nich so süß sind. Mit wenijer Zucker wirste schneller jesund!«

Lissi lächelte nun ehrlich. »Das ist nett von dir.« Dann kam sie Doris' Frage zuvor, die der Freundin ins Gesicht geschrieben stand: »Ich bin dir nicht böse, dass du mich noch nicht besucht hast. Im Krankenhaus wollte ich sowieso lieber allein sein, und hier eigentlich auch.«

»Wirklich nich böse? Dat erleichtert mich unjemein!«, gestand die Köchin gerührt. »Darf ick dich mal janz feste drücken?« Sie stellte ihre Tasse beiseite, trat vor Lissi und fiel ihr um den Hals. Ein blumiges Parfüm hüllte Lissi ein. »Werde bitte wieder jesund«, schniefte Doris, »wir vermissen dich an der Kinderklinik!«

Lissi machte sich vorsichtig aus der Umarmung frei.

»Die Stationsärzte sagen, dat 'n Bandscheibenvorfall gut kuriert werden kann«, erklärte Doris. Außerdem berichtete sie, dass Professor Nowikow im Kollegenkreis zunehmend gelöster auftrat und bei gemeinsamen Pausen von den unendlichen Weiten Russlands und dem entbehrungsreichen, aber befriedigenden Leben auf dem Land im Winter sprach. »Dit wird bestimmt anjenehmer mit ihm werden, wenn du zurück bist. Bestimmt erlaubt er dir, den Esel wieder mit zu den Kleenen zu bringen und die damit jesund zu machen.«

Lissi lächelte müde. Das klang gut, aber es ließ sie nicht innerlich jubeln. Sie musste es Doris sagen. Diese Ehrlichkeit war sie ihr schuldig. »Ich weiß noch nicht, ob ich zurückkommen werde. Das Post-Polio-Syndrom ist der Grund«, sagte Lissi leise. Es war ihr unangenehm, es auszusprechen. Der nächste Schritt wäre nämlich, sich eine Zukunft jenseits der Medizin einzurichten.

»Aber ick dachte, det Polio-Syndrom haste jar nich?«, fragte Doris ungläubig. Ihr breiter Mund stand offen, während sie auf eine Antwort wartete.

»Aktuell habe ich es nicht, es könnte aber jeden Tag auftreten«, erklärte Lissi. »Dadurch bin ich ein Risiko für die Patienten! Was, wenn ich ausgerechnet am Operationstisch zusammenbreche?«

Doris kniete sich vor Lissi. »Aber es *könnte* nur auftreten«, entgegnete sie. »Wenn du deswegen nich zurückkommst, wäre dat doch, als würdeste bei strahlendem Sonnenschein vor 'nem Jewitter davonlaufen, dat vermutlich jar nich kommen wird.«

So viel Poesie hätte sie Doris gar nicht zugetraut. »Ich mag Gewitter.« Mehr wusste Lissi nicht zu erwidern.

Doris kam von den Knien hoch, was in ihrem Kleid gar nicht so einfach war. »Die anderen Ärzte an der Klinik sind ooch nich sicher vor Krankheiten. Jeden von den Doktoren könnte in 'ner Operation der Schlach treffen, so überarbeitet, wie die alle sind.«

Damit hatte Doris recht. Lissi erhob sich ungelenk und tat ein paar Schritte im Raum umher.

Doris kam ihr nach. »Wollteste der Welt da draußen nich endlich zeijen, was de druffhast?«

Lissi wandte sich um. Genau das hatte sie mit ihrem Antritt als Assistenzärztin tun wollen. Sie gab sich der Vorstellung hin, bald wieder über die Korridore der Kinderklinik zu laufen. Sie spürte, wie ihre Wangen warm wurden.

»Die Kinder fragen ständich nach dir. Udo zum Beispiel, der hat ordentlich abjenommen, oder Klara! Und rate mal, wer in wenijen Tagen sojar entlassen wird? Der Säugling Tamara Berger, dem det Antibiotikum deiner Tante top jeholfen hat.«

Wie schön, dass die kleine Tamara, deren Aufnahme sie begleitet hatte, wieder gesund war. Lissi seufzte. Und die kleinen Patienten vermissten sie wirklich?

»Neulich war sojar die kleene Stehfest da und hat sich nach dir erkundicht, um 'nen Jenesungsständchen zu spielen. Außerdem wollte se dir wat Wichtijes erzählen, ist denne aber wieder abjezogen. Irjendwas Schlimmes mit ihrem Bruder.«

»Mit Rolf?«, fasste Lissi nach. »Ist er …?« Sie brachte das Wort »verstorben« nicht über die Lippen.

Die Köchin schüttelte den Kopf. »Tot isser nich. Dat hätt ich in de Annoncen in der Zeitung jelesen.«

Lissi machte einen Schritt auf Doris zu. Sie fühlte plötzlich einen dicken Kloß in ihrer Kehle sitzen. »Was ist mit Rolf?« Die Entlassung des Jungen war eine Weile her. Womöglich war es nachträglich zu weiteren Versteifungen gekommen. Diese Heimtücke traute sie der Krankheit zu. Sie entschied, Frau Stehfest gleich morgen vom öffentlichen Fernsprecher an der Berliner Allee anzurufen, um sich nach Rolf zu erkundigen.

»Du, ick muss nu leider los«, sagte Doris und tastete den Sitz ihrer Frisur ab. »Ick nehm die Sicherheit mit, dat du nich vor einem drohenden Jewitter davonlaufen würdest«, sagte sie noch und zwinkerte Lissi aufmunternd zu.

Aber Lissi bestätigte gar nichts, stattdessen wollte sie noch wissen: »Wie geht es Beppo auf *Hof Sonnenschein?*«

»Der Esel vermisst dich«, sagte die Köchin, »er findet nich mal Geschmack an meenen Graspuddings.«

Lissi runzelte die Stirn. Das klang nicht gut. »Danke für deinen Besuch«, sagte sie mit trauriger Stimme.

»Verjiss nich, ooch wir Menschen vermissen dich. Komm zurück an die Kinderklinik!« Doris küsste sie zum Abschied auf die Wange, dann ging sie in den Hausflur.

Dieses Mal schaffte Lissi es, ohne anzuhalten, von der Wohnungstür ins Zimmer zurück. Dort öffnete sie den Kleiderschrank, holte ihren alten Arztkittel heraus und hielt ihn sich an den Körper. Im nächsten Moment schoss ein heftiger Schmerz in ihren Rücken und brachte sie zu Fall. Japsend kniete sie auf allen vieren, Tränen schossen ihr in die Augen, weil es schrecklich wehtat. Besser, sie forderte ihr Schicksal nicht noch einmal heraus.

***

23

15. September 1949

Laub knisterte unter Marlenes Füßen, als sie auf dem Weg zum *Café Himmelreich* die Windscheidstraße hinauflief. Das beliebte Café befand sich nur zehn Gehminuten von ihrer Wohnung entfernt und war wieder gut besucht, seitdem nicht mehr nur Sandkuchen und Trockenobsttorte angeboten wurden. Endlich gab es Butter und andere Milchprodukte zur Genüge. In den Schaufenstern lagen die unterschiedlichsten Waren aus. Westberlin erholte sich rasch von der Blockade – dank der amerikanischen Maßnahmen zur Förderung der Wirtschaft.

Eine Wende schien auch mit Emma möglich zu sein. In der Hand hielt Marlene jenen Brief von ihrer Schwester, der ihr Anfang der Woche zugestellt worden war. Beim Blick auf den Absender hatte sie lange überlegt, das Schreiben ungelesen wegzuwerfen, sich dann aber doch dagegen entschieden.

Sie wich einer Pfütze auf dem Gehweg aus. War das dort drüben ihre Kollegin Teubner aus dem Krankenhaus? Mit ihren frühen Silbersträhnen, dem schön geschnittenen Gesicht und der einnehmenden Art erinnerte die Ärztin sie seit dem ersten Tag an die zielstrebige Franka Feigenspann. Als es an der Kinderklinik um die Besetzung der Oberarztstelle gegangen war, war die HNO-Spezialistin nicht immer höflich gewesen, im Gegenteil. Sie hatte mit nicht ganz lauteren Mitteln versucht, die Entscheider zu beeinflussen. Als einzige Studierte aus einer Arbeiterfamilie stammend, musste sie enorm unter Druck gestanden haben, die Erwartungen zu erfüllen.

Marlene nickte der Kollegin höflich zu, dann schaute sie wieder durch ihre Drahtbrille auf den Brief. Ihre grüne Brille war nie wieder aufgetaucht. Aber es machte ihr nichts aus, nicht mehr modern und frisch auszusehen.

Dass sie sich nach einer Umarmung sehne, schrieb Emma und schlug ein Treffen im *Café Himmelreich* vor. Am Ende stand eine Entschuldigung, die Marlene mittlerweile bestimmt zwanzigmal gelesen hatte. Die berührenden Worte waren Emmas Eintrittskarte zurück in ihr Herz gewesen, auch wenn sie noch nicht wusste, wie sie ihrer Schwester gleich gegenübertreten sollte. Ihre Hände waren feucht vor Aufregung wie früher, als sie jung gewesen war.

Den Blick noch immer auf den Brief gerichtet, rempelte sie einen Passanten an. »Entschuldigung«, sagte sie zu dem Mann mit der Zeitung unterm Arm. Eigentlich war es doch leicht, dieses Wort auszusprechen. Warum hatte Emma sich so lange schwer damit getan?

Marlene steckte den Brief in die Tasche ihres Mantels und bog in eine schmale Seitenstraße ein, wo die Motorengeräusche von der Hauptstraße nur noch leise zu hören waren.

Bald konnte sie das Haus mit dem geschwungenen Schriftzug *Café Himmelreich* sehen. Auf dem Bürgersteig stand ein Dutzend gusseiserner Tische mit kleinen Blumensträußen darauf, die letzten Astern des Jahres. Sie konnte sich nicht erklären, wie Emma ausgerechnet auf dieses Café für ihr Treffen gekommen war. *Café Himmelreich* war der regelmäßige Treff von Margitta Klauber und ihren Chorfreundinnen, aber mit diesen Damen hatte ihre Schwester nichts zu tun. Marlene schaute auf die Uhr. Gleich war es drei. Sie war pünktlich.

Ihr Herz schlug schneller, als sie die letzten Schritte auf das Café zutat. Sie hatte Emma vermisst. Wochenlang hatte sie schlecht geschlafen und hätte ihre Schwester besonders nach dem Tod von Maximilian gebraucht, aber Emma hatte mit ihrer Rechtfertigung der Enteignung eine rote Linie überschritten. Für Marlene hatte es sich angefühlt, als würde ihre Schwester auf Maximilians Grab spucken. Der Schmerz saß noch tief, und einen Wimpernschlag lang verspürte Marlene den Impuls, wieder umzukehren. Sie tat es nicht. Schließlich hatte ihre Schwester den ersten Schritt zur Versöhnung getan.

Emma saß am äußersten Tisch bei der Hecke, die den Gästen des Cafés den Blick auf die Wäscherei nebenan ersparte. Sie war in die Karte mit dem Kuchenangebot vertieft und trug ein grünes älteres Kleid. Ihr dunkelblondes seidenglattes Haar hatte sie wie zuletzt zu einer Stirnrolle frisiert. Ihre feinen symmetrischen Züge, die glatte Haut und ihre Art zu schauen erinnerten Marlene an ihre wunderschöne, längst verstorbene Mutter. Emma wurde ihr im Alter immer ähnlicher, auch wenn Elisabeth Lindow keine vierzig Jahre geworden war.

Als Emma aufschaute, war Marlene, als würde sich ihr Herz überschlagen. Sie spürte es wie ein Trommelfeuer in ihrer Brust.

Mit steifen Schritten ging sie zum Tisch. »Hallo«, sagte sie und suchte Halt an ihren Manteltaschen.

Emma war nicht minder einsilbig. »Hallo, Marlene.«

Marlene dachte, dass Emma und sie in diesem Moment wie zwei Magnete mit gleichen Polen waren, die sich nicht weiter aufeinander zubewegen konnten.

Die Bedienung trat heran und fragte, was sie bringen dürfe, aber keine der Schwestern reagierte. Sie schauten sich reglos, wie hypnotisiert, an. Daraufhin ging die junge Frau mit dem Schürzchen zum nächsten Tisch weiter.

»Schön, dich wiederzusehen«, sagte Emma schließlich und wies auf den freien Stuhl ihr gegenüber.

Marlene nickte kurz und nahm Platz.

»Ich habe mich über deinen Brief gefreut«, sagte Emma vorsichtig, als hätte sie Angst, ihre Schwester zu verscheuchen.

Marlene verstand nicht. »*Meinen* Brief?«

Emma griff in ihre Handtasche und zog einen Umschlag heraus. Diesen hielt sie Marlene hin und sagte: »Deine Entschuldigung nehme ich an.«

»*Meine* Entschuldigung?« Marlene hatte in den letzten Wochen keinen Brief an Emma geschrieben und erst recht keine Entschuldigung formuliert. Warum sollte sie auch!

Emma zerrte den Papierbogen aus dem Umschlag, auf dem tatsächlich Marlenes Absender stand, und las laut vor: »Von ganzem Herzen, liebe Schwester, entschuldige ich mich für –« Sie schaute Marlene fragend an.

»Diese Worte sind nicht von mir. Das habe ich nicht geschrieben!« Marlene griff in ihre Manteltasche und holte den Umschlag mit Emmas Absender hervor. Sie entfaltete das Papier mit zitternden Händen und hielt es neben Emmas Exemplar. Beide Briefe waren mit Schreibmaschine getippt und nach dem gleichen Muster entworfen. Erst die Anrede, gefolgt von zwei Sätzen tiefen Bedauerns und dem Wunsch, die andere wieder zu umarmen, dann die Bitte um ein Treffen am fünfzehnten September um fünfzehn Uhr im *Café Himmelreich*. Der Brief schloss mit einer ausführlichen Entschuldigung.

»Sieht ganz so aus …«, begann Emma mit großen Augen, und Marlene beendete den Satz: »… als ob uns jemand hereingelegt hat.«

Eigentlich hätte Marlene sich von Anfang an fragen müssen, warum ihre Schwester Briefe neuerdings auf einer Maschine schrieb. Emmas Handschrift war zwar mit den Jahren etwas krakeliger geworden, war aber noch gut lesbar. Also hätte es keinen Grund gegeben, Kurts Schreibmaschine zu bemühen.

»Wer sollte so etwas tun?«, grübelte Emma laut.

Marlene beschäftigte vielmehr die Tatsache, dass die Entschuldigung im Brief gar nicht von ihrer Schwester stammte und das Treffen somit keinen Sinn mehr hatte. Es war ein schreckliches Gefühl, so kurz vor dem Ziel umkehren zu müssen, aber nicht einmal ihre Schwester hatte das Recht, auf Maximilians Grab zu spucken. Ihr wurde eiskalt. Gänsehaut überzog ihre Arme. »Wenn du dich nicht entschuldigst, will ich nicht länger hierbleiben.«

»Ich soll mich entschuldigen?«, entgegnete Emma aufgebracht. »*Du* hast doch meine Träume zerstören wollen!« Sie klang wieder genauso wie damals in ihrer Küche, als Marlene Reißaus genommen hatte.

Marlene wandte sich ab und ging davon. Aufgebracht, enttäuscht und verletzt. Sie wollte direkt ins Krankenhaus laufen, um sich mit Arbeit abzulenken. Ihre Hände zitterten heftig, wie auf Entzug.

»Warte!«, rief Emma.

Marlene stoppte und wandte sich mit klopfendem Herzen um. Das war Emmas allerletzte Chance, die Wunde, die sie Marlenes Herzen zugefügt hatte, zu heilen.

Emma stand vom Tisch auf und trat bis auf zwei Armlängen an Marlene heran. »Du hast so wenig Verständnis für meine Situation, das fühlt sich nicht mehr wie Familie an«, sagte sie mit feuchten Augen, drehte sich ihrerseits um und ging davon.

»Dann sind wir fortan auch keine Schwestern mehr!«, rief Marlene ihr hinterher, aber Emma entfernte sich weiter, ohne zu reagieren.

Für Marlene fühlte es sich an wie die zweite Beerdigung in einer viel zu kurzen Zeit. Tränen füllten ihre Augen, als sie wie betäubt in die andere Richtung ging. Das war es dann gewesen!

***

24

26. September 1949

Emma saß mit hängenden Schultern vor dem Schreibtisch des Verwalters, wo es nach Schuhpolitur roch. Herr Steininger war vor einer Viertelstunde vom Ärztlichen Direktor weggerufen worden. Mit einer Entschuldigung hatte er eilig das Büro verlassen, ohne dass sie ihr Anliegen hatte vortragen können. Sie solle schon einmal Platz nehmen, hatte er gesagt, er sei gleich wieder da.

Seitdem sie aus Charlottenburg zurück war, war sie langsamer geworden. Ihre Arbeit kostete sie mehr Kraft als früher, nichts ging ihr mehr leicht von der Hand. Schon vor Tagen hatte sie vom Verwalter eine Personalakte holen wollen. Ilse Köhler, die Stationsschwester der Chirurgie, hatte an einem Lehrgang über *Neue hygienische Maßnahmen zur Prävention postoperativer Wundinfektion* teilgenommen. Es war Emmas Aufgabe, diese Information als Qualifikation in den Personalunterlagen zu ergänzen. Dafür musste Herr Steininger ihr die Akte zunächst aber aushändigen. Sie ruhte, wie die aller anderen Mitarbeiter, in dem Regal hinter seinem Schreibtisch.

Sie sehnte sich in den Feierabend zu ihrer Familie, anstatt hier warten zu müssen. Kurt wollte heute Abend kochen. Familie, wer gehörte eigentlich noch dazu? Bedeutete der endgültige Bruch mit Marlene, dass auch Franz und Katharina fortan auf Distanz gingen? Es bräche ihr doppelt das Herz! Aber es lag nicht in ihrer Macht. Marlene war so verbittert geworden. Es war nicht auszuschließen, dass sie ihre Kinder gegen ihre eigene Schwester aufhetzte.

Emma verbot sich jeden weiteren Gedanken an Marlene. Ihre Schwester gehörte nicht mehr in ihr Leben. Sie zwang ihren Blick auf den Schreibtisch des Verwalters und schaute sich alles akribisch an. Nur nicht an Lene, nein: Marlene, denken. Der Schreibtisch von Herrn Steininger war nicht weniger voll als ihr eigener, aber besser sortiert. Briefe, fein säuberlich gestapelt, lagen neben Rechnungen, die mit einem gestempelten Eingangsdatum versehen waren. Neben einer altmodischen Füllerschale samt Tintenfass lag ein roter pausbäckiger Apfel. Darunter sah sie jede Menge Listen.

Seit der Einführung der Planwirtschaft im vergangenen Jahr hatten vor allem volkseigene Betriebe viel Papierkram zu erledigen, aber Krankenhäuser standen dem kaum nach – wie der Listenstapel des Verwalters belegte. Produktions- und Finanzpläne schrieben den Betrieben vor, was mit welchen Mitteln hergestellt werden musste.

Emma schaute zur Tür. Langsam wurde es Zeit, dass sie wieder an ihren Schreibtisch zurückkam. Ansonsten würde sie in wenigen Tagen von unerledigter Arbeit begraben werden und heute Abend zu spät zum Essen kommen. Durfte sie den Ordner mit dem Buchstaben *K* aus dem Regal ziehen und die Akte von Ilse Köhler einfach herausnehmen? Sie könnte dem Verwalter einen Zettel hinterlassen, dass sie die Papiere bis zum Abend zurückbringen würde.

Träge erhob sie sich und trat zum Regal. Sie griff nach dem benötigten Ordner, heftete Schwester Ilses Personalakte aus und stellte ihn zurück auf das mittlere Regalbrett. Nun galt es noch, Herrn Steininger eine Nachricht zu hinterlassen.

Auf dem Schreibtisch fand sie zwar einen Stift, aber kein leeres Blatt. Auf der Suche nach Papier öffnete sie die unterste Schreibtischschublade, aus der der Verwalter sonst Notizzettel holte. Das Holz knarzte beim Herausziehen und war verzogen, sodass die Lade sich nicht öffnen wollte. Aber es gelang Emma. Es wirkte ganz so, als sammelte der Verwalter in der Schublade alle Dinge, die seine Ordnung auf dem Schreibtisch zerstört hätten. Ein unförmiger Radiergummi, lose Akten, zwei Kastanien ... Jede Menge Dinge lagen darin, auch Notizzettel.

Als sie nach einem Notizzettel griff, bekam sie wegen des Durcheinanders in der Schublade auch ein Aktenpapier zu fassen, das darunter lag. Sie betrachtete es genauer, weil ihr der Name Paul Brehme ins Auge sprang. Es handelte sich dabei um ein Formular, das Informationen für die Anästhesie des längst entlassenen Patienten enthielt.

Emma starrte den Namen, den nicht nur Lissi, sondern auch sie nie vergessen würde, regelrecht an. Der Narkosefehler hätte den kleinen Paul beinahe das Leben und Lissi fast das Selbstvertrauen als Ärztin gekostet. Emma wurde stutzig. Auf dem Formular war keine Medikamentenunverträglichkeit festgehalten. Das war seltsam. Genau das war auch Lissis Kenntnisstand vor der Operation gewesen.

Sie hob den Blick. Die Akte von Paul Brehme war mit der Entlassung des Jungen im Keller archiviert worden, und zwar samt dem Formular, das die Narkoseunverträglichkeit enthielt. Das wusste sie so genau, weil sie als Pflegeleiterin sämtliche Patientenakten zur Archivierung freigab. Es schien also zwei Versionen des Anästhesieformulars zu geben. Eine mit und eine ohne die Angabe der Unverträglichkeit. Das bedeutete, dass jemand die Krankenakte kurz vor der Operation manipuliert hatte, um Lissi zu schaden. Das war unglaublich! Niemand von außerhalb hatte Zugriff auf diese Dokumente. Also musste es jemand aus der Kinderklinik sein. Womöglich ein Mitarbeiter des Pflegepersonals, der ihr unterstand?

Beklemmung breitete sich in Emmas Brust aus, und ihr Magen fühlte sich an, als würde er sich auf Kirschgröße zusammenziehen. Bisher hatte das Pflegepersonal gut zusammengearbeitet und die alltäglichen Herausforderungen Hand in Hand gemeistert. Sie konnte kaum glauben, dass eine ihrer Schwestern das Leben eines Kindes aufs Spiel setzen würde. Warum sollte das jemand tun? Welchen Vorteil könnte es bringen? Und was wäre, wenn sich solch ein Vorfall wiederholte? Dann wäre ein weiteres Kind oder eine ganze Station in Gefahr. Waren die kleinen Patienten in der Klinik überhaupt noch sicher? Wenn herauskam, dass Lissis Fehler nicht durch Unachtsamkeit, sondern absichtlich herbeigeführt worden war, würde niemand mehr sein Kind in die Kinderklinik Weißensee bringen. Sie musste einen kühlen Kopf bewahren, mahnte sie sich. Nur nicht durchdrehen!

Emma schaute sich das Formular wieder und wieder an. Es war nicht unterschrieben. Aber es gab nur eine Person an der Klinik, die mit leicht nach links geneigten Buchstaben schrieb. Die meisten Menschen schrieben gerade oder nach rechts geneigt. Je länger Emma den Vermerk *keine Unverträglichkeiten* anstarrte, desto sicherer wurde sie, dass der Schreiber versucht hatte, die gewohnte Linksneigung zu unterdrücken, es ihm aber nicht perfekt gelungen war.

»Frau Doktor Feigenspann«, sagte Emma und ließ die Erkenntnis eine Weile nachwirken.

Als Schritte auf dem Flur zu hören waren, erstarrte sie kurz. Dann legte sie das Formular hastig in die Schublade zurück. Die Schritte vor der Tür verklangen wieder.

Eilig kritzelte sie eine Nachricht an den Verwalter auf den Notizzettel und nahm die Personalakte von Ilse Köhler mit, wegen derer sie eigentlich hier war. Um die ordnungsgemäße Dokumentation der Qualifikation würde sie sich jedoch später kümmern. Jetzt war sie zu aufgeregt, um mit sicherer Hand Akteneinträge vorzunehmen. Sie fühlte sich nicht mehr in der Lage zu arbeiten und wollte nur noch raus aus der Klinik.

Kurz entschlossen meldete sie sich beim Ärztlichen Direktor und der Oberschwester für den Rest des Dienstes krank. Beide schauten sie überrascht an, aber gestatteten es ihr. Professor Nowikow gab ihr noch Kopfschmerztabletten aus seinem persönlichen Medizinschrank mit, damit sie auf jeden Fall morgen wieder arbeiten konnte, und wünschte ihr eine baldige Genesung.

Bevor Emma jedoch nach Hause ging, musste sie sich abregen, sonst wäre sie die Wände hinaufgestiegen. Deswegen lief sie zum Weißen See und umrundete ihn, verloren und geschockt zugleich. Sollte sie Doktor Feigenspann gleich morgen zur Rede stellen? Wenigstens das Formular von Paul Brehme hätte sie im Büro des Verwalters sicherstellen sollen! Dann hätte sie einen Beweis, und die neue Stellvertretung des Ärztlichen Direktors könnte nichts abstreiten.

Emma setzte sich auf eine alte, noch hölzerne Parkbank am Uferweg des Weißen Sees, die von einem Holunderbusch umwachsen war. Nach einigen tiefen Atemzügen, die ihren Puls etwas beruhigten, beschloss sie, sich schnellstens das Beweisformular vom Verwalter zu besorgen. Da sie es in seinem Büro gefunden hatte, lag es nahe, dass er bereits von dem Betrug wusste. Könnte er Frau Doktor Feigenspanns Machenschaften entdeckt und bereits mit der Aufklärung begonnen haben? Herr Steininger mochte Lissi sehr, weswegen er in diesem Fall vermutlich besonders diskret und bedacht vorging. Sie musste unbedingt mit ihm reden, ihm ihre Unterstützung anbieten.

Emma fuhr mit den Fingern den eingeritzten Buchstaben M auf dem silbrigen Holz der Rückenlehne der Parkbank nach. M wie Mut, den sie benötigte, um sich mit der stellvertretenden Ärztlichen Direktorin anzulegen, M wie Motivation, die ihr bei immer höherer Arbeitslast langsam abhandenkam. Wurde sie zu alt für ihren Beruf? Oder ging ihr die Kraft in den Fluten des Lebens langsam aus?

Sie blieb noch länger auf der Parkbank sitzen, bis ihre Gedanken auf Lissi kamen. Sollte sie sie in ihre Entdeckung einweihen? Zu wissen, dass sie nicht schuld an dem Narkosefehler bei Paul Brehme war, könnte sie endlich davon überzeugen, welch gute Ärztin sie war, und ihr den entscheidenden Ruck zur Genesung geben. Sie kam lange zu keiner Entscheidung. Immerhin konnte es auch sein, dass Lissi noch trauriger wurde, wenn sie erfuhr, dass jemand ihr an der Klinik übel mitspielen wollte.

Als Emma sich von der Bank am See erhob und zu Lissi aufbrach, war es bereits achtzehn Uhr. Sie war kaum in die Wilhelmstraße eingebogen, da stoppte sie. Das war ungewöhnlich. Da vorne machte Lissi am Arm von Herrn Steininger einen Spaziergang. Sie hatten es schon zehn Meter weg von der Haustür des Mietshauses geschafft. Anscheinend hatte Herr Steininger sich den frühen Abend freigenommen. Normalerweise saß er bis spät im Büro.

Lissi und Bert Steininger bewegten sich von der Haustür und von Emma weg, weswegen sie sie nicht sahen. Emma freute sich, dass es endlich jemandem gelungen war, Lissi an die frische Luft zu bekommen. Das bedeutete auch, ihre Tochter konnte heute Abend bei Kurts Essen dabei sein. Endlich mehr Lebensmut!

Lissi bewegte sich nicht weniger wackelig als in der Wohnung, aber schien sicheren Halt am Arm des Verwalters gefunden zu haben. Die beiden waren in ein Gespräch vertieft, das Emma nicht hörte. Abrupt blieben die beiden stehen. Herr Steininger schien etwas gesagt zu haben, das Lissi sehr aufwühlte. Urplötzlich machte sie sich von seinem Arm frei und trat ein Stück zur Seite, den Kopf wie zum Weinen gesenkt. Einige Sekunden lang stand sie wankend allein da, ein fürchterlicher Anblick. Dann kam Bert von hinten an sie heran und hielt sie fürsorglich an den Oberarmen fest. Er sagte wohl etwas Beruhigendes, aber Lissi schien untröstlich. Sie rieb sich die Augen, sie schüttelte den Kopf. Das genügte Emma als Zuschauerin.

Sie lief zu ihrer Tochter. »Lissi, Schatz, ist alles in Ordnung?« Sie streckte die Arme nach ihr aus, ohne den Verwalter zu beachten. Sie hatte nur Augen für ihre verletzliche Tochter.

Lissi schob die Hände ihrer Mutter zurück. »Nichts ist in Ordnung!«

»Möchtest du mit mir reden?«, fragte Emma. »Sag mir, was dich bedrückt, damit ich dir endlich helfen kann, wieder Schwung zurück in dein altes Leben zu nehmen«, flehte sie und legte dabei die ganze Verzweiflung in ihre Stimme, die sich wegen Lissis Lethargie aufgestaut hatte. Ob Herr Steininger ihr von dem Aktenblatt in seiner Schreibtischschublade, von der Suche nach dem Betrüger, berichtet hatte, so geschockt, wie Lissi wirkte?

»Bitte hör endlich auf, mir immer wieder was von Schwung zu erzählen. Ich habe mein eigenes Tempo, Mama. Du behandelst mich wie ein Kleinkind!«, gab Lissi aufgewühlt zurück. Ihre Augen waren vom Weinen gerötet und feucht.

Emma schluckte. Sie hatte es doch nur gut gemeint. Sie streichelte Lissi über die Schulter, aber ihre Tochter wandte sich zurück zur Haustür. »Lass uns heute Abend in Ruhe darüber reden. Papa kocht für alle«, schlug Emma in versöhnlichem Ton vor. Je länger sie hinschaute, desto sicherer wurde sie, dass Lissi etwas erfahren hatte, das sie tief im Herzen verletzt hatte. Ihre Augen waren gerötet und verweint, ihre Haltung noch gebeugter als zuletzt. Die Sache mit der Krankenakte schien es nicht zu sein, die hätte wohl eher ihre berufliche Integrität angerührt, und sie wäre dem sachlicher begegnet.

Lissi schüttelte den Kopf. »Ich kann heute Abend nicht. Ich muss mich hinlegen.«

»Warte, ich habe eine wichtige Entdeckung gemacht!«, sagte Emma, um Lissi in ihren Verdacht einzuweihen, aber ihre Tochter schüttelte kraftlos den Kopf. »Komm, Lissi, ich bringe dich in deine Wohnung zurück«, bot Bert Steininger an.

Lissi hakte sich bei ihm ein und konnte sich auf dem Weg zur Haustür trotzdem kaum auf den Beinen halten.

Emma verstand, dass es besser war, ihrer Tochter die Ruhe zu geben, nach der sie verlangte. Was hatte Lissi nur Schreckliches erfahren?

*

Als Emma zu Hause eintraf, roch es aus der Küche nach kräftig angebratenem Fleisch. Theodor war dabei, den Esstisch im Wohnzimmer zu decken. Sie war froh, dass er sich von seiner Schwester nicht nach London hatte zurückschicken lassen. Heute trug er das beste Wollsakko aus seinem Koffer.

»Ist etwas Schlimmes in der Kinderklinik passiert, Mama?«, fragte Theodor.

Obwohl sie schon seit Jahren weit voneinander getrennt wohnten, kannte ihr Sohn sie am längsten und besten. Schon als kleiner Junge hatte sie ihre schwersten Gedanken kaum vor ihm verbergen können.

Emma wich seiner Frage aus. Heute war so vieles passiert! Am schlimmsten hatte sie Lissis Traurigkeit getroffen und die Mutlosigkeit in ihren verweinten Augen. »Ich habe Hunger«, antwortete Emma nur. »Wollen wir nicht endlich essen?« Sie erkannte an Theodors eindringlichem Blick, dass er ihre Ablenkung durchschaute, aber zum Glück nicht nachbohrte.

Während sie ihre Jacke ablegte und ihrem Sohn auf die Schulter klopfte, sagte sie: »Lissi wird nicht zum Essen kommen. Sie will Ruhe.«

Theodor schaute seine Mutter nachdenklich an, dann stellte er Sektgläser zu den Tellern auf dem Esstisch.

»Sie war eben sehr aufgelöst«, verriet Emma leise, um Kurt nicht zu beunruhigen.

Theodor nickte, als käme ihm das bekannt vor. »Sie ist sehr empfindlich. Wir brauchen Geduld, Mama, dann wird es schon.« Er küsste sie auf die Stirn.

Emma war so froh, dass wenigstens Theodor gesund war und nie aufgab. Sie ging zu Kurt in die Küche. Wie Theodor war auch er fein angezogen. Er trug jenes Sakko, das er zuletzt angehabt hatte, als sie im *Lukullus* einen Abend verbringen wollten. Und dazu seine alte rote Fliege, mit der Emma ihn auf ihrer ersten Verabredung lieben gelernt hatte. Über die Jahre war der Stoff ausgeblichen.

Beim Blick in den Topf war Emma verwundert. »Du machst sogar einen Sonntagsbraten? Unter der Woche?« Ganz schön viele Fragen vor dem Begrüßungskuss.

Kurt nickte. »Unser Sohn hat mich heute in die Kunst der englischen Roastbeef-Zubereitung eingeweiht.« Er küsste Emma, aber selbst für die geordnete Erwiderung von Zärtlichkeiten war sie noch zu durcheinander. Der Tag war zu viel für sie gewesen.

Sie musste wieder an das Formular mit Frau Doktor Feigenspanns Handschrift denken und wurde mit jedem Atemzug überzeugter, dass sie den Vorfall aufklären musste. Wenigstens Kurt sollte sie von ihrer Entdeckung berichten, oder etwa nicht? Er war ihr klügster Ratgeber. Heute Abend, wenn sie allein waren, würde sie ihn einweihen und auch von Lissis missglücktem Spaziergang berichten.

Emma ging zurück ins Wohnzimmer und ließ sich auf das Sofa fallen – zum ersten Mal, seitdem die Parteigesandten darauf gesessen hatten. Halb liegend, halb sitzend fragte sie sich, ob Frau Doktor Feigenspann mit der verpatzten Operation späte Rache an Marlene üben wollte, für die nun Lissi herhalten musste. Dieser Gedanke war kaum zu ertragen.

»Das Essen ist fertig!« Theodor half seiner Mutter vom Sofa auf und führte sie wie ein Gentleman am Arm an ihren Platz am Tisch.

Stolz servierte Kurt sein Roastbeef mit Cambridge-Soße und Kartoffelbrei. Theodor übernahm das Schneiden des Fleisches und das Vorlegen. Der Braten sah außen würzig braun und innen zartrosa aus. Vater und Sohn waren ein unschlagbares Gespann. Emma verspürte plötzlich einen Hunger wie schon lange nicht mehr.

Vorfreudig kündigte Theodor schon das Dessert an, das er zubereitet hatte: Brombeerkompott mit Streuseln im Ofen gebacken, ein echter britischer Crumble.

»*Enjoy your meal!*«, sagte Kurt mit deutschem Akzent und hob das Glas.

»Echter Sekt?«, fragte Emma.

Theodor und Kurt tauschten ein wissendes Lächeln.

»Gab's gestern zu kaufen«, erklärte ihr Sohn.

Sie tranken, dann machte sich Emma über die herrschaftliche Portion auf ihrem Teller her. Das Roastbeef schmeckte sehr gut und hob ihre Laune etwas.

Als die Hauptspeise bis auf die letzte Gabel Kartoffelbrei aufgegessen war, verteilte Kurt den restlichen Sekt. Er hob sein Glas an, setzte es wieder ab und hob es wieder an. Er schien unschlüssig.

»Wir wollen etwas mit dir besprechen«, sagte Theodor anstelle seines Vaters.

Kurt ging daraufhin in den Flur, öffnete die Wohnungstür, schaute hinaus und schloss sie dann ab. So jedenfalls klang es für Emma. Was ging hier vor?

Als Kurt zurück war, trank er sein Glas leer, als bräuchte er mehr Mut für die nächsten Worte. Er blieb neben seinem Stuhl stehen, gegenüber von Emma. »Du erinnerst dich doch an das Schreibverbot, das mir auferlegt wurde.«

Natürlich! Reflexartig sprang Emmas Blick zum Sofa.

»Sie haben damit gedroht, dass Lissi und du nicht mehr in euren Berufen arbeiten dürft, wenn ich weiter kritisch schreibe ...«

Emma unterbrach ihn ungeduldig. »Kurt, was willst du mir sagen?«

Er senkte die Stimme, war kaum zu hören: »Ich möchte deine Zustimmung dafür, mich über das Schreibverbot hinwegsetzen zu dürfen«, und fügte nach einer Pause noch an: »Heimlich.«

»Heimlich?«, fragte Emma flüsternd zurück.

»Ich möchte mir nicht den Mund verbieten lassen und will deswegen unter einem Pseudonym kritische Texte schreiben«, erklärte Kurt. Seine Augen leuchteten leidenschaftlich auf, als er seinen Plan erläuterte. Der handelte davon, dass er unter einem erfundenen Namen Artikel schrieb, die politische wie auch gesellschaftliche Aspekte in der sowjetischen Besatzungszone zum Inhalt hatten. Weil absehbar die Gründung des zweiten deutschen Staates, der Deutschen Demokratischen Republik, bevorstand, gab es viele Interessenten für solche Beiträge. Theodor würde mit seinen Kontakten in internationale Redaktionen von London aus helfen, die Artikel an Zeitungen und Magazine außerhalb der sowjetischen Besatzungszone zu verkaufen. Er sollte auch die Abrechnungen machen und den Verdienst als Bargeld bei Besuchen mit nach Weißensee bringen. So fiel nichts auf Kurt zurück.

»Und wenn das auffliegt?« Emma stand von ihrem Stuhl auf. »Dann stecken sie dich ins, ins …« Sie benötigte drei Anläufe, um das verhasste Wort herauszubringen: »Ge-Ge-Gefängnis!« Kurt hatte sehr im Schweizer Gefängnis gelitten, war wochenlang todmüde verhört worden. Sie fühlte sich urplötzlich in eine vergangene Zeit zurückgeworfen. Dieses Gespräch, das Kurt und Theodor begonnen hatten, hatten sie so ähnlich schon einmal geführt. Das war 1935 gewesen, nachdem ihnen als Sozialdemokraten offiziell das Wort verboten worden war. Gemeinsam hatten sie sich damals dazu entschlossen, ihre Botschaft durch Flugschriften weiterzuverbreiten. Sie hatten ihr Leben riskiert.

Kurt ging um den Tisch und nahm Emmas Hand. »Schatz, ich weiß, dass ich damit eine Menge von dir und Lissi verlange.«

Emma wusste, worauf er hinauswollte. Wenn herauskam, dass Kurt hinter dem Pseudonym steckte, würden sie und Lissi ihre Arbeit an der Kinderklinik verlieren. Andererseits war ihr auch klar, dass der kritische Journalismus Kurts Leidenschaft war, genauso wie die ihres Sohnes. Er war bereit, für eine bessere Zukunft alles zu riskieren, auch sein Leben. Das war Kurt. Und das war auch sie. »Gut!«, sagte sie, »ich bin einverstanden.«

»Lissi werde ich so bald wie möglich ebenfalls um ihr Einverständnis bitten«, sagte Kurt und küsste ihre Hand. Erst jetzt fielen Emma die roten langstieligen Rosen auf dem Esstisch auf.

Kurz glitten ihre Gedanken zu Doktor Olivera, sie erinnerte sich, wie sie ihn einst genau solche Rosen hatte kaufen sehen. Doktor Olivera ließ sich in der Klinik nicht anmerken, ob er die Enttäuschung mit Lissi überwunden hatte. Er war distanzierter ihr, Emma, gegenüber geworden. Ihre Entschuldigung für ihr abweisendes Verhalten hatte er mit einem knappen Nicken aufgenommen und dann die Fahrscheine nach Pisa, die sie ihm in Lissis Namen zurückgeben sollte, zurückgenommen.

»Ich will, dass die Menschen sich kritisch mit dem neuen System auseinandersetzen und den Mund aufmachen. Nur so wird es besser und gerechter, nur so hat es eine Überlebenschance«, verteidigte Kurt sein Vorhaben.

»Zu deinem Schutz werden wir dir Papas Pseudonym nicht sagen«, erklärte Theodor.

»Und die Arbeit im Verlag als Zweitkorrektor?«, fragte Emma und löste ihren Blick von den Rosen.

»Die mache ich natürlich weiter. Unter dem Pseudonym schreibe ich erst nach Arbeitsende«, sagte Kurt.

Emma zögerte, ihren Gedanken, der sie schon eine Weile plagte, jetzt, wo es gefährlich wurde, auszusprechen. Aber sie ertrug es nicht länger, einer Partei anzugehören, die ihre Mitglieder einschüchterte und ihnen den Mund verbot.

»Wir sollten austreten!«, sagte sie entschlossen und löste das Parteiabzeichen vom Kragen ihres Kleides.

Kurt nickte sofort. »Gleich morgen formulieren wir den Antrag auf Austritt!« Er griff ihre Hand.

Emma streichelte mit dem Daumen über seine Finger. Ohne das Abzeichen fühlte sie sich schon etwas leichter.

Theodor trat zu ihnen und umarmte beide. Kurz dachte Emma, dass die Liebe ihrer kleinen Familie das Wichtigste auf der Welt für sie war. Aber schon im nächsten Moment bekam sie eine Gänsehaut. Es fühlte sich an, als hätten sie eben beschlossen, ihr Leben erneut aufs Spiel zu setzen.

***

25

29. September 1949

»Beppo, ich habe dich so vermisst!« Lissi umarmte den Esel am Hals, während die Abendsonne durch die Ritzen der Bretterwand in den Stall fiel. Sie trug Gummistiefel und eine Gummischürze für den Fall, dass sie sich dazu aufraffen konnte, den Stall auszumisten.

Seit ihrem Zusammenbruch im Klinikpark hatte sie den Hof nicht wieder besucht. Zum Glück schien Beppo sie nicht vergessen zu haben, denn er wackelte munter mit den Ohren und stupste sie mit der Schnauze immer wieder an, als fordere er weitere Umarmungen. Beim Anblick des Esels bereute Lissi es, nicht früher die Kraft gefunden zu haben, ihn zu besuchen.

Sie war hergekommen, um ihm von ihrer Entscheidung zu erzählen. Er war der einzige Zuhörer, der sie zu nichts drängte, nicht vom Fach war oder an der Kinderklinik arbeitete und eine Engelsgeduld hatte. »Ich habe gerade meine Assistenzarztstelle gekündigt«, sagte sie zu Beppo, der sie daraufhin sehr genau anschaute, bis sie ihre Arme von ihm nahm. »Es ist schrecklich, ich weiß, aber es geht nicht anders. Nun gibt es endgültig kein Zurück mehr!« Sie holte tief Luft, dann führte sie aus: »Erst war da nur die

Angst vor dem plötzlichen Auftauchen des Post-Polio-Syndroms, aber seitdem ich von Bert weiß, dass Ramon und Frau Doktor Feigenspann ein Paar sind, bin ich mir sicher, dass ich nie mehr dort hinwill. Beide zusammen zu sehen, zu wissen, sie lieben sich, das würde mich zerreißen.« Sie hatte den Kündigungsbrief vorhin auf dem Weg zum *Hof Sonnenschein* zur Post gebracht und nicht einmal ihre Eltern oder Theodor vorab informiert. Es machte ihr Angst, nie mehr als Ärztin zu arbeiten. Nie wieder würde sie eine Diagnose stellen, an Fallbesprechungen teilnehmen, operieren und Therapien abstimmen. Nie mehr gesundete Kinder an erleichterte Eltern übergeben. Sie wünschte, dass alles nur ein böser Traum wäre. Aber das war es nicht!

Lissi streichelte Beppo die Nase. »Und das ist nur eine der Neuigkeiten, die es mir gerade sehr schwer machen, morgens überhaupt aus dem Bett zu kommen.« Vergangene Nacht hatte sie ausnahmsweise nicht von dem neuen Liebespaar, sondern von Rolf geträumt. Sie hatte sich an seinem Grab stehen sehen. Schweißüberströmt war sie aufgewacht und für den Rest der Nacht nicht wieder eingeschlafen. Wer schlecht schlief, hatte viel Zeit zum Nachdenken.

Der Grund für den Traum war das aufwühlende Telefonat mit Frau Stehfest gewesen. Am Wochenende zuvor hatte Lissi mit der ehemaligen Stargeigerin gesprochen, als sie sich endlich dazu hatte aufraffen können. Herausgekommen war, dass der Junge als Pflegefall zu viel für seine Mutter geworden war. Deswegen hatte sie ihn in eine Pflegeeinrichtung gegeben. Irgendwo hinter Potsdam. Lissi hatte die Frau bitten wollen, Rolf zurück nach Hause zu holen, aber sobald sie dazu angesetzt hatte, hatte Frau Stehfest das Telefonat abrupt beendet.

Lissi boxte mit den Fäusten ins Heu, auf das sie sich gesetzt hatte. »Ach, Beppo, das Leben ist so ungerecht!«

Der Esel schaute von seiner Lieblingsbeschäftigung, dem Fressen, auf. Dann ging er in die Knie und setzte sich neben sie wie ein geübter alter Zuhörer.

Sie lehnte sich an ihn und musste Tränen zurückhalten, so sehr rührte sie Rolfs Leidensweg. So sehr überforderte sie das Leben. Sie fühlte sich mitverantwortlich für Rolfs Schicksal. Hätte sie sich vehementer für einen früheren Beginn seiner Tiertherapie eingesetzt, hätte der Junge bestimmt neuen Mut geschöpft. Dann würde er nicht mehr im Rollstuhl sitzen und auch nicht mehr auf fremde Hilfe angewiesen sein. So war es bei ihr auch gewesen. Nach einem halben Jahr, in dem sie den Streuner vom Weißen See regelmäßig besucht und ihm auf seinen Runden durch Gebüsche und Seitenstraßen gefolgt war, waren ihre Muskeln nicht nur wieder beweglicher geworden, sondern es war vor allem ihr Glaube an ihre eigene Stärke zurückgekehrt. Jener Glaube, den ihr Mutter und Tante nicht hatten zurückgeben können.

Lissi hatte eine Idee, wie sie Rolf helfen konnte, war aber unsicher, ob ihr das allein gelingen würde. Ihr Schwung, von dem ihre Mutter so gerne sprach, war nicht vorhanden, in Zahlen: Null. Sie kam umständlich hoch. Ihr Bandscheibenvorfall war nicht auskuriert. Sie machte noch weniger Übungen, seitdem sie von Ramon und Franka wusste. Wofür auch? Sie würde sich absehbar einen neuen Beruf suchen müssen, um über die Runden zu kommen. Die HO-Verkäuferinnen saßen hinter Kassen auf doch recht bequemen Stühlen, ohne viele Schritte zu tun. Das würde sie mit ihrem müden Körper vielleicht schaffen.

Beppo kam neben Lissi hoch.

»Am liebsten würde ich für den Rest des Tages hierbleiben und mich nicht bewegen müssen, aber Rolf braucht mich. Denkst du auch, ich muss …?« Vor dem Esel musste sie nichts aussprechen, er verstand sie wortlos.

Beppo iahte mehrfach hintereinander.

»Ist ja schon gut.« Lissi streichelte ihn und hielt ihm eine Portion Gras zum Fressen hin, woraufhin er verstummte und genüsslich kaute.

Sie band die Schürze auf und hängte sie vorm Stall an den Haken. Sie hatte es nicht geschafft, den Stall auszumisten.

Zum Abschied klopfte sie Beppo den Hals. »Danke, mein Freund, für das Gespräch.« Müde lächelte sie. »Ich weiß noch nicht, wie lange du auf meinen nächsten Besuch warten musst.«

Auf wackeligen Beinen verließ Lissi *Hof Sonnenschein*. Ihr erstes Ziel war Charlottenburg, das ihr in diesem Moment unendlich weit entfernt erschien. Auf dem Weg zur Haltestelle der S-Bahn lief sie am Weißen See vorbei. Sie kam nur langsam voran und hatte noch Schmerzen, aber Rolf brauchte sie.

Auf Höhe des *Milchhäuschens* stoppte Lissi. Ramon befand sich auf der Terrasse des Cafés. Ihn hätte sie sogar aus fünfhundert Metern Entfernung erkannt. Er saß an demselben Tisch, an dem sie mit ihm bei ihrem ersten Treffen Kakao getrunken hatte. Ihr Herz schlug schneller, und sie begann zu schwitzen. Sie drohte in seinem Anblick zu versinken, und streckte unbewusst die Hand nach ihrem früheren Geliebten aus, aber hielt inne, als Frau Doktor Feigenspann, gut zu erkennen an dem silbergrauen Haar, zu ihm trat. Sie brachte zwei Getränke. Er bedeutete ihr, sich zu setzen, und reichte ihr eine Decke. Er sah gebräunt aus. War sicherlich schön mit ihr in Pisa gewesen. Sie lächelten. Wie hatte Bert es formuliert: Auf ihn hatten die beiden so verliebt gewirkt wie einst er und seine verstorbene Frau Eleonore, als sie sich kennenlernten. Lissi wusste, dass Eleonore Berts große Liebe gewesen war. Ihre Ehe hatte so romantisch wie in einem Märchen begonnen.

Lissi zog ihre Hand an ihre Brust. In ihrem Herzen brannte und stach es, und ihr wurde übel. Sie beeilte sich fortzukommen, denn sie wollte die beiden nicht länger zusammen sehen. Trotzdem dachte sie selbst dann noch an ihn, als sie schwer atmend und unter Schmerzen in die S-Bahn stieg. Es fühlte sich an, als würde ihr Herz in tausend Stücke gerissen. Wieder und wieder!

Lissi achtete kaum auf die Fahrtstrecke, stieg falsch um und traf deswegen erst in Charlottenburg vor der Erdgeschosswohnung ein, als es bereits dunkel war.

Sie klingelte, ohne sich die passenden Worte zurechtgelegt zu haben. Für Rolfs Zukunft nahm sie sogar in Kauf, auf Marlene zu treffen und ihr die Kündigung gestehen zu müssen.

Niemand öffnete.

Lissi klingelte nun so heftig, als wollte sie den metallenen Knopf für immer in der Wand versenken. Dennoch blieb es still auf der anderen Seite der Tür.

Sie wollte gerade gehen, als ihre Cousine mit einem jungen Mann ankam.

»Lissi?«, fragte Katharina verwundert.

»Ich brauche deine Hilfe!« Lissi versuchte, nicht die fremde Hand anzustarren, die Katharinas schmale Taille umschlang, bevor ihre endlos langen Beine begannen. Ihre

Cousine trug ihre geliebten Turnschuhe, dazu einen figurbetonten Ganzkörperanzug, das wilde lockige Haar oben mittig auf dem Kopf zusammengebunden.

»Ist was mit Tante Emma?«, wollte Katharina wissen. »Oder geht es um deine Beine? Du siehst kaputt aus.«

»Es geht um etwas ganz anderes«, sagte Lissi, obwohl ihr Rücken in diesem Moment höllisch schmerzte. Wann war sie das letzte Mal so lange unterwegs gewesen?

»Komm, Süße, wir wollten doch heute Abend endlich mal für uns sein, wo deine Mutter Nachtdienst hat«, sagte Katharinas Begleiter und schlang seine breiten Finger noch besitzergreifender um ihre Taille.

»Hm«, entgegnete Katharina nachdenklich, ohne ihn dabei anzuschauen. Sie ließ Lissi nicht aus den Augen. »Nun sag schon, was passiert ist!«

»Es geht um einen kleinen Patienten, den ich mit deiner Hilfe retten muss«, erklärte Lissi. Katharina war ihr noch etwas schuldig, nachdem sie ihr mit den Briefen für den Versöhnungsversuch ihrer Mütter geholfen hatte. Außerdem hatte Lissi sie zuletzt als empathische, kluge junge Frau kennengelernt – genau so jemanden wünschte sie sich als Unterstützung an ihre Seite.

»Ohne uns ist Rolf verloren!«, drängte Lissi. Sein trauriges Gesicht erschien ihr in der Erinnerung. Wenn Rolf gerettet war, würde sie sich erst mal für ein paar Wochen – solange ihr Erspartes für Miete und Essen reichte – in ihrer kleinen Wohnung einschließen und niemanden reinlassen.

»Gerhard, lass uns morgen oder übermorgen wieder treffen, okay?«, sagte Katharina daraufhin und machte sich aus seinem Griff frei.

»Du lässt mich jetzt schon zwei Wochen zappeln!«, beschwerte sich der junge Mann, der Lissi an den Hollywood-Schönling Montgomery Clift erinnerte, mit gegelter Haartolle und Trenchcoat. Die sowjetischen Besatzer hatten ihm in den Kinos optisch noch nichts entgegengesetzt, weswegen er auch von den jungen Leuten im Osten angehimmelt wurde.

»Bitte!«, formten Lissis Lippen. Mit dem Handrücken wischte sie sich eine dünne Schweißschicht von der Stirn.

»Wenn du schon zwei Wochen warten konntest, macht ein Tag mehr oder weniger auch nichts aus!«, sagte Katharina zu ihrem Begleiter, flüsterte ihm aber noch etwas ins Ohr, was ihn erwartungsvoll lächeln ließ. Zum Abschied küsste sie ihn so stürmisch auf den Mund, wie Lissi es im gleichen Alter niemals gewagt hätte.

Und heutzutage? Ramon war der stürmischere Küsser von ihnen gewesen. Nach einem Spritzer Moschus und frischem Wasser hatte er gerochen, als er damals im Medikamentenlager ihre Lippen mit seinen erobert hatte. Jetzt tat er das Gleiche mit der aussichtsreichsten Ärztin an der Kinderklinik. War das nicht schon immer sein Ziel gewesen? Eine begabte, aufstrebende Ärztin an seiner Seite zu haben?

Katharina schloss die Tür zur Wohnung auf und beachtete Gerhard nicht mehr. »Komm rein, Lissi«, sagte sie und schritt entschlossen voran. Ihr Begleiter ging.

»Brauchen wir Verbandszeug?«, fragte Katharina.

Lissi war beeindruckt vom Einsatz ihrer Cousine. »Nein, kein Verbandszeug. Ich weihe dich auf dem Weg nach Weißensee in alles ein.«

Katharina zögerte nun doch. »Wir fahren in den sowjetischen Sektor?«

Wie hatte Lissi vergessen können, dass Katharina dort

als die Tochter der von der Polizei gesuchten Marlene von Weilert festgenommen werden könnte? Sie sah ihrer Mutter sehr ähnlich, und ihr auffälliges Äußeres könnte die Kriminalpolizei anlocken.

Katharina schaute auf die Fotografie ihres Vaters, die gerahmt auf der Kommode im Wohnzimmer stand. »Papa hat sich auch nicht unterkriegen lassen.« Kurz entschlossen sagte sie: »Ich ziehe mir schnell was anderes an, dann können wir los.«

Lissi beschlich ein schlechtes Gewissen, ihre Cousine, die noch nicht einmal volljährig war, einer solchen Gefahr auszusetzen. Zugleich war sie beeindruckt von der jungen Frau, die, gerade siebzehnjährig, sofort bereit war zu helfen. Sie selbst war ein Wrack aus Ängsten, Zögern und mit verbranntem Herzen.

Keine fünf Minuten später war Katharina in einem grauen alten Kleid sowie ausgetretenen Halbschuhen zurück und hielt Lissi auch solch ein Paar hin. »Nur für den Fall, dass du deine Gummistiefel heute noch mal ausziehen willst.«

Lissi hatte gar nicht gemerkt, dass sie die Dinger noch trug. Jetzt fiel ihr auch der etwas unangenehme Geruch auf, der von den dreckigen Stiefeln ausging. Und bequemer waren die Halbschuhe allemal.

Der Rest ihres Aufzugs konnte gut mit Katharinas altbackener, abgetragener Verkleidung mithalten. »Es geht um einen äußerst liebenswerten kleinen Jungen«, begann Lissi, als Katharina noch nicht einmal die Wohnungstür zugezogen hatte.

*

Es war bereits einundzwanzig Uhr, als sie in Weißensee einfuhren. Lissi kannte die Wohnadresse der Familie Stehfest, weil sie die Patientenakte häufig gelesen hatte. Das Haus in der Parkstraße fünfundsechzig war ein mondänes vierstöckiges Mehrfamilienhaus aus der Zeit der Jahrhundertwende, das den Krieg gut überstanden hatte. Nur etwas von der Dekoration um die Fenster war in Mitleidenschaft gezogen. Sogar im Schein der Straßenlaterne waren die einstmals kunstvollen steinernen Blumenranken und das von überlebensgroßen muskulösen Figuren gerahmte Eingangsportal zu erahnen.

Lissi ging wankend zum Eingang. Sie hatte Katharina verboten, sie zu stützen. »Hier wohnen sie!« Sie zeigte auf das Schild mit dem gesuchten Namen und klingelte.

Oben ging ein Fenster auf. »Wer ist da?«

Lissi und Katharina schauten hinauf.

Im zweiten Obergeschoss guckte Rita aus dem Fenster. Im Raum hinter ihr brannte Licht, weswegen sie gut zu erkennen war.

»Wer sind Sie?«, wollte das Mädchen wissen. »Meine Mami gibt heute keine Autogramme mehr.«

Lissi wunderte es nicht, dass Rita sie nicht wiedererkannte. Von der schwungvollen Ärztin mit dem wippenden Zopf und dem reinweißen Arztkittel war nicht mehr viel übrig. Weil es praktischer war, wickelte sie ihr Haar – seitdem sie zu Hause war – jeden Morgen zu einem Knoten am Hinterkopf zusammen. Ihr Stirnhaar müsste eigentlich gekürzt werden. Viel zu lange schon hing es ihr unschön auf den Augenlidern. Und wie sie ihre Sommersprossen hasste.

»Ich bin Fräulein Doktor Vogel, die Ärztin aus der Kinderklinik«, rief Lissi hinauf, löste das geknotete Haar und band es zur Wiedererkennung zu einem passablen Zopf. Ihre Worte klangen wie aus einem anderen Leben.

»Ich mache Ihnen auf!«, rief Rita und schloss das Fenster.

Kurz darauf ging die schwere Haustür auf, und die kleine Geigerin fiel Lissi in die Arme. Sie trug ein weißes, mit ihren Initialen besticktes Nachthemd. Ihre blonden Locken wurden nicht wie so oft von rosa Schleifen gehalten, sondern hingen offen herunter.

»Warum bist du noch wach?«, fragte Lissi. Eigentlich gehörte ein Kind ihres Alters um diese Zeit ins Bett.

»Seitdem Rolf nicht mehr da ist, kann ich nicht mehr schlafen«, antwortete Rita.

Lissi streichelte ihr die Wange, stellte Katharina als ihre Cousine vor und gestand, auch nicht mehr einschlafen zu können. »Ich muss mit deiner Mutter sprechen«, sagte sie.

Rita rieb sich die geröteten Augen, die von Übermüdung zeugten. »Meine Mama hat sich schon hingelegt, aber ich wecke sie!«

Rita zog Lissi an der Hand die Treppe über einen roten Teppich, der von goldenen Messingleisten fixiert wurde, hinauf zur Wohnung. Es dauerte eine Ewigkeit, bis Lissi alle Stufen geschafft hatte. Sie atmete schwer, als sie oben ankam. Jetzt gab es kein Zurück mehr. Katharina war ihnen leichtfüßig gefolgt.

Im Wohnungsflur vernahm Lissi die müde Stimme von Frau Stehfest. »Rita, Mausilein, hat es gerade geklingelt?«

»Wir haben Besuch!«, rief Rita und führte sie in ein Zimmer am Ende des Flures, wo das Licht bereits angeschaltet war. Lissi dachte schon, sie könnte keinen einzigen Schritt mehr tun.

Solch einen Raum hatte sie nie zuvor gesehen. Zum Glück trug sie keine Gummistiefel mehr. Es war ein eindrucksvoller, aus der Zeit gefallener Musiksalon mit einem großen weißen Flügel, weißen Polsterstühlen in einer Anzahl, die für ein Privatkonzert genügten, und weiß gerahmten Porträts von Herren mit Geigen an der Wand, wovon Lissi nur Paganini erkannte. Seine dunklen Augen erinnerten sie an Ramon. Die Stehfests besaßen sogar ein Telefon. Es thronte am Ende des Raumes auf einem goldverzierten Tischchen.

Mit den Worten »Besuch zu so später Stunde? Es ist bereits neun Uhr!« betrat Frau Stehfest in einem schwarzen Seidenkimono den Raum. Die Holzdielen knarzten kaum bei ihrem eleganten Gang.

Zum ersten Mal sah Lissi die stolze Frau ohne Bühnenfrisur. Ihre hellblonden Locken waren am Hinterkopf platt gedrückt vom Liegen.

»Verzeihen Sie, dass ich mich nicht angekündigt habe«, begann Lissi, um nicht gänzlich unhöflich zu wirken. Wer solch einen Salon sein Eigen nannte, empfing sicher keinen spontanen Besuch, sondern wollte perfekt vorbereitet sein. »Aber ich muss dringend mit Ihnen reden.«

Die Hausherrin zupfte ihr Haar zurecht. »Sie sind doch die junge Ärztin aus der Kinderklinik. Rolf geht es gut, und Rita auch. Oder sind Sie hier, um noch Karten für Ritas erstes Konzert zu erbitten?«

»Rolf geht es *nicht* gut!«, widersprach Rita und wandte sich an Lissi. »Er hat geweint, als wir ihn im Heim abgegeben haben, und bestimmt weint er immer noch.«

Frau Stehfest nahm ihre Tochter beiseite und kehrte dem Besuch den Rücken zu. »Mausilein, wir haben das doch lang und breit besprochen. Für alle ist es das Beste. Und du weißt, dass wir deinen Bruder jederzeit besuchen können.« Während dieser Worte zupfte sie Ritas Locken zurecht.

Lissi konnte nur denken, wie schön es gewesen wäre, Frau Stehfest in der Klinik so liebevoll mit ihrem kranken Sohn sprechen zu hören. Zu gerne hätte sie sie länger an Rolfs Krankenbett gesehen, wie sie ihn zur Therapie ermutigte, ihn zärtlich streichelte, ihn *Mein Mäuserich* nannte. Als er in der Eisernen Lunge gelegen hatte, war seine Mutter nicht für ihn da gewesen. Und nun hatte sie ihn auch noch in eine Einrichtung weit weg von zu Hause gegeben. Das musste Rolf die letzte Hoffnung, geliebt zu werden, genommen haben.

»Ich mische mich nur ungern in Ihre persönlichen Angelegenheiten ein, aber fern der Familie stehen die Chancen für Rolfs Genesung nicht sonderlich gut«, erklärte Lissi im Ton der kompetenten Ärztin und war selbst verwundert, ihn nicht verlernt zu haben.

Frau Stehfest fixierte Lissi mit ihren wasserblauen Augen. »Sagten Sie eben nicht, dass Sie sich nicht einmischen wollen?«

»*Nur ungern* wollte ich mich einmischen«, korrigierte Lissi sie. Das Gefühl, Rolf hier und jetzt helfen zu können, gab ihr etwas Mut zurück, trotz des erbärmlichen Anblicks, den sie sicher bot. Mit Katharina an ihrer Seite fühlte sie sich stark genug, vor Frau Stehfest nicht einzuknicken.

»Rolf wird bestens versorgt. Ihm fehlt es an nichts. Bitte gehen Sie jetzt!«, antwortete Frau Stehfest bissiger und wies zur offen stehenden Doppelflügeltür des Salons.

»Ich bin noch nicht fertig«, wandte Lissi ein. Sie war nicht bereit, sich einen Zentimeter von der Stelle zu bewegen – wozu sie körperlich wohl auch nicht mehr in der Lage gewesen wäre.

»Sie wagen es, in meine Wohnung zu kommen und meine Entscheidung anzuzweifeln? Wenn Sie nicht augenblicklich verschwinden, rufe ich die Polizei!« Nach diesen Worten ging Frau Stehfest auf das goldverzierte Tischchen mit dem Telefon zu, wobei sie sich ihren dünnen, glänzenden Seidenkimono enger um den Leib schlang.

Lissi schaute erschrocken von ihrer Cousine zu Frau Stehfest. Die nahm gerade den Telefonhörer ab. Wenn die Polizei herkäme, könnte Katharina verhaftet werden!

Da schob sich Rita in das Blickfeld ihrer Mutter. In einer Hand hielt sie den Bogen ihrer Geige, in der anderen Hand eine Schere, die sie öffnete und bedrohlich nah an den Bogen heranführte. Wenn das Rosshaar, das beim Auftreffen auf die Saiten die Töne erzeugte, durchgeschnitten würde, wäre der Bogen nicht mehr zu gebrauchen.

»Mausilein, leg die Schere weg!«, rief Frau Stehfest entrüstet, als sie ihre Tochter erblickte. »Der Bogen ist unbezahlbar! Schon ich habe ihn als Kind benutzt.«

Rita führte die Schere noch näher an den Bogen heran. »Wenn du nicht zuhörst, was Fräulein Doktor Vogel dir zu sagen hat, mache ich Ernst!«

Das war keine leere Drohung. Ihr Augen sprühten Funken. Sie war tatsächlich bereit, den Geigenbogen zu zerstören, der ihrer Mutter genauso am Herzen zu liegen schien wie die Karriere ihres Kindes. Daran hatte Lissi keinen Zweifel. Und Katharina offensichtlich auch nicht, denn sie stand mit offenem Mund da.

Frau Stehfest ließ den Telefonhörer sinken und legte ihn schließlich zurück auf die Gabel.

Lissi nahm ihr letztes bisschen Kraft zusammen, um durch den Raum bis vor die stolze Frau zu kommen. Unumwunden schaute sie ihr in die Augen. »Rolf braucht für seine Genesung vor allem die Liebe seiner Mutter. Bitte holen Sie ihn zurück nach Hause.«

»*Sie* wollen mir etwas über Mutterliebe erzählen?«, fragte Frau Stehfest. »Wie viele Kinder haben Sie denn schon großgezogen?«

»Keine«, entgegnete Lissi, »aber –«

»Und Sie glauben, über die Gefühle einer Mutter Bescheid zu wissen?« Frau Stehfest schüttelte verachtend den Kopf. »Ich betrachte die Unterhaltung als beendet.« Sie wandte sich zum Gehen.

Lissi schaute entgeistert. Gewiss, sie war keine Mutter, aber ... so schnell fiel ihr keine passende Erwiderung ein.

»Über die Gefühle einer Mutter weiß ich genauso wenig Bescheid«, ergriff Katharina das Wort, »aber ich weiß sehr wohl, wie es sich anfühlt, als Kind die zweite Geige zu spielen.«

Gerade hatte die Hausherrin ihre Hand auf die Türklinke aus Messing gelegt, nun drehte sie sich um. »Und *Sie* sind?«

»Mein Name ist Katharina von Weilert. Auch ich möchte mich für die späte Störung entschuldigen«, erklärte Katharina, »aber Schmerz kennt keine Uhrzeit, und je schneller er endet, desto besser.«

Es war kaum herauszuhören, und dennoch war sich Lissi sicher, dass die Stimme ihrer Cousine beim Sprechen leicht zitterte.

Rita hatte bei Katharinas Worten die Schere und den

Bogen auf einen der gepolsterten Stühle gelegt und lauschte nun gebannt.

»Das Gefühl, von der Mutter weniger geliebt zu werden als die Schwester oder …«, Katharina zögerte, »… oder die Cousine, ist so schmerzhaft, dass ich mir manchmal gewünscht habe, mein Leben wäre zu Ende.«

Erschrocken schaute Lissi auf. Dass Katharina Probleme mit ihrer Mutter hatte, war augenscheinlich. Den Grund dafür hatte sie nie herausgefunden. Seit ihrem gemeinsamen Versuch, ihre Mütter im *Café Himmelreich* zu versöhnen, wusste sie mehr über ihre Cousine. Aber mit Details über ihr Gefühlsleben war Katharina sparsam. Lissi spürte eine fette Kröte in ihren Hals klettern. Sie selbst war der Grund dafür?

»Mit meiner Mutter in einem Raum zu sein fühlte sich manchmal an, als würden sich hundert Splitter zerbrochenes Glas in meinen Körper bohren, wenn sie dann nur von ihrer Nichte, der zukünftigen Ärztin, sprach«, sagte Katharina unter den aufmerksamen Blicken der Anwesenden.

Frau Stehfests stolzer Blick wurde weicher.

»Ich wäre lieber ohne Hoffnung auf Rettung auf einem Ozean getrieben, denn dann wäre es nur eine Frage von Tagen gewesen, bis es vorbei gewesen wäre«, sprach Katharina weiter.

Lissi hatte Mühe, nicht beschämt den Kopf zu senken. Sie wollte Katharina in den Arm nehmen. Es war nie ihre Absicht gewesen, in Marlenes Gedanken und Handeln so viel Raum einzunehmen, dass sich Katharina vernachlässigt fühlte.

Frau Stehfest wirkte betroffen. »Aber an Rolfs Schmerz bin ich nicht schuld. Diese schreckliche Krankheit ist es.«

Hilflos fuhr sie sich durchs Haar, was den Rest ihrer Frisur ruinierte. »Ich liebe meinen Sohn, aber gegen Polio bin ich machtlos!«

»Ihr Sohn hat Poliomyelitis bereits besiegt!«, warf Lissi ein. Ihre Stimme klang belegt, und es fiel ihr schwer, ihren Blick von Katharina zu lösen.

»Bereiten Sie dem Schmerz Ihres Sohnes endlich ein Ende«, bat Katharina mit Tränen in den Augen. »Ich ertrage ihn, seitdem ich acht Jahre alt bin, und er ist noch nicht vorbei.«

Lissi wankte neben Katharina und wollte sie umarmen, aber ihre Cousine war ganz auf Rolfs und Ritas Mutter konzentriert.

»Wie soll ich das tun?«, fragte Frau Stehfest verzweifelt. »Ich bin alleinerziehend, mein Mann ist auf dem Feld gestorben, und dann immer wieder die Migräne ...«

»Zeigen Sie Rolf, wie lieb Sie ihn haben. Schenken Sie ihm Aufmerksamkeit.« Katharinas Kinn zitterte bei diesen Worten. »Wenn Sie es nicht tun, wird Ihr Sohn ein Leben voller Missgunst und Wut auf Sie führen. Am Ende werden Sie sich nichts mehr zu sagen haben.«

Frau Stehfest nickte gedankenversunken.

»Mami, ich vermisse Rolf so sehr!«, sagte Rita.

»Holen Sie ihn zurück nach Hause«, bat Lissi. »Wenn Sie wollen, schaue ich auch mal nach ihm. Nicht als Ärztin, aber als Freundin.« Sie spürte, wie Ritas Hand sich in ihre legte.

Frau Stehfest zögerte und starrte dann auf den Boden, wo sie niemanden ansehen musste. »Ich habe nicht die Kraft für beide Kinder«, sagte sie schließlich und klang dabei sehr verletzlich. »Wenn ich Rita jetzt vernachlässige, bedeutet das das Aus für ihr Geigenspiel. Man muss früh beginnen, wenn man auf die großen Bühnen will.«

»Rolf ist mir viel wichtiger als die Geige!«, protestierte Rita und deutete an, gleich wieder nach der Schere auf dem Stuhl zu greifen.

»Von meiner Mutter weiß ich, dass man für seine Kinder unglaubliche Kräfte entwickeln kann. Kräfte, von denen man erst einmal nichts ahnt«, sagte Lissi und dachte dabei an Emmas Berichte darüber, wie Theodor an Typhus erkrankt war und später dann als Jugendlicher beinahe den Nationalsozialisten in die Arme gelaufen wäre. Jetzt bereute sie es, ihre Mutter neulich bei dem Spaziergang mit Bert so harsch behandelt zu haben. Die Stimmung zwischen ihnen war seitdem abgekühlt. Ein Grund, warum sie ihr noch nichts von der Kündigung erzählt hatte.

Frau Stehfest ließ ihren Blick durch den mondänen Salon gleiten, hin zum Flügel, zu Rita an Lissis Hand und zu Katharina daneben. »Als ich damals bei meinem wichtigsten Konzert als erste Geigerin brillierte, habe ich mir immer gewünscht, dass einem meiner Kinder das Gleiche vergönnt sein werde«, sprach sie vor sich hin. »Ich sah, dass Rolf sich nicht für Musik interessierte. Aber Rita liebte sie schon als Säugling.«

Lissi und Katharina schauten sich an, beide überrascht von der Offenheit, die der ehemalige Bühnenstar wagte.

»Vielleicht werde ich mal Ärztin wie Fräulein Doktor Vogel anstatt Geigerin«, warf Rita ein.

Frau Stehfest fasste sich an den Kopf. »Das ist zu viel für mich heute.« Sie ließ sich auf einen der Stühle nieder.

»Mami, hast du wieder Migräne?«, fragte Rita besorgt.

Lissi ahnte, dass die Migräne die Karriere der ersten

Geigerin einst beendet hatte. Sie empfahl ihr, für ein wenig Linderung Pfefferminzöl auf die Schläfen zu tupfen.

Rita gab sie zur Aufmunterung ein Malzbonbon.

Erst als Frau Stehfest versicherte, keine medizinische Hilfe zu benötigen, verabschiedete Lissi sich und verließ mit ihrer Cousine die Wohnung. Im Hausflur knipste sie das Licht an. Sie wusste noch nicht, wie sie die vielen Stufen wieder hinab schaffen sollte. Katharina ließ keinen Protest zu, sie half ihr dabei.

Auf den letzten Treppenstufen ging Lissi nicht weiter. »Es tut mir sehr leid, dass du wegen mir all die Jahre gelitten hast«, gestand sie mit feuchten Augen. Jetzt war ihr auch klar, warum Katharina sie so lange gemieden und freundschaftliche Annäherungsversuche abgeblockt hatte.

»Es ist nicht deine Schuld«, sagte Katharina. »Meine Mutter ist es. Sie hat es schließlich zugelassen.«

»Trotzdem! Ich war blind.« Das war ihr heute Abend klar geworden. Und, dass ihre Tante Marlene nicht unfehlbar war. Lissi nahm Katharina in den Arm. Nachdem sie von den hundert Glassplittern gehört hatte, zollte sie ihr Respekt für den Mut, ihre Gedanken darüber überhaupt offenbart zu haben. Sicher war das sehr schmerzhaft gewesen.

Lissi löste die Umarmung. »War Tante Lene denn nicht genauso verzweifelt wie Frau Stehfest, als du sie darauf angesprochen hast?«, wollte sie wissen.

»Ich habe sie noch nicht darauf angesprochen«, antwortete Katharina.

»Aber dann hört dein Schmerz vielleicht nie auf«, sagte Lissi vorsichtig. Natürlich war es deutlich einfacher, kluge Ratschläge zu erteilen, als sie umzusetzen. Sie selbst hatte seit der Entlassung aus dem Krankenhaus Hunderte Tipps bekommen und konnte sie nicht mehr hören. »Wie ich Tante Lene kenne, würde sie ihren Fehler bestimmt gerne wiedergutmachen – wenn sie nur davon wüsste«, meinte Lissi überzeugt.

»Ich weiß nicht«, sagte Katharina zögerlich und half Lissi die letzten Stufen herunter und aus dem Haus auf die Straße.

»Gib mir Bescheid, wann immer du meine Unterstützung benötigst«, bot Lissi an. »Und danke, dass du mich heute Abend begleitet hast. Ich hätte es allein nicht geschafft – weder den Weg, noch Frau Stehfest zu überzeugen.«

Ein Lächeln stahl sich auf Katharinas Gesicht. Es verriet Lissi, dass sie ihr nicht mehr böse war.

Katharina winkte ein Taxi heran, das zufällig vorbeifuhr. »Auf keinen Fall fährst du anders als mit einem Auto bis direkt vor deine Haustür«, verlangte sie. »Du bist völlig erschöpft.«

Bevor Lissi widersprechen konnte, bezahlte Katharina schon den Fahrer.

»Danke«, sagte Lissi. »Vielleicht bis bald.«

Auf der Fahrt nach Hause fragte sie sich, ob Frau Stehfest es wirklich wagen würde, fern der Bühne noch einmal über sich hinauszuwachsen. Ihr selbst war das wegen des drohenden Post-Polio-Syndroms und Ramons neuer Liebe unmöglich geworden.

***

26

30. September 1949

Es war sehr früh am Morgen, als Marlene bereits mit einem Kissen im Rücken auf dem ausgeklappten Sofa saß und im *Ärzteblatt* einen Artikel über die Behandlung von atopischer Dermatitis bei Kindern las. Sie schaute erst davon auf, als die Wohnungstür aufging, und war erleichtert, Katharina zu sehen. Ihre Tochter war die ganze Nacht weg gewesen, weswegen sie selbst nicht in den Schlaf gefunden hatte. Normalerweise hätte sie ihre Tochter ermahnt, aber seitdem es besser zwischen ihnen lief, versuchte sie, gelassener zu bleiben. Außerdem begann die Schule heute später.

Bei ihren Jungs war sie weniger nachsichtig gewesen, wenn die erst morgens nach Hause gekommen waren. »Warst du noch bei Gerhard?«

Katharina blieb im Türrahmen zum Wohnzimmer stehen und wirkte nachdenklich. »Nein.«

»Was trägst du denn für Sachen?«, wunderte sich Marlene. Ein graues altes Kleid wie dieses fasste ihre Tochter gewöhnlich nur mit spitzen Fingern an.

»Kennst du Greta Stehfest aus Weißensee?«, fragte Katharina.

Marlene schlug das *Ärzteblatt* zu und überlegte eine Weile. »Es gab mal eine berühmte Geigerin dieses Namens.«

Katharina nickte. »Sie hat ein Problem mit ihrem Sohn, bei dem ich helfen konnte. Ich war mit Lissi erst bei Frau Stehfest, und dann bin ich noch lange durch Weißensee gelaufen. Ich wollte nachdenken.«

»Du warst im sowjetischen Sektor? Allein?« Marlene stand vom Sofa auf und trat vor ihre Tochter. »Du hättest verhaftet werden können!«, sagte sie besorgt. Hätten die Sowjets ihr auch noch die Tochter genommen, wäre das ihr Todesstoß gewesen.

»Ich war sehr vorsichtig«, erklärte Katharina, »und außerdem kenne ich in Weißensee jeden Winkel. Ich weiß, wo man sich gefahrlos aufhalten kann, wenn es dunkel ist.«

»Das hoffe ich.« Marlene realisierte nur langsam, was Katharina gesagt hatte. »Lissi?«, wiederholte sie mit einiger Verspätung. Mit der Cousine hatte Katharina bisher wenig am Hut gehabt. Die beiden hatten sich irgendwann entfremdet. Marlene hatte es darauf geschoben, dass zwischen den beiden die Chemie einfach nicht stimmte. So war das manchmal im Leben.

Sie war froh zu hören, dass es Lissi so weit besser ging, dass sie das Bett verlassen und sich allein fortbewegen konnte. Das war beim Post-Polio-Syndrom nicht immer der Fall. So hatte es zumindest in einem Artikel gestanden, den Marlene sich unlängst aus der Forschungsbibliothek der Universität besorgt hatte. Mit Emma hatte sie abgeschlossen, aber Lissi wollte sie helfen. Deswegen hatte sie ihr auch einen Brief geschrieben, in dem sie ihre Hilfe angeboten hatte, aber bisher keine Antwort erhalten.

»Schön, dass ihr wieder Zeit miteinander verbringt«,

sagte sie und sah an Katharinas unstetem Blick, dass ihre Tochter etwas beschäftigte. »Willst du mir von eurem Treffen erzählen?«, fragte sie vorsichtig, um sie nicht zu bedrängen. Ihrer Jüngsten schien etwas aur Seele zu liegen.

Katharinas Blick wanderte über den Boden, als ob sie dort nach einem Punkt suchte, an dem sie beginnen konnte. Ihre Hände waren leicht zu Fäusten geballt und öffneten sich wieder, als würde sie ihre Emotionen in Schach halten wollen. Dann hob sie zu sprechen an. »Ich …« Sie brach wieder ab.

Das ging mehrmals hintereinander so.

Marlene setzte sich aufs Sofa und klopfte auf den freien Platz neben sich. Im Sitzen ließ es sich entspannter reden. Außerdem zog es im Flur durch die Ritzen der Haustür.

Katharina bewegte sich nicht vom Fleck.

Marlene stand wieder auf und machte zwei Schritte auf ihre Tochter zu, die in diesem Moment so verletzlich schien, wie sie sie schon lange nicht erlebt hatte. Am liebsten hätte sie sie in die Arme genommen, aber das hatte Katharina in den letzten Jahren immer verweigert.

Marlene griff nach dem Wasserglas auf dem Tisch und nahm einen Schluck, um ihre aufkommende Nervosität zu überdecken. Sie war vertraute Gespräche mit ihrer Tochter nicht mehr gewohnt.

Nach einem tiefen Atemzug setzte Katharina erneut mit dem Sprechen an: »Ich mochte Lissi nicht, weil sie so viel Aufmerksamkeit von dir bekommen hat. Für mich hattest du nie viel Zeit. Aber für Lissi hast du alles stehen und liegen lassen. An meinem achten Geburtstag hat Lissi mitten in einer Runde *Mensch ärgere Dich nicht!* ihre Medizinfragen gestellt, und du bist sofort darauf eingegangen, hast die Partie für eine ganze Stunde unterbrochen«, klagte Katharina. Es war nur eine Frage der Zeit, bis ihre Stimme brechen würde.

Marlene konnte sich an den Geburtstag in der Villa erinnern, den sie mit Kaffee und Kuchen begonnen hatten, der dann mit einem Brettspiel seine Fortsetzung fand und durch Lissis Fragen jäh unterbrochen worden war. Sie hatte sich damals sehr über das Interesse ihrer Nichte an der Medizin gefreut und ausführlich geantwortet. Dass Katharina eifersüchtig auf ihre Cousine sein könnte, war ihr nie in den Sinn gekommen.

»Es gab viele ähnliche Situationen, und mit der Zeit kam ich mir weniger geliebt und nicht mehr gewollt vor«, gestand Katharina. Sie atmete mehrmals tief ein und aus, bevor sie noch hinzufügte: »So wie Rolf von seiner berühmten Mutter.« Tränen liefen über ihre Wangen, und sie wischte sie nicht weg.

Marlene musste sich setzen. Sie war so vernarrt in die Idee gewesen, dass Lissi Ärztin werden und in ihre Fußstapfen treten würde, dass sie darüber ihre Tochter vernachlässigt hatte. Warum war ihr das nie aufgefallen? Und Maximilian auch nicht? Vermutlich waren sie beide zu beschäftigt gewesen, zu sehr in ihren Berufen gefangen.

»Es tut mir leid«, flüsterte Marlene. Katharina hatte so viel mehr verdient als eine lausige Mutter. »Entschuldige tausendmal«, wiederholte sie mit belegter Stimme, »und danke, dass du den Mut hattest, mir deine Gefühle mitzuteilen. Du bist ein wunderbares Mädchen! Und natürlich liebe ich dich. Du bist doch unser Geschenk des Himmels, das Max und ich uns so lange gewünscht haben.«

Katharina schaute mit verweintem Gesicht auf und lächelte. Sie war wunderschön dabei. Ihre grasgrünen Augen leuchteten.

»Ich möchte mein Versagen gerne wiedergutmachen«, sagte Marlene und wischte sich eine Träne weg. Für die nächsten Wochen würde sie sich etwas einfallen lassen, das ihrer Tochter zeigte, wie sehr sie ihr am Herzen lag. Vielleicht ein Ausflug in den Tiergarten? Oder sie schauten mal gemeinsam in der neu eröffneten Boutique auf dem Kurfürstendamm vorbei? »Darf ich dich für den Anfang einmal fest in die Arme nehmen?«

Katharina kam auf sie zu und fiel ihr um den Hals.

»Ich möchte niemand anderes als Tochter haben als dich!«, sagte Marlene. Sie spürte den festen Druck von Katharinas Händen auf ihrem Rücken. Ein zuversichtliches Lächeln breitete sich auf ihrem Gesicht aus. Noch in der Umarmung schaute Marlene zum Himmel hinauf und hoffte, dass Maximilian sie von dort oben sehen konnte.

Erst das schrille Türklingeln unterbrach ihre harmonische Dreisamkeit. »So klingelt nur der Postbote«, meinte Katharina und ging zur Wohnungstür. »Aber so früh?«

Voller Liebe, als hätte sie ihre Tochter zum zweiten Mal geboren, schaute Marlene ihr nach.

»Ein schwerer Brief von Praxis Küster«, rief Katharina aus dem Flur und hielt Marlene kurz darauf einen großformatigen Briefumschlag unter die Nase.

»Küster?« Das musste eine Verwechselung sein, davon war Marlene überzeugt. »Ich kenne diese Praxis nicht.« Sie betrachtete das Kuvert von allen Seiten. Es war an sie adressiert und aufgegeben von der Praxis Dr. med. Rasmus Küster in Zehlendorf.

»Ich schaue jetzt noch mal in mein Geschichtsbuch«,

sagte Katharina. »Gibt wohl heute eine Klassenarbeit beim alten Maier.«

Marlene nickte mit einem Lächeln. Zuletzt hatte Katharina in Mathematik statt einer Fünf eine Drei mit nach Hause gebracht. Sie steigerte sich und fand insgesamt mehr Interesse an den schulischen Fächern. »Soll ich dich abhören, bevor du zur Schule gehst?«, bot Marlene an.

Katharina gähnte. »Wenn ich nicht über den alten Römern einschlafe, gerne«, entgegnete sie mit einem Lächeln, das Marlene glücklich machte. Etwas von der früheren Unbekümmertheit ihrer Tochter war zurück. Katharina zog sich ins Wohnzimmer zurück.

Marlene öffnete den Brief. Sie wollte das schnell erledigt haben, um den Artikel im *Ärzteblatt* fertig lesen zu können. Der neue Behandlungsansatz von atopischer Dermatitis klang vielversprechend.

Die Praxis aus Zehlendorf schickte ihr eine Patientenakte. Das Begleitschreiben wies darauf hin, dass sie wegen des Todes von Herrn Doktor Maximilian von Weilert, der bei ihnen Patient gewesen sei, die Akte nicht länger aufbewahren wollten. Sie hätten erst jetzt vom Tod des Patienten erfahren und sprachen Marlene für den Trauerfall, der inzwischen fünfzehn Monate zurücklag, ihr Beileid aus.

Marlene schlug die Akte auf. Doktor Rasmus Küster war ein Kardiologe, die Praxis also auf Herzkrankheiten spezialisiert. Sie las und blätterte vor und zurück und wurde immer aufgeregter. Den Unterlagen entnahm sie, dass Maximilian kurz vor der Flucht aus Weißensee im Rahmen einer umfassenden Herzuntersuchung ein Belastungs-Elektrokardiogramm und ein Thorax-Röntgenbild hatte machen lassen. Letzteres lieferte Hinweise auf ein eventuell vergrößertes

Herz, das oft mit einer abnehmenden Leistung einherging. Der Termin zur Auswertung war für den zehnten Mai anberaumt gewesen. Diesen hatte Maximilian nicht mehr wahrgenommen.

Marlene ließ die Akte sinken. Seine erhöhte Herzfrequenz war ihr damals aufgefallen, und sie hatte ihm geraten, dies abklären zu lassen. Von dem Praxisbesuch in Zehlendorf hatte er ihr jedoch nichts gesagt. Das verwunderte sie. Sie hatten nie Geheimnisse voreinander gehabt. Womöglich hatte er erst abklären wollen, dass nichts Ernstes dahintersteckte, damit sie sich nicht unnötig sorgen musste?

Marlene blätterte die Akte noch einmal besonnener durch, obwohl es ihr schwerfiel, ruhig zu bleiben. Auf Blatt drei in kleiner Schrift stand sie schwarz auf weiß, die Diagnose: akute koronare Herzkrankheit.

Marlene ließ die Akte sinken. Menschen mit koronarer Herzkrankheit starben oft vor der Zeit an unbehandelten Infarkten, ausgelöst durch Ablagerungen in den Blutgefäßen, die im Laufe des Lebens entstanden. Bei der akuten Form der Krankheit verstopfte ein Blutgerinnsel eine oder mehrere jener Arterien, die das Herz umgaben und den Herzmuskel mit Blut versorgten.

Marlene erhob sich nachdenklich. Es waren also nicht die Flucht aus der Villa und die Enteignung gewesen, die für Maximilians verfrühten Tod verantwortlich waren? Es war ein Blutgerinnsel, das auch ohne die Aufregung den Herzinfarkt ausgelöst hätte. Es hätte an einem schönen Sommertag in der Villa passieren können, beim unbeschwerten Federballspielen im Garten oder während Maximilian in der Praxis stand und ein Kind untersuchte. Marlene schluckte.

Hätte sie von der koronaren Herzkrankheit gewusst, als

er noch lebte, hätte sie darauf bestanden, dass er sich mehr schonte, und die passenden Medikamente besorgt. Womöglich hatte Maximilian ihr genau deswegen auch nichts von der Untersuchung erzählt, weil er sich noch nicht schonen, weil er noch mitten im Leben stehen wollte.

Marlene setzte sich aufs Sofa und presste sich die Akte an die Brust. Wenigstens kannte sie jetzt den wahren Grund für seinen Tod, und er bedrückte sie. Denn der tödliche Infarkt hätte verhindert werden können. Wären sie nicht so beschäftigt gewesen, hätte Maximilian sich früher Zeit genommen, der Enge in der Brust, die typisch für die koronare Herzkrankheit war, nachzugehen. Den Fehler durfte sie nie wieder machen. Bei dem kleinsten Verdacht würde sie fortan darauf bestehen, einen Spezialisten aufzusuchen, für sich selbst wie auch bei ihren Kindern und Freunden.

***

27

6. Oktober 1949, 18:45 Uhr

Immer öfter sehnte Emma den Feierabend herbei. Heute lag er nur noch fünfzehn Minuten in der Zukunft. Sie stand in ihrem Dienstzimmer am Fenster und schaute hinaus. So grau wie das Wetter war, so grau war auch ihre Laune. Punkt sieben Uhr würden die Nachtschwestern und der Bereitschaftsarzt das Kommando übernehmen. Nach den vielen Überstunden der vergangenen Wochen wollte sie heute auf jeden Fall Punkt sieben Uhr das Klinikgelände verlassen und sich von den Strapazen eines langen Dienstes erholen. Nach wie vor fühlte sie sich müde und abgekämpft, und zusätzlich bangte sie um ihre Familie. Was, wenn Kurts Pseudonym anhand seines Schreibstils entlarvt würde? Als Vermittler der Artikel hing Theodor dann genauso mit drin. Und als wäre das nicht schon genug Ballast, war da auch noch Lissis Kündigung, die sie fertigmachte. Emma verstand nicht, warum ihre Tochter ihren Traum aufgab. Sie hatte es ihr auch gesagt, aber Lissi hatte darauf bestanden, nicht länger darüber diskutieren zu wollen. Seit dem Streit vor der Haustür, den der Verwalter miterlebt hatte, erreichte sie Lissi nicht mehr wirklich. Oder hatte das schon mit dem Zusammenbruch im Klinikpark begonnen?

Soeben hatte Emma eine Kiste vom Pförtner abgeholt, die schwarz-rot-goldene Fahnen mit einem Emblem enthielt. Pünktlich morgen früh um sieben Uhr sollten sie aus den Fenstern der Kinderklinik hängen. So stand es auf dem beiliegenden Schreiben des Weißenseer Parteioberen. Niemand vom Personal wusste Genaueres über die Fahnen. Emma hatte das Emblem aus Hammer, Zirkel und Ehrenkranz nur kurz betrachtet. Dann waren ihre Gedanken wieder zu Lissi gewandert, und sie hatte sich entschlossen, den Verwalter endlich um das gefälschte Anästhesieformular zu bitten und nach weiteren Informationen zu fragen. Wenigstens eine gute Tat wollte sie vor dem Feierabend noch vollbringen. Womöglich konnte sie am Ende Kinderleben retten.

Auf dem Weg zu Bert Steininger hatte sie Mühe, ihre Müdigkeit vor den Schwestern zu verbergen. Ihre Beine fühlten sich so steif wie die einer Achtzigjährigen an, die einen steilen Abhang hinunterhumpelte. Dabei lief sie lediglich vom Dach- ins Erdgeschoss. Doktor Olivera eilte sportlich an ihr vorbei, er hielt eine Taschenlampe in der Hand, wie Emma verwundert bemerkte. Eine der Schwestern von der Chirurgie folgte ihm.

Vor dem Büro des Verwalters angekommen, klopfte Emma.

Herr Steininger kam zur Tür, begrüßte sie und wies mit einem Lächeln auf den Platz vor seinem Schreibtisch. Wie immer sah er äußerst gepflegt aus in seiner dunkelblauen Anzughose und dem weißen Hemd, dazu eine Krawatte so hellblau, wie der Oktoberhimmel über Weißensee schon seit Tagen nicht mehr gewesen war.

»Wie geht es Lissi?«, wollte er nach der Begrüßung wissen.

»Unverändert, befürchte ich«, sagte Emma und war doch ein wenig verwundert über die Frage, weil er erst gestern bei ihrer Tochter gewesen war. Trotzdem: Es war gut zu wissen, dass Lissi in schweren Zeiten einen Freund wie ihn besaß. Theodor hatte Emma von den langen Gesprächen der beiden berichtet. Ihren Bandscheibenvorfall kurierte Lissi äußerst langsam.

»Ich bin hier, weil ich ...«, setzte Emma gerade an, als Doktor Olivera in das Büro stürmte. »Es sieht nicht gut aus oben«, verkündete er und fuchtelte wild mit der Taschenlampe um sich. »Der Professor ist schon im Feierabend, deswegen verständige ich Sie und Frau Doktor Feigenspann zuerst, Herr Steininger! Bitte kommen Sie und sehen sich das an!«

Der Verwalter wechselte einen besorgten Blick mit Emma, dann griff er sich seine Anzugjacke von der Stuhllehne und zog sie im Gehen an.

Emma saß noch eine Weile da, weil sie schwer hochkam. Was war da oben nur los? Und das Formular? Wenigstens diese Sache wollte sie voranbringen, um Frau Doktor Feigenspann zeitnah mit dem Beweis zu konfrontieren. Ihre innere Stimme sagte ihr: Tu wenigstens das für dein Kind. Wenn sie Lissi schon nicht von der Wiederaufnahme ihrer Facharztausbildung überzeugen konnte, wollte sie wenigstens helfen, ihren Ruf reinzuwaschen.

Ihre Hände waren eiskalt, als sie hinter den Schreibtisch trat und die störrische Schublade knarzend herauszog. Nervös schaute sie abwechselnd in die Schublade und zur Tür. Die Schritte auf dem Flur draußen mehrten sich. Die Unruhe auf dem Korridor wuchs. Sie musste sich beeilen und suchte noch tiefer in der unordentlichen Schublade.

Ihr Herz raste vor Aufregung. Es fühlte sich wie eine Ewigkeit an, bis sie das Formular zwischen den anderen Papieren fand. Eilig zerrte sie es heraus, verstaute es in der Seitentasche ihres Oberschwesternkleides und schob die störrische Schublade wieder zu.

Als das geschafft war, zögerte sie doch wieder, ob sie das Formular zurücklegen und den offiziellen Weg beschreiten sollte. Schließlich entschied sie sich dagegen. Wer wusste, wie lange sich die Aufklärung des Narkosefehlers sonst noch hinziehen würde. Da bemerkte sie zwei Tropfen Blut am kleinen Finger ihrer rechten Hand. Sie musste sich am Papier in der Schublade geschnitten haben. Wenigstens das Formular war sauber. Sie wischte sich das Blut mit einem Taschentuch ab, dann verließ sie hastig das Büro und lief die Wendeltreppe zu ihrem Dienstzimmer hinauf.

Im Dachgeschoss stockte sie. Ihr Blick blieb an der Klapptreppe hinauf zum Dachboden hängen. Dort stand der Laborant neben Schwester Ingrid, die für den Nachtdienst eingeteilt war. Beide schauten nach oben.

Emma trat näher. »Was ist hier los?«.

Die beiden zuckten mit den Schultern.

»Es ist meine Schuld, verdammte Scheiße!«, hörte sie Doktor Olivera von oben fluchen. Sich derart vulgär auszudrücken war eigentlich nicht seine Art.

»Bitte lassen Sie mich hinauf!«, sagte Emma und drängelte sich im nächsten Moment schon die Klapptreppe hinauf.

Auf dem Dachboden tanzte der Staub im Abendlicht. Auf dem Boden lagen noch die Seile, die sie bei den Reparaturarbeiten zur Sicherung verwendet hatten. Doktor Olivera und Herr Steininger standen vor einem eimergroßen

Loch im Dach, durch das Emma den Abendhimmel sehen konnte.

»Oh nein!«, rief sie entsetzt. Ging jetzt alles wieder von vorne los? Ihr war zum Weinen zumute.

Der Verwalter wirkte ähnlich fassungslos. Er starrte durch das Loch in den Himmel, als würde er die Sterne zählen.

»Mir waren auf dem Weg vom Isolierhaus schief sitzende Dachziegel aufgefallen«, erklärte Doktor Olivera, »da hielt ich es für besser, hier oben mal nachzusehen.«

»Das war richtig«, pflichtete Herr Steininger ihm mit besorgtem Gesichtsausdruck bei. Langsam löste sich seine Erstarrung.

»Ich befürchte, dass die neuen Dachlatten nicht gehalten haben«, sagte Ramon.

Emma nahm ihm die Taschenlampe aus der Hand und leuchtete ans Dach. Zwei der Latten waren vollständig durchgebrochen, sodass sie wie Finger in den Raum zeigten. Eine dritte war gegen einen der Pfeiler, der das Bauwerk stützte, geschlagen. Dieser wiederum wirkte so porös, als wäre er immer mal dem Regenwasser ausgesetzt gewesen. Putz bröselte. Erst letzte Nacht hatte es stark geregnet. Die Ziegel hielten nicht mehr sicher zusammen.

Doktor Olivera drehte sich von ihnen weg, während er sagte: »Ich habe meine Fähigkeiten als Sohn eines Dachdeckers wohl überschätzt. Die Hälfte der neuen Latten hat dem Druck nicht standgehalten. Wir hätten dickeres Holz nehmen müssen. Obwohl mein Vater meinte, diese dort«, er zeigte auf die erneuerten Latten, »seien aus statischer Sicht ausreichend.« Er raufte sich die Haare und riss sich wutentbrannt sein Stethoskop vom Hals.

»Beruhigen Sie sich! Selbstvorwürfe bringen uns nicht weiter. Lassen Sie uns gemeinsam nachdenken, was zu tun ist«, ermahnte Emma ihn, straffte sich und trat weg von dem Loch. Wieder war Wasser ins Dachgeschoss eingedrungen. Die Bretter auf dem Boden fühlten sich weich an. In den letzten Tagen und Nächten hatte es immer mal wieder geregnet. »Wir müssen besonnen, aber unverzüglich handeln, sonst stürzt das Dach womöglich ein!«, sagte sie den Männern.

»Sie haben recht, Frau Vogel«, stimmte der Verwalter zu. »Der Schaden könnte uns Tausende Mark kosten, die wir laut Plan nicht haben. Ich muss sehen, wo ich Geld für die Reparatur herbekomme. Vielleicht ... wenn ich ...« Nachdenklich rieb er sich das Kinn.

»Wir brauchen eine schnellere Lösung. Neue Latten müssen eingebaut und die Löcher verschlossen werden.« Emma leuchtete die Problemstellen nacheinander ab. Zwar war sie keine Handwerksmeisterin, aber die Reparatur des Daches hatte ihr einen Einblick in das Fach vermittelt. Und da die Herren zu lange überlegten, übernahm sie das Zepter.

»Doktor Olivera?« Schwester Ingrids Kopf mit der Schwesternhaube erschien in der Luke der Treppe. »Uns wurde telefonisch ein chirurgischer Notfall avisiert. Gelenkschnitt mit abgetrenntem Daumen. Vermutlich ist eine Notoperation erforderlich. Sie müssen sofort kommen!«

Doktor Olivera reagierte eine Weile nicht, sondern stand erschüttert vor seinem missglückten Handwerk.

Emma trat zu ihm. »Bitte kümmern Sie sich jetzt um den Notfall!« Mit Nachdruck schob sie ihn zur Luke, wobei sie ihm mit der Taschenlampe den Weg leuchtete. »Herr Steininger und ich, wir nehmen uns der Sicherung des Daches an«, sagte sie und war selbst überrascht, wie kraftvoll und optimistisch sie klang. Wenn der Klinikbetrieb morgen weitergehen und Fahnen hängen sollten, würden sie die Nacht durcharbeiten müssen. Wo aber bekamen sie abends neue Latten und einen fähigen Dachdecker her?

Sie wandte sich an Herrn Steininger. »Bitte informieren Sie den Professor und bitten ihn, wegen der Latten herumzutelefonieren. Außerdem wäre es gut, wenn er so schnell wie möglich in die Klinik kommt.«

Während sie die Klapptreppe hinabstieg, überschlugen sich ihre Gedanken so wild, dass sie meinte, nicht mehr klar denken zu können. In ihrem Kopf war ein Wirrwarr aus tausend Fäden, die sich verheddert hatten und in einem großen Knoten endeten.

Auf der Krankensaaletage rannte sie beinahe in die aufgelöste Greta Stehfest, die Doktor Fiedler vergebens zu beruhigen versuchte. »Alles wird gut werden. Doktor Olivera ist der beste Kinderchirurg in Berlin!«, versicherte ihr der Leiter der Isolierstation.

Rolf! Emma spürte, wie ihre Kehle eng wurde. Von Lissi wusste sie, dass Frau Stehfest ihren Sohn wieder nach Hause geholt hatte, aber eine Therapie wollte der Junge nach wie vor nicht in Angriff nehmen. Wie hatte Schwester Ingrid den Notfall angekündigt: ein abgetrennter Daumen? Hatte Rolf seinen Körper endlich wieder spüren wollen?

Der ganze Hass gegen die Poliokrankheit drohte erneut in Emma aufzusteigen, dabei hatte sie gedacht, seit der Korrektur von Lissis Diagnose endgültig damit abgeschlossen zu haben. Sie spürte wieder Ohnmacht und Wut, aber sie ermahnte sich im letzten Moment, jetzt bloß nicht den Kopf zu verlieren. Sie wollte Frau Stehfest ermutigend zunicken, aber bekam nur eine Grimasse hin.

Kurz entschlossen lief sie zum Operationssaal, auch wenn sie dort als Pflegeleiterin nichts zu suchen hatte. Sie wollte Rolf vor dem Eingriff noch einmal Mut machen. Wie sie Frau Stehfest einschätzte, hatte die das vermutlich versäumt.

Im Waschraum vor dem Operationssaal waren Doktor Olivera und Frau Doktor Feigenspann dabei, sich einzuwaschen. Sie schwiegen einvernehmlich. Mit dem gefälschten Anästhesieformular in der Tasche fragte Emma sich, ob es eine gute Idee war, die stellvertretende Ärztliche Direktorin noch in die Nähe von kranken Kindern zu lassen. Außerdem war sie die Frau, die ihrer Tochter den Mann ausgespannt hatte, wie Lissi ihr endlich im Gespräch über die Kündigung offenbart hatte. Aber das sagte natürlich nichts über Frau Doktor Feigenspanns Fähigkeit aus, eine gute Notoperation durchzuführen.

»Frau Vogel, was tun Sie hier?«, fragte Doktor Olivera. Er trug bereits Haube und Mundschutz und schien sich von seinem Schock im Dachboden wieder gefangen zu haben.

»Ich wollte Rolf noch einmal Mut machen«, erklärte Emma. Für die Begleitung des Noteingriffs stand Helene, eine der beiden Nachtschwestern, bereit. Eigentlich sollte sie um diese Uhrzeit nach dem jungen Patienten in der Eisernen Lunge schauen.

»Es tut mir leid. Wir starten gleich«, mischte sich Frau Doktor Feigenspann ein, die in diesem Moment ihren sterilen Kittel angezogen bekam. »Bitte keine Aufregung mehr. Die Patientin ist unruhig genug.«

Hatte die HNO-Ärztin gerade von einer *Patientin* gesprochen? Von nebenan war das Stöhnen eines Kindes zu hören, das zwischen Bewusstlosigkeit und Schmerz hin-

und hergeworfen wurde. Emma ertrug es kaum, wusste aber, dass es die Hygiene im Waschraum verbot, in ihrer unsterilen Kleidung näher an das Fenster zum Operationssaal zu treten.

»Was ist passiert?«, wollte Emma wissen, während nun auch Doktor Olivera seinen Operationskittel angezogen bekam.

»Rita ist beim Tischdecken mit einem Porzellanteller hingefallen, der in messerscharfe Teile zersprungen ist«, erklärte der hinter seinem Mundschutz. »Dabei hat sie sich den Daumen am zweiten Gelenk durchgeschnitten. Eine Infektion und die drohende Instabilität der Hand müssen verhindert und der Daumen muss wieder zusammengenäht werden.«

Es handelte sich um Rita? »Ein zweites krankes Kind«, flüsterte Emma und dachte sofort mitfühlend an Frau Stehfest. Wenn nun auch noch die Tochter der ehemals berühmten Geigerin dauerhaft beeinträchtigt blieb …

Wie benommen verließ Emma den Waschraum und ging zum Beatmungszimmer rüber. Bevor sie der zweiten Nachtschwester wegen der neuen Aufgabenverteilung Bescheid gab, überprüfte sie den Patienten in der Eisernen Lunge lieber schnell selbst.

Vor dem Beatmungszimmer tat sie selbst zwei tiefe Atemzüge, um wieder Mut zu fassen. Rita war ein so lebenslustiges Mädchen, das ihren Bruder, sooft es ging, am Krankenbett besucht, ihm sogar ein Ständchen zur Genesung gespielt hatte. Und nun drohte es, seinen Daumen zu verlieren? Ohne ihn würde Rita ihre Geige nicht mehr halten, geschweige denn darauf spielen können.

Emma maß den Puls des Patienten an der Schläfenarterie, wofür sie wegen ihrer Aufregung drei Anläufe benötigte. Jede Lernschwester bekam das besser hin. Danach umschritt sie die Eiserne Lunge, um durch die gläsernen Sichtfenster die korrekte Lagerung des Patienten zu überprüfen. Holger Hunger schlief. In einer Stunde musste er gewendet werden, auch um entzündliche Druckstellen zu vermeiden. Dafür würde sie der zweiten Nachtschwester Bescheid geben, denn sie selbst musste sich um das Dach kümmern. Jede weitere Minute, die es offen blieb, verschlimmerte den Schaden. Es war nur eine Frage der Zeit, bis sich mehr und mehr Ziegel lösen und das Loch vergrößern würden.

Mit zitternder Hand trug Emma die Daten der Pulsmessung in das Beatmungsprotokoll von Holger Hunger ein und unterschrieb es. Für jeden Arzt und jede Schwester wäre anhand ihrer krakeligen Schrift später ersichtlich, in welchem Zustand sie sich im Moment der Dokumentation befunden haben musste.

Beim Gang über den Korridor sah sie noch aus dem Augenwinkel, wie Frau Stehfest auf eine Trage gelegt wurde. Auch das noch! Ihr musste vor Aufregung schwindelig geworden sein. Emma rannte aus der Klinik. Sie brauchte frische Luft, bevor sie wieder klar denken und sich um die Dachreparatur kümmern konnte.

Es war dunkel draußen. Die Arme vor dem Körper verschränkt, machte sie ein paar Schritte an den verblühten Rosenbüschen vorbei. Neben der Freiluftkrippe steckte sich Doktor Zappel seine Pfeife an. Emmas Blick blieb am alten Kuhstall hängen. Sie holte die Taschenlampe aus ihrem Oberschwesternkleid und lief hinüber in den Stall.

Ihr Lichtkegel fiel auf die hölzernen Krippen. Darin hatten früher die Kühe gestanden, die für die Kinderklinik

Säuglingsmilch und andere Milchprodukte produziert hatten. Emma leuchtete kurz zu jener Tür, die von dem großen Raum linker Hand abging. Deren Beschriftung MELKERSTUBE war kaum noch zu lesen. Dort hatten Melker wie Theodors Vater gearbeitet. Sie fragte sich, ob sie sich in den sechsunddreißig Jahren, in denen sie nun schon an der Kinderklinik wirkte, jemals so schwach gefühlt hatte. Wenn überhaupt, war die Zeit heute vergleichbar mit ihrem ersten Jahr als Lernschwester. Damals hatten Marlene und sie sich auch heftig gestritten. Ein Stich durchzuckte ihr Herz.

Die Stimme von Doris holte sie aus ihren Gedanken. »Emma, wie kann ick dir helfen?« Schwer atmend betrat die Köchin den Kuhstall. »Hab jerade det Problem mit dem Dach jehört und dich uffjerecht hier rüberloofen sehen. Musste nur schnell noch die Pflaumen entkernen. Spezialufftrag vom Chef. Pflaumen in Speckmantel will er für morjen, wenn die Fahnen hängen.«

Emma erklärte ihren Plan, das Holz der Kuhkrippen als Ersatz für die Dachlatten zu verwenden. Es war doppelt so dick.

Doris holte eine Rohrzange aus der Küche, die sie, wie sie sagte, stets bereitliegen hatte, um den Abfluss der Spüle zu reinigen. Gekonnt zog sie im Schein der Taschenlampe die Nägel aus den Brettern der vordersten Krippe. »Dat Beste is, wir bringen die Dinger gleich ruff, wo se jebraucht werden.«

Emma war dankbar, dass die Köchin das Ruder übernahm. Sie selbst musste noch der zweiten Nachtschwester wegen der Wendung des Lungenpatienten Bescheid geben. Als sie gemeinsam mit Doris drei Dachlatten schulterte, hatte sie jedes Zeitgefühl verloren.

Beim ersten Schritt ins Haupthaus wurde es plötzlich dunkel um sie herum.

»Kann jemand det Licht wieder anmachen?«, rief Doris den Korridor hinab.

Der Pförtner kam schlürfend heran. Emma erkannte ihn trotz der Dunkelheit an seinem gemächlichen Schritt.

»Nu mach schon! Det Ding uff meener Schulter wird immer schwerer«, rief Doris.

Emma rann Schweiß die Stirn hinab, und die Knie drohten ihr einzuknicken. »Ich muss mal ablegen«, sagte sie unter Stöhnen, und Doris tat es ihr gleich.

»Keine Panik auf der Titanic!«, blökte der Pförtner zurück und legte seinen Finger auf den Schalter. »Hier: an, aus, an, aus. Aber nichts passiert!«

Emma lief in den Speiseraum der Schwestern und versuchte dort, das Licht anzuschalten, aber nichts tat sich. Es blieb dunkel. Und im Laboratorium? Ebenfalls Fehlanzeige. Auch auf dem Korridor der Krankensaaletage war es stockduster, dabei hatten sie in allen Stationszimmern nach Ende des Krieges ein schwaches Nachtlicht installiert, um der Angst der Kinder vor der Dunkelheit beizukommen. Durch die häufigen Verdunklungen, die bei Luftangriffen von feindlichen Flugzeugen die Orientierung erschwert hatten, waren einige der kleinen Patienten traumatisiert.

Emma schaute ins Turmzimmer. Die Station von Frau Doktor Feigenspann war voll belegt. Auch hier brannte kein Licht. Zum Glück schliefen die Kinder, das konnte sie im Schein des Mondes erkennen. Zur Sicherheit schaute sie auch noch in die anderen Zimmer. Am vordersten Bett auf der Augenstation stand Doktor Sibelius und versorgte Frau Stehfest, für die das Kinderbett zwar etwas zu klein war, aber doch besser als ein Lager auf dem Boden. »Haben Sie keine Angst. Das Nachtlicht ist gleich wieder da«, sagte Sibelius.

»Doktor, kann ich Sie kurz sprechen?«, fragte Emma. Sie brauchte Rat, um das Problem mit dem Licht zu lösen. Außerdem konnte der Mann beim Dach helfen.

Greta Stehfest richtete sich auf. Emma konnte ihre Umrisse sehen. »Was ist mit meinem Mausilein? Haben Sie etwas aus dem Operationssaal gehört?«

»Noch nicht, aber der Eingriff wird sicher gut verlaufen«, versuchte Emma, sie von der Tür aus zu beruhigen. Es kam zwar nicht oft vor, dass Doktor Olivera Finger wieder annähen musste, aber er war ein erfahrener Chirurg.

»Nichts Neues aus dem Operationssaal«, echote Frau Stehfest enttäuscht.

Der Operationssaal? Emma erbleichte. Das helle Licht der Lampen dort war für die Ärzte genauso wichtig wie ihre Instrumente. Ohne hellstes Licht war keine Operation möglich. Sie kannte sich nicht aus mit Elektrizität, aber dass es in großen Bauten meist verschiedene Stromkreise gab, um bei Unterbrechungen nicht komplett ohne Strom zu sein und um die elektrische Last zu teilen, wusste sie. Hoffentlich traf das auf die Kinderklinik zu. Sollte der Stromkreis des Operationssaals vom Ausfall betroffen sein, musste Ritas Eingriff abgebrochen und in einem anderen Krankenhaus fortgeführt werden. Diese Verzögerung könnte sie den Daumen kosten.

Mit einem Stoßgebet auf den Lippen verließ Emma die Augenstation, Doktor Sibelius folgte ihr. Sie ging zu einem der Fenster und schaute auf die Straße und die Häuser, die an das Klinikgelände in Richtung Norden angrenzten. Sie schienen vom Stromausfall nicht betroffen zu sein. Auch weiter in der Ferne sah sie hier und da elektrisches Licht Räume erhellen.

Der Verwalter kam angelaufen und leuchtete mit einer Taschenlampe vor sich her. »Das ganze Haus hat keinen Strom!«

»Sprechen Sie doch leiser!«, forderte Doktor Sibelius. »Frau Stehfest könnte sonst einen Nervenzusammenbruch erleiden!«

»Es tut mir leid um die Dame«, sagte der Verwalter, »aber hier geht es um viel mehr. Die Kinderklinik steht vor einem Armageddon, wenn der Strom nicht umgehend zurückkommt. Wir betreiben alles mit Strom, das Röntgengerät, die Eiserne Lunge im Beatmungszimmer, die Beleuchtung in allen Räumen, die Säuglingswärmer und die Sterilisatoren. Auch das Wasser wird mit Strom erhitzt.«

Die kleine Alwine Schulze, die am Vortag wegen ihres Schielens operiert worden war, kam weinend in den Flur. »Ich will zu meiner Mama! Es ist so dunkel hier.«

Emma lief dem Mädchen entgegen und nahm es auf den Arm. »Du brauchst keine Angst zu haben. Das Licht ist gleich wieder da.« Sie drückte die Kleine eng an sich, dann sagte sie zu Herrn Steininger: »Wir sind wohl die Einzigen, die in Weißensee vom Stromausfall betroffen sind. Sogar die Straßenlaternen vor dem Haus leuchten unbeeindruckt weiter.«

Doktor Zappel und Doris kamen herangeeilt. »Wo ist der Stromkasten?«, fragte der Stationsarzt der Allgemeinen. Er hielt noch seine rauchende Pfeife in der Hand.

»Oben im Dach loofen alle Stromkabel zusammen«, wusste Doris. »Dort müssen wir kieken, wat dit Problem is.«

»Also hängt der Stromausfall mit dem Dachschaden zusammen?«, stellte Bert Steininger perplex fest.

Doktor Sibelius nickte. Die anderen ebenso.

»Nässe und Strom vertrajen sich nich jut«, erklärte Doris, die in der Mitte der Menschentraube stand.

»Wer kennt sich mit Elektrizität aus?«, fragte Emma und schaute alle Anwesenden nacheinander an. Niemand sagte etwas.

Die zweite Nachtschwester nahm Emma die kleine Patientin von der Augenstation aus dem Arm, aber schon im nächsten Moment kamen Kinder aus den anderen Zimmern, und die Unruhe nahm weiter zu.

»*Ick* kann mal im Dach nachkieken«, bot Doris schließlich an. »Otto ist Elektromeister, von dem weeß ick so einijes.« Sie machte sich auf den Weg.

Frau Doktor Feigenspann kam angelaufen. An ihrem Kittel klebte Blut, und ihre Operationshaube saß schief. »Wo bleibt der Strom?«

Kurz wagte niemand eine Antwort.

»Wir haben einen kompletten Ausfall«, gestand schließlich Doktor Zappel, »aber wir arbeiten dran.«

»Wie geht es Rita?«, wollte Emma wissen.

»Sie ist noch narkotisiert. Solange wir Licht hatten, um die Operation unter der Lupe durchzuführen, lief alles wie geplant. Nun allerdings …« Sie schaute besorgt zum Operationssaal. »Wir brauchen Strom, auch, um im weiteren Verlauf das Röntgengerät benutzen zu können!«

Doris kam angelaufen. »Det sieht janz so aus, als ob it mehrere Kurzschlüsse jejeben hat. Die Sicherungen sind durchjebrannt«, rief sie über den Korridor. »Dit kann jut von der Feuchtichkeit kommen.«

»Konnten Sie das Problem beheben?«, fragte Frau Doktor Feigenspann sichtlich nervös.

»'nen Kurzschluss mal eben reparieren?« Doris hob abwehrend die Hände. »Det braucht erstens 'nen Fachmann und zweitens neue Sicherungen!«

»Kannst du deinen Otto nicht herbringen?«, fragte Emma.

»Det is nich ›meen‹ Otto«, stellte Doris klar. Nebenbei legte sie dem zitternden Udo von der Allgemeinen ihre Strickjacke um die Schultern. »Aber ja, ick kann versuchen, den Otto ranzukriejen! Der wohnt in der Falkenberjer Straße, gleich ums Eck hier. Ick brauch fünf Minuten hin und fünf zurück! Sie sollten sich so lange um den Anschluss des Notstromjerätes kümmern! Nur für den Fall!« Doris übergab Udo der Hand von Doktor Zappel, dann lief sie los.

»Ein Notstromjerät?«, fragte der junge Trommler ungläubig. »Was ist das? Und müssen wir jetzt alle sterben?«

»Niemand stirbt hier!«, versicherte Doktor Zappel und brachte den Jungen zurück in sein Zimmer.

»Das Notstromgerät ist im Keller.« Frau Doktor Feigenspann lief als Erste los.

Emma folgte der HNO-Ärztin, während das Anästhesieformular beim Laufen in ihrer Tasche raschelte. Sie fühlte sich unwohl, so allein mit der Frau im dunklen Keller, stellte zum Wohl von Rita und allen anderen Patienten ihr Unbehagen jedoch hintenan. Die Aufklärung von Lissis Narkosefehler hatte zu warten. Jetzt musste der Strom erst einmal wieder her!

Das hässliche Gerät stand in der Ecke gegenüber vom Archiv mit den Patientenakten. Es sah aus wie der übergroße Motor eines Automobils. Die Kennzeichnung am Kraftstofftank, die Emma mit der Taschenlampe anleuchtete, verriet ihr, dass es von der Wehrmacht stammte. Vermutlich war es vom Krieg übrig geblieben und zu leistungsschwach, als dass die Russen es nach der Befreiung der Stadt hätten gebrauchen können. Der Geruch nach altem Kraftstoff, der von dem Gerät ausging, war so aufdringlich, dass sie das Gesicht verzog.

»Wir müssen es nah an den Operationssaal bekommen«, sagte Frau Doktor Feigenspann und betrachtete das Gerät genauer. »Fünf Steckdosen gibt es, für fünf Stromabnehmer.«

»Brauchen wir heute Nacht mehr als fünf elektrische Geräte im Einsatz?«, fragte Emma.

Zusammen kamen sie auf den Röntgenapparat, die Eiserne Lunge und die Beleuchtung im Operationssaal.

Die elektrischen Säuglingswärmer!, durchfuhr es Emma. Die waren nun auch ohne Strom. Und die frühgeborenen Zwillinge, die sie vor einer Woche aufgenommen hatten, konnten ihre Körpertemperatur noch nicht selbstständig halten.

Im nächsten Moment kamen Herr Steininger und Doktor Zappel angelaufen. Der Verwalter zog seine Anzugjacke aus, krempelte sich die Ärmel hoch und steckte sich die Krawattenspitze zwischen die Knopfleiste seines Hemdes. »Gemeinsam bekommen wir das Gerät hoffentlich hochgetragen.« Die Männer packten an. Frau Doktor Feigenspann zögerte ebenfalls nicht und griff zu. Ihre Kraft war beängstigend.

»Ich kümmere mich um weitere Unterstützung!«, kündigte Emma an, nachdem sie nur langsam den Blick von der stellvertretenden Klinikchefin hatte nehmen können. Sie stürzte aus dem Keller die Treppe hinauf. Die unruhigen Kinder, die Neugeborenen, die Wärme brauchten, die unterbrochene Operation und der Patient in der Eisernen Lunge, dazu noch das kaputte Dach – das schafften die wenigen Leute, die anwesend waren, niemals ohne Hilfe.

Stationsschwester Grete traf kurz nach Emma auf der Krankensaaletage ein. Sie erklärte, dass die Nachtschwester die Stellung im Isolierhaus halten würde. Aus dem Fenster konnte Emma sehen, dass sie Kerzen als Lichtquelle bei den infektiösen Kindern angezündet hatten. Sie schickte Grete zu den neugeborenen Zwillingen, die ohne die beheizten Säuglingsbetten eine Körpertemperatur von 36,5 Grad nicht unterschreiten durften. Kältestress konnte bei frühgeborenen Kindern zu Atemnot und neurologischen Schäden führen.

Emma lief zum Stationstelefon gegenüber der Wand mit den Herzen. Wenn sie Glück hatte, musste Kurt ebenfalls Überstunden machen, und sie erreichte ihn noch im Verlag. Aber das Telefon hatte natürlich auch keinen Strom! Bevor Emma einen Verzweiflungsschrei ausstoßen konnte, fiel ihr das Fernsprechhäuschen ein, das wenige Meter neben der Kinderklinik stand.

Sie rannte in ihr Dienstzimmer, kramte die drei Münzen zusammen, die ihr Portemonnaie hergab, und lief zu dem Fernsprechhäuschen, das wie alle dieser Art zur Vermeidung von langen Warteschlangen mit dem Hinweis *Fassen Sie sich kurz!* über dem Telefonapparat versehen war.

Emma brauchte eine Weile, bis sie die erste Münze mit ihrer unruhigen Hand in den Münzschlitz bekam. Während die Vermittlung sie verband, hoffte sie, dass inzwischen ein Arzt bei dem Patienten in der Eisernen Lunge war und die

Notbeatmung mit der Sauerstoffbombe versuchte. Ohne Beatmung war der Junge dem Tode geweiht.

Als Kurts Stimme im Hörer erklang, erklärte Emma ihm verzweifelt die Situation an der Kinderklinik und berichtete kurz auch von Ritas Unfall mit dem Teller, der eine Notoperation notwendig gemacht hatte. Dann rief sie, ohne Luft zu holen: »Bitte organisiere weitere Unterstützung! Hier wird jede Hand gebraucht, hier bricht das Chaos aus!« Oder war es das nicht bereits? Sie führte aus, wobei sie Unterstützung benötigte, wofür sie die zweite Münze nachlegen musste. Zwei Sekunden lang blieb ihr Blick an *Fassen Sie sich kurz!* hängen, was sie mitnichten tat. Hinter ihr stand inzwischen ein Mann mit Münzen in der Hand.

»Bitte versuche, auch Lissi in die Klinik zu bringen«, sprach Emma weiter. »Sie ist vielleicht die Einzige, die Frau Stehfest beruhigen kann.« Doktor Sibelius gab sich zwar Mühe, aber er schien wenig erfolgreich zu sein. Außerdem wurde er an anderer Stelle dringender gebraucht.

»Womit arbeitet euer Notstromgerät?«, fragte Kurt vom anderen Ende der Leitung.

Emma verstand ihn kaum, weil in diesem Moment ein Auto laut knatternd vor dem Fernsprechhäuschen vorbeifuhr. Sie schaute zur dunklen Klinik. »Das weiß ich nicht.«

»Bitte schau nach. Sofort!«, verlangte Kurt.

Emma verstand zwar nicht, warum das so wichtig war, wollte ihm den Gefallen jedoch tun. »Ich rufe dich in fünf Minuten zurück. Halte dich bereit.« Nach diesen Worten hängte sie auf, entschuldigte sich kurz bei dem Wartenden für das lange Telefonat und lief in die Klinik zurück.

Im Keller fand sie niemanden mehr vor, aber es war nicht schwer, der Spur des Notstromgeräts in die Krankensaaletage vor den Operationssaal zu folgen. Es hatte dunkle Schlieren auf dem Boden hinterlassen.

Als Emma bei dem Gerät eintraf, stöhnten die Kollegen vor Anstrengung auf dem letzten Meter des Transports. Dann setzten sie ab. Doktor Zappel begann, das Kabel, das aus dem Beatmungszimmer kam, in die Steckdose des Notstromgeräts zu stecken. Es war das erste Mal, dass sie den alten gestandenen Arzt nervös erlebte. Aus dem Beatmungszimmer erklang Doktor Fiedlers Stimme, der anscheinend dabei war, die Sauerstoffbombe als stromlose Zwischenlösung für den Lungenpatienten einzusetzen. Herr Steininger hatte die Hand an der Starterkurbel des Generators.

»Womit wird das Gerät betrieben?«, fragte Emma dazwischen. Sie musste Kurt so schnell wie möglich Rückmeldung geben.

Frau Doktor Feigenspann goss den Inhalt eines Kanisters in den Tank. »Mit Diesel«, sagte sie, ganz darauf konzentriert, keinen Tropfen zu verschütten. Der Gestank des Kraftstoffs passte für Emma gar nicht in ein sauberes Krankenhaus und erst recht nicht vor einen Operationssaal.

»Wie viel haben wir davon?«, fragte sie bang. Jetzt verstand sie Kurts Sorge. Jeder wusste, dass es im sowjetischen Sektor keinen Diesel gab und sogar Benzin oft knapp war.

Doris kam mit einem rundlichen Mann Mitte dreißig angelaufen. Er trug einen breiten, zotteligen Schnauzbart und hatte einen Werkzeugkoffer bei sich. Er stellte sich als Elektromeister Otto Bigalke vor.

»Wie können wir herausfinden, wie lange der Diesel reicht?«, fragte Emma ihn und zeigte auf das Gerät.

Otto Bigalke betrachtete das Notstromgerät genauer.

»Dat is ja ’nen janz altes Ding, von anno dazumal. Wenn dat mal nich –«

»Neee, wird it nich!«, unterbrach Doris ihn. »Wat is nun mit Emmas Fraje?«

Otto wischte den Staub von einer der Anzeigen und rechnete. »Der Zeijer hier zeicht an, dat der Kraftstofftank zu eenem Viertel jefüllt is. Ick schätze«, er schaute auf das Kabel aus dem Operationssaal, »det sind maximal drei Stunden. Eure Eiserne Lunge, is die gerade belecht?«

Emma nickte betroffen. Sobald Strom da war, würde der Patient von der Beatmung mittels Sauerstoffbombe wieder auf die Eiserne Lunge umgestellt werden.

»Dann vielleicht zwee Stunden«, korrigierte Otto.

»Genügt das für Ritas Operation?«, fragte sie an Frau Doktor Feigenspann gewandt. Nur kurz schaute sie sie an.

»Die zwei Stunden reichen nur dann, wenn es keine Komplikationen gibt. Wir müssen die Sehnen in Kleinstarbeit wieder annähen und die Gefäßversorgung rekonstruieren, damit die Funktion ihres Daumens nicht verloren geht. Und die fixierenden Hautnähte sind auch nicht in fünf Minuten gemacht.« Nach diesen Worten lief die stellvertretende Ärztliche Direktorin in die Umkleide.

Emma hätte beinahe vergessen, Kurt zurückzurufen, weil verloren wirkende Kinder um sie herumliefen und sie sich ihrer annehmen wollte. Einen Moment mussten die Kleinen dennoch warten. Sie eilte zum Fernsprechhäuschen zurück.

Dieses Mal war es besetzt. In der kleinen Zelle stand ein Mann lässig an die Wand gelehnt. Verzweifelt wies Emma auf das Hinweisschild mit der Erinnerung: *Fassen Sie sich kurz!*

Aber der Mann war wenig beeindruckt und warf Münze um Münze nach. Nach zehn Minuten verlor Emma die Fassung. Sie öffnete die Tür des Fernsprechhäuschens und zog den Mann mit den Worten heraus: »Es ist ein Notfall. Es geht um das Wohl vieler Kinder.«

Der Mann wollte sich erst aufregen, aber als Emma »Bitte, verstehen Sie doch« sagte und ihn flehentlich anschaute, trat er freiwillig beiseite. Vielleicht hatte er auch einfach Mitleid mit ihr, so fertig, wie sie wirkte.

Emma warf ihre letzte Münze ein. Kurz darauf hatte sie Kurt wieder an der Leitung. »Kannst du versuchen, irgendwo Diesel aufzutreiben? Wir brauchen ihn in spätestens zwei Stunden!«

»Mitten in der Nacht? Das ist unmög-«, antwortete Kurt, aber unterbrach sich. Einen Atemzug später sagte er: »Lass mich überlegen …«

»Ich liebe dich, Kurt Vogel!« Emma sagte es, weil ihr Herz so schnell schlug, dass sie befürchtete, sie könnte es in diesen Minuten überfordern. Dann legte sie auf.

***

28

6. Oktober 1949, 19:55 Uhr

Marlene hatte ihrer Tochter die Wohnung überlassen. Katharina durfte das Radio laut aufdrehen und sich Freunde einladen. Sie selbst wollte den Abend nutzen, um im Klinikbüro die neueste Ausgabe des *Ärzteblatts* zu lesen. Gerade hatte sie ihren Kittel vom Stationsdienst ausgezogen und war auf dem Weg dorthin, als das Telefon klingelte.

Sie hatte zwar keinen Bereitschaftsdienst, weil weit und breit aber niemand zu sehen war, nahm sie das Gespräch an. »Städtisches Kinderkrankenhaus Charlottenburg, Doktor Marlene von Weilert?«, meldete sie sich.

»Hier ist Kurt«, erklang die Stimme ihres Schwagers im Hörer. »Verzeih die späte Störung.«

Marlene war versucht, sofort aufzulegen. Sie rang mit sich, während Kurt wiederholte: »Es ist ein Notfall an der Kinderklinik. Du musst kommen!«

Marlenes Hände begannen zu schwitzen. »An der Kinderklinik gibt es genug fähige Ärzte. Mich braucht dort niemand«, antwortete sie sogleich und war überrascht, wie bitter sie dabei klang. Vielleicht hatte sie ihr abruptes berufliches Ende in Weißensee, ohne Dank oder Nachfragen nach mehr als fünfunddreißig Jahren Aufopferung, doch nicht überwunden. Vielleicht hatte dieses Gefühl unter der vielen Aufregung in den vergangenen Monaten begraben gelegen.

»Die Klinik ist gerade ohne Strom, wegen Problemen mit der Elektrik. Dabei ist eine Notoperation mitten im Gang, die Eiserne Lunge wird benötigt und ...«

»Ach, du meine Güte«, stammelte Marlene. »Hol Ärzte bei euch in der Nähe aus den Betten. Das geht deutlich schneller!«

»Wir brauchen dich nicht als Ärztin, sondern als Mensch,« sagte Kurt.

»Aber du weißt doch, dass das Betreten des sowjetischen Sektors für mich nicht ungefährlich ist.« Zwar hatte sie sich unlängst durchgerungen, Abschriften der Bankunterlagen, die ihre Unschuld bewiesen, an die Polizei in der sowjetischen Besatzungszone zu schicken. Es war das erste Mal, dass sie den Ordner, über dem Maximilian gestorben war, nach seinem Tod in die Hände genommen hatte. Weil die Antwort der Polizei noch ausstand, war sie nach wie vor eine gesuchte Person, die verhaftet und eingesperrt werden konnte. Aber vermutlich würde man sie, die abgemagerte Alte mit der Drahtbrille und dem ergrauten Haar, nicht für die schicke Frau Doktor von Weilert halten. Das hatte ihr letzter Besuch in Weißensee gezeigt. Anders läge der Fall, würden Ausweise kontrolliert werden. Sie musste vorsichtig bleiben.

Kurt bettelte förmlich: »Kannst du bitte trotzdem herkommen und weitere Helfer mitbringen? Wir brauchen dich hier.«

So verzweifelt hatte Marlene ihren Schwager lange nicht erlebt. Nach allem, was er seiner politischen Ansichten wegen bereits durchgemacht hatte, war sie der Meinung gewesen, dass ihn nichts mehr aus der Ruhe bringen konnte. Der Stromausfall in der Kinderklinik bewies das Gegenteil.

»Die kleinen Patienten drohen durchzudrehen vor Angst«, beschrieb er die Lage vor Ort. »Emma sagt, es sei das Chaos ausgebrochen.«

Das war schrecklich und klang nach einem Vorfall, den es noch nie an der Kinderklinik gegeben hatte. Marlene hatte dort mehrere Epidemien durchgestanden, die Schließung verhindert und zwei Kriege überlebt – aber ein Stromausfall, der den Betrieb lahmlegte? Sie wüsste selbst kaum, wie in einem solchen Fall zu handeln war. Vermutlich hätte sie das Elektrizitätswerk angerufen, von dem die Klinik Strom bezog, und Hilfe erbeten. Aber abends um acht war im Werk sicher niemand mehr zu erreichen.

»Wird Emma auch da sein?«, fragte Marlene mit pochendem Herzen. Sie hatte versucht, ihre dickköpfige Schwester aus ihren Gedanken zu verbannen, ihre Gefühle ihr gegenüber abzustellen, aber sie fand den Schalter dafür nicht. Sie war immer noch aufgeregt, wenn sie an ihre Schwester dachte. Aufgeregt, wütend und fassungslos. Sie brauchte noch mehr Zeit, um Emma ruhig gegenüberzutreten. Die Wunde war noch zu frisch und blutete stark.

»Natürlich ist Emma da!«, antwortete Kurt heftiger. Bei den nächsten Worten wurde er aber wieder leiser. »Aber sie ist heillos überfordert. Sie klang panisch am Telefon. Ich habe schreckliche Angst um sie. Theodor und ich, wir fahren gleich hin. Vorher versuche ich noch, Lissi ranzuholen und …«

»Besser, Emma und ich sehen uns nicht wieder!«, sagte Marlene kühl. Sie klemmte sich den Telefonhörer zwischen Kopf und Schulter, damit sie sich die feuchten Hände an einer Mullbinde abwischen konnte. Ihr Herz schlug unvermindert schnell.

»Wir brauchen dringend Diesel für das Notstromgerät!«, sprach Kurt weiter. »Kannst du den irgendwoher besorgen? In der BRD gibt es den doch. Hier bei uns ist kein Tropfen verfügbar.«

Hatte Kurt nicht hingehört? »Aber ich sagte doch –«

»Marlene, es geht hier nicht um Emma oder dich, sondern um die kleinen Patienten!«, insistierte Kurt. »Nicht Emma braucht dich, sondern die Kinderklinik.«

Marlene schaute auf.

»Danke«, sagte Kurt mit tiefer, ruhiger Stimme und legte auf.

Marlene schüttelte den Kopf. Das war keine Zusage gewesen! Und sowieso: Wo sollte sie um diese Uhrzeit Diesel herbekommen?

***

29

6. Oktober 1949, 20:45 Uhr

Als Lissi auf dem Klinikgelände eintraf, wirkte das Haupthaus wie ein Toter auf einer Bahre. Es war dunkel und leblos. Ihr früherer Arbeitsort hatte sich gewandelt. Das Haus der Hoffnung strahlte nun etwas Unheilvolles aus. Vereinzelt brannten Kerzen in den Fenstern.

Während sie noch zögerte, die Klinik zu betreten, waren ihr Vater und Bruder damit beschäftigt, Holz aus dem Kuhstall zu holen. War das Professor Nowikow, der eine Absperrung aus alter Bettwäsche um das Hauptgebäude errichtete? Wie es aussah, wollte er seine Genossen und die Besucher am nächsten Morgen vor herunterfallenden Dachziegeln schützen.

Lissis Blick sprang zum Dach hoch. In der Dunkelheit war das Loch durch das Licht der Taschenlampen aus dem Inneren gut zu erkennen. Sogar Emmas aufgeregte Stimme meinte sie von oben zu hören.

»Geh zu deiner Mutter rauf, sie koordiniert die Arbeiten«, rief Kurt ihr zu. Er war es auch gewesen, der an ihrer Tür geklingelt hatte, damit sie sich um Frau Stehfest kümmerte. Lissi hatte länger gezögert mitzukommen. Es brach ihr das Herz, ihren alten Arbeitsort als Fremde zu betreten.

Die Vorstellung, Ramon womöglich zu begegnen, und die Missstimmung zwischen ihr und ihrer Mutter belasteten sie schwer. Warum verstand Emma nicht, dass man Träume auch aufgeben durfte? Zur Not per Einschreiben.

Lissi öffnete die Tür des Hauptgebäudes und betrat das dunkle Innere. Sie erkannte die Stimme von Doris, die jemandem etwas zurief, und von weiter oben war das Tuckern und Schnaufen eines Motors zu hören. Sie fühlte sich wie kurz vor dem Weltuntergang.

Es war nicht einfach, die Wendeltreppe ohne Stolpern hochzukommen. Was, wenn sie jetzt in Ramon hineinlaufen würde? Kurz meinte sie, Moschus zu riechen. Auch, wenn die Welt morgen untergehen würde, sie wollte ihn nicht wiedersehen. Sollte er doch mit Frau Doktor Feigenspann glücklich werden!

Auf der Krankensaaletage empfing sie der grelle Lichtkegel einer Taschenlampe. Sie war geblendet und hob die Hand vors Gesicht. Aus dem Durcheinander von Stimmen hörte sie kindliches Gejammer heraus.

»Lissi, endlich!« Emma lief auf sie zu. »Du löst Grete bitte bei den Neugeborenen ab.«

Überrumpelt nickte Lissi. Während ihrer Arbeit an der Klinik hatte sie nur selten mit den Neugeborenen zu tun gehabt, weswegen sie jetzt unsicher war. Außerdem sprach ihre Mutter, als stünde nichts mehr zwischen ihnen.

Emma schob sie in den Raum mit den elektrischen Säuglingswärmern, der ganze Stolz des Ärztlichen Direktors. Auf dem Fensterbrett waren zwei Kerzenstümpfe fast heruntergebrannt. Mehr Licht gab es nicht. Auf einem Stuhl saß Stationsschwester Grete dick eingepackt in Decken, aber mit offenem Schwesternkleid. Lissi konnte ihre nackten Schultern sehen. Unter den Lagen von Decken und ihrer Wäsche hielt Grete zwei winzige Säuglinge auf der Brust. Enger Haut-zu-Haut-Kontakt übertrug die Körperwärme der Schwester auf die Kleinen. Lediglich die Köpfe der Winzlinge waren zu sehen. Sie trugen die Stationsmützen für Neugeborene, die ihnen immer noch zu groß waren.

»Es wird dringend Zeit, dass ich auf meiner Station nach dem Rechten sehe«, begrüßte Grete sie und sagte schon im nächsten Atemzug: »Machen Sie sich obenherum frei, aber reinigen Sie sich vorher am Waschbecken gründlich die Hände, Fräulein Doktor Vogel.«

Emma war längst verschwunden, als Lissi ihren Mantel ablegte, Bluse sowie Unterhemd auszog und sich ausgiebig wusch und desinfizierte. Erst ihre Hände und zur Sicherheit auch die Brüste und den Bauch.

»Die Kleinen dürfen keiner Zugluft ausgesetzt sein«, erklärte Grete leise. »Halten Sie sie so eng, wie es geht, bei Ihnen, ohne die beiden jedoch zu quetschen. Auf diese Art konnte ich ihre Körpertemperatur bei 36,6 und 36,7 Grad halten.«

Lissi bekam erst Hartmut und dann Heidrun vor die nackte Brust gelegt. Die beiden trugen lediglich Windeln und Mützchen. Um Lissi und die Säuglinge legte Grete zwei dicke Decken, als würde sie sie zusammenbinden, und erklärte noch, dass Lissi alle dreißig Minuten die Körpertemperatur der Frühgeborenen messen solle. Außerdem versprach die Stationsschwester, in einer Stunde die Säuglingsmilch zum Füttern vorbeizubringen.

»Die Kleinen sind jetzt ganz auf Sie angewiesen, Fräulein Doktor Vogel«, sagte Grete, nachdem sie ihr Schwesternkleid wieder zugeknöpft und die Schürze darüber gebunden hatte.

Lissi hatte so etwas noch nie gemacht. Und wenn ausgerechnet jetzt das Post-Polio-Syndrom ausbrach und sie wie bei ihrem Zusammenbruch unter der Linde wie gelähmt wäre?

»Sie schaffen das«, machte Grete ihr Mut.

»Ich will es versuchen«, flüsterte Lissi ins Halbdunkel des Zimmers und kuschelte sich mit den Frühgeborenen in die dicken Decken. Sie spürte den raschen Herzschlag der Würmchen.

Als Grete die Tür öffnete, hörte Lissi Ramons durchdringende Stimme vom anderen Ende des Flurs: »Es gibt Komplikationen, wir brauchen eine weitere Schwester im Operationssaal!«

Lissi fröstelte bei diesen Worten. Kurt hatte ihr nur kurz von dem Unfall mit dem Teller erzählt. Im Studium hatte sie einer ähnlichen Operation beigewohnt. Sie war misslungen.

Im Weiteren saß Lissi angespannt da, krampfhaft darum bemüht, dass ihr die Decken nicht von den Schultern rutschten. Sie versuchte, die Farbe der Haut der Kleinen genauer zu betrachten, aber bei so wenig Licht erkannte sie kaum, ob die sich bläulich verfärbte – ein deutlicher Hinweis auf Hypothermie. Frühgeborene zitterten nicht, wenn sie abkühlten. Lissi schaute beinahe jede Minute auf die Uhr über der Tür. Sie war so aufgeregt, dass sie bezweifelte, an ihrer Haut zu spüren, ob die Kleinen abkühlten.

Als sie die erste halbe Stunde geschafft hatte, maß sie die Körpertemperatur der Neugeborenen, was nicht unkompliziert war. Sie war bemüht, die beiden so wenig wie möglich zu bewegen und von der Wärme, die ihr Oberkörper ausstrahlte, zu entfernen. Außerdem wirkten die beiden unendlich zerbrechlich, als wären ihre Knochen aus Glas. Lissi bekam lediglich eine Achselmessung hin. Das Fieberthermometer zeigte 36,4 Grad an. Das war zu wenig!

Aufgeregt suchte sie mit dem Blick das Zimmer im Halbdunkel nach Decken ab. Irgendetwas machte sie falsch. Und wie sollte sie sich mit den Neugeborenen im Arm die weitere Decke umlegen? Sie brauchte Hilfe.

Doktor Zappel brüllte über den Flur: »Der Diesel ist alle!«

Lissi konnte es sogar bei geschlossener Tür hören. Sofort dachte sie an Ritas Notoperation, aber sie durfte auf keinen Fall panisch werden. Wenn ihr Herz zu schnell schlug, wurden die Säuglinge an ihrer Brust nervöser, schrien und verbrauchten unnötig Energie, unnötig Wärme.

Lissi lehnte sich im Stuhl zurück und schloss die Augen. Ruhig bleiben! Ruhig bleiben! Das ist alles, was du jetzt tun musst.

Plötzlich stand ein kleines Mädchen mit einseitigem Augenverband vor ihr und schaute sie mit verweintem Gesicht an. Ein kalter Luftzug strömte mit ihm in den Raum. »Bitte schließe die Tür«, bat Lissi.

Das Mädchen bewegte sich kaum. »Kann ich mich hier verstecken?«, fragte es und zitterte am ganzen Leib.

Als Lissi nickte, schloss es die Tür und kroch danach unter den Stuhl, auf dem Lissi mit den Neugeborenen saß. Ihr fiel nichts Besseres ein, als zur Beruhigung des Mädchens jenes Lied zu singen, das Emma ihr als kleines Kind vorgesungen hatte. Und die kannte es wiederum von ihrer Mutter, Elisabeth Lindow.

»Guten Abend, gute Nacht«, sang sie mit zarter Stimme, »mit Rosen bedacht, mit Näglein besteckt, schlupf unter die Deck.« Darüber beruhigte sich das Mädchen unter ihrem Stuhl und hielt sich nicht mehr so krampfhaft an Lissis Beinen fest. Es dauerte nicht lange, bis die Atemgeräusche so regelmäßig klangen, als wäre die kleine Augenpatientin eingeschlafen.

Das Lied hatte auch Lissis Herz beruhigt, sodass sie kurz wegnickte, sie kam aber vom Geräusch der sich öffnenden Tür wieder zu sich. Als Erstes prüfte sie, ob die Säuglinge noch gut eingepackt an ihrer Brust lagen. Dem war so. Dann griff sie nach dem Fläschchen mit der Säuglingsmilch, das ihr in der Dunkelheit entgegengehalten wurde.

Überrascht schaute Lissi auf, als sie die Überbringerin erkannte: »Katharina?«

»Tante Emma hat mich zu deiner Unterstützung mit der Milch hergeschickt«, sagte Katharina.

***

30

6. Oktober 1949, 21:30 Uhr

»Det is janz großer Mist!« Elektromeister Otto Bigalke hielt Emma auf seiner verhornten Handinnenfläche vier kleine Gegenstände hin, die für sie aussahen wie winzige Porzellanflaschen.

»Se kieken hier uff vier Sicherungen, die durchjeschmolzen sind. Zwee waren es bereits, als ich den Sicherungskasten inspiziert habe, und zwee weitere, die ich neu einjesetzt habe, haben ihren Dienst in dem Moment uffjejeben, in dem ick den Lichtschalter uffm Dachboden anjemacht habe. Ick hab daraufhin den Sicherungskasten komplett ausjetauscht, wegen der Feuchtigkeit, aber der Strom will eenfach nich fließen. Dat Problem sind dann leider wohl die Stromkabel. Wegen Schadstellen sind die Kabel nich mehr leitungsfähich!« Er schaute zu einem Kabel, das ein Stück unter der Decke an der Wand entlang verlief. »Kabelbruch, Korrosion oder Kabelbrand sind keene Seltenheit bei so alten Leitungen wie Ihren. Wie det aussieht, wurde die Elektrik seit dem Bau von dit Krankenhaus nie erneuert. Wann, sachten Se, war det?«

»Bis 1911 wurde gebaut, dann war feierliche Eröffnung«, sagte Emma kleinlaut.

Otto Bigalke nickte und wies erneut zu dem Verlauf der Kabel an der Wand neben ihnen. »Vor vierzich Jahren verwendete man jenau diese Art von Kabeln: eenzelne Kupferdrähte, die zur Isolierung mit Jummi ummantelt wurden, dann Überstromschutz mit Schmelzsicherungen und Oberputzverdrahtung.«

Emma hatte sich noch nie Gedanken um Elektrik gemacht, sie konnte nur betreten auf das Kabel an der Wand schauen. Sie verstand nichts von dem, was der Elektromeister sagte.

»Jummi wird ratzfatz porös, wenn's abwechselnd Feuchtigkeit und Trockenheit oder viel Sonne ausjesetzt is und wenn it uff der Oberfläche der Wände und Decken installiert is, also 'ne Oberputzverdrahtung. Mich wundert's, dat it hier nich schon früher zu Problemen mit den ollen Kabeln jekommen is. Die Probleme im jesamten Verlauf aller Kabel in diesem Jebäude müssen ausfindig jemacht werden. Dat kann dauern!« Otto übergab Emma die vier Sicherungen. »Und warum man den Sicherungskasten unterm Dach anjebracht hat, is mir och een Rätsel.« Er zuckte mit den Schultern.

»Wie lange kann das Überprüfen aller Kabel dauern?« Besorgt schaute Emma zum Beatmungszimmer. Dort kämpften ein Arzt und eine Schwester mit der Sauerstoffbombe um Holger Hunger. Viel zu lange stand das Notstromgerät nun schon still.

»Die kaputten Stellen zu finden wird Stunden dauern! Wir müssen alle Kabel abloofen und prüfen, wo keen Strom mehr durchkommt.« Er holte etwas aus seinem Werkzeugkoffer hervor, das Emma nie zuvor gesehen hatte. »Dabei brauchen wir so een batteriebetriebenes Spannungsprüfjerät. Zwee habe ick, mehr nich. Wollen Se die Klinik nich doch lieber evakuieren? Det jinge flotter.«

Emma überlegte angestrengt. Das wäre eigentlich eine Entscheidung, die der Ärztliche Direktor oder seine Stellvertreterin fällen müsste. Aber so schnell war Professor Nowikow im dunklen Durcheinander kaum zu finden. Sie wusste lediglich, dass er die Absperrarbeiten um das Hauptgebäude herum übernommen hatte. Frau Doktor Feigenspann war mitten in einer Notoperation.

Gegen die Evakuierung sprach, dass die Kinder zusätzlich verängstigt werden könnten, brächte man sie in einer Nacht-und-Nebel-Aktion in ein anderes Krankenhaus. Das könnte die Heilung ihrer Wunden enorm behindern oder alte kriegsbedingte Schrecken wieder zutage fördern. Außerdem würde Ritas Operation sich länger hinziehen, als wenn sie hierbliebe, vorausgesetzt, wenigstens der Notstrom war bald wieder da. Emma wusste, dass sie, als Entscheiderin, die Verantwortung trug, sollte etwas schiefgehen. Aber jede Minute, die sie zögerte, war eine zu viel.

»Wir evakuieren nicht!«, entschied sie. »Sie, Herr Bigalke, weisen die Helfer für die Überprüfung der Leitungen ein. Ich schaue derweil, wer dabei noch mithelfen kann ...« Emma versagte die Stimme. War das Franz bei der Wendeltreppe? Wie es aussah, hatte er zwei Kommilitonen mitgebracht.

Bevor sich der Elektromeister an die Arbeit machte, murmelte er: »Na, ob dit jut jeht ...«

Emma lief zu ihrem Neffen. »Kannst du helfen, die weinenden Kinder zu beruhigen? Und Sie«, sie schaute die beiden fremden jungen Männer an, »würden Sie bei der Ausbesserung des Daches mit anpacken?«

Alle drei nickten, woraufhin Emma ihnen den Weg wies. Franz hatte ein besonderes Händchen für verletzliche Kinderseelen. Sie war sehr froh, dass er da war. Sie schaute ihm nach, bis er auf der HNO am Ende des Korridors verschwand.

Da schälten sich die Umrisse von Marlene aus der Dunkelheit.

Emma meinte, ihr Herzschlag setzte aus. Ansonsten wäre sie in entgegengesetzter Richtung davongelaufen.

Marlene wurde von einem älteren Paar begleitet, das Emma nicht kannte. Alle drei trugen schwere Kanister in beiden Händen, wie ihre Haltung bewies.

»Frau Vogel, schön, Sie endlich kennenzulernen.« Die ältere Frau stellte zwei Kanister vor Emmas Füßen ab. »Ich bin Margitta Klauber.«

Emma hörte die Stimme nur aus der Ferne, weil sie Marlene wie eine Erscheinung anstarrte.

»Und dies ist mein Ehemann Doktor Götz Klauber«, sprach die Frau weiter. »Wir bringen fünfzig Liter Diesel und unsere Arbeitskraft.«

»Danke«, sagte Emma ergriffen, ohne ihren Blick von Marlene nehmen zu können.

Kurt kam angelaufen und legte Marlene dankend die Hand auf die Schulter, wie Emma aus dem Augenwinkel bemerkte. »Ich werde alles in meiner Macht Stehende tun, dass du heil zurück nach Charlottenburg kommst«, versprach er seiner Schwägerin. »Doktor Fiedler hat den Professor bereits darauf eingeschworen. Er wird deine Anwesenheit nicht melden«, versicherte Kurt ihr und begann, den Diesel in den Tank des Generators zu gießen. »Wir haben gleich wieder Strom!«

Emma überlegte kurz, ob Professor Nowikow tatsächlich gegen die Interessen der Partei handeln und Marlenes Anwesenheit geheim halten würde.

Doktor Klauber trat an das Notstromgerät und machte sich ans Kurbeln. »Diese Art von Generatoren ist sehr robust.«

Im nächsten Moment blinkte die Stromleuchte am Gerät auf. Sie zeigte an, dass die Abnehmer an den fünf Steckplätzen nun wieder mit Elektrizität versorgt wurden.

»Ich gebe Bescheid, dass der Notstrom wieder da ist«, sagte Emma zu Doktor Klauber, immer noch unfähig, sich von der Stelle zu bewegen, den Blick wieder bei Marlene.

»Ist Lissi auch hier?«, wollte die in kühlem Ton wissen.

Emma nickte. »Sie wärmt die Frühgeborenen.«

»Ich helfe ihr, oder wo sonst braucht die Kinderklinik meine Unterstützung?«, fragte Marlene.

Emmas Mund war trocken geworden. Sie nickte nur, wandte sich ab und flüchtete sich in das Beatmungszimmer.

»Wir haben wieder Notstrom«, verkündete sie dort. Doktor Fiedler und Schwester Karin nickten beiläufig. Sie waren konzentriert am Patienten, dem sie mittels Maske auf dem Gesicht und der Sauerstoffbombe das Atmen ermöglichten. Er lag noch in der Eisernen Lunge, die aufgeklappt war. Emma half, Holger Hunger zu wenden, bevor das Gerät geschlossen und wieder angeschaltet wurde.

Als Nächstes sagte sie vom Waschraum aus im Operationssaal bei Doktor Olivera und Frau Doktor Feigenspann Bescheid. Die beiden wirkten vertraut im Umgang miteinander: Sie standen am Operationstisch bei Rita, in ein leises Gespräch vertieft, und wechselten auf Emmas Nachricht hin erleichterte Blicke. Ihre Kittel waren mit roten Spritzern bedeckt, was Emma vermuten ließ, dass es sich bei den Komplikationen vorab um eine unerwartet starke Blutung gehandelt haben musste.

»Wie lange reicht der Diesel dieses Mal?«, fragte die HNO-Ärztin, während sie sich daranmachte, Rita wieder tiefer in Narkose zu versetzen. Das Mädchen stöhnte mit geschlossenen Augen leise auf, lag ansonsten aber reglos da.

»Für die Notoperation wird es genug sein«, erklärte Emma und rief sich in Erinnerung, dass sie für alles verantwortlich war, was in dieser Nacht geschah. Sie verbot sich weitere belastende Gedanken über Frau Doktor Feigenspann. Dafür war später Zeit.

Zurück auf dem Korridor der Krankensaaletage, war Marlene nicht mehr da. »Wo können wir noch helfen?«, fragten die Klaubers.

Ohne Marlenes Anwesenheit konnte Emma klarer denken. »Kommen Sie«, sagte sie und führte das Ehepaar über die Klapptreppe ins Dachgeschoss hinauf.

Im Dach gingen die Arbeiten gut voran, die kaputten Latten wurden ausgetauscht, und die Dachziegel konnten wieder eingesetzt werden. Herr Steininger koordinierte die Reparaturarbeiten und war gerade im Begriff – doppelt angegurtet –, selbst aufs Dach zu steigen.

Das sah äußerst gefährlich aus, aber niemand wusste wohl besser als Emma, dass es getan werden musste! Sie war Herrn Steininger sehr dankbar für seinen Mut, mit dem er der Kinderklinik eine Evakuierung ersparte. Bliebe das Dach offen, würden die Probleme mit der Feuchtigkeit niemals aufhören.

Professor Nowikow stand bereit, ihm die Ziegel zu

reichen. Theodor setzte die neuen Balken ein. Ihm halfen Franz' Kommilitonen.

Als Emma an den Sicherungskasten trat, gab die Taschenlampe, die sie von Doktor Olivera übernommen hatte, den Geist auf, und neue Batterien hatte sie keine mehr. Sie stellte die Klaubers kurz vor, dann übergab sie sie in die Obhut des Elektromeisters, der sie einweisen würde, wie die Kabel zu sichten waren.

Während Frau Klauber sich alles erklären ließ, verfolgte ihr Mann die Arbeiten am Dach aufmerksam. Er ging zu den alten Latten, dann befragte er Theodor zu den neuen Balken aus dem Kuhstall, aber länger wollte Emma hier oben keine Zeit vertun. Sie musste nach den Kindern schauen.

»Genossin Vogel!«, der Professor trat mit einem Ziegel in den Händen zu ihr. Sein Blick heftete sich an jene Stelle an ihrem Kragen, wo zuletzt noch das Parteiabzeichen gehangen hatte.

»Ich wollte mich noch bedanken, dass Sie für die Klinik aus Ihrem privaten Besitz so viele Dachziegel beschafft haben«, sagte er zu ihrer Verwunderung, ohne auf die leere Stelle am Kragen einzugehen. »Auch wenn dies gerade ein ungünstiger Moment dafür ist.«

Es klang, als wollte er noch einmal alles loswerden, was ihm auf der Seele lag, bevor die Welt unterging. Emma konnte sich nicht freuen. »Es war doch für die Klinik!« Sie fühlte sich ausgelaugt, völlig entkräftet.

»Gemeinsam, *vmestje*, als Kollektiv, schaffen wir das!« Der Professor deutete mit dem Ziegel in den Händen auf das kaputte Dach. »Erinnern Sie sich doch nur daran, was unserem Kollektiv in der Vergangenheit schon alles gelungen ist? Wir haben das Poliovirus in die Knie gezwungen.«

Emma nickte halbherzig und stieg die Klapptreppe hinab.

Als sie die Augenstation betrat, war Frau Stehfest dabei, die Betten aneinanderzuschieben. Ihre Frisur war zerstört, ihre Haut glänzte fettig von der Anstrengung.

Bei Emmas Anblick hielt sie inne und fragte: »Ist Ritas Operation beendet?«

Die Stationskinder, die beim Zusammenschieben der Betten geholfen hatten, schauten nun ebenfalls erwartungsvoll zu Emma.

»Die Operation ist noch nicht vorüber. Aber wir haben neuen Diesel bekommen, und der Eingriff kann fortgesetzt werden«, erklärte sie. Sie klang optimistischer, als sie es in ihrem tiefsten Inneren war.

Frau Stehfest wandte sich an die Kinder. »Nun legt euch zurück unter die Decken, und ich erzähle weiter, wie der Riese Combollo dem Zwerg Erwin das Geigespielen beibringt.« Sie selbst setzte sich in die Mitte der Betten.

Die kleinen Patienten nickten vorfreudig, saßen in Nullkommanichts um sie herum und schauten sie erwartungsvoll an.

Emma war überzeugt, dass bei den kranken Kindern etwas mit Frau Stehfest passiert war.

»Wie kann ein Riese überhaupt mit so großen Fingern Geige spielen?«, fragte Artur mit der dicken, rot gerahmten Brille. Der sehschwache Junge sollte morgen wegen seiner vererbten Linsentrübung operiert werden.

Frau Stehfest antwortete: »Er spielt nur mit den Spitzen seiner langen Fingernägel, die so dünn sind wie ein Menschenfinger.«

Nun musste Emma doch lächeln. Sie war angenehm

überrascht davon, dass Ritas Mutter eine so humorvolle Geschichtenerzählerin war. Leise zündete sie die Kerze im Fenster neu an.

»Wo ist Alwine?«, fragte sie, nachdem sie ihren Blick über die Kinder auf den Betten hatte schweifen lassen.

»Sie ist schon länger fort«, antwortete Friederich und kroch mit seiner Decke näher an Frau Stehfest heran.

Lissi betrat die Augenstation, deren Tür offen gestanden hatte, und sagte: »Alwine ist bei den Neugeborenen. Ihr geht es gut.« Sie war um einen neutralen Ton bemüht, fiel Emma auf.

»Aber warum bist du nicht mehr bei den Kleinen? Hat Schwester Grete wieder übernommen?«, fragte sie nach einem kurzen versunkenen Moment. Ihrer Tochter stand das Leid ins Gesicht geschrieben. Von Theodor wusste Emma, dass Lissi im nächsten Monat als Kassiererin bei der HO anfangen würde.

»Tante Lene und Katharina wärmen die Neugeborenen«, sagte Lissi.

Frau Stehfest schaute von den Kindern um sie herum auf.

Sie lächelte Lissi an. »Fräulein Doktor Vogel, würden Sie bei Gelegenheit zu Hause nach Rolf sehen? Ich bat zwar eine Nachbarin, ein Auge auf ihn zu haben, weil er wegen Ritas Unfall ebenfalls verängstigt war, aber es wäre mir doch lieber, Sie würden zu ihm gehen. Sie haben eine besondere Beziehung zu ihm. Ich wäre Ihnen unendlich dankbar.«

Lissi überlegte kurz, was Emma daran sah, dass sie ihre Stirn in Falten legte.

»Oder ist es zu anstrengend in Ihrem gesundheitlichen Zustand?«, fragte Frau Stehfest, wohl, weil Lissi zögerte.

Lissi schüttelte den Kopf. »Ich schaue nach ihm.« Sie richtete sich auf.

Emma war überrascht, dass die Geigerin ihre Tochter um diesen Gefallen bat, der ein gewisses Vertrauen und Wohlwollen voraussetzte.

Lissi ließ sich den Wohnungsschlüssel geben, dann verließ sie mit Emma die Augenstation.

»Wird die Osteosynthese von Ritas Finger gelingen?«, fragte Lissi.

»Die Bedingungen sind denkbar schwierig«, entgegnete Emma, »aber du bist die Ärztin, sag du es mir.«

»Ich *war* Ärztin!«, stellte Lissi klar und ging den Korridor hinab. »Und jetzt gehe ich nach Rolf schauen.«

Widerstrebend machte sich Emma auf zur Höhle des Löwen: die Neugeborenenstation, auf der sich Marlene befand. Vor der Tür mit dem Schild *Ruhe, bitte!* atmete sie tief ein und aus. Dann drückte sie die Klinke herunter und schaute vorsichtig ins Zimmer.

»Tante Emma, schön, dich zu sehen«, flüsterte Katharina, mit einem der Neugeborenen vor der nackten Brust. »Beide haben inzwischen wieder eine Körpertemperatur von 36,9 Grad.«

Emma schloss die Tür sogleich, damit die Frühgeborenen keinem Zug ausgesetzt wurden, aber bewegte sich keinen Zentimeter in den Raum hinein. Marlene saß in der Ecke des Zimmers und war kurz zusammengezuckt. Emma konnte nicht sagen, ob es an ihrem Auftauchen lag oder an der Befürchtung, dass Professor Nowikow sie doch an die Polizei verraten könnte.

»Das sind positive Neuigkeiten«, sagte Emma, auf Katharina konzentriert. »Das hast du gut gemacht!«

»Komm doch her.« Katharina winkte sie zu sich. »Du musst ihn dir ansehen. Hartmut ist so niedlich mit seinem kleinen Stupsnäschen!«

»Keine Zeit, tut mir leid«, entgegnete Emma, weil sie sich mit Marlene in einem Raum nicht wohlfühlte. »Ich wollte nur schnell fragen, ob Alwine, vier Jahre, Augenverband, bei dir ist?« Vor Jahren war in der Kinderklinik schon einmal ein ängstliches Kind abhandengekommen, das sie nach längerem Suchen schließlich in den Kellerräumen gefunden hatte. Daraufhin hatte die Berliner Presse die Kinderklinik verrissen, sodass sie beinahe hätten schließen müssen.

»Sie sitzt unter meinem Stuhl«, erklang Marlenes Stimme nach einem umständlichen Räuspern aus der Ecke des Raumes neben den Säuglingswärmern. Sie hatte Heidrun an ihrer Brust.

Emma nickte Katharina zu, als hätte die eben mit ihr gesprochen.

»Willst du sie nicht unter dem Stuhl hervorholen und zurück auf Station bringen?«, fragte Marlene.

Emma ging bei der Tür in die Hocke. »Alwine, ich bin es, Schwester Emma. Komm zu mir«, sprach sie mit sanfter Stimme.

Erst bei der dritten Wiederholung ließ die Kleine sich erweichen. Bevor Emma mit dem Mädchen das Stationszimmer verließ, sagte sie: »Danke, dass du gekommen bist, Kathi.«

Leise schloss sie die Tür hinter sich und ging mit Alwine an der Hand zur Augenstation zurück. Das war geschafft! Jetzt brauchte sie Marlene nie wiederzusehen. Auf der Augenstation übergab sie Alwine an den Geschichtenkreis von Frau Stehfest. Sie nahm sich endlich Zeit, auf den anderen

Stationen nach dem Rechten zu schauen. Auf der Hautstation kümmerten sich zwei Klinikschwestern um die Kinder, denen Emma beim Ruhighalten der Kinder half. Auf der Allgemeinen war Doktor Zappel bei seinen Patienten, unterstützt von Nachtschwester Ingrid. Emma half beim Bettwäsche-Wechsel, weil sich zwei Stationskinder übergeben hatten. Auf der Chirurgie machte sie sich daran, Puppen zu suchen, zwei ältere Kinder zu trösten und einer Patientin beim Einschlafen zu helfen.

Bis Emma auch im Turmzimmer der HNO-Station nach dem Rechten gesehen hatte, war es nach Mitternacht. Sie hatte noch keine ruhige Minute gehabt, seitdem das Chaos regierte, und spürte, wie Schweißtropfen ihren Rücken hinabliefen. Sie wollte eben den Füllstand des Dieseltanks am Notstromgerät ablesen, als Doris an ihr vorbeirannte.

»Wir brauchen mehr neue Kabel. Ick hol die letzten Vorräte aus Ottos Werkstatt. Hoffentlich reichen die aus.«

Wenn es jetzt wieder an der Knappheit von Material scheiterte, würde Emma laut schreien. Sie fasste sich ans Herz, das stach und brannte. Sie konnte nicht mehr tief atmen und hechelte wie ein Hündchen. Doris musste sie stützen, damit sie nicht zusammensackte.

»Du setzt dich nu hier hin!«, befahl die Köchin in strengem Ton. »Und atmest so lang durch, bis ick willer da bin.«

Emma wollte nicht herumsitzen. Hier wurde immer noch jede Hand gebraucht. Sie stand auf, aber wieder brannte ihr Herz, und die Brust wurde ihr eng.

Doris drückte sie an den Schultern auf den Stuhl zurück. Die Köchin konnte so ernst und mahnend schauen wie einst Fräulein Kalkwasser aus dem Weddinger Waisenhaus. Emma fühlte sich kaum stärker als ein Kind.

»Gut, ich bleibe sitzen«, sagte sie und lehnte den Kopf gegen die Wand hinter sich. Nachdenken durfte sie doch noch, oder? Sie überlegte, wo sie weitere Kerzen auftreiben konnte, als Doris Richtung Ausgang lief. Es dauerte nicht lange, bis sich ihre Gedanken wie Rauch im Wind auflösten. Ihre Lider fühlten sich bleischwer an und fielen ihr schließlich zu.

Sie wachte erst wieder auf, als die Tür des Waschraums vor dem Operationssaal aufging. Gemeinsam mit Frau Doktor Feigenspann schob Doktor Olivera Ritas Bett an ihr vorbei.

Emma kam vom Stuhl hoch. »Wie ist es gelaufen?«

»Das können wir erst beurteilen, wenn Rita aus der Narkose aufgewacht ist und ihren Daumen zu bewegen versucht«, erklärte Doktor Olivera. Seine Augenringe waren dunkelgrau. Neben Haube und Mundschutz trug er noch seinen Operationskittel.

»Ich sage Ritas Mutter Bescheid«, versicherte Emma. »Auf welche Station bringen Sie das Mädchen?«

»Auf die Allgemeine«, sagte Doktor Olivera und stoppte abrupt.

»Ramon, was ist los?«, fragte Frau Doktor Feigenspann.

»Ich helfe mit dem Bett, Frau Doktor«, entschied Emma, weil Doktor Olivera wie versteinert dastand und ans Ende des Korridors schaute. Lissi war aus der Wohnung der Stehfests zurück. Sie erstarrte ebenfalls, als sie Doktor Olivera sah.

Frau Feigenspann hielt einen Moment inne und beobachtete die Blicke der beiden, dann schob sie Rita mit Emma auf die Allgemeine, die zwar voll belegt war, aber am Fenster noch Platz für ein weiteres Bett bot. Doktor Klauber und die

Nachtschwester übernahmen, sodass Emma Frau Stehfest über das Ende der Operation informieren konnte. Zurück auf dem Korridor, waren weder Lissi noch Doktor Olivera zu sehen.

***

31

7. Oktober 1949, 0:35 Uhr

Lissi lief schneller und spürte das Blut durch ihre Adern rauschen. Sie war gerade von Rolf zurückgekommen, da war Ramon am Ende des Korridors erschienen.

»Nun warte doch!«, rief er wütend.

Anhand der sich nähernden Schritte wusste sie, dass er aufholte.

Gleich hatte sie das Tor des Klinikgeländes erreicht. Dort würde er hoffentlich von ihr ablassen und zurück auf Station gehen, wo immer noch jede Hand gebraucht wurde.

Kurz vor dem Tor wurde Lissi jäh gestoppt. Doris war wie aus dem Nichts aufgetaucht. Sie trug Elektrokabel über dem Arm, sah verschwitzt aus, und ihr Haar war strubbelig. »Vöjelchen, du kiekst ja jar nich, wo de hinläufst!« Doris schaute an Lissi vorbei und hatte die Situation wohl schnell erfasst. Sie senkte ihre Stimme. »Du kannst nich ewig vor ihm davonloofen.«

Das kann ich sehr wohl!, dachte Lissi. Warum lief er ihr überhaupt hinterher, wo er doch eine neue Freundin hatte, die aussichtsreichste Ärztin in ganz Weißensee?

»Was soll das bringen?«, fragte sie Doris.

»Ihr beeden solltet miteenander reden. Sonst wirste nie zur Ruhe kommen!«, sagte Doris mit Nachdruck.

»So ein Unsinn«, wiegelte Lissi ab. »Es ist doch alles geklärt!«

»Nichts ist geklärt!«, wandte Ramon schwer atmend ein, bei Lissi und Doris angekommen. »Du willst mich nicht mehr sehen seit deinem Zusammenbruch! Rede endlich mit mir!«

Lissi wollte davonlaufen, aber Doris stellte sich ihr in den Weg und drehte sie an den Schultern zu Ramon. Er sah völlig überarbeitet aus.

»Stunde und Ort sind sicher nicht die besten für eine Aussprache«, sagte er. Seine Stimme klang rau und unnachgiebig. »Aber ich habe noch einiges auf dem Herzen, das ich loswerden muss. Und dieses Mal lasse ich dich nicht so einfach gehen!« Er baute sich vor ihr auf und stemmte die Hände in die Hüften.

Sie nickte ihm widerstrebend zu, weil sie ihn selten so bestimmt erlebt hatte. Sie würde sich anhören, was er zu sagen hatte, und dann gleich zurück in die Klinik gehen.

Doris entfernte sich in diesem Moment.

»Ich verstehe nicht, warum du mich nach der Diagnose abgewiesen hast. Es hat mich verletzt, wie schnell du mich vergessen hast!«, sagte er und zog sich die Haube wie nach einer Operation mit Todesfolge vom Kopf: verzweifelt und kraftlos gleichzeitig.

Lissi verstand nicht. »Ich, dich schnell vergessen? Du fühlst dich verletzt von mir?« Das klang aberwitzig. Es war genau andersherum.

»*Ich* habe dich keine einzige Stunde vergessen«, sagte Ramon und pfefferte seine Operationshaube vor ihre Füße.

»Aber vielleicht ist das jetzt auch egal. Du hast ja den Steininger zum Trösten gefunden.«

»Bert?« Das klang mehr als abstrus. Bert war ein aufmerksamer Zuhörer und ihr in einigen Dingen ähnlich. Sie verband eine Freundschaft, die ihr durch die schweren Tage und Wochen nach der Diagnose des Post-Polio-Syndroms geholfen hatte. Aber ihr Herz hatte noch nie einen Satz gemacht, wenn sie ihm begegnet war. Ganz anders war das bei … Sie brach den Gedanken ab, denn er brachte sie nicht weiter.

»Bitte geh wieder zu deiner neuen Freundin«, sagte sie, obwohl die Worte sie schmerzten. Niemals hätte sie einen Mann so nah an sich heranlassen dürfen. Doris hatte recht gehabt!

»Neue Freundin? Wovon sprichst du?«, fragte Ramon und tat verwirrt.

»Ich spreche von der stellvertretenden Klinikleiterin, von wem sonst«, entgegnete Lissi. Sie erinnerte sich noch gut an seine Verabredung mit Franka Feigenspann am Weißen See und an Berts Worte über die beiden als verliebtes Paar. Sie meinte, wieder bittere Galle zu schmecken.

»Wie kommst du denn darauf?«, fragte er. »Ich schätze Franka Feigenspann als Kollegin und Mensch, mehr nicht«, erklärte er und trat einen Schritt näher an Lissi heran.

Ungläubig schüttelte sie den Kopf, aber dachte nur: Wenn ich jetzt meinen Arm ausstrecke, kann ich ihn berühren. »Das glaube ich dir nicht! Bei eurem Treffen neulich im *Milchhäuschen*, habt ihr euch da nicht gut amüsiert? Und außerdem schlendert ihr angeblich verliebt über die Klinikkorridore.« Und das, obwohl Frau Doktor Feigenspann ihr genau davon einst abgeraten hatte. Es würde nur Probleme im Kollegium bringen.

»Das ist totaler Unsinn! Ich schlendere mit niemandem verliebt über einen Klinikkorridor!«

Lissi war verunsichert. Hatte Bert die Situation derart missinterpretieren können? »Aber Bert meinte ...«

»Du sprichst, als wärst du eifersüchtig?«, entgegnete Ramon und schaute sie eindringlich an. »Das bedeutet, dass du mich noch liebst.«

»Nein!«, korrigierte sie ihn sofort. Die Wahrheit war jedoch, sie empfand noch viel für ihn, darunter auch Enttäuschung und Wut. Seinetwegen würde sie es nie wieder wagen, sich neu zu verlieben. Er hatte ihr die Liebe vergällt.

»Das Treffen im *Milchhäuschen*, das gab es tatsächlich, und es hatte einen besonderen Grund«, erklärte er. »Der Rest sind Märchen, Lissi. Ich schwöre es dir! Du hast mich gut kennengelernt und weißt, dass ich kein Lügner bin. Und glaubst du wirklich, ich würde mit Franka verliebt über den Flur laufen, wo es so viele sehen können, und es dann trotzdem abstreiten? Es gäbe doch viel zu viele Zeugen, die mich überführen könnten.«

Damit hatte er nicht unrecht. Hätten ihre Mutter oder eine Schwester ihn mit Franka Händchen haltend auf dem Flur gesehen, wäre es nicht abzustreiten gewesen, mehr noch: Tagesgespräch. Konnte es sein, dass er die Wahrheit sagte?

»Warum hast du dich dann mit ihr im *Milchhäuschen* getroffen?«, wollte Lissi nun doch wissen.

»Während des Dienstes sind Franka und ich nicht dazu gekommen zu reden. Deswegen haben wir das Gespräch ins

Café verlegt, um uns in Ruhe und ohne Unterbrechung auszutauschen.«

Franka!, hallte es in Lissi nach. Es klang schrecklich vertraut.

»Es ging um deine Stelle als Assistenzärztin«, sprach Ramon weiter. »Wir haben uns darüber beraten, wie wir es anstellen, dass sie noch bis zum Winteranfang für dich freigehalten wird. Aber wenn ich dich so reden höre, fange ich an zu bereuen, mich für dich eingesetzt zu haben.«

Lissi schluckte schwer. Die Nachbesetzung ihrer Stelle hinauszuzögern – das hatte er für sie getan, nach allem, was passiert war? Nach allem, was sie ihm angetan hatte? »Frau Doktor Feigenspann setzt sich für mich ein?«, murmelte sie verwirrt. Das ergab nur Sinn, wenn ihre frühere Mentorin nicht verliebt in Ramon war. Wer holte sich schon freiwillig die alte Konkurrenz ins Haus zurück?

»Franka kennt jemanden, der bei der zentralen Gesundheitsverwaltung dafür verantwortlich ist, wann und mit wem die Stellen in den Krankenhäusern der sowjetischen Besatzungszone besetzt werden«, erklärte Ramon weiter. Er wirkte völlig erschöpft.

»Aber wozu all die Mühe? Ich habe gekündigt und werde nicht wieder zurückkommen!«, entgegnete Lissi in einem Ton, der hoffentlich den letzten Zweifel ausräumte.

»Ich hatte gehofft, du würdest deine Meinung noch einmal ändern«, gestand Ramon, »denn die Lissi, in die ich mich verliebt habe, die hatte so viel Biss wie keine Frau sonst, die ich kenne. Diese Lissi erzählte mir einst, wie sie als Kind den Poliodämon besiegte. Und ich bin überzeugt, dass du diesen Mut nicht verloren hast.«

So sehr glaubte er an sie?

»Kinderärztin ist nicht nur dein Beruf, sondern deine Berufung!«, sagte er noch, dann wandte er sich zum Gehen.

»Meine Berufung«, sprach sie vor sich hin und ließ die Worte nachwirken. Nach den Anlaufschwierigkeiten bei den Frühgeborenen hatte es sich doch gut angefühlt, zurück an der Klinik zu sein. Sie hatte den Geruch von Bohnerwachs und Desinfektion eingeatmet wie ein angenehmes Parfüm, hatte sich gefreut, Kollegen wiederzusehen. Sie hatte keine Sekunde an die Rückkehr des Post-Polio-Syndroms gedacht.

Ramon drehte sich noch einmal zu ihr um. »Ich liebe dich, Elisabeth Vogel, und möchte dich zurück – egal, wie du dich beruflich entscheidest. Ich will dich an meiner Seite! Jeden Morgen beim Aufwachen, jeden Abend beim Einschlafen und am liebsten auch den ganzen Tag dazwischen!« Dann ging er davon, mit den Worten: »Aber zwingen kann ich dich nicht. Und außerdem möchte ich nie wieder so abgefertigt werden, wie du es mit mir getan hast.«

Lissi war verwirrt. Sie war überzeugt gewesen, er würde sie nur als Ärztin lieben. Und jetzt stellte sich obendrein heraus, dass er doch keine andere Frau hatte? Das war beinahe wie in den Heftromanen, mit denen sie sich zuletzt die Zeit vertrieben hatte. Lissi lief ihm hinterher und hielt ihn fest. »Warte!«

Er blieb nicht stehen, ging nur langsamer.

»Es tut mir leid, wie ich dich behandelt habe«, rief sie, erst da stoppte er. »Wirklich!« Ihr kitzelte ein Lächeln in den Mundwinkeln. »Bitte verzeih mir. Ich werde es nie wieder tun.« Sie trat um ihn herum, weil er sich ihr noch nicht wieder zugewandt hatte.

Ramon schaute ihr tief in die Augen, mit einem ernsten Blick, als wolle er sie von sich stoßen. Stattdessen aber zog er sie an sich heran und sagte: »Bitte, küss mich sofort, sonst falle ich tot um.« Er lächelte erleichtert.

»Nach dieser anstrengenden Nacht auch noch ein Toter?«, fragte sie gespielt geschockt. »Das kann ich nicht zulassen!« Sie streichelte seine Wange und fuhr ihm durch das verschwitzte Haar. Wie oft schon hatte sie seit ihrer Trennung davon geträumt.

Ihre Lippen kamen aufeinander. Lissis Beine fühlten sich beim Küssen wachsweich an, aber nicht deswegen hielt sie sich an ihm fest. Sie schloss die Augen, um den Kuss mit jeder Faser ihres Körpers zu genießen. Sie geriet in einen Strudel, aus dem es kein Entkommen gab. Sie wirbelte umher und meinte, von Blütenblättern und funkelnden Sternen umgeben zu sein.

Erst als Jubel aus den Fenstern der Klinik drang, ließen Lissi und Ramon voneinander ab. Sie öffnete die Augen und sah, dass das Licht wieder da war. Sämtliche Korridore und einige Zimmer des Hauptgebäudes waren hell erleuchtet. Otto und seine Helfer hatten es geschafft, die Probleme mit der Elektrizität zu beheben.

Erleichtert schmiegte sie sich an Ramon.

»Gerade ist der schönste Moment meines Lebens«, sagte er und küsste ihre Nasenspitze, als sie zu ihm aufschaute. Lissi schmiegte sich an ihn.

»Ich war eben bei Rolf Stehfest«, sagte sie nach einer Weile. »Er war sehr ängstlich. Ich würde gerne erneut nach ihm schauen.« Sie holte den Wohnungsschlüssel aus ihrer Tasche.

»Soll ich dich hinfahren?«, fragte Ramon. »Ich will dich nicht gleich wieder loslassen. Die Notoperation ist durchgestanden, und das Licht brennt wieder.«

Sie nickte. Gemeinsam fuhren sie zur Wohnung der Stehfests. Sie fanden Rolf ängstlich am Fenster vor. Lissi tröstete ihn und las ihm vor, bis er in ihren Armen einschlief. Es fühlte sich schön an, mit Ramon an ihrer Seite und einem Kind im Arm.

Gegen drei Uhr – sie waren lange bei Rolf geblieben, weil er immer wieder aufgewacht war – fuhren sie zur Kinderklinik zurück.

Nachdem Ramon das Auto geparkt hatte und sie ausgestiegen waren, hörte Lissi als Erstes die Stimme von Frau Doktor Feigenspann. »Ramon, ich brauche dich!« Weil es noch dunkel draußen war, sah sie sie nicht gleich.

Sie schaute von Ramon zu ihrer früheren Mentorin.

»Rita ist aufgewacht«, sagte Frau Doktor Feigenspann. »Es ist Zeit, die Funktion ihres Daumens zu überprüfen.«

»Möchtest du mitkommen?«, fragte Ramon Lissi. »Rita würde sich bestimmt freuen, dich zu sehen.«

Lissi nickte. Nur zu gerne wollte sie wissen, ob die Operation erfolgreich verlaufen war. Rita und Rolf waren ihr sehr ans Herz gewachsen. Sie spürte den Blick von Doktor Feigenspann auf sich, als sie Ramon ins Haupthaus folgte.

Auf der Allgemeinen standen Professor Nowikow und Frau Stehfest bereits an Ritas Bett. Lissi sah den Professor das erste Mal ohne seinen Arztkittel. Vermutlich hatte er noch nicht die Zeit gefunden, ihn anzulegen. Er trug ein kariertes Hemd und eine Hose, die wie eine Uniformhose an den Oberschenkeln weiter und zu den Knöcheln hin enger war.

Rita wirkte noch matt. Die Hand mit dem operierten, nun geschienten Daumen lag verbunden neben ihrem Körper. Lediglich die Daumenspitze oberhalb des ersten Gelenks schaute aus dem Verband hervor. Die anderen Stationskinder schliefen.

Lissi nickte Frau Stehfest beruhigend zu und formte dabei Rolfs Namen mit den Lippen. Sie sollte wissen, dass Lissi sich um ihren Sohn gekümmert hatte. Sie reichte ihr den Schlüssel für die Wohnung zurück.

»Danke«, sagte Frau Stehfest und schenkte Lissi ein warmes Lächeln.

»Rita«, sagte Ramon, »wie geht es dir?« Als dem leitenden Operateur stand es ihm zu, den operierten Daumen zu prüfen.

»Mein Kopf tut weh, und meine Arme fühlen sich schwer an«, antwortete das Mädchen mit rauer Stimme.

»Geben Sie ihr Tee zu trinken«, wies Professor Nowikow an.

»Ich hole welchen aus der Küche«, bot Lissi an.

Als sie mit einem Becher lauwarmem Kamillentee zurück war, lag Rita unverändert da. Unter den aufmerksamen Augen der Ärzte half Lissi dem Mädchen, ein paar Schlucke zu trinken.

»Jetzt möchte ich, dass du mit deinem linken Daumen nickst«, bat Ramon. »Mach es ganz vorsichtig, und bewege nur die Daumenspitze, sonst reißen die fixierenden Hautnähte womöglich noch auf.« Die Ärzte beobachteten Ritas linke Hand mit dem verbundenen Daumen genau.

Die Anstrengung war dem Mädchen anzusehen, aber es bekam den Daumen trotzdem nicht bewegt.

»Mausilein, gib dir Mühe!«, flehte Frau Stehfest. Ihr sonst perfekt geschminktes Gesicht hatte sie noch nicht wieder hergerichtet. Ihre Haut war fleckig, Reste von Mascara klebten unter ihren Augen, und ihre blonden Locken hatte sie zu einem schnellen Knoten gebunden.

»Ich verstehe das nicht«, sprach Ramon vor sich hin. »Wir haben doch alles richtig gemacht.« Verzweifelt schaute er Franka Feigenspann an.

Vielleicht eine Muskelverspannung, überlegte Lissi und gab sich kurz der Vorstellung hin, sie würde wieder als Ärztin arbeiten und die kleine Geigerin weiter betreuen.

»Schauen Sie mal, Fräulein Doktor Vogel!«, sagte Rita plötzlich an Lissi gewandt.

Lissi traute ihren Augen nicht, als das Mädchen doch noch mit der Spitze des linken Daumens nickte. Sie musste sehr genau hinschauen, weil die Bewegung nur gering war.

»Es kribbelt wie Brause, wenn ich mit dem Daumen nicke«, freute Rita sich, »aber diese Schiene stört.«

Erleichterung flutete Lissi. Es sah so aus, als könnte Rita in ein paar Wochen wieder Geige üben. Die Unbeweglichkeit konnte eine Nachwirkung der Anästhesie gewesen sein. »Die Schiene ist leider unverzichtbar«, sagte Lissi, »aber du kannst dir schon mal überlegen, mit welchen bunten Bildern du sie bekleben willst.«

»Sie hat ihn bewegt!«, rief Frau Stehfest freudig und fiel Ramon vor Erleichterung um den Hals. Als ihr bewusst wurde, was sie tat, löste sie sich sofort von ihm und bat um Entschuldigung. Sie strahlte ihre Tochter an. »Mausilein, wiederhol es bitte noch einmal, ja?«

Rita strahlte über das ganze Gesicht und nickte erneut mit dem Daumen. Es sah ganz danach aus, dass die Operation ein voller Erfolg war.

Professor Nowikow faltete die Hände dankbar wie zum

Gebet, obwohl er Atheist war. Ramon und Frau Doktor Feigenspann schüttelten sich anerkennend die Hände.

»Es wäre schön, wenn Ritas Bruder das sehen könnte«, dachte Lissi laut.

»Ruhen Sie sich etwas aus«, empfahl Ramon Ritas Mutter, »und kommen Sie mit neuen Kräften und Rolf wieder her.«

Frau Stehfest nickte, küsste ihr Mausilein noch einmal auf die Stirn und verließ das Krankenzimmer. Die Klinikärzte folgten ihr.

Lissi indes holte sich einen Stuhl herbei, setzte sich an Ritas Bett und streichelte ihr die Wange. Das Mädchen murmelte noch ein paarmal: »Ich kann mit dem Daumen nicken«, und schlief bald mit einem Lächeln ein.

*

Als es hell draußen wurde, betrat Professor Nowikow die Allgemeine. Lissi stand reflexartig stramm, obwohl ihre Bandscheiben protestierten. Aber sie ließ es sich nicht anmerken und biss die Zähne zusammen. Bis auf eine kurze Abwesenheit für ein Telefonat im Fernsprechhäuschen neben der Klinik hatte sie an Ritas Bett gewacht.

»Guten Morgen, Genossin Vogel!«, sagte Professor Nowikow.

Wenngleich sie den Befehlston des Ärztlichen Direktors nie gemocht hatte, hatte sie ihn ein bisschen vermisst. Die Stimme des Professors war für sie untrennbar mit der Arbeit an der Kinderklinik verbunden und stand zusammen mit ihrem Stethoskop, dem weißen Kittel, den von Ästen gestützten Dachrinnen und vielen anderen Eigentümlichkeiten für den Versuch, sich an einem besonderen Ort ihren Lebenstraum zu erfüllen.

»Ich hatte vorhin bei der Untersuchung von Ritas Daumen nicht die Möglichkeit, Sie persönlich an der Klinik zurück zu begrüßen«, sagte der Professor.

»Ich bin nur heute hier«, korrigierte Lissi, »ich wollte gerade gehen.« Sie stand vom Stuhl auf.

Der Professor rang offensichtlich mit sich, bevor er sagte: »Genossin Vogel, die Kinderklinik Weißensee braucht eine fähige Ärztin wie Sie!«

Lissi war sich nicht sicher, ob die Erlebnisse der zurückliegenden Stunden ihr Gehör geschädigt hatten. Hatte Professor Nowikow sie gerade als fähige Ärztin bezeichnet?

»Oder glauben Sie etwa, ich hätte einen Esel aufs Gelände gelassen, wenn ich Ihre Zukunft nicht an der Kinderklinik Weißensee sehen würde?«, sprach er weiter.

»Sie haben mir oft das Gefühl gegeben, als Ärztin nicht gut genug zu sein«, entgegnete Lissi nach einem Zögern.

Nowikow wies auf die Armbanduhr an seinem linken Handgelenk. »Wissen Sie, was das für ein Stein ist?«

Die Uhr war stark abgegriffen, das Ziffernblatt vergilbt. Im Ursprung der Zeiger saß jedoch ein kleiner funkelnder Stein.

»Ist das ein Diamant?« Lissi kannte sich mit Edelsteinen nicht aus. Sie selbst trug keinen Schmuck. Das teuerste Geschenk, das sie jemals erhalten hatte, waren Ramons Zugfahrkarten nach Pisa gewesen. Und die waren ihr viel lieber als Halsketten, Ohrringe oder Uhren gewesen.

»Ein Diamant?«, wiederholte Klaus beeindruckt, der im Bett neben Rita lag und an einer Magenentzündung litt.

Lissi ging zu ihm, deckte ihn zu und legte seinen Teddybären neben ihn.

»Sehr wohl, ein Diamant, *almaz!*«, konstatierte Nowikow, nachdem er den Ärmel seines Hemdes wieder über die Uhr geschoben hatte. »Und wie entstehen Diamanten?«, verlangte er von Lissi zu wissen.

Lissi fühlte sich wie bei einer Prüfung, auf die sie nicht vorbereitet war. »Tief unter der Erde bei hohen Temperaturen.«

»Und was ist noch notwendig?« Der Professor nickte ermutigend, als läge die Antwort klar auf der Hand.

»Diamanten entstehen unter …« Noch bevor Lissi den Satz zu Ende gesprochen hatte, verstand sie: unter Druck.

»Die Schule, durch die meine Schüler gehen«, erklärte der Professor, »ist so hart und kalt wie der russische Winter. Aber diejenigen, die durchkommen, sind fähige Ärzte!«

Sein strenges Wesen und seine kühle Art sollten sie anspornen und zugleich prüfen? Er hatte sich als Mentor verstanden und wollte sie zu einer guten Ärztin machen? Das würde erklären, warum er ihr nach dem Narkosefehler keine Abmahnung erteilt und sie erneut Operationen hatte leiten lassen.

»Und mein Bein?«, fragte sie leise zurück. Mehr als einmal hatte er bezweifelt, dass sie schnell genug bei einem Notfall sein konnte.

»Was ist mit Ihrem Bein?« Der Professor verschränkte die Arme vor der Brust. »Ich habe Sie lange genug beobachtet und bin zu dem Schluss gekommen, dass Sie schnell genug unterwegs sind. Obwohl ich zu Beginn tatsächlich meine Zweifel hatte.«

Lissi spürte, wie ein Lächeln ihr Gesicht überzog. Sie

hatte ihn also doch von ihren Fähigkeiten überzeugen können.

»Darf ich dieses Lächeln als Zusage werten?«, fragte der Professor und lächelte nun selbst.

Lissi hielt inne. Die Anerkennung ihrer harten Arbeit durch den Professor tat ihr gut, aber die Angst vor dem Post-Polio-Syndrom konnte er ihr nicht nehmen. Die blieb auch trotz der Aussöhnung mit Ramon bestehen. In ihrem Inneren kämpfte Unsicherheit gegen den erstarkenden Wunsch, wieder als Ärztin zu arbeiten. Dann kam ein Funke Ehrgeiz ins Spiel. Und ein zweiter, und ein dritter. Lissi nickte erst zögerlich, dann überzeugter. Hatte sie Doris nicht versprochen, dass sie nicht vor einem drohenden Gewitter davonlaufen würde? Mit Ramon an ihrer Seite konnte ihr das Post-Polio-Syndrom gestohlen bleiben! Und wenn es ihr sogar gelang, den steifen Nowikow zum Lächeln zu bringen … Sie würde lediglich ihre Muskelübungen ehrgeiziger absolvieren müssen, damit sie ihren Bandscheibenvorfall in den nächsten Wochen vollständig auskuriert bekam. Aber das schien ihr in diesem Moment keine schwere Sache mehr. Sie wollte gleich heute damit beginnen und die Anstellung als Kassiererin bei der HO absagen.

»Sehr gut!«, sagte der Professor. »Und nun kommen Sie mit nach draußen. Es gibt eine Stärkung für alle Helfer.«

Bevor Lissi dem Ärztlichen Direktor in den Klinikpark folgte, sagte sie noch der Stationsschwester Bescheid, damit die nach Rita schaute. Gerade war Schichtwechsel gewesen, und die Tagesschwestern staunten nicht schlecht über das riesige Notstromgerät vor dem Operationssaal. Inzwischen hatte sich herumgesprochen, dass sich bei zwei Kabeln im

Dachboden, wovon jedes aus einem anderen Stromkreislauf stammte, die isolierende Gummiummantelung gelöst und die blanken Kupferkabel sich deswegen berührt hatten, was Ursache für den Kurzschluss gewesen war.

*

Im Klinikpark standen die Stühle aus dem Speiseraum der Schwestern und die Bänke aus dem Warteraum der Aufnahme unter jener urwüchsigen Linde, unter der Lissi vor drei Monaten zusammengebrochen war. Die Luft an diesem Morgen war kühl, und es war windig, der hellblaue Himmel mit Wolken gespickt. Endlich war das ewige Grau verschwunden.

Seit Langem hatte Lissi wieder das Gefühl, frei atmen zu können. Sie fühlte sich beschwingt und nicht mehr müde. Den meisten Helfern schien es anders zu gehen. Sie saßen oder standen erschöpft unter der Linde. Lissis Eltern und Theodor, ihre Tante Marlene etwas abseits mit Katharina, Franz neben seinen Kommilitonen, die Klaubers und viele mehr. Stationsschwester Grete hatte die Augen geschlossen. Bert unterhielt sich leise mit Frau Doktor Feigenspann, aber schaute kurz zu Lissi. Vermutlich konnte er ihr ansehen, wofür sie sich im Gespräch mit dem Ärztlichen Direktor eben entschieden hatte. Wie hatte er die Beziehung zwischen Ramon und Frau Doktor Feigenspann nur derart missverstehen können?

Doris richtete am Tisch neben den Stühlen belegte Brötchen an. Elektromeister Otto Bigalke half ihr, Käsewürfel auf Spieße mit sauren Gurken zu drücken. Doktor Zappel zog ruhig an seiner Pfeife.

Ramon hatte nur Augen für sie. Lissi erwiderte sein Lächeln.

»Ich danke allen Genossen für die Hilfe«, verkündete der Ärztliche Direktor, immer noch ohne Arztkittel. »Und, Frau Vogel, was hätten wir nur ohne Sie gemacht?«

Emma lächelte müde.

Lissi hatte ihre Mutter noch nie so erschöpft gesehen. Sie trat neben sie und hakte sich von rechts bei ihr ein, damit sie nicht umfiel. Kurt trat an Emmas linke Seite und nahm sie bei der Hand.

»Es tut mir leid, wie dickköpfig und undankbar ich zuletzt war«, flüsterte Lissi ihrer Mutter zu, »bitte verzeih mir.«

Emma lächelte müde. »Na klar.«

In diesem Moment dachte Lissi, dass Ramon und Bert ihr – jeder auf seine Weise – die Angst vor der Zukunft genommen hatten, aber ihre Eltern ihr warmes, schützendes Nest waren, in das sie immer wieder zurückkehren konnte. Sie bewunderte Emma und Kurt für ihren Mut und ihre Einsatzbereitschaft, die sie jedes Jahr aufs Neue unter Beweis stellten. Sie waren nie bereit aufzugeben. Sie konnte noch einiges von ihnen lernen.

In seiner weiteren Rede zählte Professor Nowikow die Helfer einzeln auf und fand für jeden ein lobendes Wort. Er versprach schwarzen Tee für alle, wenn sie sich erst einmal ausgeschlafen hatten. Otto Bigalke legte der Klinikleitung ans Herz, die alten Stromleitungen zeitnah durch moderne mit Gummi umhüllte mehradrige Kabel ersetzen zu lassen.

Hungrig machten sich die Helfer über Doris' Brötchen her. Ramon trat an Lissis Seite und reichte ihr ein Lyonerbrötchen. Katharina, Franz und Marlene kamen hinzu.

»Schön, dich endlich wieder im Arm zu halten«, sagte Marlene und drückte Lissi fest an sich. »Ich bin so froh, dass du doch nicht am Post-Polio-Syndrom leidest. Katharina hat es mir auf dem Weg hierher erzählt. Trotzdem gilt, wie ich es auch in meinem Brief geschrieben habe: Wenn du Hilfe brauchst, bist du immer willkommen bei mir.«

Der Brief ihrer Tante lag bis heute ungeöffnet auf dem Küchentisch. Lissi löste sich aus der Umarmung und musste aufpassen, dass sie mit ihrem Lyonerbrötchen nicht den Mantel ihrer Tante beschmierte. »Ich möchte dir, wenn sich die Aufregung aus der letzten Nacht gelegt hat, noch eine Kleinigkeit erzählen«, sagte sie. Dass sie den Arztberuf hatte aufgeben wollen, nachdem Marlene so viel Zeit in sie investiert und große Hoffnung in sie gesetzt hatte, war genau genommen keine Kleinigkeit. Ihre Tante hatte ein Recht darauf, die ganze Wahrheit und damit alles zu erfahren, was sich in den vergangenen Wochen zugetragen hatte.

»Komm doch in den nächsten Tagen bei mir vorbei, und wir reden in Ruhe«, bot Marlene an.

»Bei einem Glas Cola?«, fragte Lissi mit einem Lächeln für Katharina. »Gerne.« Ihre Cousine hatte davon geschwärmt.

»Frau Doktor von Weilert, schön, Sie wiederzusehen«, sagte Ramon.

»Guten Morgen, Doktor Olivera«, sagte Marlene.

Dem Lächeln entnahm Lissi, dass ihre Tante wusste, wie gut Ramon ihr tat.

Doktor Fiedler kam zu ihnen. »Schön, Sie wiederzusehen, Kollegin«, sagte er zu Marlene. Die schien sich über das Wiedersehen ebenfalls zu freuen, denn ihr Gesicht erhellte sich abermals. Lissi wusste, dass ihre Tante mit dem

Infektionsspezialisten immer gerne zusammengearbeitet hatte.

Für Lissi war ihre Tante inzwischen nicht mehr die perfekte Frau, der sie uneingeschränkt nacheiferte. Auch Marlene war nicht unfehlbar. Lissi hatte sie sehr lieb, aber ihren Dickkopf, mit dem sie am Streit mit Emma festhielt, mochte sie nicht. Die Kraft hingegen, mit der ihre Tante ihren Schicksalsschlägen entgegentrat, bewunderte sie.

Lissi drückte Marlene nun doch noch einmal. »Bitte versöhnt euch wieder«, flüsterte sie ihr ins Ohr.

Marlene aber tat so, als hätte Lissi nichts gesagt, und nickte Doktor Sibelius von der Augenstation zu. Er schien sich erst nicht getraut zu haben, seine frühere Kollegin anzusprechen. Nun trat er zu ihr. Schwester Karin schaute neugierig zu ihnen rüber.

Während Katharina davon schwärmte, wie sie die Frühgeborenen die Nacht hindurch gewärmt hatte und dass sie nie etwas vergleichbar Berührendes erlebt hatte – Haut an Haut mit so winzigen Lebewesen –, fiel Lissi auf, wie Emma und Doktor Klauber sich zunickten und dann Professor Nowikow und Bert an den Rand des Parks führten.

Der unglückliche Blick ihrer Mutter machte Lissi nervös. Ob Emma etwa vorhatte, ihr berufliches Ende als Pflegeleiterin zu verkünden? Aber, was hatte Doktor Klauber damit zu tun? Oder lag es an der Anwesenheit ihrer Schwester, an Marlene, dass Emma so betrübt aussah?

»Entschuldigt mich«, sagte Lissi und ließ die Gruppe am Tisch stehen. Auf dem Weg zu Emma steckte sie sich den letzten Bissen ihres Brötchens in den Mund.

»Die Dicke der Dachlatten war vollkommen ausreichend für die Last, die sie zu tragen hatten«, hörte sie Doktor Klauber sagen. Er winkte einen Mann herbei, den Lissi nicht kannte. »Das ist Hubert Lehmann, Dachdeckermeister aus Wilmersdorf. Er hat sich das Dach vorhin angeschaut.«

»Aber warum sind die Latten dann gebrochen?«, fragte Bert Steininger. Sein Hemd war am Ärmel von der Arbeit am Dach eingerissen. Mit ihm hatte Lissi heute noch kein Wort gesprochen.

»Jemand hat das Dach mutwillig beschädigt«, erklärte Emma leichenblass.

»Das kann ich mir nicht vorstellen!«, sagte Bert, was Lissi mit einem Nicken bestätigte.

»Genossin Vogel, das ist ein schwerer Vorwurf«, gab der Professor zu bedenken. »Wie kommen Sie denn darauf?«

»Ich habe mir die Bruchstellen an den Latten genauer angeschaut«, erklärte Emma, »und feine Kerben gefunden, die von einer Säge herrühren.«

»Das ist doch absurd!«, sagte Professor Nowikow.

»Jemand hat die Latten angesägt und dann durchgebrochen, damit es so aussieht, als hätten die Dachziegel durch den Druck von oben das Holz bersten lassen«, sprach Emma dennoch weiter.

Für Lissi war es unvorstellbar, dass jemand das Leben kranker Kinder gefährdete. Im schlimmsten Fall hätten die gebrochenen Latten das Dach derart instabil gemacht, dass es nach einem heftigen Herbststurm eingestürzt wäre.

»Zum Einsatz gekommen ist diese Säge hier.« Götz Klauber holte eine Handbügelsäge, vielleicht zwanzig Zentimeter lang, aus seinem Arztkoffer heraus.

»Woher wissen Sie, dass genau diese Säge ...«, fragte der Ärztliche Direktor und deutete auf das Werkzeug in Doktor Klaubers Hand.

»An dieser Säge haften noch winzige Späne«, erklärte Emma. »Unser Laborant hat sie eben unter dem Mikroskop untersucht. Sie sind identisch mit dem Holz der Dachlatten.«

Der Professor hustete vor Erschütterung. Es dauerte einen Moment, bis er seine Stimme wiederfand. »Wem gehört die Säge?«

Lissi verfolgte, wie Emmas Blick über die Umstehenden schweifte. Vom Professor über Doktor Klauber zu Lissi. Bei Bert blieb er hängen.

Emma trat vor ihn. »Die Säge gehört Ihnen, nicht wahr?«

Der Verwalter schüttelte den Kopf. »Wie kommen Sie darauf?«

»Mama!«, protestierte Lissi. Das ging zu weit. Bert würde nie das Leben eines anderen Menschen aufs Spiel setzen, wo der Verlust seiner Frau so schmerzhaft für ihn gewesen war. Vielleicht war die vergangene Nacht zu viel für die Nerven ihrer Mutter gewesen, oder warum sonst sprach sie solche tollkühnen Verdächtigungen aus?

»Diese Säge habe ich aus *Ihrem* Schreibtischfach geholt«, verkündete Emma und fixierte den Verwalter streng.

Bert hob abwehrend die Hände.

Lissi schaute fragend zu ihrer Mutter.

»Ich habe mir neulich beim Griff in eine der Schubladen Ihres Schreibtisches in den Finger geschnitten«, fuhr Emma fort. »Zuerst habe ich es gar nicht richtig bemerkt und dachte, es wäre ein scharfkantiges Blatt Papier gewesen. Nachdem ich heute früh die Sägespuren an den Dachlatten gefunden habe, bin ich allerdings stutzig geworden und habe erneut in Ihre Schublade geschaut.«

Bert Steininger machte einen Schritt auf Emma zu, der sie zurückweichen ließ. »Während ich die Arbeiten auf dem Dach beendet habe, haben Sie sich in mein Büro geschlichen?« Seine Wangen wurden fleckig dunkelrot. Aus seinem verzerrten Gesichtsausdruck sprach Zorn.

So hatte Lissi ihn noch nie gesehen. Wenn sie jemanden kannte, der selbst bei größter Belastung freundlich blieb, dann war es Bert.

»Genosse Steininger, ich habe Ihnen vertraut«, sagte Professor Nowikow.

»Bert, wie kannst du so etwas nur tun?«, fragte Lissi entsetzt, während Emma Kurt, der schon am Fenster des Ärztebüros wartete, zurief, die Polizei zu alarmieren. Marlene und Katharina zogen sich daraufhin schnell in die Klinik zurück.

Durch Lissis laute Worte waren Ramon und Doktor Feigenspann auf sie aufmerksam geworden und traten zu der Gruppe. Lissi unterrichtete die beiden kurz, welcher Verdacht im Raum stand. Ramon war drauf und dran, dem Verwalter an die Gurgel zu springen. Der Professor konnte ihn gerade noch davon abhalten.

Berts Blick irrte umher, während er langsam rückwärtsging. Der Ausdruck in seinem Gesicht änderte sich von Zorn zu Bedauern.

Ramon wollte Lissi davon abhalten, aber sie folgte dem Verwalter. Er war allen hier eine Erklärung schuldig, ihr jedoch besonders! Jetzt verstand sie auch, dass er sie eiskalt belogen hatte, als er ihr beim Spaziergang davon erzählt hatte, dass Ramon und Frau Doktor Feigenspann ein Paar wären und wie verliebt sie über die Klinikkorridore schlendern würden. Seit der Versöhnung mit Ramon bis zu diesem

Moment hatte Lissi geglaubt, Bert könnte die Situationen zwischen den beiden nur fehlinterpretiert, sich Dinge – wegen Überarbeitung – eingebildet haben.

»Ich war eifersüchtig«, sagte er leise und in vertrautem Ton, als säßen sie bei einem Kaffee auf dem kleinen Balkon am Oberinzimmer und schauten zum Mond. »Du solltest Doktor Olivera endlich vergessen! Du solltest ihn nicht mehr bewundern! Deswegen habe ich die Dachbalken angesägt, die er eingebaut hatte.«

Er hatte das alles getan, damit Ramon Probleme bekam? Aus dem Augenwinkel sah Lissi, dass Emma besorgt in ihre Richtung schaute. Dann war seine Eifersucht auch der Grund, warum er ihr vorgelogen hatte, dass Ramon und Frau Doktor Feigenspann verliebt über die Korridore der Klinik schlendern würden.

»Ich liebe dich, Lissi!«, sagte Bert und griff nach ihrer Hand, aber sie zog sie zurück, bevor es zu einer Berührung kam. »Als ich dich zum ersten Mal gesehen habe, habe ich gespürt, dass ich wieder bereit für eine neue Beziehung bin. Seit ich dich kenne, kann ich an nichts anderes mehr als an dich denken. Du bist die eine Frau, die mich und meinen Schmerz versteht, die mich endlich wieder glücklich machen kann. Und ich kann dich auch glücklich machen!«

»Das kannst du nicht, Bert!«, rief Lissi. »Ich liebe Ramon.«

»Du hast mir nicht die Chance gegeben, es dir zu beweisen. Ich habe so oft versucht, es dir zu sagen. Habe dich beobachtet, Tag und Nacht. Ich kenne dich gut und weiß, mit welchen Dämonen du kämpfst. Er dort«, mit abfälligem Gesichtsausdruck zeigte Bert auf Ramon wie auf einen Angeklagten im Gerichtssaal, »kann das nicht. Er ist grundverschieden von dir!«, keifte er. Wieder zärtlich und mit verliebtem Blick sagte er: »Wir beide aber sind uns so ähnlich, wie es nur Liebende sein können.«

»Wir beide, Liebende? Und du hast mich beobachtet?«, fragte Lissi zurück. Sie benötigte einen Moment, um seine Worte zu begreifen. Die Obsession seiner Gefühle schockte sie. Er hatte die Kontrolle über seine Liebe verloren, aber war die Liebe nicht jener Zustand, in dem man die Kontrolle verlieren durfte? Das hätte sie ihm verzeihen können, nicht aber, was er der Kinderklinik und den kranken Kindern angetan hatte.

»Für Liebe spricht das hier aber nicht!« Emma war hinzugetreten und hielt dem Verwalter ein Formular unter die Nase.

Lissi griff danach und sah erst auf den zweiten Blick, dass es sich um den Anästhesiebogen von Paul Brehme handelte. Von einer Narkoseunverträglichkeit war darauf nichts zu lesen. »Das ist genau das Formular, das ich während meiner Vorbereitung auf die Operation in der Krankenakte vorgefunden habe.« Da war sie sich sicher.

»Dieses Formular ist eine Fälschung!«, erklärte Emma. »Auf dem korrekten Dokument, das Herr Steininger vor deiner Vorbereitung entwendet und dann wieder hineingetan hat, ist Pauls Ätherunverträglichkeit sehr wohl vermerkt.«

Das alles sollte *er* getan haben? Nicht nur die Manipulation der Dachbalken, nun war er auch noch für Paul Brehmes akute Anaphylaxie verantwortlich? Wie konnte sie sich so in dem Verwalter getäuscht haben? In den schlimmsten Wochen ihres Lebens hatte er ihr als treuer Freund beigestanden. In Wahrheit war er selbst krank.

»Was du getan hast, ist unverzeihbar!«, sagte sie zu

ihm. »Du hast unschuldige Kinder in deine Obsession mit reingezogen.«

Bert brachte es nun nicht mehr übers Herz, ihr in die Augen zu schauen. Sein Blick haftete auf dem Rasen des Klinikparks. »Er war anfänglich für die Operation eingeteilt.« Bert deutete auf Ramon und schaute dafür kurz auf. »Ihn sollte es treffen. Als du deswegen Probleme bekamst, wollte ich es aufklären. Deswegen habe ich das falsche Formular aufbewahrt. Aber wegen der vielen Arbeit habe ich nie den richtigen Moment gefunden, und gestern, kurz bevor ich wieder zu dir kommen und dir alles erklären wollte, haben sich die Ereignisse hier überschlagen. Ich musste doch erst einmal helfen! Glaub mir wenigstens das«, bat er und fügte noch ein zärtliches »Liebste« an.

Lissi schaute kopfschüttelnd von ihm weg. Sie ertrug seinen Anblick nicht länger.

Doktor Klauber hielt die Säge noch immer in seiner Hand. Ramon neben ihm fand keine Worte und schüttelte ebenfalls fassungslos den Kopf.

»Ihr Versuch, es wie die Handschrift von Doktor Feigenspann aussehen zu lassen, ist leider missglückt«, ergänzte Emma und warf der Kollegin einen Blick zu. »Zur Sicherheit habe ich – während der Laboruntersuchung der Säge – anhand einer Krankenakte von der HNO die Schrift von Frau Doktor Feigenspann mit derjenigen auf dem Formular verglichen. Dabei ist mir aufgefallen, dass unsere stellvertretende Klinikdirektorin durchweg mit hohem Druck schreibt, ihre Buchstaben dunkel und das Papier stets stark durchgedrückt waren. Ganz anders die Täuschung, die mit weniger Druck geschrieben worden ist.«

Lissi war erleichtert, dass Doris' Verdacht, Frau Doktor

Feigenspann sei in die Sache verwickelt, nicht mehr haltbar war. Immerhin hatte sich die stellvertretende Ärztliche Direktorin bei der zentralen Gesundheitsverwaltung dafür eingesetzt, dass ihre Assistenzarztstelle nicht neu besetzt wurde. Und bis heute konnte Lissi nichts Schlechtes über ihre Mentorin sagen. Im Gegenteil. Sie war ihr zu Dank verpflichtet.

»Sie brauchen professionelle Hilfe, Sie sind krank!«, sagte Ramon an Bert gewandt erst in hartem, dann in eher mitleidigem Ton.

Zwei Polizisten traten hinzu. »Wer von Ihnen ist Bert Steininger?«

»Er ist es!«, bestätigte der Professor.

Daraufhin drückten die Polizisten Bert die Hände auf den Rücken und legten ihm Handschellen an.

Während er abgeführt wurde, wandte er sich noch einmal um. Lissi las unendliche Trauer in seinem Gesicht, als würde er den Abschied von seiner verstorbenen Ehefrau erneut durchleiden.

Ramon nahm Lissi in den Arm. Sie drückte ihren Kopf an seine Brust und merkte plötzlich, dass sie schluchzte. Gerade als Bert in das Polizeiauto gesetzt wurde, erklang ein Tusch vom Hauptgebäude her.

Lissi musste sich die Tränen wegwischen, als sie Franz mit der Gruppe musizierender Kinder in den Klinikpark kommen sah – wie eine kleine Marschformation. Schwestern folgten mit Decken auf den Armen für die Patienten.

Lissi und die anderen gingen zur Gruppe der restlichen Helfer zurück, die ein Spalier für das kleine Orchester bildeten. Marlene und Katharina kamen wieder hinzu, jetzt, wo die Polizei nicht mehr anwesend war.

»Die Kinder möchten sich mit der Musik bei den vielen Helfern bedanken«, verkündete Franz und spielte die ersten Akkorde von *Berliner Luft* auf seiner Gitarre.

Die Kinder stimmten mit ihren Instrumenten ein. Bald begannen die Helfer, das fröhliche Lied mitzusingen. »Das macht die Berliner Luft, Luft, Luft so mit ihrem holden Duft, Duft, Duft.« Sogar Marlene, die sich an Frau Klauber hielt, bewegte ihre Lippen. Ebenso Emma und Kurt sangen.

Lissi und Ramon schauten sich an und sangen: »Wo nur selten was verpufft, -pufft, -pufft, in dem Duft, Duft, Duft dieser Luft, Luft, Luft.« Lissi war so gerührt von der Vorführung und den fröhlichen Kindergesichtern, dass der Schock über Berts Missetaten bereits nachließ. Es war schön mitzuerleben, wie Franz in der Arbeit mit den kleinen Patienten aufging. Ganz sicher würde er ein sehr einfühlsamer Arzt werden – nun, da ihn der Schmerz über den Tod seines Bruders Albert nicht mehr so belastete. Soweit sie wusste, hatte er die letzten Semesterprüfungen mit guten Noten bestanden.

Lissi holte sich ein Brötchen mit Pflaumenmus vom Büfett. »Danke, dass du mich vorhin festgehalten hast, als Ramon mich verfolgt hat«, sagte sie zu Doris, die mit einer großen Schüssel Rohkostsalat für die Kinder zurück war. Otto Bigalke trug Schalen und Löffel hinterher.

Doris stieß Lissi freundschaftlich in die Seite. »Ick hätte dich schon viel früher zu deenem Glück zwingen sollen, Vöjelchen.«

»Und was ist mit *deinem* Glück?«, fragte Lissi zurück. »Wird das mit deinem Elektromeister doch was Festes?«

Doris wollte gerade abwehrend die Hände heben, da

tauchte Otto hinter ihr auf. Er tippte ihr auf die Schulter, und als sie sich zu ihm umwandte, sank er vor ihr auf die Knie. Er griff in die Tasche seines Blaumanns und holte einen Ring hervor.

»Otto, was wird ’n dit, wenn’s fertig is?«, fragte Doris perplex.

»Dit Ding is nur provisorisch«, sagte der Elektromeister, »aus Kupferdraht von den alten unbrauchbaren Kabeln der Klinik.«

Doris war sprachlos. »Du meenst dit ernst?«

»Willste mich heiraten?«, fragte Otto mit Augen so leuchtend wie Glühbirnen unter Strom.

Doris biss sich vor Aufregung in die Fäuste, hielt ihm aber schließlich ihre Hand entgegen. »Ja, ick will!«

Otto steckte seiner Braut den Ring auf den Finger, zog sie an sich und küsste sie. Als Doris wieder zu Lissi schaute, hob die gespielt streng die rechte Augenbraue. »So, so, noch immer nichts Festes, also?«

»Wat soll ick da noch sajen«, entgegnete Doris und schaute stolz auf den kupfernen Ring an ihrem Finger.

Lissi umarmte die Freundin. »Herzlichen Glückwunsch zur Verlobung. Das ist wundervoll.«

»Wer hat Lust uff ’nen juten Rohkostsalat?«, rief Doris in die Menge.

Die Kinder legten die Instrumente ab. Einige wollten auf dem Rasen spielen, andere stärkten sich mit Salat. Udo bekam eine doppelte Portion, danach hüpfte er mit einer Decke um den Leib durch den Klinikpark. Die früher so ängstliche, stumme Annemarie ging mit ihrer Kalimba zu Franz und erzählte ihm etwas in einer Mischung aus Kalimba-Tönen und ihrer Stimme. Lissi war gerührt. Ähnlich wie Tiere in der Therapie verstärkte auch das Musizieren das Vertrauen in die eigenen Fähigkeiten.

Nur schwer vermochte Lissi sich vom Anblick der fröhlichen Kinder zu lösen. Aber was sie dann sah, war genauso schön.

»Endlich!« Lissi lief zum Tor der Klinik. Dort begrüßte sie Beppo, Paulinchen und den Tierarzt vom *Hof Sonnenschein* am Viehanhänger. Lissi hatte ihn vom Fernsprechhäuschen neben der Klinik aus angerufen und gebeten herzukommen, damit die Kinder die Nacht ohne Strom schnell vergaßen. Die Kleinen waren auch gleich bei den Tieren. Die Augenpatientin Alwine, die sich in der Nacht ängstlich unter dem Stuhl versteckt hatte, zögerte als Einzige.

Lissi schaute zu Professor Nowikow, der mit Doktor Fiedler und Doktor Zappel zusammenstand. Sie aßen Gurken-Käse-Spieße. Als der Professor Esel und Ziege entdeckte, nickte er Lissi als Zeichen seines Einverständnisses zu.

Lissi nahm Beppo an den Zügeln und führte ihn auf die Wiese neben der Freiluftkrippe. »Beppo ist der am wenigsten störrische Esel, den es gibt«, erklärte sie den Kindern. »Er mag es, wenn man ihn streichelt.«

»Ich kenne Beppo schon«, vernahm sie plötzlich die Stimme von Rolf.

Er wurde von seiner Mutter im Rollstuhl durchs Kliniktor geschoben. Sogar Ziege Paulinchen, die eben noch Klee von der Wiese gezupft hatte, schaute auf.

»Ihr habt euch zwar eine Weile nicht gesehen«, sagte Lissi mit einem breiten Lächeln im Gesicht, »aber bestimmt erinnert sich Beppo noch an dich.«

Die Augen des Jungen leuchteten auf. Und auch sonst

sah er besser aus als in der zurückliegenden Nacht voller Ungewissheit.

Frau Stehfest trat um den Rollstuhl herum. »Guten Morgen, Fräulein Doktor Vogel.«

»Guten Morgen«, grüßte Lissi zurück. Die einstige Geigerin trug ein enges schwarzes Kleid und hatte ihre blonden Haare am Oberkopf aufgesteckt wie bei ihrem ersten Besuch in der Kinderklinik.

»Willst du mal versuchen, Beppo zu streicheln?«, fragte Lissi an Rolf gewandt.

Der Junge zögerte.

»Wollen wir ihn zusammen streicheln?«, bot seine Mutter an.

Rolf nickte, woraufhin Frau Stehfest ihn näher an den Esel heranschob. Nur eine Armlänge von dem Tier entfernt, streckte der Junge seine Hand nach Beppo aus, hielt dann aber ängstlich inne und schaute fragend zu seiner Mutter.

Frau Stehfest legte ihm bestärkend die Hand auf die Schulter. »Trau dich ruhig!«

Rolf konnte den Blick länger nicht von seiner Mutter nehmen, dann aber wandte er sich wieder zu dem Esel und streichelte ihm den Hals. Erst vorsichtig, bald mutiger.

»Mami, kannst du mal hochkommen?«, rief Rita. Sie stand am geöffneten Fenster ihres Krankenzimmers.

Frau Stehfest blickte hinauf.

»Geht es dir nicht gut?«, wollte Lissi wissen.

»Doch, aber Fritz im Bett nebenan hat mir einen lustigen Witz erzählt«, antwortete Rita, »den will ich Mami auch erzählen!«

»Ich komme später hoch«, rief Frau Stehfest und war gleich darauf wieder in den Anblick ihres Sohnes versunken.

Beppo genoss die Streicheleinheiten und wackelte lustig mit den Ohren, was die Kinder zum Lachen brachte. Rolf musste mitlachen.

Er wollte mit dem Streicheln gar nicht mehr aufhören, so gut gefiel es ihm.

»Darf ich morgen wiederkommen, Fräulein Doktor Vogel?«, fragte er.

»Gerne, und übermorgen ebenso«, bestätigte Lissi. Sobald Rolf seine Ängste dem Tier gegenüber vollständig abgelegt hatte, würde sie ihn ermuntern, den Esel im Stehen zu streicheln. Das kräftigte die Beine und war ein guter Anfang für eine Therapie zur Muskelstärkung.

Frau Stehfest lächelte Lissi dankbar an. Sie schien zu verstehen, dass in diesem Moment die Therapie ihres Sohnes bereits begann.

Lissi schaute zufrieden zu Rolf, der immer noch Beppo streichelte und gleichzeitig neugierig zu Paulinchen hinüberschaute. Es war der Beginn einer Freundschaft, die ihm mehr Selbstvertrauen und Lebenswillen zurückgeben würde. Auch Lissi hatte nicht vor, sich jemals wieder von Poliomyelitis in die Knie zwingen zu lassen. Davon wollte sie Rolf bei einem ihrer nächsten Treffen erzählen. Der Junge war sehr weit für sein Alter, er würde es begreifen. Schließlich las er Bücher wie *20 000 Meilen unter dem Meer*. Wenn sie sich recht erinnerte, hatte sie aus ihrer Kindheit noch *Reise um die Erde in 80 Tagen* im Regal stehen. Das würde Rolf, dem Entdecker fremder Welten, bestimmt gefallen.

Nach einer Stunde mit Beppo und Paulinchen waren die Kinder erschöpft und wurden zurück auf die Stationen gebracht. Frau Stehfest verabschiedete sich mit Rolf und ging noch kurz nach Rita schauen. Doris' kleines Büfett war leer gegessen. Professor Nowikow instruierte zwei Schwestern vor einer Kiste stehend, an welchen Fenstern die Fahnen aufzuhängen waren.

Ramon kam auf Lissi zu und nahm sie in den Arm. »Was für aufregende Stunden«, sagte er und schaute ihr tief in die Augen. »Bist du dir sicher, an diese verrückte Klinik zurückkehren zu wollen?«, fragte er augenzwinkernd.

»Ja!«, sagte Lissi voller Überzeugung. »Ich kann mir keinen anderen Ort zum Arbeiten vorstellen.« Ihr fiel auf, dass ihre Eltern aus einiger Entfernung gerührt zu ihr und Ramon schauten. Als sich ihre Blicke trafen, taten die beiden plötzlich geschäftig und begannen, den leeren Büfetttisch ins Hauptgebäude zu tragen.

Frau Doktor Feigenspann kam zu Lissi und Ramon geschlendert. Sie trug ihr silbern schimmerndes Haar offen. »Schön, Sie beide mal wieder lachen zu sehen. Aber noch besser gefällt mir, Sie, Fräulein Doktor Vogel, zurück an der Klinik zu haben.«

»Danke, dass Sie geholfen haben, meine Stelle als Assistenzärztin länger als gewöhnlich freizuhalten«, entgegnete Lissi. Bei genauerem Hinsehen fiel ihr auf, dass der Gummizug der Operationshaube Abdrücke auf Franka Feigenspanns Stirn hinterlassen hatte – ein unperfektes Detail in ihrem schönen Gesicht.

»Ich möchte Ihnen beiden jedoch ans Herz legen«, sie schaute von Lissi zu Ramon, der ihre Hand in der seinen hielt, »sich trotz Ihrer privaten Verbindung hier in der Klinik einhundert Prozent professionell zu verhalten.«

Lissi verstand, dass Frau Doktor Feigenspann sie nur deshalb öfters von Ramon weggerufen hatte, um private Dinge während der Arbeit zu vermeiden.

»Danke für deine Offenheit, Franka«, sagte Ramon. »Wir werden uns daran halten.«

Lissi nickte. Ihre Mentorin hatte vollkommen recht. »Auf jeden Fall. Zum Wohle der Patienten und für ein gutes Arbeitsklima.«

Lissi und Ramon gingen zum Kliniktor. Es wurde Zeit, sich von der anstrengenden Nacht auszuruhen. Der Tierarzt war dabei, Beppo und Paulinchen in den Anhänger zu schieben. Die beiden wollten partout nicht nach Hause.

Lissi wandte sich noch einmal zum Hauptgebäude zurück. Marlene, Katharina und Franz verließen das Haus gerade. Die drei wirkten erschöpft.

Frau Doktor Feigenspann passte Marlene ab und schien um ein Gespräch abseits der Kinder zu bitten. Aus der Ferne konnte Lissi nicht hören, was sie sagte, aber es war wohl etwas Nettes. Denn Marlene griff nach der Hand, die Franka Feigenspann ihr mit einem versöhnlichen Lächeln hinhielt. Oben am Fenster nickten die Doktoren Sibelius und Fiedler Marlene anerkennend und vielleicht ein wenig traurig zu, weil sie wieder ging.

An Marlene vorbei liefen Emma, Kurt und Theodor die Stufen der Eingangstreppe hinab. Lissi seufzte bei dem Gedanken, dass ihre Mutter und Marlene sich noch immer mieden. Die vergangenen vierundzwanzig Stunden hatten nichts daran geändert. Aber solange die beiden nicht selbst den Wunsch zur Versöhnung verspürten, war Hilfe vergebene Liebesmüh, davon war Lissi überzeugt. Das hatten Katharina und sie beim *Café Himmelreich* hinter der Hecke beobachten können. Eigentlich hatten sie nach der Versöhnung mit ihren Müttern zusammen ein großes Stück Torte essen wollen. Immerhin hatte Katharina sich mit Marlene ausgesprochen, und auch Franz ging es inzwischen besser.

»Auf Wiedersehen, Udo! Bis nächste Woche!« Franz winkte dem Jungen am Fenster zu, während er mit Mutter und Schwester in Richtung Kliniktor ging, wo Lissi und Ramon noch neben dem Anhänger des Tierarztes standen. Bei ihnen angekommen, entglitten Franz auf einmal seine eben noch fröhlichen Gesichtszüge, und er blieb stehen. Auch Marlene und Katharina stoppten.

Daraufhin schaute auch Lissi zum Tor. Sie sah einen fremden verlotterten Mann. Er war hochgewachsen, abgemagert und völlig verschmutzt. Seine brustlangen Haare hingen ihm fettig ins Gesicht. Barfuß, mit einem Bündel in der Hand wie ein Landstreicher, ging er auf Franz zu. »Bruder?«, fragte er und begann, seine Arme zu berühren.

Franz' Augen wurden feucht. Sprachlos schaute er zu seiner Mutter und Katharina, die reglos und mit geöffneten Mündern neben ihm standen. Auch Emma, Kurt und Theodor kamen mit ungläubigen Blicken dazu. »Albert«, murmelte Emma.

Das ist nicht Albert!, konnte Lissi nur denken. »Das wäre ein Wunder«, sagte sie zu Ramon neben sich. Schließlich hatte einer von Alberts Kameraden geschrieben, dass er ihn auf dem Schlachtfeld tödlich verletzt hatte zurücklassen müssen.

Franz betrachtete den Anhänger, den der Fremde an einer Kette um den Hals trug. »Sechstausendeinhundertzweiundachtzig«, las er die eingestanzte Nummer vor.

Franz und Marlene nickten daraufhin.

»Zaubermantel, Zauberstab, Meersau?«, fragte der Fremde mit kratziger Stimme.

»Du, du ... bist es ... wirklich!«, sagte Franz und presste sein Gesicht an die Schulter des anderen. Marlene umarmte beide Männer, Katharina kam hinzu. Sie war sieben Jahre gewesen, als ihr ältester Bruder eingezogen worden war.

»Albert«, wiederholte Emma. Lissi bemerkte den Impuls ihrer Mutter, auf die vier zuzulaufen und sie ebenfalls zu umarmen, aber nach dem ersten Schritt ging sie zurück zu Kurt und hielt sich an ihm fest.

»Vom Bahnhof bin ick zuerst zur Villa jejangen, aber dort wohnt ihr nich mehr«, erklärte Albert unter Anstrengung, »deswegen bin ick zur Klinik.«

Er sprach mit Berliner Dialekt! Das war wirklich Albert, dachte Lissi freudig. Gewiss hatte er vieles im Krieg verloren, aber nicht seine sprachliche Verbindung zur Heimat. Aufgeregt drückte sie Ramons Hand.

»Kommt, wir gehen nach Hause nach Charlottenburg«, sagte Marlene zu ihren Kindern.

Albert hob seine Hand. Die Haut am Handrücken war rau und rissig. Er machte eine Faust und schwang sie durch die Luft. Franz tat es ihm gleich. Beide sagten im Chor: »Zaubermantel, Zauberstab, Meersau!« Beim dritten Schwung gefror ihre Hand in der Luft.

»Mantel besiegt Meersau«, freute sich Franz und schloss zur Demonstration seine Hand um Alberts. Katharina legte ihre ebenfalls darum.

Lissi lächelte versunken, während die neuen Fahnen aus den Fenstern der Kinderklinik im Wind flatterten. Diese eigene Version von Stein-Schere-Papier hatte Albert erfunden, daran erinnerte sich Lissi noch, und er hatte sie oft mit seinem kleinen Bruder, Katharina und ihr gespielt, als sie noch Kinder gewesen waren. Franz hatte laut gelacht, wenn er gewonnen hatte. So ähnlich wie eben.

Auf dem Weg bis durch das Tor ließen die von Weilerts sich nicht los, danach verlor Lissi sie aus den Augen. Wenigstens hatte es ein glückliches Wiedersehen für Marlene gegeben.

Beim Blick auf die Kinderklinik und mit Ramon an ihrer Seite dachte Lissi, dass sie es kaum erwarten konnte wiederzukommen. Hier wurde sie gebraucht, hier hatte sie die Poliomyelitis für immer besiegt. Sie spürte die Hoffnung auf eine neue Zukunft ihren Körper fluten und fasste sich unbewusst an jene Stelle ihres Halses, wo morgen wieder ihr Stethoskop hängen würde. Die Zeit war endlich gekommen, allen zu zeigen, was Lissi Vogel draufhatte! Sybille, Heiner und ihr ehemaliger Volkskundelehrer würden Augen machen! Sie fiel Ramon überschwänglich um den Hals und küsste ihn stürmisch.

Auf der Straße vor der Klinik fuhr ein Einsatzwagen der Polizei mit Lautsprechern auf dem Dach entlang und verkündete, dass eben die Deutsche Demokratische Republik gegründet worden war.

***

32

Juli 1950

Der Friedhof von Lübars befand sich neben der Kirche auf dem Dorfanger. Marlene hatte Friedhöfe noch nie gemocht, aber am Todestag ihrer Mutter biss sie die Zähne zusammen. Heute vor zweiundfünfzig Jahren war nicht nur ihre Mutter gestorben. Sie selbst hatte auch Geburtstag. Marlene wurde achtundfünfzig Jahre alt. Es war ein sonniger, warmer Tag. Albert begleitete sie. Franz und Katharina hatten darauf bestanden, in Charlottenburg zu bleiben, um das Geburtstagsessen für den Abend vorzubereiten.

Bei Albert eingehakt, ging Marlene mit einem Strauß Dahlien in der Hand zum Grab ihrer Mutter. Die Blütenblätter der Blumen waren so gelb wie das knöchellange Kleid, das sie trug. Albert hatte für seine Großmutter auf dem Weg nach Lübars grüne Gräser gesammelt und zu einem Strauß gebunden. Grün war die Farbe der Hoffnung.

In den vergangenen Monaten hatte Marlene viel Zeit mit ihrem Ältesten verbracht. Allmählich begann Albert, über seine Gefangenschaft zu reden und wie er halb tot vom Schlachtfeld aufgelesen worden war. Damit er nah bei ihr einen Rückzugsort hatte, ein eigenes Zimmer, war Marlene in eine größere Wohnung zwei Straßen weiter gezogen.

Der Grabstein von Elisabeth Lindow war aus Sandstein gehauen, beeindruckend groß und mit kupfernen Lettern bestückt. Über die Jahre war er verwittert, an den Kanten rund gewaschen vom Regen, die kupfernen Buchstaben von der Korrosion grünlich verfärbt. Ihre Mutter war an Marlenes sechstem Geburtstag an einem septischen Schock infolge eines Blinddarmdurchbruchs gestorben.

Marlene holte zwei Vasen hervor und stellte ihre Dahlien neben den Rosenstrauß. Albert legte seine Gräser direkt an den Stein.

Sie schob sich ihre Drahtbrille die Nase hoch, hockte sich vor das Grab, schloss ihre Augen und erzählte ihrer Mutter in Gedanken, was sich seit ihrem letzten stummen Zwiegespräch zugetragen hatte. Sie berichtete von Katharinas besseren Schulnoten und davon, dass die Kriminalpolizei der DDR die Anklage gegen sie selbst wegen Nazikollaboration hatte fallen lassen, die Enteignung aber nicht rückgängig gemacht wurde. Wenigstens konnte sie sich wieder frei in der ehemaligen sowjetischen Besatzungszone bewegen, ohne Angst vor einer Verhaftung haben zu müssen. Albert neben ihr hatte die Augen ebenfalls geschlossen. Vielleicht wagte er es, seiner Großmutter von seiner Vergangenheit zu erzählen. Noch besser wäre es, er spräche mit ihr über seine Zukunftsträume.

Zärtlich strich Marlene über die Lettern des Nachnamens auf dem Grabstein. Was würde sie dafür geben, nur ein einziges Mal wieder ein echtes Gespräch mit ihrer Mutter zu führen oder in ihren Armen Halt finden zu dürfen? In der kleine Kate am Dorfrand war sie ihr am nächsten gewesen. Albert half ihr hoch, und sie verließen den Friedhof.

Auf dem Weg zur Kate dachte Marlene an ihre frühen

Jahre zurück. An die schwere Zeit im Weddinger Waisenhaus, wohin Emma und sie nach dem Tod der Mutter gekommen waren. Dann an ihren gemeinsamen Start als Elevinnen an der Kinderklinik Weißensee. Es war eine Zeit der Wunder gewesen. Die Jahre um ihr Medizinalpraktikum herum waren Jahre der Hoffnung gewesen, ihr war endlich der Durchbruch als Ärztin gelungen. Selbstsicher und erfahrener hatte sie später durch die allererste Verabreichung des Wundermittels Penicillin viele Tage des Lichts erlebt.

Vor der Kate ließ Marlene ihren Blick über die Feuchttalwiesen gleiten, den Kartoffelacker und die windschiefe Form des strohgedeckten Häuschens. Der Gesang der Grillen war wie ein Begrüßungskonzert. Albert lächelte, während er sich umschaute.

Marlene schloss die Augen und ließ sich von der Sonne das Gesicht wärmen. Sie konnte sich als kleines Mädchen sehen, mit dem ungebändigten Lockenkopf. In der Erinnerung hörte sie den Gesang ihrer Mutter an ihrem sechsten Geburtstag. »Und wer im Juli geboren ist, tritt ein, tritt ein, tritt ein.«

Sie zog Albert vor die Tür der Kate. Dort griff sie unter einen Stein. Vor ihrem inneren Auge sah sie schon die Kochstelle, den Esstisch mit den Hockern, an dem sie zu ihrem Geburtstag Streuselkuchen gegessen hatten, und das Bett unter dem Fenster, in dem sie jeden Abend eng an ihre Mutter geschmiegt friedlich eingeschlafen war.

Sie steckte den Schlüssel ins Schloss, aber die Tür war unverschlossen. Albert folgte ihr ins Häuschen.

Marlene hatte kaum zwei Schritte in der Kate getan, als sie ihre Schwester auf dem Bett liegen sah. Sofort stoppte sie. Ihre Muskeln spannten sich an, ihre Hände, die eben noch liebevoll Albert berührt hatten, verkrampften. Wie hatte sie vergessen können, dass Emma am Todestag ihrer Mutter auch herkommen würde? Weil sie zu sehr in Erinnerungen versunken war. Seit der Chaosnacht in der Kinderklinik vor neun Monaten hatten sie sich nicht mehr gesehen.

Emma setzte sich im Bett auf. Sie sah noch etwas verschlafen aus. »Marlene?«

Bevor Emma mehr sagen konnte, wandte Marlene sich zur Tür, stieß aber gegen Albert, der unverrückbar wie ein Baum zwischen ihr und dem Ausgang stand.

»Seitdem ick zurück bin, ignorierst du Tante Emma«, sagte er. »Du tust, als wäre sie tot!«

Bei dem Wort »tot« zog es in Marlenes Brust. Trotz des Streits mit ihrer Schwester konnte sie sich nicht vorstellen, Emma jemals ganz und gar zu verlieren. Ihre Schwester stand vom Bett auf. Bestimmt wollte sie ebenfalls hier raus.

»Weißt du, wie viele meener Kameraden, die zu Hause Familie, Brüder und Schwestern hatten, tatsächlich jestorben sind, tot?«, fragte Albert sie. »Sie kommen nie wieder, können nie wieder mit ihren Familien sein, mit ihnen lachen oder ooch mal weinen. Und du jibst Tante Emma nur wegen 'nem Streit uff?«

Marlene zuckte zusammen. Das war Alberts erregte Stimme, wenn er von seinen Wunden sprach, die der Krieg ihm angetan hatte. Zwei-, dreimal hatte er bisher darüber geredet, nicht oft, und nur, wenn er und sie allein gewesen waren. Deswegen war sie überrascht, dass er nun auch vor Emma so offen sprach. Vor dem Krieg war er das ruhigste, ausgeglichenste Kind gewesen, das sie kannte.

»Redet miteinander!«, forderte Albert. »Euer Streit muss doch irjendwie beizulegen sein!«

Marlene schluckte, aber Worte der Versöhnung wollten ihr einfach nicht über die Lippen kommen.

»Ich bin nicht tot«, sagte Emma leise. »Ich lebe.«

Marlenes Lippen blieben weiter verschlossen.

»Im Kriech wurden viele Millionen Familien für immer auseinanderjerissen! Ihr hinjegen lebt im Luxus, die Wahl zu haben, wieder zusammenzukommen. Lebendich und dazu körperlich unversehrt.« Albert schlug mit seiner Hand energisch durch die Luft. »Wie könnt ihr eure Chance nicht nutzen? Muss es erst so weit kommen, dat eine von euch stirbt und ihr dann bereut, euch zu Lebzeiten nich wieder vertragen zu haben?«

Marlene kroch ein eisiger Schauer den Rücken hinauf. Emma tot? Emma wirklich nie wiedersehen?

»Millionen Familien haben diese Jelegenheit auf ein Wiedersehen mit den jeliebten Brüdern, Vätern und Söhnen nich!«, wiederholte Albert in eindringlichem Ton.

Langsam wandte Marlene sich Emma zu. »Es hat mich sehr verletzt, dass du dich damals für Enteignungen ausgesprochen hast.«

Emma stand mit hängenden Armen und ebenfalls feuchten Augen da. »Das war nie meine Absicht«, sagte sie. »Dass ihr ohne einen Beweis als Nazis abgestempelt und enteignet wurdet, war ein himmelschreiendes Unrecht. Das habe ich den sowjetischen Besatzern bis heute nicht verziehen. Und ich bin auch kein Parteimitglied mehr.«

»Wirklich?« Marlene machte einen vorsichtigen Schritt auf Emma zu. Warum hatte ihre Schwester ihr nicht früher gesagt, was sie für Unrecht hielt? Na ja, dachte Marlene, viele Chancen hatte sie Emma dafür nicht gegeben. Entweder war sie ihr vor Aufregung ins Wort gefallen oder einem Gespräch aus dem Weg gegangen. »Es tut gut, das von dir zu hören«, gestand sie.

»Das System unter den sowjetischen Besatzern ist nicht perfekt, und es hat seine Schwächen«, sprach Emma weiter und rieb über ihren Ehering, während Albert die Kate leise verließ. »Das weiß ich inzwischen sehr wohl. Dennoch lebe ich gerne hier«, fuhr Emma fort. »Ich möchte, dass die Kinderklinik wieder in neuem Glanz erstrahlt, ich liebe Spaziergänge um den Weißen See, ich will mehr soziale Gerechtigkeit. Kein Kind soll medizinisch schlechter versorgt werden, nur weil seine Eltern arm sind.«

Die BRD, in der sie mit ihren Kindern lebte, hatte auch Nachteile, dachte Marlene. Der Profit war manchem Unternehmen wichtiger als das Wohl der Mitarbeiter. Bei einer Rezession konnten viele Menschen arbeitslos werden und in soziale Not geraten. Deren Kinder kamen auf schlechtere Schulen und wurden medizinisch nicht mehr so gut versorgt. Marlene wünschte sich, dass man in ihrer BRD ehemalige Nationalsozialisten so streng verfolgen würde, wie es die sowjetischen Besatzer taten – aber nur mit stichhaltigen Beweisen. Jemand wie Hitler durfte nie wieder an die Macht kommen! In ihrem Krankenhaus in Charlottenburg hatte man zwei Oberärzte mit Nazivergangenheit wegen des Ärztemangels im Amt belassen. Aber immerhin durften die Bürger der BRD sagen, was sie dachten. »Kein System kann Unfehlbarkeit für sich beanspruchen«, sagte sie nachdenklich.

»Du hast recht.« Emma lächelte genauso wunderschön wie früher ihre Mutter. Sie war ihr noch immer wie aus dem Gesicht geschnitten. »Kurt und ich schauen dennoch positiv in die Zukunft«, fügte sie an. »Wir möchten beim Aufbau helfen und das System korrigieren – wenn auch auf Umwegen.«

»Ich hoffe, das gelingt euch«, entgegnete Marlene. »Falls nicht: Holt euch Katharina und Lissi an eure Seite, die haben gute Ideen.« Dass die beiden die Verfasserinnen der Briefe gewesen waren, mit denen Marlene und Emma zum *Café Himmelreich* gelockt worden waren, hatte Katharina ihr in ihrer Verzweiflung darüber gestanden, mit der Versöhnung gescheitert zu sein.

»Schon mutig von den beiden, sich nach so vielen Jahren zusammenzuraufen und dann auch noch gemeinsame Sache zu machen«, sagte Emma schmunzelnd.

Marlene nickte. »Ganz schön gerissen. Ich bin stolz auf unsere Mädchen.«

Vorsichtig, als trüge sie einen Verband um die Finger, nahm Emma Marlenes Hand. »Für die Zukunft wünsche ich mir, dass wir uns über Politik friedlich austauschen können, ohne laut zu werden oder uns gar zu streiten.«

»Ja, das wäre schön«, bestätigte Marlene und griff Emmas andere Hand, sodass sie sich an beiden Händen hielten. Es fühlte sich gut an, endlich wieder so nah bei ihrer Schwester zu sein. In Marlenes Magengegend breitete sich ein wohliges Gefühl aus. Wie wenn man nach einer langen Reise wieder nach Hause kam. »Ab heute sollten wir die politische Ansicht der anderen respektieren, auch wenn sie nicht der eigenen entspricht«, sagte sie und nahm Emma etwas fester bei den Händen. Sich mit jemandem zu unterhalten, der anderer Meinung war, half, den eigenen Standpunkt kritisch zu hinterfragen. »Ich vermochte lange nicht, dir gegenüberzutreten, weil ich so wütend war wegen der Enteignung und Max' Tod.« Dass eine Herzkrankheit seinen

Tod herbeigeführt hatte, würde sie Emma später erzählen. Vielleicht bei einem gemeinsamen Abendessen mit Kurt und einer großen Portion Kartoffelsalat.

»Entschuldige, dass ich damals überzogen reagiert habe. Ich versuche, in Zukunft gelassener zu bleiben, wenn mich etwas trifft«, sagte Emma und schien die Hände ihrer Schwester gar nicht mehr loslassen zu wollen. »Es wäre schön, wenn du mich wieder öfter besuchen kommst. Bring die Kinder mit, auch Albert. Franz hat mir schon ein bisschen von ihm erzählt.«

»Unser mutiger Bollejunge«, sagten die Schwestern gleichzeitig.

Als Milchjungen der *Meierei C. Bolle* hatten sie Albert kennengelernt, nachdem er mit entzündeten Gaumenmandeln zur Kinderklinik gekommen war. Noch vor der Entlassung hat er sich durch Willy Pinkes Vorführungen von der Zauberei begeistern lassen und war nach etwas Übung in die Fußstapfen des beliebten Pförtners getreten.

Marlene schaute zur Decke der Kate und stellte sich den Himmel darüber vor. Es fühlte sich an, als hätte ihre Mutter ihr Zusammentreffen arrangiert.

»Warum lagst du vorhin im Bett?«, wollte Marlene wissen. »Dein Kreislauf?«

Emma schüttelte den Kopf. »Seit ich nicht mehr als Pflegeleiterin, sondern als einfache Krankenschwester arbeite, geht es mir besser. Zwar konnte Professor Nowikow durchsetzen, dass ich ohne Parteiabzeichen Pflegeleiterin hätte bleiben können, aber ich wollte nicht mehr.« Emma ging zum Bett und legte sich auf die Decke, die Arme neben dem Körper. »Ich kann Mutter hier spüren«, sagte sie.

Marlene legte sich neben Emma. »Liegst du auch ganz

eng an mir dran?«, fragte sie ihre Schwester. Die gleiche Frage hatte ihre Mutter ihr vor zweiundfünfzig Jahren gestellt, als sie ihre Kinder – schon sterbend – an sich gezogen hatte.

»Ganz eng«, bestätigte Emma wie damals auch.

Marlene schloss die Augen. *Du musst jetzt mutig sein, meine große Lene*, hörte sie ihre Mutter wie einst sagen.

»Ich tue alles, damit es dir schnell wieder besser geht«, versprach Marlene. Vor ihrem inneren Auge sah sie ihre Mutter im Himmel lächeln.

Pass gut auf dich und unser Emmalein auf, flüsterte Elisabeth von oben herab.

»Ich verspreche es«, schwor Marlene.

»Was versprichst du?«, wollte Emma wissen.

Marlene öffnete ihre Augen, aber schaute weiter an die Decke der Kate, sah den Himmel in ihrer Vorstellung. »Ich verspreche, dass ich auf ›unser Emmalein‹ aufpasse.«

»So hat Mama mich genannt?«, fragte Emma leise.

Marlene nickte und nahm ihre Schwester fest in den Arm. »Ich habe dich lieb, mein Emmalein.«

»Ich dich auch, meine Lene«, flüsterte Emma, »und ich wünsche dir alles Gute zu deinem achtundfünfzigsten Geburtstag.«

Lange lagen sie im Bett beieinander und genossen die schwesterliche Nähe. Dann knurrte Marlenes Magen. »Albert?«, rief sie nach draußen.

Die Tür der Kate knarzte, und ihr Sohn erschien. Er musste zweimal hinschauen, als er sie gemeinsam im Bett liegen sah. »Na, dit nenn ick mal 'ne Versöhnung!«

»Würdest du im Dorf Mehl, Zucker, Eier und ein großes Stück Butter besorgen?«, bat Marlene. »Vielleicht borgt uns Bauer Munck die Zutaten? Richte ihm Grüße von mir aus.«

Albert nickte und verschwand.

Bis er zurück war, genossen Emma und Marlene die Nähe zueinander.

Emma umarmte Albert, als er mit vollen Händen wieder auftauchte. »Der Bauer sacht, wir sollen es uns schmecken lassen.« Dann buken sie in der alten Herdstelle Streuselkuchen mit extraviel Butter nach dem Rezept von Großmutter Anna-Bertha.

Als es Nachmittag wurde, hatten sie den halben Kuchen vertilgt, die übrigen Stücke würden sie den Muncks schenken. Albert lag mit vollem Bauch auf dem Bett. Nach sechs Stücken hatte er aufgegeben.

Marlene leckte sich die Fingerspitzen. »Ich hatte vergessen, wie gut der ist!«

»Der beste Streuselkuchen Berlins!« Emma kaute noch, weißer Puderzucker lag auf ihren Lippen.

Marlene konnte den Blick nicht mehr von ihrer Schwester nehmen. Sie hatte das Gefühl, wieder freier atmen zu können. Gemeinsam hatten sie die Mauer zwischen sich endlich eingerissen. Und wenn sie es genauer betrachtete, hatte der große Streit sie am Ende noch enger zusammengebracht. Ein tiefes Gefühl von Glück durchflutete ihren Körper.

Sie tupfte die letzten Kuchenkrümel von ihrem Teller und nahm sich vor, kommendes Wochenende vor der Kate zwei Mandelbäumchen zu pflanzen, deren Äste sie in der Krone verschlingen wollte. Als Zeichen für ihren Zusammenhalt, der alle Zeit überdauern sollte.

***

Nachwort

Für den Abschlussband meiner Kinderklinikreihe habe ich mir jene spannende Zeit ausgesucht, in der sich die beiden deutschen Staaten aus völlig unterschiedlichen gesellschaftlichen und politischen Ansichten entwickeln und schließlich gegründet werden: die Jahre 1948 und 1949. Das in vier Sektoren geteilte Berlin war in dieser Zeit ein Schmelztiegel der Systeme, ein Abbild des in vier Besatzungszonen gegliederten Nachkriegsdeutschland. Nachdem sie vereint den Krieg gegen die Nationalsozialisten beendet hatten, wurden die Siegermächte des Zweiten Weltkrieges nun zu Gegnern im neuen, im Kalten Krieg.

Meine Roman-Marlene lebt bald im westlichen Teil Berlins, Emma bleibt im Osten. Wie Emma und Kurt waren in den ersten Jahren nach dem Krieg viele Menschen in der sowjetischen Besatzungszone voller Hoffnung auf eine bessere Zukunft, in der alle gleich sein würden. Auch wenn die SED eine Einheitspartei war, blieben viele Menschen in ihrer Heimat, weil im Osten – anders als in den westlichen Besatzungszonen – die Naziverfolgung vehement vorangetrieben wurde. Der Kampf für Demokratie – so machte die SED glauben – sei gleichbedeutend mit dem Kampf für den Sozialismus. Die neuen Einschränkungen wurden erst nach und nach sichtbar. 1948 wurde der Aufbau einer Art Partei-Polizei, der Parteikontrollkommission, beschlossen, die die marxistische Einheit und Reinheit der Parteimitglieder sicherstellen sollte. Dieser Partei-Polizei könnten die beiden Besucher angehört haben, die so überraschend auf Emmas und Kurts Sofa saßen.

Die neue Gesellschaftsordnung nach sowjetischem Vorbild wurde auch durch Enteignungen möglich. Niemand sollte etwas besitzen, alles gehörte allen. Die Enteignungen erfolgten einerseits durch das Bodenreform-Gesetz, andererseits – und dies trifft Marlene und Maximilian hart – unter dem Deckmantel der Kriegsverbrecherverfolgung. Insbesondere Adlige oder gesellschaftspolitisch unangenehme Menschen wurden als angebliche Nazikollaborateure enteignet, verhaftet und nicht selten in Gefangenenlager geschickt. Wenigstens gelingt Marlene, Maximilian und Katharina in dieser schrecklichen Situation die Flucht nach Charlottenburg, das zum britischen Sektor gehörte. Die Flucht, die einer Vertreibung gleichkommt, bedeutet Marlenes Ende in der Kinderklinik, obwohl ihre Tatkraft für den Wiederaufbau dringend nötig gewesen wäre.

Die historische Kinderklinik war nachweislich durch Bombenluftdruck beschädigt, Fensterscheiben fehlten, und es ist ein Generalreparaturplan belegt, den ich im Roman Emma als Aufgabe übertragen habe. Vor allem aufgrund des Mangels wird er zur fast unlösbaren Aufgabe.

Die drei großen Herausforderungen in der Kinderheilkunde der Zeit lauteten: Hunger, Schwäche und Krankheit. Ein Kind aus der damaligen Zeit, befragt zu seinem größten Wunsch zum Geburtstag, antwortete: *Eine Stulle – einen Meter lang*. Die Versorgung mit Lebensmitteln, Kleidung und

Rohstoffen war katastrophal, und das verstärkte sich noch durch die Berlin-Blockade, die Ende Juni 1948 begann und bis Mai 1949 anhielt. Die meisten Berliner gehörten zur Lebensmittelkartengruppe III, die eine tägliche Ration von 400 g Brot, 50 g Nährmittel, 40 g Fleisch, 30 g Fett, 40 g Zucker, 400 g Trockenkartoffeln, 5 g Käse beinhaltete.

Für die Luftbrücke, die zur Versorgung während der Blockade »gebaut« wurde, waren fast fünfhundert Flugzeugbesatzungen im Dauereinsatz damit beschäftigt, die zwei Millionen Blockierten nicht verhungern zu lassen.

Viele Kinder froren im Winter, litten an Unterkühlung und versäumten deswegen die Schule. Magen-Darm-Erkrankungen, Hautausschläge, Geschwüre, Krätze, Ruhr, Typhus und Tuberkulose waren tägliche Diagnosen, die die Ärzte in der Kinderklinik Weißensee stellen mussten. Während der Berlin-Blockade, die besonders Marlene vor erneute Versorgungsnöte stellt, litten Kinder immer häufiger unter der sogenannten »Stubenhockeranämie«, einem Mangel an roten Blutkörperchen, weil es an Licht, frischer Luft, sauberem Badewasser und vitaminreicher Ernährung fehlte.

Alle vier Besatzungszonen hatten in der Romanzeit mit Problemen zur Sicherung des Überlebens der Kinder zu kämpfen. In der frisch gegründeten DDR wurde Gesundheitsfürsorge eine staatliche, öffentliche Aufgabe. In der BRD entwickelte sich eine individualisierte Medizin und Vorsorge, bei der die Verantwortung bei jedem Einzelnen lag.

Poliomyelitis, auch als Kinderlähmung bekannt, war die gefürchtetste Infektionskrankheit der Nachkriegszeit. Die Ängste und Unsicherheiten wegen dieser unheilbaren Krankheit in den 1940er-Jahren sind vergleichbar mit dem

Schrecken, den Aids in den 1980er-Jahren verbreitete. Lange wurde Polio abschätzig als die *Krankheit der verkrüppelten Kinder* bezeichnet und die Betroffenen stigmatisiert.

Die große Polioepidemie, die ich für den Roman als Blaupause verwendet habe, erreichte Berlin 1947 und dauerte bis 1948 an. Der Ausbruch der Kinderlähmung traf die Berliner Gesundheitsversorgung völlig unvorbereitet und überstieg die vorhandenen medizinischen Versorgungskapazitäten. Noch dazu befiel sie eine Stadt, die politisch gespalten war – für die Bekämpfung der wiederkehrenden Krankheit jedoch zusammenarbeiten musste. Erst 1953 einigten sich Ost und West darauf, dass, im Sinne der Patienten, eine erkrankte Person ohne Rücksicht auf die Sektorengrenzen in dem am nächsten liegenden Krankenhaus behandelt werden sollte.

Zur Zeit der großen Berliner Polioepidemie war der Forschungsstand zur Kinderlähmung weltweit niedrig, Impfstoffe gab es (noch) nicht. Und Therapien? Anfang des zwanzigsten Jahrhunderts stellte man die von der Lähmung betroffenen Körperteile ruhig, indem man sie schiente, was jedoch öfter zu permanenten Lähmungen führte. Die australische Krankenschwester Elizabeth Kenny hingegen schwor auf Wärme- und Bewegungstherapie, was sich in den 1940er-Jahren auch klinisch durchsetzte. In den 1950er-Jahren begann die Epoche der Polioimpfungen. Die erste Massenimpfung fand in der BRD 1957 statt, war aber nicht erfolgreich. Erst durch Schluckimpfungen seit 1960 (in der DDR) und ab 1962 (in der BRD) begann die Zurückdrängung des Polioerregers. Seit 2006 gilt Europa als poliofrei.

Und verwendete man damals schon Tiere, um Kranke zu heilen? Hierbei habe ich meiner fiktiven Lissi eine Vorreiterrolle zugedacht. Die eigentliche Beschäftigung mit

Tieren als Therapiehelfern begann erst in den 1960er-Jahren. Wahrscheinlich ist jedoch, dass ein lustiger Esel auf einem Bauernhof oder eine geduldige Kuh, ein treuer Hund schon immer viel zurückgaben, für heitere Momente sorgten oder nach traurigen Ereignissen geduldige Zuhörer waren, eine gute Medizin.

Geduld brauchen meine Protagonisten in diesem vierten Band vor allem im Finale, als der Stromausfall das Krankenhaus lahmlegt. Als die Kinderklinik bis zur Eröffnung 1911 gebaut wurde, steckte die Elektrik noch in ihren Anfängen, Stromkabel waren einadrig, oft von Hand gefertigt und die isolierende Ummantelung nicht sicher. Insgesamt hatten Krankenhäuser nur wenige Stromkreise, die lediglich für die grundlegende Beleuchtung und wenige elektrische Geräte ausreichten. Probleme mit der Elektrik waren keine Seltenheit. Die ersten Notstromaggregate wurden kurz vor dem Ausbruch des Ersten Weltkrieges entwickelt, und deren Automatisierung und Technologie waren stark begrenzt. Aber sie funktionierten und helfen meinem Klinikpersonal, den Stromausfall in der sagenumwobenen Nacht vom 6. auf den 7. Oktober zu überbrücken. Dieses Ereignis ist fiktiv.

Noch erwähnen möchte ich eine schriftstellerische Freiheit, die ich mir genommen habe. Sie betrifft Frau Stehfest, die Violinistin, die ihre Kinder so ungleich behandelt. Die Frau musste ihre Karriere im Roman bei den Berliner Philharmonikern gesundheitsbedingt aufgeben. Noch während ich über Ritas und Rolfs Mutter schrieb, ging ich davon aus, dass es zur Romanzeit und einige Jahre davor bereits Frauen in dem weltberühmten Berliner Orchester gab. Tat es nicht! Ich war sehr überrascht zu lesen, dass die erste Musikerin erst 1982 bei den Philharmonikern begann. Es war die Schweizerin Madeleine Carruzzo, die fortan zur Gruppe der ersten Geigen gehörte. Zu diesem Zeitpunkt bestand das Orchester bereits einhundert Jahre und hatte so revolutionär-feministische Zeiten wie die Weimarer Republik durchgemacht.

Noch bis Mitte der 1950er-Jahre kamen Züge mit Kriegsheimkehrern in deutschen Bahnhöfen an. Lange habe ich mit mir gerungen, Albert, Marlenes ältesten Sohn, noch heimkehren zu lassen. Aber weil ich ihn im dritten Band *Zeit des Lichts* doch so lieb gewonnen habe, wollte ich ihn am Ende noch einmal wiedersehen und wie Marlene fest in den Arm nehmen.

Vier Bände *Kinderklinik Weißensee* sind es geworden. Für mich war es eine eindrucksvolle Reise durch vier unterschiedliche Zeiten im sich stetig wandelnden Berlin. Marlene, Emma, ihre Familien und das Klinikpersonal sind mir wie eine zweite Familie ans Herz gewachsen. In den Schreibphasen bin ich mit den Gedanken an Weißensee eingeschlafen, habe von meinen Figuren geträumt und bin manchen Morgen mit neuen Ideen aufgewacht und an den Schreibtisch geeilt, bevor der Kaffee in der Tasse war.

Liebe Leserinnen und Leser, ich möchte mich herzlich für Ihre Reisebegleitung bedanken. Doch wie das Leben so spielt, endet eine Geschichte, um Platz für eine neue zu schaffen. Und wieder sind Kinder die heimlichen Helden.

Tauchen Sie bald mit mir in das Jahr 1954 ein, wo zwei ungewöhnliche junge Frauen als Suchdiensthelferinnen Kinder mit ihren Eltern zusammenbringen. Der erste Band meiner neuen Reihe wird 2025 erscheinen. Auf ein Wiedersehen! Ich würde mich freuen.

Literaturhinweise

G. Fanconi: Die spinale Kinderlähmung (Poliomyelitis), Abhandlung Nr. 6 der Vierteljahrsschrift der Naturforschenden Gesellschaft in Zürich, Jahrgang 102, Neujahrsblatt, herausgegeben von der Naturforschenden Gesellschaft in Zürich auf das Jahr 1958, Kommissionsverlag Gebr. Fretz AG, Zürich.

A. Hinz-Wessels: Medizinische Verflechtung und Systemkonkurrenz im Kalten Krieg, Medizinhistorisches Journal, 2020, Bd. 55, H. 2 (2020), S. 132–171.

M. Lemke: Totale Blockade? Über das Verhältnis von Abschottung und Durchlässigkeit im Berliner Krisenalltag 1948/49, in: H. Trotnow (Hrsg.): Die Berliner Luftbrücke: Ereignis und Erinnerung, S. 121–135, Frank & Timme, Berlin, 2010.

U. Mählert: Kleine Geschichte der DDR, Beck'sche Reihe, München, 2001, 3. Auflage.

L. Münch: Kinder und Kinderheilkunde in Berlin, Zwischen Fürsorge und Forschung (1945–1965), Dissertation zur Erlangung des akademischen Grades Doctor medicinae (Dr. med.), vorgelegt der Medizinischen Fakultät Charité – Universitätsmedizin Berlin, 2020.

I. Schmidt: Erfahrungen während der Poliomyelitis-Epidemie 1947 an dem Städt. Kinderkrankenhaus Berlin-Charlottenburg, Inaugural-Dissertation zur Erlangung des medizinischen Doktorgrades an der Universität zu Berlin, 1948.

S. Wolle: Die DDR. Eine Geschichte von der Gründung bis zum Untergang. Bundeszentrale für politische Bildung, Bonn, 2015.

J. Verne: 20 000 Meilen unter dem Meer, Voltmedia, Paderborn, 2004.

Aufbruch in eine neue Zeit

Berlin 1911: Die Waisenschwestern Marlene und Emma Lindow können ihr Glück kaum fassen: Sie arbeiten als Lernschwestern in der Kinderklinik Weißensee. Doch schon bald fühlt sich Emma von ihrer Schwester zurückgesetzt, denn Marlene hat sich gleich doppelt verliebt: in den vornehmen Assistenzarzt Doktor Maximilian von Weilert und in das noch junge Fachgebiet Kinderheilkunde. Sie ist fest entschlossen, selbst Kinderärztin zu werden. Aber der Weg nach oben ist steinig, der in Maximilians Familie erst recht. Emma wird die eigene Schwester immer fremder. Erst als das Leben eines kleinen Jungen am seidenen Faden hängt, erkennen Emma und Marlene, dass ihnen ihre wichtigste Aufgabe nur gemeinsam gelingen kann: kranke Kinder zu retten.

Antonia Blum

Kinderklinik Weißensee - Zeit der Wunder

Klappenbroschur
Auch als E-Book erhältlich
www.ullstein.de

ullstein

Drei junge Frauen. Ein Schwur. Wie stark ist eine Freundschaft?

Die drei Freundinnen Elli, Margot und Käthe kennen sich seit ihren Kindertagen in der malerischen Eifel. Aber die Zeitläufte stellen ihre Freundschaft auf eine harte Probe. Als die Nationalsozialisten die Macht übernehmen, fühlt Käthe sich von der neuen Ideologie angezogen, während die Jüdin Margot bald um ihr Leben und das ihrer Familie fürchten muss. Die gehbehinderte Elli, für die Leute im Dorf nur das »Hinkemädchen«, wird hineingerissen in einen Strudel der Gefühle: Angst und Trauer um ihre Freundinnen, Sorge um ihre überarbeitete Mutter, die einzige Hebamme im Tal. Und sie fühlt eine Liebe in sich aufkeimen, die es gar nicht geben dürfte. Doch sie weiß, dass sie nur eine Wahl hat: Margot zu helfen, um jeden Preis. Auch wenn sie sich dabei selbst in Gefahr bringt und droht, alles zu verlieren, was sie liebt.

Lilly Bernstein
Sturmmädchen
Freundinnen in dunkler Zeit

Klappenbroschur
Auch als E-Book erhältlich
www.ullstein.de

ullstein

Verlorene Träume – eine junge Frau beweist Mut in dunklen Zeiten

Ostpreußen 1939: Während die Welt aus den Fugen gerät, wächst die junge Dora Twardy behütet auf dem Pferdegestüt ihrer Familie auf. Der Tochter des Gutsherren mangelt es an nichts, auch nicht an Verehrern. Doch als die deutsche Wehrmacht Polen angreift, muss Dora schlagartig erwachsen werden. Ihr Vater wird eingezogen und übergibt ihr die Verantwortung für den Hof. Mit aller Kraft kämpft Dora um den Erhalt des Familienbesitzes. In den Wirren des Krieges stehen ihr zwei Männer bei: der sanftmütige Freund ihres Bruders, Wilhelm von Lengendorff, und der abenteuerlustige Kriegsfotograf Curt von Thorau. Zu spät erkennt Dora, wen sie wirklich liebt …

Theresia Graw

So weit die Störche ziehen

Roman

Klappenbroschur

Auch als E-Book erhältlich

www.ullstein.de